Secretary's Dignity

비서의 품격

아 은 ◆ 장 편 ◆ 소 설

DAHYANG ROMANCE STORY

www.bbulmedia.com

www.bbulmedia.com

비서의 품격

contents

〔사소한 일이 발목을 잡는 날입니다. 좀처럼 운이 따르지 않으니 미련을 버리고 깔끔히 포기하는 게 좋겠습니다.〕

모니터 속의 별자리 운세는 지금 재이가 처한 상황과 꼭 맞아 떨어진다. 부서 이동 신청이 반려당했다는 메시지와 함께 보니 이보다 더 잘 어울릴 수가 없는데, 꼭 나쁜 운세는 잘 맞더라. 금방이라도 비가 떨어질 것 같은 창밖으로 시선을 돌린 재이가 속에 말과 함께 한숨을 삼켰다.

"비가 오려나, 발등이 저리다 못해 쿡쿡 쑤시네."

파티션 너머로 들려오는 건, 박 과장의 노골적인 빈정거림이다.

"어머, 과장님 큰 병원 가 보셔야 되는 거 아니에요?"

"그럴 시간이나 있나, 난 누구처럼 유능하지 못해서 말이야."

"과장님은 농담두…… 근데 정말 어쩌다 다치신 건데요?"

굳이 재이의 자리 근처까지 절뚝거리며 걸음을 옮겨온 박 과장이 문득 멈춰 선다.

"그게 있지……."

애써 모니터에 시선을 고정했지만 앙심을 품은 박 과장의 서슬 퍼런 시선이 재이를 훑고 지나가는 게 또렷이 느껴진다.

"나도 정말 왜 그런 말도 안 되는 일이 일어났는지를 아직도 모르겠단 말이지?"

하지만 정말 짜증 나는 부분은 지금부터 시작이다.

"우리 신입도 조심해. 요즘 세상이 좀 각박해? 호의를 가지고 대해 줘도 바로 발길질이 날아오는 그런 무서운 세상이라고."

오늘로 꼬박 닷새째. 박 과장은 두 시간 간격으로 재이의 파티션 앞으로 매번 다른 게스트를 데리고 와서 같은 상황을 연출하는 중이다.

"안 그래, 이 대리?"

이 부분이 클라이맥스다. 그리고 이것이 재이가 부서 이동 신청을 하게 만든 결정적 원인이기도 했다.

마케팅 부서의 외근으로 호텔 풀 파티를 참관하러 갔던 날이 비극의 시작이었다.

박 과장이 주장하는 '호의'란 뭣도 모르고 들이켠 샴페인에 얼굴이 시뻘겋게 달아올라 재이의 허리에 팔을 감으며 너도 다 알지 않느냐는 80년대의 레퍼토리를 읊은 것이었고, 그중에서도 재이를 가장 분노하게 만든 건 이 호텔의 디럭스 룸 직원 할인가를 운운한 거였다.

그리고 불행하게도 박 과장이 말한 '발길질' 역시 사실이라는 것이었다.

"글쎄요, 전 업무가 바빠서."

처음엔 가시 돋친 말로 대꾸하기도 했지만, 닷새나 되풀이되는 동안 무시가 최선이라는 걸 체득했다.

이렇게 앙심이 오래가는 타입인 줄 알았다면 정강이를 걷어찬 후, 12센티의 스틸레토 힐로 발등을 꾹 짓밟을 게 아니라 아예 그 풀장에

처박아 버려야 했다. 그것도 영원히.

"하긴, 우리 이 대리는 워낙 유능한 분이니까 더 바쁘시겠지. 그런데 어쩌나……."

슥, 다가오는 박 과장에 흠칫 놀란 재이가 움찔하자 박 과장의 입가에 띤 미소가 한층 더 짙어졌다.

"이제 여기선 할 일이 없을 텐데."

지난 닷새간은 없었던 노골적인 압박이다.

"참, 부서 이동 반려됐다며? 유감이야."

제 말처럼 유능하진 않지만, 잔머리는 비상했던 박 과장은 이 순간을 위해 남은 비열함을 아껴 뒀던 게 틀림없다. 새로운 시작을 할 수 있는 기회가 날아간 재이를 더 확실히 짓누를 수 있는 이 순간을 위해서 말이다.

"그럼, 어디 한번 잘 해 봐."

박 과장이 물러가고도 한참, 재이는 그제야 제 손바닥을 파고드는 아릿한 통증을 자각했다. 손에 들고 있던 펜이 무색할 정도로 손바닥엔 손톱자국이 선명했다.

[미련을 버리고 깔끔히 포기하는 게 좋겠습니다.]

별자리 운세의 마지막 문장이 머릿속을 맴돈다. 오늘은 어찌 참았지만 내일, 모레, 그다음에도 참을 수 있을까.

'그럼 때려치우면 되잖아?'

어젯밤, 재이의 한탄에 수화기 너머로 들려온 친구의 대답이 떠올랐다. 그래, 사실 이 모든 문제들은 아주 쉽게 해결될 수도 있었다.

'일단 때려치우고, 다른 회사로…… 아. 이젠 좀 힘든가.'

나쁜 운세는 결코 틀리지 않고, 나쁜 일들은 쉽게 끝나지 않는다. 재이는 스스로를 낭떠러지에 밀어 넣게 된 마지막 결정타를 떠올리며 다시 한 번 잘근 손톱을 씹었다.

'저저번 달에 A코어텍 주식 있잖아.'

'아, 그거? 샀으면 진짜 큰일 날 뻔했지. 나도 혹했다가 재이 네가 말리는 바람에……'

'나 그거 샀어.'

수화기 너머로 울리던 침묵이 아직도 생생하다.

'전세금 빼고 전부 다.'

여기까지 떠올리자, 더 이상은 한숨을 감출 수가 없다. 바싹 타들어 가는 속처럼 수분을 잃은 재이의 건조한 입술 틈으로 천근같이 무거운 한숨이 새어 나왔다. 그날, 재이가 다시 창밖을 봤을 땐 비가 내리고 있었다.

❖

기다란 직사각형 테이블에 둘러앉은 정장 차림의 중역들이 연신 고개를 끄덕거렸다. 〈JY호텔 그룹 정기 이사회〉라는 현수막이 붙어 있긴 했지만 딱히 심각한 분위기는 아니었고, 오히려 상석에 앉은 하 회장을 중심으로 퍽 화기애애한 분위기가 연출되는 중이었다.

"기실, 신임 사장 채용 건은 시기를 언제로 하느냐의 문제였지 더 논의할 건 없다고 봅니다."

상석의 우측에 앉은 이사회의 우두머리 격인 남자가 입을 떼자 주의가 집중된다. 60대 중반의 나이가 무색하게 원기가 넘치는 모습의 하 회장은 말 대신 만족스러운 표정으로 감상을 대신하고 있었다.

"유일한 후보자인 하재민 전무는 이미 뛰어난 역량을 입증해 오고 있었으니 이견은 불필요하다 생각됩니다."

언급된 남자는 삼십 대 초반으로, 하 회장의 곁에 선 채 시종일관 부드러운 미소를 잃지 않고 있었다. 적당히 온화하면서도 결코 가벼워 보이지 않는 진중한 태도는 젊은 나이에도 불구하고 신임 사장이라는 중책에 썩 어울려 보였다.

"그러면 오늘 안건에 대해 이사회의 최종 결정을 내리겠습니다."

의사봉이 허공에 들렸다. 저 작은 나무망치가 명쾌한 소리를 내면 오너가의 젊은 청년이 정식 후계자라는 자리에 올라서게 된다.

"본 이사회는 JY호텔 본점의 신임 사장으로 하재민 전무를 위촉하는 데에 전적으로⋯⋯."

모든 건 예정대로였다. 이 자리에 모인 사람들의 오랜 염원이 안정적인 착륙을 하려던 찰나, 뜻밖의 돌풍이 불어오지만 않았더라면 그랬으리라.

쾅! 그 돌풍은 단번에 두꺼운 회의실 문을 박차고 기세등등하게 등장했다.

"그 회의, 처음부터 다시 시작해야 될 겁니다. 주인공이 지금 도착했으니까."

낯선 남자의 등장에 좌중이 술렁거리기 시작했다. 크게 동요하지 않는 건 상석에 앉은 하 회장과 방금 등장한 장본인뿐인 것 같았다.

"그쪽이 누군진 모르겠지만 여긴 외부인의 출입이 통제된 곳이니 당장 끌려 나가기 싫으면⋯⋯."

이사회 중 가장 성질이 급한 백 상무가 거칠게 자리를 박차고 일어나 삿대질을 하는데도 남자는 여유 있는 태도를 잃지 않는다. 오히려 이런 순간을 즐기는 사람처럼 보일 정도로.

"외부인? 내가 외부인이라면, 애초에 여기 있는 사람들 모두 그 자리를 지키지 못할 텐데."

여기 있는 사람들 중 유일하게 소매를 걷은 셔츠에 스니커즈를 신은 남자가 피식하고 웃는다. 악의는 전혀 없이, 그저 정말로 재미있다는 듯이 새카만 눈동자를 빛내는 웃음이 꼭 소년의 것처럼 천진해 보인다면 착각일까.

"안 그래요?"

바로 다음 순간, 상석의 하 회장을 주시하는 눈동자는 이미 차갑게 식어 있었지만.

"……아버지."

그 한 마디는 또렷하게 회의장과 모든 사람들의 뇌리에 울렸다. 그 중 더러는 저들끼리 돌아보며 설마, 하는 표정을 지었지만 잠시 동안 침묵은 지켜졌다.

"그래…… 그랬었지."

침묵을 깬 건 하 회장의 묵직한 목소리였다. 이사회에 모인 사람들의 미심쩍은 눈길이 어떠한 확신으로 바뀌는 계기이기도 했다. 하 회장이 방금 내뱉은 답으로 보건대 지금 눈앞에 서 있는 저 기세등등한 불청객은 분명…….

"제 걸 찾으러 왔습니다."

그의 손짓과 동시에 아직 열려 있던 문으로 검은 슈트를 입은 남자 두 명이 들어와 테이블 위로 두터운 서류 뭉치를 늘어놓는다.

"그쪽이 오너가의 일원이라고 해도 경영에 상관할 권리는 어디에도 없질 않습니까!"

이사들 중에서도 오너가의 충성파, 정확히는 하 전무 옹립파로 유명한 백 상무가 참지 못하고 쏘아붙였다.

"한데 이게 다 무슨 무례란 말입니까. 회장님도 뭐라 말씀을……."

"없을 겁니다, 하실 말씀이."

처음 이 방을 들어왔을 때와는 전혀 다른 눈빛과 목소리는 상대를 제압하기에 충분했다.

"다들 보시면 아시겠지만…… 제가 생일 선물을 받았거든요. JY의 주식 10%를."

그제야 몇몇 이사들이 다급히 서류로 눈길을 돌리는데도, 하 회장만은 요지부동이었다. 애써 태연을 가장하고 서 있는 재민과는 다르게, 모든 걸 알고 있었다는 듯이.

"뭘 모르나 본데, 고작 10%로는 어떤 영향력도 발휘할 수가 없단 걸 아셔야지."

코웃음을 치는 백 상무의 발언에도 심각한 분위기는 쉬이 깨지지 않았다.

"소액 주주들을 포함한 부동 세력이 13%, 회장님을 포함한 오너가에서 가진 지분이 41%. ……이래도 내가 뭘 모르는 것 같습니까? 뭐, 쓸데없는 소리는 여기까지 하고. 내가 선물을 받았으니 여러분께도 선물을 드리죠. 자세한 내용은 저와 같이 와 주신 분들이 친절히 설명 드릴 겁니다."

말투는 경쾌했고, 한 발짝씩 상석을 향해 옮기는 발걸음은 가벼웠다. 입가를 떠나지 않는 장난기 어린 미소와는 조금도 어울리지 않는 서늘한 눈동자가 지독한 위화감을 조성하는 걸 제외하면, 준수한 청년이라는 말이 꼭 맞는 모습이었다.

"신탁 회사가 위임해 뒀던 10%의 주식이 오늘 자로 제게 넘어왔다는 것과, JY의 나머지 36% 지분을 가진 Y물산의 위임장이 선택한 신임 사장이 누군지. 도합 46%의 지분이 지지한다는 것이 어떤 의미를 가지고 있는지…… 다시 생각하고 결정할 시간을 드리죠. 삼십 분이면 충분할까요?"

이쯤 되면 굳이 당사자가 아니어도 뒤바뀐 판도를 알아챌 수밖에 없었다. 서류의 내용은 진실이었고, 동행한 사람들은 공신력 있는 신탁 회사에서 파견된 인물들이다. 무엇보다도 하 회장은 이 상황을 통제하기는커녕 입을 꾹 다물고만 있는 중이었다.

"하지만……!"

이번에는 아무도 백 상무에게 동조의 눈길을 보내지 않는다. 아까부터 한 마디도 못 한 채 하 회장의 뒤에 서 있던 재민은 그 사실을 피부로 느낄 수 있었다. 불과 몇 분전까지 재민의 미래를 축복하던 이사들은 모두 숨을 죽인 채 흐름의 변화를 관찰하는 중이었다.

"일단, 회의를 다시 시작해야 할 것 같습니다."

"그러세요. 어차피 당신들 결정은 아무런 의미도 없지만, 누구에게나 한 번의 기회는 필요하니까."

싱긋 웃는 얼굴로 하는 말이라고는 도저히 믿을 수 없는 살벌한 발언이다.

"아, 참. 하 전무."

그대로 문을 나서려던 남자가 문득 재민의 앞에 멈춰 섰다. 여태 간신히 평정을 가장해 온 재민의 입가가 살짝 굳어지는 걸 즐겁다는 듯 바라보는 눈빛으로.

"그동안 내 자리 대신 지키느라 수고했어."

혼란의 장본인은 그 말을 끝으로 회의실을 떠났다. 남은 건 그가 데려온 신탁 회사의 사람들과 이사회의 중역들, 그리고 못 박힌 듯 굳어 있는 재민뿐이다.

"그럼, 이사회를 재개하겠습니다."

회의는 주어진 삼십 분을 넘기지 않고 끝났다. 모든 건 이미 정해져 있었고 그들이 할 수 있는 일은 그 사실을 검증하고 받아들이는 것밖에 없었다.

"본 이사회는 JY호텔 본점의 신임 사장직에 하민을 임명함에 전적으로 동의하는 바입니다."

결과적으로 오늘의 이사회에 이견은 없었지만 이변은 있었다. 돌풍으로 시작해서 태풍을 불러일으킬 거대한 이변이.

"네."

똑똑, 작은 응접실 문에 노크 소리가 울렸다. 하민이 고개도 들지 않은 채 성의 없는 대답을 하자, 여비서가 들어와 조심스럽게 한마디를 건넨다.

"이사회가 끝났습니다."

하민은 별다른 반응을 보이지 않았다.

정말 이 사람이 오늘 이사회를 발칵 뒤집어 놓은 악명의 장본인이란 말인가. 소파 끝에 걸터앉아 핸드폰에 정신이 팔린 모습은 여기보단 대학가에나 더 어울릴 것 같지만, 판단은 자신의 몫이 아니었다.

"회장님께서 잠시 찾으십니다만, 안내해 드릴까요."

"아뇨, 난 그보다……."

잠시 말을 고르는 하민을 두고 비서가 무례하지 않을 정도의 타이밍에 짧게 답한다.

"예, 사장님."

그 한 마디는 하민이 찾던 대답이었다. 오래도록 참고 기다리고 바랐던 일들의 시작이자 본래 내 것이어야 했던 것.

"맞아요."

분명한 답과 함께 하민이 고개를 들었다. 잠시 자신의 본분과 상대의 신분을 잊을 만큼 달콤한 미소를 머금은 남자는 역시 이 삭막한 건물엔 어울리지 않는다.

"이젠 내가 사장이지."

그러더니 일어서서 기지개를 주욱 켠다. 시선을 의식하지 않는 자유로운 몸짓에 유독 길게 뻗은 팔다리와 날렵한 하민의 얼굴선이 도드라졌다.

"그럼 사장으로서 첫 명령을 내려 볼까."

낯선 광경에 정신을 빼앗긴 비서는 대답할 타이밍을 놓쳤지만, 하민은 별로 개의치 않는 듯 경쾌한 목소리를 유지했다.

"가서 회장님께 전해요. 당분간 나한테 이래라저래라 할 생각은 마시라고."

당혹스러운 명령에 고개를 끄덕이면서 비서는 왜 눈앞의 인물이 악명의 장본인이 됐는지 알 것 같은 기분이 들었다.

"그대로 전달해 줄 수 있죠?"

재차 미소 짓는 하민에게서 짙은 머스크 향이 혹 풍겨 온다. 잠시지만 이성을 마비시키는 매혹에 비서는 또다시 고개를 끄덕이고 방을 나섰다.

"예…… 사장님."

그녀가 마지막으로 남기고 간 한 마디를 잠자코 곱씹는 하민은 어쩐지 묘한 표정이다.

"사장님이라."

다시 핸드폰을 집어 든 하민이 아까까지 보고 있던 화면을 보고는 씩 웃는다.

[오늘은 당신에게 특별한 날입니다. 특별한 시간, 특별한 상황, 특별한 물건, 그리고 곧 특별한 사람을 만나게 됩니다.]

별자리 운세라는 거, 항상 뜬구름만 잡는 줄 알았더니 가끔은 맞기도 하나 보다. 마지막 문장은 확실히 틀렸지만, 그래도 전반적으론 썩 들어맞는 것 같았다.

"그럼 어디, 특별한 사장이 되러 가 볼까."

특별한 날들은 이제부터 시작이다. 잃어버렸던 모든 것들을 되찾는 것도, 전부 지금부터 시작이다.

좀처럼 개질 않는 창밖을 보는 재이의 얼굴 역시 흐리다.

"이 대리님!"

등 뒤에서 들려오는 목소리에 화들짝 놀라 코스피 창을 끄고 돌아보자 의외의 인물이 재이를 보며 웃고 있었다. 입사 동기로 함께 신입 시절을 보내긴 했지만, 후에 비서실로 발령이 난 터라 한참 못 보던 얼굴이다.

"어? 지현 씨가 여긴 어쩐 일이에요?"

"어쩐 일은요. 마침 재이 씨한테 간다기에 내가 낚아챘죠. 근데 어디 안 좋아요? 안색이…… 마케팅 부서는 많이 힘든가 봐요."

그냥 내 인생이 힘든 거겠죠. 재이는 차마 하지 못할 말을 삼키고 애써 웃어 보였다.

"그보다 비서실에서 나한테 올 일이라는 게……."

"맞다, 별건 아니고 저희 실장님이 재이 씨를 잠깐 봤음 하셔서요. 유선상으로 할 얘기는 아니라는데, 저도 자세한 건 잘 몰라요."

"실장님이면…… 비서실장님이오?"

"네, 일단 가면서 얘기해요."

너무 뜻밖의 대상이라 선뜻 따라나서기가 망설여지는 재이를 지현이 억지로 일으켜 세웠다.

"어, 재이 씨도 이거 봐요? 왠지 이런 거 안 믿을 거 같았는데."

모니터의 별자리 운세를 발견한 지현이 남의 속도 모르고 까르르 웃는다.

"믿는 건 아니고, 그냥 재미 삼아서요."

"난 이거 은근히 잘 맞더라고요. 생각하기 나름이긴 하지만. 근데 이거 어제 거네?"

"네?"

"봐요, 어제 날짜잖아요."

"어, 정말이네."

여태 어제 운세를 보며 한탄하고 있었던 거다. 하긴, 어제든 오늘이든 별로 달라질 것도 없으니 억울할 것도 없다. 어마어마한 사건은 현실에서 쉽사리 일어나지 않는 법이니까.

"제가 이재이 대리입니다. 어떤 일로 저를 찾으셨는지······."

그 생각은 불과 얼마 후 비서실장의 눈앞에 섰을 때 깨졌다.

"이 대리를 찾은 건 내가 아니라 회장님이십니다."

"······네?"

"벌써 기다리고 계시니 이동하며 간단히 설명하죠."

누가 어마어마한 사건은 쉽게 일어나지 않는다고 했나. 회사에서 정년까지 버틴대도 회장과 독대를 할 기회는 제로에 수렴한다고 가정했을 때, 이건 분명 어마어마한 사건이었다. 그게 행운이든, 불행이든 간에.

"도대체 무슨 일로 회장님이 저를······."

겨우 정신을 차리고 질문을 던졌을 땐 이미 비서실장을 따라 걷고 있던 차였다.

"특수한 인재가 필요해서 인사과에 문의를 하던 중에 이 대리가 얼마 전, 부서 이동 신청을 냈다가 반려당한 사실을 알게 됐습니다. 당연히 그게 이유가 되진 않았고, 필요한 인재상에 이 대리가 가장 부합한다는 판단하에 회장님께서 독대를 청하신 겁니다. 이를테면, 최종 면접이라는 거죠."

비서실장은 절도 있는 걸음걸이와 속사포같이 빠른 말투로 다시 한번 재이의 정신을 쏙 빼놓았다.

"그 특수한 인재라는 게 뭔지······."

"본론은 회장님께서 직접 말씀해 주실 겁니다, 그럼."

어느새 멈춘 발걸음 끝엔 회장실로 가는 조용한 복도가 나타났다.

"말씀 나눠 보시죠."

재이는 가볍게 목례를 하고 심호흡을 한 후, 천천히 그러나 곧은 자세로 나아갔다.

"찾으셨다고 들었습니다. 마케팅 부서 이재이 대리입니다."

반쯤 허리를 굽히며 꺼낸 첫 마디가 제법 또렷하게 회장실 안을 울린다. 밖보다 조금 더 어둡고 고풍스러운 가구로 채워진 회장실 특유의 분위기가 위압감을 뿜어내고 있었다.

"거두절미하고 내 본론만 말하지."

상상했던 회장의 이미지와는 달리, 맞은편에 앉은 남자는 거의 재이의 아버지 또래로 보인다. 그 목소리도 상상하던 것보단 조금 소탈했다.

"내가 아주 중요한 일에 쓸 인재를 찾고 있었는데, 마침 자네가 거기에 딱 부합하는 것 같아서 말이야. 난 그 일을 이재이 씨가 맡아 줬으면 좋겠어. 내, 외부를 통틀어 수많은 사람들을 고려해 봤지만 내 눈엔 자네만 한 적임자가 없더군."

"높이 사 주시니 영광입니다만, 전혀 아는 바가 없어서 무슨 말씀을 하시는지 이해하기가 어렵습니다."

뜻밖의 대답이었는지 하 회장이 눈을 가늘게 뜨고 재이를 바라본다.

"솔직해서 좋군. 요즘엔 모른다고 말할 수 있는 젊은이들이 드물지. 내가 이재이 씨에게 바라는 것도 바로 그런 솔직함이네."

과연 그럴까. 그 솔직함에서 비롯된 수많은 사건 사고들을 떠올리며 재이는 어렴풋이 쓴웃음을 띠었다.

"어디 보자…… 그래, 내 제안은 단순해. 하지만 결코 쉽지는 않은 일이 될 걸세."

"맡겨 주신다면, 최선을 다하겠습니다."

반사적인 재이의 모범답안에 이번엔 하 회장이 조금 쓴웃음을 지었다.

"녹록지 않을 텐데."

"감수하겠습니다."

"내가 뭘 제안할 줄 알고 그렇게 말하나."

"무엇이든, 제게 맡겨진 일이라면 최선을 다할 겁니다."

어쩌면 예상보다 더 적합한 인재를 찾은 걸지도 모른다. 하 회장은 조금도 꺾이지 않은 재이의 눈빛을 보며 흡족하게 고개를 끄덕였다.

"지금 그 말, 절대 물리지 말게."

"염려치 마십시오."

똑 부러지는 답이 마음에 든다. 저 정도 당찬 기개가 있어야 기대를 걸어 볼만 하겠지.

"우리 JY는 서울에만 두 개의 호텔을 갖고 있지. 그중에…… 아니, 우리가 가진 모든 호텔 중 가장 중요한 지점에 오늘 날짜로 신임 사장이 임명됐네."

"본점 말씀이십니까."

지금은 JY에 보다 큰 규모의 호텔들이 많이 생겼지만, 그래도 여전히 본점은 JY의 출발점이자 상징적인 존재였다.

"난, 이재이 씨가 본점 신임 사장의 비서로 가 주길 바라네."

드디어 본론이 나왔다. 재이는 의외의 말에 마른침을 삼켰다.

"외람되지만, 그건 저와는 관계가 없는 일이라 사료됩니다."

굳이 따지자면 회장과의 갑작스러운 독대보다 더 현실과 동떨어진 일이었다.

"저는 비서 인력과는 거리가 먼 마케팅 부서 사원이고, 또한…… 본점 비서직은 이미 내정된 지 오래라고 알고 있습니다."

"내정자라…… 물론 있었지."

잠시 골치 아픈 생각이 떠오른 듯 하 회장이 관자놀이를 짚는다.

"하나 이변도 있었어."

그렇기에 눈앞의 당찬 여사원이 필요했다. 여태까지 없었던 새로운 인물, 그러나 여태까지보다 더 많은 가능성을 가진 사람이.

"그 이변…… 즉, 새로운 사장의 비서가 되어 달라는 거네."

"하지만 저는 비서 인력이……."

"어차피 전문 인력은 따로 있어. 그 정도 염두도 없이 자네를 불렀다고 생각하나?"

"그렇다면 더더욱, 제가 비서가 되어야 하는 이유를 모르겠습니다."

올곧게 답하는 재이를 보고 하 회장은 피식 웃음을 머금는다. 평소였다면 무례하다 여겼으련만 상황이 이렇게 되고 나니 오히려 든든할 지경이다. 이에는 이, 눈에는 눈. 예측을 벗어난 이변에는 마찬가지의 이변으로.

"그 이유는 자네가 진짜 비서가 되면 그때 말해 주지."

하 회장이 천천히 손에 깍지를 끼우며 말하자 재이의 얼굴에 당혹감이 스친다.

"새로운 사장, 즉 자네의 상사가 비서로 받아들여 주면 그때 다시 찾아오란 말일세."

"그 말씀인즉 그분은 동의한 게 아니라는……?"

"당연히 아니지."

잠시 뜸을 들이는 하 회장은 아주 조금이나마 이 상황을 즐기는 것처럼 보였다.

"추측컨대 아마 자네를 쫓아내려고 할 게야."

"예?"

"버티면 자네가 이기는 거고."

하지만 이건 흥미 위주로 접근할 수 있는 게임이 아니다. 하 회장처럼 많은 걸 가진 사람은 모르겠지만 재이에겐 전부를 거는 것과 마찬가지니까.

"물론, 승자에겐 상이 있어."

재이의 망설임과 본능적인 두려움을 읽은 건지, 정확한 타이밍에 하 회장의 미끼가 날아들었다.

"기한은 일 년. 딱 일 년만 버틴다면 JY 내에서 자네의 거취를 직접 결정할 수 있게 해 주겠네. 이 정도면 파격적이지 않은가?"

그 말은 옳다. 재이는 쿵쾅거리기 시작한 가슴을 애써 진정시키며 숨을 골랐다.

"제가…… 너무 많은 걸 바라면 어쩌시려고 그런 약속을 하십니까."

용기를 짜내 던진 재이의 승부수에 잠시 침묵이 감돈다. 재이에겐 그 짧은 순간이 온 하루보다 더 길게 느껴졌다.

"하! 하하……."

침묵에 마침표를 찍은 건 호쾌한 하 회장의 웃음이었다.

"패기는 높이 사지. 그런 패기라면 조만간 JY 최초의 여자 임원이 나올지도 모르겠어."

가슴은 똑같이 뛰는데, 두려움이 물러간 자리에 설렘이 깃들며 벅차오르기 시작한다.

"감…… 감사합니다."

"그럼 내 제안을 수락하는 건가?"

더 이상 망설일 이유는 없었다. 이 게임에서 패하더라도 잃어버리는 건 똑같으니까.

"예."

재이의 분명한 답에 하 회장은 두어 번 고개를 끄덕이고는 책상 위의 내선 전화 버튼을 눌렀다. 채 몇 초가 지나기 전에 회장실에 들어온 건 아까 재이에게 속사포 같은 안내를 했던 그 비서실장이었다.

"지금 당장 비서실에 인사 발령을 내야겠는데, 적당한 직책이……
실장급은 어떤가."

"현재 실장급은 저를 포함해서 세 명입니다만."

"좀 무리인가?"

좀처럼 현실감 없는 대화에 재이는 눈동자만 또르륵 굴렸다. JY에
서 실장급이라면 그 씹어 먹을 박 과장보다 몇 계급이나 높은 건 말할
필요도 없는, 실질적으로 평사원이 퇴직 전까지 노릴 수 있는 가장 높
은 직위다.

"통상적으로는 굉장히 무리입니다만, 현재 상황으로 보아 감안……
아니, 적절한 조치라 사료됩니다."

"역시, 그렇지?"

"예. 모시는 분의 직위를 생각한다면 더더욱."

"그럼 됐구먼."

명쾌한 답을 뱉은 회장은 다시 재이의 눈을 본다. 나이에 어울리지
않는 밝은 눈이다.

"지금 당장 이재이 씨를 비서실장으로 발령 내게."

"예, 회장님."

꿈에서도 감히 바란 적 없는 일이 지금 눈앞에서 너무도 간단히 이
루어졌다. 재이는 이 믿기지 않는 광경 앞에서 느릿하게 눈을 깜박였
다.

이게 정말 현실일까. 오늘 아침까지만 해도 벗어날 길이 없을 거라
생각했는데…… 이렇게 한순간에 모든 게 바뀔 수도 있는 거였나.

"뭘 그리 놀라? 내 말했지 않나, 파격이라고."

하지만 이건 분명히 현실이다.

"부디 내 기대를 배반치 말게, 이 실장."

한순간에 모든 것이 변해 버린 현실.

"예, 반드시."

차분한 미소를 띠는 재이는 더 이상 이 방에 들어설 때의 절망적인 이 대리가 아니다. 룰조차 제대로 파악하지 못한, 결과를 알 수 없는 게임에 발을 들여놓았을지언정 가능성을 손에 쥔 터다.

어차피 잃을 것은 달라지지 않는다. 그렇게 이재이는 비서실장이 되기로 했다. 내일은 또 다른 날이 될 것이다. 새로운, 어쩌면 특별한.

[지나간 일은 잊고 미래를 향해 나아갈 때입니다. 당신의 용기와 굳건한 태도로 얻어 낸 행운이 당신을 특별한 인연으로 이끌어 줄 것입니다.]

자리로 돌아와 가장 먼저 확인한 오늘의 운세는 지금의 마음에 꼭 들어맞는다.

서른의 생일이 얼마 남지 않은 어느 날, 재이는 이렇게 새로운 나날로 첫발을 내디뎠다. 행운이 이끄는 종착지가 반드시 행복은 아니고, 특별한 인연이 꼭 사랑스러운 것만은 아니라는 사실을 아직은 모르는 채로.

재이는 벌써 삼십 분째 노려보던 서류에서 간신히 눈을 뗐다. 확실한 결심이 선 것이다.

"날인……하겠습니다."

그 말에 재이를 주시하고 있던 변호사가 고개를 끄덕이고 인주를 건넨다. 속칭 '비밀 유지각서'라고 불리는 것을 포함한 여러 장의 계약서들이 재이의 마지막 확답을 기다리고 있던 차였다.

"현명한 결정입니다, 이 실장님."

낯선 호칭과 함께 페이지를 넘기는 변호사를 보며 재이는 총 다섯 번 지장을 찍었다. 하얀 종이 위에 선명하고 붉은 손도장이 찍힐수록, 멀게만 느껴지던 이야기들이 물씬 현실로 다가오는 것 같다. 이 순간 이후로는 후회도 아무런 의미가 없다는 것 역시.

"절차를 모두 마치셨다고요?"

생전 처음 발을 들여 본 비서실을 가로지르자 김 실장이 기다렸다는 듯이 한 마디를 던진다.

"네, 방금."

"다음은 내 차례군요. 우선 이 대리…… 아니, 이 실장이 숙지할 게 몇 가지 있어요."

방금 호칭을 잘못 부른 건 우연일까. 의식적으로 말을 멈추고 똑바로 재이의 눈을 주시하는 김 실장을 보면 단순한 피해의식은 아닌 것 같은데…….

무엇보다 아까부터 비서실의 모든 인력이 호기심 어린 눈으로 재이를 샅샅이 뜯어보는 중이었다. 이 대리, 라는 김 실장의 실언 부분에서 아주 작지만 키득거리는 웃음소리가 새어 나왔다는 걸 모를 만큼 순진한 재이는 아니었다.

"이제 막 비서실장이 된 이 실장은 잘 모르는 게 당연하겠지만, 비서 인력의 전문성은 하루아침에 갖출 수 있는 게 아닙니다."

역시, 착각이 아니었다.

"물론 이 실장에게 처음부터 무리한 걸 바랄 생각은 없어요. 아마 회장님 생각도 마찬가지일 겁니다."

"제가 부족하다는 건 저도 잘 알고 있습니다. 당부하시고픈 마음도요. 하지만 정확히 무슨 말씀을 하고 싶으신 건지는 잘 모르겠네요."

입술은 웃고 있는데, 어쩐지 어금니를 꽉 깨문 듯 딱딱한 목소리가 새어 나왔다.

"내 말이 어려웠나 보군요."

하지만 비서실장도 결코 만만한 상대는 아니었다.

"비서에게는 지켜야 할 품위와 격이라는 게 있습니다."

날카로운 인상에 한몫하는 금속 안경을 치켜 올리며 김 실장이 빠른 속도로 말을 이어 나간다.

"상사의 직위에 누가 되는 일이 있어서는 안 되고, 요청하기 전에 필요를 충족할 수 있어야 하며, 언제나 모시는 분과 같은 곳을 볼 수 있어야 하지요."

"노력하겠습니다."

"좋은 자세지만…… 과연 노력으로 되는 일일는지는. 아, 미안해요. 속에 말을 한다는 게 그만."

어련하시겠어요. 재이는 억지 미소로 심경을 대신 전했다. 말로만 듣던 비서실의 텃세는 회장님 직속 낙하산을 타고 내려와도 예외가 아니란 말이지, 라는 생각과 함께.

"비서에게 가장 중요한 건 상사입니다. 상사가 없다면, 존재의 의미가 없는 게 바로 비서니까요."

그 말을 하는 당사자는 몹시 얄미웠지만 맞는 말이란 생각에 재이는 저도 모르게 고개를 끄덕였다.

"이 실장이 노력할 생각이 있다니 하는 말인데, 이것 하나는 잘 생각해 두는 게 좋을 겁니다. 이 실장이 모시는 분이 어떤 사람인지, 무엇을 원하는 사람인지."

"어떤 사람……."

갑작스럽게 뜻밖의 제안을 받고 고민하면서도 단 한 번도 떠올리지 않았던 부분이다. 회장의 제안을 받아들일 건지, 어떤 대가를 받을 수 있을지, 리스크는 얼마만큼인지 박 터지게 고민했지만 정작 가장 중요한 사람을 잊고 있었던 거다.

"세상에 완벽한 사람은 없습니다. 이 실장도 나도 마찬가지죠. 하지만 그분들은 달라요. 적어도 자신의 직위에서만큼은 완벽해야만 하는 분들입니다. 비서는 그 간극을 메우기 위해 존재하는 사람들이고요."

처음으로 현실적인 부담감이 온몸으로 밀려오는 기분이 들었다.

"어떤 방식으로 그 간극을 메우느냐는 전적으로 이 실장의 재량입니다. 그게 불가능하다면 이 실장은 본 계약에서 아무것도 얻을 수 없을 겁니다."

재이의 존재를 못마땅하게 여기는 김 실장이지만 지금의 충고들에선 진정성이 느껴졌다.

"충고, 새겨듣겠습니다."

"회장님과 달리 난 이 실장에 대한 기대치가 거의 없습니다. 하지만 한 가지만 당부하죠. 이 실장이 비서라는 직함을 달고 있는 한은 그 이름에 부끄럽지 않도록 처신해 줘요. 그게 단 며칠이라도 말입니다."

노골적인 불신이지만 이 정도에 꺾일 각오는 아니었기에 재이는 적으나마 미소를 지어 보이기까지 했다.

"기본적인 인사법이나 화법에 대해선 짧게나마 가르쳐서 보내야겠군요. 우선, 그 복장부터 어떻게 해야 될 것 같은데."

"네? 제 복장이 어디가……."

"방금 말한 건 뭐로 들었습니까? 품위와 격에 맞는…… 아, 잠시 실례."

타이밍 좋게 걸려 온 전화가 아니었다면 불쾌한 설전이 길어질 뻔했다.

"예, 송 실장님."

전화를 받는 김 실장을 몰래 노려보던 재이가 슥 제 복장을 훑었다. 정말, 내 복장이 어디가 어때서.

단정하지만 핏이 살아 있는 정장 바지는 트렌드에 민감한 하이웨이스트였고 상의로는 큰맘 먹고 삼 개월 할부로 지른 마르니의 하얀 블라우스를 입었다. 볼드한 스톤 목걸이를 거는 것과 포인트 있는 펌프스를 신은 것까지 마음에 쏙 드는, 심지어 고급스럽기까지 한 내 패션이 어디가 어때서!

"지금 당장은…… 아뇨, 조금 홀드해 주시면……. 역시 안 되겠죠. 알겠습니다. 바로 보내 드리죠."

자기 때문은 아니지만, 김 실장이 조금 곤란한 표정을 짓고 있는 걸 보니 괜히 고소했다. 재이는 김 실장이 전화를 완전히 끊길 기다렸다가 새로운 잔소리가 날아들기 전에 선수를 쳤다.

"제 복장에 관한 말씀 말입니다만, 저는 어디가 부적절한지 도저히 모르겠습니다. 김 실장님께서는 남자분이시라서 패션에 대해서 잘 모르시나 본데……."

"이 실장."

"물론 그게 중요하다는 말씀은 아니지만, 저도 커리어를 가진 사람으로서 복장을 허투루 하고 다니는 게 아니라는 점을……."

"이 실장, 충고하는데 절대 상사의 말을 이런 식으로 끊어서는 안 됩니다. 내가 상사였다면 이 실장은 3초 전에 해고됐어요."

훅, 생각지도 못한 부분에서 치고 들어오는 김 실장은 역시 노련했고, 재이는 아직 조금 서툴다.

"그나마 다행스러운 건 내가 이 실장을 교육할 시간이 없다는 겁니다."

"네?"

"들었잖습니까, 쓸데없이 되묻는 버릇도 고치세요. 그리고 지금 당장 본점으로 가 줘야겠습니다."

"지금요?"

되묻기 무섭게 김 실장의 서슬 퍼런 질책이 느껴져 재이는 황급히 한 마디를 덧붙였다.

"아직 업무에 대해 숙지한 게 아무것도 없는데 너무 빠른 것 같아 드린 말씀입니다."

"나도 그렇게 생각…… 아니 이대로 보내는 건 비서실의 수치라고까지 생각하지만, 결정권은 우리에게 있는 게 아니라서."

오늘 하루는 모든 일이 너무도 폭풍같이 몰아친다. 그 한가운데 서서 정신을 차리지 못하고 있는 재이를 보며 김 실장이 마뜩찮은 표정을 숨기지 않은 채 말했다.

"멍하게 있을 시간 없습니다. 지금 기회를 놓치면 다음은 언제가 될지 모르니까요."

"기회라니요? 참, 이건 되물은 게 아니라 정보가 누락된 부분을……."

"됐고, 가세요."

뾰족한 표정과는 달리 등을 떠미는 김 실장의 손은 적당히 부드럽고 적당히 힘이 실려 있었다.

"사장님이 다시 호텔을 떠나기 전에 첫 출근을 마쳐야 합니다."

띵, 마침 열리는 엘리베이터 문에 떠밀리다시피해서 탄 재이가 조금 불안한 눈빛으로 김 실장을 돌아봤다.

"저…… 사장님은 어떤 분이죠?"

"유감스럽게도, 저 역시 전혀 아는 바가 없습니다."

스르륵 닫히는 문을 보며 김 실장이 한 마디를 덧붙였다.

"그럼, 행운을 빌죠."

비서실에 어울리지 않는 존재를 간신히 떠나보낸 김 실장은 한숨을 돌리고 발걸음을 옮긴다. 그러다가 멈칫, 전화로 들었던 송 실장의 당부를 떠올렸다.

"아차, 중요한 말을 깜박했네⋯⋯. 절대로, 허락 없이 발을 들이면 안 되는데."

그러나 재이가 이미 떠난 이상, 이젠 별로 중요치 않은 말이 될 것이다. 그 사실을 빠트린 것이 김 실장의 고의였는지 실수였는지 역시 더는 중요치 않다.

❖

재이가 다급하게 호텔 로비에 들어서자마자, 어디선가 컨시어지가 소리 없이 나타나 안내를 자청했다. 그렇게 호텔에 대한 어떠한 감상을 느낄 새도 없이 재이는 11층에 당도했다.

복도의 끝에 보이는 보통의 객실보다 두 배쯤 넓고 마호가니로 된 문의 너머가 신임 사장의 집무실이라는 말과 곧 송 실장님이 오실 거라는 언질을 남겨 두고, 컨시어지는 나타날 때와 마찬가지로 조용히 모습을 감췄다.

'35분.'

손목에 찬 시계를 들여다보며 재이가 속으로 되뇌었다. 회사에서 출발해 여기까지 오는데 35분이 걸렸다. 김 실장의 말대로라면 재이는 오늘 첫 출근을 하지 못할 수도 있었다.

'부디, 내 기대를 배반하지 말게.'

하 회장의 목소리와 표정이 떠오르자 마음이 더 조급해진다. 다행스럽게도 복도에 깔린 카펫은 두꺼워 재이의 초조한 동동거림을 모두 감춰 주는 것 같았다. 그리고 재이의 급한 성질이 한계에 임박했을 무렵, 그 눈이 동그랗게 커질 만한 사실을 발견했다.

"문이⋯⋯?"

엘리베이터에서 내렸을 땐 보이지 않았는데, 다가서니 마호가니 문에 손톱만큼의 틈이 보였다. 여기가 호텔이라는 점을 감안했을 때 안에 누군가가 있다는 뜻이었다.

'제발, 오늘의 운세가 맞기를.'

재이는 여기까지 자신을 이끌어 준 행운을 떠올리고 심호흡을 한 후 조심스럽게 두 번 노크를 했다. 대답 대신, 뜻밖에도 문이 스르륵 밀려 나간다. 온몸으로 힘껏 밀어도 밀리지 않을 것 같은 문이 믿기지 않을 만큼 가볍고 빠른 속도로 재이의 손을 떠나갔다.

"어……?"

이어서 어떠한 마음의 준비도 갖추지 못한 재이의 눈앞에 낯선 풍경이 펼쳐졌다.

그건 풍경이라기보다 마치 한 폭의 그림처럼 보였다. 빛이 거의 들어오지 않는 실내임에도 반짝이는 샹들리에, 고풍스럽고 우아한 가구들, 중세 시대의 동화 속 방을 그대로 옮겨 놓은 것처럼 정밀하고 아름다운, 문자 그대로의 스위트 룸. 그 한가운데엔 꽃이 놓여 있었다.

'파란…… 꽃?'

희미한 푸른빛을 띤 꽃의 이름이 수국이었다는 건 나중에야 떠올랐다. 그 남자를 처음 본 건, 그 꽃을 넘어서였다. 만개한 수국 너머로 눈이 마주쳤던 순간은 몹시 짧았지만, 동시에 아주 강렬했다.

"아."

당황한 재이의 입에서 채 말이 되지 못한 소리가 새어 나갔다. 그럼에도 시선을 뗄 수가 없었다. 아무런 감정도 담겨 있지 않은 것 같은 눈동자와 닫힌 그의 입술이 자아내는 서늘한 분위기에도 불구하고.

"저, 그러니까……."

뒤늦게야 그 눈동자에 물기가 맺혀 있었음을 깨달았다.

"실례했습니다, 문이 열려 있어서 저도 모르게."

"……가."

간신히 시선이 떨어진 건 재이가 눈을 돌려서가 아니었다. 먼저 등을 돌린 건 그 남자였다.

"저는 신임 사장님의 새로운 비서로 오게 된 이재이라고⋯⋯."

"나가."

섬뜩하리만치 낮은 목소리. 아까의 장면에서는 상상도 할 수 없던 저음이 재이 앞에 툭 떨어졌다.

"지금 당장, 여기서 나가."

그 말을 끝으로 남자의 등이 멀어진다. 그 모습을 보는 재이의 눈앞도 점점 하얗게 질려 가는 것 같은데⋯⋯.

"아니요!"

저도 모르게 바락 큰 소리를 낸 재이를 반사적으로 돌아보는 남자의 눈에 더 이상 물기는 없었다. 노골적으로 불쾌한 기색이라면 몰라도.

"지금 어디서 소리를⋯⋯."

"전 나갈 수 없습니다. 정말 죄송하지만 그것만은 안 됩니다."

혹시라도 이대로 가 버릴까 봐, 다급한 재이의 말이 멋대로 튀어 나갔다.

"멋대로 들어와서 정말 죄송합니다. 제 의도는 그게 아니었지만, 결과적으로는 제 실수입니다. 정말, 정말 죄송합니다."

"알았으면 나가."

성가시다는 듯 관자놀이를 문지르는 그의 모습에서 누군가가 겹쳐 보였다. 재이는 그 순간 머릿속의 예상을 확신으로 굳혔다.

"사장님⋯⋯이시죠?"

말없이 재이를 노려보는 남자는, 다행히 당장 이 자리를 떠날 것 같지는 않아 보였다.

"저는 사장님의 새로운 비서로 발령받은 이재이라고 합니다."

"필요 없으니까 나가."

눈초리는 살벌하지만 꼬박꼬박 대답 비슷한 것을 해 주는 걸 보면 아직 재이에게 승산은 있는 것 같다. 그렇지 않은가. 사회생활을 하다 보면 투명인간 취급을 당하는 경우도 비일비재한 걸.

"초면에 실례가 많았습니다만, 저는 이미 사장님의 비서로 이 자리에 왔습니다. 다시 한 번 죄송하지만…… 전, 사장님이 그 직위에 계신 한 돌아갈 수 없습니다."

"누구 마음대로? 나가라니까!"

"말씀 드렸듯이 저는 사장님께서……."

재차 답하려던 재이가 문득 말을 멈춘 건, 갑작스레 성큼성큼 걸음을 옮겨 코앞까지 다가온 이 남자 때문이었다.

"내가 당연히 내 것을 차지하는데, 그쪽같이 쓸데없는 짐짝까지 억지로 넘겨받아야 할 이유가 있나?"

시니컬한 전의 대꾸와는 달리 울컥 화가 치민 목소리다. 한데, 왜일까. 저보다 훌쩍 큰 남자가 바로 코앞에서 화를 내고 있는데도 두렵다는 기분은 들지 않는다. 첫인상이라는 건, 그래서 무서운 건지 모른다. 불행히도 상대가 가진 내 첫인상은 최악이겠지만.

"없습니다."

"그래? 그럼……."

"그래도 나갈 수는 없습니다."

재이가 선수를 치자 그의 눈썹이 눈에 띄게 움찔거린다.

"저에게는 이미 사장님의 비서로 여기에 왔다는 의무와 책임이 있습니다. 그리고 짐짝인지는 모르겠지만, 쓸모가 없지는 않을 거라고 장담할 수도 있습니다."

"하, 참."

기가 막혀서, 그런 말을 중얼대며 몇 발짝 떨어진 나무 스툴에 주저앉는 그의 미간이 꽤 짜증스러워 보이지만 재이도 어쩔 수 없다. 여기서 물러서려고 그런 모험을 한 건 아니지 않은가.

"딱 한 번만 말 할 테니까, 잘 들어요. 자칭 비서 씨."

"이재이입니다."

헛소리 말라는 듯 허공에 손을 휘두르는 그에겐 미안한 말이지만, 이 정도로는 재이의 마음에 스크래치조차 낼 수가 없다.

"그래. 그쪽 말대로 내가 사장이야."

예상대로다. 물론 채 서른이나 되었을까 의심스러운 용모나 가벼운 옷차림으로는 짐작하기 어려운 사실이었지만, 그게 아니고서는 이 장소에 이렇듯 익숙하게 배어들 리가 없었다.

"이 공간에 있는 건 전부 다 내 거지, 보다시피."

흘깃 그가 눈으로 가리키는 곳에 새로 만든 태가 역력한 명패가 보였다. 〈President H. Min〉. 이 공간의 화려함과는 달리 군더더기라곤 없는 깔끔한 활자가 그와 조금 닮았다.

이 일을 제안한 회장과 같은 성씨이자 JY그룹의 오너가를 떠올려 보면, 아마도 그의 이름은 '하민'일 것이다.

"그리고 이 모든 건 본래 내 소유였어. ……그쪽만 제외하고."

잡아먹을 듯이 노려보더니, 그새 기운이 빠진 건지 담담한 말투로 하민이 말했다. 오히려 그런 태도가 재이에겐 더 부담으로 다가왔다. 차라리 도발에 넘어와 대구를 해 줄 때가 편한 거라는 걸, 다년간의 경험으로 체득한 덕이다.

"오늘은 나한테 특별한 날이야. 그러니 더 이상 쓸데없는 사람과 기운 빼고 싶지 않다는 거, 이해하지?"

말끝이 부드러울수록 불안감이 오소소 돋아난다.

"전……."

"내가 그쪽을 쫓아내는 것도 이해해 줘. 그럴 수 있지?"

눈앞의 젊은 사장은 생각보다 총기가 넘치는 사람이었다. 심지어 그

박 과장과는 비교가 안 되는 고단수일지도 모른다는 예감마저 스친다. 바락바락 시비에 걸려 봐야 제 손해라는 걸 빨리 깨달은 거겠지.

"돌아가서 그쪽을 보낸 사람들에게도 그 사실을 이해시켜 주면 더 고맙겠어."

목소리에 온도 같은 게 있을 리 없는데도 그의 말은 유난히 서늘하게 느껴진다. 잠시나마 눈앞의 상대를 얕잡아 봤던 스스로를 자책하고 싶을 만큼.

"뭐 해? 이제 정말로 나가. 지금, 그쪽 나한테 쫓겨난 거야."

하민의 거절엔 힘이 있었다. 드러내 놓고 날을 세우지 않는데도 버티고 선 발이 무색하게 온몸을 밀어내는 힘이.

"네, 쫓아내셔도 됩니다."

간신히 입을 떼는 재이를 보고 하민이 피식 조소를 흘렸다.

"……그런다고 쫓겨날 생각은 없지만요."

그리고 다음 순간, 하민의 눈동자에 노기가 스친다.

"뭐?"

"저는 사장님의 비서로 여기에 왔습니다. 쫓아내시는 건 어쩔 수 없지만, 그렇다고 쫓겨날 수도 없습니다."

"하, 그건 또 무슨 말 같지도 않은."

"제가 초면에 큰 실례를 저질렀다는 거 알고 있습니다만 사장님의 비서가 될 기회마저 빼앗으시는 건 가혹하다 생각합니다."

"그래서 내가 이해하라고 했잖아."

"네, 이해는 합니다. 쫓겨날 수가 없다는 것뿐이지."

또 골치가 아파 오는지 하민이 다시 관자놀이를 짚고 인상을 찌푸린다. 말했듯이 특별한 날인 오늘, 어디서 저런 여자가 굴러 들어와서 이렇게 내 정신을 아프게 하나 싶은 표정이다.

"그러니 사장님께서도 이해해 주시면 안 되겠습니까."

"내가? 왜?"

"저도 이해했으니까, 그게 공평하잖아요."

설마 진심으로 하는 소린가. 하민은 그제야 황당한 시선으로 눈앞에 서 있는 여자를 훑어봤다. 생긴 건 그리 하자가 없어 보이는데, 어떻게 저런 뻔뻔한 말들을 잘도 하는 건지.

"기회를 주세요."

이 여자랑 말을 섞을수록 피곤한 일이 늘어난다. 하민은 더 이상의 소모전 대신 곁에 놓인 전화기로 손을 뻗었다. 앞으로 보안 요원들의 주 업무 중 하나는 하민의 불청객을 쫓아내는 일이 될 것이다. 바로, 지금 이 순간부터.

"만일 제가 멋대로 문을 열고 들어와서 그런 모습을 보지 않았다면!"

뚝, 하민의 손길이 멈췄다. 그리고 여태까지 봤던 것 중 가장 서늘한 눈으로 재이를 돌아본다.

"제 말뜻은 그런 게 아니라…… 그러니까, 제가 무례를 범하지 않았다면 저를 이렇게 쫓아내시지는 않으셨을 거잖아요."

저도 모르게 기어 들어가는 재이의 목소리에도 하민은 아무런 미동이 없다.

"부디 제 무례를 잊으시고, 한 번만 기회를 주세요."

후, 짧은 한숨이 재이의 귓가에 들렸다. 탄식이라기보단 일종의 분노에 가까운 한숨에 본능적으로 몸이 굳어진다.

"같잖은 협박이라도 하시겠다?"

"아뇨, 전……."

"내가 여기서 그쪽을 쫓아내는 게 보여선 안 될 걸 보인 탓이라는 건가? 그럴 리 없지만, 만약에라도 그런 게 존재한다면 말이지. 그래, 일종의 깜찍한 협박이네. 아주 재밌어."

입은 웃고 있는데 눈동자는 식어 있는 채로 하민이 빠르게 말들을 쏟아 냈다.

"그런 저의가 있는 게 아니라 그저 기회를……."

"줄게."

너무도 선선히 답하며 일어서는 하민을 보는 재이의 눈이 동그랗게 커졌다.

"그 기회, 내가 준다고."

믿지 못하는 재이의 표정을 읽은 건지 재차 확답까지 하는 하민이다.

"그쪽이 납득할 수 있는 정당한 이유로 쫓겨날 기회, 지금 당장 주겠어."

성큼성큼 걸음을 옮겨 다가오더니 훌쩍 허리를 굽히는 하민 덕에 반사적으로 움찔한 재이지만, 정작 그가 집어 드는 건 장식이 놓여 있던 작은 테이블과 그가 앉았던 스툴이었다.

"새 비서가 왔으니, 새 사무실도 있어야겠지."

가뿐히 가구를 든 하민이 불안한 기색의 재이와 눈이 마주치자 씩 웃는다. 다음 순간, 재이는 그 웃음이 가히 악마적이었음을 깨달았다.

"자."

하민이 테이블을 내려놓은 곳은 그리 멀지 않았다. 문제는 그게 마호가니 문의 너머, 즉 처음 재이가 서 있던 어둑한 복도라는 거다.

"이제 일감만 있으면 되나?"

한 번 결단을 내린 하민의 추진력은 재이의 급한 성질 못지않은 것 같다. 테이블과 복도, 그리고 어디론가 전화를 걸어 무어라 말하는 하민을 번갈아 보며, 재이는 내내 황망한 표정을 지우지 못했다.

"어때, 그토록 바라던 기회를 얻은 소감이?"

언제 전화를 끊었는지 하민이 예의 그 사악한 미소를 띤 채 재이를 내려다보고 있었다.

"기……쁘네요."

"그래? 표정은 전혀 아닌데?"

"아뇨, 정말 너무 기쁩니다."

뒤늦게 송 실장이 도착했을 땐, 복도에 선 두 사람이 입만 웃는 채로 서로를 노려보는 그야말로 황당한 광경이 펼쳐지고 있었다.

"저…… 사장님?"

"아, 송 실장님. 인사해요, 오늘부터 자칭 내 비서랍니다."

"한데, 이건 다 무슨."

"새 사람이 왔으니 새 자리를 내줘야죠. 본인은 마음에 쏙 든다는데 실장님이 보기엔 어때요?"

"글쎄요, 어떻다기보다는……."

하필 음식 때문에 탈이 나서 가뜩이나 좋지 못한 안색의 송 실장이 불안한 눈빛으로 이 상황을 파악하려 애쓰고 있었다. 어쩌면, 자신이 화장실에서 그리 긴 시간을 보내지만 않았어도 막을 수 있었을 이 참사에 대해서 말이다.

"아, 지시하신 사본은 전부 가져왔습니다."

"이게 단가요?"

"예, 그럼 새로 온 비서는 제가 따로 안내를 해 주면 어떨까 하는데."

척 보기에도 어마어마한 서류철을 넘기며 슬쩍 운을 띄우는 송 실장이 재이의 눈에는 구세주 같았다. 나름 이 사태에 책임감을 느끼는 송 실장의 속내까지는 알 수 없었지만, 적어도 이 상황에서 유일하게 도움이 되는 사람이다.

"아뇨, 자칭 비서 씨는 바쁠 겁니다. 새로운 업무가 산더미거든요."

하민은 어딘가 꿍꿍이가 있어 보이는 미소를 지으며 말을 멈추곤 잠시 재이를 주시했다.

"바로 여기."

턱, 보란 듯이 서류철을 내려놓자 작은 테이블이 휘청거렸다. 그 정도로 무시무시한 양이었다, 재이의 첫 일감은.

"하지만 사장님. 저 건은 이미 외부의 전문가에게 의뢰를 맡긴 건이고, 무엇보다 한 사람이 단독으로 할 성질의 업무는 아니지 않을까 하는 생각이 듭니다만."

"괜찮을 겁니다. 자칭 내 새로운 비서는 책임감이 아주 투철한 것 같으니까."

이건 명백한 축객령이다. 그것도 재이의 반항 아닌 반항에 대한 복수까지 더해진.

"뭐, 본인이 무리라고 하면 그만두겠지만."

"아뇨!"

몇 번이고 다시 말하지만, 재이는 물러설 수 없었다.

"이 정도는 문제도, 아니 아무렇지도 않습니다."

마지막 기회를 얻었고, 그 기회를 얻을 수 있는 또 다른 마지막 기회가 지금 이곳에 있다.

"최선을 다하겠습니다."

버텨야 한다. 허술한 각오가 아니었음을, 참을성이 없어 이곳저곳을 전전하는 못난 사람이 아니었음을, 여태까지의 불운이 핑계가 아니었음을, 나는 쓸모없는 사람이 아님을, 버텨서 증명해 내야 한다.

"그렇단 말이지."

흐음, 하고 끄는 소리를 덧붙인 하민이 이젠 양심에 흥미까지 살짝 더해진 눈으로 재이를 쳐다보았다.

"그럼 찾아내. 그 빌어먹을 서류 더미에서 뭐가 잘못된 건지, 감춰진 게 뭔지…… 그동안 난 자칭 내 비서가 얼마나 유능하기에 그렇게 자신만만한지 기대나 하고 있어 볼까."

거짓말. 절대로 못 해 낼 거라는 고압적인 태도로 잘도 기대 같은 소리를.

"물론 강요하는 건 아냐. 언제든 포기하고 돌아가도 좋아. 당연히 사직서는 따로 낼 필요 없고."

"아뇨, 전 포기하지 않을 겁니다."

"그러든지. 그럼 수고."

진지한 재이의 각오가 민망할 정도로 가벼운 대꾸를 남긴 하민이 등을 돌려 엘리베이터로 향한다. 그 등에서 시선을 떼지 못하는 재이는 어쩐지 아까보다 더한 조바심을 느꼈다.

저 사람이 이대로 등을 돌린 채 멀어져서 두 번 다시 돌아오지 않아도 이상하지 않다는 사실에. 내겐 그것을 돌릴 권한과 능력이 없을지도 모른다는 현실에.

"찾으면요!"

저도 모르게 그 등을 향해 외친 건, 충동적인 일이었다.

"제가 틀린 걸 찾아내면, 그땐 받아 주실 건가요?"

"글쎄."

하민은 돌아보지 않은 채 엘리베이터에 올랐다. 그 뒤, 정면을 향해 돌아선 탓에 재이가 있는 곳을 바라보는 것까진 피하지 않았다.

"약속해 주세요, 제가 이 서류에서 잘못된 걸 찾아내면, 비서로 받아 주겠다고요!"

하민은 멀리서 제 표정을 읽을 수 없는 여자를 향해 피식 웃음을 흘렸다. 뭐가 그리 절박할까, 그까짓 게 뭐 대수라고, 등장부터 난데없이 제 성질을 돋우던 여자는 끝끝내 이해할 수 없는 모습만 보인다. 어차피, 이게 마지막일 테지만.

"좋아, 약속할게."

그러니 이 정도 선심은 나쁘지 않을 거라 여겼다. 다시 이곳으로 돌아왔을 땐 모처럼 제 언성을 높이게 했던 여자 또한 왔던 곳으로 돌아갔으리라. 본인이 받아들일 수 있든 없든, 그게 정해진 결과다. 내 곁에 타인이 설 곳은 없다는 것이.

"약속하신 거예요!"

이미 닫혀 버린 문 너머로 재이의 답은 전해지지 않았다. 그 사실은 재이도 잘 알고 있지만, 스스로에게 하는 다짐처럼 소리를 높이고 말았다.

손을 댈 엄두조차 나지 않는 두터운 서류철과 어둑한 복도, 덩그러니 놓인 초라한 제 자리. 그러나 최악은 아니다. 적어도 아직까지는, 기회가 있는 동안에는.

"찾아야 해."

결연한 혼잣말 끝에 재이가 제 입술을 잘근 깨문다.

"찾을 수 있어."

이곳에 계속 남게 해 줄 열쇠도, 내가 머무를 자리도…… 찾아야 한다. 찾을 수 있을 것이다.

❖

로비로 내려온 하민의 뒤를 따르던 송 실장의 표정이 영 편치 않아 보인다.

"아무리 생각해도 좀 심했던 것 같습니다."

"내가요?"

정말 몰라서 묻는다는 듯 돌아보는 하민은 다른 생각인 것 같지만.

"아뇨, 사장님이 그렇단 게 아니라 맡기신 일이 그렇다는 거죠. 솔직히 제가 현역이었대도 혼자 해낼 자신은 없습니다."

"실장님, 지금도 현역이에요."

"퇴직했다 억지로 끌려온 것도 현역이라고 칠 수 있다면요."

그 말처럼 송 실장의 머리엔 희끗한 새치가 군데군데 보인다.

"끌고 오다니, 모셔 온 거죠."

하지만 그 정도 어필에 마음이 약해질 하민이 아니다.

"자요."

"이건……?"

"불편하신 것 같아서 아까 컨시어지한테 부탁해 놨던 거예요."

"뭘 이런 것까지……."

오히려 마음이 약해지는 건 하민이 건네는 약봉지를 받아 든 송 실장이다. 내색한 적도, 말한 적도 없는데 벌써 눈치를 챈 걸로도 모자라 이런 배려까지.

한가로운 은퇴 생활에서 송 실장을 억지로 끌어낸 눈앞의 어린 상사는 오랜 기억 속의 모습보다 더 좋은 사람으로 성장했나 보다.

"저, 그보다 새로 온 비서 말입니다. 사장님 의중은 알겠지만 아마 본인 입장도 충분히 곤란할 겁니다. 본래 사원이라는 게 스스로의 거취를 정할 수 없는 신분이잖습니까."

"나는 정할 수 있죠."

하지만 그게 통용되는 건 그가 선택해서 들인 제 곁의 사람들뿐이다.

"그러게 쉽게 내보내 준다는데, 매달려서는."

아까의 일이 떠올랐는지 가볍게 미간을 찌푸리던 하민이 쯧 하고 혀를 찼다. 송 실장이 본의 아니게 직무를 잠시 유기한 동안 일어난 첫 만남이 꽤나 불쾌했던 모양이다.

"사장님, 지금 콩쥐팥쥐의 계모 같이 보인다는 건 아시죠?"

"누군데요, 그게."

"그런 사람이 있습니다. 신데렐라에 나오는 계모 같은…… 어, 지금 출타하시는 겁니까?"

듣기 싫은 소리에 슬쩍 발길을 돌리던 하민이 송 실장을 향해 웃는다.

"네, 개인적인 일이니까 먼저 퇴근하세요."

"그래도 아직 두 신데……."

"어차피 오늘 안엔 안 와요. 여긴 아직 꼴 보기 싫은 것들이 너무 많아서."

흘깃 하민이 눈짓으로 가리키는 곳에 일부 구역 공사 중임을 나타내는 표지판이 세워져 있다. 호텔이라는 장소의 특성상 공사 현장이 직접 보이지는 않지만, 확실히 보기 좋은 광경은 아니었다. 물론 하민의 심기가 불편한 데엔 다른 이유가 있음을 잘 아는 송 실장이다.

"팔자에 없는 두꺼비 노릇이라도 해야 되나."

초로의 송 실장이 정문을 빠져나가는 하민의 등을 보며 마음이 복잡한 듯 혼잣말을 읊었다.

❖

재이는 급한 대로 휴대폰의 백라이트를 켜고 어마어마한 서류 더미를 펼쳤지만, 어디서부터 손을 대야 할지 감도 잡히지 않았다.

"여기서 잘못된 걸 찾으라니……."

종류는 다양했지만 전부 호텔에서 진행 중인 공사와 관련된 서류였다. 아까 재이가 정신없이 지나왔던 로비 한쪽에서 진행되고 있는 공사였다. 마케팅 부서에 있을 때 잠깐 접한 적이 있는 공사이기도 했다.

로비와 별관을 잇는 노후된 통로와, 그와 맞닿은 중정을 없애고 브런치 뷔페를 위한 테라스를 짓기로 했던가. 브런치니 디저트니 하는 뷔페가 속속들이 생기기 시작한 업계의 흐름을 봐선 사안 자체에는 잘못된 게 없었다.

"아니, 확실히 잘못되긴 했지."

꽁한 재이의 혼잣말이 어둑한 복도를 울린다. 약속을 받아 내면 뭘하나, 그걸 이룰 수 있는 방법조차 모르는데.

"여기서 뭘 찾는지도 모르고 코 박는 내 팔자가 아주 잘못되다 못해서……."

"뭘 찾아야 하는지, 내가 알려 줄까요?"

부드러운 목소리였지만 전혀 예상치 못한 등장이었기에 재이의 심장이 쿵 떨어질 뻔했다.

"저, 방금 제가 한 말은……."

"송 실장입니다."

"네, 송 실장님. 그러니까, 방금 그건 그냥 혼잣말이라……."

엘리베이터 벨소리도, 기척도 없이 나타난 남자는 걱정 말라는 말 대신 중후한 미소를 지어 보였다.

"많이 곤란하지요? 나도 오래 몸담긴 했지만, 비서실이라는 곳이 본래 그래요. 당혹스럽고 곤란한 일들이 예고도 없이 튀어나오죠."

사람은 보이는 게 전부가 아니라고 하지만, 왠지 눈앞의 사람은 그 사장과는 다르다는 생각이 들었다. 어쩌면, 나를 도와줄지도 모른다고.

"내게 큰 힘은 없습니다. 사장님의 결정에 영향을 끼칠 수도 없어요. 하지만 약간의 도움은 줄 수도 있을 것 같군요."

재이의 바람은 빗겨 나가지 않았다.

"그건, 지금 로비에서 진행되는 공사 업체와 오갔던 서류예요. 대부분의 서류가 그렇듯 고의로 감춰진 '잘못된 것'이 존재할 거라고…… 사장님은 생각하십니다. 아니, 그런 게 존재하길 바라시죠."

송 실장이 흘리는 실마리를 따라 재이의 머리도 빠르게 회전했다. 단순한 서류의 검수가 아닌 적발을 해내야 한다는 뜻을 읽은 것이다.

"문제가 난해할수록 출제자의 의도가 중요한 법입니다."

그런 재이의 영민한 눈빛이 송 실장으로 하여금 결정적인 힌트를 덧붙이게 했다.

"사장님은 그 공사를 멈추고 싶어 해요. 그것도 가능한 한 빨리."

"명분이 필요하겠군요. 명분이 될 증거 같은 게요."

예상대로 머리 회전이 빠른 재이를 보며 송 실장은 약간의 가능성을 점쳐 본다.

"나 같은 늙은이라면 몰라도 이 실장에게는 가능성이 있겠죠. 예전에 건설사에서 근무했던 경험이 도움이 되면 좋을 텐데요. ……아, 이 실장 이력서를 내가 받았거든요. 아직 사장님께 전달해 드리진 못했지만."

인사 카드에 적힌 잦은 이직 기록은 항상 재이의 발목을 잡는 약점 그 이상도 이하도 아니었는데, 그는 그걸 도움이라 말해 주고 있었다.

"곧 전달할 수 있는 기회가 온다면 나로서도 기쁘겠군요."

"고맙습니다."

짧은 말에 진심을 담아 재이가 미소했다.

"행운을 빕니다."

송 실장 역시 진심으로 마주 웃어 주었다. 재이가 그 후로 내리 열 시간가량 서류더미와 씨름을 벌일 수 있던 건, 그 따스한 격려 덕이 컸다.

무엇보다 재이에게 가능성이 있다고 말해 준 송 실장이다. 가능성이라는 단어는 아무리 굳게 마음을 다잡아도 불쑥 고개를 내밀던 불안감을 희석시켜 주었다. 남은 건 성공하든 실패하든 결과 앞에서 후회하지 않을 수 있는 집중력과 최선의 노력. 그거야말로 재이가 가장 자신 있는 종목이었다.

"4월 승인, 5월 자재 계약, 5월 말에 1차, 6월에 2차 대금 납부, 6월 말 착공……."

정신없이 서류를 오가는 시선과 혼잣말 사이로 생각들이 엉켰다가 풀어지기를 반복한다. 무언가 자꾸 걸리는데 좀처럼 잡히질 않는 답답함. 그렇게 얼마가 더 지났을까.

"잠깐."

문득 멈춘 재이의 손이 방금 지나친 페이지를 펼친다.

"자재가 들어온 게 5월, 최종 결제가 6월이면, 그때쯤 무슨 일이 있었던 것 같은데…… 그게 뭐였더라."

건설사에서 퇴사한 지는 오래였지만, 당시 동료들과는 아직도 친목 모임을 유지하는 덕에 종종 소식을 전해 듣고 있었다. 기억이 맞다면 분명 그즈음에 무슨 일이 생겨 모임이 취소됐었는데.

"가만. 근데 왜 납품자가 JY 소속 부처지?"

재이가 알기로 JY에 건설을 담당할 만한 부처는 없다. 얼마 전 박 과장과의 트러블이 있었던 풀 파티장에 건설을 맡았던 시공사 임원들도 참석했으니 정확한 사실이다.

"이거, 정말로 뭔가…… 잘못됐어."

어쩌면 하민의 바람이 이루어질지도 모르겠다. 목적은 다르지만 재이의 바람도 역시.

❖

하민이 호텔로 돌아온 것은 자정을 훌쩍 넘긴 시각이었다.

"무슨……."

11층에 도착했을 때 하민은 자신이 하려던 말도 잊고 황당한 탄식을 흘렸다. 그만큼 기절한 듯 테이블 위에 엎어져, 심지어 팔까지 앞으로 뻗고 잠든 여자의 모습은 그 자체로 비주얼 쇼크였다.

"와, 나 세상에."

이번엔 감탄이다. 이 열악한 환경에서 색색 숨소리가 들릴 만큼 곤히 잠든 여자가 어이없는 만큼 놀랍고, 놀라운 만큼 또 신기하다. 이쯤 되면 근성은 인정해야겠다. 질리도록 미련하지만 그래도 근성 하나는 대단하다고.

"사……장님……?"

혼잣말이 컸나, 부스스 일어나는 재이를 보며 하민은 질색하는 표정을 숨기지 않았다. 괜한 소리를 해서 귀찮은 일을 늘렸다는 기색이다.

"사장님."

모른 체 슬쩍 지나가려던 하민을 붙드는 재이가 무심코 입가를 슥 문지른다. 설마, 내가 상상하는 그런 건 아니겠지. 아무리 잠결이라지만, 곧 잘릴 게 확실하지만, 그래도 지금 사장 앞에서 침 같은 걸 닦는다거나 하는 건.

"저, 찾았습니다."

하민이 질색을 하거나 말거나 재이는 저 할 말만 한다. 다시 한 번 말하지만 대단한 근성이다.

"잘못된 것, 감춰져 있던 것, 제가 찾았다고요."

상태로 봐서는 도저히 믿기지 않는 말이지만, 굳이 입씨름을 하고 싶진 않아 쳐다만 보는 하민의 손에 재이가 얇은 파일 하나를 쥐여 주었다.

"확인해 보세요. 그럼, 전 이만 퇴근해도 될까요?"

오늘 일어났던 모든 일들과 새벽 한 시를 가리키는 지금 시각을 종합했을 때, 헛소리에 가까운 말이었지만 정작 본인은 태연해 보였다.

"참, 분명히 해 두는데, 이건 퇴직이 아니라 퇴근입니다."

"어련하시겠어."

황당해서 비꼬는 말인 줄도 모르는지, 알고도 무시하는 건지, 비틀대며 자리에서 일어난 재이가 가볍게 목례를 한다.

"그럼 이만 퇴근하겠습니다."

잘못 본 게 아니라면 분명 미소를 짓고 있었다.

"세상에."

혼자 남은 하민이 다시 한 번 감탄사를 뱉었다. 어떤 의미에서 무서울 만큼 이상한 여자다. 그나마 다행스러운 점은 더 이상 저 여자를 볼 필요가 없다는 것 정도일까.

"찾긴 뭘 찾아."

하민은 스위트룸에 들어서자마자 보이는 곳에 재이가 준 파일을 던져 버렸다. 아무나 찾을 수 있는 일이었다면, 맡기지도 않았을 거다.

"잘못된 건 본인이면서."

하민이 그 서류더미에서 찾으려 했던 건, 그 자리에 있어서는 안 되지만 교묘히 숨어 있는 일종의 함정이었다. 자칭 새로운 비서라는 그 여자의 존재 역시 이곳에 있어서는 안 되는, 교묘하게 숨어 들어오려 했던 함정이니 다를 건 없다.

"게다가 무례하기까지."

방 가운데에 놓인 푸르른 수국 다발을 보자 오전의 불쾌한 일이 떠올랐다. 감히 허락도 없이 들어온 주제에 멋대로 훔쳐봐 놓고 그 사실을 다시 입에 올리다니, 불청객치고도 최악이다.

그래도 복수라면 어느 정도 한 것 같으니 이제 잊어 주련다. 오늘 하루는 저물었고, 내일엔 그녀가 설 곳이 없을 테니.

"17년 만인가……."

흐드러진 야경을 내려다보며, 지난 세월을 발음한다. 한마디에 채 담기지 못한 애정과 증오가 각각 하민의 눈동자 속에서 흔들린다.

"저, 다녀왔어요."

그리고 언제나 마지막에 남는 건, 그리움이다.

❖

연거푸 쓴 커피를 들이켜던 하민이 제풀에 지쳐 의자에 등을 기댄다.

"조바심 나시겠지만, 현재로서는 딱히 손을 쓸 도리가 없습니다."

아침 일곱 시부터 저 자리에 앉아 초조하게 커피를 들이켜는 하민을 달래는 말이다.

"일단 투숙객 민원을 핑계로 정오까지 공사를 미루긴 했습니다만, 그 이상은……."

"감사 결과는요? 도대체 언제까지 기다리라는 거예요?"

"글쎄요, 제가 방금 드린 게 중간 보고서니 다음번에는 가닥이 더 잡힐 테지요."

송 실장의 차분한 목소리에도 하민의 미간은 펴지질 않는다. 오히려 분한 듯 손에 들린 종잇장을 노려보다가 또 커피를 들이붓는다.

"사장님."

"오늘을 넘기면 위험해요. 아시잖아요, 무슨 생각들인지. 내가 사장인데 내 호텔에서 공사하는 거 하나 멈추질 못합니까?"

하민이 사장직을 꿰차기 전부터 예정된 공사였다. JY그룹 차원에서 진행했던 일이니 단순하게 사장이 바뀌었다는 말로는 무를 수 없는 게 지금의 분한 현실이다.

"이 감사만 해도 그래, 그 돈을 받고도 일을 이따위로밖에 못 한답니까? 중간 보고서 같은 소리 하고 자빠졌네. 대충 의심 가는 정황만 적어 놓고 자세한 근거는 다음 이 시간에? 이게 무슨 일일 연속극인 줄 아나."

하민이라고 계획이 없던 건 아니었다. 오히려 치밀했다고 볼 수 있을 거다. 사장직을 차지하기도 전에 어렵사리 내부 문건을 입수해서 비밀리에 감사를 맡겼으니, 그 정도면 최선을 다한 거다.

"누군가는 이 공사로 인해 돈 장난을 쳤고, 누군가는 그걸 묵인했으며, 누군가는 부당한 이권을 얻었고, 그 수단이 자재비라는 것까지 나왔는데 이젠 명확한 데이터와 증거가 필요하다는 거 자체가 난센스 아니냐고요. 하긴, 이 빌어먹을 JY에 깨끗한 공사 같은 건 애초에 없었으니 오죽들 하시겠냐만은."

분한 마음에 숨 한 번 쉬지 않고 쏘아붙인 하민이 다시 제풀에 지쳐 한숨을 내쉰다.

"보고서는 전부 읽어 보셨는지요. 어쩌면 현 상태에서 도움이 될 만한 걸 찾을 수 있을지도 모릅니다."

"다섯 번이나 읽었어요. 이 구구절절하고 쓸데없는 궤변들을 다섯 번이나."

"이것도요?"

송 실장이 소파에 놓여 있던 얇은 파일을 들어 보이자 이내 기대감으로 빛났던 하민의 눈빛이 간밤의 기억과 함께 실망으로 변했다.

"그건 아니에요. 내가 어제 던져 둔 거니까 나가는 길에 내다 버리세요."

"알겠습니다. 개인적으로는 자재비 내역에 대한 정리가 참 아깝지만……."

"버리세요."

단호한 하민의 말에 송 실장은 순순히 고개를 끄덕인다. 대신, 삼 초 정도 뜸을 들이며 자리에서 천천히 일어났다.

"잠깐, 뭐라고요?"

반사적으로 되묻는 하민을 보며 싱긋 미소 짓는 송 실장에게서 계략의 냄새는 전혀 나지 않았다.

 "이 보고서, 시간이 부족해서 그런지 완벽하진 않습니다만 감사 보고서에서 제기한 의혹에 관련된 부분이 제법 소상해서요. 역시 전문적인 분석 기관도 좋지만, 현직에 있던 사람의 시선이 날카로운가 봅니다."

 "그거, 자칭 내 새 비서라는 여자가 쓴 보고서 맞아요?"

 "네, 어차피 지금 버리러 나가는 길이지만요."

 태연한 송 실장의 대구에 하민이 잠시 미간을 찌푸린다. 아마 자존심과 실리의 사이에서 내적 갈등을 일으키는 중일 거다.

 "아뇨, 다시 주세요."

 송 실장의 예상대로 하민은 어리석지 않았다.

 "그러시죠."

 남은 건 하민이 제 눈으로 사실을 확인할 때까지 잠자코 기다리는 것뿐이다. 송 실장은 자신의 도움이 수포로 돌아가지 않았음에 뿌듯함을 느끼며 시시각각 변해 가는 하민의 진지한 표정을 주시한 채 기다렸다.

 "이거, 얼마나 신뢰할 수 있을까요."

 "전문 기관에서 지적한 부분과 일치하는 게 상당합니다. 확실한 근거가 될 데이터만 구한다면, 충분히 근거가 되어 주리라 생각합니다."

 당장 공사를 멈추기엔 역부족이란 뜻이지만, 그보다 주의를 끄는 건 지금 이 보고서의 진면목이다. 설마, 이걸 할 수 있을 거라고는 생각도 해 본 적 없는데.

 "송 실장님."

 간신히 보고서에서 눈을 떼며 고개를 든 하민은 평소보다 조금 멍한 표정이다.

"영감이 엄청난 스파이를 보냈는데요?"

"저, 그게 말입니다."

새로운 비서를 문전박대한 게 비단 불쾌한 첫 만남 때문만은 아니라는 걸 잘 알고 있는 송 실장이었다. 은퇴한 자신을 다시 현장에 복귀시킬 만큼 본사 인력을 못 믿는 하민이 의심하는 것도 당연지사였다.

"스파이가 아닌 것 같습니다."

"그럴 리가."

"아뇨, 저도 처음엔 같은 의심을 했지만 철저히 조사해 본 결과 오너가는 물론 이사회와도 아무런 관련이 없는 일개 사원이었어요. 그것도 마케팅 부서의."

기업 내에 오너나 경영진과 긴밀한 관계를 이루는 부서들은 몇 있지만 그게 마케팅 부서가 아니라는 건 하민도 잘 안다.

"하지만 그 영감이……."

"해서 다른 루트로도 따로 확인을 해 봤지만 결과는 깨끗했습니다. 아마도 사장님께서 경계할 거라는 걸 예상한 행보가 아닐까 싶은데요."

송 실장이 하민의 눈앞에 재이의 이력서와 인사 카드, 따로 조사한 것으로 보이는 신상 자료를 내려놓았다.

"적어도 본인은 순수한 의도로 파견된 것 같습니다."

"실장님, 세상에 그런 의도는 없어요."

말은 그렇게 하면서도 뭔가에 홀린 듯 이력서를 집어 드는 하민이다. 그 모습을 보는 송 실장은 이 젊은 사장의 어린 시절을 떠올렸다. 뭐든 제 눈으로 확인을 해야 직성이 풀리는 고집불통의 소년은 의외로 현실을 빠르게 파악하고 받아들일 줄 안다는 걸.

"그래서 이 사람, 아니 자칭 내 비서는 출근했습니까? 아니지, 어제 그 난리를 피워 놓고 안 했을 리가 없지. 어디 있어요, 지금?"

"글쎄요."

어깨를 으쓱하는 송 실장은 가끔 이렇게 하민을 시험한다.

"사장님이 여기로 오는 유일한 엘리베이터 앞에 가드를 세우지 않았다면 벌써 오고도 남았을 시간이 아닐까 싶지만, 지금은 모르죠."

하지만 더 놀리고 있을 여유는 없었다. 손에 이력서를 쥔 채로 빠르게 방을 벗어나는 하민을 뒤쫓기에 송 실장의 나이가 이미 꽤나 버거운 탓이다. 과연 두 사람 중에 누구의 성질이 더 급할까. 차차 알아볼 만한 문제라고 생각하며 송 실장은 걸음을 재촉했다.

❖

같은 시각, 송 실장의 생각이 무색하지 않게 재이는 가쁜 숨을 몰아쉬는 중이었다. 더 정확히는 엘리베이터 앞을 막아선 가드를 향해 속사포처럼 한풀이 같은 항의를 쏟아 내는 중이다.

"제가 무슨 부귀영화를 누리겠다고 이러겠어요? 저도 올라가기 싫어요. 그래도 가야죠, 제 직장이니까! 이러다 저 지각해서 정말 해고당하면 책임지실 거예요? 아니잖아요!"

"죄송합니다. 허가받지 못한 분은 들이지 말라는 지시가 있었습니다."

"뭔가 착오가 있나 본데, 허가고 뭐고 여기가 제 직장이라니까요?"

"착오는 없습니다. 돌아가 주십시오."

"아니, 제 말은……!"

참다못한 재이가 바락, 언성을 높이려는 찰나 거짓말처럼 엘리베이터의 문이 열렸다. 자로 잰 듯한 타이밍 덕에 재이의 원망 섞인 눈초리를 정면으로 받은 건 하민이었다. 그것도 몹시 당황한 나머지 손에 들고 있던 종잇장들을 떨어트리고 마는 놀란 토끼 눈의 하민이었다.

"풉."

맹세코 고의는 아니다. 그저, 갑자기 열린 문 너머에서 소스라치게 놀란 하민이 팔랑팔랑 떨어지는 종잇장들을 잡으려 허리를 굽히는 그 순간에 웃음이 먼저 터졌을 뿐.

"뭐, 설마 지금 날 비웃고 그러는 건⋯⋯."

"제가요? 아뇨, 그럴 리가요."

강한 부정은 강한 긍정이라는 걸 모르는 사람은 없겠지.

"마침 잘 오셨어요. 제가 출근은 정시에 했는데 뭔가 착오가 있었는지 이분들이 들여보내 주질 않아서요. 이거, 지각 사유로 인정되는 거죠?"

하민은 여자가 뻔뻔한 걸 익히 알고 있는 터라 더는 놀라지 않았다.

"제 보고서는 어땠는지 여쭤 보고 싶은데요."

"뭐, 그럭저럭."

마지못해 뜻뜻미지근한 답을 뱉는 하민을 보고도 재이는 눈썹 하나 까딱하지 않는다.

"다행이네요."

근거를 모를 자신감이 재이의 목소리에 고스란히 묻어났다. 뭐지, 어제의 절박함은 찾아볼 수도 없는 저 도도한 태도는.

"할 말은 그게 단가?"

하민은 모른다. 재이가 의외로 도발에 잘 걸려 넘어가는 타입이라는 건.

"아뇨."

자못 여유 있는 태도로 무릎을 굽혀 하민이 떨어트린 종이를 한 장한 장 주워 든 재이가 다시 하민의 손에 그것들을 넘겨주었다. 첫 장의 이력서라는 글자와 제 증명사진을 슥 훑는 시선이 꽤나 노골적이다.

"전 앞으로 매일 출근할 테니, 궁금한 게 있으시면 굳이 읽지 마시고 직접 물어보시는 게 편하실 것 같습니다."

서로의 지위는 여전하건만, 묘하게 관계가 뒤바뀐 느낌이다.

"이젠 실업 수당에 대해서 안 알아봐도 될 테니까 시간이 많거든요."

"과연 그럴까?"

물론 만만하게 당하고 있을 하민도 아니다.

"약속하셨잖아요, 저랑."

애당초 지킬 일이 없을 거라 생각했던 약속에 하민이 잠시 미간을 구겼다. 송 실장의 조사대로 눈앞의 여자가 깨끗하다 해도 여전히 하민에게 성가신 존재라는 건 별개의 문제다.

"내가 약속을 지키는 사람이라는 보장은?"

"없죠."

흔들림 없는 재이의 눈이 하민과 마주쳤다.

"하지만 사장님이 약속을 지킬 줄 아는 분이었으면 좋겠네요."

"그래?"

"네. 그래야 제가 밤새 애써서 구해 온 자료로 공사를 중지할 수 있을 테니까요."

마주친 시선 사이로 재이가 생긋 웃자, 잠시 하민이 아무런 미동 없이 보다가 시선을 손에 쥔 이력서로 떨궜다.

"그럼······."

다시 고개를 들어 재이를 봤을 땐, 하민도 미소를 짓고 있었다. 똑같이, 상큼하면서도 사악함이 묻어나는 미소였다.

"이재이 씨."

처음으로 그가 이름을 불렀다.

"이 비서와 이 실장, 둘 중에 어느 호칭이 좋겠어?"

"후자가 더 좋습니다. 약속을 지켜 주시는 건가요?"

"난 원래 신의가 있는 사람이거든."

거짓말, 재이가 웃음 너머로 속내를 감춘다.

"그럼, 가지 이 비서."

그러면 그렇지. 청개구리 심보를 툭 던지고 걸음을 옮기는 하민의 등을 재이가 남몰래 흘겨보았다.

"안 오고 뭐해?"

등에도 눈이 달렸나. 속으로만 투덜댄 재이가 바쁘게 하민의 걸음을 따라잡으며 물었다.

"어디로 가는 건데요?"

"이제부터 이 비서가 실력 발휘를 해야 하는 곳으로."

"네?"

"아직 일이 덜 끝났잖아. 일단 나부터 납득시켜 봐, 그다음엔……."

문득 하민의 빠른 걸음이 멈춰 선다. 하민이 흘깃 눈짓으로 가리키는 곳엔 곧 다시 시작될 공사장의 가림판이 보인다.

"저것들도 납득시켜."

무심코 고개를 돌려 본 하민의 옆얼굴에 경멸의 빛이 고스란히 묻어나 내심 놀랐다. 처음 질색을 하고 온갖 박대를 할 때도 저런 표정은 지은 적이 없었는데.

"아니, 내 호텔에서 무조건 쫓아내. 무슨 수단과 방법을 써서라도, 반드시."

"그 말씀은."

"책임은 내가 져. 법적, 도의적, 경제적, 현실적인 모든 책임은 내가 질 테니 무조건 쫓아내기만 해."

매사 성의 없는 줄로만 알았더니 이런 때는 진지한 얼굴을 하는 이 사람을 점점 더 알 수가 없다.

"알았지, 이 비서?"

그러다 이내 특유의 가늘게 휘어지는 눈웃음을 짓는 이 사람을.

"최선을 다하겠습니다."

언젠가는 이해할 수 있을까. 정말 일 년이나 버텨 낼 수 있을까. 어제는 어제의 일로, 오늘은 오늘의 일로 재이의 머리가 지끈거린다.

❖

세 시간 후, 하민은 아침과 같은 자리에서 창밖을 보고 있었다. 재이가 송 실장 이하 직원들 몇을 대동하고 공사 현장으로 내려간 지 삼십여 분이 지난 후다.

'현재 가장 밀어붙일 만한 근거는 납품 자재의 단가예요.'

또박또박 읊던 재이의 목소리는 자신만만했다.

'자재계약은 5월. 이후 결제 금액을 두 차례에 걸쳐 분납했죠. 그런데 납품 책임자가 JY 총무부 소속이에요. 사장님이 더 잘 아시겠지만 JY엔 건설과 관련된 부서가 전무합니다. 물론 중개의 역할을 했을 수는 있겠지만, 실질적으로 자재를 납품한 건 현재 공사를 맡고 있는 A 시공사였습니다.'

그 정도는 하민도 알고 있는 사실이었다. 하지만 그게 전부가 아니었다.

'문제가 되는 건 그다음 부분이죠. 납품된 자재의 단가.'

당연히 금전에 관련된 부분은 가장 먼저 조사했었다. 등잔 밑이 어두울 거란 생각은 미처 못 한 채로.

'5월 말에 인도네시아 공장에 불이 났어요. 현 시공사에서 쓰는 자재의 45% 가량이 그 공장에 의존하고 있었죠. 국내 다른 현장 여러 곳에서도 마찬가지고요. 덕분에 일시적으로 자재 값이 대폭 향상됐던 시기가 바로 6월입니다.'

일목요연하게 정리된 보고서와 직접 가져온 데이터는 재이의 말을 명확하게 뒷받침하고 있었다.

'자재 계약은 5월 초, 자재를 납품받아 보관하고 있던 것도 같은 시기지만 단가는 가장 상승했던 6월, 즉 결제 당시의 시세로 치러졌어요. 대충 계산해도 부당하게 취한 이득이 약 2억 원 가량…… 자세히 조사하면 더 늘어날 거라고 봅니다.'

한때 스파이로 의심했던 신입 비서는 믿기지 않을 만큼 유능했다. 하지만 그 인상적인 브리핑에서 하민의 마음을 송두리째 흔든 건 따로 있었다.

'솔직히 이 정도만 가지고 당장 공사를 중지시킬 수는 없습니다. 적법한 절차와 시간이 더 필요해요. 하지만…….'

'하지만?'

답답한 나머지 말꼬리를 채는 하민을 보고 재이는 여유만만하게 훗, 하는 웃음을 지었던 것 같다.

'최선을 다해 봐야죠. 저도, 신의가 있는 사람이거든요.'

구체적으로 어떻게 최선을 다할 거냐는 하민의 닦달에도 재이는 별다른 동요 없이 느긋했다. 일종의 복수라면 성공한 셈이다. 그때 하민의 속은 답답하다 못해 타들어 가는 것 같았으니까.

'협박할 거예요.'

재이는 마치 저 출근했어요, 라고 말하듯 태연한 말투로 무시무시한 말을 잘도 했다.

'송 실장님이 알아봐 주셨는데 건설 소장, A 시공사와 인척 관계더라고요. 부당 이득이 오가는 일에 인척이 빠지면 섭섭하죠.'

아무래도 새로운 비서에겐 악마적인 무언가가 있는 것 같다고 생각했지만.

'전 무조건 공사를 멈출 테니, 나머지는 사장님이 맡으세요.'

적어도 오늘 하민에게만큼은 그 무언가가 매력적으로 느껴졌다. 지

58

금 이 시점에서 하민이 가장 필요로 했던, 비상한 두뇌와 유능한 손발 그리고 수단과 방법을 가리지 않는 사악한 추진력을 이재이는 모두 갖고 있었다.

그때 책상 위의 전화벨이 하민의 상념을 끊었다. 남은 건 결과다. 이 비서에게, 그리고 나에게 행운이 얼마나 따랐는지에 대한 결과.

— 현장 철수시켰습니다.

수화기 너머로 들려온 송 실장의 한마디에 하민의 안색이 환해졌다. 그리고 다음 순간, 하민은 수화기도 제자리에 놓지 않은 채 엘리베이터 앞으로 달려 나갔다. 그 짧은 기다림이 어찌나 초조하던지 하민은 저도 모르게 입술을 깨물었다.

마음 같아서는 진즉 해치우고 싶은 일을, 대놓고 운신할 수 없다는 이유로 애만 태우던 골칫거리를, 또 다른 골칫거리인 여자가 해결할 줄이야.

"어떻게……."

잠시 후, 1층에 도착한 엘리베이터의 문이 열리자마자 다급히 내린 하민의 말이 채 끝나기도 전에 재이가 먼저 답한다.

"말씀드렸잖아요, 협박할 거라고. 대신 책임은 사장님이 지셔야 해요. 아마 좀 있으면 난리 날 걸요?"

"상관없어, 이제부턴 내가 다 감당할 수 있으니까."

아무리 사장이라도, 전임 사장과 그룹 차원에서 진행하던 일을 부임하자마자 멋대로 중지시킬 수는 없다. 가능하대도 적법한 절차와 진절머리 나는 회의들을 거치다 보면 이미 때가 늦었을 거다.

하지만 이미 그럴싸한 이유로 공사가 한 번 중지된 후라면, 그걸 재개하지 못하게 할 정도의 능력은 있었다. 운이 따르긴 했지만, 결과적으로 첫 번째 자존심 싸움에서 이긴 셈이다.

"그러고 보니, 아직……?"

문득, 영문 모를 소리를 한 하민이 공사 현장의 가림판 뒤로 빠르게 걸음을 옮긴다. 재이는 잠시 망설였지만, 괜찮다는 송 실장의 눈짓에 하민을 따라 들어갔다.

　"아⋯⋯."

　저도 모르게 탄성이 나온 건 어째서였을까. 처음 마호가니 문을 넘어 그가 머무르는 방에 들어섰을 때와 비슷한 감각이 재이의 안에서 되살아났다.

　머나먼 세계의 한 자락 같은, 그러나 분명히 현실에 존재하는 풍경 속에서 그 남자의 뒷모습은 언제나 아스라하게 보인다. 마치 발을 딛고 선 곳보다 그 어깨 너머의 풍경에 더 가까운 사람인 것처럼.

　"참 예뻐요."

　그 등에서 한 발짝 뒤에 선 재이가 가만히 말했다. 하민의 등을 보는 대신, 그와 같은 곳을 보며 처음으로 같은 감정을 공유하며.

　"그렇지?"

　차분한 하민의 목소리를 닮은 비가 유리 너머로 내린다. 스무 평 남짓한 푸른 잔디, 그 한가운데에서 물기를 머금고 푸름을 빛내는 오래된 나무 한 그루. 견고한 호텔의 벽에 둘러싸인 그것에는 무엇과도 비견할 수 없는 고요함이 깃들어 있었다.

　"이런 걸 중정이라고 하나요?"

　가운데에 있는 정원, 단지 그 단어로는 그려낼 수 없는 풍경에 하민은 잠자코 고개를 끄덕인다.

　"정말 예쁜 중정이에요."

　"그 머저리들이 이걸 없애려고 했으니."

　짓씹듯 하는 혼잣말에 그제야 하민이 뭘 지키려 했던 건지를 깨달았다. 재이를 끌어들이는 건 계획에 없었겠지만, 무슨 수를 써서라도 막겠다고 했던 말은 진심이었음도.

"이 비서."

"네."

비 내리는 작은 정원의 풍경을 함께 바라보던 때에 막연히 그런 생각이 들었다.

"잘 했어."

"……네."

오늘은 잊히지 않을, 특별한 날이 될 거라는 어떤 예감이.

02

오전에 중지시킨 공사의 여파는 점심 무렵을 지나기 무섭게 항의의 전화가 되어 날아들기 시작했다. 대부분의 전화는 송 실장의 선에서 처리했지만, 하민도 완전히 자유로울 수는 없었다.

"그럼 소원대로 이사회에서 봅시다, 아주 화기애애하고 좋을 거 같은데 기대하죠!"

신경질적인 일갈을 끝으로 쾅 소리가 나게 전화기를 내려놓는 하민의 얼굴에 피곤이 역력하다.

"이 많은 걸 나더러 혼자 어쩌라는 건지."

쯧, 혀를 차며 서류 더미를 넘기는 하민은 새삼 신입 비서의 무시무시함을 느꼈다. 이런 걸 유능하다는 단어만으로 설명할 수 있을까. 지독하다거나, 무섭다거나, 기가 질릴 정도라는 말로도 모자랄 지경이다.

"굳이 혼자 고생을 자처하실 필요는 없지 않을까요."

그런 하민의 속내를 읽은 듯 송 실장이 넌지시 운을 띄운다.

"사장님에겐 유능한 동반자가 필요합니다."

"송 실장님 계시잖아요."

"저 같은 늙은이로는 부족할 때도 있죠. 게다가 마침 적합한 인물이 나타났잖습니까."

어제였다면 바로 일갈했을 말이지만, 오늘은 잠자코 생각에 잠기는 하민이었다.

"이 실장은 단지 유능하기만 한 사람이 아닙니다. 요즘 세상에 드물게 심지가 굳은 젊은이예요."

"확실히 보통은 아니죠, 여러 가지 의미로."

"사장님처럼요?"

"내가 뭘요?"

발끈하는 하민이지만 바로 반박할 수 없는 송 실장의 말이 날아든다.

"첫 출근부터 문전박대에, 현실적으로는 불가능에 가까운 일을 내어 주며, 조명도 제대로 없는 복도에 티 테이블 하나 덩그러니 놓아 주는 상사…… 보통일까요?"

드물게 할 말을 잃은 하민이 머릿속으로 어제 하루를 되돌려 본다.

"그렇게 육체적, 정신적으로 고달픈 상황 속에서 묵묵히 맡은 바를 해내는 사람은 또 얼마나 될 것 같습니까. 오해가 있었다고는 하지만, 본인은 그 사실조차 모를 겁니다. 또한 그 오해는 사실이 아니었죠."

"백 프로 확실한 건 없어요."

"적어도 본사에서 어떤 의도를 갖고 보낸 사람이라면 오늘 사장님을 돕지는 않았을 것 같습니다만. 제 생각이 틀린 걸까요?"

구구절절 옳은 말들이 하민의 심기를 불편하게 만들었다. 이런 바른 말을 듣고 싶어 은퇴한 송 실장을 설득해 억지로 복귀시킨 거지만, 이 말들이 다 옳다는 걸 알고는 있지만…….

"사장님에겐 이 실장 같은 사람이 필요합니다."

능력이나 저의가 없는 깨끗한 배경 때문만이 아니다. 송 실장이 본 재이는 그보다 더 중요한 장점을 갖고 있는 사람이었다. 지금의 하민에게 꼭 필요한 사람, 즉 최선을 다해 하민을 도울 수 있으면서도 그에게 휘둘리지 않을 그런 사람이다.

"그렇게 밀어내도 포기하지 않았으니, 아마 오래도록 사장님 곁을 지켜 줄 겁니다."

"난 그런 거 원한 적도, 필요로 한 적도 없습니다."

한 마디로 자르는 하민의 목소리에 단호함이 서려 있었다. 그건 아집이나 축적된 고독의 산물만은 아닐 거다. 송 실장은 그 사실을 마주할 때마다 가슴 한편이 쓰렸다.

"그렇습니까."

"네, 단 한 번도."

살면서 단 한 번도 타인을 믿어 본 적이 없는 사람이, 지금 무거운 책무들이 쌓인 가운데 홀로 앉아 있다. 불과 스물여덟, 버겁지 않을 리가 없을 텐데.

"그럼, 이용하세요."

"네?"

송 실장이 바라는 건 한 가지. 그 무게를 조금 덜어 주고 싶은 것뿐이다.

"이 실장이 가진 것들을 이용하시면 되잖습니까. 이 실장이 바라는 건 제 자리를 내어 주는 것뿐이니 손해 보는 장사도 아니고요."

흐음, 고민의 흔적이 담긴 소리를 내는 하민이 살짝 미간을 찌푸렸다.

"사실, 별것도 아닌 일이지요."

대수롭지 않게 덧붙이는 송 실장의 한 마디가 조금 남아 있던 찝찝한 마음까지 날려 버린 걸까.

"하긴, 언제라도 쫓아내면 그만이니까."

한 번 마음을 먹자 머릿속이 말끔히 정리되는 기분이다.

"이 비서, 지금 어디 있죠?"

한결 밝아진 목소리와 함께 드디어, 하민은 재이에 대한 결정을 내렸다.

❖

엘리베이터 거울을 통해 빨갛게 충혈된 제 눈동자를 보며 재이는 나이가 원수라는 말을 곱씹었다. 이젠 기억조차 아득한 대학 시절이나, 신입 사원 때는 하루 철야는 기본에 이틀까지도 무난했던 것 같은데, 그땐 도대체 무슨 기운이었는지.

"볼만하네, 정말."

아까 안약을 넣은 눈을 깜박거리자 새삼 피로가 밀려온다. 낯선 공간, 낯선 업무, 낯선 사람까지. 재이에게 어제오늘은 숨 한 번을 마음 놓고 쉬지 못할 만큼 피로의 연속이었다. 그리고 그중 최고의 고난이 지금 재이 앞에 서 있다.

"들어와."

지난밤에 재이가 분투하던 복도의 테이블은 이미 치워진 후였다. 그 대신 하민이 제 손으로 문을 열고 문제의 스위트룸으로 들어갔다.

"뭐해, 들어오라니까."

어제, 멋대로 발을 들였다가 그 고생을 했던 터라 망설이는 재이의 속내를 읽었는지 재촉하는 하민이었다.

"앞으로는 여기서 업무를 보도록."

문과 가까운 곳에는 어두운 색의 나무로 만들어진 레이디 데스크가 있었다. 평소에는 마치 선반처럼 닫혀 있는 상판 부분엔 정교한 무늬가 아로새겨져 있고, 작은 금속 열쇠가 달려 있어 그 부분을 열면 책상이 되는, 말 그대로 영화에서나 보던 물건이었다.

"여기……서요?"

정말 예쁜 물건임엔 틀림없지만, 조금도 실용적으로 보이진 않는다. 드레스를 입은 귀부인이 남모르게 연애편지를 쓰다 책상을 잠가 버리는 용도라면 몰라도, 저기서 업무를 보란 말인가.

"왜, 싫어?"

그 순간, 미세하지만 하민의 입가가 비틀리는 걸 재이는 분명히 봤다.

"아뇨!"

"근데 왜."

"어, 그게…… 너무 예뻐서요."

아마 제 딴엔 큰맘을 먹고 내어 준 것 같은데, 미지근한 반응을 조금이라도 더 보였다간 저 심사가 다시 꼬일지도 모른다.

"정말?"

"그럼요, 너무 좋아요!"

직장 여성 궁극의 비기, 일명 싫어도 좋은 척 필살 스마일을 시전하는 재이의 속내를 알기엔 한참 먼 하민이라 다행이다.

"보기보단 미적 감각이 있나 봐?"

그러니 저런 속 편한 소리나 하고 있겠지. 그 와중에 보기보다, 라니. 내가 어디가 어떻기에 김 실장부터 시작해서 저 사악한 사장까지 이런 시비를 건단 말인가.

"그 보기보단, 이라는 말이 무슨 뜻인지 여쭤 봐도 될까요?"

아직 필살 스마일을 지우지 않은 채로 묻는 재이를 보고 하민이 작게 코웃음을 쳤다.

"그대로지 무슨 뜻이 있어? 잘 됐네, 말 나온 김에 확실히 해 두자고. 안 그래도 오늘은 규칙을 정하려고 했거든. 물론 정하는 건 나지만."

어련하시겠어요. 언젠가 이런 말대꾸를 할 수 있는 날이 온다면 얼마나 좋을까. 꽁한 재이의 속을 알 리 없는 하민은 기다렸다는 듯 말을 쏟아 냈다.

"우선, 내 비서로 일하는 동안은 미적인 기준을 서로 맞출 필요가 있겠어. 이것도 물론, 기준은 내가 정하고 맞추는 건 이 비서지."

"네…… 네."

필살 비기의 수명이 다하고 있었다. 몇 발짝 떨어진 곳에서 재이를 위아래로 훑는 하민의 입가에 슬쩍 가소롭단 웃음이 걸리는 걸 보면 생각보다 약발이 금방 떨어지나 보다.

"하이웨이스트 금지, 와이드 팬츠 금지, 버건디 립 컬러 금지, 웨지힐 금지, 출퇴근 시 드는 백이라도 로고가 노골적인 것 금지, 또…….."

뭐야, 이 남자. 도대체 정체가 뭐냔 말이다. 혹시 지퍼를 열면 저 안에서 우리 미용실 원장님이라도 튀어나오는 건 아닐까. 문득 재이의 눈빛에서 경악을 읽었는지 하민이 잠시 말을 멈추곤 어깨를 으쓱한다.

"호텔에 있으면 잡지 볼 일이 많거든. 별 시답지 않은 것들까지도."

"그럼, 그것들이 트렌드라는 것도 아실 것 같은데요."

"호텔에 트렌드 같은 건 없어. 이 호텔의 일부가 되고 싶으면 안 좋은 방향으로 튀지 마. 그리고…… 설마 진심으로 이것들이 예쁘다고 생각하는 건 아니지?"

하민은 예쁘다고 했다가는 이번에야말로 잘릴지도 모른다는 생각이 들 정도로 심각한 얼굴이었다. 남자들이 싫어한다는 말은 익히 들어서 알고 있었지만, 이 정도로 싫은 거였나. 차라리 일종의 직장 내 품위 유지라고 말했더라면 납득하기 쉬웠을 텐데.

"참, 향수도 금지."

"그건 보이지도 않는데요?"

"내가 싫으니까 금지야. 특히나 지금 뿌린 에르메스는 절대, 절대로 금지."

하민은 재이가 이미 알고 있던 것과 상상했던 것 모두를 초월하는 상사였다. 마치 못된 시어머니처럼 예민한 감각과 영혼이 담긴 잔소리를 그럴싸하게 포장하는 솜씨까지.

"이의 있나?"

"……아뇨."

솔직히 이의는 있지만 그걸 입 밖에 낼 용기와 처지가 안 될 뿐이다. 근무처가 바뀌고 상사가 바뀌어도 절대불변의 법칙은 변하지 않는 거였다.

"그럼 진짜 중요한 규칙을 정하지."

하민이 재이에게로 몇 걸음을 떼다가 적당한 거리에서 멈춰 섰다. 처음 그를 봤던 것과 같은 곳, 푸른 수국 다발 곁이다.

"여기."

손을 뻗은 하민이 수국이 놓여 있는 테이블 위를 짚는다.

"여기가 경계선이야. 내 허락 없이 넘지 마."

재이는 느릿하게 눈을 깜박이는 것 외엔 어떤 반응도 할 수 없었다. 이 비서라는 호칭을 주고, 책상을 내어 주고, 다시 한방 안에서 이렇게 바보 같은 선을 긋는 이 남자를 정말 언젠가는 이해할 수 있게 될까.

"그리고 이 공간 안에 있는 어떤 문도 열어서는 안 돼. 들어가는 건 말 안 해도 알지?"

그 말에 재이는 하민이 머무는 이곳이 제 생각보다 훨씬 넓다는 사실을 깨달았다. 출입구와 같은 마호가니 나무로 만들어진 세 개의 문 너머엔 무엇이 있을지 아마 평생 알 수 없으리라는 것도 함께.

"반드시 지켜. 두 번은 없으니까."

그 어떤 규칙들보다 명확하게 선을 긋는 눈빛에 재이는 잠자코 고개를 끄덕였다.

"네."

그러자 이내 하민의 얼굴이 아무렇지도 않은 표정으로 돌아갔다. 언제 그런 식은 눈을 했었느냐는 듯이.

"저 출입문이 열려 있을 땐 들어와도 돼. 그 정도 권리는 있는 게 공평하잖아?"

밀어내는 건지, 곁을 내어 주는 건지 정말로 알 수가 없다.

"자."

어느새 코앞까지 다가온 하민이 작은 열쇠를 건넸다. 그 주인인 레이디 데스크처럼 실용성이라고는 눈곱만큼도 없어 보이는, 장식물에 가까운 자그마한 날붙이는 앙증맞은 파란 리본을 단 채 재이의 손바닥에 안착한다.

"이럴 땐 고맙다고 해야지."

그 말만 먼저 안 했어도 말하려고 했는데.

"최선을 다해 일하겠습니다."

청개구리 심보를 가진 건 하민만이 아니라는 듯 재이가 싱긋 웃으며 답했다. 그 웃음을 본 하민이 저도 모르게 눈살을 찌푸린 건 예상 밖의 일이었지만.

"이 비서."

"네?"

하민이 그제야 충혈된 재이의 눈을 발견했다는 걸 까맣게 모르는 재이가 순진하게 답했다. 이 비서라는, 아직은 낯선 호칭을 발음하는 목소리가 너무도 자연스러워 다른 생각을 할 겨를이 없었다.

"아냐, 아무것도."

순식간에 복잡 미묘해지는 하민의 표정에 깃든 생각을 재이는 절대로 모를 것이다.

공사장 책임자를 상대로도 기 한 번 죽지 않았다던 저 씩씩한 여자가 설마 뒤에선 남몰래 울었다거나, 제 앞에선 한 마디도 안 지고 틱틱대면서도 못내 서럽게…… 한 번 들기 시작한 상상은 좀처럼 멈추질 않고 하민의 머릿속을 날뛰기 시작한다.

"저기, 이 비서."

"네?"

본래 반성과는 거리가 먼 성격이라 생각했는데, 송 실장이 주입시킨 죄책감이 물 만난 고기처럼 퍼덕이며 진즉 퇴화한 줄 알았던 하민의 양심을 자극했다.

"어제오늘 내가……."

여기까진 어찌 말이 튀어나왔다만 끝은 도저히 맺을 수가 없었다.

"네, 말씀하세요."

아니. 누구라도 내 위치였다면 의심했을 테고, 먼저 무례를 저지른 건 사장 무서운 줄 모르는 신입 비서였다. 그러니까 절대 사과는 하지 않을 테다. 암, 턱도 없는 소리지.

"내가…… 일이 좀 많아."

"지시하실 게 있으시면……."

"됐고, 그만 퇴근해."

앞뒤가 전혀 안 맞는 하민의 말에 이번엔 재이가 눈을 가늘게 떴다.

"개인적인 일이니까 걸리적거리지 말고 퇴근하라고."

"그럼 송 실장님께 업무 인계라도 받겠습니다. 아직 모르는 것도 많고, 배울 것도 많아서요."

"이 비서."

"네?"

어라, 이게 아닌가. 바른 말을 했는데 어째 하민의 표정이 영 마뜩치 않다. 보통 퇴근을 자진해서 마다하고 업무에 매진하는 게 뭇 상사들이 바라는 이상적인 직원일 텐데…… 하긴, 어디로 튈지 모르는 이 사장을 뭇 상사라고 하기엔 어폐가 있다.

"쓸데없는 소리 하지 말고, 그냥 퇴근해."

생각해 줘도 난리야. 드물게 두 사람은 속으로 같은 생각을 떠올리는 중이었다.

"정 그렇게 말씀하신다면……."

"내일은 정오까지 출근하고."

"내일은 또 왜요?"

"그거야 내 마음이지, 이 비서가 그것까지 알아서 뭐하게?"

팩하고 괜한 성질을 부리는 하민은 저가 전형적인 잘해 주고도 욕먹는 스타일이라는 건 죽었다 깨나도 모를 거다. 우선, 재이부터도 이 사람이 왜 이러는지 짐작도 못 하고 있으니.

"알았으면 이제 가. 귀찮게 하지 말고."

대답할 틈도 없이 하민이 재이의 어깨를 덥석 잡았다. 여태 이렇게 가까운 곳에서 본 적 없는 하민의 얼굴에 반사적으로 몸이 움찔하는데, 그딴 것엔 관심도 없는지 그대로 핑그르 재이의 몸을 문 쪽으로 돌리는 하민이다.

"자, 얼른 가 버려."

성가신 기색이 역력한 목소리와는 달리, 등을 떠미는 손길은 적당히 부드러웠다. 그리고 재이의 등 뒤에서 쿵하고 문이 닫혔다.

"정말…… 이상한 사장이야."

저도 모르게 하민의 손이 닿았던 어깨에 제 손을 짚으며 재이가 되뇌었다. 아무런 예고 없이 다가온 남자의 두 손은 생각보다 컸고, 짐작보다 훨씬 가벼웠다.

숨소리가 들릴 만큼 가까운 거리에서 봤던 눈동자, 늘 쏟아 내는 못된 말들과는 좀처럼 어울리지 않는 입술, 그리고 훅, 하고 풍겨 오던 짙은 머스크 향.

"참 나, 자기 향수는 괜찮고?"

삐죽이는 말로 일부러 상념을 끊어 내는 재이다. 굳이 그 사람을 이해할 필요는 없을 거다. 그저 하나, 재이가 이미 본능적으로 깨달은 사실 단 하나만 기억하면 된다.

그가 소유한 세계는 누구와도 공유할 수 없다는 것.

그것은 밖에 내리는 비처럼 서글퍼 보이는 상념이었는데, 어쩐지 쓸쓸한 기분은 들지 않았다. 내 것이 될 수는 없지만, 적어도 발을 들이는 건 허락해 준 것처럼. 그렇게, 재이는 아직도 손에 쥐고 있는 자그마한 열쇠 한 쌍을 그 증거로 여기기로 했다.

이 낯선 세계에 잠시 머물러도 좋다는 허락의 증거로.

뜻밖의 전화가 걸려 온 건, 재이가 JY 본사에 당도했을 무렵이었다. 예전 자리를 정리하려고 찾은 길인데 마침 김 실장의 호출을 받은 건 정말 우연이었을까.

"회장님께서 기다리십니다."

김 실장의 말은 예상과 조금도 다르지 않았다. 며칠 사이에 다시 본 회장실 문이 이전처럼 재이를 떨리게 하지 않는다는 게 조금 신기했을 뿐이었다.

"이 실장."

두 번의 노크를 하고 들어선 재이가 인사를 건네기도 전에 하 회장이 입을 열었다.

"내가 해 주기로 했던 이야기가 있었지? 우선 거기 앉게."

"예, 회장님."

막상 회장을 마주하자 조금 위축되는 건 사실이었다. 재이는 무릎을 가지런히 모으고 의식적으로 등을 곧게 편 채 의자에 앉았다.

"본론으로 들어가기 전에, 내 묻고 싶은 게 있는데."

"말씀하십시오."

재이를 보던 하 회장의 시선이 문득 먼 곳을 응시하는 것처럼 보였다. 그리고 잠시의 침묵 후에 하 회장이 천천히 입을 뗐다.

"그 방은 여전히 아름답던가?"

"예……?"

반사적으로 되묻긴 했지만, 이내 하 회장이 말하는 장소가 저절로 떠올랐다. 한가운데 푸른 수국이 있는 동화 같은 그 방의 풍경이.

"여름이니 수국이 놓여 있겠지?"

"……예."

놀랍게도 하 회장 역시 재이와 같은 풍경을 떠올리고 있었다.

"그리고 제가 보기엔…… 아름다웠습니다."

"그래, 그럴 테지."

두어 번 고개를 끄덕이는 하 회장은 며칠 새 조금 나이가 든 것처럼 보였다. 언뜻 평범한 초로의 남자로 보이기도 했다.

"알고 있나? 하 사장은 그 방에서 자랐다는 걸."

"아뇨. 몰랐습니다."

"하 사장이 내 아들이라는 건?"

"몰랐지만, 짐작은 어느 정도……."

여전히 솔직하군, 그런 말을 하는 하 회장이 잠시 열없는 웃음을 머금었다. 그제야 재이는 왜 오늘따라 하 회장의 인상이 달라 보이는지를 조금 알 것 같았다. 아들의 이야기를 하는 아버지의 얼굴은 세상 사람들 모두 비슷한 법일 테니까.

"솔직히 말하면 하 사장이 그 자리에 앉는 건 계획에 없는 일이었네. 난 조금도 예측하지 못했지. 자네가 내 부탁을 들어주려면 먼저 그 이야기를 알아야 할 것 같아서 말이야. ……그래, 더 솔직해지자면 난 좋은 아비도 아니었어. 덕분에 자네 같은 사람이 필요한 지경까지 온 게지."

지금부터 듣는 이야기는 재이가 지장을 찍었던 각종 각서와 계약서보다 더 큰 무게를 지니고 있을지도 모른다는 생각이 들었지만 막고 싶지 않았다. 그게 호기심이든, 이유 모를 감정에서든, 이야기를 듣고 싶었다. 그 사람의 이야기를.

"하 사장에겐 상속받을 10%의 지분이 있었어. 내 알기론 신탁 회사에서 관리하고 있었고, 그 조건이 뭔지는 몰랐지만 이번 기회에 똑똑히 알게 됐다네. 단순히 정해진 연령의 생일을 넘기면 아무런 조건 없이 상속되는 것이었어."

이사회에 폭탄을 터트리던 하민의 모습을 떠올리는지 하 회장이 잠시 눈을 가늘게 떴다.

"의아한가 보구먼. 왜 내가 그걸 몰랐는지."

"이해가…… 어렵습니다."

상속 분이라면 아버지인 하 회장이 주체가 되는 게 기본이다. 간혹 신탁의 형태로 기관에 맡겨 일정 조건이 충족되면 상속되는 형태가 있다는 건 알고 있었지만, 그렇대도 주체인 하 회장이 몰랐다는 건 말이 안 되는 것 같았다.

"그걸 상속해 준 사람은 내가 아니야. Y물산의 총수였지. 이 JY가 합자 그룹으로 시작했다는 건 아나?"

"예, 일본의 기업과…… 아. 그럼 Y물산이라는 게 바로 그 일본의……."

"그래, 하 사장은 상속받은 10%와 나머지 Y물산이 가진 36%의 지분을 위임받아 스스로 사장 자리를 탈환한 거야. 그게 아무것도 모르는 이 아비 앞이었으니, 하 사장이 날 어떻게 생각하는지는 더 설명할 필요도 없을 것 같네만."

이제야 의문이 조금씩 걷히고 제가 맡은 일에 대한 어렴풋한 그림이 그려졌다. 상식을 뛰어넘은 인사 발령에 숨겨져 있던 진의는 예상보다 재이를 훨씬 당혹스럽게 했다.

"저를, 첩자로 보내신 건가요."

"부인하진 않겠네. 하나."

그렇다면 아무리 꼬여 버린 첫 만남이라지만, 지나쳤던 하민의 처사도 이해할 수 있었다. 쓸데없는 짐짝까지 넘겨받고 싶진 않다던 신랄한 독설은 사실 모든 걸 꿰뚫어 본 것이었음도.

"하 사장이나 자네가 지금 머릿속으로 상상하는 그런 일들을 시키려는 건 아니야."

무심을 가장했던 하 회장의 예리한 시선이 재이의 속내를 꿰뚫는다.

"난 그저 지켜보고 싶을 뿐이네. 하 사장이 어디로 어떻게 나아갈지, 결정적인 순간이 왔을 때 무엇을 얻고자 하는지를…… 지켜보고 싶을 뿐이야."

재이는 대답 대신 잠자코 고개를 끄덕였다. 지금 하 회장의 심정을 헤아리는 건 제 몫이 아니기에.

"자네는 영민하니 이해하겠지. 하 사장이 지금 선 곳은 보이는 것만큼 안전하지도 견고하지도 않아."

이제 겨우 시작이었다. 그 짧은 시간 동안 하민은 제 것을 부수려는 사람들을 몰아내느라 애를 써야만 했음을 재이도 잘 안다. 앞으로는 이런 일들이 더 많아질 거란 예상도 어렵지는 않았다.

"그러니 나와 함께 지켜봐 주게."

"예……."

하민이 그러하듯, 눈앞의 회장 역시 재이와는 다른 세계의 사람이다. 그들 사이에서 일어나는 일들 또한 재이와는 관련이 없다는 걸 잘 안다.

"최선을 다하겠습니다."

"고맙네."

알면서도 선뜻 그에게 주었던 것과 같은 답을 말한 건 그들을 위해서가 아니었다. 스스로도 쉬이 이해할 수는 없지만, 그저 그러고 싶었다.

"저어……."

푸른 꽃잎들 너머에서 물기로 일렁이는 그 눈동자와 마주쳤던 순간처럼, 시선을 뗄 수가 없다. 지켜보고 싶다. 살면서 보았던 이들 중에 가장 고요한 슬픔을 담고 있던 눈동자의 주인을 아주 조금만 더, 알고 싶다.

"사장님은…… 어떤 사람인가요."

일 년이라는 기한이 있으니 이 정도는 괜찮으리라 핑계 삼아 본다. 아주 조금만 더 알게 되는 건, 괜찮을 거라고.

"모르지."

아무도 모른다.

"자네가 내게 알려 주겠나."

누구도 알지 못하는 사람.

"……네."

그러니 나 하나쯤은 알아도 되는 게 아닐까. 아주 조금만 더, 서로의 세계가 부딪히지 않을 정도로. 꼭 그만큼만이라면, 그가 어떤 사람인지 정말 조금만 알게 되는 것뿐이라면, 그 정도는 바라도 되지 않을까.

❖

회장실을 벗어나자 어쩐지 맥이 탁 풀리는 재이다. 얼마 전까지만
해도 지겨울 만큼 오갔던 본사 로비가 오늘따라 새삼 삭막하게 느껴졌
다.

하긴, 이런 게 진짜 현실인지도 모르겠다. 차가운 바닥과 앞만 보고
바쁜 걸음을 재촉하는 사람들이 가득한 이곳이 현실 세계라면, 크리스
털 샹들리에가 흐드러지게 걸린 그 방은 낯선 토끼를 따라가다 빠져
버린 이상한 나라 정도가 되는 걸까.

"재이 씨!"

화들짝 놀라 돌아보자 생글거리는 지현의 얼굴이 보였다.

"왜 그렇게 멍하게 서 있어요?"

"아, 그냥 좀…… 어쩐 일이에요?"

"어쩐 일은 재이 씨죠. 이제 본사에서 근무 안 한다면서요. 아, 맞
다. 이젠 실장님이라 불러야 되는 거죠?"

갑작스러운 변화가 몸에 배려면 아직 멀었나 보다. 지현의 지적에
재이는 조금 멋쩍은 웃음을 지었다.

"우리 사이에 뭘요."

"그래도."

"내가 더 불편해서 그래요, 동기잖아."

재이가 눈으로 웃자, 지현이 따라 웃는다.

"……참, 볼일 있어서 들른 거예요? 난 지금 퇴근하는 길인데 같이
나갈래요?"

잠시 찾아온 침묵 끝에 자연스러운 배려였다.

"다음에요. 온 김에 자리부터 정리해야죠. 하도 급하게 가느라 아무
것도 못 챙겼거든요."

"어, 그거 다음에 하는 게 좋을 거 같은데."

"왜요?"

재이가 반문하자 지현이 주위를 한 번 슥 둘러보고 소리를 낮춰 말한다.

"안 그래도 방금 마케팅 부 지나오는 길인데, 박 과장님이 씩씩대면서 들어가시더라고요. 소문으로는 그분이 조금……."

"최악이죠."

곧바로 정색하며 재이가 답했다.

"조금이 아니라, 최악이에요."

꾹꾹 힘을 주어 말하는 재이의 눈이 이글거린다. 안 그래도 머리 아픈 일이 많은데 거기에 박 과장까지 더할 필요는 없을 것이다. 물론, 무서워서가 아니라 더러워서 피하는 게 맞다.

"그럼 이제 할 일 없는 거죠?"

"뭐, 일단은……."

"같이 나가요. 나도 간만에 칼 퇴근인데 불러낼 사람이 없어서 너무 우울했던 거 있죠. 우리 맛난 것도 먹고 맥주도 한잔하고, 어때요?"

나쁘지 않은 제안이었지만 선뜻 응하기엔 너무 피곤했다. 그런 재이의 망설임을 읽었는지 지현이 특유의 친화력으로 살갑게 재이에게 팔짱을 껴 온다.

"그러지 말고 가요. 맥주는 내가 쏠게! 왜, 우리 부서 갈리고 나선 동기들끼리 커피 한잔한 지도 오래됐잖아요. 게다가 이젠 같은 비서실 식군데."

더 이상 거절할 핑계를 찾니 못 이기는 척 지현의 팔짱에 끌려가는 재이다. 가끔은 이런 것도 괜찮을 거다. 휴식이 절실한 만큼, 지금의 재이에겐 맥주 한 잔과 함께하는 동기와의 수다가 필요했다.

"골뱅이 어때요? 왜 예전에……."

"아, 거기! 아직도 잘 해요?"

"확인하러 가 봐요, 우리. 사실 비서실 들어오고 나서 칼 퇴근이 처음이라 가 볼 틈이 있었어야죠. 참, 재이 씨 그거 알아요? 그때 있었던 잘생긴 알바생이랑 김 대리랑……."

조잘대며 로비를 빠져나가는 두 여자의 모습은 회사원보단 하교 무렵의 여고생들 같다. 이런 게 칼 퇴근의 힘일까, 로비를 오가는 수많은 사람들 중에서도 유난히 눈에 띄는 두 사람의 모습이 생기로 넘쳤다.

"이재이……?"

그리고 누군가가, 그 뒷모습에 시선을 빼앗겼다.

"재이야!"

저도 모르게 이름을 불러 보지만, 반신반의 하는 탓에 목소리가 작았던 건지 멀어지는 뒷모습은 끝내 돌아보지 않는다.

"아닌가……."

고개를 갸웃하며 되뇌는 남자의 말끝에 아쉬움이 묻어난다. 잘못 본 것 같지는 않았는데, 쫓아가 보기라도 할 걸 그랬나 해서.

"차량 준비 됐습니다. 근데, 무슨 일 있으십니까?"

아직도 재이가 사라진 정문에서 눈을 떼지 못하는 사이 다가온 김 실장이 눈치를 살핀다.

"아뇨, 아는 사람을 본 것 같은데…… 맞는 것 같기도 하고, 아닌 것 같기도 하고."

"인연이면 또 마주치지 않겠습니까?"

"김 실장님답지 않은 말이네요."

무안한지 큼, 하고 헛기침을 한 김 실장이 손짓으로 길을 안내한다.

"가시죠, 전무님."

가볍게 고개를 끄덕인 재민이 김 실장의 뒤를 따라 걷다가 문득 뒤를 돌아봤다.

"전무님?"

"아, 가요."

하긴, 김 실장의 말처럼 인연이면 또 만날 테고 착각이라면 그대로 잊힐 테다. 그런데도 조금 아쉬운 마음은 어쩔 수가 없었다. 후, 짧은 헛웃음을 지은 재민이 다시 걸음을 재촉하기 시작했다.

❖

기다란 소파에 누운 하민이 감았던 눈을 뜨자 천장의 샹들리에가 반짝임을 흩뿌린다. 한순간도 잊어 본 적 없는 광경에 하민의 입가에 희미한 미소가 떠올랐다. 이곳을 떠났을 때부터 돌아온 지금까지 하민의 기억과 달라진 것은 아무것도 없다. 단 하나를 제외하고는.

"이 비서……."

반쯤 벌어진 하민의 입술 사이로 평소보다 한층 낮은 목소리가 흘러나온다.

"그래, 이 비서가 있었지."

그 말과 동시에 몸을 홱 일으킨 하민이 테이블 위에 올려놨던 얇은 파일로 손을 뻗는다. 이재이라는 이름 석 자가 적힌 것 외에는 읽어 볼 생각도 않았던 이력서가 담긴 파일이다.

"이재이, 30세. 서른이라…… 그렇게까진 안돼 보이는데."

이력서에 붙어 있는 증명사진 속 재이의 표정은 어디 전쟁이라도 나가는 것 같은 살벌한 눈빛이라 피식, 웃지 않을 수가 없었다.

"어디, 가방끈도 길고. 할 줄 아는 건 더 많으니 말할 것도 없고. 혈액형은 O형. ……이상하다? O형은 원래 성격이 좋아야 되는데."

나처럼, 이라는 말을 생략한 하민의 혼잣말은 꽤 즐거운 것처럼 들린다.

"신장 170cm, 몸무게…… 하긴, 이런 데 쓰는 여자 몸무게를 믿을 순 없지."

더 이상 흥미로운 사실이 없는지 미간을 좁히던 하민이 다음 페이지로 넘기더니 헛웃음을 터뜨렸다.

"뭐야, 이건…… 무슨 인사 카드가 이렇게 화려하고 난리야."

평범한 상식과는 거리가 먼 하민의 입에서 이런 소리가 나올 정도면 확실히 심하긴 했나 보다. 하긴, 얼마 겪지 않아도 그 성질 보통이 아닌 줄 알 정도였으니 아주 뜻밖의 결과는 아니었다.

"가만."

문득 떠오른 생각에 하민이 골똘히 생각에 잠겼다.

"이러다 비서도 금방 때려치우는 거 아냐?"

불과 얼마 전까지 쫓아내지 못해 안달하던 사람이 할 말이 아니라는 건 까맣게 잊은 하민이 자못 진지하게 중얼거렸다.

"그건 반칙인데."

드물게 평화로운 오후의 한가운데, 하민은 자신도 모르는 사이 잠깐 숨을 돌리고 있는 중이다. 유감스러운 사실은 그런 시간이 채 길지 못했다는 것이다.

— 본사 백 상무님이 아까부터 계속 사장님과 전화 연결을 요청 중입니다만…… 어떻게 할까요. 다시 연락드린다 해도 워낙 끈질겨서요. 중요한 일로 출타 중이시라 말할까 싶은데요.

전화기 너머로 들리는 송 실장의 목소리에 잠시 인상을 찌푸리던 하민이 낮게 욕지기를 하려다 말고 씩 미소를 지었다.

"아뇨."

훨씬 재미있는 생각이 떠오른 덕이다.

"대머리 아저씨한테 전해 줘요. 난 해 떨어지자마자 술이나 들이부으러 가야 해서 도저히 전화 받을 시간을 낼 수가 없다고."

— 네?

"꼭 그대로 전해 주세요."

송 실장이 뭐라 답할 새도 없이 전화를 끊은 하민의 눈이 빛났다. 마치 못된 장난을 꾸미기 직전의 아이 같은 눈빛이다.

"대머리는 밥맛이지만 거짓말을 하면 안 되겠지?"

주르륵 손가락을 움직여 핸드폰의 연락처를 내려다보던 하민이 씩, 입가에 머금은 미소가 사라지기 전에 어디론가 전화를 걸었다.

"형, 어디예요? ……아니, 뭐 별일은 아니고."

핸드폰을 어깨로 누른 채 자리에서 일어선 하민의 걸음이 경쾌했다.

"지금 쳐들어가려던 참이거든요."

순간, 수화기 너머로 격한 반응이 들려오는 것 같았지만 하민은 개의치 않고 발걸음을 계속 이어 갔다. 꼭 그 대머리와, 대머리만도 못한 현 상황에 대한 반항심이 아니어도 가끔은 이런 게 필요하겠지.

남들처럼 속내를 터놓을 수 있는 친구까지는 못 되더라도, 조금은 기댈 수 있는 사람이 가끔은 그에게도 필요했다.

물론 그건 전적으로 하민의 생각이었고, 잠시 후 하민의 맞은편에 앉은 남자의 의견은 전혀 반영되지 않은 것이었다.

"난, 모르겠다."

당당하게 앉는 하민을 보며 땅이 꺼져라 한숨을 뱉은 성준이 인사도 생략하고 한 첫 마디다.

"도대체 어디서부터 지적해야 되는 건지, 내 팔자는 어디서부터 잘못된 건지."

"모르면 무리해서 지적할 필요 없어요."

빙글빙글 웃는 하민의 얼굴을 보고는 어느새 제 손으로 술병을 열어 한 잔을 냅다 들이켜는 성준이다.

"아니, 한 잔 하니까 생각났다. 왜 다들 심란한 일만 생기면 무조건 여기로 들이닥치는 거냐고. 그럴 땐 남의 업장이 아니라 정신과에 가야 되는 거야. 내 주치의라도 소개해 줄까?"

"봐서 필요하면 연락할게요."

"야, 그냥 하지 마. 더 쳐들어오지도 말고."

"그것도 봐서요."

능글맞게 웃어넘긴 하민이 자연스럽게 테이블 위의 술병에 손을 뻗자 성준이 그 손목을 덥석 잡아서 제지한다.

"잘 생각해, 이 방 안에 있는 모든 음료엔……."

"차지를 붙이시겠다고요?"

어깨를 으쓱하는 성준의 손을 가볍게 쳐 낸 하민이 망설임 없이 황금빛 액체를 제 몫의 빈 잔에 채웠다.

"그 마인드는 높이 산다. 자기 호텔 놔두고 남의 호텔에 와서 바를 쓰겠다는 패기."

그 말처럼, 지금 두 사람이 있는 곳은 성준이 운영하는 호텔의 스위트룸이다. 하민의 경우엔 이례적으로 본인의 집무실 겸 거주 공간으로 사용하고 있지만, 성준에겐 주로 사적인 일을 처리하거나 오늘처럼 불청객이 들이닥칠 때를 대비한 비상 공간이기도 했다.

"혹시 설레었다면 미안하지만, 거긴 내 명의가 아니잖아요. 여기, 형이 법인으로 돌리는 방 아니었어요?"

"야! 어디서 쪼그만 게 형 하는 말에 바락바락 토를 달고!"

"동종 업자끼리 팍팍하게 굴지 맙시다."

빈 잔을 내려놓은 하민이 입가의 물기를 슥 닦으며 말한다.

"대신이라기엔 뭐하지만, 여차하면 우리 호텔로 피신해요. 가령, 형여자 친구가 잔뜩 뿔나서 쫓아온다든가…… 꽤 유용할 거 같은데."

"약혼녀야, 지금은."

짧은 정정을 한 성준은 잠시 하민의 눈을 보더니 이윽고 직접 병을 들어 하민의 잔을 채워 주었다.

"아무튼, 나중에 딴소리하면 재미없어."

성준은 모를 것이다. 주위 사람들이 하나같이 속 시끄러운 일이 있을 때마다 무대포로 쳐들어오는 건 이렇게 다 넘어가고 마는 제 탓이라는 걸.

"그보다 무슨 일이야. 심란한 얘기할 거면 빨리 끝내. 내 약혼녀 뿔나기 전에."

"아니, 꼭 심란한 일이 있어야 돼요? 그냥……."

"잠깐! 말하지 마. 하지 마, 그냥 넣어 둬."

방금 한 말도 뒤집어 버리는 성준의 표정이 꽤 결연해 보였다.

"너 사고 친 얘긴 들었다. 그거랑 관련된 말이면 나 안 들을 거고, 못 들으니까 그렇게 알아. 무조건 난 그 일이랑 상관도 없고 앞으로도 모르는 거야."

"형, 너무 몸 사리는 거 아니에요? 내가 무슨 시한폭탄도 아니고."

아니긴 왜 아니야. 성준은 쓴입을 다시며 하민을 노려보았다.

"진심이야?"

"내가 지금 자폭하고 싶은 사람으로 보여요?"

장난스럽게 되묻는 하민을 보자 가슴 깊은 곳에서 심란함이 밀려온다. 이래서 불청객들이 달갑지 않은 거다. 모른 체하려 애를 써도 정말로 외면할 수는 없는 심성을 가진 죄로 마음이 괴로워진다.

"그거 말고, 지금 네가 앉은 자리."

"모르는 일이라면서요."

지켜보는 남의 속이 타들어 가는데, 정작 본인은 저렇게 태연하다.

"맞아. 난 모르는 일인데 넌 아는 거 같아서, 도대체 어쩌려고 그러는 건지나 물어보게."

"그냥 내 걸 되찾은 거예요. 단지 그것뿐."

"이젠 사기도 수준급이네, 우리 하민이?"

피식, 하는 두 남자의 웃음 사이로 재차 술잔이 비어 간다.

"그건 폭탄이야. 너랑은 비교도 안 되는 끔찍한 폭탄."

"알아요."

"사람들이 생각하는 것보다 더 위험해."

"알아요."

"내가 아는 사람들 중에서만 벌써 몇 명이 도화선 옆에서 알짱거린다고."

"알아요, 다. 크게 한 번 터지고 나면 파편들을 주워 먹을 계획까지 있다는 것도, 생각보다 오래 버티지 못할 거라는 것도, 꽤 버거울 거라는 것도…… 전부 다 알아요."

역시 아무 생각도 없다는 건 거짓말이었나 보다. 하민의 눈동자 속에 제 말처럼 버거운 무게감이 고스란히 가라앉아 있다.

"내가 너였으면 돌아오지 않았을 거다. 그게 나았어."

"어떡해요, 도저히 참을 수가 없는데."

단번에 술을 들이켜던 하민이 탁, 소리가 나게 빈 잔을 내려놓았다.

"난 그것들이 내 걸 가지는 꼴은 죽어도 못 봐. 차라리 내 손으로 망치는 한이 있어도, 절대 그것만은 안 돼요."

식은 눈동자. 성준은 그런 눈을 잘 알고 있었다. 더는 말릴 수도 없다는 사실도.

"걱정 마요, 잘하면 살아 나올 수도 있을 테니까."

웃으며 하는 말이기에 더 사람 속을 상하게 한다는 걸 아마 본인은 모를 테지.

"돌아오니 좋은 일도 많아요. 그것들 엿 먹이는 재미도 쏠쏠하고, 아 참……."

어느새 평소의 모습으로 돌아온 하민이 잠시 허공을 보더니 씩 웃는다.

"신기한 사람이 생겼는데, 이상한 건지 신기한 건지…… 아무튼, 보고 있으면 재밌긴 해요. 패션 센스는 나랑 좀 안 맞지만, 나름 관상용으로는 나쁘지 않은, 그런?"

이번엔 전혀 다른 의미의 폭탄 발언인가. 성준은 아까와는 확실히 다르지만, 결과적으로는 똑같이 밀려오는 심란함을 느끼며 하민을 주시했다. 이럴 경우 성준의 예감이 틀리는 적은 없었다.

"너, 그거야말로 완전……."

심란한 사람들을 이끄는 수맥을 가진 이 스위트룸에서 과거 성준에게 비슷한 말을 했던 사람들이 파노라마처럼 스쳐간다.

"위험해."

유감스럽게도, 눈앞의 어린 불청객은 아직 이 경고의 의미를 이해할 수 없을 것이다.

❖

입사 당시와는 비할 바 없이 지친 몸과 마음이지만, 다행히 골뱅이 맛은 여전했다. 덕분에 두 여자의 수다에도 한창 물이 오른 터다. 긴장과 스트레스의 연속이던 지난 며칠 중에 이렇게까지 편안한 대화를 한 적은 처음이었다.

"아니, 그래서 이 대리가…… 어머, 근데 나 좀 봐. 이제 실장님이죠? 소속도 같은 비서실이 됐는데, 아까부터 계속 말실수를 했네."

비서실 특유의 위계질서 때문인지 꽤나 당황한 것 같은 지현의 말이 오히려 재이를 불편하게 했다. 뭣보다, 비서실에서 유일하게 친밀감을 느낄 수 있는 사람이 더 멀어지는 게 싫었다.

"그러지 마요, 나 그러면 진짜 불편해요. 안 그래도 아까부터 말하고 싶었던 건데, 우리 나이도 동갑이고 입사 동긴데, 사석에선 말 놓으면 안 될까?"

"에이, 그래도."

"사석인데 뭐 어때!"

묻기는 했지만, 이미 멋대로 말을 놓아 버린 재이를 보고 잠시 고민하던 지현은 결국 못 이기는 척 고개를 끄덕였다.

"에라, 모르겠다. 둘만 있을 땐 괜찮겠지, 실장님?"

"지금 놀리는 거지? 안 그래도 그거 때문에 죽겠는데."

말은 그렇게 하면서도 밉지 않게 눈을 흘기는 재이다. 지현 역시 눈앞에 놓인 생맥주 잔을 비우며 특유의 살가운 눈웃음을 지었다.

"너무 신경 쓰지 마. 원래 비서실이 말이 많잖아, 시간 지나면 잠잠해질 거야."

"……어?"

골칫거리인 제 상사를 두고 했던 말인데, 생각지도 못한 답이 돌아와 재이의 눈이 동그랗게 커졌다. 지현도 뒤늦게 제 말실수를 눈치챘는지 당황한 기색을 아예 숨기지는 못했다.

"아니, 그게 아니라……."

"비서실에서 내 말이 많아?"

"미안, 그런 얘기 하려던 게 아닌데…… 신경 쓰지 마. 워낙 이례적인 일이라서 다들 잠깐 관심 갖는 걸 거야. 원래 비서실이 그런 이슈에 민감하잖아."

수습하려 덧붙이는 지현의 말에 재이의 표정이 눈에 띄게 어두워졌다. 여태 문자 그대로 숨 돌릴 틈도 없이 달리다 보니 주위의 이목까지 의식할 겨를이 없었다. 생각해 보면 당연한 반응인데, 왜 몰랐을까.

"내가 정말 괜한 얘길 꺼냈나 봐. 미안, 퇴근하고 나와서 안 좋은 얘기나 듣게 하고……."

"아냐, 사실인데 뭐."

"그래도."

"이런 얘기 전해 주는 사람도 있어야 나도 조심하지."

이내 씩씩해진 재이의 웃음에 지현이 안심한 듯 따라 웃는다.

"신경 쓰지 말라는 말, 진심이야. 이러다 금방 말 거기도 하지만 사실 잘못한 것도 아니잖아. 사장님 비서라는 게 아무나 될 수 있는 것도 아니고, 다 이유가 있으니까 인사 발령이 났겠지. 우리 기수 최고의 에이스가 이렇게 잘 나가다니, 난 엄청 뿌듯한데?"

"그 정돈 아냐, 진짜……."

"왜, 보통은 꿈도 못 꾸는 일이지. 말이 나왔으니 말인데, 사장님은 어때? 진짜 소문처럼 엄청……."

오너가에 대해 함부로 입에 담지 못하는 비서실의 본능 탓인지 차마 말로 하진 못하는 지현이 제 손가락으로 눈꼬리를 쭉 찢어 보인다. 그 모습을 보고 풉 웃음을 터트리던 재이가 이내 무슨 생각이 떠올랐는지 잠시 미간을 찌푸렸다.

"아니, 그보단 뭐랄까 좀 더……."

그 사람은 어떤 사람일까. 아직은 아무것도 알지 못하는 사람인데.

"좀 더 뭔데? 그러니까 더 궁금하다."

"그러니까, 좀 더……."

말끝을 흐리던 재이가 간신히 다음 말을 떼려 입을 여는 순간, 지현의 호기심 어린 눈동자가 무색하게 전화벨이 울렸다.

"미안, 잠시만."

눈에 띄게 실망하는 지현을 두고 조금 난처한 표정을 지은 재이가 전화를 받자 침울한 목소리가 날아들었다.

— 나, 네 오피스텔 앞이다.

재이의 주식이 반토막 날 때 함께 슬퍼해 주던 선영의 목소리는 꽤나 취한 것처럼 들렸다.

"너 술 마셨……."

— 그만하잔다, 그 자식이. 이제 그만하재.

무거운 선영의 목소리가 수화기를 통해 재이에게 고스란히 전해졌다.

"거기서 기다려. 얼굴 보고 얘기하자."

그 말을 마지막으로 전화를 끊은 재이를 지현이 눈을 동그랗게 뜨고 봤다.

"왜, 무슨 일 있어? 혹시 사장님?"

"아니, 그런 건 아닌데……."

습관처럼 입술을 잘근 깨문 재이가 눈앞의 맥주를 들이켰다. 지현에겐 미안했지만 선영을 이대로 내버려 둘 수도 없다.

"미안, 내가 갑자기 급한 일이 생겨서 가 봐야 할 거 같은데, 어쩌지?"

"급한 일이면 할 수 없지. 좀 서운하긴 해도…… 어쩔 수 없잖아."

"정말 미안해. 내가 다음에……."

"2차까지 쏘기! 약속이야."

지현의 환한 미소가 마음의 짐을 조금 덜어 주는 것 같다. 재이는 그런 지현에게 고마움을 느끼며 황급히 가방을 챙겨 떠났다. 그 후의 장면까지 봤더라면, 결코 고맙단 생각은 들지 않았을 테지만.

"네, 지금 막 끝났습니다."

누군가에게 전화를 건 지현에게서 아까의 살가운 미소는 찾아볼 수가 없었다.

"아직은…… 하지만, 절 신용하는 것 같습니다."

그 말보다 차가운 건, 재이가 머물던 자리를 보는 지현의 눈빛이었다.

"최선을 다하겠습니다. ……네, 김 실장님."

거짓말을 한 적은 없다. 그저 한 가지를 빼먹었을 뿐. 이 이례적인 인사 발령에 관심을 가지고 말을 옮기는 사람에 자신도 포함돼 있었다는 아주 사소한 한 가지를 말이다.

❖

하민이 비틀대는 걸음으로 스위트룸에 돌아온 건 밤 늦은 시각이었다. 마호가니 문이 스르륵 밀려나는 익숙한 감촉에 술기운이 더해져 꼭 지나간 나날들이 눈앞에 펼쳐지는 것만 같았다.

그때 이후로 무엇 하나 변한 것 없는 풍경이라서 더더욱 선명하게 되살아나는 기억이 가슴을 파고든다. 가장 그리워했던 한 사람만은 되찾을 수 없다는 사실과 함께.

"다녀왔어요."

숨소리처럼 고요한 한 마디가 하민의 입술을 벗어났다.

"너무 오래 걸렸지만…… 그래도 다녀왔어요."

나직한 목소리 끝에 금방이라도 물기가 묻어날 것 같았다. 이젠 대답해 줄 이가 없는 말은 그렇게 애달프게 흩어져 버린다.

"나……."

그 마음을 붙들고 싶은 건지 멈추지 않는 하민의 혼잣말 너머로 푸른 수국만이 흐드러지게 피어 있다.

"나, 잘할 수 있겠죠."

누구에게도 보이지 않았던 약한 눈동자에서 푸른 꽃잎들이 일렁인다. 아픈 숨을 뱉는 가슴속에선 영원히 잃어버리고 만 지난날들이 함께 일렁인다.

"네……?"

지금 애처롭게 되묻는 건 먼 옛날 이 스위트룸에서 자랐던 소년이다. 천진하게 물으면 다정하게 대답해 줄 사람이 있었던 시절의 어린 아이.

"나, 잘할 수 있는 거죠?"

하지만 이제 그런 사람은 없다. 행복했던 소년도 사라진 지 오래다.

"……아니."

남은 건 어느새 식은 눈동자를 갖게 된 남자뿐이다.

"잘할게요."

쓸쓸한 혼잣말이 툭 떨어졌다.

"잘할 수…… 있어요."

더 이상 대답해 줄 사람이 없대도, 이미 잃은 걸 되찾을 수 없다고 해도. 오늘 밤만은 절망에 무너지고 싶지 않았다.

현실감이 없을 만큼 아름다운 이 공간도, 이 공간이 품고 있는 아름다운 지난날들도, 오늘 밤은 동화 속의 풍경처럼 머물 수 있기를. 적어도 오늘 밤만큼은.

03

똑똑, 재이가 노크를 하고 스위트룸에 들어서자 서늘한 공기가 몸을 에워쌌다. 그의 스위트룸은 언제나 그랬듯이 현실감이 희박한 공간이었다. 평소와 다른 점이라면 하민이 기다란 소파에 창백한 안색으로 기대앉아 있다는 것 정도.

"어, 이 비서."

끝이 죄 갈라지는 목소리가 엉망이었다. 흘깃 보니 하민은 앉아 있는 것조차 힘들어 보이는 표정으로 제 관자놀이를 짚고 있었다.

"거기 물 좀……."

재이가 잠자코 바에 있던 생수 한 병을 건네자 하민이 기운 하나 없는 몸짓으로 받아 들곤 한 모금 머금었다. 그 과정에서 하루 묵은 술 냄새가 훅 풍겨 재이는 저도 모르게 눈살을 찌푸렸다.

"저, 사장님."

"왜. 많이 티나? 너무 과음했나?"

"……네."

솔직한 재이의 답에 이번엔 하민이 눈살을 찌푸린다.

"어제 오랜만이라 좀 과하게 붓긴 했지. 진짜 이상한 형이야, 싫다 던 사람이 막상 술만 들어가면 사람을 못 가게 붙들고…… 아주."

그 말이 사실인지 하민은 눈에 띄게 지친 기색이었다.

"힘드시겠어요."

"어."

무심히 답하는 하민을 두고 저도 모르게 입가에 미소가 번지는 재이 다. 못된 심보라고 해도 할 말은 없지만, 날 괴롭혔던 사람의 괴로운 모습을 보는 것만큼 고소한 것도 없지 않은가.

"네. 정말 많이 힘들어 보여요."

본심이 고스란히 밴 말에 하민은 어이없는 표정을 지었지만, 정작 당사자는 눈치채질 못했다.

"이 비서."

"네?"

오늘 중, 가장 밝고 경쾌한 목소리로 재이가 답했다. 하민은 그 모습 을 바라보며 잠시 할 말을 잃었다.

하민이 금지했던 버건디 컬러의 립스틱 대신 코랄 계열의 화사한 색 을 덧칠한 도톰한 입술이 보기 좋게 호선을 그리고, 요 며칠 어두웠던 눈가마저 환히 밝히는 다정한 미소가 꿀처럼 재이의 눈가에서 떨어진 다.

정말이지, 단 한 번이라도 이 여자가 내 앞에서 이렇게 환하게 웃은 적이 있던가.

"이 비서는 아주 행복한가 봐?"

"네!"

씩씩한 재이의 대답만큼이나 하민의 빈정이 팍 상했다.

"내가 괴로운 꼴을 보니 좋아 죽겠지?"

"네! ……네? 아뇨, 그런 거 아니에요!"

뒤늦게 말실수를 깨달은 재이지만, 수습하긴 늦은 눈치다. 그 대신
이라고 하긴 뭐하지만 애써 웃음기를 없앤 재이가 깜박깜박, 하민의 표
정을 살핀다. 이젠 꽤 익숙하게 느껴질 만도 한데 그날그날 다르게만
보이는 이 남자의 얼굴을.

"저, 사장님 전 정말 사장님이 괴로운 걸 봐서 좋다는 뜻이 아니
라⋯⋯."

"됐고, 이리 와 봐."

성가시다는 듯 손을 휘휘 내젓던 하민이 까딱 고갯짓을 한다. 불과
며칠 전이었다면 저 꼴을 보는 재이의 속에서 천불이 났어도 이상하지
않은 광경이었다. 연배도 얼마 돼 보이지 않는 젊은 사장이 거의 드러
눕듯이 앉아서는 고갯짓이나 까딱이라니.

"와 보라니까."

재차 손짓까지 하는 하민을 빤히 보던 재이가 순순히 그가 시키는
대로 다가갔다.

"더."

고작 몇 십 센티 차이로 이렇듯 느낌이 달라질 수도 있는 걸까, 아
니면 너무 무방비 상태였던 재이가 나빴던 걸까.

"좀 더."

한 뼘 정도의 거리를 사이에 두고 바라본 그가 어쩐지 낯선 사람처
럼 느껴졌다. 다소 수척해진 얼굴, 짙은 그늘이 드리워진 눈매와 그럼
에도 직선적으로 자신을 보는 눈동자, 평소보다 조금 더 낮은 목소리까
지.

그중에서도 가장 놀랐던 건, 처음으로 이 철부지 사장이 어른의 남
자로 보였다는 것.

"어때?"

불쑥 상념을 깨고 날아든 저음에 하마터면 화들짝 놀라는 모습을 보

일 뻔했다.

"어떠냐니까?"

문자 그대로 코앞에서 그의 입술이 움직이고, 말들을 뱉어 냈다. 자칫 숨결이 닿을 수 있을 정도로 가까운 간격에 괜히 애꿎은 뺨이 화끈해지는 것 같았다.

"뭐……가요?"

저도 모르게 더듬거린 재이가 뒤로 물러났다. 논리적인 이유를 댈 수는 없지만, 그 상태가 지속되면 안 될 것 같다는 판단이 들었다.

"술 냄새 많이 나?"

너무 태연한 하민의 한 마디에 곧장 그 판단이 무색해졌지만.

"네."

그래서 뭐가 어떻다는 건 아니다. 그럴 이유도 없고 필요도 없고 상관도 없으니까. 혼자서 분하다거나, 창피하다거나, 괜히 켕기는 마음이 든다거나, 억하심정 비슷한 게 들리는 더더욱 없다.

"그리고 솔직히 안색도 엄청 안 좋아 보여요. 안 좋은 정도가 아니라 거의 초췌할 정도로요."

"고맙기도 해라."

순수하게 사실에만 입각해서 답한 재이를 본 하민이 비꼬듯 피식 웃으며 대꾸했다. 물론 그것도 뭐가 어떻다는 건 아니다.

"우리 이 비서가 내 생각을 참 많이 해 준다니까. 남들이 보면 놀리는 줄 알겠어."

"비서로서 사장님을 걱정하는 건 당연한 일이죠. 아무래도 간밤에 잘 못 주무셨을 테니 업무에 지장도 있을 테고요."

"아닌데? 엄청 잘 잤어."

뜻밖의 대답을 날린 하민이 업무에 지장은 있지만, 이라는 말을 덧붙이곤 생수를 한 모금 머금는다.

"왠지 좋은 꿈을 꾼 것 같은 기분이 들어."

알코올의 잔재 때문일까. 재이는 하민의 낯선 얼굴을 발견한 것 같은 기분이 들었다.

"어떤 꿈이었는데요?"

"그러게, 뭐였더라…… 잘 하면 생각이 날 것 같기도 하고."

무심결에 되물은 말이었는데 웬일로 하민이 선선히 답을 하며 허공을 응시했다.

"기억이 나면 좋겠는데."

뜻밖에도 너무 애달픈 하민의 목소리에 재이는 순간 설명할 수 없는 기분이 들었다. 여전히 허공을 보는 하민의 먹먹한 눈동자가 외로워 보인다는 생각과 함께.

"저…… 사장님."

"왜, 가만히 좀 있어 봐. 정말 좋은 꿈이면 복권이라도 사야 되니까."

일부러 더 가볍게 말하는 하민을 보고 있자니 맞장구라도 쳐야 할 것 같았다.

"전 꿈보다는 별자리 운세가 더 정확하다고 생각해요."

"뭐?"

"그게 의외로 잘 맞더라고요. 오늘 천칭자리는 애정 운이 좋다고 하는데, 사장님은 별자리가……."

"이 비서."

아, 이런 헛소리까진 하지 말 걸 그랬나. 재이는 한심하다는 듯이 저를 보는 하민의 시선을 보고 애꿎은 바닥을 노려본다.

"나로 하여금 이 비서의 지적 능력과 이성적 판단력을 의심하게 하지 말아 줬으면 좋겠는데. 참, 나…… 하다하다 별자리 같은 소리를 하고, 이래서 여자들이란."

분위기를 전환하는 데는 성공했지만, 바로 그 옆에 다른 무덤을 판 것 같은 기분이 드는 건, 무척이나 억울한 기분이 드는 건 왜일까.

"이 비서, 방금 진심으로 한 소리는……."

호기심을 가장한 하민의 구박이 날아들던 타이밍에 마침 송 실장이 나타나지 않았다면 오늘도 고난의 오전이 될 뻔했다. 송 실장은 조금 전의 한심한 대화에 대해선 아무것도 모르는 채로 간단한 업무 보고를 진행했다.

"……해서, 이 정도로 마무리가 될 것 같습니다. 그리고 한 가지 더 말씀드릴 게 있는데요."

"네."

"아, 두 가지입니다, 정확히는."

"괜찮아요, 한 가지든 두 가지든."

아무리 못된 사장이라도 송 실장에겐 묘하게 친절하단 점이 재이로 선 미스터리였지만, 그 점이 좋기도 했다. 반대였다면 그 못된 사장이 백만 배는 더 싫어졌을 거다.

"본사 하 전무님과 예정됐던 오찬 말입니다만…… 오늘은 어려우실 것 같다고 재차 말씀드렸으나, 마찬가지로 오늘이 아니면 어려우니 그쪽에서 내방하시겠단 전갈입니다."

하민은 눈썹 하나 까딱하지 않고 고개만 주억거린다. 그 끝에 아주 미쳐 가지고, 라는 살벌한 혼잣말을 들은 건 다행히 재이뿐인 것 같다.

"저, 그러면 하 전무님께는 뭐라고……."

"아무 말도 할 것 없어요. 본인이 그리 시간 낭비를 하고 싶다는데 그 정도는 허락해 줘야지."

송 실장은 예상했던 답이라는 듯 담담히 고개를 끄덕이고 들고 있던 서류철에 무언가를 메모했다.

"참, 나머지 하나는요?"

듣기 싫은 이야기를 들었더니 잠시 잊었던 숙취가 올라오는 것 같아 채근하는 하민이다. 아까 이 비서가 말 같지도 않은 별자리 소리를 했을 때도 골이 살짝 지끈거렸지만, 이렇게 불쾌한 정도는 아니었는데 역시 오늘 하루는 만사를 제치고 쉬어야 하는 건지.

“전결권에 관련된 서류를 오늘 이관하기로 했습니다.”

“잘됐네요.”

오늘 듣던 중 가장 반가운 소리에 하민이 웃어 보인다. 말 그대로 모든 걸 결정하는 권한인 전결권을 하민이 부임하기 전까지 본사의 일개 부서에서 대신하고 있다는 것 자체가 마음에 들지 않던 터였다.

이사회에 나타나서 사장직을 탈환하고, 이 호텔의 가치를 훼손하는 공사를 중지하고, 전결권을 되찾아 오는 것까지가 하민이 처음 다져야 할 반석이었다.

“본래는 사장님께서 직접 가시는 게 경우에 맞다 생각했었지만, 오늘 회장님께서 따로 일정이 있으신 터라 대리인을 통해 넘기신다고 합니다. 이쪽에서도 격에 맞게 대리인을 보내는 게 어떨까 합니다만.”

“격에 맞춘다라…… 그게 좋겠네요.”

송 실장의 노련미에 만족한 하민이 고개를 끄덕였다.

“그럼, 누굴 보낸다?”

다음 순간, 그 눈에 반짝 떠오른 장난기를 재이는 차라리 모른 체하고 싶었다.

❖

송 실장의 걱정스러운 만류에도 하민이 뜻을 굽히지 않은 덕분에 재이는 여태까지의 모든 사회생활을 통틀어 가장 무거운 책임을 지고 이 자리에 서게 됐다. 그런 재이를 보자마자 하, 하는 웃음을 뱉은 김 실장에게 좋은 의도가 없는 건 당연한 일이다.

"아니, 이 실장이 어떻게."

"전결권에 관련된 서류 이관을 위해 왔습니다만, 못 들으셨나요?"

"그건 들었지만, 당연히 송 실장님이 오실 거라 생각해서. 물론, 이 실장이 부족하다는 뜻은 아니니 고깝게 듣진 말아요."

"그럴 리가요."

첫 만남부터 그랬지만, 괜히 이 사람에겐 밀리고 싶지 않다. 자존심 따위의 문제가 아니라 한 번 얕잡혀 보이면 그대로 찍어 누를 사람이라는 걸 본능적으로 눈치챈 탓이다.

"저도 같은 실장인걸요."

격식에서 벗어나진 않되 약간의 도발이 담긴 재이의 미소를 본 김 실장의 눈매에 언짢음이 확 묻어났다. 충분히 자신의 감정을 제어할 수 있는 사람이라는 걸 감안하면, 틀림없는 고의였다.

"그래요, 이 실장."

늘 듣던 이 비서란 호칭이 아니어서일까, 부르는 상대가 달라서일까. 불쾌한 이질감에 재이는 억지로 미소를 유지하려 애썼다.

"그럼 같은 실장급끼리 업무를 처리해 봅시다."

김 실장은 정중함이 물씬 풍기는 손짓으로 재이를 안내했다. 그 후로 이어진 서류 이관 절차는 생각보다 간단했고, 진행에 있어서 어떤 문제도 일어나지 않은 채 순조롭게 마무리가 되는 것 같았다.

그러나 재이가 사소한 도발에 대한 대가가 생각보다 더 크다는 걸 깨달은 건 잠시 후였다.

"절차는 끝났고, 이 실장이 대리로 수령했다는 간단한 서류 작성이 필요한데…… 아직 준비가 안 됐어요. 잘 알겠지만, 이쪽에선 이 실장이 대리로 올 줄 몰라서 생긴 지체니 이해해 줄 거라 믿어요."

"예, 이해합니다."

탁탁, 처리가 끝난 서류를 정리하며 먼저 일어선 김 실장이 묘한 미소를 띠었다.

"금방 준비할 테니 기다려요. 마침 이 회의실은 일정이 있으니까 자리를 옮기는 게 좋을 것 같은데…… 뭐, 비서실 실장들끼리니 당연히 비서실이 편하겠죠."

그럴 리가 없다는 건 본인도 잘 알고 계실 텐데요. 재이는 하고 싶은 말을 뱉는 대신 천천히 미소를 지었다. 김 실장의 사소한 복수는 이제 시작인 셈이었다.

재이는 김 실장을 따라 들어간 비서실에서 뭇 따가운 시선을 견디며 파티션 너머의 작은 테이블 앞에 앉았다.

"그럼."

짤막한 한 마디와 함께 떠난 김 실장이 말처럼 금방 돌아오지 않을 건 쉬이 예상할 수 있는 부분이었다. 아무도 차를 내오기는커녕 재이를 투명인간 취급하는 것까지도 그럴 수 있다 여기려 했다.

사내에서도 유독 소속감이 강한 비서실이니 재이의 존재가 달갑지 않은 건 이해해야 한다. 아직, 나는 여기서 외부인이라는 것도.

"어제 〈개그 오페라〉 봤어요?"

"난 요즘 그거 재미없더라. 왜, 드라마보다 현실이 막장이라고 가끔은 개그 프로보다 현실이 더 웃기잖아요."

파티션 하나를 사이에 두고 떠드는 여자들의 목소리에 가뜩이나 낯선 곳이 더 낯설게 여겨졌다. 우습지만, 그 못된 사장이 머무는 스위트룸이 그렇게 느껴질 정도로 이곳에서의 재이는 철저하게 이방인이란 걸 실감하는 중이다.

"하긴, 정말 웃긴 일이 많아요. 당장 우리 비서실만 봐도 웃기다 못해 어이가 없는 일이 생기잖아요?"

"그러게요, 시대가 좋아지긴 했나 봐요. 사방에서 열린 채용 타령을 하더니, 일개 사무직이 비서실에 다 들어오고…… 나도 첨엔 코미디인 줄 알았다니까."

"그러게요, 여기가 무슨 커피나 타는 비서들이 모인 데도 아닌데."

표적은 처음부터 재이였나 보다. 김 실장을 기다리는 이 자리가 이렇게까지 바늘방석이 될 줄은 몰랐다. 따가운 눈길 후엔 무시로 일관하던 여자들이 이젠 대놓고 파티션 너머에서 재이를 도마에 올리고 있다.

"직함은 실장이라도 어디 납득이 가야지. 솔직히 우리가 너무 억울하지 않아요?"

그들의 입장은 충분히 이해한다. 만일 재이가 있던 마케팅 부서에 비서실 출신의 사원이 들어와 단박에 실장을 달고 앉아 버린다면 재이도 같은 생각을 했을 테니.

"너무 그러지들 마요. 커피는 안 타도, 다른 걸 잘 타는 비서라면 우리가 인정해야지 어떡해."

"타다니요, 뭘?"

하지만 이건 정도가 지나치다. 뿐만 아니라, 너무도 비겁하다. 차라리 면전에 대고 말을 하는 게 낫지, 뻔히 파티션을 하나 두고서 고문하는 것과 뭐가 다르단 말인가.

"뭐…… 소파라든가. 아니면, 본인만 아는 특별한 뭔가가 있으려나?"

벌컥. 결국 참다못한 재이가 자리를 박차고 파티션 너머로 또각또각 걸음을 옮기기까진 그리 긴 시간이 걸리지 않았다.

"재미난 얘기들을 하시는 것 같은데, 제가 껴도 될까요."

지금 미소를 띠며 말할 수 있는 건, 요 며칠 본의 아니게 훌쩍 늘어난 인내심 덕분이다.

"아, 아니요……. 우리끼리 말이라서."

한 명이 어설픈 대꾸를 하자, 개중에 가장 직함이 높아 보이는 여자가 앞으로 나와 재이를 향해 업무용 스마일을 날린다. 물론 그따위 것에 물러날 생각은 없는 재이였지만.

"제가 사과드리죠. 손님 계신 데서 소란스럽게 해 드려 죄송합니다."

"아니요, 마침 기다리기도 적적한데 재밌었어요. 그래서 더 듣고 싶은데, 면전에선 안 되는 건가 봐요?"

"손님 계신데 지저분한 이야기를 할 수는 없지요."

여자의 빨간 입술은 웃고 있는데, 눈은 똑바로 재이를 응시한다.

"그건 그러네요."

재이가 잠자코 고개를 끄덕이자 여자들 사이에서 킥, 하는 웃음소리가 새 나온다. 다만, 관록 덕인지 눈앞의 여자는 아직도 미소를 유지하는 채다.

"하지만 그 사과는 못 받겠어요."

마주 웃던 재이의 입가에서 미소가 삭하고 사라지기까진 채 1초의 시간도 걸리지 않았다.

"겨우 이 정도로는 어디 납득이 가야 말이지요."

아까 누군가 했던 말을 그대로 돌려주는 재이의 기세가 살벌했다.

"저기, 뭔가 착각하시는 모양인데……."

"착각은 그쪽들이 하고 있는 거겠죠. 아니면, 설마 지금 상사가 착각을 했다는…… 그런 전문 비서답지 않은 변명을 하려는 건 아니죠?"

"네?"

처음으로 여자의 얼굴에서 미소가 사라졌다. 당황해서 되묻고는 있지만, 재이가 무슨 말을 하는지 본능적으로 이해한 것이다.

"아까 말하는 걸 듣자 하니 내 직함이 실장이라는 건 잘들 아시는 모양이고. 혹시 여기에 나 말고 다른 실장님이 또 계시나요?"

앞에 나선 여자를 제외한 직원들이 벌써부터 눈을 내리깔았다. 순간적인 판단을 잘못하긴 했지만, 눈칫밥으로 먹고사는 사람들이니 지금 사태가 어떻게 돌아가는지 정도는 알고 있을 것이다.

"그래. 실장님은 안 계신 것 같고, 그쪽 직함이?"

흘깃, 재이가 턱짓으로 오만하게 가리키는데도 상대방은 시선을 피하기만 할 뿐이다. 조금 전, 파티션 하나를 놓고 여럿이서 재이를 도마에 올릴 때의 기세는 찾아볼 수가 없어, 오히려 재이의 전의가 꺾일 정도로 초라한 모습이었다.

"김 차장……입니다."

"비서실 관등성명은 원래 이렇게 짧나 봐요?"

유감스럽게도 재이는 그리 너그러운 사람이 아니었다. 평소엔 꼴불견이라 생각하는 짓이더라도 정당방위라면 아무런 거리낌 없이 행사할 수 있는, 게다가 평소보다 훨씬 많은 스트레스가 쌓인 그런 히스테릭한 커리어 우먼이란 말이다.

"비서실 소속 김은희 차장입니다……. 이 실……장님."

"초면인데 내 성까지 알고 있다니, 역시 비서실 전문 인력은 다르네요."

피식, 노골적인 재이의 비웃음에도 더 말을 보태는 사람은 없었다. 뻔히 사람 하나를 앉혀 두고 들으라는 듯 빈정거리던 사람도, 소파 승진이라는 혐오스러운 말을 꺼내서 재이를 모욕하는 사람도 애초에 존재하지 않았던 것처럼.

"첫째로 난, 손님이 아니라 그쪽 상사입니다. 경위가 어떻게 됐든 지금 현실이 그렇고, 직장 내 질서라면 나만큼 여러분도 잘 알고 있을 테니 뭐가 잘못인지도 아시겠죠."

똑같은 검은 스커트를 입고, 똑같은 빛의 스타킹을 신고, 똑같은 구두를 신은 여자들이 일제히 재이를 보며 눈을 깜박인다. 여자 셋이 모이면 접시가 깨진다는 말은 사실이었지만, 이 경우 깨지는 건 그들의 알량한 자존심이 될 것이다.

"둘째로 그런 지저분한 이야기는 입에 담는 게 아닙니다. 손님이든, 그쪽 상사든, 설령 당사자든, 아니 아무도 없다 해도!"

힘을 주어 꾹 눌러 뱉은 말끝이, 여자들을 보는 재이의 시선이, 경멸을 고스란히 품고 있었다.

"있어서도, 있을 수도 없는 일을 함부로 입에 담아 스스로의 품위를 떨어트리지 마시길 바랍니다. 전문 비서 인력으로서의 긍지가 너무 초라하잖아요? 고작 커피나 타면서 같잖은 말 옮기려고 여기 계시는 분들이 아닐 텐데 말이에요."

더러 새빨갛게 달아오르는 얼굴들을 보고도, 재이는 일말의 유감조차 느낄 수 없었다. 그 와중에도 눈앞에 선 김 차장은 잠시 아랫입술을 깨물려다 말았을 뿐, 담담한 태도로 재이의 화살을 받아 내며 서 있었다.

아까 파티션 너머의 담화에는 말 한 마디 보태지 않았지만, 부하 직원들을 방관했다는 죄를 받고 있는 것이다.

"가르침은…… 달게 받겠습니다. 직원들을 제대로 통솔하지 못한 제 불찰도 다시 한 번 사과드립니다."

다른 상황에서 만났더라면 말이 통하는 상대가 됐을지도 모르겠다. 재이는 처음과 달리 제 시선보다 조금 낮은 곳에 눈을 두고 담담히 받아들이는 김 차장을 보며 그리 생각했지만, 화를 거둬들이기엔 도가 너무 지나쳤다.

"아니요, 달게 받지 마세요. 달게 받으라고 드리는 거 아니니까."

재이는 입사 이래, 아니 일생을 통틀어 비서실장이 되겠다는 꿈 같은 건 가져 본 적이 없는 사람이다. 이 황당무계한 인사 발령이 가져온 피해는 눈앞의 여자들보다, 재이 본인이 더 절감하고 있는 터이기도 했다.

하지만 그런 개인적인 감정을 차치하고서라도, 도저히 넘어갈 수 없는 부분을 찔렀다.

소파를 탔다고, 소파 승진이라고. 스스로 긍지를 가지고 있던 직장인의 한 사람으로서, 한 사람의 여자로서, 상사의 사무실 소파에 누워 승진을 거머쥐었다는 치욕스러운 조롱을 듣고도 가만히 넘어갈 수는 없는 일이다.

"그러면, 어떻게……."

그러나 재이는 더 이상 모든 일에 분노를 고스란히 드러낼 만큼 어리지 않았다.

"실장의 권한으로, 여러분의 상사로서. 이 자리에 있는 모든 사람의 시말서를 받겠습니다. 부디 본인들이 했던 언행만큼 쓰디쓴 진정을 담아서 내길 바랍니다. 적어도…… 내가 납득할 수 있을 만큼으로요."

그보다는 또박또박, 차분하게 되돌려 주는 것이 효과적이라는 걸 이미 오랜 회사 생활을 통해 깨우친 바다. 그리고 그 사실을 증명하듯 아무도 말이 없었다. 그저 붉어진 뺨을 감추거나, 재이의 시선을 피하려 눈치들이 오갈 뿐.

"예, 알겠습니다."

오직 김 차장만이 재이를 보고 공손히 답했다. 그 프로 정신만은 본받고 싶다는 생각이 들 정도로 담담한 태도였다.

"그럼, 어느 분이 절 안내해 주실 건가요? 김 실장님께서 너무 지체하시니 직접 가 봐야 될 것 같은데."

어느새 다시 미소를 찾은 재이에게서는 처음엔 없던 여유마저 엿보였다. 얕잡혀 보여선 안 될 사람이 김 실장만이 아니라는 걸 깨달았지만, 그리 위축될 이유도 없다는 것 또한 깨달은 탓이다.

그래. 어디로 튈지 모르는 내 사장에 비하면, 이 정도쯤은 아무것도 아니다.

❖

잠시 시체처럼 누워 있던 하민이 무언가 생각난 듯 무거운 몸을 일
으켜 무언가를 찾기 시작했다.

"내가 찾기 전에 갖다 놔야 될 거 아냐."

하민이 짜증스럽게 찾는 건 아까 재이에게 지시했던 업무 중 하나
다. 투덜대며 재이의 자리에 있는 노트북의 마우스를 딸각거리는 손길
에도 똑같이 짜증이 묻어난다.

"뭐야, 이거."

엿볼 생각은 없었다. 그저 화면 보호기가 해제되자마자 뜬 인터넷
검색창이 제멋대로 최근 검색어를 보여 주고 있었을 뿐.

"숙취 오래가는 법, 술 안 깨는 법, 숙취에 안 좋은…… 이게 진짜."

뭘 그렇게 열심히 보나 했더니 이런 발칙한 짓을 했단 말이지.

"미친 거 아냐? 뭐 이딴 비서가 다 있어?"

버럭 성질을 내던 하민이 다시 깨질 것 같은 제 머리를 짚는다. 허,
하고 헛웃음까지 나온다. 생각하고 곱씹을수록 어처구니가 없고 황당
하고, 아니, 정말 뭐 이딴 비서가 다 있지.

본인 상사가 숙취로 고생하는 걸 보면서 즐거워한 걸로도 모자라,
시치미를 떼고 남의 안색을 논하고 별자리를 운운해?

이건 도저히 그냥 넘길 수가 없다. 아무리 술에서 덜 깬 머리가 지
끈거리더라도, 오늘 이 성질을 다 부리지 못하면 화병으로 죽을 기세
다.

"이 비서!"

결국, 황당함과 분노의 힘으로 숙취를 이겨 낸 하민의 목소리가 쩌

렁찌렁 스위트룸을 울렸다.

❖

하민의 분이 절정에 이를 무렵, 때맞춰 송 실장이 등장했다.

"이 비서! 이 비서 지금 어디 있어요?"

"저, 안 그래도 지금 이 실장 건으로 말씀드릴 게 있어서……."

"일단 내 눈앞에 나타나라고 하세요, 지금 당장!"

"저도 그랬으면 좋겠지만, 유감스럽게도 아직 복귀하지 않았습니다."

"아니, 간 지가 언젠데 여태!"

송 실장의 말에 하민이 쿵, 신경질적으로 발을 구르며 탁자 주위를 서성인다. 이 실장의 신상에 문제가 생긴 걸 보고하러 온 길에 이런 광경을 보게 된 송 실장은 조금 난처한 표정과 함께 넌지시 운을 띄웠다.

"방금 입수한 소식입니다만, 이 실장에게 문제가 생긴 것 같습니다."

"그거 참 우연이네, 여기도 큰 문제가 있는데!"

"그런 성질의 것이 아니라……."

이유는 모르겠지만 지금 하민의 심기는 몹시 불편한 게 틀림없다. 게다가 그 화살이 재이에게 향하고 있는 걸로 봐선 이 소식을 전한다고 해서 득이 될 것 같지도 않았다.

"본사 비서실의 김 실장과 부딪힌 모양입니다."

하지만 송 실장은 공정한 정보 전달을 택했다. 결과가 어떤 식으로 나오더라도 하민이 재이의 상사인 이상 알 것은 알아야 한다고 여긴 것이다. 그리고 송 실장의 예상대로 하민의 눈꼬리가 홱 치켜 올라가더니, 잠시 송 실장을 주시했다.

"자세한 경위는 모르겠지만, 김 실장의 서슬이 시퍼렇다더군요. 뭐, 아시다시피…… 비서실의 기강이 유별나잖습니까."

일부러 덧붙인 말이었는데, 하민은 의외로 별다른 반응을 보이지 않았다. 그저 잠시 찌푸렸던 미간을 펴고 가볍게 어깨를 으쓱할 뿐.

"잘 됐네요. 이 비서는 기강이 뭔지 배울 필요가 있는 것 같으니까."

느슨한 린넨 셔츠의 소매를 걷어 올리며 하민이 무심한 목소리로 말했다. 그래도 티격태격하면서 조금은 정이 들었을 줄 알았는데 그게 그리 쉬운 일만은 아니었던 건지…….

"사장님께서 그리 생각하신다면 잘 된 일이겠지요."

"네, 이번 기회에 상사 어려운 줄도 배운다면 더 좋을 텐데요."

"그건 걱정 안 하셔도 될 겁니다."

흠, 묘하게 만족스러운 하민의 미소를 읽은 송 실장이 부드럽게 말을 이어 나간다.

"김 실장의 입사 선배로서 장담하는데, 눈물 쏟을 정신도 없을 만큼 호되게 가르쳐서 보내 줄 사람입니다. 견디지 못한 직원들이 무수히 퇴사하긴 했지만, 김 실장 덕분에 지금의 엄격한 비서실이 존재할 수 있는 거니까요. 참 훌륭한 친구예요, 그 사람."

"아무리 그래도 퇴사할 정도는 과장이……."

퇴사란 말에 유독 반응을 보이는 하민이다.

"절대 아닙니다. 나중에 비서실로 정신과 비용이 청구되는 난리만 해도 제가 본 것만 몇 번인지……. 물론, 사장님 말씀처럼 기강을 배우는 건 비서로서 꼭 필요한 일이니 버티지 못한 이들이 잘못이겠지만요."

"난 잘못이라고까지는……."

아까의 기세는 어디로 간 건지, 한참 전에 접었던 소매 단을 만지작거리는 하민의 눈빛이 조금 불안하다.

"거기서 배움을 얻지 못한다면 이 실장의 잘못 아니겠습니까? 사장님 말씀대로 꼭 배워야 할 것인걸요."

"그건 그런데."

"생각할수록 잘된 일입니다. 김 실장 같은 적임자가 마침 나서 주니 이 실장도 깨달음을 얻거나, 뭐 그렇지 못한다면 안타깝지만……."

움찔, 하민의 눈썹이 떨리는 걸 송 실장은 일부러 모르는 체했다.

"뭐, 오늘 내로는 결판이 나겠지요. 김 실장은 매사에 철두철미한 사람이니 잘해 줄 겁니다."

이제 대수롭지 않게 말하는 쪽은 송 실장이고, 괜히 심기가 불편한 사람은 하민이 되었다. 조금 전까지만 해도 바락바락 분을 못 삭여 난리를 치던 걸 생각하면 조금 우스운 일이긴 하다만, 아주 모른 체할 수는 없을 거란 게 송 실장의 관측이었다.

방식이 조금 이상하긴 해도 송 실장이 아는 하민은 뼛속까지 냉정한 사람은 아니었으니까.

"그래요."

하지만 이 대화는 예상과 달리 하민의 간단한 납득으로 끝났다. 더 이상 이 사건에 관심을 가지는 대신 방에 난 문 중 하나를 열고 들어서는 뒷모습이 조금 낯선데.

"그보다 송 실장님."

"네."

"내 휴고 슈트 어디다 놨었죠?"

아무렇지도 않게 돌아보며 묻는 하민을 보며 송 실장은 드물게 당황이란 감정을 느끼는 중이었다. 당황한 나머지 하민이 연 문이 드레스 룸이라는 것조차 깨닫지 못할 정도였으니 말이다.

"어디…… 외출하시려고요?"

"본사에."

"내버려 두시려는 거 아니었습니까?"

"그런 말은 안 했는데…… 아, 여기 있었구나."

스륵스륵, 옷감이 스치는 소리를 들으며 송 실장은 이번엔 새어 나오려는 웃음을 감추려 애를 써야 했다. 그러면 그렇지, 역시 방식이 조금 이상할 뿐 모른 체할 수 있는 사람은 아닌 거다.

"생각해 보니까, 이거야말로 심각한 기강 문제 아닙니까? 어디 감히 김 실장 따위가 내 직속 부하를 가르친다고……. 하. 여기 사장이 눈 시퍼렇게 뜨고 살아 있는데 이걸 도발 말고 뭐라고 생각해야 됩니까?"

묻지도 않은 말을 하는 하민의 표정이 꽤 진지했다. 거기다 제법 걱정이 됐던지 평소보다 빠른 템포로 말들을 쏟아 내기까지 했다. 이럴 거, 처음부터 순순히 간다고 하면 좋으련만.

"혹시 이 실장이 걱정돼서 그러시는 건 아니……."

"아니고! 절대 아니고요!"

넉살 좋게 떠본 한 마디가 채 끝나기도 전에 바락 부정하는 하민이 어느새 옷을 갖춰 입고 드레스 룸을 나선다.

"그놈의 기강, 가르치려고 가면 갔지 걱정 따위를 내가 왜 한답니까! 이 비서는 그래도 싼데!"

끝까지 극단적으로 부정하는 하민은 뭐가 그리 급한지 거울 한 번 들여다보지 않은 채 빠른 걸음으로 스위트룸을 빠져나갔다. 훤칠한 키에 꼭 맞는 정장을 입은 등을 보던 송 실장은 이제야 조금 사장의 태가 난다고 생각하며 흐뭇한 미소를 지었다.

비서실 복도는 행인 하나 찾을 수 없을 정도로 한산했다. 그 한가운데에 김 실장과 재이가 서 있었고, 나머지는 문과 벽 뒤에 숨어 이 일대 사건을 관측하는 중이었다. 물론 여기는 김 실장의 홈그라운드였으므로 숨은 관중들 모두 김 실장의 응원군이나 다름없었다.

"이 실장은 본인이 뭐라고 생각하는 겁니까. 내 도저히 이해가 안 돼서 묻는 거니 성심껏 답해 봐요."

"아시다시피 JY 비서실의 실장 이재이입니다."

판에 박힌 답을 들은 김 실장이 안경을 치켜 올리며 그 너머로 재이를 노려봤다. 잠시의 침묵까지 모두 계산한 것 같은 압박감이 고스란히 재이를 짓눌렀다.

"난 직책을 물은 게 아니라 무엇이냐고 물었는데, 그 정도 이해력도 안 되나? 하긴 그러니 본인이 여기, 이 비서실에서 '무엇'인지도 이해를 못 했겠지요. 내가 몸소 이런 걸 가르칠 가치도 없는 존재라는 것조차."

"저는 김 실장님께 제 존재에 대한 설명을 듣고자 여기 온 게 아닙니다. 저는 정해진 업무를 수행하고 돌아가면……."

"내 말을 끊는 것도, 돌아갈 곳을 정하는 것도! 전부 이 실장 몫이 아닙니다. 아니, 사실상 이 실장에게 주어진 몫은 아무것도 없어요. 이 실장에게 정당성과 자격이 없는 것과 마찬가지로 권리 또한 없다는 말입니다. 이 정도는 이해할 수 있습니까?"

재이는 온 힘을 다해 어떠한 감정도 드러내지 않으려 애썼다.

김 실장을 직접 찾아가겠다고 호언한 것까진 좋았는데, 벌써 소식을 들은 그를 복도에서 마주치는 것도, 이렇듯 그가 선을 넘어서까지 자신을 무릎 꿇게 만들려는 것도 모두 예상 밖이었다. 생각이 짧았고, 상대를 얕잡아 봤던 건 재이 자신이었던 것이다.

"솔직히, 제가 왜 이런 말을 들어야 하는지 이해할 수 없습니다만."

확실히 이 남자에게 졌지만, 무릎까지 꿇고 싶지는 않았다. 다만 비참한 마음이 드는 것까지는 의지로도 막을 수가 없나 보다.

김 실장의 독설은 재이의 자존심이 아닌 양심에까지 파고들었다. 그리고 이것은 늘 스스로에게 던졌던 의문을, 당연했던 자격지심을 불러일으켰다.

나는 아무것도 아니며, 누구도 될 수 없다는 것을. 딱 일 년, 그 남자를 지켜보는 것 외엔 무엇도 아니라는 것을.

"아직도 이해가 안 가는 모양이니 더 쉽게 말해 드리죠. 이 실장은 여기서 누굴 가르칠 자격도 제 발로 나를 찾아올 권리도 감히……."

눈물을 꾹 참는 법 정도는 이미 배웠다고 믿었었다. 울만큼 울었고, 참을 만큼 참았으니 이젠 인이 박힐 때가 됐다고도. 그런데 그건 오만이었나 보다.

정말 여기에서 무너지고 싶지 않은데, 그러면 안 된다는 걸 아는데…… 한 번 약해지기 시작한 마음이 야속하다. 나, 정말 여기서 지고 싶지는 않은데. 이정도로 무릎 꿇는 건 정말 싫은데.

"감히?"

순간 등 뒤에서 들린 목소리를 믿을 수 없었다. 하지만 동시에 믿고 싶기도 했다. 이곳에 서서 경멸의 눈빛을 받아 내던 모든 순간 동안 가장 듣고 싶었던 그 목소리.

"그다음엔 뭐죠? 더 해 봐요, 막 흥미가 생기던 참인데."

저벅저벅, 현실이라는 걸 증명하듯 점차 가까워지던 발소리가 문득 재이의 옆에서 멈췄다. 지금 시선을 들면 혹시나 그러한 눈을 들킬까 보지 못했지만, 분명히 알 수 있었다. 그 사람이 바로 곁에 서 있다는 걸.

"사장님……."

"방금 그건 내가 할 말 아닌가? 감히…… 김 실장 몫이 아니라."

당황한 김 실장의 말을 가볍게 자르는 건 피식, 하는 조소가 섞인 하민의 경쾌한 목소리였다.

"왜, 계속 안 할 거예요? 그럼 내가 하고."

언뜻 들으면 꽤 즐거운 뉘앙스였지만, 시선에서부터 위압감이 배어 나는 꽤 아이러니한 장면이었다.

"김 실장이 아주 흥미로운 주제를 꺼낸 김에 나도 평소에 궁금했던 걸 좀 물어보고 싶어지네? 김 실장은 대체 본인이 뭐라고 생각하는 건지 말이야."

"사장님께서 방금 장면에 오해가 있으셨던 것 같은데, 설명이……."

순간, 여태 하민의 입꼬리에 걸려 있던 미소가 삭 하고 사라졌다. 남은 건 이 공간에 떠다니는 모든 경멸을 그러모은 것같이 차갑게 식은 눈동자뿐이다.

"김 실장한테 내 말을 끊을 권리가 있던가."

"……죄송합니다."

간신히 눈에 물기가 가실 무렵, 상황은 급변해 있었다. 지금 재이의 조심스러운 시선 끝에 비친 하민의 모습은 단 한 번도 본 적이 없는 남자에 가까웠다.

"그래야지. 김 실장에겐 내 말을 끊을 권리는커녕 내 비서가 돌아갈 곳을 정할 권리도, 내가 없는 곳에서 내 사람을 가르칠 권리도 없을 테니까."

잔인할 정도로 고압적인 눈빛과 신랄한 저음, 검은 슈트에 완벽하게 어울리는 위압감까지. 그 동화 같은 방에서 벗어난 하민은 여기 모인 이들 중 유일하게 자신이 '무엇'인지를 확실히 알고 있는 사람이었다.

"다시 묻지. 김 실장은 본인이 뭐라고 생각하는지를."

"저는…… 임원진을 보필하기 위한 일개 비서실장입니다만, 잠시 실언을 했습니다. 다만 이는 제 책무를 다하려다 생긴 실수였으니 부디 너그러운 이해를 바랍니다."

제법 세련된 변명이었지만, 하민에겐 역부족이었는지 차가운 시선은 쉬이 거둬질 생각을 않았다.

"책무라면, 내 비서를 몸소 가르치는 그 되먹지 못한 짓을 말하는 건가."

"비서실의 최고 책임자로서 잘못된 행동이 있다면 가르쳐야 한다고 판단했습니다."

"잘못된 행동?"

김 실장의 한 마디마다 말꼬리를 낚는 하민의 목소리가 느긋하게 복도를 울렸다.

"예. 정확히는 이 실장이 오해로 비서실 직원들에게 꽤나 지나친 질책을 가한지라."

"그래서 김 실장이 가르침을 줬다?"

"결과적으로 저 역시 지나쳤지만, 의도는 그렇습니다."

그렇단 말이지…… 잠자코 고개를 끄덕이던 하민의 시선이 문득 재이를 향했다.

"이 비서."

생각지도 못하게 불린 재이가 조심스레 눈을 들어 하민을 봤다.

"이 비서가 말해 봐. 무슨 오해가 어떻게 지나쳤는지. 내가 궁금해서 그래."

여전히 낯선 모습이지만, 김 실장을 대할 때와는 확연히 다른 목소리에 조금 용기가 생긴 덕분일까.

"그들이 무례했던 일이라면 오해가 아니라고 지금도 생각합니다."

"그래?"

차분하고도 솔직하게 털어놓는 재이를 보는 하민의 입가에 알 수 없는 묘한 미소가 맺혔다.

"내 비서는 그렇다는데요, 김 실장?"

"하지만 정도가 지나쳤던 것은 사실인지라……."

"그건 누가 정합니까. 아…… 물론, 그것도 당연히 나겠네요."

이쯤 되면 먹잇감을 가지고 노는 사자와 다를 바가 없다.

"잘 들어요, 김 실장. 난 내 비서한테 무례를 참지 말라고 가르칩니다. 내 사람을 모욕하는 건 날 모욕하는 것과 다를 바가 없다고 생각하거든. 그러니 반드시 그 이상으로 갚아 주고 바로 잡으라고 지시하죠."

물론 그런 지시 따위는 존재하지도 않았지만, 내친김에 앞으로는 쭉 이 방침을 고수할 생각이다. 그건 조금 전, 이 복도에 들어섰을 때 들려오던 그 가증스러운 김 실장의 태도를 떠올렸을 때 백 번 옳은 선택이 될 것 같았다.

"그러고 보니, 회장님도 그런 지시를 하셨나?"

"……예? 그런 지시가 있었던 것은 아닙니다만."

"그럼 여기서 유일하게 잘못된 사람은 김 실장인 것 같은데. 말했듯이, 내 비서는 내 지시대로 한 것뿐이거든. 안 그래?"

재이를 보고 묻는 말이었다. 이 상황에서 대답을 하는 게 얼마나 곤란한 일인지 이 사람은 모르는 게 틀림없지만, 어쩐지 평소처럼 미운 마음은 들지 않았다.

"……네."

"잘했어, 이 비서."

툭, 가볍게 재이의 어깨를 두드리는 손이 평소보다 크게 느껴졌다. 이건 정말 못된 짓이라는 걸 알고 있는데 동시에 안심이 되었다. 마치, 무의식중에 공범이라도 된 것처럼.

"더 할 말은?"

"제 불찰로…… 불쾌하셨다면 사과드리고 싶습니다."

프로답게 표정의 변화가 거의 없이 잘 버텨 내는 김 실장이었지만, 순간 씰룩 눈가에 경련이 일고 말았다. 당연히, 하민은 그 광경을 똑바로 바라봐 주었다.

"음…… 싫은데."

확실히 잔인한 태도다.

"그 사과 안 받을래요. 어차피 진심도 아니잖아?"

그러나 보란 듯이 말려 올라가는 그 입꼬리를 재이는 미워할 수가 없다.

"그래도 너무 억울하게 생각하진 말아요."

하민은 다정함을 가장한 말투로 속삭였다.

"원래, 세상은 불공평한 거니까."

그리고 진심을 담아 미소했다. 방금 제 발로 철저하게 짓밟은 상대를 향한 승리의 미소를.

"그럼, 가 볼까."

가볍게 말을 던진 하민이 다시 재이를 봤다. 조금 전의 미소는 지워진 후였지만, 차라리 무심한 이쪽 얼굴이 평소의 그답다.

"뭐 해?"

선뜻 걸음을 떼지 못하는 재이를 보던 하민이 더 재촉하는 대신 훨씬 빠르고 간단한 방법을 쓰기로 했다.

"오늘 할 일이 많아."

턱, 재이의 손목을 잡는 하민에게 망설임은 없었다. 그 순간 여태 회색빛으로 보이던 복도가 크리스털 샹들리에가 있는 그 방처럼 일렁이는 색감으로 가득 차는 것 같았던 건 아마도 착각이겠지.

여전히 못됐고, 이해할 수 없는 방식으로 살아가는 사람의 손이 생각보다 훨씬 더 따뜻해서 들었던 잠깐의 착각.

❖

복잡한 도심에 갇힌 벤틀리의 뒷좌석에서 재이는 내내 차창 밖을 바라보았다. 손목을 붙들린 채 정신없이 빠져나와 차에 타긴 했지만, 아직도 화끈거리는 뺨과 쿵쾅대는 가슴이 진정되질 않는다.

"이 비서."

아까의 일들이 슬로우 모션처럼 되풀이되는 재이의 머릿속엔 하민의 목소리가 들어오질 않는다. 분명 두 눈을 뜨고 그 상황을 모두 봤는데, 도대체 무슨 일이 일어난 건지 실감조차 안 난다.

"이 비서!"

살짝 언성을 높이는 하민에 그제야 옆을 바라보자 영 마뜩찮은 시선이 되돌아왔다.

"⋯⋯네?"

재이는 몰랐지만, 사실 하민의 심기가 불편한 이유는 따로 있었다. 몇 시간 전까지만 해도 가만두지 않겠다고 벼르던 중인데 김 실장에게 선수를 빼앗기는 바람에 예정에 없던 역할을 맡아 버린 거다.

물론, 당연히, 절대로! 김 실장의 월권을 좌시할 수 없었을 뿐이지 다른 의도가 있던 건 아니었지만, 막상 김 실장의 꼬락서니를 보니 순간적으로 열이 받아서 저지르고 보긴 했지만, 그런다고 내 억하심정이 사라지는 건 아니란 말이다.

"왜요, 사장님?"

아무것도 모른다는 표정으로 되묻는 재이를 보자 어이가 없는 걸 넘어 허탈할 지경이다.

"나한테 할 말 없어?"

"할 말요? 어떤 할 말을 말씀하시는 건지."

깜박이는 재이의 눈가에 미세하게 화장이 번져 있었다.

"그냥, 하고 싶은 말. 혹은 해야 되는 말이라든가. 뭐, 그런 거⋯⋯ 있을 텐데?"

이쯤 되면 엎드려 절 받기라도 괘씸죄는 물어야 한다. 아까 김 실장 앞에서도 저 할 말을 다 하던 여자니 바른대로 말할 가능성도 꽤 있고, 그렇다면 선심 써서 10% 정도는 감형을 고려할 수도 있다.

"아, 있어요."

그제야 떠올렸다는 듯이 재이가 제 무릎을 가볍게 친다. 그래, 진작 이렇게 나올 것이지.

"해 봐."

자못 너그러운 상사의 탈을 쓴 하민이 어디 한 번 기회를 준다는 듯이 재이를 바라봤다.

"고마워요."

그러나 마주친 시선 너머로 돌아온 답은 하민의 예상에 없던 말이었다.

"뭐?"

"아까, 정말 고마웠어요."

황당한 하민의 눈에 비치는 재이의 눈동자는 맑았고, 동시에 곧았다. 다른 의미 없이 문자 그대로의 순수한 감사를 고스란히 담고 있는 재이의 얼굴은 여태 하민이 알고 있던 것과는 전혀 다르게 느껴졌다.

단 한 번도 원한 적 없던 내 비서의 모습이 흐려지고 그 위로 분홍빛을 머금은 입술이 미소하는 모습이 번져 나간다.

"아니, 내 말은……."

뭔가 의도에서 크게 벗어났다는 걸 하민이 깨달았을 땐 이미 늦은 후였다.

"오늘만큼은 최고의 사장님이었어요."

번진 눈 화장이 무색할 만큼 곱게 휘어지는 재이의 눈동자에 꿀처럼 달콤한 웃음이 떨어진다.

그 순간 하민은 저도 모르게 답지 않은 생각을 떠올렸다. 이 여자는 정말로 기쁠 땐 이렇게 웃는구나. 여태까진 단 한 번도 진심으로 기뻤 던 적이 없는 거구나.

"알면⋯⋯."

어쩐지 당하는 느낌이 드는 걸 부정할 순 없었지만, 동시에 썩 기분 이 나쁘지 않은 건 왜일까.

"앞으로 잘해."

툭, 무심하게 말을 던지는 하민을 보고 재이가 고개를 끄덕였다.

"오늘부터 야근이야."

마지막 한 마디에 현실로 돌아오기 전까지, 잠시 동안 재이는 행복 했던 것 같다.

❖

호텔에 도착하자마자 재킷을 벗어 던진 하민이 넥타이를 풀어 헤치 더니 셔츠의 단추를 두어 개 푸르고, 급기야 소매까지 걷었다. 덕분에 처음 보는 소위 '사장' 의 모습에 가까웠던 하민은 금세 사라져 버렸 다.

"오늘도 숨은그림찾기. 본사에서 온 서류에 장난질 쳐 놓은 건 없는 지 확실히 살펴봐, 전부 다. 혹시나 실수가 생기면⋯⋯."

남은 건 평소의 사악한 원수다.

"네네, 실업급여 알아볼게요."

하지만 오늘만큼은 그리 얄밉지가 않아 제법 경쾌한 답을 하는 재이 다. 책상에 앉으려던 하민은 그런 재이를 수상한 눈초리로 슬쩍 보고는 설레설레 고개를 저었다.

그렇게 얼마가 지났을까. 각자의 자리에서 집중한 두 사람의 시간이 빠르게 흘러갔다. 재이는 평소완 전혀 달리 집중력을 십분 발휘하는 하

119

민을 흘깃 훔쳐봤다. 하 사장이 일을 하는 모습이라니…… 솔직히 기대해 본 적도 없는 광경이었다.

느슨하게 풀어 헤친 셔츠에 대충 접어 올린 소매 단과 어울리지 않는 진지한 얼굴을 한 하민의 시선이 서류와 모니터를 오갔고, 슥슥 종이에 뭔가를 휘갈기는 손길은 신속했다.

"몇 시지? 송 실장님 퇴근하시라 해야 되는데."

문득, 하민이 고개를 들자 재이가 훔쳐보던 시선을 거두는 것 역시도 신속했다. 하마터면 들킬 뻔했다고, 괜히 도둑이 제 발 저리듯 하면서.

"이 비서는 해당 안 되는 거 알지?"

왜 아니겠어요. 재이는 평소처럼 모난 대답을 하려다 말고 네, 하는 짧은 답과 함께 고개를 끄덕였다. 야근을 시키면 어떻고 놀리며 잔소리를 하면 또 어떤가. 믿기지 않지만 내 상사는 결코 최악의 상사가 아니었다.

"근데, 이 비서."

그런 재이를 미심쩍게 보던 하민이 자리에서 일어나 기지개를 켜며 툭 던졌다.

"내가 궁금해서 그러는데 말이야."

기지개로는 모자랐는지 바에 가서 생수를 들이켜더니 아예 소파에 쿵, 소리가 나게 주저앉는 하민이다. 재이는 손에서 펜을 놓지 않은 채 그런 하민을 잠시 봤다.

"아까 비서실에서 도대체 무슨 짓을 한 거야?"

그 성격에 그냥 넘어갈 리가 없지. 오히려 여태까지 참은 게 대단하다고 해야 될 거다.

"정말, 순수하게 궁금해서 그래."

"그냥……."

아직도 자신이 잘못했단 생각은 않지만, 막상 제 입으로 말하려니 뭔가 창피했다.

"그냥?"

하지만 호기심에 빛나는 하민의 눈을 보는 지금, 뭐라도 상관없겠단 생각이 들었다. 내가 가장 보잘 것 없던 순간에도 내 말을 들어주던 사람이니 이제 와서 달라질 건 없으리라는 생각도.

"그 사람들이 날 싫어하는 건 괜찮아도, 뻔히 사람을 옆에 두고 도마 위에 올려서 모욕하는 건 참을 수 없었어요."

모욕이라…… 고개만 끄덕이는 하민이 속으로만 되뇐다.

"개인적인 감정이 시작이었단 걸 부정할 생각은 없지만, 원칙적으로 잘못된 일이니 바로잡을 수 있다면 바로잡고 싶다고 생각했던 것뿐이에요."

"그래서?"

재이는 언제나 하민의 예상보다 더 솔직하다. 만일 재이가 김 실장처럼 위계니 책무니 하는 것을 거론했다면 실망했을지도.

"마음에도 없는 사과를 듣느니 시말서로 정확히 써 오라고 했어요."

자못 진지한 표정의 재이였지만, 듣는 하민으로서는 절로 실소가 나오는 대목이었다.

"그거, 확실히 김 실장이 열 받을 만하네."

장난처럼 말하는 하민은 이미 흘겨보고 있는 재이의 시선을 느낄 수 있었다.

"아니, 잘 했다고."

다급히 덧붙이는 하민은 내심 조금 어이가 없다. 그 시말서 누가 누구한테 써야 되는 줄 모르고 잘도 저렇게 흘겨보다니.

"다 잘 하는 이 비서니까, 내가 맡긴 본업도 당연히 잘 하겠지?"

그러니 이건 아주 사소하고 작은 복수다.

"난 그럴 거라고 믿어."

조금 황망한 눈으로 보는 재이를 향해 씩 웃어 보인 하민은 아예 등을 기대고 누워 버렸다.

"그 시말서, 나중에 나한테도 꼭 보여 주고."

휘리릭, 제 손에 들려 있는 서류철을 넘기던 하민이 느릿하게 눈을 깜박인다. 그런 것 같다고 생각했다. 잠시 눈을 깜박였을 뿐인데, 누적된 피로가 밀려와 그대로 잠이 들 줄은 몰랐다는 듯이.

❖

서류를 뚫어져라 보던 재이가 드디어 그림 속 숨겨진 단서를 찾아냈다.

"사장님, 71-3항은 따로 변호사 자문을 구하는 게 좋을 것……."

재이가 채 말을 끝내기도 전에 먼저 눈을 감은 하민이 보였다.

"사장님……?"

어쩐지 말이 없더라니, 그사이 잠들어 버렸나 보다.

"저기요, 사장님."

하민이 그랬듯 장난기 어린 목소리로 말해 봐도, 역시 같을 수는 없는지 꼭 깨우지 않을 만큼으로만 속삭이게 된다.

"음…… 하 사장님?"

몇 발짝 떨어진 곳에서 말하는 재이의 목소리는 이미 꿈나라인 하민의 귓가에 들릴 리가 없다. 그 광경에 용기가 생겼는지도 모른다. 재이는 저도 모르게 제 자리를 벗어나 하민이 잠든 소파의 끝에 잠시 걸터앉는 모험을 시작했다.

"그러니까, 음…… 사장님."

어떤 사람인 줄 알 수가 없다. 대놓고 박대를 하다가, 말도 안 되는 일들을 시키고, 어느 순간 서슴없이 자리를 내어 준다. 그리고 어느 순간 나타나서, 내 편이 되어 줬다. 내가 가장 하찮고 절박했던 순간에 나타나 내 사람이라고, 그렇게 말해 주었다.

"정말……."

속삭임에 가까운 재이의 목소리 끝에 어쩐지 웃음기가 묻어나는 것 같다. 참 서럽고 복잡한 심경이 드는 와중에도 괜히 이 미소와 비슷한 마음이 들었다.

"고마웠어요."

한 번 했던 말을 되풀이한다고 이 마음이 전해질까. 언제부턴지 쌕쌕 고른 숨을 내쉬는 하민을 내려다보며, 재이도 마찬가지로 숨을 골랐다.

이젠 엉망으로 풀어 헤쳐진 셔츠, 이마를 반쯤 덮은 머리카락, 그 와중에 슈퍼맨처럼 위로 뻗은 오른쪽 팔, 그럼에도 불구하고 고요하게 감은 눈…… 그렇기에 말할 수 있는 것들.

"고마워요."

저도 모르게 손을 뻗은 건, 정말이지 이 상황에 현실감이 없어서였다고밖에는 표현할 수 없다. 전부 그랬다. 하나같이 현실감이 없었다.

느슨해진 셔츠도, 그 사이로 드러난 살갗들이 심장 박동마다 조금씩 동요하는 모습들도, 언제나 그랬듯 장난스러운 미소에 어울리는 입꼬리도, 처음 나를 밀어내던 그 모든 모습들도…… 고요히 감은 눈 아래로 바래지는 기분이 들었다.

"좋은 꿈 꿔요."

그리고 그 순간, 거짓말처럼 그가 눈을 떴다.

"저기, 전……."

분명한 건, 그 순간에 서로의 시선이 맞닿았다는 거다. 찰나, 이루 말할 수 없는 것들이 그 시선을 통해서 스쳐 지나갔다.

"그런 게……."

그 순간은 길게 느껴졌다. 하지만 그것도 잠시, 허공을 응시하던 하민의 눈동자가 초점을 찾고, 강한 손길로 갈 곳 없이 휘청이던 재이의 중심을 잡아 주었다. 그 손길이 재이의 목덜미를 휘감은 후로, 제대로 된 말은 더욱 나오질 않았다.

"그러니까……."

그 말이 마지막이었다. 그 찰나의 순간에 바라본 하민의 눈동자에 무슨 빛이 있었는지도, 알 수가 없었다. 촉, 낯선 마찰음이 귓가에 닿아 왔을 때도 여전히 알 수가 없었다.

그렇게 잠에서 깬 하민은 너무도 자연스럽게 재이의 목을 끌어안고, 다시 몸을 당기고, 또 입술을 맞춰 왔다. ……첫 키스는 짙었다.

04

맞닿은 입술은 뜨거웠다. 그리 깊이 파고들지는 않았지만, 섬세한 숨결과 다소의 물기를 공유할 수 있을 만큼의 입맞춤이 짧은 순간 이어졌다.

거의 질식할 것 같은 느낌에 간신히 정신을 차린 재이가 뒤늦게 그에게서 멀어지려 하자, 뒷목을 감싼 하민의 손에 부드럽게 힘이 들어갔다. 그 덕에 한 번의 호흡을 더 나누고서야, 둘은 간신히 떨어졌다. 참다못한 재이가 하민의 어깨를 양팔로 세게 밀쳐낸 것이다.

"왜……."

반쯤 넋이 나간 재이는 채 말을 잇지 못하는 상태로 하민을 봤다. 그 시선은 경악과 혼란, 그리고 황망함이 가득한 채로 흔들리고 있었다.

"왜?"

정작 당사자인 하민은 잠이 조금 묻어나는 목소리로 재이의 말을 되풀이할 뿐이다. 방금 무슨 일이 있었냐는 듯이 태연한 어투였다.

"이유를 물어본 거라면…… 그냥."

점차 또렷해지는 하민의 시선은, 방금 무슨 일이 일어났는지 정확히 알고 있었다.

"하고 싶어서겠지."

너무 당당한 한 마디에, 순간 머리가 멍해지는 것 같았다. 눈앞의 이 사람이 정말 나와 같은 상식을 공유하는 게 맞는 건지, 도대체 무슨 소리를 하고 있는 건지…….

"딱히 다른 뜻은 없어."

그 말과 함께 상반신을 일으켜 앉는 하민이 슥, 하고 제 입술을 핥는 걸 똑똑히 봤다. 그 일련의 행동에 지금 재이와 같은 당혹감이 묻어나지 않는다는 것도 똑똑히.

"분명하게……."

재이는 떨려 오는 손을 제지하려 빈주먹을 말아 쥐며, 떨리는 목소리를 누르려 애쓴다.

"대답해 주세요. 대답 여하에 따라선……."

"따라선?"

남의 일인 것처럼 여유를 잃지 않는 하민을 보며 재이는 마지막 카드를 떠올렸다. 그럼에도 눈 하나 깜박 안 한다면 모든 걸 잃겠지만, 이 상황까지 온 이상 더는 미련도 없었다.

"지금 하는 대화가 제 사직서가 될 수도 있거든요."

재이의 마지막 카드가 아주 무력하진 않았는지 흘깃, 재이를 올려다본 하민이 자세를 고쳐서 제대로 앉았다.

"어느 쪽이든 납득하기 어려울 것 같지만, 방금 저한테 그렇게 부적절한 행위를 하신 이유를 설명해 주셔야겠어요."

"부적절한 행위라면, 내가 이 비서한테 키스한 걸 두고 하는 말인가?"

하민은 예상대로 논점을 피하는 대신 정면으로 대답해 왔다. 그 적

나라한 표현에 꾹 쥔 손에 더욱 힘을 주는 재이다. 덕분에 표정만은 냉정하게 유지할 수 있어 다행이다.

"달리 또 있으면 안 되겠죠, 그런 부적절한 일이."

"난 그렇게까지 부적절한 일이라고는 생각 안 하는데."

"뭐……라고요?"

"들었잖아. 난 키스가 부적절한 일이라고 생각 안 한다고."

왜 이렇게 화가 나는지 모르겠다. 저 뻔뻔한 말을 진심으로 하고 있는 하민에게 화가 나고, 그런 제정신도 아닌 남자를 상대로 순간이나마 설레었던 자신에게도 화가 난다.

날 도마에 올리고 떠들어 대던 여자들도 이런 장면을 상상했겠지. 그게 더없는 모욕이라 여겨 참지 않았던 건데, 내 편을 들어줬던 사람이 그걸 현실로 만들어 줄 줄은 몰랐다.

"키스 정도는, 할 수도 있는 거잖……."

짝. 하민의 말이 채 끝나기도 전에, 재이가 떨림을 감추려 노력하던 손을 들어 뺨을 내려쳤다.

"미쳤어?"

생각지도 못했던 재이의 따귀에 황당한 듯 뺨을 감싼 하민이 버럭 언성을 높였다. 평소였다면 겁을 먹을 만큼 고압적인 시선과 함께였지만, 다행인지 불행인지 지금 재이의 눈엔 보이는 게 없었다. 그런 것따위, 이미 뺨을 내려칠 때 같이 던져 버렸으니까.

"미친 건 사장님이죠. 뭐요? 키스 정도는 할 수도 있어요? 그게 언제부터 그렇게 상식적인 행동이 됐죠? 아님, 그 정도는 아무것도 아닌데 나 혼자 쿨하지 못한 건가요?"

"이 비서가 손부터 올리는 건 상식적인 행동인가 보지?"

"논점을 벗어나지 마세요. 사장님은 절 모욕했던 사람들이랑 다를 바가 하나도…… 아니, 그 사람들보다 더 나빠요. 그러니 전 사과를 받아야겠어요."

"뭐……?"

"들으셨잖아요, 사과하시라고요."

단호한 재이의 목소리엔 한 점의 흐트러짐도 없었다. 하민은 이 상황 자체가 황당하다는 듯 헛웃음을 치더니 눈을 들어 재이를 노려보다시피 응시했다.

"도대체 어느 문화권에서 키스가 모욕이지? 이 비서가 이러는 거야말로 날 모욕하는 거라고 생각하는데."

미친놈. 순간 재이의 머릿속에 이 한 마디만이 떠올랐다. 무엇보다 저 미친 소리를 하는 하민의 표정이 진지해서, 듣는 사람까지 미쳐 버릴 것 같다.

"그런 눈으로 볼 거 없어. 남자가 여자한테 키스할 때 무슨 정당하고 적절한 이유가 필요해? 그거야말로 이상하지."

"상황이 다르잖아요, 상황이!"

미친 소리에 대꾸하는 것부터가 잘못이라는 걸 알면서도 도저히 듣고만 있을 수가 없어 발끈 소리치는 재이다. 더 기가 막힐 노릇은 지금 하민의 표정이 사뭇 억울하기까지 하다는 거다.

"상황? 무슨 상황. 내가 자다가 마침 눈을 떴는데 이 비서가 코앞에 있었고 순간적으로 마음이 움직여서 입 맞춘 상황?"

아무 거리낌 없이 그 일을 끄집어내는 하민과 달리, 재이는 그 일이 언급될 때마다 가슴이 쿵 내려앉는다. 어쩜 저렇게 아무렇지도 않을까, 저 사람은. 뭐가 항상 그렇게 당당해서 저런 눈을 할까.

"솔직히 자연스러운 상황이 아니라는 건 인정하는데, 그 순간엔 그랬어. 충동적이긴 했지만 마음이 확 끌리더라고. 좀 이상했다곤 나도 생각하는데, 부적절한 일까진 아니지 않나? 뭐, 확실히 갑작스럽긴 했지만 강제로 한 것도 확실히 아니었다고 생각하고. 안 그래?"

어느 쪽이었냐 묻는다면, 하민의 말에 가까웠다. 분명 처음 그 순간에는 거부할 겨를도 없이 갑작스럽게 닥쳤지만, 막상 입술이 맞닿고 나서 조금 더 깊은 접촉이 있기 전까지 약간의 틈은 있었으니까.

하지만 그게 이성적인 판단이 아니었음도 분명하다. 설마, 그게 일부러 기다려 준 거라는 생각은 못 했기에, 정말 설마하니 무언의 동의를 구한 거라는 짐작조차 못 했기에 더 미칠 것 같다는 걸 이 사람은 죽었다 깨나도 모르겠지.

"그러고 보니, 이러는 이 비서야말로 왜 그땐……."

나야말로 알고 싶다고, 내가 왜 그랬는지 왜 그런 미친 짓을 했는지 답답하고 미칠 노릇이라고! 그런 말을 하는 대신 재이는 의아한 시선으로 보는 하민의 입부터 틀어막기로 했다. 우선, 여기서 더 미칠 만한 일을 늘려선 안 된다는 판단에서였다.

"사과할 생각은 없으신 거 같으니, 전 이만 이 무의미한 논쟁에서 빠지겠습니다. 하면 할수록 제가 더 비참해지는 것 같거든요."

"아니……."

하민이 무어라 반박할 사이도 없이 재이는 재빠르게 가방을 챙겨서 떠날 채비를 마쳤다. 이내 그 행동의 의미를 깨달은 하민이 잠시 눈을 가늘게 뜨고 재이를 보다가 한 마디를 뱉었다.

"후회할 텐데."

"아뇨, 사장님이 후회하시겠죠."

언제나 의표를 벗어나는 비서였지만, 이번엔 정도가 지나쳤다.

"내가?"

"이제 아실 텐데요, 제가 유능한 비서라는 걸. 누구 손해라고 생각하세요?"

"하, 누가 더 손해라는 생각은 못 하나 봐?"

"두고 보면 알겠죠."

재이는 하민과 똑바로 눈을 맞춘 채 한마디, 한마디에 힘을 줘서 말했다. 이건 허세도 아니고 복잡한 감정의 배출도 아니다.

나는 당신이 충동적으로 손을 뻗었다가 쉬운 변명으로 얼버무릴 수 있는 사람이 아니라는 걸 확실히 해 두는 것뿐이다. 결코 그렇게 간단하게 넘어갈 수 없을 거라고, 나는 고작 그 정도의 가치가 있는 사람이 아니라고.

만약 이 생각에 동의하지 않는다면 나 역시도 그 위치에 동의하지 않을 거라고.

"진심으로 사과할 생각이 들면 다시 부르세요. 그 전까지 제가 여기에 발 들이는 일은 없을 겁니다."

하민은 잠자코 재이를 주시했다. 그대로 등을 돌려 나가려던 재이는 그 마음에 들지 않는 얼굴을 보다 못해 한 마디를 덧붙이기로 했다.

"참, 아까 했던 말은 정정할게요."

불과 몇 시간 사이, 든든한 아군이 되어 주었던 최고의 상사는 추락했다.

"오늘 사장님은 정말 최악이에요."

그 말을 마지막으로 재이는 미련 한 톨 없이 스위트룸을 빠져나갔다. 마호가니 문이 그리 두껍지만 않았더라면 히스테릭한 몸짓에 쾅, 하는 소리가 났을 거다. 그리고 얼마 후 먼 복도에서 엘리베이터가 멈추는 소리가 들렸다.

"뭐야, 저 여자……."

한차례 폭풍이 지나간 자리에서 하민이 부은 뺨을 감싸 쥔 채로 멍하니 읊조렸다.

❖

다음 날 오전의 절반이 지나갔는데도 하민의 불편한 심기는 나아지질 않았다. 여자한테 맞은 것도 처음이지만, 그것 때문에 얼음찜질까지 하며 잠을 설치기도 처음이었다. 하긴, 그것들만 처음이겠나. 자랑은 아니지만 여자한테 먼저 입을 맞춘 것도 저런 반응도 모두 처음이었다.

"진짜 이상한 여자야."

무심결에 어제 맞은 자리를 감싸는 하민이 웅얼거리듯 혼잣말을 했다. 살면서 그런 말을 듣는 건 처음이자 마지막이 될 거다. 아니, 어떻게 '키스=모욕'의 공식이 성립할 수 있단 말인가.

"참 나."

한순간이나마 아무리 잠이 덜 깼다지만, 최근에 심경이 복잡하고, 어쩌다가 아주 가끔 그 여자가 생경하게 다가왔다지만, 그러다 순간적으로 마음이 흔들렸다지만, 정말이지 충동적인 일이었다지만!

그래서 더 억울하고 화가 났다. 파렴치한 취급에 손찌검까지 불사하는 그 여자를 상대로 퍽 어이없는 짓을 해 버린 거다.

"사장님?"

어느새 눈앞에 나타난 송 실장이 간신히 하민의 복잡한 상념을 끊어 줬다.

"노크를 했는데, 대답이 없으셔서 그냥 들어왔습니다만."

"아, 뭣 좀 생각하느라."

"예, 일정 보고서는 이 비서 메일로 보내 놨는데…… 그러고 보니, 이 비서는?"

송 실장의 당연한 질문에 하민이 오만상을 쓰더니 손을 휘휘 내젓는다. 언급도 하고 싶지 않다는 강력한 의지의 표현이었다. 어제까지만 해도 분위기가 퍽 화기애애한 것 같더니 하룻밤 새에 또 무슨 변덕인지 송 실장은 통 모를 노릇이었다.

"뭐, 아무튼 전결권 서류 관련 확인할 부분은 변호사한테 보내 났습니다. 정리가 아주 잘 됐던데 역시 이 실장처럼 유능한 사람이 들어오니 일 처리가 빠르군요."

"송 실장님. 그거 반은 내가 한 겁니다만?"

"아 물론, 사장님도 유능하시죠."

이래서야 잔뜩 뿔이 난 어린애다. 아무래도 오늘은 내버려 두는 게 낫겠다고 생각한 송 실장은 재빠르게 화제를 전환하기로 했다.

"마침 비서실 사람도 와 있으니 관련 사본도 하나 보내 놓으려고 합니다. 아마 처리가 빠르면 내일 중으로 될 것 같습니다."

"비서실 사람이 여긴 왜 기웃거리지?"

혼잣말이었지만, 송 실장은 눈치껏 답을 덧붙인다.

"어제 비서실에서 있었던 일련의 사건과 관련해서 이 실장이 각자 시말서를 써서 제출하라 한 모양입니다. 반성의 기미를 보이려고 한 건지, 직접 인편으로 보냈더군요."

"아무튼, 그 성질머리 하고는."

쯧, 못마땅하게 혀를 차는 하민은 확실히 어제와는 태도가 백팔십도 달랐다.

"너무 그렇게 보실 일은 아닙니다. 이번 일은 이 비서가 현명하게 처리한 셈이죠. 그런 일까지 참으면 쓰겠습니까."

"그런 일이라뇨?"

"자세한 내막까지는 모르셨던 모양이군요. 이번 일은 비서실 직원들 측의 결례가 컸습니다. 정도를 많이 지나쳤지요."

"이 비서 성격이 원래 예민한 건 아니고요?"

"절대 아니라고 봅니다."

하민의 부정적인 반응에 송 실장은 망설이다 다시 입을 뗐다. 같은 비서로서 동질감도 있었지만, 눈앞의 하민을 위해서도 사실을 명확히 해 둘 필요는 있다.

"저…… 사실 비서실 안의 일은 발설치 않는 게 원칙인지라 말씀드리지 않으려 했는데, 이번 일은 사장님도 아셔야 할 것 같습니다. 이 실장은 본인의 명예뿐만 아니라 사장님의 명예도 지키려던 거니까요."

"내 명예를 왜 이 비서가 지켜요?"

"비서실에선 이 실장의 발령에 대해 의문을 품는 사람들이 많습니다. 뭐, 정말로 그렇게 믿고 있다기보단 이 실장을 괴롭힐 기회가 왔으니 일종의 정신적인 압박을 넣은 거겠지만요."

"송 실장님, 어차피 그렇게 말씀하셔 봤자 난 이해 못 해요. 그럴 필요도 없고요."

그도 그럴 게, 하민의 입장에선 고작 비서실이고 일개 직원들일 뿐이니 속사정까지 알 필요 없는, 문자 그대로 사소한 일들이었다. 솔직히 재이가 아니었더라면 그깟 하위 부서의 일에 그 정도로 개입하는 일은 없었을 거다.

그렇게 마음을 쓴 것이 결과적으로 제 인생 최초의 따귀로 끝났다는 게 황당할 뿐.

"저도 잘 압니다만, 이건 사장님과도 관련이 있는 일이라 말씀드리는 겁니다. 비서실 직원들이 소위 '소파 승진'을 들먹였다더군요. 그것도 이 비서를 바로 곁에 두고 들으라는 듯이 말예요."

"뭔…… 승진이오?"

"입에 올리기엔 격이 떨어지는 이야기지만…… 여사원이 상사와 부적절한 관계에서 이득을 취해 승진하는 걸 일컫는 말입니다. 여기서 부적절한 관계라는 건…….."

"아뇨, 이해했어요."

곤란한 듯 적절한 단어를 찾는 송 실장을 보자 이제야 모든 게 명확해졌다. 그렇고 그런 거였군. 사장실 소파에서 나누는 애정행각으로 승진을 거머쥔다는 일종의 스캔들 말인가.

"하다하다 어이가 없어서."

"불쾌하시겠지만, 이 실장이 강경한 대처로 마무리 지었으니 감히 그런 말을 할 사람은 더 없을 겁니다."

"아니, 그것들은 김 실장부터 단체로 겁을 상실했나, 감히 어디서 그런 헛소리를 한답니까? 뭣보다, 내가 이 비서랑요? 내가 왜요!"

"사실이 그렇다는 게 아니라……."

어째 예상을 벗어나도 크게 벗어난 하민의 반응에 움찔한 송 실장이 한 발짝 물러난다. 도둑이 제 발 저리는 것도 아닐 텐데, 이해할 필요도 없다더니 이렇게까지 화낼 필요가 있는 거였나.

"아닌 게 아니라 그렇잖아요! 그래, 백 번 양보해서 잠시 그런 기분이 들 수는 있다고 쳐요. 이것도 내가 엄청 손해 보는 느낌이지만 그래도 그렇다 치자고요. 나도 사람이고 이 비서도 사람이니까 어쩌다가 벼락 맞을 확률로 아주 순간적으로 그런 기분이 들었다고 쳐도…… 감히 그까짓 것들이 이러니저러니 입을 놀려도 되는 건 아닐 텐데요!"

뭔가 묘하게 헷갈리는 기분이 들었지만, 하민이 이 건에 대해서 분노를 느낀다니 송 실장으로서는 나쁘지 않았다. 남을 부리는 위치에 있는 사람일수록 자신이 다루는 사람들의 입장을 이해해야 하는 법이다.

"참 유감스러운 일이지요. 여비서에겐 아주 치명적인 스캔들이에요. 다수의 가해자들은 책임을 나눠 갖고, 피해자는 혼자라 모든 타격을 감당해야 한다는 점에서 특히나요."

피해자란 단어에서 부정적인 뉘앙스가 확 풍겨 나왔다. 하민은 잠시 생각에 잠기다 툭 던지듯 무심을 가장해 질문했다.

"저, 실장님. 오해하지 말고 들으세요. 내가 그렇다는 게 아니라 정말 순수하게 궁금해서 그러는데…… 그런 일이 흔합니까?"

"다 그렇다고는 할 수 없지만, 가끔 비서를 여자로 착각하는 임원들이 있단 게 문제지요. 아주 고전적인 스캔들 아니겠습니까."

스캔들이란 단어는 하민의 사전엔 없는 단어였다. 정확히는 알 필요조차 없는 바깥세상의 이야기인 것이다. 밖에서 아무리 떠들어 봐야 지금 하민이 존재하는 공간은 흔들리지 않을 테니.

"하지만…… 부정적으로 보니까 그런 거지, 승진을 한 후에 눈이 맞았을 수도 있는 거잖아요?"

"남들은 결과만 보니까요."

반쯤은 스스로에게 변명하고 있다는 걸 모른 채로 하민이 반박한다.

"그래도, 순수하게 남녀 사이에 감정이 싹튼 걸 수도 있고, 사장도 사람이고 비서도 사람인데 가끔은 충동적으로 변할 수……."

"없다고는 못 하겠지만, 대부분은 그렇지 않은 게 현실입니다."

하민의 현실에서 그런 일들은 아주 단순한 거여야 했다. 중요한 건 마음이 끌리는 거였고, 그 순간이 언제 어떻게 찾아왔냐는 것 정도지 다른 복잡한 것들이 끼어들 여지는 없었다.

하지만 재이의 현실도 그랬을까. 단 한 번도 생각해 본 적이 없는 그 여자의 현실은, 지금 송 실장이 말하는 저곳에 발을 딛고 있던 걸까.

"보통 그 정도 지위까지 올라온 비서들은 여자로서가 아니라 전문인력으로서, 사회인으로서 버티고 살아온 경우가 다수입니다. 그런 만큼 긍지가 있는 사람들인데, 여자라는 이유로 단지 장식품이나 노리개취급을 받는다면…… 그보다 더한 모욕은 없겠지요."

"아니, 누가 장식품이나 노리개 취급을 해요! 결코 그런 건……."

"예? 사장님 지금 무슨 말씀을 하시는 건지."

저도 모르게 발끈하고 만 하민이 괜히 송 실장의 시선을 피한다.

"그러니까 그런 건 결코 있어서는 안 될 파렴치한 일이라고요."

대충 얼버무리려 뱉은 말인데, 이내 제가 뱉은 말에 사로잡히는 하

135

민이었다.

파렴치한 일, 지난밤 재이의 눈엔 제 모습이 그렇게 보였던 걸까. 나는 단 한 번도 그 여자를 그런 식으로 본 적이 없는데, 충동적이었던 건 인정해도 파렴치한 것까진 인정할 수가 없는데, 나름대로 솔직하려 했을 뿐이라 그렇게 여겼는데.

"세상에……."

지난밤에 떠올렸어야 했던 사실들이 밀려드는 것과 동시에 하민이 탄식하듯 뱉었다.

"이런 끔찍한 일이."

이해의 반대는 이해하지 못하는 것이 아니다. 겨우 그 정도라면 현실 세계가 그리 끔찍할 것도 없었을 거다.

심각한 문제들은 대개 오해에서 빚어진다. 이 경우 상황은 크게 두 가지로 발전할 수 있는데, 하나는 영영 서로의 궤도에서 벗어나는 것이고, 나머지 하나는 억지로라도 서로의 세계를 충돌시키는 것이다.

물론, 후자의 경우 결과가 반드시 좋다는 보장 역시도 없다는 점이 그중에서도 가장 끔찍한 부분이었다.

하민이 먼저 사과의 손길을 뻗어 오지 않은 건 그리 놀라운 일이 아니었다. 재이는 하민에 대해 잘 알지 못했지만, 분명한 건 그에게 타인의 존재감이 아주 적다는 거였다.

하민은 남의 눈을 의식하지 않았고, 남의 감정을 헤아리지 않는다. 아마도 살면서 그런 필요를 느끼지 못했을 거다. 재이는 그걸 본능적으로 알 수 있었다.

다만, 바보같이 조금 서운한 마음이 드는 것만은 어쩔 수가 없나 보다. 그런 위치에 있는 사람들은 거의 다른 종족에 가깝다는 걸 머리로도, 경험으로도 충분히 알고 있었는데 왜 그 사람은 다를지도 모른다고 기대했던 건지.

"주문하시겠습니까?"

가장 바보 같은 점은, 지금 자신이 호텔 로비의 카페에 앉아 있다는 거다. 이쯤 되면 바보 같은 게 아니라 비참할 지경이다. 사과를 받지 못한 채로는 출근도 할 수 없는 자존심을 가졌지만 혹시나 하는 경우를 대비해서 근처에 와 있다니.

"아메리카노 하나요."

"예, 알겠습니다."

살면서 호텔 로비에서 내 돈을 주고 커피를 사 마시게 될 줄은 몰랐다. 이런 사악한 가격의 커피를 제 돈 주고 사 마시는 사람들의 심정을 이해할 수가 없었는데…… 하긴, 이게 바로 그 누구의 심정이었으려나.

이제는 커피 한 잔에도 그의 생각을 떨칠 수가 없다. 더 불행한 사실은 어쩌면 오늘 하루 종일 이런 상태일 확률이 어마어마하게 높다는 것.

"이재이……?"

그러나 오늘만은 재이의 예상이 틀렸는지도 모르겠다.

"재이, 너 맞지?"

낯선 듯, 묘하게 낯설지 않은 남자의 목소리에 고개를 든 재이의 눈이 이내 놀라움으로 동그랗게 커졌다. 오전의 호텔 로비에서 자로 잰 듯이 반듯한 슈트를 입은 채 서 있는 재민의 존재는 꼭 거짓말같이 느껴졌다.

"선배……."

놀라움과 반가움이 섞인 재이의 목소리에 재민이 부드럽게 미소한다.

"여긴 어쩐 일이에요?"

"아, 누굴 좀 만나러 왔다가 길을 잃었어."

그러고 보니 대학 시절부터 진지한 표정으로 농담을 하는 것이 재민의 특기였다.

"미국 갔단 소식은 들었는데, 우연이네요. 한국엔 언제 왔어요?"

"언제 왔는데, 서운하게. 뭐, 우연이라면 정말 우연이지만. 잠깐 앉아도 되지?"

"네? 네, 그럼요."

"나 엊그제도 너 봤거든, JY호텔 본사 앞에서. 한참 불렀는데도 못 듣고 가던데."

"정말요? 왜 못 들었지⋯⋯. 아, 일부러 그런 거 아닌 줄 알죠?"

"글쎄, 그건 좀 더 두고 봐야겠는데. 근데 누구 기다리던 참이야?"

재이의 장난스러운 말에 마찬가지로 유쾌하게 답하던 재민이 정곡을 찔렀다.

"아뇨, 그런 건⋯⋯."

"뭐야, 바람맞은 건 아니고?"

이번에도 장난이었는데 대꾸할 타이밍을 놓치고 말았다. 급속도로 냉각되는 분위기를 눈치챈 재민만 가시방석이 따로 없었다.

"그런 거⋯⋯ 아니에요."

"응? 어, 그럼. 당연히 농담이지, 농담."

재이의 진지한 변론이 시작되기도 전에 재민은 모른 체를 했다. 역시, 배려심의 아이콘이라 불리던 하재민답다. 문제는 그 배려심이 크나큰 오해를 부를 것 같다는 거지.

"아니, 어떻게 보이는 줄은 알겠는데 그런 게 아니라."

오전에 하릴없이 호텔 로비에서 침울한 얼굴로 앉아 있는 여자라⋯⋯. 누가 봐도 그런 상상을 할 법하다. 그게 하필 오랜만에 만난 재민의 앞이라니 오늘의 운세가 원망스러울 뿐이다.

"뭐 어때, 가끔은 혼자 커피를 마시는 여유도……."

"아니라니까요!"

답답하니 소리부터 내지르는 재이를 보며 재민도 비슷한 생각을 떠올렸다. 역시, 성질의 아이콘이라 불렸던 이재이답다고.

"뭐, 굳이 나한테 설명하고 싶다면, 나랑 커피나 한잔할까?"

"지금요?"

"응, 지금. 사실 바람은 내가 맞았거든."

"네? ……거짓말."

"정말이야."

부드러운 미소와 함께 어깨를 으쓱해 보이는 재민을 멍하니 보던 재이 앞에 아까 주문한 아메리카노가 도착했다.

"저도, 같은 걸로."

뜻밖의 티타임은 그렇게 시작됐다.

❖

한 번 일어난 파문은 쉬이 가라앉지 않았다. 잔물결 하나 없던 마음의 연못에 돌이 던져지기 무섭게 하나, 둘, 셋, 넷…… 연속적인 파문이 멈출 줄을 모른다.

"괜히 속 시끄러워 죽겠네."

이렇게 심란해질 줄 알았다면 그런 짓은 하지 말 걸 그랬다. 아니, 이미 저지른 일을 돌이킬 수 없다면 송 실장의 말이라도 듣지 말 걸 그랬다. 적어도 답지 않은 후회나 기묘한 죄책감 따위는 들지 않았을 텐데.

"죄책감……?"

스스로 떠올린 단어가 소름 끼치도록 낯설게 느껴졌다. 여태 자신과는 거리가 멀다고 생각한 그 감정을 하필 이런 일로 떠올려야 한다는 건 더더욱 믿기지 않는 일이다. 그럼에도 쉬이 떨쳐지지 않는 생각이 있었다. 내가 정말로 잘못한 건지. 내가 틀렸고, 그녀가 옳았던 건지.

하지만 한 가지 분명한 사실은 송 실장이 말한 파렴치한 의도는 없었다는 거다. 썩 바람직한 행동이 아니었단 건 인정하지만, 장난감 취급 따위의 생각을 품었던 적은 맹세컨대 단 한 번도 없었다.

'난 키스가 부적절한 일이라고 생각 안 한다고.'

그 말은 본심이었다. 지난밤, 재이에게 했던 말은 전부 본심이었다. 말했듯이 순간적으로 입을 맞췄고, 찰나의 감정에 충실했다. 실수라고 한다면 어느 정도는 맞지만, 그때 대체 무슨 말을 해야 좋았단 말인가.

곧바로 부정할 거였으면 안 하는 게 나았을 행동이고, 단 한 번의 충동적인 입맞춤으로 운명적 사랑까지 운운하는 건 사기다. 게다가 뭐 그리 복잡할 게 있다고. 드라마나 영화가 아닌 이상 현실에서 스파크가 튀는 건 대개 순간적으로 일어나지 않던가. 지난밤에도 그랬을 뿐이다.

'좋은 꿈 꿔요.'

아스라이 잠결에 들리던 목소리와 함께 문제의 잔상이 떠오른다. 언제 잠들었는지도 모르는 사이, 뭔가 묘한 기분이 들어 눈을 떴더니 그 여자가 말끄러미 내려다보고 있었고, 나른함이 채 가시기 전에 바라본 그 눈동자가 낯선 만큼 아쉽게 느껴졌었다. 멀어지지 않았으면 했고, 더 가까워지길 바랐다.

분명하게 마음이 이끌린 건 바로 그 무렵이었던 것 같다. 망설임 없이 손을 뻗은 것도, 겹쳐 오는 입술의 온기에 선명해지는 감각을 느낀 것도 모두 한순간. 그래, 정말이지 순간적으로 이끌렸다.

"미치겠네."

왜 그런 일을 회상하면서 답답하고 불편한 마음이 들어야 하는지 정말 모르겠다. 여자에게 키스하고 뺨을 맞은 것도 처음이지만, 뒤늦게 이런 죄책감을 느끼는 것 역시도 처음이라 머릿속은 이미 뒤죽박죽이다.

"내가, 사과해야 되는 건가."

뱉어 놓고도 믿기지 않는 말이었다. 물론, 그런 방법 또한 모른다. 백 번 양보해서 이 비서가 먼저 나타나 준다면 지난밤의 일을 바로 잡을 생각까지는 있었지만, 과연 날이 저물도록 이쪽에서 찾으러 갈 여지가 있을지.

"사장님."

똑똑, 두 번의 노크 뒤에 들어선 송 실장이 하민의 안색을 살폈다. 아까부터 수상한 기운을 팍팍 풍기던 이 어린 상사는 아직도 죽상을 하고 있는 채다.

"왜요."

심기 불편한 대답에 하필 이런 소식을 전해야 하나 싶지만, 이게 송 실장의 직업이니 어쩔 도리가 없었다.

"아까 올렸던 일정에 있던 하 전무님과의 만남 건에 관한 겁니다."

"안 만난다고 했을 텐데요. 그 건은 이제 보고할 필요도 없어요."

"지금 로비에 와 계십니다만."

질척거리긴, 대번에 인상을 쓰는 하민이 경멸조로 혼잣말을 내뱉었다.

"백 년을 기다려 보라고 해요, 내가 만나 주나. 잘됐네, 안 그래도 매상 떨어졌다는데 이참에 우리 로비 커피숍 매상이나 많이 올려 주라고 해요."

이어지는 신랄한 독설까지도 평소와 다를 바 없는 반응이었지만, 송 실장으로서는 조금 이해가 가질 않는 점이 있었다.

"저…… 그럼 이 비서는."

"이 비서가 왜요, 출근했어요? 안 오고 뭐 한대요?"

이 비서란 한 마디에 민감하게 반응한 하민이 속사포처럼 질문을 쏟다가 이내 큼, 하고 헛기침을 했다. 뭐지, 점점 상황이 이상하게 돌아가는 것 같은데.

"이 비서…… 사장님이 보내신 거 아닙니까?"

"어딜 보내요?"

"방금 로비에 하 전무님과 있는 걸 보고 올라오는 길입니다만, 전 당연히 사장님께서 보내신 줄 알고……."

이후, 정확히 삼 초 동안 눈만 깜박거리던 하민이 벌컥 몸을 일으켰다.

"잠깐, 이 비서가 지금 그 인간이랑 있다고요?"

❖

가뜩이나 심란한 하민의 속을 한 번 더 제대로 뒤집은 문제의 만남은, 꽤 화기애애하게 진행되고 있었다.

"비서? 전엔 마케팅 쪽 일로 회사 들어갔다고 들었는데, 내가 잘못 기억하고 있는 건가?"

커피 잔을 한 손에 든 재민이 의아한 듯 묻자 재이가 조금 어색한 미소를 띠었다. 재민의 질문에 대해 제대로 설명할 자신이 없는 탓이다.

"말하자면 굉장히 복잡한데…… 그냥 그렇게 됐어요."

다행히 재민은 상대의 곤란한 미소를 보고도 무언가를 더 캐묻는 사람이 아니었다. 이제는 멀게만 느껴지는 대학 시절인데 선배는 조금도 변한 게 없어 보였다.

"그래. 그나저나 이렇게 가까이 있었는데도 여태 몰랐네."

"가까이라뇨, 선배 계속 미국에 있었다면서."

저도 모르게 툭 튀어나간 본심에도, 재이는 별다른 눈치를 채지 못한 것 같다.

"아니, 이럴 줄 알았으면 동창회도 자주 나갈 걸 하고."

"선배 오면 동창회 난리 나겠다."

"왜?"

"선배 찾는 사람이 얼마나 많은데요. 오죽하면 경영대의 중심에서 하재민을 외치라는 말도 있었는데."

장난스러운 재이의 비행기에 재민은 손사래 대신 피식하는 웃음을 짓는다.

"그럼 뭐해, 다 남자 놈들일 텐데."

"어떻게 알았어요?"

"내가 그렇지, 뭐."

당연히 재민의 말은 사실이 아니다. 언제나 주위에 사람이 많았던 탓에 그 절반이 남자였던 건 맞지만, 나머지 반은 글쎄. 이름이 비슷하단 이유만으로 재이에게 잘못 전달된 러브레터만 해도 몇 통이었는지.

"근데, 선배 정말 여기 왜 온 거예요?"

"말했잖아, 바람맞았다니까."

"장난 그만 치고요."

정색을 하는 재이를 보고도 재민은 그저 웃기만 했다. 마냥 풋풋하던 시절이 있었는데, 어느새 서른을 훌쩍 넘은 제 눈앞에 그때의 후배가 제법 성숙한 태가 나는 여자가 되어 나타났다.

"정말이야."

"바람맞은 사람이 이렇게 멀쩡해요?"

"뭐, 어쩌겠어. 한두 번도 아닌데."

"네? 그럼 만날 바람맞힌다는 거예요? 도대체 어떤 사람이에요?"

어떤 사람이라⋯⋯. 재민이 그다지 유쾌하지 않은 생각을 하며 어깨를 으쓱해 보이자, 제 일처럼 인상을 쓰는 재이다. 그리고 보니 한 가지가 더 떠올랐다. 성질의 아이콘이던 이재이는 남의 불의 또한 참지 못하는 성격이었음이.

"선배도 그렇게 웃을 일이 아니에요! 아무리 사람이 좋아도 화낼 일엔 화를 내야죠."

"괜찮아, 난 화 안 나. 더군다나 오늘은 바람맞았어도, 뜻밖의 수확이 있었잖아. 본래 만나려던 사람보다 훨씬 더 좋은데, 난?"

그 말은 진심이다. 비록 듣고 있는 재이는 느끼지 못하는 것 같지만, 재민으로선 이 예상치 못한 수확 쪽이 더 반가웠다. 애초에 만남이 성사될 거라 생각하고 온 길이 아니었기에 더욱 그랬다. 만나진 못하더라도 이쪽의 확고한 의지를 보여 주려는 것이다.

그 길에 예상치 못하게 튀어나온 건 재이였지만, 그것도 나름대로 좋은 일일 것이다.

"그래도 그렇지……."

아직도 제 일인 양 입이 삐죽 나온 재이를 보던 재민이 불쑥 핸드폰을 내밀었다. 재이는 잠시 핸드폰과 재민을 번갈아 봤지만, 그런 것 치고는 꽤 자연스럽게 핸드폰에 제 번호를 입력했다.

"보통 몇 시쯤에 퇴근해?"

손에 들린 핸드폰의 통화 버튼을 누르며, 재민이 물었다.

"워낙 대중이 없어서."

재이는 멋쩍은 듯이 웃으며 이대로 영원히 퇴근일지도 모른단 사실을 애써 잊으려 했다.

"그럼, 오늘은?"

"네?"

말뜻을 몰라서 되물은 것이 아니었다. 그건 재민보다 말을 뱉은 재이가 더 잘 알고 있었다. 더 이상 이런 식으로 말하는 남자의 화법을 모를 나이는 아니다.

"오늘은 몇 시에 퇴근할 예정인데?"

하지만 재민의 태도는 대부분의 남자들이 취하는 것과는 사뭇 달랐다. 적어도 그런 쪽의 저의가 있다고는 느껴지지 않는다고 할까. 무엇보다 너무 뜻밖의 상대였다.

몇 년 정도 함께 학교생활을 했었지만, 언제나 사람들에게 둘러싸여 있던 재민과 단둘이라는 것은 정말이지 낯설었다.

"저……."

짧은 정적 후, 재이가 다시 입을 떼려던 순간.

"대답 못 할 텐데."

등 뒤에서 낯익은 목소리가 들렸다. 돌아보지 않아도 알 수 있을 만큼 심술이 가득한 목소리가.

"왜냐면, 그 답은 나밖에 모르니까."

다음 말이 등 뒤가 아닌 바로 옆에서 들렸다고 생각하는 찰나, 어느새 하민이 두 사람 사이에 한 자리를 차지하고 앉아 있었다. 그것도 재이의 예상보다 백배는 더 심술궂은 눈초리로.

"안 그래요, 이 비서?"

사악한 미소다. 무엇보다, 함께 있는 재민의 존재를 코앞에 두고도 완전히 무시하는 태도가 가장 못됐다. 아니, 그 정도로는 부족하다. 지금 재이의 눈에 하민은 세상에서 가장 보기 싫은 꼴 그 자체다.

"좀 기다려 주시겠어요, 사장님? 물론 저한테 할 말이 있어서 오신 경우라면요."

하민을 쳐다보지도 않은 채 싸늘하게 대꾸한 재이가, 방금의 목소리가 무색하게 부드러운 태도로 재민을 봤다.

"선배, 미안한데……."

"괜찮아."

145

그 광경에 울컥, 화가 치밀어 오르는 하민이지만 애써 내색하지 않으려 입꼬리를 말아 올렸다. 여기까지는 제법 재이의 뜻대로 흘러가는 것 같았다. 하지만 문제는 그다음, 느긋하게 떨어진 재민의 입술에서 나왔다.

"오랜만이야, 하 사장."

두 남자를 번갈아 보던 재이는, 그제야 뒤늦게 상황을 파악하는 중이다.

"이사회 이후로 처음인가? 이런 식으로 만날 수 있을 줄은 몰랐는데, 내가 오늘 운이 좋은가 봐."

"누군가의 행운은 누군가의 불운이라니까…… 그럴지도."

재이를 사이에 두고 두 남자 모두 미소를 짓고 있는데, 분위기는 살벌하다 못해 최악이다.

"이런 날도 있어야지. 오늘이 몇 번째더라? 하 사장이 나 바람맞힌 게."

"미안하지만, 그런 사소한 걸 일일이 기억할 만큼 한가하지가 않아서."

상대인 하민은 태연히 받아치는데, 듣고 있던 재이의 입은 떡 벌어진다. 그럼 재민이 만나러 왔다는 사람도, 여태 번번이 재민을 바람맞혔다는 그 사람도 모두 하민이었다는 건가. 하지만 폭탄 발언은 그게 끝이 아니었다.

"하 전무도 나처럼 한가하지 않았다면, 피차 피곤할 일이 없었을 텐데. 유감이야."

이번에는 눈치만 보던 재이도 참지 못하고 재민과 하민을 노골적으로 번갈아 보았다. 하 사장이라면 바로 눈앞에 있으니 빤한 일이고, 하전무라면…… 하재민. 맞아, 그게 선배의 이름이었지.

하지만 이런 이야기는 처음 듣는다. 전무, 그것도 JY그룹의 전무가 내가 알던 바로 그 선배였다니.

"오늘도 그런 식으로 빠져나가려고? 서운하네."

재민의 서운하단 말은 진심이었는지, 눈매가 부드럽게 휘어졌다. 하지만 하민은 그런 재민을 흘깃 보고도 한 치의 망설임도 없이 자리에서 일어섰다.

"뭔가 착각했나 본데, 난 여기 하 전무를 만나러 온 게 아냐. 출근을 깜박한 내 비서를 데리러 온 거지."

이번에는 화살이 재이에게 날아왔다. 정확히 깜박한 것과는 거리가 멀었지만 차마 이 분위기에서 사실을 정정할 용기는 없었다.

"그럼, 이만 일어나죠?"

낯선 하민의 존댓말이 설마 자신을 향한 거라 생각하지 못했기에 선뜻 대답하지 못했다. 그게 거절의 의미로 느껴졌던 걸까, 하민이 재차 재이를 불렀다.

"이 비서."

"······네?"

분명 눈앞에 있는 사람은 세상에서 제일 못됐고 반쯤은 정신이 나간 것 같은 제 상사가 맞는데, 실감이 나질 않았다. 무엇보다 지금 부드러운 미소를 띤 채 재이에게 한 손을 내미는 하민이라니.

"데리러 온 내 성의를 봐서라도, 출근은 해야 되지 않겠어요?"

상황에 어울리지도 않는 농담인데, 재민은 피식 웃고 말았다. 덕분에 정신이 확 든 재이는 하민의 손을 잡지 않고도 자리에서 일어설 수 있었다. 그사이 하민은 이미 두 사람이 앉아 있던 테이블에서 등 돌려 몇 걸음을 뗀 후다. 단 한 마디의 인사조차 없이.

"나도 반가웠어, 하 사장."

재민의 자조적인 웃음이 하민에게 들렸을진 모르겠지만, 그랬어도 별반 달라지는 것은 없었을 거다.

"저, 선배."

곤란한 표정의 재이를 보고서, 재민은 빙긋 미소를 지으며 손으로 전화 모양을 만들어 귓가에 흔들어 보였다. 그런 재민에게 꾸벅 인사를 하고 총총걸음으로 자리를 떠나는 재이의 눈앞에 하민의 등이 보였다. 진짜 담판은, 이제부터 시작인 거다.

❖

엘리베이터 안에서도 두 사람은 아무런 말이 없었다. 하민은 내심 재이가 잠자코 엘리베이터에 탄 게 놀라웠지만, 당연히 모든 일이 다 제 뜻대로 되지는 않았다.

딩동, 부드러운 벨소리와 함께 11층에서 엘리베이터가 멈췄을 때 재이는 한 걸음도 떼지 않았다. 먼저 내리던 하민이 그걸 눈치채고 돌아봤을 때 시선조차 마주치지 않았으니 이 정도면 의사 표현은 확실히 된 셈이다.

"안 내릴 거야?"

"네."

진정성 있는 사과를 받기 전까지 발을 들이지 않겠다고 단언했다. 비록 로비까지 온 것도, 얼결에 따라나선 것도 본인이었지만 마지막 자존심까지 저버릴 생각까진 없다.

"할 수 없지."

툭, 말을 던진 하민이 그대로 걸어갈 거라고 생각했다. 그는 겨우 그 정도의 사람이니까, 필요 이상의 수고를 하려 들지 않을 거라고 생각했다.

"한 번만 말할 거니까 잘 들어."

뜻밖에도 하민은 한 걸음 뒤로 물러서 재이와 함께 정육면체의 공간에 갇히는 걸 택했다. 이어 스르륵, 문이 닫히고 적막 속에 단둘이 남았다.

"어제 있었던 일은…… 내가 사과할게."

믿기지 않는 상황이 연속해서 일어나고 있었다. 재이는 여태 벽을 바라보던 눈을 돌려 하민에게 향했다. 하민 역시 그런 재이를 돌아보았다. 적어도, 가볍지는 않은 눈빛으로.

"잠결에 눈을 떴을 때 순간적으로 마음이 끌렸던 걸 부정하는 건 아니지만, 확실히 내가 경솔했어."

차라리 실수였다고 했으면 좋았을 텐데. 끝까지 솔직한 하민의 말에 재이는 뒤늦게 혼란을 느꼈다. 지난밤, 홧김에 내뱉은 말이라고 생각했던 게 정말로 본심이었다니.

"이제 와서 사과하는 건 이 비서가 요구해서만은 아냐. 돌이켜 생각해 보니 그게 이 비서한테 상처가 됐을 거라는 걸 이해해서지. 이미 일어난 일을 없던 일로 만들 수는 없겠지만, 내가 실수한 거, 인정할게. 단순하게 이성으로 봐서는 안 되는 관계가 있다는 것까지 생각이 미치지 못한 내 실수."

담담하고 차분하게 말을 이어 가는 하민은 한순간도 재이의 시선을 피하지 않았다. 이 또한 그의 본심이었음을 재이가 알 수 있도록, 지난밤의 일을 정의할 수 있도록.

"내 사과를 받아들인다면……."

알 수 없는 감정이 소용돌이치는 가운데 하민이 마지막으로 분명하게 선을 긋는다.

"다시는 이 비서를 여자로 보지 않겠다고 약속할게."

나직한 저음이 혼란스러운 마음속을 파고들었다. 바라던 사과에는 진정성이 있었고, 실수라는 이름으로 벗어났던 모든 것들이 제자리로 돌아오는 순간이었다. 다만, 그 말이 내려앉은 가슴 한구석이 아릿해

오는 건 그저 그 말들이 너무 무거워서라고 생각했다.

"사과…… 받아들일게요."

엉켰던 실타래가 풀어지는 동시에 단단한 매듭으로 묶인다. 반드시 묶어야 하는 매듭이었지만, 너무 단단한 나머지 괜스레 안타까운 기분마저 드는 서로의 마음을, 아직은 아무도 모른다.

"그 약속, 꼭 지켜 주세요."

순간적인 이끌림이 가져온 사건은 이렇게 일단락이 났다.

05

다음날 오전이 통째로 지나갈 때까지, 특별한 일은 일어나지 않았다. 그러나 동시에 의식하지 않으려 해도 숨 막히는 어색함이 감돌았다.

"벌써 점심시간이군요."

그나마 송 실장이 있을 때는 나았다. 재이는 서류에서 눈을 떼는 하민을 보며 자신도 평소처럼 별실로 가서 식사할 준비를 했다. 어느 직장에서나 그렇듯, 점심시간은 상사의 눈에서 벗어나 잠시의 자유를 만끽할 수 있는 도피처다.

"1층 뷔페에서 여름 맞이 메뉴로 리뉴얼을 했는데, 사장님께도 꼭 맛보여 드리고 싶다더군요. 통상적으로 해 오던 일이니 특별한 일정이 없으시면 함께 가시죠."

"그럴까요."

오늘 유난히 말수가 적었던 하민이 고개를 끄덕이고 자리에서 일어나 먼저 방을 나섰다. 별생각 없이 그 모습을 지켜보던 재이는 잠시 후, 송 실장의 말에 크게 당황할 수밖에 없었다.

"뭐 해요, 이 실장? 어서 가지 않고."

"네? 저……도요?"

"이런 자리엔 함께 해야지요."

그런 배려, 정말이지 괜찮은데. 재이는 송 실장의 인자한 미소를 보며 마지못해 고개를 끄덕이곤 자리에서 일어섰다. 오늘, 평화로운 오전 끝에 맞은 점심 식사는 역대 최고의 바늘방석이 될 예정이다.

❖

점심 무렵의 뷔페는 사람들로 붐볐다. 하민 일행은 기다리던 직원의 안내를 따라 인파를 가로질러 좁은 벽 사이의 통로로 접어들었다. 눈에 띄지 않는 통로 옆에는 별실처럼 마련된 직사각형의 공간이 있었고, 통유리로 된 벽면 너머엔 흉물스러운 공사판을 걷어 낸 중정의 푸른 잔디가 가득했다.

"이번 여름 맞이 리뉴얼은 보양식 위주로 진행했습니다. 제주도산 흑돼지 바비큐와 전복 버터 구이를 메인으로 두고 샐러드 코너도 확충했는데 아주 반응이 좋습니다."

잠시 후, 직원들과 함께 도착한 셰프가 테이블 가득 음식들을 내려놓으며 말했다. 하민은 의례적인 몇 마디를 하고 준비된 냅킨을 무릎에 펼쳤다. 재이는 그 광경을 보며 조금 우스운 생각을 떠올렸더랬다. 잠깐이긴 하지만 그가 바깥의 인파에 섞여서 식사를 할 거라 여겼던 저가 퍽 순진하고 우습게 느껴졌다.

"그럼, 즐거운 식사 되십시오."

셰프를 비롯한 직원들이 물러가자 남은 건 하민과 마주 보고 앉은 재이와 송 실장뿐이다. 이 순간 감사한 게 있다면 바로 단둘이 이 식사를 하지 않게 해 준 송 실장의 존재였다.

"드시죠."

짧은 한 마디와 함께 은빛 식기를 집어 드는 하민의 손동작이 섬세하다. 재이는 그 모습을 몰래 곁눈질로 보다가 평소보다 배는 조심스럽게 제 몫의 식기를 들었다.

"런치부터 흑돼지에 전복이라. 너무 과한 거 같은데."

"요즘 중국인 관광객들이 늘어난 걸 염두에 둔 편성이라더군요."

"하긴."

하루 종일 말수가 적긴 했지만, 점심 테이블을 사이에 두고 앉은 하민은 유독 입을 열지 않았다. 그건 재이 역시 마찬가지로, 이따금 수상한 둘의 눈치를 살피던 송 실장의 몇 마디 외에는 조용한 식사가 이어졌다.

"잠시만요."

하민이 걸려 온 전화를 받기 위해 자리를 뜨자, 재이는 그제야 조금 숨이 트이는 기분이 들었다. 고작 한나절인데 차라리 티격태격하던 예전이 그리워지면 어쩐단 말인가.

이럴 줄 알았으면 한 가지 약속을 더 받을 걸 그랬나 보다. 분위기를 어색하게 몰아가지 말기, 최대한 아무 일도 없던 것처럼 행동하기. 뭐, 당연히 말 같지도 않은 소리겠지만.

"이 실장, 음식은 입에 맞나요?"

"네, 맛있네요."

단둘이 남은 걸 의식한 송 실장이 말을 건네자 재이가 고개를 끄덕이며 답했다. 그런 것치고는 표정이 너무 경직된 것 같았지만 송 실장은 굳이 지적하지 않기로 했다.

"사장님과 뭐 감정이 상한 일이라도……?"

아까부터 묻고 싶던 질문을 하자, 때마침 음식을 삼키던 재이가 켁, 하고 다급한 기침을 하더니 물을 들이켰다.

"뭐, 일하다 보면 별일이 다 있는 법이니까 너무 신경 쓰지 말아요."

분명히 뭔가 있었다. 하지만 지금 캐묻는 건 시기상조라는 게 송 실장의 판단이었다. 물론, 그 별일이라는 게 송 실장이 상상도 할 수 없는 차원의 일이라는 건 모르는 채다.

"그보다 한 가지 궁금한 게 있는데."

"네?"

"내가 이 실장 개인사에 관여할 권리는 없지만…… 전무님과는 어떻게 아는 사이인지 물어봐도 될까요?"

딴에는 조심스레 질문한 것인데 오히려 아까보다 재이의 표정이 훨씬 가볍다. 마치, 이거야말로 대수롭지 않은 일이라는 듯이.

"아, 선배예요. 대학 선배."

"그런 우연이……."

"그러게 말이에요. 사실 어제 처음 알았어요. 선배가, 아니, 하 전무님이 JY와 관련 있다는 거."

냅킨으로 입가를 찍어 누르는 재이의 입가에 살며시 미소가 배어 있었다.

"그렇게까지 가까운 사이는 아니었나 봅니다."

"대학 시절 인맥이 다 그렇잖아요. 캠퍼스 안에서는 엄청 친했는데, 어느새 뿔뿔이 흩어지면 소식도 잘 모르고 사는."

송 실장의 질문에 숨겨진 저의를 파악하지 못한 재이가 잠시 그리운 듯 옛 시절을 회상한다.

"그래도 우연히 다시 만나면 반가운 그런 사이 정도죠, 뭐."

재이가 파악하지 못한 건 그뿐이 아니었다. 전화를 끊고 돌아오던 하민이 모퉁이에서 멈춰 선 채 그 대화를 고스란히 들었다는 것과 그로 인해 퍽 불쾌함을 느꼈다는 건 앞으로도 영영 모를 일이다.

"송 실장님."

일부러 인기척을 낸 하민이 성큼성큼 걸어와 자리에 앉았다. 재이는 순간적으로 자신을 휙 훑어 내리는 차가운 시선을 느낀 것 같았지만 애써 착각으로 치부했다.

"전화, 본사에서 왔더군요."

"왜 사장님께 직접……."

"내가 전달받지 못했다고 잡아뗄 수 없게 수를 쓴 거겠죠."

식사는 끝났다는 걸 증명하듯, 하민이 다 비우지 못한 접시 위로 냅킨을 올려 둔다.

"긴급 이사회를 소집하겠다네요."

"예상은 했지만……."

"일시는 오늘 저녁, 생각보다 빠르죠?"

유난히 날이 선 것 같은 표정은 그 때문이었나. 재이는 잠자코 둘의 대화를 지켜보며 속으로만 떠올렸다. 자신이 알지 못하는 이야기가 눈앞에서 오갈 때마다 초라해지는 기분이 들었지만, 먼저 나설 수도 없는 게 제 위치였다.

"대처할 시간을 주지 않겠다는 걸로밖에는 보이지 않습니다만."

"상관없어요."

곤란한 기색을 보이는 송 실장과는 달리, 하민은 대수롭지 않은 태도다. 둘의 확연한 온도 차에 재이는 이 긴급 이사회가 무슨 의미를 갖고 있는지 쉬이 파악할 수가 없었다.

"비공개 이사회고, 수행원은 한 명만 대동하랍니다."

"그럼, 이 실장을……."

"아뇨."

슥, 아무 감정이 담기지 않은 눈으로 재이를 보던 하민이 분명하게 못을 박았다.

"송 실장님이 준비해 주세요."

"알겠습니다."

하민의 눈길이 지나간 곳마다 뭐라 딱 꼬집을 수 없는 묘한 기분이 피어나는 것 같았다.

처음처럼 대놓고 거부하지도, 남에게 하듯 신랄한 독설을 퍼붓지도, 심지어 늘 일삼던 심술 맞은 언행조차 없었는데. 그런데 왜 이렇게 소외되는 기분이 드는 걸까. 지난밤 했던 약속에 선을 긋고 밀어내기로 한 건 없었을 텐데도, 왜.

"오늘도 무사히 지나가긴 글렀군."

하민의 혼잣말엔 불쾌함이 짙었지만 미세한 긴장감 역시 담겨 있었다. 그 모습에 재이는 쓸데없는 상념들을 떨쳐 내야겠다는 생각을 했다. 중요한 일이니 송 실장이 가는 게 당연하고, 그것에 대해 굳이 설명을 들을 필요는 없다는 단순한 사실을 떠올린 것이다.

그리고 한 가지 더. 이 묘한 기분을 빨리 떨쳐 내지 않으면 안 된다. 이거야말로, 약속엔 포함되지 않은 감정이니까.

⚜

모두의 예상대로 이사회의 분위기는 험악했다. 건강을 핑계로 불참한 하 회장을 제외한 이사들이 전부 모인 자리에서 재민이 하민의 등장과 함께 인사를 건네는 순간, 그 분위기는 절정으로 치달았다.

"난 바쁜 사람이니까, 본론만 간단히 하죠."

인사를 무시한 채 자리에 앉은 하민이 꺼낸 첫 마디에 좌중이 언짢은 기색으로 술렁였다.

"시작부터 서로 감정 상할 거 있겠습니까, 모쪼록 원만한 이사회를 위해선 사장님께서도 좀 자중하셔야겠습니다."

나이 지긋한 이사의 발언에 하민이 피식, 노골적인 조소를 뱉었다.

"서로 더 상할 감정은 있습니까? 뭘, 새삼스럽게."

"잘 안다니 됐습니다!"

노골적인 도발에 백 상무가 기다렸다는 듯 걸걸한 목소리를 뽑아내자, 재민은 남몰래 쓴웃음을 지었다.

"당사자인 하 사장님이 저렇게까지 말하는데 우리도 예의 차릴 거 없지요. 이 이사회 자체가 본점의 경영 악화를 탓하고자 모인 자리 아닙니까."

별다른 대답 없이 뚫어져라 노려보는 하민의 시선을 의식했는지 백 상무가 큼큼, 두어 번 헛기침을 하고는 말을 이어 나갔다.

"본점 영업 손실이 얼마나 막대한지는 책임자인 하 사장님이 제일 잘 알겠지요! 그래, 어떻게 감당하실 겁니까? 어디 대단하신 사장님 고견이나 들어 봅시다."

이게 본론이었군. 하민은 입꼬리를 비틀며 이 가당치도 않은 수작질을 직시했다.

"왜, 할 말이 없으십니까? 아니, 당연히 없으셔야지. 그런 게 있으려면…….."

"맞아요, 없습니다."

의외로 순순한 대답이 흘러나오자 좌중은 물론 백 상무까지 하려던 말을 잠시 잊었다. 그 짧은 틈을 놓치지 않은 하민만이 태연하게 말을 이어 나간다.

"왜냐면 이 경영 악화는 최소 몇 년 이상 고질적으로 이어져 온 현상이니까."

애초에 JY호텔 본점은 이윤 창출을 위한 지점이 아니다. 그럼에도 이런 자리를 마련한 건, 하민을 새로운 사장으로 인정할 수 없다는 확실한 이사들의 의사 표현이나 다름없었다.

"댁들이 막 굴리다 망쳐 놓은 것만으로도 열이 받는데, 이제 와서 그 책임까지 내게 돌리는 겁니까, 설마."

"거, 댁들이라니 아까부터 말씀이 좀 지나치신 거 아닙니까?"

"기든 아니든 관심 없어요, 난. 그보단 여기 모인 잘난 이사님들이 무능한 걸로도 모자라 비겁하기까지 하다는 게 더 흥미 있는 사실 아닐까요?"

이래서야 속된 말로 개판 오 분 전이다. 재민은 금방이라도 주먹다짐을 벌일 것 같은 백 상무와 거만하게 그 모습을 주시하는 하민을 보다가 하는 수 없이 일어나 중재에 나섰다.

"명색이 이사회인데 분위기가 너무 험악하네요."

재민의 부드러운 음색 덕에 한 박자, 모두에게 숨을 돌릴 틈이 주어졌다.

"이래서는 더 진전이 없을 것 같으니 부족하나마 JY의 전무이사 자격으로 본 회의 정리를 돕겠습니다."

하민은 같잖다는 눈길로 그 광경을 지켜봤지만, 그를 제외한 전원은 재민을 신뢰가 가득 담긴 눈으로 보며 고개를 끄덕였다. 다시 한 번, 파벌이 명백하게 확인되는 순간이었다. 이 자리에 하민의 편은 단 한 사람도 없다는 사실과 함께.

"물론, 하 사장의 의견도 일리가 있습니다만 이사회의 중론은 조금 다릅니다. 고질적인 경영 악화가 신임 사장과 직접적인 관계가 없더라도, 그를 회복하고자 추진했던 리뉴얼 공사를 일방적으로 저지한 건 하 사장 본인이기 때문이죠."

"그 시공사는 자재 대금을 통해 이미 많은 자금을 횡령했습니다. 무능한 이사회와 하 전무는 물론 몰랐겠지만."

재민은 백 상무와는 달리 하민의 도발에 전혀 반응하지 않았다. 부드러운 미소를 유지하며 차분히 의견을 펼치는 재민은 어쩌면, 그런 제 모습이 하민을 더 불쾌하게 만든다는 걸 알고 있는지도 모르겠다.

"그건 현장 소장의 독단적인 행위로 밝혀졌습니다. A건설에서도 재발 방지를 약속했고, 대금 건도 바로 잡아 주기로 이야기가 끝났습니다만…… 듣자 하니, 아예 공사를 철회시켰다던데."

"아무리 사장직에 있다고 해도 하루아침에 본사의 중대 결정을 뒤엎는 건 말이 안 됩니다! 막말로 이 경영 악화를 본인이 대신 책임지시겠다는 게 아니면……."

"지죠."

툭, 무연히 내뱉은 하민의 한 마디에 사위가 경직됐다.

"까짓것, 그 책임 내가 지겠다고 했습니다. 리뉴얼도 진행하고 경영 악화도 막을 겁니다. 단, 전부 내 방식대로 할 테니 쓸데없는 간섭은 사양하는 걸로."

처음 이 이사회에 불청객으로 나타나 보란 듯이 사장직을 탈환했을 때처럼 기세등등한 모습이었다.

"아직 경영 구조를 제대로 파악지 못했나 본데, 애초에 계약된 리뉴얼 건 외에 다른 걸 진행하는 건 불가능해요! 원, 사장이란 사람이 이렇게 현실 감각이 없어서야."

백 상무의 마지막 말은 혼잣말을 가장한 비아냥거림이었지만, 하민은 무시로 일관하는 걸 택했다.

"A건설에서 선금 일부를 받고 나머지를 어음으로 받기로 한 건 알고나 있습니까? 그 계약 건이 아니면 어떤 공사든 진행할 자금력이 없단 말입니다. 본점 재무 수준이 그 정도예요!"

"그게, 나랑 무슨 상관이죠?"

높낮이가 거의 없는 저음과는 달리, 노려보는 시선이 살벌했다. 백 상무는 여태 피도 안 마른 애송이라 여기던 하민을 상대로 저도 모르게 주춤 물러서고 말았다.

"그, 그건…… 당연히 본사 지원 없이 100억 가까운 자금을 끌어올 수가 없다는⋯⋯."

"그러니까, 도대체 누가 그런 말을 합니까?"

승패는 갈렸다.

"내가 단 100억도 움직일 수 없다고."

언제나 그랬듯, 느긋하게 입꼬리를 들어 올리는 하민이 이 싸움의 명백한 승자였다.

"바라는 대로, 책임은 내가 집니다. 그러니 이사회에서도 간섭할 생각은 접으세요."

"허나 잘못되면, 그 자리에서 물러나는 정도로 끝나지 않을 텐데⋯⋯?"

여태 입을 꾹 다물고 있던 이사 중 한 명의 말에도 하민은 소리 없이 미소를 지으며 자리에서 일어섰다.

"회장님께 전해 주세요, 노친네는 나한테 신경 좀 끄시라고. 그럼 전 바빠서 이만."

그대로 방을 나서는 하민의 등 뒤로 채 감춰지지 않은 적의와 성토가 빗발쳤지만, 정작 본인의 귀에 그딴 것들은 들어오지도 않는다. 보다 현실적이고 중차대한 문제가 하민의 걸음마다 산적해 있었기 때문이다.

하필 승강기가 고장 났단다. 하민은 비상계단으로 가는 문을 열자마자 아무도 없는 복도에서 한숨을 토해 냈다. 이어 잰 걸음으로 송 실장이 들어왔지만 아예 반 층 정도 계단을 내려가다 말고 걸터앉은 하민은 당장 일어설 생각이 없는 것처럼 보였다.

"이럴 땐, 담배 끊은 게 아쉽다니까요."

착잡한 심정을 돌려 말하는 하민을 보는 송 실장이 조금 쓴웃음을 지었다.

"이제, 어쩌시려고요."

예상대로 하민은 답을 갖고 있지 않았다.

"현재로서는 그 정도 현금을 마련할 방법이 없습니다. 딱 한 가지 있다곤 해도……."

"내 지분은 안 팔아요. 그거야말로 저쪽에서 원하는 건데, 누구 좋으라고."

그야말로 진퇴양난이지만 송 실장은 하민을 탓하지 않았다. 어차피 이사회의 압박은 정해져 있었던 일이고 이쪽에서 어떻게 나오든 또 다른 방법으로 옭아맸을 거다.

그건 하민이 예정에 없이 나타나 사장직을 탈환할 때부터 시작해 그 자리를 포기하고 떠날 때까지 멈추지 않을 수많은 방해 중 일부일 뿐이었다.

"최대한 방법을 알아보겠습니다. 구하다 보면, 어느 정도의 현금은……."

쉿, 하민이 손짓을 하며 송 실장을 끌어당기는 바람에 말이 멎었다. 그리고 조금 후, 반 층 정도 위에서 인기척이 들렸다. 하민을 제외한 나머지 이사회가 해산한 모양이었다.

"여보세요?"

비상계단을 울리는 목소리는 하필이면 가장 듣기 싫은 사람의 것이라 미간을 구기는 하민이다. 그러나 정말 불쾌한 말은 그다음이었다.

"어, 재이야. 퇴근했어?"

순간, 동그랗게 커진 하민과 송 실장의 눈이 마주쳤다. 물론 불꽃이 일어나는 쪽이 하민이다.

"나도 이제 끝났는데 그럼…… 아, 잠시만."

"전무님, 승강기 수리 마쳤다는데 그쪽으로 가시죠."

쿵, 비상구 문이 닫히는 소리와 함께 다시 하민과 송 실장만이 남았다.

"실장님, 방금……."

"네, 저도 들었습니다만……."

서로를 바라보던 두 남자는 이내 다시 정면으로 각각 고개를 돌렸다. 마찬가지로 각각의 이유 때문에 방금 엿들은 통화 내용이 몹시 거슬리는 두 사람이다.

"좀, 부적절한 것 같군요."

"좀이오?"

조심스러운 송 실장의 말에 하민의 눈꼬리가 홱 치켜 올라갔다.

"아뇨, 따지자면 확실히 경솔한 처신이겠습니다만."

"경솔은 무슨 경솔, 이게 그렇게 정상적인 개념으로 넘길 일입니까?"

일반적으로 비서직을 맡은 사람은 다른 임원과 사적인 만남을 삼가야 한다. 그게 모시는 임원과 적대적인 위치에 있는 사람이라면 더 말할 필요도 없을 것이다.

조금 더 분명히 해 뒀으면 좋았을 것을, 아까 점심때도 그걸 염려해서 언질을 겸해 물었던 건데, 이 실장은 눈치채지 못했나 보다.

"아주 정신이 나갔지, 미쳐 가지고는."

낮게 짓씹는 하민의 반응이 너무 격해서 당황스러운 송 실장이 무어라 한 마디 거들려는 찰나, 뜻밖의 한 마디가 하민의 입에서 새어 나왔다.

"하 전무, 그 빌어먹을 인간이 보자보자 하니까……."

어쩐지, 하민의 분노는 예상과 전혀 다른 대상을 향하고 있었다. 뭐, 사장님은 원래 하 전무를 싫어하시니까. 대수롭지 않게 넘기는 송 실장은 만년 솔로답게 그 무신경함을 십분 발휘하며 상황을 매듭지었다.

❖

유난히 하민의 불쾌지수가 높은 날이다. 호텔로 돌아와서도, 제 집 무실에 앉고서도, 영 언짢은 표정을 감추지 못하는 하민의 속도 모르는 송 실장은 조금 안쓰러운 마음마저 들었다.

"확인해 볼 정보가 있어 잠시 나가 보겠습니다. 너무…… 심려치 마시고요."

하민은 대답 대신 고개를 끄덕였다. 송 실장은 다시금 안쓰러운 마음을 담아 하민을 보고는 방을 나섰다. 잠시 후, 홀로 남은 하민이 송 실장은 이미 깨끗이 잊은 일로 부득부득 이를 갈 것은 꿈에도 모르는 채로.

"하, 내가 생각할수록 어이가 없어서."

제까짓 게 뭔데 남의 비서 퇴근 시간에 그렇게 관심을 두고 난리야? 그것도 감히 하 전무 주제에, 감히 내 비서를!

"역시, 그 인간 낯짝을 보면 재수가 털린다니까."

으르렁대듯 말들을 꾹 눌러 짓씹는 하민의 분이 좀처럼 삭질 않는다. 아니, 오히려 생각하면 생각할수록 분이 더 차오르는 기분이다.

어제만 해도 그래, 누구는 심란해 죽겠는데 로비에서 그 인간이랑 시시덕거리고 있지를 않나. 그뿐이면 또 말을 안 하겠다. 치사해서 티는 안 내려고 했지만 그 재수 없는 인간이 손으로 전화 모양을 만들어 귀에 갖다 대던 비위 상하는 꼴도, 그걸 보고 좋다고 웃는 이 비서의 꼴도 똑똑히 보느라 눈까지 버렸단 말이다.

백 번 양보해서 대학 시절 선배라는데 뭐, 대학에 선배가 한둘인 것도 아니니 내가 상관할 바는 아니지만, 이젠 둘이 전화질까지 해?

"아…… 진짜 단체로 미친 거 아냐."

이 모든 열불의 정점을 찍는 건, 역시 마지막 계단에서의 그 통화 내용이 틀림없다.

"뭐? 오늘 만나?"

물론 그런 말을 한 사람은 없었다. 그런 뉘앙스를 풍기던 대화에 하민의 상상력이 더해져 나온 혼자만의 히스테리일 뿐.

"그걸 또 좋다고 나가?"

당연히 재이의 말이 들렸을 리도 없다. 이 또한 하민에게 차오르는 히스테리의 여파였다.

"아……."

탄식같이 긴 한숨을 내뱉은 하민은 마침내 인정하기로 했다.

"짜증 나 죽겠네."

그리고 문득 생각난 듯이 한 마디를 덧붙였다.

"……물론, 어디까지나 사장으로서."

이건 질투 따위의 유치한 감정이 아니니까 분명히 해 둘 필요가 있다. 약속을 어긴 것도 아니고, 어길 생각도, 필요도 없으니까 더더욱 분명히 해야 하는 것이다. 애초에 어려운 약속도 아니었으니까, 당연한 일이다.

뭐 그리 깊은 감정이 있었다고 미련이 남고, 억하심정이 남고, 괜히 짜증이 나며 가슴이 답답하느냔 말이다.

"씨, 짜증 나."

정말, 순수하게 짜증이 날 뿐. 그게 전부다.

❖

타이밍을 딱 맞춰 걸려 온 재민의 전화 덕분에 모처럼 저녁 시간이 빠르게 흘러갔다. 부담스럽지 않을 만큼의 소탈한 저녁 식사와 시종일관 부드러운 미소로 대화를 주도하는 재민의 배려는 생각보다 더 재이의 마음을 편하게 해 줬다.

"재이 너는 그대로네, 전에도 콩 빼고 달랬다가 학생 식당 이모한테 삼십 분 동안 잔소리 들었잖아."

"옛날 얘긴 그만해요, 나도 확 다 얘기해 버리기 전에."

오랜 직장 생활 탓인지, 그만큼 나이가 든 탓인지, 이렇게 웃으며 학생 시절의 이야기를 나눈다는 것 자체가 즐겁게 느껴진다.

"알았어, 그만할게. 난 그냥 신기해서 그러지. 천하의 이재이가 벌써 어엿한 직장인이 되고, 이제는 비서실장이라는 게…… 쉬이 믿기는 일은 아니잖아?"

"그러는 선배는요."

저돌적인 재이의 시선이 재민에게 꽂힌다.

"솔직히, 난 선배가 여기 전무라는 사실이 더 놀라운데요."

재민은 눈앞의 단도직입적인 여자를 보며 잠시 곤란한 듯 미소를 띠더니 컵을 들어 살짝 목을 축였다.

"속이려던 건 아니었어. 널 포함해서 내가 아는 사람들 모두…… 딱히 속이려고 한 건 아니야."

사뭇 조심스러운 말투였다. 적어도 그 모습에선 하 전무라는 낯선 호칭으로 불리던 그를 떠올리기 어려웠다.

"물론, 그땐 전무도 뭣도 아니었지만."

하지만 농담처럼 한 마디를 덧붙이는 그라면 확실히, 재이에겐 낯설지 않았다.

"그럼, 숨겼던 거네요. 속이려던 건 아니지만, 내내 밝히지 않았으니까."

"이야기가 그렇게 되나?"

마찬가지로 농담 같은 재이의 한 마디에 재민이 조금 웃어 버린다. 어마어마한 일까지는 아니더라도 대개는 어색한 반응이 따라오기 마련인데, 눈앞의 이 대범한 여자는 그런 것엔 별로 관심이 없나 보다.

"아무튼 지금은 후회 중이야."

"뭘요?"

"여러 가지."

순진한 반문에 재민의 머릿속이 처음으로 복잡해진다. 글쎄, 정확히 어떤 부분을 후회하는 걸까. 한꺼번에 떠오른 몇 가지 사실 모두 불편한 사람과 얽혀 있어서 선뜻 구체적인 말로 빚어지질 않는다.

"가령, 처음부터 숨기지 않았으면 네가 입사했을 때 벌써 알 수 있었을 텐데…… 라든가."

마주친 시선 사이로 웃는 재민에게 즉각적으로 예상과 다른 반응이 돌아왔다.

"에이, 뭐야."

감동까진 아니더라도, 이렇게 피식 웃어 버릴 거라곤 생각지도 못했는데.

"그건 선배가 동창회만 제대로 나왔어도 해결되는 거 아니었어요?"

"그것도, 이야기가 그렇게 되나?"

굳이 대꾸할 가치도 없다는 듯 끄덕인 재이가 숟가락을 내려놓는다. 그와 동시에 재민은 빠른 곁눈질로 식당 벽에 걸린 시계를 봤다.

이 정도면 자리를 옮기자고 해도 무리는 아닌 시간이겠지, 속으로만 말을 꺼낼 타이밍을 계산하는 재민을 아는지 눈이 마주친 재이가 생긋 웃었다.

"잘 먹었어요, 선배."

"사 달라는 거지?"

"다음엔 내가 살게요."

고작 이만 원 남짓의 계산서를 두고 하는 후배의 애교라는 걸 알면서도 재민은 짐짓 정색을 했다.

"안 돼, 이건 네가 사."

어울리지 않게 단호한 말투가 이상하다고 생각하던 찰나.

"대신, 2차는 내가 살게."

능청이라기엔 약간 어설픈 재민의 말이 돌아와 그만 웃음을 터트리고 마는 재이다.

"뭐야, 왜 웃어?"

"그냥 좀…… 아니에요, 아무것도. 근데 무슨 2차예요? 나 내일도 출근해야 되는데."

"간단하게 맥주나 한잔할까? 아직 그렇게 늦은 시간 아니잖아."

재민은 아까부터 속으로 재던 말을 던지고선 망설이는 재이의 표정을 살핀다. 재민의 말대로 아직 그리 늦은 시간은 아니었지만, 간만의 칼 퇴근이 주는 휴식의 유혹이 강렬했던 탓이다.

"걱정 마, 안 늦게 데려다줄게."

하지만 자상하게 한 마디를 덧붙이는 재민을 보고, 재이는 결국 고개를 끄덕이고 말았다. 무엇보다 궁금한 점이 산더미같이 많았다. 하 사장이 아닌 하 전무라면 어느 정도 재이의 궁금증을 풀어 줄지도 모른다. 그것도 아주 친절하게.

"그럼, 그럴까요?"

"일어나자, 이건 약속대로 네가 계산하고."

재민이 씩 웃으며 건네는 계산서를 받아 들려는 찰나, 코트 주머니에서 핸드폰이 울린다. 이젠 듣기만 해도 조건반사로 뒷목이 굳어지는 이 벨소리는, 눈앞의 하 전무와는 달리 불친절하기 그지없는 재이의 상사일 테지만…….

"전화, 안 받아?"

"음……."

어색했던 오늘 하루를 떠올리자 선뜻 전화를 받을 수가 없었다. 그 망설임 사이로 툭, 전화가 끊기기까진 그리 오랜 시간이 걸리지 않았다.

"급한 거면 또 오겠죠. 가요, 얼른."

그렇게라도 애써 불길한 예감을 무시하고 싶었던 재이지만, 유감스럽게도 전화는 한 번에 그치지 않았다. 정확히는 재이가 자리에서 일어설 틈도 주지 않은 채 쉴 새 없이 울려 대는 참이다.

"저, 선배……."

양해를 구하는 말에 재민이 고개를 끄덕이자 재이는 최대한 사무적인 태도로 전화를 받았다.

"여보세……."

— 이 비서.

아무튼 성질은 급해 가지고. 일 초도 쉬지 않고 벨을 울려 대던 수화기 너머의 상사는, 재이가 한 마디 하는 걸 기다릴 여유도 없나 보다.

"네, 사장님."

인내심을 끌어올려 대답하면서, 뭔가 묘하게 불안한 느낌이 들었다.

아까 점심때만 해도 너무도 어색한 나머지 접시에 코라도 박고 싶은 심정이었는데, 어쩐지 수화기 너머의 목소리가 너무 경쾌한 탓이다. 마치, 아무런 일도 없었다는 듯이 평소와 똑같은 목소리와 태도. 그중에서도 뭔가 재이를 골탕 먹이려는 때의 바로 그 목소리인데.

— 이 비서는 생년월일이 어떻게 돼?

"제 생년월일요?"

— 어, 이력서를 어디다 뒀는지 못 찾겠어.

"그건 또 왜요?"

— 비행기 티케팅을 해야 되는데, 탑승자 정보를 써야 되나 봐.

불안은 맞아 들어간다.

"비행기요? 무슨 비행기를……."

— 제주도.

"네? 제주도요?"

— 그렇게 됐어.

"처음 듣는 소린데요?"

— 지금 들었으니까 됐지, 뭐.

이쯤 되면, 천연덕스러운 대꾸는 하민의 전매특허다. 그것도 재이를 미치게 하는 전매특허. 그래도 낮의 그 어색한 분위기가 사라졌으니 차라리 고맙다고 해야 하나. 하지만 일상으로 돌아가는 절차가 꼭 이런 폭탄 발언일 필요는 없는데.

"아니, 사장님."

— 참, 첫 비행기니까 일찍 자 두는 게 좋을 거야. 필요한 정보는 송 실장님한테 문자로 보내 두고…… 절대 늦지 말도록.

재이의 모든 반응을 무시하고 저 할 말만을 한 채, 전화가 뚝 끊겼다. 하민이 평소대로 돌아온 건 다행이지만, 그러기 무섭게 사람을 휘두르는 게 기뻐해야 할지 슬퍼해야 할지 모르겠다.

확실한 건, 모처럼 시간을 내서 만난 재민에게 미안한 일이 생겼다는 것이다.

"저, 선배. 내일 일찍 일이 생겨서 그러는데……."

"할 수 없지, 뭐. 그럼 다음에도 네가 사는 거다?"

"네, 미안해요."

누구와는 다르게 어른스러운 태도로 넘겨주는 재민이라 더 미안한 마음이 든다. 정말, 하루 종일 열이 뻗치게만 하는 그 누구와는 참 다르다.

"정 미안하면 제주도 다녀올 때 초콜릿이라도 사오든가."

"아, 들었어요?"

"네가 워낙 소리를 질렀어야지."

"내가 언제…… 목소리 많이 컸어요?"

눈을 크게 뜨고 눈치를 보는 재이가 자못 귀엽게 보인다. 조금 전 수화기 너머의 하 사장을 상대로 황당한 표정을 짓는 재이와는 퍽 다른 사람인 것 같아, 재민의 아쉬움이 조금 덜어졌다.

"장난이야. 집이 어디랬지? 데려다줄게."

"아뇨, 여기서 가까운데요, 뭐."

"그럼 이 앞까지만 같이 가."

거리로 나서자 찬바람이 훅 불어온다. 어느 정도의 거리를 두고서 나란히 걷는 두 사람은 각각 다른 생각으로 머리가 복잡했다.

"전 여기서 가면 돼요. 오늘 미안해요, 선배. 다음엔 꼭 내가 살게요."

"약속 꼭 지켜. ……그리고."

"네?"

잠시 뜸을 들이던 재민이 재이를 보고 미소 짓는다.

"하 사장이 너무 힘들게 하면 나한테 말해."

"왜요, 선배가 혼내 주게요?"

"아니, 나도 줄창 바람만 맞는 신세라 그건 좀 힘들고……. 욕은 들어줄게, 절대 비밀보장으로."

"알았어요, 곧 써먹을 테니까 비밀보장 꼭 해 줘요. 조심해서 들어가고요."

밝게 손을 흔들며 멀어지는 재이의 뒷모습을 보는 재민의 곁에 검은색 세단이 다가와 섰다. 재민은 차의 뒷좌석에 오르면서도 재이가 사라진 길에서 쉽사리 눈을 떼지 못했다.

"갑자기 제주도라."

어쩐지 마무리가 복잡한 저녁이다.

❖

소파에 누워 있던 하민이 노크 소리에 고개를 들고 짧은 대답을 하자 잠시 후 송 실장이 들어와 하민의 곁에 섰다.

"이 실장한테 탑승 정보 받아서 티케팅 마쳤습니다."

"그래요?"

말투는 무심해 보였지만, 꽤나 만족스러운 표정이다. 송 실장이 그 방면으로 티끌만큼의 눈치라도 있었다면 충분히 알아채고도 남았으련만.

"그보다, 정말 이 실장만 동행해도 괜찮을까요."

"왜요, 이 비서를 신뢰할 수 없어서요?"

"이 실장 개인을 문제 삼는 게 아니라, 그만큼 보안이 중요한 일이라 판단해서입니다. 오늘 일도 그렇고, 조심해서 나쁠 건 없잖습니까."

어렵사리 꺼내는 송 실장의 말에 하민이 비스듬히 몸을 일으켜 소파에 기대앉는다. 조금 전의 가벼운 분위기가 싹 가신 건조한 표정과 시선이다.

"결국, 이 비서를 그 정도로는 신뢰할 수 없단 거죠. 그럼, 이 결정을 내린 내 판단력도 신뢰할 수 없는 게 되나요."

"그런 뜻이…… 아닙니다. 제가 사장님의 판단력을 재는 일은 없을 겁니다."

"그럼 믿어 주세요. 이 비서가 아니라, 내 판단력을요. 게다가 어차피 통역은 필요하니까."

하민이 테이블 위에 있는 종이를 툭 치며 말했다. 조금 전, 재이에겐 찾을 수 없다고 했던 바로 그 이력서엔 그녀가 구사할 수 있는 외국어들이 적혀 있었다.

"그보다 그쪽이야말로 믿을 수 있을지 모르겠어요. 정말 그 정도 자금을 현금으로 갖고 있다는 게 어디까지 사실일지."

"급하게 입수한 정보긴 하지만, 출처는 확실합니다. 그보단 앞으로의 진행이 걱정이지요."

"뭐, 어떻게든 되겠죠."

하민의 입버릇이다. 대수롭지 않게 픽 웃으며 아무런 생각도 없는 듯이 종종 내뱉곤 하는 말이지만, 그 속내는 다르다는 걸 송 실장은 잘 알고 있다. 지금, 누구보다 진지한 사람은 하민 자신일 테니까.

"그런데 사장님."

하지만 그런 송 실장도 이해할 수 없는 게 하나 있었다.

"이 실장한텐 왜 거짓말을 하셨습니까?"

"그야."

어느새 평소로 돌아온 하민이 씩, 장난기 어린 웃음을 머금는다.

"내 마음이죠."

그렇게 송 실장은 의문을 품은 채 이 방을 나서야 했다. 이 실장이 확실히 믿을 수 있는 사람인 줄은 아직 모르겠으나, 여러모로 참 고생이 많은 사람인 것만은 확실하다는 생각을 하면서.

❖

간단한 옷가지를 담은 캐리어와 함께 출근한 재이의 손엔 약국 봉지가 들려 있었다. 오전 일곱 시, 모조리 문을 닫은 약국을 전전하다 어렵사리 사 온 멀미약이다.

"이 실장, 일찍 출근했네요."

"네, 그래도 송 실장님보단 항상 늦어요."

아직도 낯설기만 한 실장이란 호칭에 재이는 어색한 웃음을 지으며 답한다.

"그런데 사장님은요?"

"사장님?"

알면서도 모른 체를 해야 하는 송 실장의 괴로운 속을 모르는 재이가 순진하게 고개를 끄덕인다.

"네, 사장님이오. 아직 안 나오셨어요?"

"사장님은 지금 주무실 텐데요. 저기, 이 실장……."

"그럼 늦은 거 아니에요? 제주도, 첫 비행기잖아요!"

"아니, 이 실장. 그 비행기 말인데요."

못된 장난을 친 사람은 팔자 좋게 잠이나 자고 있는데, 남은 두 사람이 고통을 나눠야 한다니 역시 세상은 불공평하다. 송 실장은 눈앞의 신입 비서를 가엾은 눈으로 보고는 무겁게 입을 뗐다.

"저녁 비행기예요."

"어제 사장님께선 분명 첫 비행기라고……."

"자요."

재이의 빠른 현실 파악을 돕기 위해 송 실장이 두 장의 티켓을 불쑥 내밀자 얼결에 받아 든 재이가 의아한 표정을 한다. 재이 몫의 티켓과 달리 하민의 것은 여권 사이에 끼워져 있는 탓이었다.

"제주도 가는데 왜 여권을…… 아, 사장님 국적이?"

자문자답하는 재이를 두고 송 실장이 긍정의 뜻으로 고개를 끄덕였다. 그 틈을 타서 슬쩍 여권을 열어 본 재이의 눈이 동그랗게 커진 건 순식간이었다.

"아니, 세상에……."

재이의 다음 말은 송 실장의 예상과는 전혀 포인트가 달랐다.

"사장님이 저보다 어려요? 그것도 두 살이나?"

파르르, 경악을 고스란히 보여 주는 재이의 속눈썹을 보던 송 실장이 쓴웃음과 함께 고개를 끄덕이자 재이가 다시 한 번 여권을 본다.

"어쩐지, 너무……."

"왜, 나한테 누나 소리라도 듣고 싶어?"

등 뒤에서 불쑥 끼어드는 하민의 목소리에, 재이의 경악이 백 배 정도는 팽창되는 기분이다.

"정 소원이면, 한 번쯤은 해 줄 생각도 있는데."

어느새 눈앞에서 씩, 짓궂은 웃음을 머금은 하민을 보며 재이는 잠시 눈을 깜박거리는 것 외에는 아무것도 할 수가 없었다.

"해 줘?"

이건 확실히 놀리는 거다.

"됐거든요!"

뒤늦게 정신을 차린 재이의 외침이 고요한 호텔 복도를 쩌렁쩌렁하게 울렸다.

06

어두운 활주로에 늘어선 불빛들이 이따금 깜박인다. 재이는 비행기의 작은 창문 너머로 야경을 바라보며 불빛들에 맞춰 천천히 눈을 깜박였다. 늦은 저녁, 그것도 국내선의 비즈니스 석은 자리가 텅텅 비어 어느 쪽을 보나 시야가 탁 트여 있었다.

— 손님 여러분, 저희 비행기는 곧 이륙합니다.

자잘한 잡음과 함께 기장의 무뚝뚝한 목소리가 울리자 기내가 잠시 흔들린다. 재이는 저도 모르게 인상이 써지려는 걸 애써 참았다.

탑승 전엔 아무것도 먹지 않았고, 바로 옆의 원수 덕분에 아침 일곱 시에 생고생을 해 가며 산 멀미약도 먹었으니 아무 일도 없을 거라 자신을 다독이는 중이었다.

'오십 분. 딱 오십 분만 참으면 돼.'

고작 국내선 하나에 무슨 유난이냐고 할지는 모르겠지만, 그만큼 비행기 멀미에 대한 재이의 두려움은 컸다. 마지막으로 탔던 비행기는 유학을 마치고 돌아오던 미국발 한국행이라 쓰고 지옥발 지옥행이라 읽을 정도다.

무신론자로 살아왔던 평생을 부정하고, 자신도 모르게 주님을 찾던 그때는 정말이지 두 번 다시 떠올리고 싶지 않았다. 물론, 그런 사실은 이력서에 쓰여 있지 않았기에 하민은 까맣게 모를 거다.

차라리 재이에겐 그게 나았다. 하민의 평소 행적을 볼 때, 약점을 하나라도 잡혔다간 놀림거리가 되기 십상이니까.

"이 비서."

노골적으로 고개를 돌리고 앉은 재이의 뒤통수에 눈치도 없는 목소리가 울렸다.

"이 비서, 혹시 삐진 거 아니지?"

뭐라 대꾸하려는 찰나, 활주로에 진입하려는 비행기가 좌우로 흔들렸다.

"그래? 내가 첫 비행기라고 해서 유치하게 삐지고 그런 거야?"

"아니에요."

움직이기 시작하는 창밖 풍경을 보는 게 더 괴로워, 제 발밑만 쳐다보며 재이가 나지막이 말하자 어째 하민은 더 신이 나는 것 같다.

"그거, 아예 거짓말은 아냐. 원래 첫 비행기로 갈까도 했었거든. 근데 생각해 보니까 나도 그렇고 이 비서도 그렇고 너무 피곤할 것 같아서 접었지."

"그거 참…… 배려가 깊으시네요."

영혼 한 톨 없는 기계적인 대꾸에도 뭐가 그리 좋은지 하민의 얼굴에서 미소가 떠나질 않는다.

"어제 내 전화 받고 바로 집에 들어갔나 봐?"

하민이 가장 궁금해하고, 또 기대했던 부분이지만 맥 빠지게도 재이는 아무런 대답이 없다. 뿐만 아니라 아까부터 계속 고개를 반쯤 숙이고 있는 터라, 표정도 제대로 보이질 않는다.

"이 비서, 설마 진짜 삐졌어?"

위잉, 비행기에서 나기 시작한 소음에 온 신경이 쏠려 더 이상 하민의 말이 잘 들어오질 않았다. 이쯤 되면, 어제의 어색한 기류는 문제도 아니다. 당장 재이에게 중요한 건 이 비행기의 기류였으니.

"……아니지? 이 비서는 나보다 두 살이나 누나니까, 그 정도로 유치하진 않겠지?"

물론, 모든 말이 그런 건 아니다. 그렇게 콕 집어서 나이를 언급할 필요는 없는데, 그것 참 고맙게도.

"이 정도 사소한 일로 화내는 것도 아니지?"

여력만 있다면 머리끝까지 화를 내고 싶은 얄미움이다. 하지만 이내 전속력으로 활주로를 달리기 시작한 비행기 안에서 재이는 단 한 마디도, 아니 숨조차 내쉴 수가 없었다.

— 손님 여러분, 저희 비행기는 이제 궤도에 올랐습니다. 안전벨트 등이 꺼졌지만 갑작스러운 기류 변화가 있을 수 있으니 되도록 자리에…….

기장의 말이 사실인지, 한층 더 상태가 안 좋아진다.

"아니, 이 비서 사람이 말을 하는데……."

물론 거기엔 하민의 쉴 새 없는 고문도 한몫하고 있었다. 재이는 되살아나는 막연한 공포와 슬슬 치밀어 오르는 울렁거림을 애써 참으며 심호흡을 했다.

괜찮아, 곧 괜찮아질 거야. 주문처럼 스스로에게 되뇌면서 몇 초나 흘렀을까. 괜찮아가 안 괜찮아로 들릴 무렵, 이대로는 도저히 안 되겠단 생각이 막 들었을 무렵, 그 어떤 판단보다 빠르게 벌컥 자리를 박차고 몸이 움직였다.

"아, 정말 이런 식으로 나올 거야?"

제풀에 지친 하민이 자리에서 일어서는 재이를 붙들며 한 소리를 하는 찰나, 다시 한 번 비행기가 크게 요동을 쳤다. 그 반동에 중심을 잃은 재이가 크게 휘청이자 반사적으로 하민이 재이의 팔을 잡았다.

그리고 그제야 처음으로 재이의 얼굴을 봤다. 차마 비명도 지르지 못하는 창백한 안색을 한 재이를.

"이 비서……."

고개를 들어 볼 수는 없었지만, 놀란 목소리.

"괜찮아?"

믿기진 않지만, 걱정스러움이 담긴 목소리에 애써 고개를 끄덕이는 것과 동시에, 다시 한 번 작은 진동이 밀려오자 아예 눈을 질끈 감아 버렸다. 이 정도로 심할 줄은 몰랐는데, 오랜만의 비행은 하필 난기류를 만난 탓에 생각보다 더 고통스럽다.

"이 비서, 눈 좀 떠 봐."

이런 순간까지 지시를 하는 하민이 원망스러웠지만, 반항할 힘도 없어 슬며시 눈을 뜨자 바로 코앞에 하민의 얼굴이 보였다. 이유는 모르겠으나 평소의 장난기는 찾을 수 없는 표정의 하민이 잠자코 잡고 있던 재이의 팔목을 잡아끌었다.

"봐."

하민의 손에 이끌린 재이의 손이 왼쪽에 있던 창문에 닿았다.

"멀어지니까 괜찮지?"

캄캄한 어둠 속에서, 반짝이는 불빛들이 천천히 스쳐지나 간다. 까마득한 아래에 모인 도시의 불빛과, 기다랗게 뻗은 도로의 불빛들이 마치 별처럼 반짝인다.

"흔들린다고 생각하면, 흔들리는 거야."

이렇게 차분한 방식으로 말할 줄도 아는 사람이었나. 가만가만, 타이르는 듯이 어쩌면 달래는 듯이 늘어놓는 말들이 하나같이 나지막하다.

"괜찮다고 생각하면, 괜찮아질 거야."

하나같이 쉽고 단순한 말들의 반복인데, 조금씩 가슴 한가운데가 가라앉는 기분이 든다. 그게 창밖의 반짝이는 야경들 때문이었는지, 가만가만 전해 주는 하민의 목소리 때문이었는지는 알 수 없었지만, 효과가 있는 것만은 분명했다.

"괜찮아. 아무 일도 없을 거야."

간신히 고개를 끄덕이는 재이와 하민의 눈이 마주쳤다. 웃고 있을 거라 생각했던 하민은 의외로 제 목소리와 닮은 차분한 눈동자를 하고 있었다.

"손님, 죄송합니다만 이제 자리에 착석해 주셔야 합니다."

스튜어디스의 목소리에 마주쳤던 시선이 떨어진다.

"혹시 어디가 불편하십니까?"

"아뇨."

답은 하민이 대신했다.

"그럼, 지금 착석해 주셔야……."

"그러죠, 자리만 바꾸고."

전혀 예상치 못했던 말과 함께.

"네, 알겠습니다."

스튜어디스의 말이 끝나자마자 자리에서 일어선 하민은 재이의 얼떨떨한 표정은 아랑곳 않고 자신이 앉았던 창가 자리에 끌어다 놓듯 재이를 앉혔다. 그 덕분에 내내 하민이 제 손목을 잡고 있었다는 사실을 뒤늦게 깨달았다.

"조금만 더 참아, 곧 착륙할 테니까."

재이는 작게 고개를 끄덕이곤 다시 창밖으로 시선을 돌렸다. 너 이상 아까와 같은 극심한 멀미는 없었지만, 이제 창밖에 보이는 것도 온통 뿌연 구름과 캄캄한 밤하늘뿐이었지만, 어쩐지 하민과 마주 보고 있는 상황이 어색하게 느껴진 탓이다.

정말 이렇게 아무 일도 없었던 것처럼 될 수가 있는 건지, 그래도 괜찮은 건지. 아니, 무엇보다 내가 바랐던 거지만서도.

"그것 봐."

가까스로 착륙을 마친 비행기 안에서 재이가 안도의 한숨을 내쉬었을 때까지도, 그 어색함과 묘한 기분은 사라지지 않았다.

"아무 일도 없었지?"

정말 아무 일도 없었다. 그 순간 차분한 하민의 목소리가 다정다감하게 들렸다는…… 말도 안 되는 생각을 제외하면.

❖

재이가 눈을 떴을 땐 자정이 다 되어 가는 시간이었다. 멀미로 고생한 탓에 이른 잠자리에 들기는 했지만 낯선 호텔의 디럭스 룸은 썩 편안한 잠자리가 아니었다.

'뭔가 이상해.'

버젓이 제주도에 있는 본사 계열의 호텔을 놔두고 남의 호텔에 묵는다. 당연히 나오리라고 생각했던 마중도 없었고, 심지어 하민은 자신과 마찬가지인 디럭스 룸으로 바로 옆방에 투숙하고 있었다. 즉, 이 출장은 절대 회사 차원의 업무가 아니란 뜻이다.

'하지만…….'

질문하는 것이 재이의 업무가 아니라는 것도 분명하다. 그걸 의식한 듯, 송 실장으로부터 받은 간략한 업무 안내 메일에도 별다른 내용이 적혀 있진 않았다. 그저 내일 만날 사람이 중국인 사업가라는 것 정도.

딩동.

심란한 마음에 다시 잠을 이룰 수 없던 차에 메시지가 도착했다.

[자?]

참으로 간결한 한 마디다.

[아니요.]

재이는 누운 채로 답신을 보냈다. 평소엔 항상 지척에서 보던 얄미운 사장인데, 막상 똑같은 구조의 옆방에 있을 거라 생각하니 기분이 묘했다. 그리고 바로 다음 순간, 똑똑 하는 노크 소리가 들렸다.

"저, 퇴근했는데요."

문을 열자마자 하는 재이의 말을 웃어넘긴 하민이 성큼성큼 방으로 들어온다.

"저 퇴근했다니까요?"

"알아."

마치 제 집처럼 멋대로 휘젓는 하민의 뒤통수가 오늘따라 그리 얄밉게 보이지만은 않아선지 재이의 목소리 역시 평소와는 달리 누그러져 있다.

"자."

하민이 미니바를 열어 맥주 두 캔을 꺼낸다. 그러곤 아무렇지도 않게 창가의 의자에 앉는 폼이 퍽 자연스러웠다. 그 모습을 보던 재이는 문득 생경한 사실을 떠올렸다.

자신에겐 낯선 호텔의 잠자리가 그에게는 집과 마찬가지의 공간이라는 것과, 그는 언제나 혼자서 노크 소리에 대답을 했었다는 것을.

"뭘 그렇게 봐, 어차피 계산은 내가 하는 건데."

맥주 캔에서 입을 떼며 핀잔하는 하민을 재이는 살짝 흘겨보았다.

"이 비서, 지금 속으로 내 욕했지?"

"아닌데요."

눈치는 귀신같이 빨라 가지고. 재이는 뜨끔한 마음을 숨기려 빠른 동작으로 테이블 위의 맥주 캔을 집어서 땄다.

"이 비서는 술 잘 마시나 봐?"

"사장님만 하겠어요."

"내가 왜?"

술 냄새를 풍기면서도, 좋은 꿈을 꿨던 것 같다고 말하며 허공을 응시하던 하민의 옆얼굴을 잊지 못한다. 어쩐지 외롭고 또 서러워 보였던 눈동자까지도.

"그냥 얼굴만 봐도 술, 담배, 커피, 유흥. 몸에 나쁜 건 다 잘하게 생겼어요."

그런 말을 하는 대신, 재이는 하민의 얼굴을 똑바로 쳐다봤다. 가로로 길고 깊은 눈매 속에 자리 잡은 짙은 눈동자와, 날이 선 콧대, 못된 말을 할 적엔 언제나 반쯤 끝이 말려 올라가던 입술까지.

보는 사람으로 하여금 묘한 마음이 들게 하는, 정말이지 묘한 얼굴을 한 이 남자.

"난 피우던 담배도 끊은 사람이야, 천식이라."

"아님 말고요."

일부러 무심하게 답하는 걸, 하민이 몰랐으면 한다. 고작 하루가 지났을 뿐이니, 앞으로 더 많은 날들이 지나면 아무렇지 않아질 거다.

"이 비서, 혹시 요즘 반항기 뭐 그런 거야? 일부러 삐딱해지고 막?"

"글쎄요."

괜스레 무심히 대꾸하는 건 하민에게 배운 수법이었다. 아직도 그속을 모를 사람이지만, 또 아는가. 그렇게 태연히, 아무것도 아니라는 듯이 매사를 넘기다 보면 정말 그의 약속처럼 나도 아무렇지 않아질지.

"그래도 일은 똑바로 할 거지?"

"사장님 하는 거 봐서요."

너무 오랜만에 마신 술이라 그런지, 반 캔밖에 들이켜지 않았는데도 자꾸 본심이 튀어 나간다. 최근 깨달은 신기한 사실 중 하나는 하민이 의외로 이런 일에 대범하다는 것이다.

"나 정도면 엄청 잘하고 있는 거 아닌가? 이 이상 뭘 더 어떻게 잘 해."

웃으라고 한 말인데 정작 재이는 웃질 않았다.

"······아냐?"

답지 않게 눈치를 보며 묻는 하민은 처음 봤던 때와는 전혀 다른 사람 같았다.

처음, 푸르른 수국 다발 너머로 마주쳤던 물기 어린 눈동자의 주인과, 차갑게 식은 눈으로 선을 긋던 사람, 간밤에 꿨던 꿈을 아련하게 그리던 사람, 또 내게 문득 입을 맞추던 사람과는 전혀 다른 사람.

"아니에요."

"그래?"

"그리고 더 잘해 달라고 하는 말도 아니고요."

"그럼?"

되묻는 하민의 얼굴에서는 그날 밤의 모습을 찾을 수가 없다. 마치, 약속을 지키겠다는 말을 증명하듯이.

"저는 사장님의 비서잖아요."

그래서 조금 다른 말이 나가고 만다. 똑같이 본심이었으나, 한 가지를 밀어내고 난 후에 남은 본심이다.

"그런데 제가 그 일을 제대로 할 수 있을지 자신이 없어요."

후, 숨을 내뱉은 재이가 남은 맥주를 들이켰다. 동시에 남은 용기를 내 본다.

"전, 대체 뭘 하는 거죠?"

하루아침에 바뀐 직책과 소속, 그리고 위치. 어설픈 첫 만남과, 문전 박대, 자리를 지키기 위해서 분투했던 나날과, 마치 게임에서 미션을 받듯이 한 가지씩 헤쳐 나가던 조마조마한 일상.

"사장님 곁에서, 사장님이 필요로 하는 일을 하는 것 외에 제 몫이

183

있기나 한 건가요."

처음 만났던 곳에서 하민은 재이를 외부인으로 취급했었다. 감히 허락도 없이 발을 들인 재이를 탓했다. 하지만 그 후로도 나아진 게 있었던가. 하민이 재이를 곁에 둔 후에도, 중요한 이야기들은 송 실장과 오갔고 재이는 소외됐다.

"전, 일을 똑바로 하고 싶어요. 그게 마케팅 부 대리든, 사장님의 비서실장이든지…… 제대로 해내고 싶어요."

"지금도 잘 하고 있어."

진심이었지만, 재이에겐 그리 위로가 되지 않았다. 하민도 그 사실을 의식한 듯, 한 마디를 덧붙인다.

"무슨 뜻인지도 알겠고."

처음엔 질문이 없는 재이가 좋았다. 불쑥, 제 공간에 침범해 온 여자였지만 그만큼 제 몫을 해내는 재이라서 좋았던 거다. 아무것도 묻지 않고, 아무것도 바라지 않는 것 같았기에 더더욱.

"하지만 좀…… 유감이네."

"그럼, 그냥 못 들은 걸로 해 주세요."

한숨 같은 하민의 말을 듣는 재이의 마음이 무거워졌다. 역시 괜한 말을 꺼낸 건지, 애초에 이 사람은 좋은 비서를 필요로 하지 않았던 건지도 모르는데.

"아니, 그 급한 성격은 어떻게 안 되나? 꼭 사람이 말하려고 하면, 잔소리도 아니고……."

"지금 잔소리라고 하셨어요?"

울컥 언성을 높이는 재이를 보고 하민은 다시 한 번 한숨을 쉬어야 했다. 정말로 저 급한 성격은 어떻게 안 되는 걸까.

"아니, 그게 아니라……."

"아닌 게 아니라, 맞잖아."

이래서야 끝이 안 날 말싸움이다. 하민은 캔에 남은 맥주를 끝까지 들이켜곤 테이블 위에 탁 소리가 나게 내려놓았다.

"끝까지 좀 들어 보라고!"

이런 때 놀라는 척이라도 해 주는 게 예의이건만, 재이는 그런 것도 모르는지 노려보는 눈 그대로다.

정말, 이 이상 어떻게 더 잘해 줄 수 있단 말인가. 상사가 코앞에 있는데도 노려보고 따박따박 말대꾸를 하는 비서한테, 나도 그 밤의 일을 없던 일로 취급하려 충분히 애쓰는 와중에, 이 이상 어떻게 더!

"안 그래도 그 이야기를 하러 온 거야."

하민이 남은 이성의 끈을 잡고 애써 침착히 말했다.

"이 비서의 성질이 조금만 덜 급해서 기다렸더라면, 곱게 들을 수도 있었을 텐데 유감이라는 거고."

"그럴 거면……."

"그러게, 이 비서 성질을 내가 과소평가했네. 다 내 잘못이다, 그렇지?"

이번에는 하민이 더 빨랐다.

"네, 그러게요."

하지만 뻔뻔하기로는 재이가 한 수 위였다. 빈속에 들어간 맥주 한 캔의 위력이 대단했는지, 여태 쌓아 둔 감정이 폭발한 건지…….

그런 재이를 보고 어이없는 웃음을 짓던 하민이 미니바에서 캔 맥주 두 개를 더 꺼내 와 자리에 앉았다.

"한 번만 이야기할 거니까, 잘 들어 둬."

차분한 저음과는 전혀 다르게 장난기 어린 웃음을 짓는 하민의 왼쪽 눈 아래에 희미한 눈물점이 보인다. 여태도 충분히 가까이 있었다고 생각했었는데, 단 한 번도 눈치채지 못했던 작은 점 하나에 사뭇 이상한 기분이 들었다.

"지금도, 앞으로도 이 비서가 모든 걸 알게 되는 일은 없을 거야. 마찬가지로 그 점에 대해선 사과할 생각도, 양해를 구할 생각도 없어."

늘 철이 없는 사람이라 여겼었다. 매사에 진지한 구석이라곤 하나도 없는 사람이라고도.

"하지만."

그러나 차분히, 그리고 담담하게 떨어지는 하민의 입술은 재이가 알던 것과는 달랐다. 적어도 오늘 밤엔 그러했다.

"가능한 만큼은 말해 주겠다고 약속할 수 있어."

마주친 시선에 재이가 알던 앳된 기척은 없었다. 언제나 반짝이던 장난기도, 무심함도 없는 눈빛이었다.

"그거로는 부족한 걸까."

유난히 기다랗고 또 깊은 눈매에 그늘이 질 때마다 작은 눈물점이 깜박이는 것처럼 보인다.

"그것도……."

이성은 그렇다고 답한다.

"사장님 하는 거 봐서요."

하지만 정작 입 밖을 벗어나는 답은 달랐다. 고작 맥주 한 캔의 취기 때문은 아니었다. 그저, 그래야 할 것 같았다. 느릿하게 깜박이는, 아까부터 내내 마주치고 있는 그 시선 때문에라도.

"내가 하고 싶은 일이 있어."

아무렇지도 않은 말투가 너무 담담해서, 오히려 무겁게 닿아 온다.

"이 비서는 똑똑한 사람이니까 이미 알고 있겠지만, 그건 이 비서의 몫이 아니야."

분명하게 선을 긋는 하민의 목소리에서 쓰디쓴 기척이 배어났다.

"하지만 나 혼자서 할 수는 없는 일이지."

왜 이 말을 하는 눈이 그리도 쓸쓸하게 보이는지.

"그래서 난 누군가가 필요해. 송 실장님이나 이 비서 같은 사람이.
……그것도 나쁜 건가?"

왜 이 말이 조금 서운하게 들리는 건지.

"그 누군가가 아무것도 모른다면요."

"아무것도 모르진 않을걸?"

가시 돋친 한마디에도 하민은 소리 없이 웃어 준다.

"적어도, 지금부터 내가 하는 말을 그 성질 꾹 참고 들어만 준다면."

그러고는 다음 순간, 언제 그랬냐는 듯이 가라앉은 눈으로 말을 걸
어 온다.

"난 자금이 필요해. 반드시 깨끗한 현금으로, 넉넉잡아서 100억 정
도. 물론 이쯤 되면 눈치챘겠지만, 나도 내 호텔도 정상적인 궤도에선
벗어난 지는 오래야. 아니, 처음부터 그랬었지."

재이의 침묵을 긍정으로 받아들였는지, 맥주 한 모금을 넘긴 하민이
말을 잇는다. 마치, 이 비서 오늘은 일찍 퇴근해, 라고 말하는 것처럼
무덤덤한 말투였다.

"내일 만나는 사람이 그중 일부를 부담해 줄지도 몰라. 물론, 그게
성사되지 않을 수도 있어. 앞으로도…… 어떻게 될지는 알 수가 없어.
나와 호텔 모두."

그것은 마치 꼭 스스로에게 하는 말 같았다.

"그래도 해야 해."

스스로 잊지 않도록, 스스로 약해지지 않도록, 그렇게 줄곧 말을 거
는 것같이 보였다.

"뭐."

유리 테이블 위에 놓인 하민의 손가락이 토도독, 규칙 없는 리듬을
자아낸다.

"어떻게든 되겠지."

그래서 알았다. 이렇게 웃고는 있지만, 아무렇지 않은 듯이 말하고는 있지만, 실은 불안해하고 있다는 걸. 실은 내가 아무것도 알지 못해서 얻는 불안보다 더 큰 짐을 짊어지고 있는 것 같다는 걸.

"네."

아직도 좋은 비서가 정확히 어떤 건지는 알 수 없지만.

"어떻게든 잘……될 거예요."

적어도, 지금은 같은 것을 바라려고 한다. 내가 그 남자의 비서로 있는 동안에는. 그건, 약속과는 전혀 상관없을 테니까.

"그래."

하민이 재이를 보고 미소했다. 벽 하나를 사이에 두고 있을 때와 달리 마음속의 불안이 빠르게 희석되는 게 느껴졌다. 다음 순간, 찰나의 희망을 산산이 부수는 전화가 걸려 오지만 않았더라면 더 좋았으련만.

"네, 송 실장님."

전화를 받기가 무섭게 시시각각 굳어지는 하민의 얼굴을 보는 재이에게까지 긴장이 전염된다.

"뭐……라고요?"

짓씹듯 분을 삼키는 하민이 빈주먹을 꾹 쥐었다. 내용까진 알 수 없으나 뭔가 잘못됐다는 것만은 확실하다.

"허. 내가 자금을 대랬지 내 지분을 팔겠다고 했습니까? 그럴 거면 애초에 그런 더러운 자식이랑 내가 왜 말을 섞고…… 뭐요? 나더러 상해까지 오랬다고? 누구더러 오라 가라야. 자기 시간만 시간인 줄 아나. 미친놈. 제주도까지 와 준 것도 어딘데."

평소 화가 나더라도 이런 험한 말까지는 입에 담지 않는 하민이었던 지라 보는 재이가 더 불안해진다.

"아뇨, 상해고 나발이고 이젠 내 호텔로 찾아와도 볼일 없어요. 똑똑히 전해 주세요, 너같이 더러운 방식으로 사업하는 새끼랑은 끝이라고. 업계에서 날 다시 마주치면 그땐 각오해야 할 거라고!"

단호한 일갈과 동시에 전화를 끊은 하민이 아직도 분을 삭이지 못했는지 핸드폰을 내던진다.

"감히 그 대머리가 누굴 오라 가라……."

가쁜 숨소리와 함께 눈에 가늘게 선 핏대가 하민의 분노를 여실히 보여 주고 있었다. 재이는 질문을 하는 대신 냉장고에서 새로운 맥주 한 캔을 따서 그에게 건넸다.

하민은 그제야 재이의 존재를 상기해 낸 듯했지만, 별다른 말없이 캔을 받아 들어 단숨에 들이켰다. 가까스로 하민이 다시 입을 연 건, 꽤 오랜 시간이 지나서였다.

"내일 일정은 취소야."

호흡은 가라앉았지만, 분한 눈은 식지 않은 채다.

"묵 회장이라고, 사업 아주 더럽게 하는 대머리 중국인 아저씨가 있는데…… 내가 잠깐 판단이 흐려져서 그딴 인간한테 자금을 융통받으려고 여기까지 왔네."

인상을 써 가면서도 굳이 묻지 않은 말을 하는 건, 아마 아까의 약속을 지키기 위함일 거다. 할 수 있는 한은 재이에게도 알려 주겠다는 약속을.

"근데 그 대머리 자식이 날 바람맞혔어. 뿐만 아니라, 뒤통수까지 치려고 했지."

말하면서도 어이가 없는지 헛웃음을 치던 하민은 다시 화가 치미는지 주먹을 꾹 쥐었다.

"참 나. 문어 대가리 같은 게 감히 누구한테. ……아니, 아니다."

어차피 화를 내 봐야 제 손해라는 건 하민이 가장 잘 안다. 애써 평정을 찾으려고 하민이 천천히 심호흡을 하며 자리에서 일어섰다. 그리고 성큼성큼 걸어 재이에게로 다가온다.

뜻밖의 행동에 재이는 어떤 반응을 보여야 할지 모르겠는데, 가슴이 조금 빠르게 뛰기 시작했다는 것만은 알겠다. 피하기엔 이미 늦었고, 겨우 손 하나 만큼의 간격을 사이에 두고 다가온 그의 얼굴에 눈을 질 끈 감아 버리려던 찰나. 하민이 재이의 손목을 잡아 당겼다.

"나가자."

"네? 갑자기 어디로……."

재이가 반문했을 땐, 이미 호텔 복도를 가로지르는 중이었다.

"어디든."

잠시 머뭇거리는 재이를 의식한 건지, 하민이 잡은 손목을 재차 당긴다.

"그 대머리 생각 안 나는 곳으로."

얼굴은 보이지 않았지만, 아직도 분이 가라앉지 않은 목소리였다. 그리고 다음 순간, 재이가 다시 정신을 차렸을 땐 저도 모르게 하민의 손에 이끌려 달음질치듯 호텔 건물을 벗어나고 있었다.

"저, 사장님……."

문득 바다 냄새가 난다고 생각했더니, 저 멀리 철썩이는 파도 소리가 들린다. 그 파도 소리에 숨이 턱까지 차오른 재이의 목소리가 묻혀 버렸는지, 하민은 돌아보지도 않은 채 걸음을 재촉한다. 목적지도 없으면서, 뭐가 그리 바쁘고 급한지.

"그만! 그만 가요……."

지칠 대로 지친 재이가 남은 힘을 모아 하민이 잡은 손을 떨쳐 냈다. 그제야 우뚝, 마치 고장 난 로봇처럼 반 박자 늦게 멈춰 서는 하민이다.

"이제 됐잖아요, 이만큼 왔으면."

하민이 돌아본 곳에는 금방이라도 주저앉을 것 같은 재이가 있었다. 저렇게 숨이 턱에 찰 정도면 진작 뿌리쳤으면 됐을 텐데, 바보같이.

"그런 눈으로 보지 마세요."

새초롬하게 쳐다보는 눈동자에 딱히 원망의 빛은 없었다.

"사장님이 화난 것도, 엄청 열 받을 만한 일이라는 것도 이해해요."

아니, 재이는 완벽하게 이해할 수 없다. 이 막중한 부담감이 어떤 건지도.

"하지만 이렇게 무작정 달리기만 한다고 해결되는 일은 없잖아요."

그 말은 옳았다.

"그리고 어떤 직업이든 고충이 있는 거라고 생각해요. 그걸 빨리 추스르고 털어 내는 게 중요하다고도. 음…… 직장인은 그런데, 뭐 사장직도 비슷하지 않을까요?"

이런 비서는 세상에 또 없을 거다. 화가 나 있는 상사를 상대로 눈치를 보기는커녕, 저런 훈계 아닌 훈계를 잘도 하다니.

"그래도 계속 화내실 거면, 전 이만 돌아가고요."

일종의 협박까지. 하지만 그게 싫진 않았다. 무작정 제 기분에 휘둘리는 사람들보단 때론 헛웃음이 날 정도로 솔직한 이재이가 나았다.

"화는 계속 나 있을 거야. 그 대머리한테."

샐쭉한 눈초리를 숨기지 않고 저를 보던 재이가 이내 고개를 끄덕여 주었다. 시시각각 변하며 속내를 고스란히 내보이는 재이의 표정엔 적어도 가식은 없다.

"어때, 안주로 문어 대가리는."

흘깃, 바닷가에 줄지어선 횟집의 간판을 가리키며 말하는 하민의 목소리는 평소와 비슷한 톤으로 돌아와 있었다.

"좋아요."

그 말에 언제 지쳤냐는 듯이 고개를 끄덕이곤 앞장서는 재이였다.

"이모, 여기 문어숙회 되죠?"

멋대로 가게에 불쑥 들어가 흥정을 시도하는 재이의 뒷모습을 보던 하민은 피식, 저도 모르게 웃음을 흘렸다.

"정말, 뭐 저런 비서가 다 있어."

단 한 번도 원한 적 없던 존재. 그러나 처음부터 밀어내기만 했던 내게 의지가 되어 주던 사람. 날 위해 싸워 주고, 날 위해 참아 주는 사람. 그리고…… 기꺼이 내 편이 되어 주는 유일한 사람.

"사장님, 지금 내 욕했죠! 다 들리거든요?"

어느새 돌아보며 눈을 흘기는 재이를 보며 하민은 다시 한 번 천천히 미소를 머금었다.

"귀는 밝아서."

그 말을 일부러 못 들은 척하는 재이를 앞장세워 들어간 곳은 창 너머로 밤바다가 보이는 작은 횟집이었다. 조금 전 뛰쳐나온 호텔과는 비교도 안 될 정도로 초라한 데다, 식탁에는 하민이 난생 처음 보는 비닐까지 깔려 있었지만 아무래도 좋았던 것 같다.

평소엔 입에도 대지 않는 한라산이라 적힌 독한 소주도, 대머리를 대신해서 씹을 시뻘건 문어도, 다소 비릿한 바닷바람도. 이 힘들고 기나긴 하루를 마무리하기엔 전부 딱 좋았다.

"죽어라, 이 문어! 더럽게 못생긴 게 진짜."

둘이 한 병 정도를 비울 무렵 재이가 난폭한 젓가락질로 애꿎은 문어를 찔러대다가 하민과 눈이 마주쳤다. 그러더니 별생각이 없던 하민을 보고서 폭 한숨을 내쉰다.

"미안해요."

"어? 뭐가."

"이렇게 장난칠 일이 아닌데."

아직도 마음에 담아 두고 있는 건가. 오히려 당사자인 하민도 잊고 있던 일인데 제 일처럼 땅이 꺼져라 숨을 내쉬는 걸 보니, 당장 100억이 없어서 큰일이 나는 건 꼭 재이 같다.

"괜찮아. 실제로도 더럽게 못생겼어."

"그래도……."

"이 비서."

"네?"

남아 있던 반 잔 정도를 가볍게 비운 하민이 똑바로 재이를 응시했다.

"믿기진 않겠지만, 내가 그렇게까지 능력이 없진 않아."

평소의 자신만만한 모습 그대론데, 괜히 얼굴이 화끈거리는 건 아무래도 제주도의 소주가 독하기 때문이겠지.

"걱정 마. 자금줄은 찾으면 얼마든지 있을 테니까."

"걱정 안 할게요. 그리고……."

말끝에 습관처럼 입술을 꾹 물었던 재이가 다시 하민을 본다.

"전, 사장님 믿어요."

이번엔 그 독한 소주가 하민의 가슴을 쿵, 찬다는 걸 꿈에도 모른 채.

"사장님, 능력 있잖아요."

어째서인지 그다음 말은 귀에 들어오지도 않았다. 괜히, 제 손으로 소주를 따라 다시 비우는 하민의 속이 홧홧했다. 온 저녁 내내 속에서 천불이 나는 날인데, 참 이상한 게도 전혀 다른 느낌으로 말이다.

❖

테이블 위에 빈 소주병이 늘어나고 두 사람의 뺨이 사이좋게 붉어질 무렵, 넉살 좋은 식당 주인이 내준 서비스를 보는 하민의 표정에 경악이 묻어난다.

"지금 신성한 안주를 앞에 두고 표정이 그게 뭐예요."

술의 위력인지 평소보다 말수가 늘어난 재이가 보란 듯이 꿈틀대는 산 낙지를 젓가락으로 집어 입안으로 쏙 밀어 넣는다. 하민의 입이 절로 떡 벌어지는 순간이었다.

"사장님, 설마 산 낙지 처음 보는 건 아니죠?"

"본 적은 있지."

TV에서, 라는 말을 삼킨 하민이 미간을 잔뜩 찌푸린 채로 접시 위의 꿈틀거리는 덩어리들을 주시하더니 고개를 설레설레 젓는다.

"사장님……."

"아니, 안 먹을래."

말이 채 끝나기도 전에 하민이 정색을 하고 선수를 쳤다.

"난 음식에 대한 개인과 문화권의 취향은 인정하지만, 그걸 강요하는 건 악습이라고 생각하거든. 이상한 음식은 없어도, 억지로 권하는 사람은 이상한 사람이잖아. 안 그래?"

"이상한 사람은 무슨."

이러다 논문 한 권이라도 쓸 기세다. 재이는 피식, 하는 웃음을 숨기지 않은 채로 하민과 산 낙지라는 어울리지 않는 조합을 번갈아 보다가 제 앞에 놓인 술잔을 비워 냈다.

"고작 이런 걸로 정색하는 사장님이 더 이상한 사람 같거든요?"

"고작이라니, 이 비서는……."

"아, 맞다!"

순간, 제 무릎을 탁 치는 재이의 눈이 동그랗게 커졌다. 덩달아 놀란 하민이 하던 말을 멈추고 재이를 보자 자못 의미심장한 표정의 재이가 심각한 얼굴로 그를 본다.

"사장님, 그거 알아요? 이상한 사람 하니까 말인데……."

점차 속삭이듯 작아지는 재이의 목소리에 하민이 꼴깍 마른침을 삼켰다.

“어디로 가게요.”

“뭐?”

“이상한 사람은 어디로 가는지 아냐고요.”

“어디로…… 가는데?”

선뜻 이해가 가지 않는 말에 하민이 고개를 갸웃하던 무렵.

“에이 그것도 몰라요? 치과! 치과에 가죠, 이가 상했으니까! 아하
하…….”

재이가 시답지 않은 농담과 함께 신나게 제 손뼉을 쳐 가며 폭소한
다.

“와…….”

뒤통수를 한 대 내려치는 것 같은 충격에 말을 잃은 하민이 허탈한
소리를 내는 것도 모르는지 재이는 마냥 신이 난 채다.

“그럼, 사장님. 엄마가 길을 잃으면 뭘까요?”

뭐긴 뭐야, 미치겠는 거지. 어디로 튈지 모르는 비서의 주사가 이런
거였다니, 정말 뭐 이런 비서가 다 있느냔 말이다.

“맘마미아! 아하하…… 진짜 대박이죠?”

“어, 대박이네.”

이 비서 주사가 대박이야. 하민은 내심을 다 털어놓지 않은 채로 영
혼 없는 반응을 보였다.

“또 있어요, 사장님. 천하장사가 타고 다니는 차는…….”

“잠깐!”

더 들었다간 간신히 가라앉힌 가슴속의 천불이 다시 일어날 것만 같
아 다급하게 막는 하민이다.

“으랏차차……!”

그런 하민의 마음이 무색하게 또 좋다고 손뼉을 치는 재이가 이젠
조금 무서울 지경인데…….

"이 비서, 그만 가자."

"왜요? 저 안 취했어요."

"나도."

"근데 왜 가야 되는데요?"

"내가 안 취했으니까."

도저히 맨 정신에 더 들을 자신이 없어서 그런다, 왜. 그런 하민의 속내까진 모르겠지만 발간 뺨을 하고서 순순히 자리에서 일어서는 재이다.

다시는 이 비서에게 술을 먹이지 말아야겠다는 굳은 결심과 함께 빠르게 계산을 마친 하민이 먼저 횟집의 출구를 나서자 재이가 지나치게 경쾌한 걸음으로 하민을 따라나섰다.

"사장님, 있잖아요."

"안 돼."

"아직 아무 말도 안 했는데……."

저 입을 틀어막아야 한다. 그 일념 하나로 매의 눈을 가동시킨 하민이 간신히 구멍가게를 발견했다. 그래, 뭐라도 입에 물리면 당분간 저런 헛소리는 못 하겠지. 그사이에 바닷바람을 맞으면 조금이라도 술이 깰 거다.

"잠깐 여기 있어."

잠시 후, 가게를 나선 하민의 손엔 작은 봉지 하나가 들려 있었다. 그 모습을 본 재이가 다시 입을 떼려는 찰나, 이번에도 하민이 먼저 선수를 쳤다.

"이 비서, 우리 저기까지만 걸어가자."

하민이 손으로 가리키는 곳에 깜박이는 등대의 불빛이 보인다. 어쩐 일로 순순히 고개를 끄덕이는 재이와 하민이 한 발짝 정도의 거리를 두고 천천히 걸음을 뗐다. 바로 아래에 펼쳐진 백사장은 캄캄해서 보이지 않았지만, 쏴아아 밀려오는 파도 소리가 바다의 존재를 실감케 한다.

"아, 맞다. 사장님……."

혼자서 앞서 나가던 재이가 문득 걸음을 멈춘다 싶더니 빙그르 돌아서 하민을 본다. 발그레한 뺨과 평소에는 절대 짓지 않는 달콤한 눈웃음을 보던 하민은 필살기를 꺼내듯 아까부터 들고 있던 봉지 안에서 무언가를 꺼내 건넸다.

"이거 마셔."

톡, 하는 소리와 함께 빨대까지 꽂아서 건넨 건 동그란 단지 모양을 한 바나나 우유였다. 그 짧은 순간에도 빨대를 꽂아서 마실 수 있는, 해서 조금이라도 더 오래 그 입을 틀어막을 수 있는 음료를 찾아낸 자신의 순발력이 자랑스러울 정도다.

"어? 바나나 우유 오랜만이네."

마침 나타난 벤치에 모래를 털어 내지도 않고 과감하게 걸터앉는 재이가 빨대에 입술을 대고 한 모금을 머금더니, 또 예의 그 눈웃음을 짓는다.

"아…… 달다."

그 목소리에서 정말로 단 기운이 묻어나는 것 같다고 하면, 나도 조금 취한 걸까. 우스운 생각을 하는 하민이 잠자코 재이의 앞에 마주 선 채 소리 없이 웃어 보았다. 그리고 동시에 놀라움을 느꼈다.

불과 몇 시간 전까지만 해도 상상도 할 수 없었던 일이다. 이 막막한 현실을 앞에 두고서 이렇게 아무 계산 없이 웃을 수 있다는 건, 정말이지.

"사장님도 먹을래요?"

불쑥, 제가 마시던 우유를 내미는 재이를 보자니 자꾸 웃음이 난다.

"됐어, 마음은 고맙지만."

사실 고마운 건 그것뿐이 아니라는 걸, 언젠가는 말해 줄 수 있을까. 언젠가, 재이가 술에서 깨고 이렇게 사람을 미치게 하는 바보 같은 소리들을 하지 않게 되면, 또 언젠가 모든 일들이 전부 제자리로 돌아가고 나면.

"이 비서."

쏴아, 밀려오는 파도 소리에 문득 안타까운 기분이 들어 말이 먼저 나가고 말았다. 그 언젠가가 오지 않을지도 모르니, 어쩌면 지금 마음을 전해야 하는지도 모르겠다.

"왜요?"

막상 천진하게 올려다보는 재이를 보니 아무 말도 나오지 않는 건, 아마 약속의 존재가 떠올랐기 때문일 거다. 어느새 내게 꼭 필요해진 비서를 잃지 않기 위해서 건네줬던 그 약속. 다시는 여자로 보지 않겠다는 분명하게 그어진 선.

"……아냐, 바나나 우유 맛있게 먹으라고."

그때는 몰랐다. 마음처럼 불확실한 형태를 가진 것에 선 따위를 그을 수 없다는 걸, 미처 모르고 한 약속이었다.

"네."

고개를 끄덕이는 재이의 발간 뺨에 기다란 속눈썹 그림자가 진다. 시시각각 늘 다른 얼굴을 보여 주던 내 비서는 언제부턴가 불쑥 낯선 모습을 꺼내서 사람을 흔들어 놓기 시작했다.

그때, 잠결에 문득 눈을 떴을 때 코앞에서 내려다보던 말간 눈동자부터 지금 이렇게 달콤함이 배어든 분홍빛 미소까지.

"저, 사장님."

"왜."

순간, 안 된다는 걸 알면서도 대답한 건 그 웃음을 바라보느라 넋을 빼앗긴 탓일 거다.

"사장님, 바나나 우유 먹으면……."

그러니 재이 탓이다.

"나한테 반하나?"

전부, 전부 다 재이 탓이다.

"이 비서."

마주친 시선 사이로 그 어느 때보다 사랑스러운 미소를 짓는 이 여자의 탓.

"이건, 이 비서가 잘못한 거야."

"뭐……가요?"

"난 최선을 다했는데, 이 비서가 먼저 깨트린 거야. 그건 분명히 해 두자고."

약속을 지킬 마음도, 노력도, 의지도 모두 충분히 있었다. 그걸 비웃듯이 가뿐하게 선을 넘은 건 눈앞의 이 여자가 먼저다.

"그러니까 이건, 정당방위야."

"아까부터 무슨 말인지 하나도……."

재이가 눈을 동그랗게 뜰수록, 그 입술을 움직여 뭐라 말을 쏟아 낼수록, 괜히 마음이 급해진다.

"이 비서."

"네?"

"퇴근해, 지금 당장."

깜박, 재이가 눈을 감았다 뜨는 짧은 순간조차 아깝게 느껴졌다.

"자, 이제 퇴근한 거다?"

대답을 기다릴 새도 없이 매듭 지어 버린 하민이 곧바로 손을 뻗어 재이의 손을 잡았다.

툭, 손에 들려 있던 바나나 우유가 떨어지는 소리도 저 멀리서 세차게 부딪혀 오는 파도 소리도 더는 귀에 들어오지 않는다. 그저 물씬 달

199

콤한 향기가 다가오는 것만이 선명하게 느껴졌다.

"네……?"

그 순간, 더 이상 망설임 없는 하민의 손길이 재이를 훅 끌어당기는 것과 동시에 제 허리를 반쯤 숙였다. 맞닿은 입술에서 희미하게 바나나 향이 났다. 그리고 그 달콤한 액체로 반쯤 젖어 있던 재이의 입술에 맺힌 물기가 하민의 입술로 옮겨 간다.

부드러운 입술이 반쯤 벌어지는 것과 동시에 잡은 손에 조금 힘이 들어가고, 그 안에서 세찬 맥박이 뛰는 것까지 전부 느껴질 만큼 모든 감각이 오롯이 한 사람에게 집중되고 있었다. 하민이 가볍게 물었다 놓는 재이의 아랫입술이 파르르 떨리는 짧은 순간, 이내 살며시 혀를 내밀어 얽혀 드는 찰나의 온기와 서로의 체취가 유난히 짙었다.

간신히 그 감각들을 억누른 하민이 먼저 입술을 뗀 건 퍽 힘겨운 일이었다. 하지만 이번만큼은 재이가 밀어내기 전에 먼저 물러서고 싶었다. 멋대로 오해해 버리기 전에 사실을 말해 주고 싶었다. 지금 내가 무슨 마음으로 입을 맞췄는지, 꼭 전해 주고 싶었다.

"이……게 무슨……."

반쯤 넋이 나간 재이의 입술에 아직 남은 물기를 보던 하민이 시선을 들어 눈을 바라본다.

"약속, 했잖아요. 전 사장님의 비서니까 다시는 여자로 보지 않겠다고 분명히 약속……."

"했지. 하지만 말했듯이 먼저 잘못한 건 이 비서야."

하민의 말을 채 따라잡지 못한 재이가 눈을 커다랗게 뜨는 걸로 답을 대신한다. 그 틈을 놓치지 않은 하민은 여태 쌓아 두느라 답답했던 마음을 아예 털어 버리기로 작정한 모양인지 빠른 속도로 속내를 쏟아 냈다.

"내가 이 비서를 여자로 안 보겠다고 했지, 전부 없던 일로 만들 수 있다고 했나? 한 번 마음이 동한 줄 뻔히 아는 남자 앞에서 그렇게 웃고 반했냐고 물어보면 또 반하라는 소리밖에 더 돼?"

왜 이 남자는 늘 이렇게 태연할까. 왜 사람 마음은 다 흔들어 놓고서 혼자만 아무렇지 않은 얼굴로 엄청난 소리를 해 대는 걸까.

"그건 그냥 웃자고…… 아니, 그랬다 쳐도 어쨌든 약속하신 거잖아요! 무슨 약속을 이렇게 쉽게 어겨요?"

"쉬운 적 없어. 어긴 적도 없고."

거짓말. 지금도 아무렇지 않게 내 눈을 바라보고 있으면서. 난 그럴 수가 없는데, 정말 어려운 게 뭔지도 모르면서 하는 새빨간 거짓말.

"난 이 비서한테 키스한 거 아냐. 기억 안 나? 내가 퇴근하랬잖아. 난 이 비서가 아니라……."

그 순간, 재이의 마음을 읽은 듯 하민이 잠시 숨을 멈췄다. 내게도 똑같이 어려운 일이었음을 설명하는 대신에 그저 보여 주었다. 이 떨림과, 긴장감을 고스란히 내보였다.

"이재이 씨한테 키스한 거야."

"왜……."

툭, 하민이 내려놓은 말이 그대로 재이의 가슴에 떨어지는 것 같았다. 그게 아니라면 이런 진동이 느껴질 리 없으니까.

"왜냐면, 내가 이재이 씨를 좋아하게 됐거든. ……이성으로."

그 말을 하는 하민의 목소리 끝이 미세하게 떨리는 바람에 재이의 가슴이 더 떨린다는 이야기는 결코 하지 않을 테다.

"그건, 아무 문제없는 거 맞지?"

아니, 솔직히 지금으로서는 아무런 말도 할 수가 없었다. 그저 멍해진 머릿속으로 몇 번이고 파도 소리가 울리는 것 외에는 아무것도 떠오르지 않았다.

하민은 어떤 재촉도 하지 않고서 그런 재이를 가만히 지켜봤다. 한

참이고, 파도가 몇 번을 반복해서 칠 동안에도 질리지 않고 내내.

※

돌아가자. 하민이 말하고 재이가 고개를 끄덕였다. 각각 나란히 방을 잡았던 호텔 복도로 돌아올 때까지 두 사람이 나눈 말이라고는 저게 전부였다.

"대답 안 해도 돼, 당장은."

문고리에 손을 얹는 재이를 보던 하민이 문득 말을 꺼냈다. 돌아본 그는 언제나처럼 태연한 얼굴이었지만, 조금, 아주 조금은 망설이고 있는 것 같기도 해서 묘한 기분이 들었다.

"언젠가, 정말 대답하고 싶어질 때까지는."

"……네."

작게 대답하자 하민은 잠자코 고개를 끄덕이더니 한마디를 덧붙인다.

"그리고 이 비서한테 전해 줘. 내일 출근하면 오늘 일은 다 잊으라고. 대머리도 바나나 우유도, 아무 걱정 말라고."

"그럴게요."

재이의 대답에 희미하게 머금는 하민의 미소가 어쩐지 쓸쓸하게 보였다. 언제나 그가 머무는 공간과 조금 닮은 이 어둑한 호텔 복도에서, 돌아서는 그의 등이 기다란 그림자만큼이나 외로워 보인다는 느낌과 함께.

"저…… 사장님."

차마 손을 뻗을 수는 없어 망설이는 목소리로만 불러 보았다. 그 쓸쓸한 등에 내려앉은 무게감을 나눠 줄 능력이 내겐 없지만, 한 마디쯤은 힘이 되어 주고 싶어서.

"이 비서가 전해 달래요."

그 말에 하민이 선선히 미소한다. 그러고 보니 우리에게 가장 익숙한 간격이었던 이 몇 발짝이 오늘따라 유난히 멀게만 느껴졌다.

왜 이 남자는 항상 이렇게 안타까운 마음이 들게 할까. 처음 푸르른 꽃다발 너머로 마주친 물기 어린 시선과, 늘 태연한 표정 너머 가라앉은 저 눈동자.

"전부 다 잘 될 거예요."

이제 조금은 안다. 아주아주 손톱 만큼이지만 그 마음이 엿보인다. 실은 누구보다 지치고 닳았을 그 마음이.

"아니, 분명히……."

그 마음에게 말해 주고 싶었다. 진심을 그러모아서 전해 주고 싶었다.

"사장님은 잘 할 수 있어요."

재이의 입가에 떠오른 차분한 미소가 하민의 입가에도 옮겨 간다. 그 따스한 시선에 담긴 마음이 확실히 전해져 온다. 누군가 꼭 해 주었으면 했던 대답을 지금 재이의 입을 통해서 들은 것이다.

"이 비서한테 고맙다고 전해 줘. 그리고……."

찰랑찰랑, 두 사람의 눈동자에 서로 닮은 빛의 온기가 차오른다.

"잘 자, 이재이 씨."

07

　지난밤의 여운 때문인지, 아무런 성과도 얻지 못한 채 돌아온 씁쓸함 때문인지, 다소 어색한 분위기 속에서 비행기가 김포공항에 착륙했다.

　멀미약과 더불어서 무려 이만 원이나 하는 청심환까지 들이켰지만 여전히 안색이 파리한 재이가 후, 길게 안도의 한숨을 내쉬었다.

　— 손님 여러분 저희 비행기는 김포공항에 무사히 착륙했습니다만, 탑승 게이트가 미비한 관계로 조금 더 기다려 주셔야겠습니다. 조속히 준비할 터이니 양해 부탁드립니다.

　무뚝뚝한 기장의 방송 사이로, 승객들이 하나 둘 핸드폰을 켜고 통화하는 소리가 들린다. 재이는 송 실장에게 도착했단 메시지를 넣으며 옆자리에서 아직 눈을 감고 있는 하민을 흘깃 봤다.

　어젯밤의 일이 거짓말인 것처럼, 아무 걱정 없는 평화로운 하민의 표정이 부럽기도 하고, 또……. 아니, 이제 그만 생각해야지. 제주도에서 일어났던 일은 제주도에 두고 오리라 마음먹은 게 불과 오늘 아침이었다. 무엇보다, 지금은 이재이가 아니라 이 비서니까.

곧 이 지긋지긋한 비행기에서 내리면 마주할 현실들에 대해 마음의 준비를 단단히 해 두어야 한다.

[예상치 못한 일들이 연달아 일어나는 하루입니다. 숨 돌릴 틈도 없이 놀라움이 찾아오지만, 늘 변하지 않는 것도 있다는 걸 잊지 마세요.]

습관처럼 별자리 운세를 보는 재이의 표정이 꽤 착잡해졌다. 여기서 더 놀랄 일들이 일어난다면, 그땐 청심환으로는 안 될 것만 같은데.

"이쯤 되면 아주 종교네."

옆자리에서 들려오는 목소리에 화들짝 놀란 재이가 핸드폰 화면을 꺼 버리지만, 이미 때는 늦었다. 어느새 잠에서 깼는지 말끔한 얼굴을 한 하민의 눈이 평소의 장난기를 품고 있다.

"이 비서, 혈액형도 믿지?"

"아뇨! 제가 왜 그런 비과학적인 속설을 믿어요?"

바락, 대꾸하는 재이를 보는 하민이 눈을 가늘게 뜬다. 덕분에 제가 방금 한 말과 이 상황이 퍽 우습다는 걸 깨닫는 재이다.

"심심풀이, 정말 그냥 심심풀이로 보는 거예요. 원래 뜬구름 잡는 소리니까 어쩌다 맞는 거 같을 때도 있고, 그런 재미로……."

"믿는다는 거지."

"아니라니까요! 이건 그냥 주식 창 들여다보듯이 습관처럼……."

"이 비서는 주식 창을 습관처럼 재미로 봐? 운세 보듯이?"

발끈해서 대꾸하다 보니 괜한 말을 해 버렸다. 재이는 대답 대신 입을 꾹 다물고 창밖을 보는데, 하민은 이 흥미로운 화제를 놓을 생각이 없나 보다.

"아니, 어떻게 경영학과 나온 사람이 주식 창을 그런 판타지 장르로 취급할 수가 있어?"

"그런 적 없는데요. 호러나 스릴러라면 모를까."

솔직한 재이의 말에 피식, 하민이 웃고는 이내 짓궂은 미소를 띠운다.

"뭐 샀는데?"

"뭐가요."

"주식, 뭐 샀다가 반토막 났냐고."

괜한 소리를 꺼내서 놀림거리만 늘렸다. 재이는 인상을 구기고는 다시 창밖을 노려본다. 예전이었다면 이런 말실수를 하지도, 이렇듯 대놓고 감정을 표현하지도 않았을 텐데 짧은 시간동안 참 많은 게 변했다.

"말 못하는 거 보면, 혹시 반토막보다 더 심한 거야? 깡통 수준?"

그 반토막 난 깡통 덕분에 유능한 비서를 얻은 줄이나 알라고, 그런 말을 하는 대신 재이는 가능한 한 무심한 표정으로 툭, 한 마디를 던진다.

"주식이든 별자리 운세든, 보는 건 제 사생활이니까 터치하지 마시죠."

"뭐야, 삐졌어? 누가 보는 거 가지고 뭐랬나. 나도 봐, 주식이랑 별자리. 아주 가끔이지만."

재이의 예상대로 강하게 나가면 하민은 한 발 물러서 준다. 정말 지는 거든, 져 주는 거든, 져 주는 척하는 거든 아무래도 상관없는 일이다.

"네, 많이 보세요."

"정말이라니까. 아, 그러고 보니까 내가 사장이 된 날 봤던 운세가 맞는 거 같아."

호기심이 동하지만, 애써 내색 않는 재이를 빤히 보던 하민이 말을 덧붙인다.

"그때는 무슨 헛소린가 했는데, 지금 생각해 보니까 확실히 맞아."

특별한 하루를 예언하던 운세를 떠올리는 하민의 눈이 먼 곳을 보는 것 같다. 특별한 시간, 특별한 상황, 특별한 물건, 그리고…… 곧 특별한 사람을 만나게 될 거란 운세는 결국 맞았다.

"뭐……라고 했었는데요, 별자리 운세가."

하민의 시선에 이끌리듯 호기심을 비추는 재이와 잠시 눈이 마주쳤다.

"비밀이야."

씩, 입꼬리를 말아 올리는 하민의 미소가 오늘따라 유난히 얄밉고 또…… 아니다. 정말로 이제는 생각하지 말아야지. 몇 번씩 오락가락하는 마음을 붙드는 재이의 머리 위로 출구 안내 방송이 나온다.

드디어 짧은 출장이 끝났다. 손에는 아무런 성과 없이, 그러나 각자의 가슴엔 무거운 것 하나씩을 얹어 놓은 채로 두 사람은 돌아왔다.

❖

호텔 소유의 롤스로이스를 타고 공항을 벗어나자, 서울 특유의 우중충한 하늘이 두 사람을 반겼다. 날씨가 딱이네, 하민의 자조적인 말에 재이는 조금 쓴웃음을 머금었다.

그의 말처럼 앞으로 가야 하는 길은 온통 흐린 잿빛이다. 그리고 재이가 그 길을 함께 걷는 것은 이제 채 1년이 되지 않는 시간일 것이다. 그 전에 긴 터널에서 벗어날 수 있다면 좋을 텐데.

"걱정 마."

재이 눈가에 드리워진 그늘을 본 건지, 하민이 무심하게 툭 내뱉었다.

"비는 안 올 것 같으니까."

정말이지 속을 알 수 없는 남자를 돌아보며, 재이는 희미하게 미소했다.

"와도 괜찮아요. 우산이 있으니까."

이번에는 하민이 재이를 따라 웃었다. 그 후로 호텔에 도착할 때까지 두 사람 사이엔 아무런 말도 오가지 않았지만 그 어느 때보다 온화한 기척이 주위를 감쌌다. 아주 잠깐의 평화로운 한때였던 것 같다. 곧, 이 순간이 그리워질 것 같다는 생각이 들었을 만큼.

"무사히 다녀오셨습니까."

그런 두 사람을 호텔 로비에서 맞이한 건, 언제나처럼 자상한 미소를 띤 송 실장이다. 이미 일이 성사되지 않았다는 소식을 들었지만, 그럴수록 더 따스하게 웃어 주는 게 송 실장의 방식이었다.

"이 실장도 갑작스러운 출장에 고생 많았어요."

"아닙니다."

그런데 이 두 사람, 단지 일이 잘 안 풀린 것 치고는 묘한 분위기를 풍기고 있다.

차에서 내릴 때부터 약간의 간격을 유지하고는 있지만 이따금 서로를 흘깃 훔쳐보는 듯한 모습도, 뭐라 정의 내릴 수 없는 어색함도, 어쩌다 눈이 마주치면 낯선 사람을 대하듯 흔들리는 눈빛까지…….

전부 이상했지만 역시 가장 이상한 건, 그런 두 사람이 전보다 더 가까워 보인다는 거다. 애정사에 둘째가라면 서러울 만큼 둔한 송 실장의 눈에도 그래 보이니, 이건 꽤 자명한 일 같았다.

"혹시, 무슨 일이라도 있으셨는지."

넌지시 물은 말에 두 사람 모두 칼같이 홱 송 실장을 돌아봤다.

"아니요!"

"아닙니다! 일은 무슨!"

대답조차 거의 동시에 쏟아져 나왔다. 그 후로 서로에게서 빛의 속도로 시선을 피하는 것까지, 송 실장으로선 도통 모를 것투성이다.

"그…… 일이 꼬여서, 그래서 그래요."

하지 않아도 될 말을 덧붙이는 하민을 보며 송 실장은 때 맞춰 준비했던 말을 꺼냈다. 어느 타이밍에 전해도 불쾌한 소식이겠지만, 그래도 직접 보기 전에 말하는 게 나을 것이다.

"꼬인 일이라고 하니 말씀드리는데, 한 가지 더 있습니다."

"또?"

그런 속도 모르고 성큼성큼 앞으로 나아가던 하민의 걸음이 잠시 멎는다.

"저, 지금 2층 레스토랑에서…… 임원 오찬이 진행 중입니다."

"그야 늘 있는 일 아닙니까."

"그게 아니라, 우리 JY그룹의 임원 오찬이 진행 중이란 말씀입니다."

"뭐요? 누가 내 허가도 없이 그런 미친 지시를 내렸어?"

"저도 당연히 사장님께 먼저 여쭈려고 했지만."

"됐어요. 그런 짓을 할 사람은 어차피 한 명밖에 없으니까, 실장님이 막기엔 역부족이었겠죠."

"정 걱정되시면, 일정을 조금 지연시켜서라도……."

"그럼 그쪽에선 내가 도망친다고 생각할 텐데? 난 그럴 생각 없어요. 뭣보다, 몇 년에 한 번 정도는 그 여우가 얼마나 늙었는지 보는 것도 나쁘지 않을 테니까."

이걸 그나마 긍정적인 답변으로 받아들여야 하나. 송 실장이 짧은 고민에 빠져 있는 사이, 하민이 망설임 없는 걸음으로 로비를 가로질렀다. 덕분에 불청객의 등장은 생각보다 빨랐다.

언제부터 기다렸는지 스위트룸으로 향하는 엘리베이터 앞에 서 있는 김 실장을 보며 하민은 미간을 찌푸렸다.

"하 사장님, 오랜만에 뵙습니다."

깍듯한 목례엔 어딘지 가시가 돋쳐 있는 것처럼 느껴졌다. 지난번 비서실 복도의 접전 이후 처음 마주하는 자리기에 더더욱.

"누굴 만나려고 온 거라면…… 어쩌지, 난 오늘 스케줄이 이미 꽉 차서. 그러게 미리 내 허가를 얻고 오찬을 열면 좀 좋아?"

다분한 빈정거림에도 김 실장은 사무적인 표정을 유지했다. 재이는 그 표정에 속으로만 기가 질렸다.

"그 건이라면 사장님께서 출장 중이시라 따로 못 여쭌 것뿐입니다. 또한, JY그룹의 호텔에서 JY그룹 임원진 오찬을 가지는 것은 너무도 당연한 일이기에 굳이 허가를 여쭙지 않은 것도 있습니다."

김 실장의 말은 모두 옳았다. 이것뿐이었다면 오늘 정도는 조용히 넘어갈 생각이 있을 정도로, 크게 신경 쓰이는 대목은 없었다.

"그리고 제가 사장님께 여쭈러 온 것은 다른 문제입니다."

"무슨 문제? 우리 사이에 문제가 좀 많았어야지."

"잠시 이 실장을 데려가도 되겠습니까."

그 말에 당사자로 지목된 재이는 눈이 동그랗게 커졌지만 하민은 피식, 헛웃음을 친다. 그렇게 호되게 당하고 나서도 물러나지 않겠다는 말이지. 달리 말하면 승복하지 않겠다는 뜻도 된다.

"사유는? 내 비서를 데려가려면 그에 따른 명확한 사유가 있어야 할 텐데."

하민이 한 발짝을 앞으로 떼며 김 실장을 노려봤다. 본능적으로 재이 앞을 막아섰다는 건, 아마 자신도 자각하지 못한 채로.

"비서실 내부의 사안입니다."

"그 정도로는 내가 납득이 안 가는데."

"다시 한 번 말씀드리지만 비서실 내부의 사안이고, 보다 정확히 말씀드리자면 단기 별정직으로 발령된 이 실장이 미처 비서실의 교육을 수료하지 못한 바, 제가 직접 부족함을 메워 주려는 것뿐입니다."

"한 마디로, 선배 비서실장이니 신입을 똑바로 가르치시겠다?"

상황을 파악한 하민의 말에 김 실장은 긍정도 부정도 하지 않았다.

그리고 잠시의 정적 끝에 하민이 툭 던지듯 말했다.

"그럼, 그렇게 하세요."

그 순간, 재이는 바로 코앞에 선 하민의 넓은 등을 보면서 이유 모를 감정을 느꼈다. 머리로는 내게 그럴 자격이 없음을 알면서도, 기대가 컸다는 걸 잘 알면서도, 왜 이렇게 서운한 건지.

"단, 내 앞에서. 정확히 내 눈에서 벗어나지 않는 곳에서 해요."

하지만 가슴을 철렁 내려앉게 한 건, 오히려 두 번째 말이었다.

"재차 말씀드리지만, 이건 비서실 내부의 문제로써 이 실장은 분명 본사 비서실 소속이기에……."

"그 비서가 내 비서니까, 내 앞에서 하시라는 겁니다."

내 비서. 남들 앞에서만 들을 수 있는, 하민이 재이를 부르는 호칭이었다. 그 차가운 경멸이 가득했던 비서실 복도에서 그랬고, 재민과 커피를 마시는 재이를 뺏듯이 데려갈 때도 그렇게 불렀다.

"아니면, 내가 내 비서를 지켜보지 못할 이유라도 있습니까?"

"그건……."

하민을 믿을 수 있는 사람이냐고 하면, 아직은 확실히 답할 수 없다. 하지만 믿을 수 있는 사람으로 느끼냐고 묻는다면…… 거기엔 대답할 수 있을 것 같은, 그런 기분이 들었다.

"없는 것 같으니 같이 올라가시죠."

"올라가다니, 어디를 말씀이신지."

엘리베이터 버튼을 누르는 하민을 보는 김 실장이 답지 않게 의아한 눈을 한다. 그도 그럴 것이 하민은 여태 제 집무실에 본사 사람을 들인 적이 없기 때문이다.

"아무리 그렇다지만 로비에서 내 비서를 혼나게 둘 수는 없잖습니까."

씩 웃는 하민을 보며, 김 실장은 그간의 제가 멍청했음을 인정해야 했다. 수많은 기회와 핑계를 대서 주선했던 만남은 그리도 번번이 파토가 났는데, 고작 비서 하나를 걸고넘어지니 문턱이 훌쩍 낮아졌다.

— 11층입니다.

엘리베이터의 낭랑한 소리에 김 실장은 본인답지 않게 조금 긴장했다는 사실을 자각하며 주위를 둘러봤다. 여태 외부인이 발 들인 적 없는 복도는 여느 호텔의 그것과 다르지 않았지만, 저 문을 넘어서면 그때부턴 전혀 다른 이야기가 될 테다.

"참고로, 난 질문을 싫어합니다."

김 실장의 속을 읽기라도 한 듯, 정확한 타이밍에 하민이 한마디 덧붙였다. 이곳에서 보고 들은 것 모두에 대해 떠벌릴 생각은 말라는 경고다.

"그럼, 김 실장님 일 보세요."

스위트룸의 문을 열고 들어가자마자 화려한 크리스털 샹들리에가 불청객을 향해 위압감을 발산하고 있었다. 그사이 하민은 두꺼운 카펫을 밟고, 다시 대리석 바닥 위를 구둣발로 넘어서 거대한 유리창 앞에 있는 마호가니 책상 앞에 느긋이 앉은 후였다.

"여기서, 말씀이십니까."

"여기가 어때서요. 마침 저기 소파도 있는데 앉으시죠."

처음부터 이건 함정이었다. 하 사장이 빤히 바라보는 앞에서 그 비서를 훈육하는 건, 오히려 김 실장을 고문하는 것과 다를 바가 없었다.

"하지만."

"왜요, 내 앞에선 차마 못할 말인가 보죠?"

김 실장은 마른침을 삼키며 거리를 두고 있는 두 남녀를 번갈아 봤다. 썩 현명하진 않아도 영민한 사람이라 자부하고 살았는데, 왜 이 둘과 엮이기만 하면 예상치 못한 난관에 부딪히는 건지 모르겠다.

"난 상관 않을 테니, 해 봐요."

계산이 빗나갔던 건 지난번, 비서실 복도에서부터였다. 본래 오너가 사람들은 선천적으로 자존심이 센 종족이니 본인의 체면을 놓으면서까지 아랫사람을 감싸지 않을 거라 여겼던 게 오산이었다.

"해 보라니까?"

하지만 두 번은 어려울 거라는 계산 역시도 철저하게 빗나갔다. 예외적인 일이 한 번을 넘어서면 그때부터는 약점이 된다는 걸 모르는 걸까.

"그 전에, 사장님께 올릴 말씀이 있습니다."

"나한테?"

홱 치켜 올라간 하민의 눈썹이 감히, 라는 말을 대신했다.

"수하를 아끼시는 모습은 타의 모범으로 삼을 법하지만, 정도가 지나치면 사장님의 권위에 해가 될까 염려스럽습니다."

"김 실장이 날 염려한다라."

서늘한 목소리 끝에 노골적인 불쾌감이 묻어났다. 그 모습을 지켜보는 재이는 애가 타는데, 정작 김 실장은 쉬이 물러날 생각이 없는 것처럼 보인다.

어떤 의미로는 하민의 권위를 인정하지 않는다는 그의 본심이 묻어나는 대목이었다. 그리고 무엇보다 그 사실이 지금 하민을 소리 없는 분노로 몰아넣는다.

"지나친 총애는 세간에서 질시하기 쉽지 않겠습니까. 이 실장에게 독이 될 겁니다."

"질시라면, 김 실장이 지금 하고 있는 걸 말하는 건가."

"전 단지 비서실의 기강과 품위 유지를 염려할 뿐입니다."

잠시 김 실장을 노려보던 하민이 시선을 거두고 읊조리듯 말했다.

"아무래도…… 내가 잘못했군."

책상 위에 올린 제 손등을 보던 하민이 일어서 김 실장을 내려다보기까지는 그리 오랜 시간이 걸리지 않았다.

"그때, 확실하게 짓밟아 뒀어야 했는데 너무 봐줬나 봐."

혼잣말인척, 낮게 뇌까리는 하민은 어째서인지 조금 즐거워 보이는 미소를 띠고 있었다.

"그럼, 나부터 훈육을 시작해 볼까. 김 실장이 좋아하는 기강과 품위 유지에 대해서."

✤

본격적인 오찬 코스가 끝나자 자연스레 티타임이 이어졌다. 이 호텔의 자랑이 베이커리라더니, 꽃처럼 아름답게 빚어진 디저트들이 달콤한 향을 풍기며 끝없이 테이블을 채웠다. 물론, 마음이 딴 데 가 있는 재민에겐 모두 달콤한 쓰레기로 보였지만.

"그래도 전무님이 이렇게 어엿하게 회사의 대들보 역할을 하고 계시니 백 여사님께서 마음이 든든하시겠습니다."

"아직은 부족하지요, 뭘."

백 여사라 불린 여자는 중년을 넘어선 나이에도 퍽 고혹적인 자태로 홍차 잔을 집어 들었다.

"겸손이 지나치십니다. 임원들 간에도 전무님이 계시길 얼마나 다행이란 말이 나오는지. 안 된 말이지만, 이 호텔 사장을 생각하면 더더욱……."

"상무님."

여전히 부드러운 목소리였지만, 상무라 불린 남자가 움찔했을 만큼 단호한 어조였다.

"남의 집에 객으로 와서 험담을 할 수는 없지요."

"아, 제가 그만. 역시 백 여사님의 인품은 남다르십니다."

주거니 받거니, 그 후로도 한창 한담이 이어지는데 재민만이 초조하게 핸드폰을 들여다본다. 평소 김 실장의 성정을 잘 아는 바, 더욱 재이가 걱정되는 탓이다.

　"귀한 시간 내주신 여러분께는 죄송하지만, 이쯤에서 자리를 마쳐야겠군요. 우리 하 전무가 일이 바쁜지 자꾸 시계를 보네."

　농담처럼 가볍게 말했지만, 백 여사의 목소리엔 힘이 있었다. 누가 먼저랄 것 없이 자리를 떠나는 사람들 중 단연 빠르게 재민을 남몰래 붙잡은 것도 바로 백 여사였다.

　"아까부터 왜 그러니, 정신 사납게."

　"좀 마음에 걸리는 게 있어서요."

　"김 실장이 네 후배 혼내는 게 그렇게 걱정이야?"

　같은 차를 타고 오며 김 실장에게 언질 아닌 언질을 한다는 게, 어머니에겐 죄 들통이 난 모양이다. 하긴, 눈치 하나로 이 자리에 오른 제 어머니 앞에서 무언가를 숨기는 건 불가능했다.

　"벌써 혼내고 벌까지 세웠을 시간이다."

　"아뇨, 그게…… 김 실장이 하 사장의 집무실에 있다나 봐요."

　"뭐? 그럼, 하 사장도 같이?"

　쉽사리 언성을 높이지 않는 백 여사가 답지 않게 의아한 표정을 한다.

　"저도 이해는 안 가지만…… 네."

　그러나 의아함은 순식간에 회심의 미소로 바뀌었다.

　"김 실장이 좋은 자리를 마련했구나."

　"네?"

　"뭐해, 어서 가 봐야지. 그런 자리에 우리가 빠질 수야 있나."

　그런 백 여사에겐 아쉽게도, 어렵사리 얻은 자리는 이미 끝 무렵이었다.

"……상기 내용을 포함해, 김 실장이 어떻게 생각하는지 명확하게 시말서 작성해서 내게 직접 제출하세요."

백 여사와 재민이 집무실에 들어선 것을 알면서도, 하민은 말을 멈추지 않았다.

"그때도 말했지만, 너무 분하게 생각지는 말아요."

마지막 말은 책상 앞에 선 김 실장의 어깨너머로 모자의 눈을 보며 한 말이었다.

"세상은 원래 불공평한 거니까."

다분히 도전적인 하민의 눈빛을 보고도 백 여사는 평온히 미소를 지었다. 그 틈을 타 김 실장이 딱딱하게 목례를 하고 방을 빠져나갔다.

"하 사장 말이 맞아요. 세상은 원래 불공평하지."

이번엔 채 빠져나가지 못한 재민과 재이가 몰래 시선을 교환했다. 둘 다 사이에 끼어서 어쩔 줄 모르겠다는, 일종의 동지 의식이다.

"하지만 아무리 불공평한 세상이라도 여기까지 찾아온 사람한테 차 한 잔 정도는 내어 줄 수 있겠지요?"

하민은 백 여사에게서 시선을 거두지 않은 채로, 아무런 답도 하지 않았다. 백 여사는 그런 대접에 익숙한 듯 권하지도 않은 자리에 앉아 곁에 선 재이를 봤다.

"거기 비서, 난 얼 그레이로 한 잔 부탁해."

"어머니……!"

"왜, 너도 뭐 마실래?"

작게 채근하는 재민의 말에도 눈 하나 깜박 않는 백 여사는 틀림없는 강적이다. 재이는 이런 여자를 앞에 두고도 태연한 표정을 하고 있는 하민이 어떤 의미론 훨씬 대단하다고 생각했다.

"카페는 1층 로비에 있습니다만, 너무 오랜만에 오셔서 잊으셨나 보군요."

한마디 한마디에 가시가 돋쳐 있었다. 둘 사이에서 잠시 홍차를 가져와야 하나 망설이는 재이를 작은 손짓으로 제지하는 하민이다.

"그리고 여기에 거기 비서란 사람은 없습니다. 제 비서는 이 실장이고, 물론 차 심부름 따위나 하는 사람도 아닙니다."

하민으로선 별 의미 없는 말이었을지도 모른다. 하지만 재이에게 그 말이 듣기 좋은 건 사실이었다. 그러고 보니, 하민은 단 한 번도 제게 차 심부름을 시킨 적이 없었다.

"그보다 하 사장. 우리 김 실장이 뭔가 실수를 한 것 같은데 날 봐서라도 너그러이 넘겨 줘요."

대놓고 거절을 당했음에도 자연스러운 화제 전환이다. 사실상 그 원인을 제공한 재이는 조금 뜨끔했지만 애써 내색하지 않았다.

"여사님과는 관계없는 일입니다."

"그래요. 하 사장이 알아서 잘 했겠지."

백 여사의 씁쓸한 한 마디에도 하민은 눈썹 하나 까딱하지 않았다. 마치 이 방에 놓인 소파나 테이블 따위를 보듯이 아무런 감정이 담기지 않은 표정을 내내 유지하는 채다.

"못 본 사이에 얼굴이 많이 야윈 것 같아 걱정스럽네. 일도 좋지만, 너무 무리하지는 말아요."

"그 또한 여사님과는 관계없는 일입니다."

칼로 자르듯 단호하고 무거운 음성에 그가 조금 낯설게 느껴졌다. 안쓰러울 만큼 다정한 중년의 여인을 상대로 피 한 방울 없는 사람처럼 차갑기만 한 그 사람이.

"아무리 젊어도 몸을 아껴야지요. 하 사장도 알겠지만, 건강을 잃으면 모든 걸 잃는 법이에요."

"그건 모르는 일이죠. 모든 걸 잃어서 건강까지 잃어버리는 수도 있으니까. 마치 내 어머니처럼."

조용한 폭탄과도 같은 발언에 실내가 고요해졌다.

"하 사장……."

이 상황에서도 입을 뗄 수 있는 건 겨우 백 여사 정도였다. 재이와 재민 역시 이 자리에 있었지만, 고작 제 기척을 죽이고 서 있는 게 다였으니.

"하 사장이 원망하는 건 충분히 이해해요. 하지만 언제까지나 이렇게 지낼 수만은 없는 일이잖아요? 가뜩이나 회사가 어수선한데, 그럴수록 가족이 힘을 모아야지요."

백 여사의 고운 눈매가 촉촉해지는데도 하민은 눈썹 하나 흐트러지지 않는다.

"우리 모자를 원망하지 말라는 말은 안 하겠어요. 다만, 강산이 변한다는 세월도 벌써 두 번이나 흘렀는데 이제 그만 한 가족으로 돌아갈 때도 되지 않았나요."

피식. 하민의 웃음소리가 마치 찬물처럼 모두의 머리 위에 끼얹어진다. 노골적인 경멸을 담은 조소였다.

"그건 또 무슨 웃기지도 않는 소리지."

그에게는 진심으로 우스운 일이었는지 말끝에 웃음소리가 고스란히 묻어났다.

"아줌마, 똑바로 들어요."

바로 이어지는 노기에 재민이 움찔했지만, 백 여사가 손을 들어 그를 제지하는 게 더 빨랐다.

"우린 단 한 번도 가족이었던 적이 없어."

다소 높은 언성 끝에 백 여사의 가느다란 한숨이 흘렀다.

"……내가 실언을 했나 봐요. 못 들은 걸로 해 줘요."

"알았으면 그만 꺼지세요. 거기 재수 없는 인간까지 데려가주면 더 고맙고."

기어이 재민의 인내심이 폭발했다.

"너, 이 자식! 아무리 그래도 이게 무슨 말버릇이야, 지금!"

"재민이 넌 가만있어! ……하 사장, 오늘 일은 내가 멋대로 찾아와서 벌인 거니 사과할게요."

끝까지 침착함을 잃지 않은 백 여사가 분한 숨을 내쉬는 재민을 끌고 나가다시피 데리고 나갔다.

"아까 들었겠지만, 한 번 더 말해 주지."

그런 재민의 등에 기어이 마지막으로 칼을 꽂는 하민이다.

"너무 분하게 생각하진 마. 인생은 원래 불공평한 거니까."

쾅! 닫히는 문을 보며 하민이 진심으로 미소 짓는 걸, 재이는 봤다. 그리고 그 순간, 어쩐지 들어서는 안 될 것과, 보아서는 안 될 것을 너무 많이 겪은 하루라는 생각을 했다. 앞으로 두 번 다시는 평범한 사원으로 돌아갈 수 없는 어떤 강을 건너 버렸다는 직감과 함께.

"저도…… 나가 보겠습니다."

재이가 어렵사리 입을 뗐을 때, 하민은 벽에 있는 미니바에서 위스키를 꺼내 따르는 중이었다. 평소라면 말렸을 텐데, 이렇게 서슬이 퍼런 하민을 처음 보는지라 도저히 말이 나오질 않는다.

"그럼, 이만."

"가지 마."

말이 채 끝나기도 전에 하민이 덥석 재이의 팔을 잡았다. 처음 한 번이 어렵다고 했던가. 이제는 저가 아쉬울 때면 이렇듯 쉽게 손을 뻗는다.

"가지 말고 여기 있어."

하지만 그게 불쾌하지 않다는 것 또한 부정할 수 없는 사실이다.

"잠깐이면 돼, 아무 짓도 안 할게."

조금 전까지 식은 눈동자로 독설을 퍼부어 대던 남자가 맞나 싶을 정도로 차분한 목소리였다. 마치, 그 남자는 더 이상 이곳에 없다고 말하는 것처럼. 그저 지금은 혼자 남겨지기 싫은 한 남자일 뿐이라는 듯이.

"그냥 여기 있어 줘."

그 목소리엔 거절할 수 없는 호소력이 담겨 있었다. 변명일지라도, 재이에겐 그랬다.

"잠깐……만이에요."

"어."

잠시 망설이다 소파에 앉는 재이를 보며 하민은 느릿하게 고개를 끄덕였다. 아마도 지금에 한정된 이야기는 아닐 것이다. 누구라도, 그게 눈앞의 재이라도, 그냥 곁에 있어만 주는 것은 잠깐뿐일 테니.

"이 비서는 원래 질문을 안 하니까……."

술잔을 반쯤 비우던 하민이 말문을 열었다. 그러곤, 자연스럽게 재이 옆에 나란히 앉는다. 소파가 꼭 두 사람의 체온만큼 움푹 들어가는 탓에 둘 사이의 간격이 좁아졌다.

"내가 먼저 물어봐야겠다."

위스키에 젖은 하민의 입술이 날카로운 옆선 가운데서 유난히 도드라져 보인다. 언제부터 이런 것들이 눈에 들어오게 된 걸까. 또 언제부터, 이 사람의 체취가 낯설지 않게 느껴지는 걸까.

"이 비서, 아까 속으로 내 욕했지? 못돼 처먹었다고."

"아…… 들켰네요."

일부러 어울리지 않게 장난에 동조해 봐도, 더는 마음이 가볍지만은 않다.

"뭐야, 정말 욕했어? 너무한 거 아니야?"

"장난이에요. 사장님도 장난 많이 치잖아요."

"나쁜 것만 배워 가지고. 아무튼, 그런 거 아냐."

"뭐가요?"

"그냥 그럴 만하니까 그러는 거야. 내가 못돼 처먹어서가 아니라."

굳이 나한테 변명할 필요는 없는데. 그런 말 대신에 그냥 고개만 끄덕이는 재이다.

"그럼 혹시 욕은 안 하고 속으로 막장 드라마 같은 거 생각했어?"

이번엔 정곡이다. 솔직히 그런 대화를 듣고서 다른 생각을 떠올리는 건 쉽지 않은 데다, 전부터 의아했던 일이니 재이도 별수 없었다.

분명 오너가의 일원인 하민과, 그런 그가 앙숙 보듯 하는 오너가의 일원으로 보이는 재민. 그리고 오늘 나타난 그의 어머니 백 여사까지. 출생의 비밀이란 고전적인 장르를 떠올릴 수밖에 없지 않은가.

"대답 못 하는 걸 보니까 그건 맞나 보네."

정작 본인은 아무렇지 않은 것 같지만, 괜히 어색해진 재이가 시선을 피했다.

"근데 그거 진짜야."

"……네?"

"막장 드라마, 진짜라고."

이런 고백이야말로 피하고 싶었는데. 한 번 듣는 순간, 정말로 돌아올 수 없는 강을 건너는 것 같아서 비밀 따위는 알려고도, 흔한 질문조차 하지 않았던 건데.

"바보가 아닌 이상 눈치챘겠지만 회장님이 내 아버지고…… 사실, 별로 아버지 노릇은 한 적 없지만."

하지만 동시에 알고 싶었다.

"아까 그 여자가 회장님의 부인. 그 재수 없는 인간은 그 여자의 아들…… 그러니까 내 이복형제가 되나, 짜증 나게."

담담히, 오히려 투정부리듯 가볍게 털어놓는 이 무거운 이야기를 끝까지 듣고 싶었다. 언제나 곁에 있었지만 정작 아무것도 몰랐던 이 남자의 세계를 알고 싶었다.

"어떻게 생각해?"

"네? 제가 뭘……."

"이쯤 되면 첩의 자식이라는 의심이 나와 줘야 되는데."

아, 이야기가 그렇게 되는구나. 잠시 다른 곳에 정신을 팔던 재이가
뒤늦게 이야기의 결론에 도달했다.

"뭐, 저한텐 아무래도 상관없는 문제라서."

"차라리 그랬으면 막장은 아니었겠지, 아침 드라마면 몰라도."

"네?"

재이가 내린 결론은 아무래도 틀렸나 보다. 이번에는 정말로 의아한
눈빛으로 재이가 반문했다.

"하지만 아까 여사님은 사장님과 혈연이 아니라고……."

"그 여자가 첩이었어."

아무리 두뇌회전이 빠른 재이라도, 이 이야기의 결론을 쉬이 찾을
수가 없다. 분명 하민이 재민보다 나이가 어린 걸로 알고 있는데, 이복
형제라 한 건 또 뭐고.

"내 아버지란 인간은 결혼 전부터 첩을 뒀던 거야. 그 첩의 자식이
다섯 살일 때 본처에게서도 자식을 봤으니 셀프로 족보를 꼰 셈이지."

저도 모르게 마른침이 삼켜졌다. 그만큼 듣고도 믿기지 않는 이야기
다.

"본처가 죽고 첩이 그 자리를 차지하기까지 얼마나 걸렸을 것 같
아?"

탁, 테이블에 빈 술잔을 내려놓은 하민이 재이를 돌아보며 물었다.
평소처럼 가벼운 목소리에 조금도 어울리지 않는 가라앉은 눈동자로.

"눈 깜박할 사이였어."

쓰디쓴 한마디였다.

"왜……."

언제나 질문은 재이의 몫이 아니었음에도, 입을 뗄 수밖에 없었던 건 눈앞의 남자가 처음으로 너무나 가여워 보였기 때문이리라.

"왜, 이런 이야기까지 하는 거예요."

"그야 당연히."

일 초의 망설임도 없이 답이 돌아왔다.

"이 비서는 내 편이니까."

마주친 시선이 더는 어둡지만은 않다. 그래서 재이도 용기를 내 보았다.

"그걸 사장님이 어떻게 알아요."

"알지."

그 말과 동시에 하민이 앉았던 자리에서 그대로 누워 버렸다. 얼떨결에 재이는 무릎의 반쯤을 하민의 머리에 내준 셈이 돼 버렸지만, 선뜻 이어지는 그의 말을 멈추게 할 수가 없다.

"이 비서는 날 위해 화를 내는 유일한 사람이야. 그게 나한테든 남한테든. 내게 숨기는 것도 없지. 난 아무것도 준다고 약속해 주지 않았는데도, 내 편으로 서 있기 위해서 매 순간 애쓰고 있잖아."

아무것도 모르는 줄 알았는데, 실은 다 알고 있었구나. 재이는 가만히 감은 하민의 두 눈을 내려다보며 속으로만 생각했다. 다 알면서도 한 번 내색하지 않고 태연한 얼굴로 저를 보던 이 남자.

"내 편은 없어."

여전히 눈을 감은 채 하민이 낮게 읊조린다.

"아무도, 단 한 사람도…… 이 비서를 제외하고는."

기쁘면서도 쓸쓸한 말이다.

"하지만 그것과는 별개로 난 이 비서가 좋아졌어."

이건 정말이지 의미를 알 수 없는 말.

"그러니까 앞으로도 계속 내 편으로 있어 줘."

앞선 말들이 서로 무슨 상관인진 모르겠지만, 어느새 눈을 뜨고 시선이 마주친 하민을 보며 천천히 고개를 끄덕였다.

"그럴게요."

여태까지 그래 왔던 재이에겐 어려운 일도 아니라 선선히 대답이 나갔다.

"약속한 거다? 이 비서는 하나밖에 없는 내 편이니까 절대 돌아서면 안 돼."

재이에겐 쉬웠던 답이 하민에겐 그렇지 않았던 걸까. 재차 확인하려 드는 하민의 마음을 알 것 같기도 했다.

"무슨 일이 있어도."

"알았다니까요!"

"무슨 짓을 해도, 가령 내가 당장 퇴근하라고 해도."

"알았……."

잠깐, 방금 그 말은 뭔가 이상했던 것 같은데.

"알았지?"

빤히 올려다보는 하민의 눈동자가 묘하게 반짝인다고 느낀 순간, 훅 그의 얼굴이 가까워졌다. 그러곤 쪽, 하는 선명한 소리와 함께 반쯤 젖은 그의 입술이 재이의 입술에 닿았다 떨어졌다. 다시 한 번 강조하지만, 피할 새는 없었다.

"미쳤어요?"

본능적으로 확 밀어냈지만, 어째서인지 이번만큼은 돌덩이같이 재이의 무릎에서 조금도 밀려나지 않는 하민이었다.

"아, 대답을 아직 안 해서 그래? 그럼 다시 물어볼게, 이 비서 지금 퇴근하고……."

이번에는 하민의 낯짝 두꺼운 말이 통하지 않을 건지, 재이가 휙 눈꼬리를 치켜 올리며 재차 하민을 밀어낸다. 물론, 완력으로는 역부족이다.

"안 비켜요? 사장님 또 맞을래요?"

"설마, 여태까지 내가 봐줬던 거라고는 생각 안 해 봤나 봐?"

남자의 완력을 생각할 때 당연한 이야기이건만, 멍청하게도 한 번도 의심해 본 적 없었다.

"지금 그게 중요해요? 아니, 무슨 사장이 이렇게 상습적으로 강제 퇴근을 시켜요? 뻔뻔한 것도 정도가 있지, 어떻게 하루도 안 지나서 당당히 예고까지 하고 이런 짓을……."

"아냐."

분을 못 삭이고 휘두르는 재이의 팔을 하민이 꾹 잡는다. 아플 정도는 아니었으나, 조금도 옴짝달싹하지 못할 만큼의 정확한 힘을 실어서.

"꼭 무슨 짓을 하려고 그러는 건 아냐. 난 그냥……."

이 남자는 항상 웃고 있으면서도, 안타까운 눈을 한다.

"이재이 씨가 보고 싶어서 그래."

동시에 아주 차분한 방식으로 말을 내려놓았다. 재이는 차마 뿌리치기 어려운 그를 마주하고서 속으로 꼭 삼 초를 셌다. 흔들리면 안 된다고, 나라도 중심을 잡아야 한다고, 그 짧은 순간 동안에도 몇 번이나 되뇌면서.

"그거 안 됐네요."

기어코 하민을 밀어내고 일어서는 재이가 평소처럼 아무렇지 않은 투로 말했다.

"이재이 씨는 지금 출근해서 돈 버느라 바쁘거든요."

"……가려고?"

그런 재이의 등을 보는 하민의 눈에 못내 서운함이 묻어난다. 원래 이런 성격인 줄은 알았지만, 그 점이 좋았던 거지만, 이런 때만은 한 번 져 줘도 좋을 텐데. 융통성 없는 여자 같으니라고.

"아뇨. 일해야죠."

잠시 후, 제 책상에서 노트북을 가지고 하민의 앞에 돌아온 재이가 선선히 답했다. 아직도 무슨 뜻인지 파악하지 못하는 하민이 그런 재이를 빤히 보는데도, 전혀 의식하지 않은 채로 하민의 옆에 앉아 노트북까지 켠다.

"사장님 곁에서 일하는 게, 이 비서의 업무잖아요."

그제야 하민이 다시 웃는다. 비록, 노트북에게 재이의 무릎을 빼앗겼지만 여전히 곁에 머무르겠다는 뜻을 알아서, 자꾸 소리 없는 웃음이 난다. 타닥타닥, 타자 소리와 함께 모니터를 보는 재이와 그런 재이를 보는 하민의 시선 사이로 그렇게 두 사람의 일상이 다시 이어졌다.

다소 서툰 재이의 위로와, 잠자코 그걸 받아들인 하민이 각각 같은 곳에 머물며 같은 미래를 내다본다.

오늘 날씨는 여전히 흐림. 그러나 여느 때보다 포근한 구름 너머의 미래는 아마도 맑음.

08

지저귀는 새소리 대신, 콘크리트를 깨부수는 공사장 소음에 눈을 뜬 재이가 미간을 찌푸렸다. 그리고 정확히 삼 초 후, 10시를 가리키는 시계를 보고 화들짝 놀라 몸을 일으키며 비명을 지른다.

"지각!"

그건 여태 재이가 살아온 바와는 거리가 먼 단어였다. 아무리 피곤해도, 몸이 아파도, 기어서라도 제 시간에 얼굴을 보이는 게 철칙이었던 만큼 이런 유의 당황에는 익숙지가 않다.

"아…… 미친 거 아냐."

원맨쇼도 아니고, 다음 순간 혼잣말을 하는 재이의 눈에 더 이상 경악은 없었다. 다급하게 뻗은 손에 잡힌 핸드폰 속엔 분명 토요일이라 적혀 있었으니 출근도 지각도 없는 셈이었다.

"아니, 무슨 공사를 주말까지 하고 난리야."

직장인이 주말을 잊다니, 그야말로 말도 안 되고 막걸리도 안 되는 이 사태에 재이는 괜한 분풀이를 하며 복층의 사다리 같은 층계를 내려간다.

도대체 언제가 되어야 이 치명적인 각도의 층계와 이별할 수 있을까. 그 주식만 토막 나지 않았더라면 벌써 아파트 전세금 정도는 마련할 수 있었을 텐데. 이젠 소용없는 말을 곱씹던 재이가 썩 유쾌하지 않은 마음으로 커피포트의 스위치를 켜고 테이블에 앉는다.

해방될 수는 있을까. 이 작은 오피스텔 살이도, 충격과 고통의 연속인 직장 생활도, 커피와 위장약을 동시에 투여하면서 버티는 이 아이러니한 삶도.

'이제 얼마 남지 않았어.'

문득, 머릿속에 떠오른 중후한 한 마디 덕에 남아 있던 잠기운이 물러갔다.

'우리의 약속에 주어진 시간이, 얼마 남지 않았단 말일세.'

분명 하 회장은 그렇게 말했다. 불과 어제, 재이가 지친 몸을 이끌고 도착한 오피스텔 건물 앞에 정차한 롤스로이스를 보던 순간 들었던 묘한 예감이 맞아 떨어지는 순간이었다. 무언가, 사태가 급변하고 있다는 어떤 예감이 말이다.

'오늘 유쾌하지 못한 만남이 일어났단 보고를 들었는데, 이 실장도 그 자리에 있었다지?'

회장실 직속 비서인 박 실장의 인도하에 롤스로이스의 뒷좌석에 탑승한 재이를 두고 회장은 자연스레 운을 띄웠다.

'이젠, 내가 왜 자네를 필요로 했는지 더 확실히 이해했겠군. 그렇지?'

하 회장의 말은 옳았다. 아버지이자 그룹 총수인 그의 권세가 하민에게 미치지 않던 이유도, 서로 간에 접점을 찾을 수 없던 이유도 이젠 전부 깨달은 재이다.

'처음 자네에게 제시한 시간은 1년이었지. 한데, 이젠 상황이 변했어. 아마 그리 멀지 않은 시간 내에 이 실장은 내 보답을 손에 쥔 채 떠날 수 있을 테니, 바라는 걸 생각해 두게.'

어째서였을까. 그토록 바라던 말에 기쁜 마음보단 가슴이 철렁 내려앉는 것 같았던 건. 정말, 어째서였을까.

'상황이 변했다는 게, 어떤 의미인지 감히 여쭙고 싶습니다만.'

재이가 되물을 걸 생각지 못했다는 듯, 조금 놀란 눈으로 보던 하 회장이 태연히 말을 잇기까진 그리 오랜 시간이 걸리지 않았다.

'애초에 1년이란 시간은, 통상적으로 사장 연임을 이사회에서 논의할 시점이기 때문이라네. 하 사장이 멋대로 분란을 일으키고 불필요한 반발을 사서 이렇게 빠른 해임 위기를 맞으리라고 예상치 못했을 때의 일이지.'

쯧, 말미에 혀를 차던 하 회장이 재이의 눈엔 퍽 매몰차게 느껴졌다. 자신의 아들을 하 사장이라고 부르는 이 노년에 접어든 남자가, 그를 이해하려 하는 대신 계획이 틀어진 걸 못마땅하게 여기는 남자가, 주제넘지만 미웠다.

'외람되지만 한 말씀 올리겠습니다.'

그래서 그의 허락이 떨어지기도 전에 하지 않아도 될 말을 해 버렸다.

'사장님은 분란이나 반발을 사기 위한 일을 하신 적이 없습니다. 그건 비서의 위치에서 지켜본 제가 장담할 수 있습니다. 사장님이 취임 이후로 해 오신 업무 내용들은 전부 호텔을 위한 것이었고, 단기적으로는 손실을 가져올 수 있을지 몰라도 장기적으로 큰 이익이 되리라 생각됩니다. 사장님은……'

숨도 쉬지 않은 채 빠르게 말을 쏟아내던 재이가 뒤늦게 정신을 차렸을 땐, 이미 도를 넘은 후였다.

'사장님은, 그다음엔 뭔가.'

놀랍게도 하 회장은 불쾌한 내색을 하는 대신 흥미로운 눈으로 재이를 봤다. 덕분에 용기를 낸 재이는 아까 채 하지 못했던 말을 조심스레 입에 담았다.

'사장님은…… 좋은 분입니다. 호텔의 임원으로서도, 주인으로서도 모두 좋은 분이에요. 결코 호텔에 해가 될 결정을 내리지 않을 겁니다.'

재이의 말이 끝나고도 한참, 입을 꾹 다문 하 회장을 보며 재이는 뒤늦게 제 말이 지나쳤음을 깨달았다. 그룹 총수의 면전에서 일개 사원이 논할 문제는 아니었던 것이다.

'주제넘은 말씀을 드려 죄송합니다.'

굳은 얼굴로 사과하는 재이를 빤히 보던 하 회장은 잠시 후, 파안대소했다. 그 갑작스러운 행동에 당황한 재이의 눈이 동그랗게 커졌지만 계속 이어지던 웃음소리는 꽤 호쾌했다.

'아냐, 아닐세. 자네도 좋은 비서군.'

모를 소리에 재이가 눈만 깜박이자, 웃음기를 거둔 하 회장이 재이와 시선을 맞췄다.

'내 앞에서 하 사장의 편을 드는 건 쉽지 않았을 텐데. 왜, 내가 자네를 보냈으니 본래 자네는 내 사람이어야 하는 거 아닌가.'

'죄송합니다.'

'죄송할 거 없네. 그게 내가 자네를 보낸 목적이니까.'

놀란 마음에 올려다 본 하 회장의 입가엔 인자한 미소가 걸려 있었다.

'그 아이 곁엔 아무도 없지…… 그래서는 아무것도 할 수가 없어. 난, 이 실장이 그 아이의 곁에 선 사람이 되어 줘서 진심으로 다행이라 생각하네.'

조금 전, 재이가 매몰차다 생각했던 남자는 더 이상 없었다. 잠시나

마 남의 속을 멋대로 헤아린 제가 부끄러울 정도로, 하 회장의 안색은 온화했다. 저마다 사랑의 방식이 다르다는 걸 몸소 증명하듯이.

'앞으로, 아주 중요한 시기가 될 거야.'

눈을 가늘게 뜨고 정면으로 시선을 옮기던 하 회장이 말했다.

'이사회의 일부가 신임 사장의 해임을 위해 움직이고 있단 정보가 있네.'

'그건…….'

아까 하 회장이 못마땅하게 여기던 게 이거였나. 하민의 행보는 분명 호텔을 위한 거였지만, 다른 시각에서 보면 제 위치가 단단해지기도 전에 섣불리 움직여서 빌미를 제공한 셈이기도 했다.

'어차피 일어났을 일이야. 하 사장이 이사회에서 허풍만 치지 않았어도 말일세. 뭐, 시기의 차이가 있긴 했겠지만. 유감스러운 건 현재로선 내게 그 모든 것들을 제어할 능력이 없다는 거야. 총수라고 늘 전지전능한 건 아니지.'

'그럼, 사장님은 해임되시는 건가요.'

상상하고 싶지 않은 결론을 입에 담는 재이의 얼굴은 어두웠다.

'그걸 우리가 막아 봐야 하지 않겠나.'

씩, 웃어 보이는 하 회장의 미소는 얼핏 그와 닮아 보였다.

'내게도 하 사장에게도 시간이 얼마 없어. 난 곧 물러나야 할 것 같거든. 그러니 그 전에 하 사장에게 제 자리를 찾아 주고 싶었네. 잘 알겠지만, 그 아이에겐 제 편이 아무도 없으니 말이야.'

언젠가 하민이 했던 말과 똑같은 말을 하 회장의 입에서 들으니 기분이 묘했다. 동시에, 재이는 괜히 저가 서러운 마음마저 들었다. 왜 늘 그렇게 쓸쓸한 등을 하고 서 있었는지 조금 알 것 같은 마음까지도.

'이번 문제는 하 사장이 해결할 수 있는 게 아냐. 그러니 때가 됐다고 판단되면 내게 찾아오게. ……그런 눈으로 볼 것 없어. 전능하진 못

해도 명색이 총수인 내가 그 정도 비자금도 없겠나.'

무슨 뜻인지 바로 알아듣지 못한 재이가 하 회장의 안색을 살피자 피식, 자조적인 웃음을 짓던 회장이 말을 이었다.

'하지만 사장님께서…….'

'물론, 당장 죽을 지경이라도 내 도움은 받지 않겠지. 그러니 중간에 있는 자네 역할이 중요해.'

망설임 없는 하 회장의 언사에 재이는 새삼 총수라는 직위의 위압감을 느꼈다. 재이로선 짐작도 하지 못했던 이 일들이 전부 언제부터 계획된 건지, 대체 이 사람은 얼마나 더 멀리 내다보고 있는 건지.

'금액을 딱 맞추면 의심할 테니, 대부분의 자금만 깨끗한 출처로 마련해 두겠네. 입수한 경위나 구조도 이쪽에서 준비해 뒀으니 자네는 그걸 하 사장에게 전달해 주기만 하면 돼. 나머지는 하 사장의 개인적인 자산을 처분하면 그럭저럭 맞을 걸세.'

너무 스케일이 큰일에 말려들었다고 새삼 깨달았지만 별수는 없었다.

'그 전에 사장님이 자력으로 자금을 구할 수도…….'

'그럼 더할 나위 없이 좋겠지만, 그럴 가능성은 없네.'

단정적인 말투에 재이가 살짝 고개를 끄덕이자 하 회장이 다시 예의 인자한 미소를 머금었다.

'너무 걱정 말게. 하 사장이 해임당하는 일은 꼭 막을 테니. 나도…… 가끔은 아비 노릇을 해야 하지 않겠나.'

한밤중에 있었던 뜻밖의 독대는 그렇게 끝이 났다. 이제 남은 건 여전히 심란한 재이의 마음과 복잡한 머릿속, 그리고 쓰린 속이다.

"일 년……."

혼잣말을 되뇌는 재이의 눈빛이 허공을 응시한다. 믿기지 않지만 지금 재이의 마음을 가장 흐트러트리는 건 상상조차 가지 않는 어마어마한 지금도, 곧 닥쳐올 해임의 위기도, 제 역할이 주는 부담감도 아닌 남은 시간이었다.

"일 년도 안 되는 시간."

그의 곁에서 같은 곳을 바라볼 시간, 그리고 그의 편으로 존재할 시간이 이제 얼마 남지 않았다.

❖

호텔은 본래 연중무휴를 기본으로 하는 업종이다. 그런 환경에서 자란 탓인지 본래 성격 탓인지 하민에겐 주말이라는 개념 자체가 희박했다.

"이 비서는 지각인가."

책상에 앉기 무섭게 저런 혼잣말을 하는 건 그 때문이다. 송 실장은 조금 쓴웃음을 지으며 하민의 자리 앞에 업무 내용이 담긴 서류철을 내려놨다.

"이 실장은 주말엔 출근하지 않는 걸로 알고 있습니다만."

"그런데요?"

"오늘이 그 주말입니다. 내일도요."

"아."

든 자리는 몰라도 난 자리는 안다더니, 지금 하민의 꼴이 딱 그 짝이다. 비서 같은 거 필요 없다고 문전박대를 해서 사람 고생을 시키던 모습이 무색하게 고작 하루 자리를 비웠다고 저렇게 아쉬운 표정을 짓는다.

"이 실장은 원칙적으론 본사와 고용 계약을 맺은 형태라서, 혹시 그 점이 아쉬우시면……."

"아쉽긴요! 혹시라도 지각해서 아까운 월급 까먹을까 봐 그럽니다!"

송 실장의 말이 채 끝나기도 전에 반박이 날아들었다. 이럴 때 보면 영락없는 어린애 같기도 하다.

"그보다, 변동사항은 없습니까?"

업무와 관련된 화제를 입에 담기가 무섭게 눈빛이 변한다. 처음, 막무가내로 사장직을 탈환하겠다고 하던 하민을 두고 걱정이 앞섰던 게 무색할 만큼 의연한 모습이다.

"A저축은행에선 거절의 뜻을 밝혔지만, B대부업체와 C저축은행에선 지점장급이 나와서 대출 건에 대해 논의를 해 보자고 했습니다. 알아본 바로는 C은행에서 최근에도 중소기업을 대상으로 꽤 큰 금액들이 승인됐으니 가능성이 있으리라 점쳐집니다."

"잘됐네요."

크게 동요하진 않았지만, 한결 밝아진 안색의 하민이 대꾸했다. 확실히 상황이 어렵긴 해도 어떻게든 해결할 방법이 있을 거다.

"그리고 공항에 마중 편이 방금 출발했습니다. 아마 한 시간 내외로 도착할 겁니다. 장소는 연회장 하나를 비워 뒀는데 어떨는지요."

송 실장이 언급하는 건, 일본의 Y물산에서 파견한 인사다. 정확히는 변호사를 필두로 한 일종의 자문단이었다.

"상관없어요, 어차피 긴 시간도 걸리지 않을 텐데."

"만나 보시기도 전에 왜 그런 말씀을 하십니까."

"왜냐면 실장님이 헛수고하신 거니까요."

멈칫, 하민을 바라보는 송 실장은 표정으로 드러나진 않았지만 내심 당황한 기색이다.

"내가 모를 리 없잖아요. 송 실장님이 요청한 게 아니면 나한테 적선하듯 위임장을 써 준 Y물산에서 날 위해 자문단 같은 걸 파견할 리 없으니까."

"죄송합니다, 제가 주제넘은 짓을……."

"아뇨."

일어서서 송 실장을 바라보는 하민의 입가에 아직 자조적인 미소가 남아 있었지만, 시선은 따스했다.

"송 실장님 뜻은 알아요. 실장님은 내 어머니의 사람이었으니까 Y물산에 호의적이라는 것도. 나쁜 건 실장님이 아니라 기대만큼 좋은 사람들이 아닌 우리 집안사람들이라는 것도."

아무도 오롯이 자신의 편은 아니라는 것을, 하민은 아주 오래전부터 깨닫고 있었다. 그건 눈앞의 송 실장도 다르지 않았다. 하민에게 의지가 되어 주는 사람이고 곁을 지켜 주는 사람이긴 했지만, 본질적으로 송 실장은 하민의 사람이 아닌 어머니의 사람이었기에.

"사장님."

"칙칙한 얘기는 이쯤 하죠, 주말인데."

화제를 전환하듯 가볍게 미소한 하민이 창가에 다가서서 기지개를 켠다. 이런 일들엔 익숙한 탓이다. 거의 일평생을 이렇게 살았으니 새삼 특별할 것도 없었다. 다만, 달라진 게 있다면…… 이런 때에 문득 떠오르는 한 사람, 내 편이 있다는 것 정도.

"이 비서는 주말이라 좋겠네, 사장인 난 오늘도 일하느라 죽을 맛인데."

언제부터 본인이 주말을 따졌다고 저런 말을 하는 건지. 송 실장은 다 안다. 눈치가 없는 건 남녀 간의 묘한 기류에만 해당되는 일이고, 지금 하민에게 이 실장의 부재가 아쉽다는 것 정도는 알 수 있는 것이었다.

"지금이라도 이 실장에게 출근하라고 할까요?"

"됐어요."

"비서의 업무란 늘 상사와 함께하는 법이니 무리한 요구도 아닙니다."

"그냥 두세요."

등 돌린 채 창밖을 응시하는 하민이 어떤 표정을 짓고 있는 줄은 모르겠지만, 목소리가 퍽 씁쓸한 것만은 분명하다.

"이 비서는 너무 많이 알면 안 되니까."

유일하게 내 편이 되어 준 사람을 위해서 지금 해 줄 수 있는 건 고작 이 정도다. 아직 보이지 않는 미래를 앞두고 있기에 더더욱.

철 지난 예능 프로를 보다 까무룩 잠이 들었나 보다. 이미 어둑해진 창밖과 시계를 번갈아 보던 재이는 제 금쪽같은 휴일이 이렇게 지나가 버렸음을 깨닫고 한숨을 쉬었다. 그리고 갑자기 숨을 돌릴 틈도 없이 소파 밑에 떨어진 핸드폰이 사정없이 울려 댔다.

주말이니 선영의 술타령이 시작될 시간이란 재이의 예상은 어느 정도 맞은 것 같은데, 뜻밖의 발신인이 세 번이나 찍혀 있어 잠이 홀딱 깨 버렸다.

"재민 선배?"

눈을 비비고 재차 액정을 들여다보던 재이가 망설일 틈도 없이 다시 전화가 울렸다.

"여……보세요?"

얼결에 착신 버튼을 누른 재이가 귀에 수화기를 갖다 대자 재민의 밝은 목소리가 들려온다.

— 이제야 받네.

"아, 깜박 잠들어서…… 미안해요."

— 며칠을 내리 잔 거야?

"네?"

— 며칠 전에도 전화했었는데. 그 후로 아무 연락도 안 했잖아.

재이는 그제야 며칠 전 찍혀 있던 부재중 전화의 존재를 떠올렸다. 완전히 잊었다면 거짓말이겠지만, 그만큼 정신이 없었던 것도 사실이었다.

무엇보다 마지막 만남의 상황을 떠올리면 섣불리 먼저 연락을 할 용기도 없었다.

— 장난이야, 장난!

잠시 맴돌던 침묵을 의식한 건지 한결 더 밝아진 재민의 목소리가 들렸다.

— 그보다 지금 시간 있어?

"시간요?"

— 응, 잤다는 거 보니까 집이지? 근처 왔다가 전화한 거거든. 사실 그게 삼십 분 전이라, 이미 너희 집 앞이지만.

"네?"

— L오피스텔 맞지?

"……네?"

재차 경악에 경악을 거듭하던 재이는 당황한 나머지 말까지 더듬을 기세다. 그도 그럴 것이 전화가 걸려 온 것도 당황스러운데 당장 집 앞이란다. 그것도 휴일에 낮잠까지 잔 무방비 상태에 집 앞이라니!

— 걱정 마, 당장 쳐들어갈 만큼 센스 없는 남자 아냐, 나.

휴, 재이가 내쉬는 안도의 한숨이 들렸는지 수화기 너머로 작게 웃는 소리가 들렸지만 재이의 귀엔 들어오지 않았다. 역시 선배는 배려심이 뭔지 아는 사람이었다. 그 누구랑은 전혀 다르지, 암.

— 삼십 분이면 될까?

어라.

— 1층 카페에서 기다릴게.

어쩐지 훅, 하고 예상을 뛰어넘은 재민의 목소리에 무슨 대답을 했는지는 잊었다. 급한 건 이 처참한 몰골을 어떻게든 수습하되 너무 신경 쓴 티를 내지 않는 자연스러운 연출이다. 30분이란 제한 시간을 둔 재이가 다급하게 욕실로 달려갔다.

45분 후, 1층의 카페에 나타난 재이는 최대한 어색함을 감추며 재민의 맞은편에 앉았다.

"미안, 쉬는데 갑자기. 그래서 먼저 연락한 건데 전화를 안 받기에 그만."

"괜찮아요, 나야 말로 선배한테 미리 연락했어야 되는데."

평소 단정하게 묶던 머리는 재이의 어깨 근처에 풀어져 있었고, 은은한 샴푸 향기가 났다. 정장을 벗고 연한 색의 청바지에 캐주얼한 단화를 신은 모습도, 화장기가 없는 얼굴도 대학 시절만큼이나 잘 어울린다. 물론, 화장기가 없다는 건 재민의 억측이었지만.

"그때…… 많이 놀랐지?"

서론 하나 없이 이야기를 꺼내는 재민의 표정은 담담했다. 문제가 생길 때면 피하지 않고 부딪치는 성격은 하나도 변하지 않았구나. 재이는 속으로만 생각하며 고개를 끄덕였다.

"숨기려는 의도는 없었어. 그런 식으로 알게 하고 싶지도 않았고. 내가 미리 설명을 했어야 하는 건데."

"아뇨, 왜 선배가 사과를 해요. 나한테 무슨 권리가 있는 것도 아니고, 그런 건 당연히 말해야 하는 것도 아니잖아요."

"그래도."

너한테는 말하고 싶었어. 그런 말을 하는 대신에 재민은 맞은편의 재이를 바라보며 잠시 미소했다. 어차피 이런 식으로 다시 만나게 될 줄 알았더라면, 그때 망설이지 말 걸 그랬다고. 조금 더 욕심을 내 볼

걸 그랬다고도.

"지금이라도 설명하고 싶어서, 곤란할 줄 알면서도 이렇게 쳐들어온 거야. 그러니까 한 번만 봐주라."

장난기 있는 말에 재이가 따라 웃는다. 그러곤 무언가 망설이는 듯하다가 조심스레 입을 연다.

"한 번은 봐줄게요. 근데 설명 안 해 줘도 돼요. 사실, 이미 들었거든요."

"누가…… 설마 하 사장이?"

긍정의 의미로 고개를 끄덕이는 재이를 보는 재민은 잠시 혼란을 느꼈다. 적어도 재민이 아는 하민은 그런 이야기를 남에게 할 성정이 아닌 줄 알았기에. 동시에 이유 모를 불쾌함이 울컥 솟구쳤다. 분명, 자신답지 않은 일이었다.

"선수를 뺏겼네."

어색하게 웃는 재이를 보며, 재민은 한 가지 더 자신답지 않은 일을 해 보려고 한다.

"그래서였어."

"네?"

"내가 한 학기만 남기고 미국에 간 것도, 나중에 남몰래 돌아와서 후다닥 졸업해 버린 것도, 동창회에서 사라진 것도 다 그래서였어."

그 무렵, 재민 모자는 대외적으로 그룹 전면에 나설 수 있었다. 재민이 그룹에 입사한 것도, 공식적인 이사회의 인정을 받은 것도 같은 시기였다.

"세상에 설명할 자신이 없더라. 남들이 손가락질하는 건 무섭지 않았는데, 뭐, 태생이 그런 걸 어쩌겠어. 그게 비난받을 일인 건 맞지만 말이지."

부드러운 미소를 머금은 채로 말하는 재민이기에 더 안쓰럽게 느껴

239

졌다. 한 번도 약한 소리를 하는 걸 본 적이 없는 선배라서, 재이의 기억 속에서는 항상 의젓하고 강한 사람이어서 더더욱.

"그런데 지금은 후회가 돼."

그 말 끝에 재민은 시선을 들어 재이를 마주 봤다.

"너한테는 설명했어야 하는데."

쉬이 뜻을 파악할 수 없는 재민의 말에 재이의 눈이 조금 커졌다.

"아직, 늦지 않았다고 해 줄래?"

세월이 지나도, 서로의 위치가 변했어도, 여전한 것들이 있다. 재민은 재이의 눈동자 안에서 남은 것들을 봤다. 그리고 내내 가슴 한구석에 남았던 청춘의 미련을, 이제는 외면하지 않기로 했다.

예상대로 자문단과의 접견은 허무하리만치 금세 끝났다. 내용 역시 예상했던 것들의 열거에 지나지 않아서 시시할 지경이었지만 뜻밖의 수확이 있었으니 감수할 만했다는 게 하민의 결론이었다.

"3일 이상 소요될 것 같지는 않다고 합니다. 일단은 객실을 배정했는데, 요청이 들어오면 무리가 되지 않는 선에선 다 지원할 계획입니다."

"그래요."

"기대해 보셔도 좋을 것 같습니다. 자문단의 대표는 Y물산 본사에서도 꽤 신임이 두터운 인물입니다. 우리 쪽의 자료는 전부 넘겼으니 뭔가 돌파구를 찾아내 줄 겁니다."

송 실장은 천성이 선한 사람이었다. 뿌듯한 미소를 짓는 그를 보던 하민은 조금 복잡한 심경으로 씁쓸한 미소를 지었다.

"바이러스 검사를 한들, 치료할 백신이 없다면 무슨 소용일지."

"예? 사장님 어디 편찮으십니까?"

혼잣말이 들렸는지 반문하는 송 실장을 보며 이번엔 진심으로 피식, 웃는 하민이다. 하긴 조금 긍정적인 생각을 갖는 것도 나쁘지 않을 테다. 어떻게든 돌파구를 찾아야 하니 이왕이면 희망을 품는 게 좋겠지.

"더 남은 일정은 없나요?"

"사소한 것 외에는 딱히 없습니다. 말씀드렸다시피 주말인지라 대외 업무가 없네요."

주말이란 한 마디에 잊고 있던 일이 떠올랐다. 사실 그리 오래 잊고 있던 일도 아니다. 하루 종일 일정을 소화하면서도 문득 떠올리곤 했던 존재니까.

가령, 엘리베이터를 탈 때나 텅 빈 복도를 바라볼 때, 혹은 늘 앉아 있던 자리에 앉아 맞은편의 텅 빈 작은 책상을 볼 때까지도.

"주말이라는 거, 맘에 안 드네요."

"아무래도 업무상 차질이 많지요."

꼭 그것 때문만은 아니련만, 잠자코 고개를 끄덕이는 하민의 시선이 내내 재이의 빈자리에 머물러 있다. 참 이상하지. 처음엔 낯선 사람이 내 공간에 있다는 것 자체가 불쾌했는데, 어느 순간 자연스럽게 익숙해지더니 이젠 자리를 비웠다고 늘 머물던 이 공간이 텅 빈 것처럼 느껴진다.

누군가의 부재를 의식하는 이런 감정 자체가 낯설기에 선뜻 말로 표현할 수도 없었다. 그것도 그런 게 이 비서가 없으니 허전해. 그런 말을 할 수는 없을 테니까.

"참, 베이커리에서 신제품을 개발했다고 올려 보냈습니다. 에클······ 뭐라던데."

"에클레어요?"

"아, 맞습니다. 사장님께서 공사를 중지시켜 주신 덕분에 다시 활기를 찾았다고 꼭 감사를 전해 달라더군요."

"별말씀을."

송 실장이 하민의 책상 위에 작은 종이 상자를 올려놓자 훅, 초콜릿의 단내가 풍긴다. 단 걸 별로 즐기지 않는 하민으로선 썩 내키는 향이 아닌데……

"아뇨. 정말로 매출이 큰 폭 상승했다고 합니다. 특히 여성 고객들에게 인기가 많은 모양이에요. 뭐, 여자들은 단 걸 좋아하기 마련이니까요. 사장님께서도 한 번 드셔 보시고 의견을 피력해 주시면 적극 참고하겠다고 하던걸요."

"그래요?"

"예, 공사가 진행되던 때에 비해 매출이 40% 이상 올랐다고 합니다."

귀가 번쩍 뜨이는 말에 하민이 반문하자 송 실장이 언제나처럼 눈치 없는 소리를 했다.

"아니, 그거 말고."

"아, 꼭 의견을 내 주실 필요는 없을 겁니다. 생각해 보니 사장님은 단 걸 별로 좋아하지 않으시니까. 이건 도로 가져갈까요?"

"아뇨."

송 실장이 손을 뻗기도 전에 홱, 상자를 낚아채는 하민이다.

"사장으로서 당연히 의견을 내야죠."

"단 거, 안 드시잖습니까."

"난 안 먹죠."

씩, 입꼬리를 올리며 웃는 하민의 눈에 평소의 생기가 돌아왔다.

"하지만 주 고객층과 아주 근접한 사람은 하나 알거든요."

어디까지나 사장으로서의 소임을 다하기 위한 일이라고 굳게 믿는 하민은 어느 때보다 빠른 손놀림으로 외출 준비를 시작했다. 가끔은 초콜릿 향기도 나쁘지 않다는 생각을 하면서.

❖

　못된 심보라고 해도 좋지만, 한 번쯤은 무방비 상태의 재이를 보고
싶은 마음이 큰지라 연락도 없이 이력서에 적힌 주소로 찾아간 하민이
다. 그리고 그 못된 심보에 대한 천벌인지, 세상에서 가장 불쾌한 광경
이 콧노래를 흥얼거릴 만큼 즐거웠던 기분을 산산조각 냈다.

　"저 인간이…… 미친 거 아냐?"

　짓씹듯이 되뇌는 하민의 눈이 노려보는 곳에, 마주앉은 재민과 재이
가 보였다. 평소의 하민이 알던 이 비서의 태를 벗은 재이가 세상에서
가장 재수 없는 인간과 눈을 맞춘 채 무언가를 말하고 있다. 눈이 뒤집
히기에 그 이상 무슨 설명이 더 필요하단 말인가.

　"선배, 무슨 말인지 아까부터 잘 모르겠는데……."

　유리창 너머, 곧 닥칠 하민의 분노 역시 전혀 모르는 재이를 보던
재민이 가만히 웃어 주었다.

　"사실, 난 너한테 하고 싶은 말이 있었어. 그것도 아주 오래전부터."

　본능적으로 다음 말을 예감한 재이는 순간적으로 마른침을 삼켰다.
재이의 예상이 맞는다면, 아마 평생 겪은 것 중에 가장 복잡한 일이 시
작될 거다.

　하지만 재민의 말을 자를 수도 없었다. 아직 청춘이었던, 불행보다
는 희망을 더 많이 알았던 과거의 이재이는 그러지 않았을 거란 생각
이 든 탓이었다. 그건 미련과는 다른 감정이었다. 청춘과, 그 청춘을
공유했던 재민에 대한 예의라면 모를까.

　"하 전무!"

하늘에서 뚝 떨어진 듯이 나타난 하민의 노기 어린 목소리와 함께 모든 게 깨지기 전까진 그랬다.

"사장님? 갑자기 여긴 어떻게……."

재이가 말을 마치는 것보다 하민이 재민의 멱살을 잡고 끌어내는 게 더 빨랐다.

"너, 따라 나와."

"사장님!"

주위의 이목이 집중됐지만, 그걸 신경 쓰는 건 재이뿐인 것 같다. 재민은 이 뜻밖의 사태에도 크게 동요하지 않는 듯 보였다. 그 증거로, 제 멱살을 잡은 하민의 팔을 강한 힘으로 움켜쥔 채 팽팽한 신경전을 이어 갔다.

"하 사장은 갈수록 무례해지는 것 같아."

"닥치고 따라 나와."

"이걸 놔야 내 발로 나가지. 여긴 하 사장이 왕인 호텔이 아니잖아? 소란 피우지 말자고."

꽤 침착한 재민의 말끝에 하민이 낮게 으르렁거리듯 욕지기를 뱉었지만, 이어 멱살을 잡은 손을 놓기는 했다.

"재이야."

"이 비서는 여기 있어."

여전히 재민을 노려보는 채로 하민이 말을 가로채곤 먼저 카페에서 벗어났다. 재민은 남은 재이를 안심시키듯 한 번 미소한 후에 곧장 그 뒤를 따라 나섰다. 물론, 여기 있으란고 그 말을 순순히 들을 재이는 아니었다.

"어디로 간 거야?"

시야에서 두 남자가 사라지길 기다렸다가 나갔는데, 잠깐 사이에 보이질 않는다. 건물 옆의 화단으로 뛰어갔던 재이는 다시 방향을 바꿔서 건물 사이에 마련된 벤치가 있는 공간으로 발길을 돌렸다.

솔직히 이런 일에 말려들고 싶진 않았지만, 두고 볼 수만도 없는 일이다. 다시 걸음을 재촉하는 재이의 마음이 급해지기 시작했다.

같은 시각, 헤매는 재이의 예상대로 사태는 점점 심각해지고 있었다.

"내 비서 옆에서 얼쩡거리지 말라고 했을 텐데."

"이건 하 사장이랑 상관없는 일이야."

"뭐?"

짧은 한 마디에 노기가 묻어났다. 재민은 그런 하민을 굳이 도발하려는 태도를 보이진 않았지만, 저자세를 취하지도 않았다.

"말했잖아, 여긴 호텔이 아니라고. 호텔에서 하 사장이 날 경멸하고, 수모를 주는 건 가능하지만 밖에선 아냐."

"과연 아닐까?"

피식, 서늘한 조소를 머금은 하민이 그에 못지않은 시선으로 재민을 훑는다. 근소한 차이로 조금 더 큰 하민이기에 그 효과는 상당해 보이는데, 정작 당하는 재민은 평소의 담담함을 유지한 채다.

"아니야. 내가 하 사장한테 늘 당하기만 하는 게 더 약해서가 아니듯이."

"개소리 그만하고, 내 말이나 똑바로 들어. 다시는 내 비서를 포함한 내 주위에 얼쩡거리지 마."

금방이라도 다시 멱살을 잡을 것처럼 낮게 윽박지르는 목소리였다.

"하민, 너야말로 똑바로 들어."

차분한 재민의 목소리에 하민은 제 귀를 의심하며 그를 봤다.

"네가 날 이복형제는커녕 사람으로도 취급하지 않는 것, 갑자기 나타나 사장직에 앉은 것…… 남들은 어떻게 말하더라도 난 받아들였다. 그건 내게 죄가 없더라도, 네겐 그럴 이유가 충분하다는 걸 납득하기 때문이었어."

주위의 모든 사람들이 그런 재민을 못마땅해했지만, 재민은 받아들이려 했다. 저도 사람인지라 하민에 대한 원망이 없진 않았으나 그게 옳다고 여겼다.

원했건 원하지 않았건, 적어도 재민 자신은 부모의 사랑을 받으며 가정이라 부를 수 있는 곳에서 자랐고, 그건 하민의 몫을 빼앗아서 이루어진 것이었으니까.

"그리고 지금 네가 가진 것들은 원래 네 몫이었으니 욕심도 내지 않아. 적법한 태생도, 정당한 권리도 다 네 거니까. 전부 네가 먼저였으니까. ……하지만 이재이는 아냐. 다른 모든 것들은 다 네가 먼저였지만, 이재이는 내가 먼저였어."

"하 전무, 너 정말 미쳤구나?"

하, 기가 찬 헛웃음과 함께 하민의 눈이 사납게 변한다.

"너한테 죄가 없어? 정말 그렇게 생각하나? 이래서 근본도 없는 것들은."

"우리…… 선은 넘지 말자."

마지막까지 이성을 놓지 않으려는 재민의 말은 불행히도 하민에겐 전혀 닿지 않았다.

"너한테 왜 죄가 없어? 우리 하 전무는 원죄라는 개념을 아예 모르나? 본인의 존재 자체부터 죄가 되는 건데, 왜 그걸 모르지?"

"하 사장!"

브레이크가 고장 난 듯이 쏟아붓는 하민을 제지하기에, 재민의 외침은 역부족이었다. 지금 하민은 그가 본 것 중에서도 가장 섬뜩한 경멸을 눈에 담은 채 날카로운 칼날 같은 한 마디를 느릿하게 뱉어 낸다.

"하긴, 수치도 모르는 여자의 자식이니 그럴 수밖에."

픽, 그 말에 퓨즈가 나가는 것 같았다. 정신이 들었을 땐 재민이 하민의 턱을 향해 주먹을 날린 후였으니 확실히 하민의 도발은 효과적이었던 셈이다.

"네놈이…… 뭐라 말하고 다니든 내 알 바 아냐. 하지만 적어도 자식인 내 앞에서 그렇게 말할 수는 없는 거야. 알아들어?"

가쁜 숨을 내쉬는 재민이 애써 분을 억누르며 하는 말에도 하민은 예상 외로 즉각적인 반응을 보이지 않았다. 그저, 돌아갔던 고개를 좌우로 까딱거리고는 터진 입술 사이로 흐르는 피를 손등으로 쓱 닦으며 시선을 들었을 뿐이다.

"이거, 하 전무가 먼저 시작한 거다?"

다음 순간, 바로 주먹을 날리는 하민의 입가엔 희미한 미소가 떠올라 있었다. 그 주먹은 망설임이 없었던 만큼, 재민의 각오보다 세 배쯤은 더 강한 타격을 선사했다. 그 반동에 두어 발짝 물러서며 비틀거렸을 정도니 재민의 체면도 말이 아니다.

"원한다면, 끝도 내가 내줄 수 있는데."

하지만 전의가 사라질 정도는 아니었다. 어쩌면 무의식중에 두 사람 다 이런 순간을 바랐던 걸지도 모르겠다. 서로의 살갗 아래 칼날 같은 적의를 묻어 두고서, 마주치던 매 순간마다 차라리 이렇게 속이나 시원하게 주먹을 날리고 싶었다고.

"미안하지만, 그것도 하 전무 몫은 아닐 텐데."

그 말을 끝으로 육탄전이 시작됐다. 반격에 나서려던 재민이 하민에게 먼저 한 대를 더 얻어맞고 난 후로는 서로 우열을 가리기 힘든 접전이었다. 덕분에 뒤늦게 재이가 그 현장을 찾아냈을 때는 두 사람 모두 이미 엉망인 꼴을 하고 있었다.

"사장님!"

외마디 소리에 저도 모르게 하민이 돌아보는 사이, 재민의 주먹이 한 대 더 날아왔다.

"선배!"

그 광경에 질겁하며 재민을 부르자, 이번엔 반대의 상황이 반복된다.

"두 사람 다 뭐하는 짓이에요!"

달음질쳐 달려가 둘 사이를 가로막아 보지만, 서로를 노려보는 두 남자는 쉬이 물러날 생각이 없는지 재이에게 눈길도 주지 않는다.

"재이야, 이건 우리 일이니까 넌……."

"어디서 남의 비서 이름을 막 불러? 더 맞아야 그 입이 다물어지지, 아주? 내가 내 비서 앞에서 얼쩡거리지 말랬지!"

"네 비서가 아니라 내 후배라니까? 재이야, 넌 일단 집에 가 있어."

"이 비서! 저 인간이랑 말 섞지 마!"

세상에, 알 만큼 아는 성인들이 이게 다 무슨 짓인지. 재이는 두 눈으로 보면서도 이 상황이 믿어지질 않았다. 심지어 이 사람들이 한 회사의 전무와 사장이라니. 백번 양보해서 하민이라면 있을 수 있는 일이지만, 재민까지 이 장단에 휩쓸릴 줄이야.

"그만!"

둘 사이에 억지로 비집고 들어간 재이의 외침에 그제야 한 발짝씩 뒤로 물러나는 둘이지만, 금방이라도 싸움이 재개될 것 같은 눈빛은 여전했다.

"두 분 다 당장 그만두지 않으면, 저한테 맞을 줄 아세요."

"뭐?"

동시에 반문해 놓고서 다시 기분 나쁘다는 듯이 서로를 노려보는 원수들을 보는 재이의 심정이 퍽 심란하다. 이래서야 초등학생과 별반 차이도 없는 수준이 아닌가.

"왜요, 사장님. 저도 때리시게요?"

"미쳤어? 내가 이 비서를 어떻게 때려."

"그럼 주먹 좀 내리시죠."

마지못해 주먹을 내리는 하민을 보고난 후, 이번엔 재민을 보는 재이다.

"선배는요?"

"내가…… 널 왜 때려."

"그럼 선배도 그만해요. 이제 여기서 끝난 거예요, 두 분 다 아시겠죠?"

물론 두 남자는 대답 없이 아직도 서로를 노려보는 채다. 그러거나 말거나 재이는 격투기 경기의 심판처럼 두 남자를 양쪽으로 밀어냈다. 어떻게든 이 말도 안 되는 싸움에 마침표를 찍었으니 제 역할은 다한 셈이기도 했다.

하지만 간신히 싸움을 말렸다는 안도감을 느낄 새도 없이 불길한 소리가 귓전을 울렸다.

"축하드려요, 두 분."

자조적인 목소리의 재이가 둘을 번갈아 노려본다. 서로를 향해 으르렁거리던 기세가 무색하게 두 남자 모두 그 시선을 곤란한 듯이 피하는 와중에 사이렌 소리가 점점 더 가까워진다.

"오늘 경찰차 타 보겠네요."

최악의 휴일을 선사해 준 둘을 보며 재이는 어금니를 꽉 깨문 채로 싱긋 미소 지었다.

"기념사진이라도 찍어 드릴까요?"

그러나 잠시 후, 정리된 상황은 재이의 예상과는 다르게 돌아갔다. 둘이 사이좋게 경찰차를 타고 가서 본인들이 저지른 일에 대한 반성을 할 기회는 오지 않은 것이다.

"주민 신고가 들어와서 출동했던 건데, 신원 보증인이 확실하니 믿고 가 보겠습니다."

경찰과 설전을 벌이는 사이 어디선가 번개 같은 속도로 김 실장이 도착했고, 약간의 대화 끝에 싱겁게도 경찰은 물러갔다.

"거, 사회적 지위도 있는 분들이 앞으로는 말로들 해결하세요, 말로."

경찰의 한마디에 둘 모두 시선을 옆으로 피하는 걸 재이는 똑똑히 봤다. 이제 와서 창피한 줄은 아나 보지. 솔직히 이쯤 되면 누구를 탓해야 할지도 모르겠다. 언제나 사건사고의 아이콘이었던 하민인지, 조용히 크게 한 방을 터트린 재민인지.

"언제나 사고의 중심엔 이 실장이 있는 게 우연인지 모르겠군요."

하지만 김 실장의 생각은 다른가 보다. 새로운 관점에 입각한 날카로운 지적에 이번엔 재이가 시선을 슬쩍 피한다.

"전무님, 가시죠."

"잠깐 얘기 좀……."

"지금 가시지 않으면 여사님이 이 사실을 알게 되실지도 모르겠습니다만."

다분히 협박성을 띤 김 실장의 말에 재민은 아쉬운 눈으로 재이를 바라보다가, 발길을 돌렸다. 전화할게, 입 모양으로만 소리 없이 한 말을 본 하민이 도끼눈이 됐다는 건 알지 못하는 채라 다행이었다.

"저 미친놈이 전화질은 무슨……!"

재민이 사라지기 무섭게 하민이 거친 소리를 내뱉자, 재이가 홱 하민을 째려본다.

"왜! 저 새끼 전화 받기만 해!"

"사장님."

이를 꽉 깨문 채로 말하는 재이를 보며, 하민은 뒤늦게야 한 가지 중요한 사실을 깨달았다.

"이 비서, 화났어……?"

"아뇨."

거짓말. 완전히 화난 것 같은데. 하민은 아까 재민과 주먹다짐을 벌였던 사람이라고는 믿기지 않을 만큼 조심스러운 태도로 재이의 눈치를 살피기 시작했다.

"화난 거 같은데? 설마 내가 하 전무 때렸다고 화난 건 아니지? 나도 맞았어!"

"알아요. 그리고 제가 뭐라고 화를 내요, 두 분 문제에."

찬바람이 쌩 부는 태도로 걸어가는 재이를 따라가는 하민의 발걸음이 바쁘다. 재이는 하민에겐 눈길 한 번 주지 않은 채 빠른 걸음으로 건물 입구에 다다랐다.

"정말 화난 거 아니야? 쉬는 날인데 소란 피운 건 미안한데, 그 자식이 먼저 열 받게 해서……."

"화 안 났다니까요."

"근데 왜 쳐다도 안 보고 말해?"

흘깃, 그 말에 재이가 고개를 들어 하민을 본다. 아무런 감정이 담겨 있지 않은 무표정한 얼굴과 눈동자에 괜히 하민의 가슴이 철렁 내려앉았다.

"이제 됐죠?"

"아니, 하나도 안 됐어."

"전 됐어요. 그만 가세요, 저도 들어갈게요."

일방적으로 말한 재이가 주머니에서 카드키를 꺼내 오피스텔 입구에 갖다 대자 삑, 하는 소리와 함께 유리문이 열렸다. 조건반사처럼 재이의 팔을 낚아채는 하민이 조금 더 빨랐기에 망정이지 이대로 눈앞에서 놓칠 뻔했다.

"설마 이대로 가려고?"

"그럼요?"

"내 꼴 안 보여?"

그 말 그대로 하민의 얼굴은 엉망이었다. 그 모습을 가만히 주시하던 재이는 간신히 냉정을 가장했던 감정이 울컥 솟구치는 걸 막지 못했다.

"내가 이 꼴을 하고 돌아가는 걸 봐야 마음이 편하겠어?"

"편하진 않겠죠!"

그제야 바락 언성을 높이는 재이가 차라리 평소다워 마음이 놓이는 하민의 속도 모르고, 재이가 또 한 번 그 페이스에 말려든다.

"하지만 사장님도 자업자득이라는 말을 깨달을 필요가 있을 것 같은데요!"

"이미 깨달았어."

"거짓말이잖아요."

"맞아. 그럼 앞으로 깨달을게. 그러니까 이 꼴 좀 어떻게 해 줘."

말이나 못하면. 재이가 하민을 흘겨보는 사이, 하민은 이 상황을 타개할 키를 찾아냈다.

"송 실장님이 보면 걱정하실까 봐 그래."

예상대로 하민의 수는 정확하게 재이의 약한 마음을 파고들었다.

❖

"아야!"

하민의 엄살 아닌 엄살이 작은 오피스텔 방 안을 울렸다. 상처만 치료하고 나가기로 재차 다짐까지 받고서 발을 들여놓을 수 있었던 재이의 방은 하민의 상상보다 더 작았지만 비슷한 분위기를 풍겼다.

"아, 따가! 지금 일부러 이러는 거지?"

"들켰네요."

재이가 더욱 힘주어 소독솜을 하민의 터진 입술 위로 꾹 누르며 태연히 대꾸했다.

"아 씨…… 진짜 이럴 거야?"

"다 됐어요. 밴드만 붙이면 되니까 이제 엄살 좀 그만 피우세요."

"누가 엄살이래? 아까 그 자식이 나 패는 걸 봤어야 되는데."

"두 분 얼굴 보니까, 사장님이 더 때린 것 같던데요."

밴드를 붙이며 담담히 말하는 재이를 보던 하민이 잠자코 고개를 끄덕이며 수긍한다.

"그건…… 그렇지."

"거봐요, 그럴 줄 알았어."

"왜, 역시 내가 더 세 보여?"

순간, 밀려드는 한심함을 고스란히 담은 눈으로 하민을 보던 재이가 툭 던지듯 대꾸한다.

"아뇨. 철딱서니 없어 보여요. 특히 지금, 더더욱."

"기분 탓이야."

방금 주먹다짐까지 한 사람이라고는 생각되지 않을 만큼 경쾌한 목소리로 하민이 받아쳤다. 도대체 이 남자는 어떤 속을 갖고 사는 걸까. 아니, 이젠 정말로 알고 싶지도 않은 재이였다. 그저 이 인간을 빨리 내쫓고 남은 휴일 동안 모든 걸 잊고 싶을 뿐.

"이건 이거 나름대로 송 실장님이 걱정하실 만한 꼴인데요."

마지막 밴드를 붙인 재이가 반쯤 놀리는 투로 말하자 하민이 피식 웃는다.

"괜찮아, 어릴 때부터 이런 꼴 많이 보셔서."

"아깐 걱정하신다면서요?"

"어…… 이젠 컸으니까 걱정하시겠지?"

부실한 하민의 변명에 미심쩍은 눈초리로 노려보던 재이가 착착 구급상자를 접는다. 그 눈치를 살피던 하민은 다급하게 아무 말이나 꺼내 붙이기로 했다. 어차피 재이의 다음 말이야 뻔히 이제 나가라는 말뿐일 테니, 그걸 막을 작정인 셈이다.

"의외로 집에 구급상자 같은 게 있네?"

"저거 때문에요."

흘깃, 재이가 눈으로 가리킨 곳에 작은 계단이 있다. 솔직히 하민으로서는 신기한 광경이기도 했다. 신발 두 켤레 놓으면 꽉 차는 현관도, 그리 넓지도 않은 공간을 또 둘로 나눠 저런 층계를 둔 것도, 전부 신기하고 낯설었다.

"처음 이사 왔을 땐 잠결에 내려오다가 많이 굴렀거든요. 저래 봬도 경사가 장난이 아니에요. 뭐, 사장님은 이런 거 이해 못 하시겠지만."

그런 하민의 속내를 읽기라도 한 듯 덧붙이는 재이를 보며 하민은 괜히 고개를 설레설레 젓는다.

"아냐, 우리 집도 원랜 2층이었어. 지금은 막았지만."

"지금은?"

앞뒤가 언뜻 연결되지 않는 것 같은 말 사이로 재이가 저도 모르게 반문했다. 우리 집이라는 것과 지금이라는 말은 언뜻 아무런 접점이 없는 것 같았는데.

"어, 당시엔 스위트룸을 복층으로 짓는 게 유행이었거든."

"뭔가 의외네요."

"그래? 생각보다 흔한데."

"아뇨, 뭔가…… 호텔을 집이라고 하니까 좀 쓸쓸한 느낌이라."

그의 스위트룸이 아닌, 자신의 오피스텔에 있어선지 본심이 쉽게 나가 버렸다. 괜히, 하지 않아도 좋았을 말일 텐데도.

"아, 그런 뜻이 아니라 특이한 것 같아서……."

"괜찮아. 이 비서 집보다 훨씬 좋은데, 뭐."

일부러 가벼운 말을 하는 게, 이 사람 특유의 배려하는 방식이라는 걸 안 지는 얼마 안 됐다. 하지만 똑같이 가벼운 말로 받아칠 정도의 여유는 생긴 재이다.

"더 놀라운 거 알려 줄까요?"

"뭔데."

"심지어 이거, 내 소유도 아니에요."

"그건, 확실히 놀랍네."

진심으로 말하는 하민이 얄밉다가도, 덕지덕지 밴드를 붙인 얼굴을 보니 또 웃음이 난다. 유치하고, 한심하고, 화가 나다가도 언제 내가 또 이런 꼴을 볼까 싶어서다.

"그래도 나쁘지 않은데?"

"뭐가요."

재이의 표정이 조금 풀어지는 걸 눈치챘는지, 하민이 아까보다 한결 편한 자세로 방을 한 바퀴 휙 둘러본다. 두 사람이 있는 건 평소와 똑같은데, 왜 이렇게 다른 기분이 드는 건지는 모를 일이다. 왜, 아무런 걱정이 떠오르지 않는 건지도.

"좁으니까 편해. 내 눈에 안 보이는 사각지대도 전혀 없고, 일종의 동굴 같은 느낌이라고 해야 되나."

"그거, 칭찬은 맞는 거죠?"

"어, 호텔보다 편하다는 건 완전 칭찬이지."

재이의 체취를 닮은 향기가 밴 이 좁은 공간엔 아름다운 구조물도, 빛나는 대리석 바닥도 없었지만 마음만은 믿기지 않을 정도로 편안했다.

집은 그 사람을 보여 준다더니, 이 공간은 재이를 닮은 건지도 모르겠다. 그게 아니면 반대로, 재이가 편안한 사람이라서 그녀의 공간이 편안한 걸지도.

"칭찬 한번 고맙네요."

전혀 그런 표정은 아니었지만, 하민은 아무래도 좋은 기분이었다. 하루 종일, 재이가 비워 둔 자리를 느끼며 만나고 싶지도 않은 사람들과 듣고 싶지도 않은 일들을 상대한 피로가 거짓말처럼 녹는 중이다.

"그럼 나도 칭찬해 줄래?"

"사장님이 오늘 칭찬받을 일을 했다고 생각하세요? 가슴에 손을 얹고?"

툭 던진 말인데 다시 흘겨보는 재이의 눈이 제법 매섭다. 하민은 못 이긴 척 가슴에 손을 얹어 보이며 고민하는 체를 했다.

"음…… 적어도 호텔에선 그랬던 거 같아."

"뭔데요, 들어는 드릴게요."

"내가 오늘 얼마나 골 깨지는 일들을 처리했는데. 안 쓰던 일본어로 말하는 것도 짜증 나는데 서류엔 무슨 한자가 그렇게 많은지. 내용은 또 얼마나 방대한데. 세법부터 시작해서……."

"잠깐만요."

하민의 하소연에 골치가 아파 오기 시작한 재이가 잠시 미간을 찌푸리더니 손을 들어 제지시켰다.

"칭찬, 일단 선불로 할게요. 근데 일 얘기는 출근해서 듣는 걸로도 충분하거든요?"

"아. 이 비서 오늘 휴일이지."

"네. 주말이니까요. 참 빨리도 깨달아 주셔서 감사하네요."

"생각해 보니 주말도 나쁘지 않은 것 같아."

뜬금없는 소리에 문득 익숙한 불안감이 엄습했지만, 재이가 발을 빼기엔 이미 늦었다.

"그렇지, 이재이 씨?"

"……네?"

"뭘 그렇게 놀라. 오늘은 출근 안 했으니까 이 비서 아니잖아?"

빤히 재이를 보는 하민이 어느새 코앞까지 다가와 있다. 이래서 방심을 하면 안 되는 건데…… 그걸 알면서도 자꾸만 정신을 쏙 빼놓는 이 남자 덕분에 매번 이런 식이다.

늘, 이렇게 정신을 차리면 항상 당황스러운 순간이 코앞이라 울고 싶을 정도로.

"저, 사장님……."

부자연스럽게 몸을 뒤로 빼며 재이가 할 말을 찾기 시작했다. 그날, 하민이 했던 말에 돌려줄 대답은 아직 준비되지 않은 채다. 아니, 실은 생각조차 할 수 없었다.

"지금은 사장님 안 할 건데."

"아뇨, 그래도 사장님이라고 부를게요!"

장난스레 입꼬리를 말아 올리는 하민의 눈을 보며 재이가 다급하게 외쳤다.

"괜찮아."

아직 아무 말도 안 했는데, 재이를 보는 하민의 눈빛이 차분하게 가라앉아 있다. 가벼운 미소와 상반되는 그 눈동자에 재이의 마음 역시도 가라앉았다.

"대답 안 해도 괜찮아."

사실은 정말 다정한 사람일지도 모르겠다. 매사에 장난스럽고, 짓궂고, 또 못되기도 하지만 실은 다정한 사람일 거라고.

"그때 내가 말했잖아. 하고 싶을 때 해도 된다고."

그렇지 않다면 이런 눈동자를 가질 수는 없을 거다. 이렇게 나직한 목소리로 말할 수도 없겠지.

"……네."

잠자코 고개를 끄덕이는 재이를 보던 하민이 먼저 씩, 웃음을 지어 준다. 꼭 아무것도 문제 될 게 없다 말을 하는 것처럼. 하지만 재이는 그렇게 단순한 사람이 아니라 문제가 된다.

하민은 재이의 상사였고 무엇보다 당장 이 어색한 공기가 가장 버거웠다. 이렇게 조금만 더 있다간, 나도 모르게 해서는 안 될 생각을 하게 될까 봐 그게 무섭다. 만일 우리가 이런 복잡한 상황에 놓여 있지 않았더라면 나는 어떤 대답을 했을까.

한 번 떠올리고 나면 마음을 가누기 어려울 것 같은 질문이라 내내 묻어 둬야 했다.

"이재이 씨."

다행히 하민의 목소리가 적절한 타이밍에 상념을 끊어 줬다.

"내가 TV에서 봤는데, 이렇게 어색할 때 여자가 하는 말이 있대."

"뭔데요."

하민도 어색함이라는 걸 느끼는구나. 모처럼 동질감을 느낀 재이는 바로 다음 순간, 그 생각을 깨끗이 지워야 했다.

"라면 먹고 갈……."

"사장님!"

그러면 그렇지. 이 인간을 상대로 제대로 된 말을 기대한 저가 나빴다.

"지금은 사장 아니라니까? 그리고 라면 하나 못 끓여 줘? 내가 이비서 식대로 지불하는 게 매일 얼만데, 치사하게."

"네, 안 돼요. 절대 안 돼요."

쳇, 혀를 차는 하민이 재이의 눈엔 더 치사해 보였지만 말싸름해 봐야 승산이 없다는 걸 잘 알고 있다.

"이재이 씨, 화장 연하게 하니까 예쁘네."

"네?"

항상 방심한 순간에 이렇게 아무렇지도 않게 훅 치고 들어오는 하민은 언제 겪어도 당황스럽다.

"거봐, 진한 립스틱 안 바르니까 얼마나 좋아."

빤히 바라보는 하민의 시선이 제 입술에 머무르고 있다는 걸 의식하자, 저도 모르게 바싹 타들어 가는 기분이 들어 꾹 입술을 깨물었다 놓는 재이다. 바로 그 동작이 하민을 자극한다는 건 까맣게 모르고 무심결에 한 행동이었다.

"생각난 김에 물어보는 건데."

조금 더, 재이에게 다가오는 하민이 특유의 저음을 제 입술 사이로 흘렸다.

"키스해도 돼?"

새카만 눈동자가 입술을 넘어 재이의 눈을 본다.

"아님, 이런 거 물어보면 안 돼?"

"안 돼요……."

파르르 떨리는 입술로 간신히 대답을 뱉은 재이가 주춤, 습관처럼 뒤로 물러나려는 순간 하민이 부드럽게 재이의 뒷목을 감싼 채 끌어당긴다. 처음으로, 하민의 다음 동작을 예상할 수 있는 순간이었다.

그럼에도 불구하고 어째서 밀어내라는 당연한 이성의 판단 대신, 스르륵 눈을 감아 버렸는지는 모르겠다. 이번으로 세 번째. 맞닿은 입술의 감촉은 여전히 부드러웠고, 그 남자 특유의 체취는 짙었다.

촉, 하는 마찰음과 함께 두어 번쯤 서로의 입술을 적시는 말캉한 촉감이 오가는 사이로 재이는 늘 그의 곁에 맴돌던 향이 머스크라는 걸 알아냈다. 그리고 또 그와 입을 맞출 때마다 머릿속이 하얗게 바래지고, 조바심이 나면서도 어딘지 안타까운 마음이 든다는 참 이상한 사실도.

정작 그 입술이 떨어지면, 괜스레 가슴 한구석에 찌르듯이 아릿해진 다는 것도. 그러다 눈이 마주치는 순간에 다시 세차게 뛴다는 것까지.

"그럼······."

젖은 입술로 하민이 느릿하게 발음한다.

"앞으로는 안 물어볼게."

나직한 목소리는 여전히 다정했지만, 다시 맞춰 온 입술에선 희미하 게 피비린내가 났다. 그렇게 계속 이어진 우리의 세 번째 키스는 달콤 하고도 씁쓸했다. 마치 내게 있어 우리의 관계가 그러하듯이.

결국 쫓겨나다시피 오피스텔에서 밀려난 하민은 끝까지 아쉬움을 감 추지 못한다.

"잠깐만!"

"안녕히 가세요."

한참의 실랑이를 하고서야 겨우 현관 밖으로 밀어낸 터라 급하게 문 을 닫아 버리려는 재이와 문고리를 잡고 버티는 하민이 팽팽하게 맞선 다.

"잠깐만이라니까!"

"안녕히 가시라고요!"

단둘이서 이 좁은 방에 더 머물렀다가는 감당이 안 되는 사태가 생 길지도 모른다. 뭣보다, 확실한 게 아무것도 없는 상태에서 순간적인 감정에 휘둘리는 것만은 사양하고 싶었다. 여자 나이 서른, 그 정도의 분별은 갖출 때다.

"알았어, 가면 되잖아."

재이의 단호한 눈빛을 읽은 하민이 선심 쓰듯 한 발 물러섰다.

"갈게, 오늘은."

이건 또 무슨 소리일까. 올려다보는 재이의 시선을 의식한 하민이 씩, 특유의 웃음을 짓는다.

"내일은 뭐 해?"

"네?"

"내일도 출근 안 하잖아. 뭐 하냐고."

"제가 뭐 하면 어쩌시게요."

하민을 똑바로 쳐다보며 건조하게 읊는 재이를 보자니 이번엔 헛웃음이 나온다. 이쯤 되면 일부러 이러는 게 틀림없다. 이런 의외의 모습이 매력적이라는 걸 다 알고서 일부러 하는 거라고.

"어쩌긴, 데이트 신청하는 거잖아. 대충 이 정도 들었으면 척하고 알아들어야 되는 거 아냐? 자꾸 이런 식으로 이재이 씨의 지적 능력을 의심하게 만들지 마."

장난처럼 덧붙였는데, 재이의 눈이 동그랗게 커진다. 어라, 정말로 몰랐던 건가. 잠시 머릿속의 혼란스러워지는 사이 이내 재이의 눈초리가 올라간다.

"지적 능력이 형편없어서 죄송하게 됐네요. 그럼 안녕히 가세요."

아차, 하는 사이에 문고리를 잡은 하민의 손을 밀어낸 재이가 눈앞에서 쾅! 소리가 나도록 문을 닫았다.

"어, 이게 아닌데."

차가운 철문을 보며 멍하니 중얼거려 봐도, 때는 이미 늦었다.

"장난이야, 장난!"

쿵쿵, 문을 두드리며 말하지만 당연히 답은 돌아오지 않는 걸 보니 아무래도 오늘은 이만 포기해야겠다. 아쉬운 마음을 안고 돌아서던 하민은 뒤늦게 이곳을 찾아왔던 진짜 목적을 떠올렸다.

다시 하민의 걸음이 빨라진다. 살면서 몇 번 할까 말까 한 행동들을 연달아 하게 되는 요즘, 그중에서도 오늘 하루. 완전히 갖지 못하는 것도 썩 나쁘지는 않다는, 저답지 않은 생각이 떠올랐더랬다.

아주 가끔은 시계 보는 토끼를 따라 이상한 나라에 빠지는 것도 나쁘지 않은 것 같다고.

가까스로 불청객을 쫓아낸 재이가 한숨을 돌리고 있을 무렵, 핸드폰에 착신음이 연달아 울렸다. 발신인이 누군지 안 봐도 뻔한지라 모르는 척을 할까도 싶었지만, 역시 호기심을 이길 수는 없었다.

[선물.]

짤막한 한 마디와 함께 첨부된 사진은 낯익은 현관문이었다. 그리고 문 앞에 놓인 조금 낯선 작은 상자엔 그의 호텔 이름이 적혀 있었다.

"뭐야, 정말."

괜히 싫은 소리를 하면서도 현관을 열자, 사진과 똑같은 풍경이 재이를 반겼다. 아직도 여기 서 있으면 잔뜩 화를 내서 내쫓아 줄 생각이었는데, 사람 김만 빠지게.

앞뒤가 맞지 않는 생각을 연속해서 떠올리는 재이는 지금 저가 어떤 표정을 짓고 있는 줄은 절대 모를 테다.

[모레까지 시식 소감 보고하도록.]

재차 도착한 메시지를 확인하고 거실에 앉아 상자를 열자 훅, 초콜릿 향이 풍겨 왔다.

"이 밤에 무슨 단 걸……."

말과는 달리 손은 조금 흐트러진 모양의 에클레어로 향했다. 오늘 재이는 일관적으로 일관적이지 못한 행동을 하는 중이다.

[맛있어?]

채 한 입을 베어 물기도 전에 이 참을성 없는 남자가 닦달을 시작했다. 끝까지 답장할 생각은 없었는데, 이렇게 나오니 발끈해서 핸드폰을 집어 드는 재이다. 늘 이런 식으로 그의 페이스에 휘말리고 있다는 사실은 이미 안중에도 없다.

[모레까지 보고하라면서요.]

[그냥 물어도 못 봐?]

한 마디도 안 지지, 아주.

[그럼 물어만 보세요. 대답하는 건 내 맘이니까.]

매일같이 얼굴을 마주하고 티격대는 건 일상이었지만, 이렇게 메시지를 적고 있자니 왠지 이상한 기분이 들었다. 묘하게 어색하면서도, 괜히 장난기가 생기는 것도 같고, 그러다 또 조금 걱정이 되는.

[알았어. 내일 뭐해?]

틈만 보이면 또 이런 식이다. 재이는 액정에 떠오른 그 곤란한 질문을 선뜻 누르지 못했다.

[내일 나랑 영화 볼래?]

답을 보내지 않아도 일방적으로 이어지는 메시지는 멈추질 않는다.

[아님, 저녁 먹을까?]

누가 보고 있는 것도 아닌데 순간적으로 화끈, 뺨이 달아오른 건 저도 모르게 상상해 버렸기 때문이었다. 그 스위트룸을 벗어나서 하민과 영화를 보고, 저녁을 먹는 자신의 모습은 거의 판타지에 가까운 장면이라 생각했었는데, 왜 이렇게 쉽게 떠오르는 건지.

[둘 다는 어때?]

거기까지 본 재이가 질끈 눈을 감아 버린다. 이대로 내버려 두면 밤새도록 질문 아닌 질문을 퍼부을 기세다.

하지만 지금 재이를 가장 미치게 하는 건 하민이 아니라는 사실이 더 괴롭다. 더 이상은 그저 미친 소리로 치부할 수 없는 자신이, 화가 나지 않고 묘한 기분마저 드는 자신이, 지금으로서는 가장 괴롭다.

"어떻긴, 미치겠지……."

한숨처럼 내뱉던 재이가 핸드폰을 뒤집어 버린 후 에클레어를 들어한 입 베어 물었다.

"모르겠다."

혀끝에서 단맛이 퍼져 나가자, 거짓말처럼 마음이 가라앉는다.

"난 몰라, 정말."

적어도 오늘 밤엔, 아무런 생각도 하지 않기로 했다. 이 달콤한 맛 외에는, 아무것도.

09

이른 오전의 로비는 한산했다. 주의를 기울이지 않으면 눈에 들어오지 않는 구석의 작은 소파에 앉은 하민은 아까부터 내내 유리 너머의 중정을 바라보는 중이었다. 그 모습을 잠자코 바라보던 남자가 곁에 서면서 찰나의 평화로운 정적은 깨졌다.

「고민이 많아도 잠은 충분히 자 두시는 게 좋습니다.」

날카로운 인상과는 달리 일어로 말하는 남자의 목소리는 부드러웠다. 하민은 그의 등장에도 동요 없이 창밖을 보는 채로 작게 고개를 끄덕였다.

「본가에 있는 정원과 흡사하군요.」

남자가 말하는 본가란, 하민의 어머니가 자란 Y물산의 본가 자택을 말하는 것이다.

「난, 당신 모친의 오랜 친구였습니다.」

「네.」

하민이 발음하는 일어는 그의 것보다 훨씬 딱딱했지만, 꽤 유창했다.

「그녀가 이 호텔에 애착을 갖고 있었다는 것도 잘 압니다. 당신이 어떤 마음으로 이 호텔을 차지한 건지도.」

아니, 당신은 모릅니다. 그 말을 대신하듯 하민의 무심한 시선이 남자를 향했다가 다시 유리 너머로 돌아갔다. 어머니는 다른 자매들과 마찬가지로 정략에 의해 얼굴도 모르는 남자에게 시집을 왔고, 그 지참금으로 이 호텔이 지어진 거나 다름없었다.

그 후엔 또 어땠는가. 누구에게도 사랑받지 못했던 여자, 그 대신 사랑을 주기로 했던 여자. 그 여자가 어떤 마음으로 이 호텔에서 살아갔을지는 아무도 모른다. 감히, 알 수가 없는 거였다.

「하지만 그녀가 진정으로 원한 건 당신의 행복이었을 거라고, 난 확신합니다.」

「내게 이런 말을 하는 이유는?」

차분히 되묻는 하민을 보던 남자가 천천히 입을 뗐다.

「이 호텔을 버려야만 하는 순간이 올지도 모릅니다.」

「그런 일은 없습니다.」

「자세한 건 더 조사해 봐야 알겠지만, 이건 확실히 침몰하는 배예요. 당신까지 휩쓸릴 필욘 없습니다. 그건, 당신의 모친도 바라지 않을 겁니다. 그러니 늦기 전에…….」

남자의 말이 채 끝나기도 전에 결연한 하민의 눈빛이 돌아왔다.

「결코, 그런 일은 없을 겁니다.」

일방적으로 마침표를 찍은 하민에 의해 대화는 끝이 났다. 남은 건 언제나 그 자리에 있는 유리 너머의 정원과 푸른 잎들을 적시는 이른 아침의 이슬뿐이다.

이해할 수가 없다. 여기에 모든 게 다 있는데, 왜 이리도 불안하고 쓸쓸한 기분이 드는 건지.

조금 다른 의미에서 불안을 느끼는 사람이 여기 한 명 더 있다.

"나야 뭐 비슷하지. 직장인 사는 게 다 거기서 거기 아냐?"

바닥에 배를 대고 누운 채 혼자 떠드는 TV를 켜 둔 재이가 이어폰을 꽂은 채 통화에 열중이었다. 주말엔 선영과의 수다 삼매경이 고정 스케줄인데, 전날 회식에서 진탕 마신 선영이 숙취로 침대에서 꼼짝도 못하는 탓에 오늘의 수다는 유선상으로 진행되는 중이다.

— 너 말고 네가 산 주식 말이야.

"야! 그 얘기 좀 그만하면 안 돼? 오르면 내가 어련히 자랑 안 하겠니?"

울컥하는 재이가 근처에 놓인 커다란 쿠션을 발로 걷어찼다. 따지고 보면 지금 겪는 모든 근심 걱정의 근원은 바로 그 주식이었다. 그 반토막 난 주식에 전 재산을 때려 박지만 않았더라면 박 과장의 역겨운 수작에 한 방 날린 후 멋지게 사표를 냈을 거다.

그랬다면 그런 황당한 인사 발령을 받아 팔자에 없던 비서실장이 되는 일도 없었을 테고, 말도 안 되는 상사를 만나지도 않았겠지. 그랬으면, 정말 그랬으면 지금 이렇게 심란할 일도 없었을 텐데.

— 넌 무슨 한숨을 그렇게 땅이 꺼져라…… 야, 됐어. 이제 그 소리 안 할게, 내가 잘못했다. 됐지? 안 그래도 요즘 김 대리가 내 옆자리에서 어찌나 한숨을 쉬어 대는지. 하여튼 사내 연애는 그래서 안 된다니까. 끝나는 순간 바로 헬 게이트 오픈이야.

"그래? 그 정도야?"

— 뭘 모르는 척이야, 그런 여자들 제일 한심하다면서.

"그건 그런데."

— 너 반응이 왜 그래? 혹시 너 사내 연애하니?

"미쳤어!"

벌떡 일어나 앉으며 외마디 소리를 지르는 재이의 등 뒤로 식은땀이 한 줄기 흐른다. 물론 거짓말은 아니다. 사내는 맞지만, 아무도 연애라고 한 적은 없으니까.

— 근데 왜 오버야.

"아니, 내가 아니라…… 내 동기 중에 지현 씨라고 있거든?"

— 근데.

미안해요, 지현 씨. 재이는 약간의 가책을 느끼면서도 임금님 귀는 당나귀 귀를 외치고 싶은, 그래서 마음의 짐을 조금이라도 덜고 싶은 유혹을 뿌리치지 못했다.

"지현 씨가 업무상으로 자주 부딪히는, 아니 거의 붙어서 지내게 된 상사가 있는데 처음엔 되게 사이가 나빴나 봐. 서로 못 잡아먹어서 안달할 정도로."

— 남의 연애사가 제일 재미없는 거 몰라? 본론만 말해.

"어쩌다가 둘이 키스를 하게 됐는데……."

— 어쩌다가? 야, 아무리 세상이 개방적이라도 언제부터 키스가 어쩌다가 할 수 있는 일이 됐냐?

"본론만 하라며! 아무튼 진짜 어쩌다가 하게 된 건가 봐. 지현 씨도 처음엔 당연히 상사니까 무슨 짓이냐고도 하고, 거절도 했는데, 또 어쩌다가 두 번이나 더하게 된 거지."

남 말처럼 하다 보니, 더욱 사태의 심각성을 깨달아 가는 재이다. 객관적인 서술을 하다 보니 저가 얼마나 정신 나간 짓을 한 건지 확실히 알겠어서 더 미칠 노릇이었다.

— 그래서?

"그래서고 뭐고…… 상사가 데이트 신청 비슷한 걸 했는데 대답을 못 하고 있대. 참, 그 전에도 좋아한다 비슷한 말도 했는데 대답은 하고 싶을 때 해도 된다고 했나 봐. 그것도 대답은 아직 못 했고."

어떤 대답이 옳은지는 이미 알고 있었다. 그런데도 답을 미뤘다는 게 어떤 의미인지도. 모른다는 말로 빠져나갈 생각은 없다. 결국 거절 하지 않은 건 나였으니까.

— 와……

수화기 너머로 들리는 선영의 기가 막힌 한숨 소리에 재이는 다시 한 번 제 행동이 얼마나 답답한 건지를 깨닫고 있는데…….

— 너네 사장, 듣던 거보다 더 미친놈이구나.

다음 순간, 청천벽력 같은 한마디가 들려왔다.

"……어? 누가 그래? 우리 사장이라고? 아냐, 내가 아니라 지현 씨 라고 우리 동기가 있다니까?"

필사적으로 변명을 해 보지만, 이미 한 박자 늦었다는 건 재이 스스 로가 가장 잘 안다.

— 이재이, 우리가 순진한 스물 꼬맹이도 아니고 더 길게 말 안 할 테니까 똑바로 들어.

"응……."

— 난 네 친구니까 네가 상사랑 키스를 하든 연애질을 하든 네 편인 데. 근데, 그따위로 어장도 엔조이도 아닌 애매한 상태로 한 발만 걸쳐 두고 줄타기하는 건 편 못 들어줘. 막말로, 그 게임이 끝나면 누구 손 해인지는 네가 제일 잘 알지?

차마 대답이 나오지 않아 고개를 끄덕이는 재이를, 수화기 너머의 선영은 알고 있을지 모르겠다.

— 그리고 그딴 계산 다 떠나서, 이제 자기감정 정도는 책임질 나이 됐잖아? 비겁하게 굴지 말자.

표현이 거칠긴 해도 구구절절 옳은 말들이다. 꽤 오랜 시간, 즐거운 일들과 서러운 일들을 모두 나누던 친구는, 이젠 긴 이야기를 듣지 않아도 꼭 필요한 이야기를 찾아서 해 줄 수 있을 만큼 어른이 됐나 보다.

— 확실히 해, 이재이. 세 번이나 키스를 했다는 건, 그리고 좋았다는 건 네 마음도 똑같다는 거야.

"좋았다고는 안 했는데."

— 네가 싫은데 참고 있을 성질이야? 안 그래도 골 아픈데 자꾸 쓸데없는 소리 할래? 야, 됐고, 책임 못 지겠으면 그만둬라.

그 말에 괜히 가슴 한구석이 무거워진다. 그만둔다는 생각, 사실은 한 번도 해 본 적이 없었던 걸까. 그만두고 싶지 않았던 걸까.

— 확실하지도 않은 종목에 어영부영 매이는 거, 이제 우리한텐 사치야.

돌아보면 행복했던 날들이 많았다. 한때는 사랑한다고 믿었던 사람도 있었다. 그리고 그 이상으로 상처받고 아파야 했다. 가장 지독했던 고통은 심지어 그게 사랑조차 아니었다는 걸 깨달았을 때 찾아왔다.

난, 사랑조차 아니었던 것에 청춘과 마음을 낭비했던 거다. 그리고 결심했다. 두 번 다시 그런 어리석은 짓은 하지 않겠다고.

"만약에……."

하지만 두려움 때문에 무작정 포기하는 건, 확실한지 아닌지 확인조차 해 보지 않는다는 건, 똑같이 어리석은 일이 아닐까. 문득 믿고 싶어진 생각 하나.

"만약에, 확실해지면?"

— 그럼 뭐가 문제야.

여태 머릿속을 가득 메우던 실타래들이 한순간에 풀리는 것 같았다. 정말 난 지적 능력이 떨어지는 게 틀림없다. 애초에 이렇게까지 복잡한 문제는 아니었는데, 그냥 확인해 보면 되는 거였는데.

— 확실하게 연애질하면 되지.

드디어, 용기가 생겼다.

❖

　기다란 테이블을 사이에 두고 모인 사람들이 하나같이 굳은 표정으로 하민을 보고 있었다. 명목상 Y물산에서 하민을 위해 파견한 자문단은 딱히 의욕을 보이지 않는 채 각자의 소견을 내놓았다.
　「예상보다 심각한 상황입니다. 여기까지만 봐도 이 호텔은 회생할 가능성이 없어요. 솔직한 심정으로는, 더 이상의 조사는 불필요하다고 봅니다.」
　「Y물산의 입장을 대변하기 위해 온 제 의견도 마찬가지입니다. 또한, 저는 이 사실을 본사에 전달할 의무도 있습니다. Y물산의 결정은 더 말씀드리지 않아도 이해하시겠지요.」
　삭막한 말들이 쏟아지는 가운데 하민은 의외로 낙담한 기색을 보이지 않았다. 어차피 예상했던 바라는 듯이, 이 정도쯤은 각오했다는 듯이.
　「허락해 주신다면, 사장님을 위해 개인적인 의견을 한 가지 말씀드리고 싶은데요.」
　오늘 아침, 중정에서 하민에게 말을 걸었던 남자가 입을 뗐다.
　다른 이들은 하나같이 출장을 나온 샐러리맨의 얼굴을 하고 있었지만, 그 남자만큼은 하민에게 약간의 감정을 할애하는 것처럼 보였다. 그조차도 하민이 아닌 하민의 모친을 향한 것이겠지만.
　「해 보세요.」
　하민의 허락이 떨어지자, 남자는 보란 듯이 눈앞에 놓인 서류철을 덮었다. 더 이상 의미가 없다는 것을 몸소 보여 주는 행동이었다.
　「이 보고가 본사에 도착한다면, 곧 Y물산에서 보유한 지분을 모두

매각할 겁니다. 더 이상의 투자 가치가 없기 때문이죠. 그렇게 되면…….」

「압니다. 내게 위임됐던 35%의 지분이 사라진다는 거.」

담담히 말하려 했지만, 어쩔 수 없이 말끝이 씁쓸해진다. 애초에 하민이 무리하게 사장직을 탈환할 수 있었던 것 자체가 Y물산의 후광 덕분이었다.

「당장은 아니겠지만, 결과는 마찬가지라는 겁니다.」

지금 포기해도, 포기하지 않아도 마찬가지라는 냉혹한 현실.

「그렇다고 해도.」

한 음절, 한 음절을 눌러서 발음한 하민의 차분한 눈동자가 허공을 응시한다.

「지금 놓진 않을 겁니다.」

이건 스스로에게 들려주는 말이기도 했다. 고작 이렇게 물러서려고, 이렇게 쉽게 포기하려고 억지를 써서 돌아온 게 아니었다.

"이제 어쩐다."

간신히 혼자 남은 하민이 높낮이가 거의 없는 목소리로 혼잣말을 했다. 우습게도, 상황에 어울리지 않는 가벼운 어투였다.

언제부턴가 습관이 되어 버린 무심함은 이제 제 일부처럼 스며든 지 오래다. 두렵고 불안한 마음을 감추려 무심해진 건지, 그저 감각이 마비되어 버린 건지 이제는 기억조차 나지 않을 만큼.

지잉, 평소라면 참 반가웠을 핸드폰 진동에 웃음이 나지 않은 것도 그 때문일까.

[오늘 만나기로 했던 친구가 아프다고 해서요. 정 원하신다면 영화 정도는 같이 봐 드릴 수도 있어요.]

세상에는 내 뜻대로 되지 않는 일이 너무 많구나. 사람도, 마음도, 사람의 마음도. 그리고 그것들이 서로에게 도착하는 시간까지. 무엇 하나도 내 뜻대로 되지를 않는다.

　심호흡과 함께 전송 버튼을 누르고도 한참, 액정에서 눈을 떼지 못했다. 그사이 쿵쾅쿵쾅 가슴이 뛰는 소리가 귓전을 울릴 정도라는 게 더 놀라웠다.

　고작 메시지 전송 하나로 이렇게 뛸 가슴이 아직도 내게 남아 있었다는 게. 믿기지도 않고, 놀랍고, 또 신기했다.

　[미안.]

　그리고 하나 더.

　[나중에.]

　겨우 거절 한 번에 부풀었던 감정들 모두가 일순간 주저앉으며 가슴을 때린다는 게, 온몸이 바닥에 스며들 것처럼 가라앉는다는 것도 너무 놀라웠다.

　"나…… 차인 건가?"

　믿고 싶지 않을 만큼.

❖

　그 후로 꼬박 사흘이 지났다. 아무것도 변하지 않은 채로.

　"C은행장이 약속을 취소했으니 오늘은 할 일이 없어졌네."

　피식 웃으며 혼잣말을 하는 하민은 여느 때와 다르지 않은 얼굴로 같은 자리에 앉아 있었다. 가끔씩 장난스러운 말을 하는 것도, 성가신 일을 마주하면 미간을 찌푸리는 것도, 이따금 일어서 죽 기지개를 켜는 것도 모두 평소와 같았다.

　"이 비서, 그만 퇴근하지."

　다만 더 이상 재이와 눈을 마주치지 않는다. 필요 이상으로 가까이

다가오지도, 말을 걸지도 않는다. 더는 특별한 의미로 퇴근을 입에 담지 않는다.

"아뇨, 사장님 전……"

"괜찮으니까 퇴근해요."

지난 사흘 내내, 재이는 진정 복잡한 고민이란 무엇인가를 새로 깨달았다. 그 이전에 했던 고민들이 얼마나 태평한 거였는지도 역시.

하루아침에 모든 게 뒤바뀐 기분을, 하늘에서 단박에 내동댕이쳐진 기분을, 지금 눈앞의 저 남자는 알고나 있을까.

"안 괜찮아요."

더는 참을 수가 없어서 한 말이었다. 사흘 동안 재이의 밤잠을 설치게 했던 끔찍한 생각들을 더는 견딜 수가 없었다.

"전, 하나도 안 괜찮아요."

눈앞까지 와서 또박또박 말하는 재이를 하민이 잠시 바라본다. 딱히 차가운 눈빛도 아니었는데, 재이는 순간적으로 그가 낯설게 느껴졌다.

이 남자가 정말 내가 알던 그 남자가 맞는 건지. 하루 전까지 입을 맞추고 영화를 보자고 조르던, 그러고는 바로 다음 날 짤막한 거절을 보낸 후 모른 체를 하는 그 남자가 맞기나 한 건지.

"무슨 말인지, 난 모르겠는데."

하민의 입가에 부드러운 미소가 떠올랐지만, 그게 재이에게 더 상처를 줬다.

"그리고…… 당분간은 우리 서로 모르는 걸로 두면 안 될까."

그리 무겁지 않은 목소리였다. 마치 그에겐 어렵지 않은 말이라는 듯이, 마음이라는 듯이.

"지금은 아무것도 할 수가 없어. 대답을 들어도 난 아무것도 못 해. 그러니까 그냥 이대로 있어 줘."

비극적인 것은 각각 상처를 가진 사람들은 서로의 눈동자 너머를 들여다볼 수가 없다는 거다. 차마 놓지도, 붙잡을 수도 없는 마음을 재이는 모른다. 하민은 그런 재이의 마음을 살필 여력이 없다.

"이대로라는 건."

"이대로. 그냥 이대로…… 내 옆에 있어 줘."

잠시 둘 사이의 시간을 멈춰 두고 싶다.

다른 모든 것들이 제자리를 찾을 때까지, 온전히 서로에게 집중할 수 있을 때까지, 그런 여유가 생길 때까지만 일시정지 버튼을 눌러 두고 싶다. 그 전까지 아무도 다치지 않을 수 있도록, 서툴게 쥐었다가 망가트리지 않도록.

"그건, 아무런 대답도 하지 말고 떠나지도 말라는 그런 말인가요."

재이는 화를 내는 대신 담담한 목소리로 되물었다. 하민은 자신의 예상을 벗어나는 반응에 약간의 안도감과 동시에 이유 모를 불안을 느꼈다.

"나중에, 내가 무언가 할 수 있게 되면 그때는 내가 먼저 대답할게."

"괜찮아요."

그리고 그 불안은 차츰 짙어진다.

"대답은 이미 들었어요."

"잠깐……."

하민이 몸을 일으켰을 때, 재이는 이미 한 발짝 뒤로 물러선 후였다. 늦었다는 뜻이기도 했다.

"그것도 아주 확실한 대답을."

슬플 이유는 없었다. 난 사랑을 거부당한 게 아니라, 사랑을 해도 좋은지 확인하려던 것뿐이니까. 그저 싸구려 사탕발림에 불과했다는 걸 깨달았으니 그걸로 된 거다. 내 감정을 낭비할 가치가 없다는 걸 알았으니 더는 망설일 이유도 없다.

"난, 그런 뜻이 아니라……."

다급하게 뻗어 오는 하민의 손이 닿기가 무섭게 뿌리칠 수 있던 건 이미 충분히 어른이기 때문일 것이다.

"나한테 손대지 마."

그럼에도 제어할 수 없이 눈가가 아려 오는 건 아직도 바보 같은 여자이기 때문이리라.

"이기적인 새끼……."

그러나 그 앞에서 눈물을 보일 만큼 여리지는 않았다. 여리고 상처 받을지언정, 더는 어리진 않다.

그렁그렁 차오르는 눈물에 시야가 뿌옇게 변해도, 그대로 등을 돌려 그 남자의 곁에서 벗어날 수 있다. 그리고 이번이 마지막일 것이다.

그의 앞에서 이재이로 존재하는 건, 이제 끝이다.

하민의 눈앞에서 벌어진 모든 일들이 슬로모션처럼 느리게 흘러갔다. 한때, 믿기지 않을 만큼 나를 웃게 했던 사람은, 어느 순간 다른 얼굴로 가슴을 찢어 놓고는 그대로 등을 돌려 떠나갔다.

바보같이 그저 보고만 있었던 것 같다. 금방이라도 눈물을 떨어트릴 것 같은 눈으로 나를 원망하고 그대로 사라질 때까지 아무것도 하지 못했다.

"……마."

채 말이 되지 못한 소리를 담으며 뒤늦게 쫓아 나가는 길엔 걸음조차 내 뜻대로 되질 않더라. 휘청대는 걸음과 동시에 쨍그랑, 방 한가운데 있던 화병이 산산조각 나는 소리조차 지독하리만치 현실감이 없었다.

"가지 마."

끝내 하지 못했던 말을, 이미 시들어 가는 수국의 파편을 보며 뱉었다. 그리고 가련할 정도로 산산이 흩어진 꽃잎에서 두려운 미래를 본다.

'마지막으로 경고할 게 있습니다.'

어머니의 옛 친구는 떠나기 전 선물을 남겼다. 돌아서도 내내 귓전을 맴돌던, 하여 늘 곁에 있던 사람조차 제대로 바라볼 수 없게 했던 그 선물은 경고라는 리본을 단 채 곧 닥칠 태풍을 담고 있었다.

'곧 한국 검찰에서 JY호텔에 대한 압수 수색을 시작할 겁니다.'

비난하는 눈으로 남긴 재이의 마지막 말은 옳았다. 멀리서 다가오는 태풍의 기척을 감지하던 순간, 가장 먼저 그녀를 떠올렸던 난 충분히 이기적이었다.

내 스스로가 자초한 태풍에 끌어들여선 안 된다는 걸 잘 알면서도, 붙잡고 싶었던 그 이기심 또한 부정하진 않는다. 차마 그 말을 하지 못해서 이대로 머물러 달라 했던 비겁함조차도.

가장 최악인 건, 그러고도 무엇이 옳은지 여전히 알 수가 없다는 거다. 내가 무엇을 더 할 수 있는 지 역시.

'시간이 얼마 남지 않았습니다.'

하지만 아직은 시간이 있었다. 곧 닥칠 태풍의 눈에서 소중한 사람을 밀어낼 시간은, 올해의 마지막 수국의 서글픈 최후를 바라볼 시간 정도는. 어쩌면 이 호텔이 가진 운명의 마지막을 결정지을 시간까지도.

"마지막⋯⋯ 여름인가."

이제, 푸른 수국의 계절은 끝났다.

❖

밤을 새운 고민 끝에 나선 재이의 발걸음은 천근처럼 무거웠다. 호텔의 정문에 도착하는 그 순간까지도 고민한 출근이었다. 이대로 영영 도망칠 수는 없겠지만, 일주일 아니 하루만이라도 피하고 싶었다.

끝까지 망설이던 재이가 로비에 발을 들였을 때 맞은편에서 낯선 행렬이 보였다. 정확히는 낯설지 않은 인물의 낯선 행보다. 이른 아침, 머리부터 발끝까지 새카만 정장을 입고 로비를 가로 지르는 하민의 모습은 그동안 한 번도 본 적이 없는 모습이었다.

그 이질감에 재이가 저도 모르게 걸음을 멈춘 사이 몇 발짝 앞으로 다가온 하민이 그제야 재이를 봤다. 재이는 잠시 숨을 고르고, 아무런 말 없이 허리를 반쯤 숙였다.

그 또한 여태까지 한 번도 없었던 일이었다. 하민은 어떤 감정도 읽을 수 없는 식은 눈으로 그 모습을 잠시 응시하고는, 이내 끄덕 고갯짓을 한 후 다시 걸음을 재촉해 로비를 벗어났다. 그 눈이 너무 아팠다. 마음이 너무 아프다.

아픈 일은 그걸로 끝나지 않았다. 스위트룸에 도착하기 직전, 재이를 불러 세운 송 실장의 곤란한 표정에서 재이는 본능적으로 무언가를 직감했다.

"이 실장, 근무처를 당분간 본사로 바꿔야 할 것 같아요."

이런 유의 예감은 틀리지 않는다.

"대외적으로는 본사와의 업무 교류를 위한 기간이지만, 사내의 동향을 파악해 줬으면 하는 게 진의입니다."

"그거, 사장님께서 지시하신 건가요."

송 실장은 예상보다 훨씬 침착한 재이의 목소리에 고개를 끄덕였다. 그 모습을 보는 재이의 마음이 괴로워진다. 이미 짐작했음에도 확인 사살당하는 건 언제나 아프다.

"사원이라는 건 참 편리한 거네요. 필요에 의해서 움직이고, 또 다른 필요에 의해서 그 동작을 끝내 버리는 것조차 너무 간단한."

"이 실장, 이건 끝이 아니라……."

"아뇨, 실장님도 아시잖아요."

재이의 자조적인 미소에 송 실장 역시 마음이 아팠다. 비서직에 평생을 몸담았던 송 실장이기에, 지금 재이가 느끼는 비애를 공감할 수 있는 거다. 지금 재이가 느끼는 게 단지 '을'로서 느끼는 비애만이 아니라는 것이 더 큰 비극이었지만.

"이렇게 끝이라는 걸."

서른의 여름에 찾아왔던 짧은 장마는 이렇게 끝이다.

"그동안 감사했습니다."

마침표를 찍듯, 재이가 희미하게 미소했다. 송 실장 역시 그런 재이를 보며 위로를 담은 미소를 건넸다. 이제 남겨진 복잡함은 송 실장의 몫이 될 것이다.

❖

몇 시간 후, 하민이 돌아왔을 때도 송 실장은 그 복잡한 심경을 가득 담은 표정을 하고 있었다.

"이제 은행장은 그만 만나야겠어요."

툭, 말을 던지며 소파에 앉는 하민은 대수롭지 않은 표정이었다. 필시 속은 타들어 갈 텐데도.

"다행히, 모든 수가 바닥난 건 아니잖습니까."

하민이 빙긋 웃으며 말하는 송 실장을 슥 보고는 피식 따라 웃었다.

"송 실장님 긍정적인 마인드를 내가 배워야 되는데."

"세월이 지나면 절로 그리 되실 겁니다."

"세월이라……."

말끝을 흐리는 하민이 눈을 가늘게 뜬다.

"과연, 세월이 흐른 후에도 내가 여기 있을 수 있을까."

높다란 천장과 언제나 반짝이는 샹들리에, 하나의 거대한 방이 만들어 내는 완벽한 세계를 천천히 눈에 담는 하민은 꼭 그 광경을 새기는 것만 같다. 언젠가, 사라지더라도 잊지 않을 수 있도록.

"그럴 겁니다. 사장님께서 원하신다면."

송 실장을 가만 보던 하민은 무언가 결심한 듯, 입가에 희미한 미소를 띤다.

"원하는 걸 얻기 위해선, 나도 뭔가를 포기해야겠죠."

상식적인 방법을 쓸 수 없다면 남은 건 그 반대뿐이다. 애초부터 각오하고 뛰어든 싸움이었지만, 결코 쉬운 결정은 아니었다.

"JY 지분을 제외한 내 모든 자산을 현금화 시키세요, 전부 다."

"그건 너무 위험한 생각입니다. 재고하시는 것이……."

이 강을 건너면 돌이킬 수 없다는 건 잘 안다. 결과에 따라 모든 걸 잃게 될 수도 있다. 문자 그대로 모든 것, 전부를 다 거는 제 모습을 어머니가 봤더라면 뭐라고 하셨을까. 그 답 역시 잘 알지만, 멈출 수가 없는 것은 어쩔 수 없다.

"이미 결정했어요. 일본에 있는 부동산 내역은 이 비서한테……."

뚝, 하민이 말을 멈추더니 지그시 눈을 감았다. 쓰디쓴 걸 억지로 삼키듯, 괴로움을 삼킨다.

"전, 사장님께서 이 실장을……."

그런 하민을 보던 송 실장이 조심스레 말을 꺼냈다.

"이 실장을, 신뢰하시는 줄 알았습니다."

"신뢰합니다."

대답에 망설임은 없었다.

"그런데 왜 내치신 겁니까."

내치다니, 내가 한 행동이 그런 거였던가. 남의 입을 통해 들으니 재이의 부재만큼이나 비현실적으로 다가왔다.

"왜……냐고요."

슥, 습관처럼 눈길이 가 닿는 곳엔 늘 재이가 앉아 있던 의자가 보인다. 그곳에 앉아 모니터에 빨려 들어갈 듯이 집중하던 모습도, 답지 않게 인상을 쓰며 서류를 노려보던 옆얼굴도, 아직 이렇게 선명한데…….

"제아무리 유능하대도 일개 사원에 불과하니까. 목적을 다하면 아무것도 아닌 소모품이니까. 그게…… 내 사람이었다면 더더욱."

이해할 수 없는 말보다, 그 말을 하는 하민의 입가에 떠오른 씁쓸한 미소가 더 의아해 보였다.

"그러니 아무도 지켜 주지 않을 겁니다."

눈앞의 확연한 태풍을 보고도 배를 몰아가는 건 하민 자신이다. 제 전부를 걸었지만, 거기에 재이의 인생까지 걸라고 해서는 안 되는 거다.

"사장님은 아니잖습니까."

"내 아버지를 비롯한 작자들은 그렇죠."

"하지만 지금은 사장님이……."

"내가 실패하면."

송 실장의 말을 가로챈 하민의 목소리는 유난히 낮았다.

"만약 나까지 무력해지면 이 비서도 모든 걸 잃게 돼요."

그걸 이제라도 깨달아 다행이다. 재이의 마지막 말처럼 한없이 이기적이었던 내가 곁에 머물러 달라고 하는 것 자체가 욕심이었음을 말이다.

"이게 옳아요."

스스로에게 말하듯, 무거운 목소리였다.

"실패할 거라 생각하십니까."

"할 수도 있다고는."

"그럼, 포기하실 생각입니까."

"당연히……."

시선을 들어 송 실장을 보는 하민의 눈엔 아직 생기가 돌았다. 씩,
평소와 같은 웃음에는 여전히 희망의 빛이 있었다.

"마지막까지 해 봐야죠. 나도 요즘 세상에 다시 내 집 마련할 자신
은 없거든요."

"그렇군요."

일부러 경쾌하게 덧붙인 말에 송 실장이 미소한다.

"그보다 송 실장님은 어떻게 하실래요? 아직 늦지 않았는데."

"뭐……."

차분한 시선으로 응시하는 하민은 사실 애써 긴장을 억누르는 중이
다.

"저도 이 나이에 새로운 직장을 구할 자신은 없습니다만."

다행히, 오늘 더 이상의 이별은 없는 것 같다. 아직은 끝나지 않은
것과 마찬가지로.

재이는 차분히 하 회장을 주시했다. 조만간 이런 호출이 올 거라는
예상은 했었다. 이젠 하민의 곁에 있을 수 없으니 제 존재의 이유도 사
라진 셈이다.

"이쯤 되면 알겠지만, 난 단도직입적인 걸 좋아하네."

딱히 두려울 것도 없다 생각했었지만, 막상 마주하니 움츠러드는 저
가 우습다.

"내, 시간이 얼마 남지 않았다고 했던 말 기억하나?"

"예."

잠자코 손을 모은 채 서 있는 재이를 보던 하 회장이 툭 던지듯 말을 잇는다.

"조만간, 검찰에서 압수 수색을 한다더군."

"……예?"

생각지도 못한 말에 저도 모르게 반문을 던진 재이의 눈이 동그랗게 커졌다.

"그리 놀랄 일은 아냐. 혐의도 늘 되풀이되던 것들이지. 뭣보다, 내가 미리 안다는 것부터가 그렇지 않나?"

뉴스에서나 보던 일을 당사자의 입에서 듣는 게 생경했지만, 그 말도 옳다.

"그럼, 왜 제게."

의아함을 담고 있는 재이의 눈은 제법 침착했다. 하 회장은 그런 재이를 보고선 빙긋 웃었다.

"촉박하기 때문이 아니겠나. 내, 나라님의 부름을 무시할 수는 없는 입장이야. 휠체어를 타든, 입원을 하든 피할 수 없는 공백이 생기겠지. 뭐, 그 정도야 대수겠나."

이 또한 뉴스에서 익히 보던 광경이다. 재벌가의 총수가 환자의 행색을 하고서 법정으로 들어가는 어쩌면 좀 식상한 광경.

"다만, 그 공백 중에 날뛸 이사회가 염려스러워. 그나마 억누르던 내가 자리를 비우면 그자들이 뭘 할지 뻔하지 않나?"

그 또한 쉬이 예상할 수 있는 광경이었다.

"하 사장은 분명 해임될 걸세. 당연한 말이지만, 한 번 실각하면 두 번 다시 돌아올 수 없어."

왜, 그 말과 동시에 가슴 한편이 아려 왔는지 모르겠다.

"허나 그 반대급부로 생각하면, 내가 부재 시에 하 사장이 굳건히 버틴다면 그 후로의 그룹 내 입지는 탄탄해지지 않겠나."

문득, 그 스위트룸의 풍경이 떠올랐다. 동화 속의 한 장면처럼 아름답기만 했던 그 방의 풍경이, 또 푸른 수국이.

"그걸 도와주게."

처음 만났던 그 사람은 푸른 수국 너머에 서 있었다.

"……네."

이유가 필요하다면, 돌아서기엔 너무 아름다웠던 푸른 꽃잎들이 눈에 밟혀서, 그래서라고 할 것이다.

10

오늘 아침, 천근 같은 발걸음으로 찾아왔던 호텔 로비로 향하는 길이 이젠 만근 같았다. 그리고 매 순간, 떠오른다. 잠시 눈이 마주쳤던 그 순간에 나를 보던 서늘한 눈동자와 분명히 선을 긋던 그 몸짓이. 그래, 차라리 그것만이었다면 나았을 텐데.

'이재이 씨.'

참 우습지. 몇 번 불리지도 않았던 그 목소리가 아직도 선명하다는 게.

'……해도 돼?'

다 기억해도, 차마 전부 떠올릴 수 없는 말들까지. 그때의 내 마음까지도 전부.

딩동.

엘리베이터의 벨소리는 늘 같았다. 그래도 망설여지는 건 어쩔 수가 없었다. 늘 드나들던 그 문 앞에 섰는데, 마치 처음에 내쫓기던 그때보다 더 두려운 마음이 들어서.

망설이던 재이가 어려운 결심 끝에 노크를 하려고 손을 들었을 때 거짓말처럼 벌컥 문이 열렸다. 채 문을 두드리기도 전에.

"어……."

무방비 상태로 문을 열던 하민이 채 말이 되지 못한 소리를 흘렸다.

"저……."

마음의 준비가 되지 못한 건 재이도 마찬가지였다. 그 후로 이렇게 가까운 거리에서 그를 보는 건 처음이다. 이유 모를 감정이 마구 솟구치는 것도 역시.

"할 말 있어서 온 거예요."

일부러 똑 부러지는 소리를 뱉는 재이를 보던 하민이 슬쩍 문밖으로 빠져나왔다. 동시에 제 등 뒤로 문을 숨기는 것도 같았다. 마치, 더 이상 재이에게 허락된 공간이 아니라는 듯이.

"오해의 소지가 있어서 밝혀 두는 건데, 저 지금 이 실장으로서 온 겁니다."

당연한 일에 상처받고 싶지 않았다. 이제 내게 허락된 공간이 아닐 테니, 들일 수 없는 것도 이해해야 한다.

그래서 더 또박또박 말해 본다. 가능한 한 사무적으로 보일 수 있게, 당신이 지금 그 문을 막아서고 있는 것 따위 내겐 아무렇지도 않다는 듯이.

"뭔데?"

그 한 마디에 또 가슴이 내려앉는 것 같으니 난 정말 멀었나 보다. 정말, 아무것도 아니었나 보다.

"조만간 JY에 검찰의 압수 수색이 있을 예정이에요."

나도 똑같길 바라며 최대한 사무적인 투로 뱉었다.

"그래서?"

하민의 눈엔 어떠한 동요도 없었다.

"그래서……라니요."

저도 모르게 뱉어진 재이의 황망한 마음에도 여전히.

"사장님한텐 중요한 일이잖아요. 제가 지금 그 이야기를 하고 있잖아요."

깜박, 하민이 눈을 감았다 뜬다. 바로 코앞에 있는데도 여태 알았던 그 남자와는 다른 사람 같다.

"이미……."

아주 잠시, 재이와 눈이 마주친 그의 시선이 어디를 향하는지 모르겠다.

"알고 있어."

내가 여태 누구와 함께 있었던 건지도.

"알고…… 있었다고요?"

침묵은 긍정이었다.

"근데, 난 몰랐고요?"

다 알면서도 물었다.

"사장님은 다 알고, 이미 전부 다 알고, 나만 몰랐다고요?"

그는 내내 침묵한다. 한때는 내게 시답지 않은 말을 일삼던 그 입술로, 내 이름을 발음하던 그 입술로, 내게 입을 맞추던 그 입술로.

"그럼…… 난 뭐였죠."

금방이라도 주저앉을 것 같은 재이의 목소리에도, 하민은 섣불리 손을 뻗지 못했다. 더 이상 실수를 반복할 수는 없었다.

"난, 아무것도 아니었어요? 제대로 된 비서도 아니고, 처음부터 그냥 갖고 노는 그런 장난감 같은 거였어요?"

격앙된 목소리 끝에 재이가 참았던 숨을 뱉었다. 결코, 이 남자 앞에서 눈물을 보이지 않으리라 다짐했으니…….

"아니."

가능한 한 감정을 억누른 하민이 천천히 말을 뱉었다.

"이 비서는 좋은 비서였어."

그건 진심이었다. 다만, 문제가 있다면 거기서 그치지 못했다는 거였다. 이재이는 좋은 비서였고, 그다음엔 좋은 사람이었고…… 좋아하게 된 여자였기 때문에.

"그건 분명히 말할 수 있어. 나머진 내 문제야. 그러니까."

자꾸 시선을 피하는 하민이 수상하다. 평소답지 않게 그 문을 등 뒤로 숨기는 기척도.

"사장님."

재이는 똑바로 눈을 맞대고 말했다. 이대로는 돌아갈 수 없다고.

"비켜."

대답을 듣기도 전에, 재이가 하민을 밀치고 스위트룸의 문을 열어젖혔다. 거의 간발의 차이로 막아 보려는 하민이었지만, 이미 늦은 터다.

"어……."

재이가 열어젖힌 문 너머로, 믿기지 않는 광경이 펼쳐졌다. 원망과 망연함을 반씩 담아 돌아보는 재이의 시선에 하민은 여전히 아무런 말이 없다.

"어떻게……."

끝이 가느다랗게 떨리는 재이의 목소리 너머로 생경한 풍경이 펼쳐졌다. 늘 푸른 수국이 한 아름 꽂혀 있던 테이블이 사라졌고, 처음 하민이 제 자리로 내어 줬던 작은 책상이 잠긴 채로 한구석에 치워져 있는 낯선 광경이.

"왜……요."

돌아보며 되묻는 재이의 어깨 너머로 문서 파쇄기의 소음이 계속된다.

"왜, 이러는 건데요?"

재이의 힐난에도 하민은 아무런 말이 없었다.

"우리가…… 내가 했던 일들은 아무것도 아닌 거예요? 되면 좋고, 아니면 마는 그런 거였어요?"

"그만 가."

가까스로 들은 하민의 말이 재이를 더 미치게 했다. 우리가 그토록 공들여 했던 일들이 기계에 갈려 나가는 소리 너머로 들리는 목소리라 더더욱.

"다 똑같아……."

재이가 짓이기듯 뱉는 그 말이 하민의 가슴을 파고들어 상처 주는 줄, 재이는 모를 것이다. 하필이면 하고 많은 세월 중, 우리가 나쁜 때에 마주쳤다는 것도 모르겠지.

더 나쁜 건, 재이의 눈에 뜨인 하민의 여권이었다. 일부러 보려는 건 아니었는데, 그냥 늘 저가 있던 자리를 눈으로 훑으려는 것뿐이었는데…… 그곳에 혼자 놓여 있는 여권과 티켓, 그리고 그 행선지를 보고야 말았다.

"도망치는 거잖아."

차라리 아니라고 말해 줬으면 했다.

"지키고 싶다고, 지킬 거라고 했으면서…… 안 될 거 같으니까 도망치는 거죠?"

처음, 공사를 멈춘 후로 가림 판을 넘어가 섰던 그의 뒷모습을 잊지 못한다. 그날에 처음 봤던 유리 너머의 푸르른 잔디도, 홀로 고고히 서 있던 나무 한 그루도. 전부 그의 어깨 너머로 본 풍경들이라서.

"내가."

그의 시선은 늘 재이를 숨 막히게 한다.

"도망친다면, 어쩔 건데?"

그리고 항상 그랬듯 태연한 그 기척에 더 할 말이 있을 수가 없다.

"어쩔 수는 없겠죠."

다만 꼭 할 말은 해야 했다.

"최악이라고, 사장으로서도 최악이고 그냥 사람으로서도 최악이라고 그런 인간이라고 생각해야지 내가 뭘 더 어쩌겠어요? 나까지 최악의 비서가 될 수는 없으니까."

남자로서도 최악이었다고, 그 말을 참느라 힘이 들었단 말은 할 수 없었다.

"하지만 최악이라도, 최악인 사장이라도 말해 주러 왔잖아요."

도저히 모른 척할 수 없던 내가 바보라는 걸, 지금 담담한 그의 얼굴을 보며 깨닫는다.

"집이라면서. 여기, 사장님 집이라면서요."

그럼에도 멈추지 못하는 나는, 지금 누구일까. 눈앞에서 태연히 서 있는 그 남자가 툭 던지듯 부르곤 했던 이 비서일까, 아니면 아주 가끔 곁에 훌쩍 다가오며 부른 이재이일까.

"이렇게 포기할 수는 없어요."

결국 본심을 내려놓고 말았다. 그 한마디에 이재이와 이 비서의 목소리가 모두 담겨 있었다.

"마음대로 생각해."

흔들리는 재이의 눈빛을 무시하듯, 하민이 무심하게 말을 내려놓았다.

"그보다, 나."

그것은 아무렇지도 않게 재이를 밀치고서 한 말이어서 더 충격적이었다. 이렇게 태연할 수 있는 일이었다니, 새삼 믿기지 않았다.

"마지막으로 이재이 씨한테 부탁 하나만 해도 될까."

예전, 수국이 가득 꽂힌 화병이 있던 자리를 지나던 하민이 문득 재이를 돌아보며 말했다. 재이는 차마 그 말에 답할 말을 고르지 못했다.

"아니…… 아니다."

아주 애달프게 떨어지던 시선과 목소리. 그건 혼잣말이었을까.

"난 원래 이기적인 새끼니까, 그냥 할게."

하민이 재이를 돌아보며 말했다. 다시 눈이 마주친다. 아무런 말없이 그렇게 마주쳤다. 아주 잠시. 또다시.

"이 비서."

하민의 낮은 음성이 떨어졌다.

"이 비서는 해고야."

그 한 마디가 재이의 마음에 파고들었다. 동시에, 이 시공이 멈춘 것만 같았다. 그 차가운 말이 떨어지던 순간, 모든 게 정지해 버려서 말이다.

"……없어요."

혼란 속에서 간신히 뱉은 한 마디가 죄 바스러진다.

"이렇게 간단하게 해고할 수 없어요."

"할 수 있어."

똑바로 직시한 하민의 눈동자에선, 여전히 아무런 감정도 읽히지 않는다. 그게 너무 아프고 서러웠다. 왜…… 아니, 처음부터 저런 사람이었는지 모른다. 한때는 내게 웃어 주고, 또 입 맞추기도 했던 남자가 이제는 너무도 낯설게 느껴진다.

"난, 할 수 있어."

그렇게 식은 눈으로 저를 보는 건 처음이라, 목소리마저 시리게 들렸다.

"이 비서는 해고야, 그러니까 이제 그만 돌아가."

있을 수 있는 일이었다. 처음, 이 스위트룸에 발을 들였던 순간부터 늘 있을 수 있는 일이었다. 애초에 그는 내 존재를 원하지 않았고, 이만큼 버틴 것도 퍽 대단한 일이니까.

"이건 부당 해고잖아요, 아무리 사장님이라도 날 이런 식으로 해고

할 수는……."

"할 수 있다고 했잖아. 뭐든지, 내 마음대로."

그런데도 돌아오는 말들마다 가슴을 후벼 판다. 그의 담담한 말투와 식은 눈동자가 더더욱 깊게 가슴으로 파고들었다.

"정 원한다면, 노동부든 법정이든 어디에 소장 같은 걸 제출하든가 해. 아님, 날 고소하든가."

손을 뻗으면 닿을 거리에 서 있는 그가 잘도 그런 말을 했다. 한 번도 나를 보지 않는 채로, 보이지 않는 선을 그으며.

"그래도 지금 변하는 건 없어."

고작 하루 사이에 여읜 것 같은 뺨으로 그런 말을 했다.

"특히, 내가 이 비서를 해고한다는 건."

담담히 내려놓는 하민의 말들은 무거웠다.

"그래요."

문서 파쇄기가 내는 소음들 사이로, 재이의 목소리가 또렷하게 전해졌다. 그게 지금 하민을 가장 괴롭게 만들었다.

그 사이로 갈려 나가는 사실은 뭘까. 똑같은 생각을 하며 마주 보았던 두 사람이 함께 애쓰던 일들도 그냥 그렇게 종잇조각이 되고 마는 걸까.

"그럼, 전 이제…… 이 비서도 아닌 거네요."

재이가 말하고.

"그래."

하민이 답했다.

우리의 인연을 베어 내는 듯한 그 대답에 재이의 마음도 함께 베어 나가는 것 같았다.

"그럼, 이재이로서 말할게요. 그건 되는 거잖아."

그 말을 하는 사이로, 하민이 잠시 미간을 찌푸렸다. 처음, 푸른 꽃잎들 너머로 보았던 그 사람보다 훨씬 더 멀게 느껴졌다.

"아직, 내 대답도 안 들었잖아요."

솔직한 말이 재이다웠다. 하필 이런 때라서 하민은 더 가슴 아팠다.

"괜찮아."

언젠가는 꼭 듣고 싶었던 말이었는데, 지금은 이런 말밖에 돌려줄 수가 없다.

"안 들어도 괜찮아, 이젠."

"내가."

꽉, 가득 찬 심정 너머로 불쑥 한 마디가 비집고 나갔다. 참으려고 했는데, 자꾸 차오르는 눈물처럼 가눌 수가 없던 마음과 한 마디를 재이가 뱉었다.

"내가, 안 괜찮아서 그래요."

가슴이 답답해서, 너무 답답해서 저도 모르게 손으로 가슴을 두드리는 재이다. 그렇게 가슴을 치며 말했다. 내가 괜찮지 않다고. 나는 아니라고.

"사장님 진짜 이기적인 새끼잖아, 그러니까 나도 이기적인 여자 하려고 그래요."

후회할지도 모른다. 아니, 틀림없이 후회하겠지. 그래도 지금 말하고 싶다.

"나도."

지금이 아니라면 말하지 못할 말이니, 꼭 해야 한다.

"좋아해요."

간신히 뱉어 낸 말 뒤로 침묵이 감돌아도 후회하지 않으려 한다. 꼭 한 번 말하고 싶었으니까, 그게 차마 바라볼 용기조차 나지 않을 만큼 차가운 그의 얼굴을 향해서라도, 나는.

"그래서…… 이대로는 못 가."

그 외침에 굳어진 건, 오히려 하민이었다. 당장에라도 재이를 내쫓을 것 같았던 하민은 지금 숨을 쉬는 것조차 부자연스러운 모습으로 재이를 보고 있었다.

"내가 그렇게 사장님 마음대로 할 수 있는 비서나 여자가 아니라, 참 유감인데."

재이의 눈빛은 선명했다.

"난, 그렇게 생각했거든요. 어떤 형태로든…… 사장님을 지켜 줄 수 있는, 같은 곳을 보는 그런 비서가 되자고. 사장님도 그런 날 좋아했던 게 아니었나요?"

도저히 피할 수 있는 눈빛이 아니었기에, 억지로 입을 떼는 하민의 눈가에 그늘이 진다.

"아니라고 할 수는 없지만."

가까스로 하민의 입이 떨어졌다.

"그렇데도 현실은 내가 가장 잘 알지."

다만, 눈동자에 체념의 빛을 띤 채로.

"이재이 씨는 아무것도 모른다는 것도."

꼭 두 발짝, 물러서던 하민이 테이블 위에 있던 잔을 들어 들이켰다. 그러고는 재이를 본다.

"돌아가. 더는 상관하지도 마."

탁, 잔을 내려놓기 무섭게 떨어지는 목소리와 시선이 또 아프다.

"나한테……."

물기 어린 하민의 입술을 향하는 재이의 말은 분명했다.

"나한테, 이래라저래라 하지 말아요. 이젠 내 사장도 아니면서."

그 말에 하민은 피식, 헛웃음을 짓고는 다시 빈 잔을 채웠다.

"그러니까, 내가……."

돌아가라고 하잖아. 더 이상 지켜 줄 자신이 없으니까 여기에서 벗어나라고 말하고 있잖아.

"아뇨."

성큼, 다가선 재이가 테이블 위에 잔을 낚아채 단숨에 들이켰다. 농밀한 황금색의 액체는 생각보다 더 쓰고, 독했지만 그래도 지금의 이 기분보다는 나았다.

"난, 도망치지 않아요."

두 사람의 시선이 똑바로 마주쳤다.

"도망치지 않을 거예요."

그 말을 읊는 재이의 입술은 위스키로 젖어 있었다.

"난, 도망치지 않아요."

탁, 테이블 위에 빈 잔을 내려놓는 재이의 눈빛은 결연했다. 그리고 동시에 그를 바라보았다. 이제껏 헤매고 망설이고 누군가를 지키려 번민하던 그를.

"……후회는."

형편없이 잠긴 목소리로 하민이 물었다. 마지막, 확인인 것처럼.

"후회 같은 거……."

이미 한 뼘 남짓한 거리까지 다가온 재이의 속눈썹이 깜박인다. 그리고 그녀는 다시 젖은 입술로 읊었다.

"안 하게 해 주면 되잖아."

그 순간, 그 말이 채 끝나기도 전에 입술이 맞닿았다. 저도 모르게 울먹이던 재이의 그 한마디에, 결국 입을 맞추고야 말았다. 절대 안 된다고 생각했었는데, 나도 모르게 또 입을 맞추고 있었다.

"그래."

입맞춤 사이로 아주 잠시, 떨어진 입술이 재이의 귓가에 맴돌 적에 속삭였다.

"후회하지 않게 해 줄게."

한 번 잃었다가 되찾은 재이의 온기와 이미 입술 밖을 벗어난 말엔 강력한 힘이 깃들어 있는 것 같았다. 혼란스러웠던 머릿속이 가라앉으며, 시야가 분명해졌다.

"도망치지도 밀어내지도 않고, 후회하지도 않게 해 줄게."

이 결심은 충동적인 게 아니다. 내내 억지로 외면해 왔을 뿐, 가슴 한가운데서 확고하게 원했던 것이었다.

"이재이 씨가 곁에 있어 준다면."

그중에서도 가장 강렬히 원했던 사람이 지금 하민의 품 안에 있다.

"오늘 밤도, 앞으로도 줄곧…… 어디도 가지 않고 내 곁에서, 내 편이 돼 준다면."

이미 품에 안고도, 그 대답이 두려워 하민의 말끝이 조금 떨렸다.

"바보."

그런 하민을 아는지, 물기 어린 재이의 작은 목소리가 웃어 주는 것만 같았다.

"그러려고 돌아온 거잖아."

재이의 입술에 맺힌 희미한 미소가 간신히 하민에게도 옮겨 갔다.

"약속할 수 있어?"

뭐가 그리 불안한지 재차 확인하려 드는 하민이 재이의 마음을 조금 아리게 했다.

"아니, 약속해 줘."

살면서 한 번도 자기 사람을 가져 본 적이 없다더니, 그래서 이렇게 새끼손가락까지 내밀고 약속을 받아 내려고 하는 걸까.

"좋아요."

선선히 대답한 재이가 손가락을 걸었다.

"약속."

순간, 교차한 하민의 새끼손가락에 힘이 들어갔다. 확신이 현실로

나아가는 찰나이기도 했다. 하민이 꼭, 손가락을 건 채로 재이를 이끌
어 스위트룸을 가로질렀다. 이제 더 이상 갈 곳이 없다고 생각했을 때,
재이의 눈앞에 문이 나타났다.

"이재이 씨."

잠시 망설이는 재이를 눈치챘는지 하민이 나직이 이름을 불렀다.

"어서 와, 내 집에."

손을 잡아끄는 것과 동시에 문이 열렸다. 재이에겐 늘 금지됐던 공
간, 결코 문을 열면 안 됐던 그 공간이 지금 눈앞에 있었다. 동화 속
한 풍경 같다고 했었는데 그게 꼭 맞았다.

내 손을 잡아 이끄는 남자의 체온도, 다정한 목소리도, 그 배경이 되
는 아름다운 캐노피가 드리워진 침대도 전부 다.

"그리고 이젠 못 돌아가."

별빛이 내려앉는 그 남자의 공간에서, 이제는 떠날 수 없다.

"이미 약속했으니까."

말끝에 하민이 재이를 끌어안았다. 꼭 같은 마음으로 서로를 안고,
꼭 같은 마음으로 이 밤의 달을 보았다. 우리의 소원을 담고 있는, 완
벽한 달을.

맞닿았던 입술이 떨어지며 쪽, 하는 마찰음이 났다. 달빛 외에 별다
른 조명이 없는 어둑한 실내에서도 하민이 저를 보는 시선이 고스란히
느껴진다.

"약속 꼭 지켜야 돼."

재이의 뺨을 감싼 하민의 손이 퍽 조심스럽다.

"이제 아무 데도 못 가."

그의 나직한 목소리엔 더 이상 망설임이 없어 자꾸 가슴이 뛰었다.

"사장님이나 약속해요. 다신 밀어내지 않겠다고."

제 마음을 다 전할 자신이 없어 괜히 삐죽, 한 마디를 던진 재이를 두고 하민이 고개를 끄덕였다. 천천히, 그러나 분명하게 애정 어린 시선을 담아서.

"약속할게."

우리 둘 사이에 무언가가 이렇게 분명했던 순간이 또 있었을까.

"그러니까, 더 이상 사장님이라고 부르지 마."

그간의 망설임을 단번에 씻어 내려는 것처럼, 하민의 태도엔 막힘이 없었다.

"그럼……."

"내 이름, 알잖아."

오히려 습관처럼 주춤 물러서려는 재이를 잡아 주고 이끌어 주는 것만 같았다. 처음, 그리고 여태까지 내내 보이지 않는 선을 그어두던 그 남자는 더 이상 이곳에 없다는 걸 몸소 증명하듯이.

끄덕, 말로 답하는 대신 고개를 끄덕이는 재이를 어둠 속에서 가만 보던 하민이 뺨을 감쌌던 손을 내려 어깨에 얹었다.

"절대로……."

어느새 재이의 귓가에 속삭이는 하민의 목소리가 그런 재이를 안심시킨다.

"후회하지 않게 해 줄게."

훅, 끌어안아 품에 가두는 그에게서 언제나와 같은 머스크 향이 짙게 풍겼다. 지금 그가 그러하듯이 한없이 다정하게 느껴지는 향과 다소 높은 체온 안에서, 재이는 제 안의 불안이 녹아내리는 걸 실감했다.

"내가 꼭 그렇게 할게."

잠시 재이를 밀어내는 것 같던 하민이 눈을 맞추고 말했다.

"그것도…… 약속, 한 거예요."

어둠 속에서 희미하게 그의 입가에 번지는 미소를 봤다고 생각한 순간, 그가 다시 입을 맞춰 왔다. 아까의 입맞춤으로 반쯤 젖어 있던 입술은 다시 닿기가 무섭게 서로에게 녹아들어 가듯 얽혔다.

혹, 깊은 곳으로 파고드는 하민의 체온에 재이는 스르륵 눈을 감으며 그의 허리를 껴안았다. 그렇게 처음으로, 재이는 그의 입맞춤을 온전히 받아들였다. 그 사실이 하민에게도 확실히 전해졌는지, 이내 재이를 더 빠듯이 안아 오는 하민의 입술이 공격성을 띠기 시작했다.

아랫입술을 가만 물었다 놓는가 싶으면 부드럽게 입천장을 훑고, 달콤함에 빠질라 치면 그 틈을 놓치지 않고 강한 힘으로 혀를 옭아맸다. 깊이, 더 깊이…… 탐닉하면 할수록 채워지지 않는 갈증이 열기를 재촉하고, 몰아치듯 퍼붓는 하민의 키스 세례 사이로 두 사람의 호흡이 모두 가빠지기 시작할 무렵…….

"하."

입술만 맞닿은 채, 잠시 틈이 생긴 사이로 하민의 한숨이 흘렀다. 더 이상은 못 참겠다는 본능의 탄식이었다. 그다음은 빨랐다. 한 번 일깨워진 본능은 도화선에 불이 붙는 순간 멈출 틈도 없이 번져 나갔다.

하민의 팔이 강한 힘으로 재이의 허리를 안은 채 거의 쓰러트리다시피 몇 발짝 떨어진 침대에 내려놓자, 푹신한 매트리스에 던져진 반동으로 재이의 몸이 눕혀졌다.

본인이 만든 광경임에도 그 모습을 보는 하민은 잠시 숨이 멎을 것만 같았다. 적어도 이 순간, 분명하게 깨달았다. 나는 언제부턴가 내내, 지금 이 순간을 간절히 원해 왔다는 것을.

"저……."

그건 재이도 마찬가지였다. 자신을 내려다보며 급한 손길로 제 셔츠의 단추를 풀어 헤치는 하민의 숨소리 하나, 다가오는 기척 하나에 온

몸이 떨려 왔다.

언제부터였을까. 언제부터 나는 이 사람을 이다지도 원하고 있었을까.

이제는 아무래도 좋을 상념 너머로 어느새 다급하게 셔츠를 벗어 던진 하민이 재이의 위로 몸을 겹쳐 왔다.

"저기, 잠깐……."

하민이 무방비 상태로 드러난 재이의 목덜미에 입술을 맞추자 채 감추지 못한 떨림이 파르르하고 살갗을 울렸다. 그런 자신을 가눌 수 없어 말을 내뱉은 재이였지만, 물론 여기서 멈출 하민도 아니었다.

"애타는 건, 이제 싫은데."

그러면서도 재빠른 하민의 손이 재이의 블라우스 단추를 풀어 내리기 시작했다.

여전히 목덜미에 묻은 하민의 입술이 움직이며 낮은 목소리를 뱉어 낼 때마다, 당장에라도 가슴이 멎을 것처럼 쿵쾅거리고 숨이 막히는 것만 같은 재이가 힘겹게 입을 열었다.

"그런 게 아니라……."

"아니라?"

"지금 너무……."

끝이 미세하게 떨리는 제 목소리에 지레 눈을 질끈 감아 버린 재이의 블라우스가 벌어지는 것과 동시에 하민이 쇄골에 깊게 입을 맞췄다. 움찔, 숨기지 못하는 반응에 하민은 재이의 살갗에 입술을 묻은 채 조금 낮게 웃었다.

"나도."

반쯤 뭉개진 발음임에도, 그의 말이 그 어느 때보다도 선명하게 전해졌다.

"나도 너무 떨려."

거짓말처럼, 하민이 제 마음을 그대로 발음했다. 첫사랑도 아닌데, 우리 둘 다 그럴 사람들은 아닌 것처럼 보였는데. 그랬는데 그도 똑같이 떨린다고 말해 주었다.

"다행이다."

작은 재이의 목소리에 미소하던 하민은 맨 허리를 감싸 안은 채로 점점 입술의 위치를 아래로 옮겨 갔다. 움푹 파인 쇄골을 지나 봉긋한 가슴에 이르자 부드러운 살결의 감촉이 온몸의 감각을 지배하기 시작했다.

하민이 잠시 숨을 고르는 사이, 맨 등을 살며시 안아 오는 재이의 손끝에 묻어나는 미세한 떨림이 남은 여유를 송두리째 앗아가 버렸다.

하민은 아까보다 더 다급한 손길로 남은 방해물을 치워 버리고 온전히 드러난 재이의 가슴에 깊숙이 입술을 묻었다. 움찔, 재차 떨리는 몸짓과 조금씩 가빠지는 숨결에 벌써부터 공기가 달아오르는 것 같았다.

가능한 한 부드럽게 재이의 옆구리를 쓸어내리는 하민의 손길과는 달리 저돌적으로 재이의 가슴 언저리를 맴돌던 하민의 입술이 순간 가장 민감한 부위를 스치는가 싶더니 그대로 가볍게 머금었다.

"아……."

예상치 못했던 자극에 반사적으로 하민의 등을 끌어안는 재이의 입술에서 짧은 탄성이 새어 나오자 후끈, 둘 사이의 공기가 한 번 더 달아올랐다.

하민은 재이의 가슴에 더 깊이 고개를 묻은 채, 섬세하게 세운 혀끝으로 원을 덧그리기 시작했다. 처음엔 간질이듯 가볍게, 이내 작게 솟아오른 한 지점을 끈질기게 공략하듯이 좁혀 들어오자 자꾸만 재이의 숨이 가빠진다.

"아, 잠깐…… 아."

드문드문 끊어지는 재이의 목소리에도 하민은 멈추지 않은 채 오히

려 작은 돌기의 끝을 살짝 머금듯이 빨아들이곤, 이내 아프지 않을 정
도로만 살짝 이를 세워 끝을 긁었다.

"아앗……!"

날카로운 자극에 재이의 상반신이 작게 튕기자 그제야 입술을 뗀 하
민이 재이의 어깨에 체중을 실으며 본격적으로 그 위에 자리를 잡고
재이를 내려다보았다. 어둠 속에서도 그의 시선이 선명하게 느껴져 떨
림이 좀처럼 잦아들지 않는 사이로, 반쯤 가라앉은 목소리가 들렸다.

"이제 잠깐은 없어."

다시 혀가 얽히고, 그 너머로 뜨거워진 숨결이 더해진다. 하민은 조
금 전 자신의 타액으로 젖은 재이의 가슴을 부드럽게 그러쥐며 나머지
손으로 살짝 떨리는 무릎을 잡았다.

거의 포개지듯 몸을 겹치고도 손길 한 번에 떨고, 입맞춤 한 번에
깊은 한숨을 흘리는 재이에게서 방해물들을 전부 치워 버리기까진 그
리 오랜 시간이 걸리지 않았다.

그사이로도 간간이 격렬한 키스가 오가고, 쉴 새 없이 드러난 맨살
을 쓸어내리는 하민의 손에 실린 체온이 이젠 퍽 뜨거워졌다고 생각했
을 무렵, 또 머릿속이 완전히 흐려졌다고 느끼던 무렵, 문득 하민이 재
이에게서 몸을 뗐다. 짧은 순간이었지만 그 순간조차 안타깝다고, 두
사람 모두 같은 생각을 했다.

스르륵, 어둠 속에서 옷깃이 스치는 소리와 함께 다급하게 제 몸에
걸친 것들을 바닥으로 내던지는 하민의 기척이 고스란히 느껴지는 중
에도, 벗은 재이의 몸에서 한순간도 떨어지지 않는 하민의 시선이 의식
이 되어 자꾸만 애가 탔다.

"하……."

탄식과 함께 다시 와락 재이의 위로 몸을 겹쳐 오는 하민의 맨 살갗
이 뜨거웠다. 이내 자연스레 목덜미에 묻어 오는 입술도, 재이의 무릎

을 가볍게 쥐다가 그 뒤를 따라 서서히 미끄러지듯 올라오는 손길도 전부 뜨거웠다.

"안 되겠다."

무슨 의미냐고 되물을 새도 없이, 재이의 허벅지 근처를 어루만지던 손길이 마지막 남은 옷가지 위로 옮겨 갔다. 얇은 천 한 장을 사이에 두고, 그의 손에 담긴 열기가 고스란히 느껴져 괜히 더 숨이 차올랐다.

"날 너무 급하게 만들어."

안 그래도 흐려진 머릿속으로 그 특유의 저음이 파고들어 재이를 더 어지럽게 했다.

"이재이 씨."

어느 것에 먼저 반응해야 할지 모를 정도로 자극이 쏟아진다. 제 이름을 부르던 섬뜩하리만치 낮은 목소리와 그 말이 끝나기 무섭게 제 귓불을 가만 물었다 놓는 뜨거운 입술, 그리고 민감한 곳 근처를 몇 번 덧그리다 이내 스륵 마지막 저지선을 벗겨 내는 손길.

"이건 다 이재이 씨 때문이야."

뜨거운 숨결과 함께 뱉어 내는 제 이름은 정신이 아득해질 만큼 달콤했다. 체중을 실어 밀착된 서로의 가슴 너머로 쿵쿵, 같은 박동의 심장이 뛴다. 손을 뻗어 잠시 가느다란 발목을 꾹 쥔 하민이 부드럽게 재이의 무릎을 세웠다.

발목에서부터 거꾸로 거슬러 오르는 손길이 허벅지 안쪽의 맨 살갗을 스치자 재이가 다시 작게 움찔했지만 그때마다 하민이 입을 맞춰 오는 탓에 숨을 돌릴 틈조차 없었다.

"아……."

그럼에도 그 입술 너머로 밭은 소리가 새어 나간 건, 은밀한 곳으로 파고드는 하민의 손길 탓이었다. 아주 조금의 물기를 머금고 있던 꽃잎 사이로 이젠 데일 듯이 뜨겁게 느껴지는 하민의 손가락이 소심스럽게 파고들기 시작했다.

"아, 아아……."

살며시 덧그리듯 틈을 따라 움직이던 하민의 손끝이 조금씩 깊이를 더해 가더니 어느 순간 가장 예민한 꽃잎을 건드렸다.

흡, 저도 모르게 숨을 멈춘 재이의 전신이 긴장으로 굳어지던 것도 잠시, 다시 느릿하게 움직이기 시작한 하민의 손끝에서부터 서서히 열락이 번져 간다.

"아, 하아…… 사장…… 님……."

"그렇게 부르지 말라니까."

촉촉이 물기를 머금어 가는 제 손끝처럼 어느새 하민의 목소리도 젖어 가고 있었다. 여전히 부드럽지만 조금씩 속도를 더해 가는 손길이 집요하게 한 지점을 맴돌고, 그럴수록 더 가빠질 수 없을 것만 같던 재이의 숨이 가빠진다.

"아, 아으…… 아…… 하……."

이미 정지해 버린 사고 속에서 재이의 달뜬 소리가 자꾸만 끊어졌다. 아릿하리만치 강한 쾌락이 더해 갈수록, 시야가 하얗게 바래질수록, 온몸이 녹아내릴 것만 같다. 그런 재이를 몰아붙이듯 하민의 손길이 더 애타는 쾌락을 자아냈다.

"잘 안 들려."

"거짓…… 아, 거……짓말……."

멈추지 않는 손길 사이로, 그의 속삭임이 실어 오는 감각이 더욱 강렬해졌다.

"정말."

바로 귓가에 속삭이는 목소리에 다시 온몸이 젖어드는 것만 같았다. 재이는 아득해져 가는 이성을 붙들 듯 그의 뺨을 가만 밀쳐내 보았다. 그제야 마주친 눈동자는 어느 때보다 다정한 빛이라 이런 순간에조차 안심이 되는것 같았다.

"하……민 씨."

숨소리보다 더 작았던 재이의 목소리에 하민이 희미하게 미소했다.

"네, 이재이 씨."

반쯤 촉촉이 젖은 재이의 눈매는 어둠 속에서도 선명하다. 그제야 재이에게서 잠시 몸을 떼는 하민은 그 눈동자에서 한순간도 시선을 떼지 못했다.

"내가 너무 좋아하는……."

한 번, 완전히 몸이 떨어진 채로 잠시 내려다보던 하민이 입가의 미소를 지우지 않은 채로 다시 한 번 천천히 몸을 내렸다.

"내, 이재이 씨."

이번엔 완전히 체중을 싣지 않은 채, 재이의 고개 옆에 두 팔을 짚은 하민이 귓가에 속삭이고는 천천히 재이의 허리를 쓰다듬었다.

본능적으로 다음 순간을 예감하는 재이의 몸이 굳어질 틈을 주지 않으려는 듯 농밀한 손길이 어쩐지 애를 태우는 것처럼도 느껴졌다. 훅, 조금 더 가까워진 몸 사이로 무언가 뜨거운 것이 느껴졌다. 동시에 저도 모르게 재이의 숨이 멈춘다.

"괜찮아."

달래는 듯한 목소리가 바로 귓가에 들려 조금은 안심이 되기도, 오히려 더 가슴이 뛰기도 하는 이상한 순간.

"아……."

확, 뜨거운 감촉이 닿았다고 느끼자마자 빠듯한 재이의 입구를 비집고 들어오는 단단한 열기가 온몸을 엄습했다.

"하아……."

이번엔 하민이 깊게 탄식했다. 고작 손톱만큼 그녀의 안에 들어갔을 뿐인데, 전신의 말초신경이 날뛰기 시작한다.

"괜찮아."

실낱같은 인내심을 붙들고 내뱉는 하민의 목소리에 고스란히 열기가 묻어났다.

"괜찮으니까, 힘 풀어."

굳은 채로 파르르 떨리는 재이의 어깨에 가볍게 입을 맞추자, 긴장이 조금 누그러지는 게 하반신에 그대로 전해졌다. 하민은 그 틈을 놓치지 않고 그대로 천천히 제 분신을 밀어 넣었다.

"아, 아으……."

최대한 느릿한 몸짓이었지만, 제 몸을 실어 그녀의 안을 비집고 들어가는 덴 상당한 저항감이 뒤따라왔다. 그 빠듯한 긴장감이 오히려 이성을 놓칠 만큼 자극적이라 벌써부터 딱 미칠 지경이었다.

"잠, 잠깐…… 하, 아으…… 하, 하민 씨…… 잠깐만……."

다급히 외치다 못해 급기야 제 입술을 꾹 깨무는 재이의 목소리에도 멈출 수 없던 하민이 결국 끝까지 제 분신을 밀어 넣자 반동으로 재이의 허리가 작게 튀어 오른다.

"하……아."

더할 나위 없이 자극적인 이 순간에 새어 나오는 탄식은 황홀감의 반증이다. 온전히 그녀의 안에 들어가, 빠듯하게 감싸 오는 그녀의 존재를 느끼는 이 순간보다 더한 환희는 없다.

"이……재이 씨."

잠시 동작을 멈춘 채, 그저 재이를 꼭 끌어안은 하민이 촉촉이 젖은 눈매를 쓸어내리며 속삭여 주었다.

"지금, 최고로 예뻐."

거짓말, 이 어둠 속에서 그런 게 보일 리가 없는데. 보인대도 아마 엉망인 표정을 하고 있을지도 모르는데. 그런데도 바보같이 믿게 된다. 온몸을 빈틈 하나 없이 꼭 끌어안은 이 남자의 체온에서, 내 안을 온전히 지배하고 있는 그의 열기에서 진심이 느껴졌다.

"······해요."

하민의 어깨를 꼭 붙든 재이가 아직도 떨리는 목소리로 말했다.

"좋아해요."

희미한 어둠 속에서 미소하는 하민의 입술이 재이의 이마에 촉, 소리가 나게 입을 맞추고는 서서히 묻어 뒀던 하반신을 움직이기 시작했다.

"아······."

애써 소리를 죽여 보지만, 자꾸만 입술을 비집고 나가는 농밀한 신음 사이로 가쁜 숨이 뱉어진다.

"아, 아······ 하아, 하민······ 아, 하으······."

하민이 재이의 안에 깊숙하게 몸을 묻어 올 때마다 턱턱 숨이 끊긴다. 그리고 처음 느껴졌던 이물감과 다소의 저항감이 사라진 자리에 아릿한 쾌락이 차오르기 시작했다.

굳은 재이의 몸을 의식해서인지 느릿하게 시작됐던 하민의 움직임이 점차 빨라지기 시작한 것도 그 무렵이었다. 파도가 밀려들 듯, 얕게 몇 번을 오가던 하민이 더 이상 참지 못하고 끝까지 몸을 밀어 넣자, 이번엔 통증이 아닌 짜릿한 감각이 재이의 전신을 지배했다.

"아······!"

찌릿, 온몸을 관통하는 열기와 쾌감에 자신도 모르는 사이 재이의 손톱이 하민의 목덜미를 파고들며 달콤한 통증을 선사한다. 그 아린 통증을 경계로 하민의 숨이 한층 더 가빠진 채 쉴 새 없이 재이를 몰아붙이기 시작했다.

깊이, 더 깊이······ 아무리 가져도 아쉬워서, 끝까지 더 끝까지······ 그렇게 그녀의 안으로 파고들었다.

"하······ 아아······."

그의 몸짓이 거세질수록 재이는 아무리 입술을 꾹 깨물어 봐도, 그의 목을 세게 끌어안아 봐도, 새어 나가는 소리를 막을 길이 없었다.

달뜬 열기 역시 한 번 제어를 벗어나자 한계점을 모르고 치솟은 지오래다. 그리고 파도처럼 밀려오던 열락의 감각 사이로 조금씩, 지독하리만치 짙은 쾌락이 밀려오는 걸 느꼈다.

"아, 하민 씨…… 아, 하아…… 나……."

두려움이 들 정도로 아득한 감각 속에서, 시야조차 아스라이 바라지는 순간 속에서, 애원하듯 속삭이는 재이가 그 어느 때보다 사랑스럽게 보였다.

"아…… 아흑……!"

찰나, 흐느낌에 가까운 소리를 뱉은 재이의 감은 눈 사이로 또록, 환희가 응축된 눈물이 한 방울 흘러내린다. 파르르, 다시 떨리고 있는 재이의 어깨를 움켜쥔 하민의 절정 역시도 다가오고 있었다.

"하……아……."

거의 매달리듯 필사적으로 제 목을 끌어안은 재이를 세차게 몰아붙이길 몇 번 더, 하민의 나직한 탄식과 함께 이 열락의 마지막 순간이 찾아왔다.

그 어느 순간보다 강렬한 절정에서 하민은 빈틈없이 재이를 꼭 끌어안았다. 그러고는 그대로 그녀 위에 쓰러지듯 몸을 겹친 채 잠시 동안 움직이지 않았다.

여전히 가쁜 두 사람의 숨소리만이 교대로 울려 퍼지는 사이, 그렇게 말없이 서로를 안은 채로 단둘의 밤이 깊어 간다. 세상에서 가장 달콤한 보름달이 떴던…… 우리의 첫 번째 밤이.

재이가 욕실에서 가운을 입고 나오자, 침대 헤드에 등을 기대고 앉아 있던 하민이 말없이' 팔을 뻗어 왔다.

"아직 물기가 남아서……."

어색하게 시선을 피하는 재이가 우스운지 낮게 키득이던 하민이 다시 손을 뻗는다.

"괜찮으니까 이리 와."

더는 변명할 거리를 찾지 못한 재이가 조심스레 다가가자, 하민이 빠른 손길로 재이를 낚아채다시피 안았다. 덕분에 나란히 침대에 등을 기댄 채, 또 하민의 한쪽 팔에 안긴 채 같은 곳을 보는 재이는 지금 기분이 퍽 이상하다 생각했다.

"여기에 여자를 들이는 날이 올 줄 몰랐는데."

하민도 같은 생각을 했나 보다. 막상 입으로 들으니 어쩐지 서운한 기분이 드는 게 우습지만.

"아무래도 아까 좋아한다고 한 건 취소해야겠다."

툭, 폭탄 같은 한마디를 태연하게 던지는 하민의 품에서 저도 모르게 훌쩍 떨어진 재이가 황당한 눈으로 보는데도 하민은 아랑곳 않고 다시 재이를 제 품에 가뒀다.

"이런 때까지 꼭 장난을 쳐야겠어요?"

"장난치는 거 아닌데. 나, 이재이 씨를 사랑하나 봐."

"아니긴 뭐가…… 네?"

깜박, 잠시 정지한 사고 너머로 재이가 천천히 눈을 감았다 떴다.

"들었잖아. 꼭 듣고도 이렇게 되묻더라?"

"듣긴 들었지만……."

너무 믿기지 않는 이야기라 그렇죠. 차마 그 말까진 못하는 재이가 또 눈만 깜박이자 하민이 잠시 미간을 찌푸린다.

"또 오해할까 봐 분명히 말해 두는데, 이재이 씨랑 같이 잤다고 즉흥적으로 하는 소린 아냐."

이런 때에 그는 제법 눈치가 빠르다. 그리고 꽤 다정했다. 다시 재이의 어깨를 안아 주는 손길이, 가만가만 차분하게 이야기를 늘어놓는 낮은 목소리가.

"문득 그런 생각이 들었어. 이재이 씨가 씻으러 간 사이에, 나도 모르게 빨리 돌아왔으면 좋겠다는 생각이. 그러고 나서야 여기에 처음으로 여자를 들였다는 걸 깨달았어. 그딴 거 나랑은 상관도 없고, 질척한 짓이라고 생각했었는데…… 아니었던 거지."

"뭐야, 그게."

괜히 간지러운 기분이 들어서 무심한 체 던지는 재이의 말에도 하민의 목소리는 흐트러지지 않는다.

"한시도 떨어지지 않았으면 좋겠다는 생각도, 항상 이재이 씨가 여기 있었으면 좋겠다는 생각도 했지. 그것도 같이 자기 전이 아니라, 자고 나서야."

이 남자는 부끄럽단 감정도 모르는지, 적나라한 하민의 언급에 뺨이 화끈 달아오른다.

"내 가치관에서, 그건 딱 한 가지로밖에 설명이 안 돼."

확실히 못 박듯 말하던 하민이 이젠 한술 더 떠서 재이의 뺨을 감싸 쥐고 눈을 맞춘다.

"나, 사랑에 빠졌나 봐. 그것도 이재이 씨랑."

반짝이는 눈동자에서 온갖 달콤한 감정들이 흘러넘쳤다. 그 한가운데에 있는 애정 역시도.

"대답은?"

장난스레 되묻는 하민의 입술이 어느새 재이의 입술과 맞닿을 듯이 가까이에 있다.

"대답은……."

깜박, 자꾸만 눈을 느릿하게 감았다 뜨는 재이다. 몇 번이고, 몇 번이고 눈을 깜박여도 이 남자가 나를 이다지도 사랑스러운 눈으로 바라보고 있다는 게 믿기지가 않아서 자꾸만 확인하고 싶어서.

"봐서, 하는 거 봐서 들려줄게요."

더 이상 가슴이 뛰었다간 정말 큰일이 날 것 같아 대답을 미룬 재이가 살짝 웃어 보이자 잠시 응시하던 하민이 따라 웃었다.

"그래."

축, 재이의 입술 바로 옆에 가볍게 입을 맞춘 하민이 이내 다시 재이를 품에 안았다.

"그래야 내가 반한 여자답지."

의외로 순순히 수긍하는 하민의 옆얼굴이 왠지 낯설단 생각이 들었더랬다.

제멋대로에 어디로 튈지 모르는 천방지축, 시종일관 일삼는 장난기와 때론 철부지 같은 그 하 사장이 정말 지금 내가 보고 있는 남자와 같은 사람인지 도저히 믿기지가 않는다. 그는 언제부터 이렇게 깊고 다정한 눈동자를 하고 있었던 걸까. 언제부터 이렇게 남자의 모습을 하고 있었을까.

"그래서…… 어떻게 볼 건데?"

슥, 허리를 감아오는 하민이 짓궂게 되물으며 재이의 짧은 감상이 끝났다.

"아님, 내가 알아서 보여 줄까?"

하긴, 차라리 이게 하민답다. 문제는 평소의 하민보다 과하게 짓궂고 장난기의 범위가 다소 위험해졌다는 거지만.

"아뇨."

훅, 목덜미에 끼쳐 오는 더운 숨결을 걷어 내듯 쳐낸 재이가 단호한 눈으로 하민을 본다. 이 이상 넘어갔다간 몸부터 버텨 내지 못할 것이다. 뭣보다, 온몸에 퍼진 나른함에 손가락 하나 까딱할 기운도 없었다.

"그건 내일부터 직접 확인할게요."

"왜 내일부턴데?"

"사장…… 아니, 하민 씨가 어떻게 날 후회하지 않게 해 줄지. 또 어떻게 내 실업 급여를 책임져 줄 건지, 내일부터 들을래요."

살짝 용기를 내서 눈을 똑바로 맞추고 한 말에 하민은 웃어 주었다. 아주 조금 씁쓸하지만, 여전히 다정한 기척으로.

"오늘은 그만 자요. 못 잔 지도 오래됐잖아."

용기를 낸 김에 한 번 더, 이번엔 손을 뻗어 가만히 하민의 머리카락을 쓸어내리자 하민이 아무런 저항 없이 재이의 어깨에 고개를 기대 왔다.

"티 났나."

힘없는 웃음소리에 재이가 더 속이 상한다. 며칠 새, 눈에 뜨이도록 수척해진 얼굴과 켜켜이 쌓인 피로감을 두고서 고작 한단 말이 티가 났느냐니.

"밥도 잘 안 먹죠? 커피랑 술만 달고 살고."

"아냐, 먹었어."

"언제?"

"어…… 어젠가?"

답지 않게 눈치를 보던 하민의 어설픈 답에 홱, 재이의 눈이 치켜 올라간다. 참 신기한 일이다. 두 번 다시는 마주치지 않을 사람들처럼 돌아선 게 고작 얼마 전인데, 같은 밤을 지새우자 이제는 말조차 은연 중에 편하게 나간다. 꼭, 이 세상의 다른 평범한 연인들처럼.

"내일부터 같이 먹으면 되지."

그래서 이 잔소리 세례가 싫지만은 않은 하민이다. 누군가 자신을 걱정해 준다는 이 낯설기만 한 느낌이 오히려 조금 기쁘게 느껴질 정도다.

"걱정하지 마."

그러면서도 걱정시키고 싶지 않은, 모순적인 감정마저 드니 참 이상하다.

"걱정을 안 하게 생겼어요? 이러다 쓰러지면 주먹으로 때려서 깨울 거야."

"참, 나. 내가 자기 같은 줄 아나 봐. 이 정도로 쓰러지게."

그렇고 그런 의미의 자기가 아니란 건 아는데, 괜히 뺨이 화끈거린다.

"내, 내가 뭘요!"

"운동 싫어하지, 체력 약하지, 지금도 피곤해 죽을 거 같은 얼굴이지…… 근데 말은 왜 더듬어?"

이게 다 누구 때문인데. 누구 때문에 이렇게 피곤해 죽겠고, 답지 않게 말이 헛나가는 건데. 아니, 혹시 다 알면서도 저러는 걸까. 저 인간이라면 충분히 그러고도 남는다.

"이재이 씨, 혹시 내가 아까……."

"밤샐 거예요?"

그러면 그렇지, 한 건 잡았다는 듯이 말꼬리를 붙들고 늘어지는 하민의 반짝이는 눈을 보던 재이가 확 말을 가로챘다. 이대로라면 이 밤을 꼬박 새워도 꼬리에 꼬리를 문 채 끝나지 않을 게 틀림없다.

"그것도 괜찮은데, 왜?"

"그럼, 저 집에 가려고요."

"뭐?"

황당하다는 답과는 달리, 하민의 손은 재빠르게 재이를 옭아맨 채 그녀를 더 �꽉 품에 가뒀다.

"안 간다고 했잖아, 치사하게 이럴 거야?"

"그러니까 자요, 이제."

"왜, 내가 잠들면 도망가려고?"

"안 가."

단호한 재이의 말에 저도 모르게 희미한 미소가 번졌다.

"아무 데도 안 가요, 약속했잖아."

지금 안아 주고 있는 건 나라고 생각했는데, 어쩐지 내가 위로받는 것 같은 기분이 들어서.

"내가 성격은 나빠도 약속은 잘 지켜요."

억지로 꾹 하민의 어깨를 누르는 재이의 손아귀 힘은 가소로웠지만, 못내 못 이기는 척 그대로 베개에 눕는 하민이다.

이렇게 귀여운 여잔데, 누가 성격이 나쁘다고…… 참, 내가 그랬었던가. 하얀 베개에 고개도 묻고 과거도 묻어 버리는 하민의 곁에 재이가 나란히 눕는다.

"그럼, 좋은 꿈꾸고……."

재이가 손바닥으로 하민의 눈을 덮으며 속삭였다.

"잘 자요, 하민 씨."

유난히도 포근한 그 작은 어둠 속에서 스르륵 눈을 감는 하민의 입가에 사랑스러운 미소가 떠올랐다.

"잘 자, 이재이 씨."

그리고 그 말을 마지막으로 이내, 까막까막 잠이 내려온다.

도대체 얼마만인지 가늠조차 할 수 없는 달콤한 잠이, 맞닿은 서로의 체온만큼이나 따스한 위안이, 지금 두 사람을 그저 행복한 연인으로 만들어 주고 있었다. 적어도 이 밤엔 아무것도 잃어버리지 않을, 사랑하는 두 사람으로.

11

그날 아침. 미처 내리지 못했던 커튼 사이로 새어 들어오는 햇빛에 슬쩍 눈을 뜨자 믿기지 않는 풍경이 들어왔다.

그저 바라보고만 있어도 마음이 찰랑찰랑 차오르는 것 같은 온기 속에서, 하민은 드물게 행복이라는 단어를 떠올렸다. 지금 품에 잠들어 있는 이 여자의 존재로 모든 게 변했다는 것도 함께. 더 이상 어제와 같은 것은 아무것도 없다는 것까지.

그사이 문득, 햇살 아래의 재이가 스르륵 눈을 떴다. 오늘 아침, 재이가 눈을 뜨자마자 처음으로 본 건 저를 안고 있던 남자의 다정한 눈동자였다.

"안녕."

아침이라 유난히 더 낮은 목소리에 재이는 반쯤 잠이 묻어나는 눈으로 마주 웃었다.

"네…… 안녕."

꼭 같은 인사말을 덧붙이는 것도 잊지 않고서. 그런 재이를 하민이 가볍게 껴안아 주었다. 이 아침의 적당한 온기가 깃든, 적당한 애정이

315

다. 동시에 하민이 지키고 싶은 모든 것이기도 했다.

간신히, 그 먼 길을 돌아와서 이제야 겨우 깨달았다. 여기에 내 행복이 있음을. 과거만이 아니라 현재의 행복도, 어쩌면 미래의 행복도.

"좋은 아침이야."

재이의 이마에 가볍게 입을 맞추는 하민의 입술이 그렇게 말했다.

재이는 좀처럼 현실감이 들지 않는 상황 속에 있는 자신이 낯설다.

"왜 그렇게 봐?"

커피 잔을 입에 댄 채 묻는 하민은 모를 거다. 평생을 이런 환경에서 자라 너무도 자연스럽게 이 공간에 존재하는 사람은 절대 지금 내 심정을 알 수가 없다고.

"그냥, 좀 신기해서요."

아침에 처음 눈을 떴을 때 본 건, 바로 저 남자의 다정한 미소였다. 그러고 나자 서서히 주위의 풍경이 눈에 들어오기 시작했다.

처음, 이 스위트룸에 발을 들였을 때만 해도 특유의 화려함과 위압감에 못내 주눅이 들었던 재이다. 그거로도 모자라 일종의 금기였던 침실에까지 발을 들였으니, 아니 거기서 하룻밤을 보내고 아침을 맞기까지 했으니 신기하단 말 외엔 달리 표현할 길이 없다.

평생, 내게는 이런 90년대 헐리웃 영화 같은 일이 일어나지 않을 줄로만 알았는데.

"약속, 지키는 거잖아."

순간, 무슨 뜻인지 몰라 의아한 눈을 하는 재이를 보고 하민이 조금 웃었다.

"내일부터 같이 밥 먹자며?"

아, 그런 거였나. 그제야 재이의 눈에 하민의 주위가 보이기 시작한다. 고딕 양식으로 지어진 발코니에 놓인 하얀 식탁보의 테이블과 그 위에 놓인 가지런한 은 식기, 그리고 은은하게 풍기는 맛있는 냄새.

"그러니까 빈속에 커피부터 마신다는 잔소리는 넣어 둬."

농담처럼 덧붙인 하민이 아까까지 무릎 위에 펼쳐 두었던 영자 신문을 치운다.

"뭐해, 안 오고."

내내 한 자리에 못 박힌 듯, 발코니 너머를 보는 재이를 채근하는 하민을 보자 더더욱 모르겠다.

뭐랄까, 5성급 호텔에서 실크 가운을 입은 채 눈을 뜨고 은 식기에 담긴 룸서비스를 아침 식사로 발코니에서 즐긴다는 건 운이 좋으면 평생에 한 번인 허니문에서나 가능한 이야기인 줄 알았는데…….

"옷부터…… 좀 입고요."

"뭐 어때, 지금도 벗은 건 아니잖아."

그러는 본인도 가운 차림으로 잘도 앉아 있으니 할 말은 없지만.

"그래도, 좀."

"아메리칸 스타일이라고 생각해. 영화도 안 보고 살아?"

사실, 이 중에 가장 신기한 게 당신이라는 말은 못 하겠다. 내겐 너무 이질적인 이 풍경에 너무도 자연스럽게 녹아 있는 사람. 평생 나와는 관계없을 것만 같았던, 어쩌면 다른 종족이라고까지 여겼던 그런 당신.

"얼른."

햇빛 아래에 앉은 그의 눈매가 유독 선명하다. 가운 틈으로 반쯤 드러난 목선도, 장난스럽게 웃어 주는 그 입술도, 이따금 죽 기지개를 켜는 깍지 낀 커다란 손도.

내가 저 남자와 밤을 보냈구나. 정말이지 믿기지가 않았다.

"같이 밥 먹자더니, 나까지 굶길 셈이야?"

조금 애교 섞인 채근에 멍하니 서 있던 재이는 결국 마지못해 걸음을 뗐다.

"누가 굶겨요, 먼저 먹으면 되지."

"같이 먹자고 했잖아."

괜히 쑥스러워 톡 쏘는 말을 뱉었더니 예상과는 정반대의 답이 돌아왔다. 이런 건, 반칙인데.

"내가 성격은 나빠도, 약속은 잘 지키거든."

하민이 맞은편 의자에 앉는 재이를 보며 씩 웃는다. 덕분에 이제야 확실히 깨달았다. 이 남자는 부끄러움이라는 걸 모르는 사람이 틀림없다고. 그러니 간밤의 보름달 아래에서 했던 말을 지금 이런 화사한 햇살 아래에서 잘도 할 수 있지, 아주.

"스크램블, 수란, 삶은 달걀? 뭘 좋아할지 몰라서 다 시키긴 했는데."

그 말처럼, 재이가 앉자마자 눈앞에 온갖 계란의 향연이 펼쳐졌다. 솔직히 이런 건 브라운관 너머의 메뉴고 현실적인 아침은 프라이라고 생각하지만.

"차는 홍차, 커피, 혹시 몰라서 허브티랑 오렌지 주스도 있어. 홍차는 얼 그레이랑……."

사람은 둘인데, 유난히 가득 차 보이는 테이블은 그 탓이었나 보다. 하민의 등 뒤에 온갖 티백을 담은 고풍스러운 나무 상자까지 본 재이는 뒤늦게 이 사람과 나의 차이를 깨닫는다.

"아뇨, 저도 같은 거 마실게요."

재이가 간신히 한 고비 넘겼다 생각할 무렵.

"베이컨? 포테이토? 베이컨은 바싹, 아니면……."

이대로라면 아침 식사를 오전 중에 끝마칠 자신이 없다. 아까의 티박스가 있던 곳에 뚜껑이 덮인 채로 있는 은 식기들은 저 무궁무진한 질문들을 위한 대비책이었다는 걸 슬슬 알 것 같았다.

"저기, 잠깐만요."

"다 아니야? 그러면……."

"아니, 그게 아니라 진짜 그냥 잠깐만요."

아무런 저의 없이 되묻는 하민을 보며, 재이는 조금 우스운 기분이 들었다. 내겐 맞지도 않는, 불필요하고 오히려 과분하기까지 한 질문들을 퍼붓는 눈앞의 이 남자의 마음을 아주 조금 손톱만큼은 알아줄 수 있을 것도 같은 기분이 들어서 말이다.

"솔직히 말할게요, 전 원래 아침 안 먹어요."

"아……."

그렇게 망연한 표정을 할 것까진 없잖아. 잠시 넋이라도 나간 것 같은 하민을 보며 재이는 다급히 뒤의 말을 덧붙인다.

"아니, 있으면 먹죠. 시간이 없고 여건이 안 되니까 못 먹는 거고. 있으면 먹어요."

왜 이런 걸로 변명씩이나 하고 있는 건지는 모르겠지만, 하민의 실망스러운 표정을 보니 절로 말이 나갔다.

"이재이 씨는 미국에 있을 때, 아침도 안 먹고 살았어?"

뜻밖에도, 전혀 다른 답이 돌아올 줄은 몰랐지만.

"그때는 유학생이었으니까 챙겨먹고 다닐 여유가…… 아니, 근데 그건 어떻게."

"이력서에 쓰여 있던데."

태연히 말하는 하민이 향긋한 냄새를 풍기는 크루아상에 버터를 발라 재이 앞에 놓인 접시에 내려놓았다.

"뭘 또 놀란 눈으로 봐? 당연히 읽어 봤지. 한 일곱 번쯤 정독하고, 가끔 심심하면 보는 정도?"

깜박할 뻔했는데, 이 남자는 꽤 뻔뻔한 인간이었다.

"근데, 왜……."

"모른 척하는 거야 내 맘이니까."

팔꿈치를 든 채로 은색의 나이프를 놀리는 그를 보다, 문득 지난 일이 떠올랐다.

"그럼 그때 제주도 간다고 내 생년월일 물어본 것도……."

"어, 일부러 그런 거야."

툭, 나이프를 대자마자 부서질 정도로 바삭한 베이컨을 마지막으로 나름의 플레이팅을 마친 하민이 자연스럽게 재이 앞에 놓인 접시와 제 접시를 바꾸었다. 다시 한 번 말하지만, 이 남자는 뻔뻔한 인간이다.

"아니, 뭐 하러 그런 짓을 해요?"

"짜증 나니까."

"그날 일찍 퇴근하라고 한 게 그렇게 억울했으면……."

"그거 말고."

커피 한 모금을 머금은 하민이 똑바로 재이를 응시한다.

"그 인간이랑 있을 게 뻔해서 짜증 나니까."

이제야 그 모든 상황이 이해가 간다. 간만에 칼 퇴근을 지시한 하민 덕분에 재민과 나눴던 저녁 시간, 그 타이밍을 기막히게 파고들었던 제 주도 항공권 사건이.

"그런 게 아니라, 우린 그냥 대학 선후배라서…… 아니, 그렇다고 아침 비행기라고 거짓말할 건 또 뭐예요?"

"됐고, 앞으론 우리라고 하지도 마. 그것도 짜증 나."

대번에 미간을 찌푸리는 하민이 그제야 평소의 그로 보인다. 늘 직 설적이고 멋대로인, 또 조금은 철부지 같았던 그로.

"가끔은……."

다 알면서 모른 척해 주는 건 재이도 마찬가지다. 뭐, 그런 모습이 더는 밉지가 않아서겠지만.

"아메리칸 스타일도 나쁘지 않은 것 같아요."

마음을 담아서 보낸 미소는 진실이었다.

"……당연하지."

우리 두 사람이 먹기엔 지나칠 만큼 넘치는 식탁에서 그렇게 말해 본다. 한 사람을 위해서 준비하고 또다시 그녀를 위해서 직접 만들어 준 작은 접시 너머로, 내가 느꼈던 완벽한 아침을, 당신에게도 느끼게 해 주고 싶었다는 말 대신에 그냥 그렇게만.

"근데, 아메리칸이 아니라 영국이잖아."

제 손으로 정돈해 준 음식을 한입 머금고 난 재이가 웃으며 말했다. 이 아침 햇살에 꼭 어울리는 미소를 지으면서.

"나도 모르는 내 이력서 같은 게 있었나?"

"난 그런 거 안 봐도 알아요."

하민은 훗, 웃음 짓는 재이를 신기하다는 눈으로 쳐다봤다. 조금 멍하게 바라보는 하민의 시선을 의식했는지 재이가 다시 한 번 작게 키득이고는 입을 뗀다.

"〈flavour〉라고 썼죠? 〈colour〉라고도."

"내가?"

"봤어요, 메모 같은 거. 전 객실 디퓨저 건에 대한 서류에서도, 리뉴얼하는 뷔페의 인테리어 건에서도. 요즘 세상에서 그런 단어를 쓰는 건, 영국인 외엔 영국에서 사립학교를 나온 사람밖에 없을 거예요."

새삼, 제 손으로 해고했던 이 비서의 존재감이 떠오른다. 의외의 능력자인 건 알았는데, 이 정도의 통찰력까지 가진 여자인 줄은 또 몰랐네.

"대충은 맞지만, 그딴 학교 나오진 않았어."

그 과정에서 어떤 일들이 있었는지는 잊은 지 오래다. 아마, 사립학교라 확언을 한 걸로 보아 다른 단서도 많이 잡았겠지만, 굳이 서로 말할 필요는 없는 일이다.

"그래도 추리 능력은 높이 사지. 말이 나온 김에 생각해 보니⋯⋯."

하얀 냅킨으로 제 입가를 찍어 누르던 하민이 말했다.

"내 비서가 참 유능했던 것 같아. 정말이지, 좋은 비서였다고도."

장난스러운 목소리와는 달리, 바라보는 시선이 재이를 숨 막히게 했다.

"그런 의미에서⋯⋯ 우리, 지금부터 비상대책위원회를 소집할까."

착, 냅킨을 접는 그의 동작과 함께 우리의 아침 식사는 끝났다.

"우리⋯⋯ 둘이서요?"

"응."

지난밤, 내가 수도 없이 입 맞췄던 그 입술이 내게 말한다.

"우리 둘이서."

하얀 식탁보 너머로 그의 손이 넘어와서는 재이의 손을 꼭 잡는다.

"괜찮아."

그는 지난밤에도 그런 말로 저를 달랬었다.

"안 괜찮잖아."

그 손을 잡으면서도, 다른 말은 할 수 없는 재이다. 똑바로 마주친 시선 너머, 하민은 그저 미소한다.

"괜찮을 거야."

"안 괜찮으면⋯⋯ 그러면요?"

"그래도 괜찮아."

훌쩍, 하민이 재이를 끌어 당겨 제 무릎 위에 앉혔다.

"Y물산에서 도와줄까요?"

하민이 저를 감싸 안는 사이에도, 걱정은 멈추지 않았다.

"모르지."

"그래도 가족이니까……."

"가족이 아니라 그냥 혈연이지, 그들과 난."

쓸쓸한 말과는 별개로 하민의 팔은 재이를 세게 안아 온다.

"그래도…… 혹시 모르는 거잖아요. 혈연이라도 서로 생각이 다를 수 있잖아요. 오해라든가."

아주 조금, 웃는 모습이 비슷했던 하 회장을 떠올리며 말하는 재이다. 하 회장은 제 아들을 하 사장이라 부르면서도 분명 돕겠다 말했었다.

"꼭 Y물산이 아니어도, JY 본사에서도 돕고 싶어 할지 모르잖아요."

"모르지 않으니까 문제지."

"그치만, 또 가족이고, 일단은 자식이니까 당연한 마음이라고……."

"그럴 일 없어."

단칼에 자르는 하민의 목소리는 단호했다.

"결코 그 인간이 내 편에 서는 일은 없을 테니까."

머리 위로 내려앉는 그 목소리는 섬뜩하리만치 낮았다.

"내 편은 없어."

그 언젠가, 들었던 것 같은 말. 그러나 전혀 다른 느낌으로 살갗에 스며드는 목소리.

"……아무도."

그 쓸쓸한 목소리가 재이의 귓가에 울렸다.

"당신 외에는."

재이를 품에 안은 채 내뱉는 목소리는 진심이었다.

"그러니까, 날 도와줘."

귓가에 속삭이던 달콤한 목소리보다, 더 마음을 끌었던 건 아무래도.

"이재이 씨가."

내 이름을 발음하던 그 솔직한 입술이었던 것 같다.

"내 곁에 있어 줘."

❖

욕실에 들어서, 샤워기를 틀자 물줄기가 생각지도 못한 강한 수압으로 쏟아져 내렸다. 잠시 꾸었던 꿈같던 그 풍경들이 모두 씻겨 바래진다.

'아무도 몰라야 해.'

모든 게 다 씻길 줄 알았는데, 그것도 아닌가 보다. 그 목소리, 내가 듣지 않았어야 할 그 목소리가 내내 울리는 걸 보면.

'내가 자리를 비워도, 여기에 없다는 걸 아무도 몰라야 해.'

쏴— 쏟아지는 물줄기 속에서 눈을 감는 재이의 머릿속이 복잡해진다. 아직까지도 그의 목소리와 손길이 귓전에 울리는 것만 같아서.

'그 증거를 이재이 씨한테 줄게.'

나는 아마도 생각보다 위험한 일에 말려든 게 틀림없다.

'난, 이재이 씨를 믿어.'

그 남자가 그렇게 말했다, 나를 믿는다고. 이 환란의 시국에 나를 믿는다고, 믿겠다고.

'나도.'

하여, 적게나마 발음했더랬다.

'나도 믿을게요.'

재이는 아주 나중에서야 알았다. 믿는다는 것과, 믿을 거라는 것은 너무도 큰 차이가 있다는 것을.

비록 어제와 같은 복장이긴 하지만, 말끔한 모습을 갖춘 재이가 다시 나타났을 때 하민은 그 커다란 마호가니 책상 앞에 앉아 있었다. 익숙한 광경이었음에도 새삼 낯선 기분이 들었던 건 아마 많은 것들이 사라진 탓이리라.

재이의 몫이었던 작은 책상도, 늘 책꽂이 가득 꽂혀 있던 서류철들도 이제는 없다.

"이리 와 봐."

그래도 서글픈 기분이 들지 않는 건, 아직 같은 자리에 머무는 하민이 있어서겠지.

"아니, 옆으로 와."

평소처럼 책상 앞에 선 재이를 보고 손짓하던 하민은 재이가 곁에 다가서기 무섭게 자리에서 일어섰다.

"앉아."

너무도 뜻밖의 말에 재이가 눈을 동그랗게 뜨고 하민을 봤다.

"여기……에요?"

"얼른."

의자의 등받이까지 잡아 주며 재촉하는 하민을 보고도 선뜻 몸이 움직이지 않는 재이다. 그야, 다짜고짜 사장의 자리에 앉으라니 당황하는 것도 무리는 아니다.

"그래도 이런 데 막 앉는 건 좀 부담……."

"내 자린데 뭐 어때."

휙, 손을 뻗은 하민이 끝까지 망설이는 재이를 잡아다 반강제로 자리에 앉혔다. 소위 사장님 의자로 대변되는 그 자리는 보던 것보다 훨씬 푹신하고, 시야가 남달랐다. 이게 말로만 듣던 권력의 옥좌인가, 좀처럼 실감이 나질 않는데…….

"그리고 이제 이재이 씨가 나 대신 잘 지켜 줘야 해."

"네⋯⋯?"

실감나지 않는 건 이 자리뿐만이 아니었다.

"내일, 일본에 갈 거야. 그 사실을 아는 건 나와 동행할 송 실장님과 이재이 씨뿐이어야 하고."

의아한 재이의 시선에도 하민의 목소리는 차분했다.

"비밀을 지킨다는 건 방어가 아니라 공격이야. 공격적으로 속여야지만 간신히 최후의 보루를 숨길 수 있지."

가끔 이렇게 속 깊은 소리를 하는 하민이 진정 이 자리에 어울리는 사람이었음을 깨닫는 요즘이었다.

"오늘도, 내일도, 모레도⋯⋯ 난 여기서 업무를 처리하는 거야. 자리를 비운 적 없이."

"그걸 지금 저더러 하라는 건 아니죠?"

"왜 아니겠어."

씩, 웃는 하민의 가벼운 한마디가 야속할 만큼 이 자리가 주는 위압감이 무겁다.

"걱정 마, 어려운 건 없어. 어차피 평소에도 다 같이 하던 일이잖아?"

아침에 송 실장이 다녀갔는지 어느새 새로 쌓인 결재 철을 재이의 눈앞에 펼쳐 주는 하민의 손길이 제법 차분했다.

분명 평소와 크게 다른 내용은 없었고, 하민을 도와 처리하던 일의 연장이기도 한 결재 서류 마지막엔 하민의 서명을 기다리는 공란이 있었다.

"하지만."

언제나 결정은 하민의 몫이었다. 아무리 업무를 처리하고 의견을 제시해도 마지막 결정은 그만이 할 수 있는 일이었다.

"아무리 그래도 이런 것까지는 할 수 없어요. 이건⋯⋯."

"할 수 있어."

리넨 세탁처를 교체하는 사소한 일부터 대외적인 공표를 수반하는 큰일까지 이 호텔에서 일어나는 모든 일은 전부 하민의 손을 거쳐야만 비로소 이루어진다.

사장직에 오르고 가장 먼저 되찾아온 전결권이란 문자 그대로 모든 것을 결정하는 권한이었고, 곧 권력을 의미했다.

"말했잖아, 난 이재이 씨를 믿는다고. 그리고 이게 내가 주겠다던 증거야."

지금 그는 그것을 넘겨주려 하고 있었다. 막중한 책임을 수반하는 유일무이한 자신의 권력을.

"그래도……."

숨 막히는 부담감에 뒷목이 뻣뻣하게 굳어 오는 것만 같다. 이 자리가 이런 자리였나. 이렇게까지 무섭고 막막한 자리에서 그는 항상 태연히 웃고 있었던 건가.

"난 이재이 씨의 판단력을 믿어. 그러니 지금 이 순간부터 이재이 씨의 판단은 곧 내가 내리는 판단이야."

아직도 망설이는 재이의 오른손에 펜을 쥐어 주는 하민이 다정히 한쪽 어깨를 감싸 주었다.

"나쁘지만은 않지? 내 목숨 줄을 쥐고 있는 기분이."

"……두려워요."

일부러 긴장을 풀어 주려고 한 말이라는 건 아는데, 효과는 없었다. 하민은 그런 재이를 보고 조금 웃더니 펜을 쥔 재이의 오른손을 감싸듯이 잡고 결재 서류 위로 옮겼다.

"난 아니야. 하나도 두렵지 않아."

그가 말했던 믿음이란 이다지도 절대적인 거였다. 한 사람을 믿어서, 제 모든 것을 내어 줌에도 두렵지 않다고 말할 수 있을 만큼.

"변하는 건 없어. 겁낼 것도 무서워할 것도."

재이의 손을 감싼 하민의 손이 서류의 하단, 서명을 적는 공란에 이르러 유려하게 움직이기 시작했다.

"이건 여태까지처럼…… 우리 둘이서 내리는 결정이니까."

순식간에 하얀 종이 위로 하민의 서명이 적혔다. 그의 뜻에 따라, 재이의 손을 빌어 적힌 첫 번째 서명은 곧 최종 결정이 되었다. 제 손으로 적고도 믿기지 않는지 얼떨떨하게 보는 재이를 두고 하민은 조금 웃었다.

"그보다, 연습 좀 해야겠는데?"

하민의 손가락이 꾹, 평소보다 조잡한 서명의 끝을 누른다.

"사장 사인 정도는 눈 감고도 그리는 게 비서의 기본 아닌가."

"그런 짓을 하는 건 비서가 아니라 범죄자거든요? 그리고…… 난 해고됐잖아요."

빤히 올려다보는 재이의 눈빛에 잠시 하민의 말문이 막힌다.

"그건."

"뭐, 이제 와서 물러 달라고 하는 거라면."

"하는 거라면?"

"정 애걸복걸하고 나 없이 안 되겠다 한다면, 기한 연장 정도는 해줄 수도 있어요."

자못 새침한 표정으로 말하는 재이지만, 하민은 꽤 진지하게 들어주었다.

"언제까진데, 그 기한."

"봐서…… 평생 실업급여를 뜯어 낼 수 있을 때? 아니면 내 주식이 다시 상한가를 칠 때까지 매달 400% 상여금을 얻어 낼 수 있을 때?"

"파산하면 안 될 이유가 하나 더 늘었군."

어느새 코앞까지 다가온 하민이 웃으며 나지막이 말하고는 가볍게 재이의 뺨에 입술을 댄다.

"노력할게."

그리고 재이가 뿌리치기도 전에 재빨리 뒤로 두 발짝 물러섰다. 여느 때처럼 다소 짓궂은 웃음을 머금고 있는 그가 더 이상 얄밉지만은 않아 보였다.

"그러니까, 노력해야지 우리 이 비서도?"

드디어 다시 등장한 그 익숙한 호칭에 새삼 안심이 된다. 이제야 제자리로 돌아온 것 같은, 한 번 더 힘을 내서 함께 싸울 수 있을 것 같은 기분까지 든다.

"우선, 내 사인부터 완벽하게 베껴 봐. 일단은 가볍게 천 번 정도만 써 볼까?"

"아니, 무슨 천 번이 옆집 애 이름도 아니고!"

"그럼 그 전에 완벽하게 하든가. 자신 있어?"

오랜만에 보는 저 사악한 미소.

"이렇게 복잡한 사인을 어떻게 금방 베껴요? 그러게 누가 이렇게 사인을 어렵게 만들래요?"

"복잡하고 어려우니까 사인이지. 아님 개나 소나 다 베끼라고?"

쓸데없이 논리적인 말까지, 이제야 완벽한 평소의 하 사장이다.

"저기, 혹시……."

"없어. 사인으로 만든 스탬프도 없고 대체할 도장도 없으니까 꿈 깨."

재이의 말이 채 끝나기도 전에 먼저 선수를 친 하민이 제 몫의 서류철을 든 채 보란 듯이 소파에 드러누웠다.

"째려봐도 소용없어."

한 번 쳐다보지도 않고 귀신같은 저 눈치란.

"정확히 한 시간 후에 검사한다."

이 비서로 복귀한 후의 첫 업무는 여전히 고달팠다.

지잉, 지잉. 책상 위에 뒀던 핸드폰 소리가 이렇게 반가울 수가 없다. 재이는 겨우 세 장 정도 채운 삐뚤빼뚤한 사인 더미에서 눈을 떼고 보란 듯이 전화를 받았다.

"어, 지현 씨. 어쩐 일이야, 혹시 비서실에 무슨 일 있어?"

그럴 리야 없겠지만 시험 감독관 같은 얼굴로 째려보는 하민을 의식해서 한 말이다. 학교 다닐 때도 제일 싫어하는 과제가 깜지였는데, 이 나이를 먹고 하자니 왠지 더 좀이 쑤시던 차에 마침 적절한 전화였다.

"어, 그거. ……가야지 가야지 했는데, 요즘 너무 정신이 없어서. 그래도 일단은…… 뭐?"

헌데, 그 내용까지 적절하진 않았던 모양이다. 하민을 약 올리듯 쳐다보던 재이의 얼굴이 급격하게 굳어졌다.

"아니, 그게 말이 돼? 분명히 그대로 둬도 된다고…… 그래도 그렇지! 박 과장 저가 아무리 개인적으로 나한테 원한이 있어도…… 아, 안 되는데."

격앙되는 재이의 목소리에 하민의 시선이 걱정스럽게 변한다.

"……그래 주면 나야 고맙고, 응, 지금 갈게."

"왜, 무슨 일이야."

전화를 끊기가 무섭게 묻자 재이가 대번에 한숨을 쉰다.

"그렇게 심각한 일은 아닌데, 아무튼 저 좀 나갔다 올게요."

"무슨 일인데."

"개인적인 건데……."

하민이 태연해서 그렇지, 꽤 심각한 현재의 상황에 이렇게 사소한 이야기를 꺼내도 되나 망설여진다.

"뭔데, 이 비서의 그 개인적인 일이."

"제가 원래 비서실 소속이 아닌 건 알죠?"

"어, 근데?"

"그 전에 마케팅 부서에 있었는데, 갑자기 발령 난 것도 있고 정식으로 난 것도 아니라서 소속이 좀 복잡해요. 원래 제 자리에 있는 물건들을 가져가라고 하긴 했는데, 어쨌든 자리는 유지해 준다고 해서 당분간은 놔두려고 했었어요. 정신도 없었고."

"그래서?"

"그런데 그걸 박 과장 그 개새…… 아니, 아무튼 저랑 사이가 나쁜 상사가 있었는데, 오늘 사무실 배치 바꾼다는 핑계로 아예 데스크를 빼 버렸대요. 거기 내 물건도 다 있는 거 뻔히 알면서."

방금 대화 중에 꽤나 살벌한 어휘가 나올 뻔했던 건 그냥 넘어가기로 했다.

"아무튼 전화해 준 사람은 비서실에 내 동기인데, 중요한 거 몇 가지는 자기가 챙겨 줬다고…… 그래서 지금 좀 다녀오려고요."

"그럼 갔다 와야지. 어차피 집에서 필요한 것도 챙겨 와야 될 테니까."

의외로 선선히 보내주는 하민보다, 뒤의 말이 이상했다.

"집에서 뭐가 필요한데요?"

"앞으로 여기서 지내야 되는데 필요한 거 없어?"

"왜…… 여기서 지내야 되는데요?"

정말 몰라서 묻는다는 재이의 표정에 하민은 헛웃음을 친다.

"당연한 거 아냐? 이 비서는 내가 없는 동안 내 자리를 지켜야 하고, 나는 원래 여기서 사는 사람인데?"

"아……."

이런다니까. 평소엔 그렇게 똑똑한 것 같으면서도 정작 사소한 일에는 반응이 느리고, 답지 않게 별자리 운세를 믿으면서 주식 시장을 판타지 장르로 취급하는 알 수 없는 여자.

"쓸데없는 감탄사 날리지 말고 빨리 갔다 와. 아…… 아니다."

씩, 하민의 입가에 장난기 어린 웃음이 떠오른다. 마치, 재미있는 생각이 났다는 듯이.

"그냥, 나도 같이 가지."

이런 때에 말려 봐야 소용이 없다는 건 이미 잘 아는 재이다.

"그러시든지요."

재이의 시큰둥한 반응에 하민 역시 별 동요를 하지 않는다. 이렇게, 평소와 다를 바 없는 일상이 돌아왔나 보다.

JY 로비를 지나 엘리베이터를 타고, 다시 마케팅 부서로 향하는 복도에서 재이는 내내 부담스러운 시선들을 느꼈다. 다행히 대부분의 사원들은 하민의 얼굴을 모르지만, 재이에 대한 소문은 파다하게 퍼진 터라 꽤나 미심쩍은 시선들이 쏟아지고 있었다.

"여기서부터는 저 혼자 갔다 올게요."

"됐어, 어차피 여기서 할 일도 없는데."

"누가 보면 어쩌려고요."

뭐, 그런다고는 해도 설마 그 악명 높은 하 사장이 이까짓 시시한 일로 몸소 행차했다는 정신 나간 추측을 하는 사람은 없겠지만.

"어이구, 이게 누구신가. 우리 이대…… 아니, 이 실장님 아니셔?"

하민과 실랑이를 벌일 틈도 없이 복도 끝에서 불쾌한 목소리가 들려왔다. 눈으로 굳이 확인하지 않아도 그 주인공이 확실한 느물거리는 박 과장의 목소리가.

"귀하신 몸이 여기까진 어쩐 일로 행차하셨대. 설마 내가 내다 버린 쓰레기나 주우러 온 건 아닐 테고."

보란 듯이 털썩 내려놓고 발로 걷어차기까지 하는 종이 박스엔 재이의 이름이 적혀 있었다. 재이는 어금니를 꽉 깨문 채 살벌한 미소를 지으며 박 과장을 보고, 하민은 그런 재이를 한 발 물러서 잠자코 지켜봤다.

"저도 박 과장님을 다시 뵈니 반갑네요. 특히나 제가 잘근잘근 밟아 드린 발이 다 나으신 모습을 보니 기뻐요."

노골적인 재이의 도발에 먼저 평정심을 잃는 건 항상 박 과장의 몫이었다. 욱하는 심정을 숨기지 않은 채 성큼성큼 재이 앞에 다가선 박 과장은 우습게도 재이보다 한 뼘은 더 낮은 곳에 있었다.

"이게 실장 꿰차고 개념까지 나갔나, 이제 안 볼 사이다 이거야? 너 같이 모난 거 거둬 준 상사 은혜 같은 건, 개념이랑 같이 개나 줬나 보지?"

박 과장의 거친 삿대질이 재이의 턱 밑까지 다가왔을 무렵, 한 발 뒤로 물러섰던 하민이 툭, 가볍게 그 팔을 쳐냈다.

"적당히 하지."

"뭐야, 그쪽은……!"

"피차 다시 볼 사이들도 아닌데 적당히 해 두자고."

이미 불쾌한 기색이 역력한 하민이지만, 제 말처럼 적당한 수준을 지키는 중이었다. 본사에 제가 찾아왔다는 사실이 알려지면 꽤나 골치 아파질 테니 말 그대로 적당한 선에서 해결을 보고 싶었다.

"하, 그쪽이 뭐냐고, 그러니까! 이 막돼먹은 여자 애인이라도 됩니까? 참나, 하다하다 이젠 쫓겨난 부서에 애인까지 끌어들이고 잘하는 짓이다, 아주 잘하는 짓이야."

"박 과장님!"

열 받는 건 둘째 치고, 하민이 폭발할까 조마조마한 재이가 얼른 끼어들었다. 의외로 하민은 담담히 선 채 박 과장을 노려보다 한 마디를 툭 던졌다.

"애인이라고 할 수 있으면 좋겠지만."

그 말은 진심이다. 차라리 그런 말을 당당히 꺼낼 수 있다면 좋을 텐데. 그 속내를 조금은 눈치챈 재이가 잠시 그를 돌아보는 사이 박 과장의 존재감은 이미 잊혀진 지 오래다.

"지금은 그냥……."

하민의 말은 불청객의 등장으로 채 끝나지 못했다.

"간만에 뵙습니다."

복도 끝에서 등장한 박 실장이 어느 새 하민의 앞에 서서 꾸벅 허리를 숙인다. 박 과장은 영문도 모른 채 멍한 표정으로 그 둘을 번갈아 볼뿐 선뜻 나서지 못했다.

"……사장님."

다음 순간, 박 실장의 입에서 떨어진 단어에 정확히 삼 초 뒤, 박 과장의 낯빛이 눈에 띄게 질렸다. 이럴 상황이 아니건만, 재이는 몇 년 묵은 체증이 씻겨 내려가는 고소함을 느꼈다.

혼자 귀신이라도 본 듯 하민을 보는 박 과장의 존재를 당사자는 전혀 신경 쓰지 않는 모양이지만.

"회장님께서 찾으십니다."

"뭘까, 이 귀신같이 기분 나쁜 타이밍은."

"로비 통과하실 때 보고 받았습니다. 설마, 사장님도 못 알아볼 만큼 JY 본사의 보안이 허술하다고 생각지는 않으셨겠죠."

박 실장의 마지막 말에 대꾸하지 않은 하민이 재이의 귓가에 몇 마디 속삭이고는 먼저 걸음을 옮겼다. 박 실장은 그 상황에 익숙한 듯 잠자코 뒤를 따라나설 뿐이었다.

"저, 이 대…… 아니, 이 실장."

숨죽이고 섰던 박 과장이 더듬거리는 목소리를 냈을 때, 재이는 눈길도 주지 않은 채 아까 박 과장이 걷어 찬 종이 박스를 드는 중이었다. 그걸 보고 다가온 박 과장이 상자를 들어 주겠단 제스처를 취했지만 차갑게 쳐내는 것도 잊지 않았다.

"저기, 우리 사이에 뭔가 오해가 있던 모양인데…… 아니, 당연히 나에 대해서 악감정이 있겠지만, 방금 있었던 일에 대해서는 사장님께 소명할 기회가 있어야 되지 않을까 싶어서…… 여기까지 오신 걸 보면 사장님이 우리 이 실장을 많이 아끼시는 것 같은데, 이 실장이 중간에서……."

"우리 이 실장이라뇨. 말씀 좀 삼가시죠?"

박 과장에게 시달리던 매일, 꿈에서라도 겪어 봤으면 했던 상황이 현실이 됐다.

"참, 제가 박 과장님 위해서 충고 하나 할까요. 왜…… 항상 저더러 사악하고 못돼 처먹은 거라고 하셨잖아요."

"이 실장, 그건 그냥 친근함의 표시로, 절대 내 본심은……."

"우리 사장님은, 저보다 백만 배는 더 사악한 사람이니까 조심하세요."

재이는 수도 없이 상상했던 대로, 아니 그보다 더 여유 있는 미소를 싱긋 지어 보였다. 지금 이 순간, 복수는 나의 것이라는 통쾌함을 온몸으로 느끼며 아주 사악하게.

"그럼, 전 바빠서 이만."

대답도 듣지 않고 돌아선 재이가 또각또각 도도한 걸음으로 박 과장의 멍한 시야에서 벗어난다. 그리고 잠시 후, 이 고소한 일화를 그대로 전해 들은 지현은 재이의 심정만큼이나 환호를 아끼지 않았다.

"아, 아깝다. 내가 그 꼴을 봤어야 하는 건데! 그 인간, 안 그래도 괜히 우리 쪽 탕비실에 와서 신입들한테 어찌나 느물거리는지, 아주 구역질이 날 정도라니까! 진짜 쌤통도 그런 쌤통이 없네."

말 마따나 간만에 통쾌하고 속이 시원한 일에 재이가 마주 웃자, 지현이 조심스레 화제를 전환한다.

"근데, 사장님은 여기 왜 오신 거야? 설마 재이 씨 때문……."

"에이, 말도 안 되지. 본사에 볼일이 있다고 하셔서 그 김에 나도 온 건데."

찰나, 당황해서 평소보다 더 빠르게 답한 재이는 괜히 속이 뜨끔했다.

"하긴, 그렇지? 임원들이야 워낙 다른 세상 사람들이니까. 그래도 우리 전무님은 좋은 분이라서 다행이야. 왜, 재이 씨도 알지?"

"어……?"

우연인지, 자꾸만 재이를 당황하게 만드는 질문의 연속이다.

"나 이번에 전무님 소속으로 변경됐거든. 인적조사서도 다시 썼는데 사내에 친한 사람을 적는 칸이 있어서 재이 씨를 썼더니 그것까지 다 읽어 보셨나 봐. 재이 씨가 대학 후배라면서, 잘 지내느냐고 물으시더라고."

지난 며칠간 잊고 있었던 재민의 얼굴이 떠오르자, 어쩐지 마음 한 구석이 무거워진다. 그런 재이의 속도 모르는 지현은 이미 신이 나서 떠드는 중이었다.

"재이 씨도 참, 그런 스페셜한 친분이 있으면 나한테 살짝 귀띔이라도 해 주지 그랬어. 전무님이 친한 선배고, 사장님 개인 비서라니…… 확실히 엘리트는 다르네."

"아냐, 그런 거. 나도 얼마 전에 알았고…… 그렇게 격 없는 사이가 아니라서."

반쯤은 거짓말이었지만, 어느 정도는 사실이기도 했다. 적어도 앞으로는 그래야 할 테니.

"에이, 친하지도 않은 후배 안부까지 묻겠어?"

"전무님이 학교 다닐 때부터 워낙 좋은 분이었거든. 남한테도 친절하고, 인망도 높고…… 그래서 그랬겠지."

"맞아, 좋은 분이지. 여느 임원들 같지도 않고."

지현의 눈초리에 다른 저의가 있는 걸 눈치채지 못하는 재이가 고개를 끄덕인다.

"참, 이거 내가 중요한 물건만 추려 놨어."

그 말처럼, 작은 상자 안엔 재이의 책상 서랍에 있던 개인적인 물품들이 한가득 들어 있다.

"고마워, 정말. 안 그래도 찾아와야지 했던 건데…… 덕분에 살았다. 다 내가 아끼는 물건들이거든."

"우리 입사 기념으로 받은 만년필도 있더라? 나도 그거 아직 갖고 있는데."

"맞아, 별거 아닌데 왠지 추억이 있는 물건은 버리기가 아까워서."

자질구레한 물건들은 전부 재이의 손에 익은 것들이다. 지현은 그런 재이를 보며 이해한다는 듯이 고개를 끄덕였다.

"나도 아끼는 물건은 항상 곁에 두게 되더라고. 그래야 일할 때 힘이 나잖아?"

그 말에 숨은 뜻이 있다는 걸, 지금의 재이는 모른다.

❖

하민의 눈에 비친 하 회장은 늘 같았다. 이 삭막한 거리감도, 서로를 향한 건조한 태도도 변한 것은 없다.

"뭐가 됐든 빨리 하시죠, 제가 좀 바빠서."

"일단, 좀 앉지 그러냐."

"바쁘단 말, 못 들으셨습니까."

그 정도의 시간도 할애하지 않겠다는 거절에 하 회장은 쯧, 혀를 찬다.

"넌, 언제까지 아비를 그런 눈으로 볼 참이냐."

"그러게요. 아예 안 볼 수 있다면 서로 좋을 텐데."

부자간에 살벌한 기운이 감돌려는 찰나, 먼저 기세를 누그러트리는 건 하 회장이다.

"그만하면 됐다. 지나간 원망에 발이 묶여 어리석은 짓을 하는 것도, 너 혼자서는 결코 해낼 수 없는 일에 고집을 부리는 것도, 이제 그만하면 됐어."

그 말에 하민의 입꼬리가 비틀린다. 노골적인 조소였다.

"넌 아직도 이 아비를 오해하고 있나 보구나. 지금 네 적은 내가 아니야. 아니, 그랬던 적도 없다. 난…… 네가 그런 식으로 빼앗듯이 사장직을 낚아채 가지 않았더라도 네게 주려 했어."

"그거 참, 믿음직스럽네요. 내 기억엔 분명히 그 이사회에서 첩의 자식을 꼭 끼고 계셨던 것 같은데."

"일시적인 조치였다. 너도 알다시피 이사회를 완벽히 통제할 수가 없어. 때가 되면, 네 정당한 몫을 찾아 주려던 내 진의까지 곡해하진 말아다오."

"그거야말로 제 몫이죠."

하 회장의 진심 어린 간청에도 하민의 냉랭함은 쉬이 깨지지 않았다. 아직도 한참은 어리게만 보이는 아들을 주시하던 하 회장은 깊은 한숨을 쉬곤 다시 입을 열었다.

"그만하자. 난 네 아비고, 네가 내 자식이라는 건 변하지 않아. 그러니 그만 내 그늘로 돌아와라. 네 몫을 확실히 물려받을 때까지 널 보호

하는 건, 아비인 내 몫이야."

피식, 진지한 분위기에 어울리지 않는 하민의 웃음소리가 찬물을 끼얹는다.

"저기요, 회장님. 난 한 번도 댁을 아버지라 생각한 적 없어요."

비틀릴 대로 비틀린 조소와 서늘한 눈동자엔 원망을 넘어선 증오가 맺혀 있다.

"그늘로 돌아오라고? 물려받는다고? 웃기는 소리. 당신이 내게 아버지 노릇을 한 적이 한 번이라도 있었나? 게다가 애초에 내가 되찾은 건 내 어머니의 유산이지, 몇 푼 되지도 않던 댁의 시시한 지분이 아니란 말입니다."

더 이상의 설득은 무의미하단 걸 깨달았는지, 하 회장이 한숨과 함께 태도를 바꿨다.

"한 가지만 묻자. 넌, 나와 다른 인간일 것 같으냐?"

사랑하는 여자가 있었고, 그 사이에서 아이를 가졌다. 불행의 시작은 그 관계가 집안에서 인정받지 못했다는 거였고, 그 불행의 절정은 회사의 위기가 왔을 때였다.

경영인으로서, 가문의 후계자로서 옳은 선택을 내려야만 했고, 한 남자로서 행복을 포기할 자신 또한 없었다. 한 번, 단 한 번만 파렴치한 선택을 하면 모든 걸 지킬 수 있었던 그런 때였다.

"너는 다른 선택을 내릴 수 있을 것 같으냐는 말이다."

"저라면 결코……."

"아니, 그건 속단할 수 없어. 그 선택의 순간에 서 보지 않고는 장담할 수 없는 거다. 네게 지키고 싶은 것들이 생기고 막다른 골목에 다다랐을 때, 방법이 한 가지밖에 없다면 아무리 너라도……."

"아뇨."

식은 눈으로 내뱉는 한 마디는 단호했다.

"난, 당신과는 다른 인간입니다."

그 말을 끝으로 하민은 등을 돌렸다.

❖

멀리서 다가오는 하민의 낯빛이 어둡다고 생각했는데, 막상 코앞에 서자 웃어 보이는 그다. 그럴수록 어쩐지 걱정이 된다는 말은 할 수 없었다.

"물건은 잘 챙겼어?"

"네. 일찍…… 끝났네요?"

"어, 내가 그 영감이랑 할 말이 뭐가 있어."

"그래도……."

휙, 재이가 들고 있던 상자를 낚아채는 하민은 어느새 평소와 똑같은 표정이다.

"가족 어쩌고, 설교는 나중에."

"누가 뭐래요?"

샐쭉한 재이를 가볍게 무시하곤 엘리베이터 버튼을 누른 하민이 품에 안은 상자 속을 비죽 들여다보았다.

"뭐야, 이 잡동사니는. 여자들은 꼭 근무할 때 이상한 걸 늘어놓고 하더라?"

"이상한 거라뇨, 내 물건인데."

"아니, 도대체 이 플라스틱 화분은 왜 놓는 거야? 진짜 화분이면 이해를 해. 알록달록한 달력은 왜 필요하고, 경리도 아니면서 분홍색 계산기는 또 뭔데?"

"뭐라고 할 거면 이리 줘요!"

듣기 싫다는 듯 새초롬하게 보는 재이를 두고도 주차장에 도착할 때까지 내내 잔소리를 멈추지 않던 하민은 제 말이 무색하게 상자를 고이 트렁크에 넣어 주었다.

그 모습에 못 이기는 척 재이가 먼저 차에 오르자 곧이어 둘을 실은 차가 출발했다. 평소 하민이 타던 호텔 소유의 롤스로이스가 아닌, 기사가 없는 하얀 세단이었다.

그리고 그 모습을 남몰래 주시하던 지현이 핸드폰을 꺼냈다.

"방금 출발했습니다."

수화기 너머로 누군가에게 보고를 하는 지현의 눈빛은 아까 재이의 앞에서 짓던 가식적인 웃음을 삭 걷어 낸 채라 퍽 싸늘하게 느껴졌다.

"네, 만년필을 비롯한 세 가지 물품에 도청기를 설치했으니 아마 그 중에 하나는 걸릴 겁니다. ……네, 본인이 평소에 곁에 두는 물건들이니까요. 참 그보다 한 가지 이상한 게 있는데요."

둘이 떠난 자리를 보는 지현이 잠시 골똘한 생각에 잠기더니 입을 뗀다.

"제 착각일수도 있겠지만, 두 사람의 사이가 일반적인 임원과 비서 사이라기엔 너무 지나치게 가까워 보이는 게 마음에 걸립니다. ……네, 하긴. 그렇다면 더 잘된 거겠죠."

딸깍, 전화를 끊는 지현의 입가에 비릿한 미소가 떠올랐다.

❖

뭔가 이상하다.

직접 운전을 하는 하민의 옆얼굴을 보는 것도, 비서인 주제에 조수석에 타서 팔자 좋게 그걸 보는 제 처지도, 한 번밖에 안 와 본 제 오피스텔에 주인인양 성큼성큼 들어오더니 그대로 소파에 누워 버리는 자연스러운 그의 모습도 전부 다 이상하고 낯설다.

"누가 보면 사장님 집인 줄 알겠어요."

비꼬려고 한 말인데 정작 하민은 그런가, 하고 웃더니 이내 미간을 조금 찌푸렸다.

"아냐, 내가 아무리 망해도 이 정도는 좀."

"한 번만 더 그런 소리 하면 쫓겨날 줄 알아요!"

"내가 이런 집에 살면 이 비서 실업급여고 상여금이고 다 좋은데 괜찮겠어?"

헛소리엔 무시로 일관하겠다는 듯, 재이는 옷장에서 작은 캐리어를 꺼내 차곡차곡 옷가지를 챙기기 시작했다.

"챙기는 김에 많이 챙겨, 오래오래 있게. 나 돌아와서도 계속 있으려면 아예 옷장을 통째로……."

"됐거든요."

"아무튼, 쌀쌀맞긴."

보란 듯이 꼭 필요한 만큼의 옷가지만 넣은 재이가 쾅, 하고 캐리어의 문을 닫는다. 어차피 나머지 자잘한 물건들은 재이의 집보다 넘칠 만큼 있는 스위트룸이니 더 챙길 것도 없었다.

"그게 다 챙긴 거야?"

"네."

"그럼, 이리 좀 와 봐."

이 좁은 오피스텔에서조차 누운 채로 손만 까딱까딱하는 하민이 참 얄밉다.

"요즘 지나치게 오라 가라 한다는 생각 안 해요?"

"어. 해야 돼?"

뻔뻔한 대꾸에도 불구하고 기어코 그 옆에 가서 서는 저가 더 우습지만서도.

"자요. 왜 오라고 했어요, 엎어지면 코 닿을 데서."

"왜긴."

누운 채로 재이의 팔목을 잡은 하민이 씩, 웃는 순간 휘청 중심이 기울었다.

"이러려고지."

넘어지듯 하민의 위로 쓰러지는 재이가 발버둥치지 못하게 꼭 끌어 안아 품에 가두는 것까지 잊지 않은 채로, 하민이 낮게 웃는다.

"진짜 이럴 거예요?"

"어, 이럴 건데."

평소라면 이까짓 거 밀어 버리고 살벌한 잔소리를 퍼부었을 텐데, 어쩐지 가슴 한구석이 간질간질해진다.

안 된다고 해 놓고서 못내 안겨 있는 그런 여자들 딱 밥맛이라고 생각했었는데, 왜 내가 이렇게 된 건지. 왜 물씬 짙어지는 이 남자의 체취가, 다소 높은 이 품 안의 체온이 이다지도 안도감을 주는 건지.

"조금만…… 이대로 있자."

나지막한 하민의 목소리에 거짓말처럼 같은 마음이 생겼다.

"조금만, 더."

열 평도 되지 않는 공간 속, 비좁은 소파에 빠듯이 끌어안고 누운 두 사람 위로 드물게 평화로운 오후의 햇살이 내리쬔다. 그렇게, 지금 그 무엇보다도 소중한 순간이 느릿하게 흘러가기 시작했다.

스륵, 감았던 눈을 떴다고 생각했는데 블라인드의 그림자가 저만치 기울었다. 눈만 두어 번 깜박이던 재이가 저도 모르게 잠이 들었던 걸 깨닫기까진 그리 오랜 시간이 걸리지 않았다.

"아……."

다급히 몸을 일으키려는데, 하민이 재이의 어깨를 붙들어 다시 제자리에 놓았다.

"깨우지 그랬어요."

"더 자, 오늘도 잘 못 잘 텐데."

"왜요? 아, 저 이제 사인 잘 하거든요?"

"누가 그까짓 거 때문에 안 재운대?"

내내 잠든 얼굴을 지켜보던 하민의 태연한 한마디에 재이가 안 그래도 큰 눈을 더 크게 뜬다. 그러고는 이내 약간 달아오른 뺨을 숨기려는 듯 하민을 확 밀치며 몸을 일으켜 앉았다. 물론, 그 끝에 하민을 흘겨보는 것도 잊지 않고서.

"꿈도 꾸지 마요."

"왜 안 돼? 내일부터 떨어져 있어야 되는데. 나, 하나도 안 보고 싶을 거 같아?"

언제부터 이렇게 뻔뻔해진 건지, 아예 앉아 있는 재이의 무릎을 베고선 잘도 저런 말을 한다.

"언제…… 돌아오는데요."

"최소한 사흘은 걸리겠지."

그 말을 듣자 지금 이렇게 체온을 맞대고 있는 사람의 부재가 물씬 실감나기 시작한다.

"그런 얼굴 하지 마, 가능한 한 금방 올 테니까. 나 없어서 외로우면 멋있는 이름이나 생각해 놓고 있어."

"이름?"

"어, 이번 일 성공하면 내 호텔에서 JY 간판을 아예 떼 버릴 거니까, 그때 붙일 멋들어진 이름."

상식을 벗어난 하민의 말에 잠시 말을 잃었던 재이가 뒤늦게 입을 뗀다.

"도대체 무슨 일을 꾸미는 거예요?"

"설마 내가 그깟 공사 자금이나 구걸하러 간다고 생각했어? 그것도 이 시국에?"

"그럼……."

"이재이 씨, 보기보다 순진하네."

당신이 보기보다 위험한 거라는 말을 하기도 전에, 하민이 가만히 손을 뻗어 재이의 뺨을 감싸 왔다.

"호텔을 온전한 내 소유로 만들 거야."

"그게, 가능한 일이에요?"

"가능하게 해야지. 내가 가진 걸 전부 다 배팅하는데, 그 정도는 돼야 공평하잖아?"

다정한 손길과는 별개로, 그의 눈은 확고한 진심을 담고 있다.

"날 믿어, 침몰하는 건 JY뿐, 결코 우리는 아니야."

흔들리지 않는 특유의 저음에 재이는 말없이 고개를 끄덕일 수밖에 없었다.

그는 분명 우리라고 했다. 단 두 글자에 담긴 무수히 많은 의미를 헤아릴 수는 없겠지만, 그래도 확실한 것이 있다면 그가 날 지키려 한다는 것. 동시에 무엇도 포기하지 않을 거라는 것.

"그러니까 날 믿어, 아니……."

마주친 눈동자 너머로 그의 진심이 일렁인다.

"나를 믿어 줘."

내게 제 전부를 허락한 이 남자는, 대가로 단 하나만을 원한다. 그저 자신을 믿어 달라고.

"네."

지금 이 마음은 애정의 또 다른 증거인지도 모르겠다. 문득 너무도 사랑스럽게 느껴져서 나도 모르게 그 이마에 촉, 입을 맞출 수밖에 없었다.

"믿을게요."

재이의 입술이 닿았다 떨어지는 사이로, 하민이 미소한다. 이 순간 찰랑찰랑, 애정이 차오르는 오후의 한 조각은 더없이 사랑스러운 기척으로 각자의 마음에 남으리라.

서로 떨어져 있는 동안에도, 폭풍우가 닥치는 밤에도, 변하지 않은 채 그대로.

12

이른 아침, 드물게 정장을 차려입은 하민은 좀처럼 거울 앞을 떠나지 않았다. 정확히는, 재이가 제 등을 바라보는 시선을 거울 너머로 보는 채 조금이라도 시간을 끌어 보는 거다.

"이러다 진짜 늦겠다."

그날 밤 이후로 재이는 가끔 이렇게 편한 말을 했다. 하민은 그래서 좋았다. 굳이 저가 연하라는 게 특별한 사안은 아니라고 생각했지만, 뭐가 됐든 우리가 조금은 가까워진 것 같아서.

"잘 다녀와요."

억지로 등을 떠민 재이가 삐뚤어진 하민의 넥타이를 고쳐 매 주며 말했다.

"응."

촉, 입맞춤을 하는 데에 더 이상 망설임은 없다.

"집 잘 지키고 있어."

"……사장님 하는 거 봐서."

평소 하민의 전매특허였던 장난기 어린 웃음이 지금은 재이의 입가에 있다. 아마 우린 서로 조금 닮아 가고 있는 건지도 모르겠다.

"다녀올게."

하민은 애써 아쉬움을 누른 채, 잡았던 재이의 손을 놓고 문을 나선다. 다시 여기로 돌아올 때엔 반드시 좋은 소식을 가져오겠다는 결심에 당장의 아쉬움을 누른 채로.

"잘…… 다녀와요."

그렇게 하민은 집을 나섰다. 문가에 선 채 선선히 손을 흔드는 재이의 미소를 보며, 이제야 간신히 집으로서의 의미를 찾은 공간을 꼭 한 번 더 되돌아보며.

일부러 채근해서 보내긴 했지만, 막상 하민이 떠나고 나자 이 커다란 스위트룸이 텅 빈 것처럼 느껴진다. 본래도 이렇게 쓸쓸한 공간이었을까.

언제나 그 사람이 있었고, 이따금 송 실장님처럼 반가운 사람들이 찾아오고, 또 할 일이 쌓여 있던 일상이었는데.

"아……."

의미도 없는 소리를 내던 재이가 풀썩 책상 위에 엎드린다. 노트북과 태블릿 PC, 어느 정도의 서류와 꼭 필요한 사무용품 외에는 아무것도 없는 이 마호가니 책상에선 은은한 나무의 향이 났다. 그래 봐야 허전하기는 매한가지지만.

"맞아, 그게 있었지."

벌떡, 몸을 일으킨 재이가 잠시 망설이다가 내선 전화를 돌린다. 하민이 필요시에 쓰라고 했던 전속 컨시어지를 호출하는 번호였다. 신호가 두 번 울리기도 전에 연결된 전화 너머로 재이는 첫 부탁을 전했다. 어제, 하민이 트렁크에 실었던 제 상자를 가져다 달라는 거였다.

"감사합니다, 사장님께서 지시하신 사항이라서……."

거의 전화를 끊자마자 달려온 컨시어지를 보며 재이는 묻지도 않은 말을 한다.

"더 필요하신 건 없으신지요."

"예, 일단은."

깍듯한 인사를 주고받은 후 문을 닫은 재이는 그제야 제 소지품들이 담긴 상자를 풀어 보았다. 하민이 비웃었던 플라스틱 새싹이 담긴 화분을 책상 중앙에 놓고, 알록달록한 달력을 그 옆에 놓고, 또 쓸 일도 없는 분홍색의 계산기를 괜히 놓아 본다.

"바보, 이게 얼마나 귀여운데."

이런 사소한 물건들이 일할 기분이 나게, 더 나아가선 마음을 안정시켜 준다는 걸 모르는 하민은 바보다. 그러니까 당연히 모르겠지. 저가 비웃던 이 플라스틱 새싹이 담긴 화분은 사실 태양광을 받아서 으쓱으쓱 움직이는 엄청나게 귀여운 물체라는 걸.

"이러니까 훨씬 나은데?"

허전함에 괜히 해 본 혼잣말이 오히려 텅 빈 공간을 울린다. 그 쓸쓸함을 메우려는 듯 재이는 일부러 밝은 미소를 지우지 않은 채로 이것저것, 상자가 빌 때까지 제 소지품들을 꺼내서 늘어놓았다.

하민이 이 꼴을 본다면 아마 뒷목을 잡고 쓰러지겠지. 거기까지 생각이 미치자 핸드폰을 꺼내 찰칵, 사진까지 찍어 버리는 재이다.

[짜잔.]

딱 두 글자만 적어서, 이 마호가니 책상과 환상적인 궁합을 자아내는 핑크빛 자태를 담아 낸 사진을 보냈다. 그가 공항에 도착해서 핸드폰을 켜면 가장 먼저 볼 수 있도록, 분명 엄청 열을 내겠지만 피식 웃을 수 있도록.

"화…… 내려나."

이미 보내 놓고 하는 걱정이 퍽 우습다. 재이는 잠시 고민하다, 책상

서랍에 있던 A4 용지를 꺼내서 뒤늦은 글자 연습을 시작했다. 오늘의 교본은 어제 그가 손수 서명해서 붙여 놓은 포스트잇인데, 도대체가 사인이 이렇게까지 어려울 필요가 있나.

"백 번?"

자꾸 혼잣말이 느는 줄, 재이는 모른다.

"아니, 일흔 번만 하면 내가 완벽하게 다 따라한다!"

제법 패기 있게 외친 재이의 손엔 입사 연수 기념으로 받았던 만년 필이 들려 있다. 정확히는 입사 동기들 중 우수한 100인에게 증정되었 던 나름의 기념품이다.

"그래, 괜찮아."

여태까지처럼, 앞으로도 싸우고 버텨서 이겨내면 된다. 계속 같은 궤적을 덧그리는 재이의 손짓이 조금씩 하민을 닮아 가는 시간들 속에 서 다른 생각은 않으려고 했다.

이 스위트룸이 정말 넓다는 것과, 혼자 있기엔 너무 쓸쓸한 공간이 라는 것도. 아마도 그 사람은 언제나 나를 비롯한 사람들이 떠나면, 혼 자서 여기에 남았을 거라는 것도. 이다지도 화려하고 아름다운 공간이, 꼭 그만큼의 짐이었다는 것도 그게 가끔은 두려웠을 거라는 것도, 무척 이나 외로웠으리라는 것도…… 지금은 생각하지 않으려고 한다.

아름다운 피아노 선율이 실내를 채우고 있었다. 막, 여우비가 내리 기 시작한 정원을 바라보는 백 여사의 표정은 지금 감도는 그윽한 커 피 향처럼 온화하다.

"본사 건물을 벗어나고부터 도청을 시작했지만, 딱히 건진 건 없습 니다. 아마 트렁크에 넣어 둔 채 방치한 걸로 추측됩니다."

한 발짝 떨어진 곳엔, 가지런히 손을 모으고 선 김 실장이 피아노 선율과는 전혀 어울리지 않는 보고를 하는 중이다.

"붙여 둔 GPS에 따르면 다행히 호텔 내부까지 물건들이 침입한 걸로 보입니다만."

"다만, 뭐죠?"

우아하게 되묻는 백 여사의 입술과 커피 잔을 든 손은 그 나이가 무색하게 고왔다.

"다만…… 그 후로 도청 주파수를 수신할 수가 없습니다. 추측컨대, 호텔 보안 팀에 허가되지 않은 주파수를 차단하는 시스템이 있는 걸로 보입니다."

"하긴."

여우비에 젖어들며 점차 푸른빛이 살아나는 정원을 보며 백 여사가 고운 입술을 뗐다.

"그 여자는 원래 의심이 많았지…… 더군다나 한 번 당한 이후로는 더더욱. 뭐, 제 자식이라고 다를까."

지난날을 돌이키듯 잠시 눈을 가늘게 뜨는 백 여사에게 이 정원의 푸름은 보이지 않을지도 모르겠다. 그녀에겐 오로지 회한과, 회한을 닮은 원한만이 남았기에.

"그럴 만해. 그 여자도, 하 사장도…… 다 그럴 만하지."

끄덕, 작은 고갯짓을 하는 백 여사에겐 기품이 서려 있었다. 그 모습에선 누구도 상상할 수 없으리라. 한때, 어렸던 그녀가 고급 요정에서 속이 훤히 비치는 한복을 입고 술을 따르는 여자였다는 걸.

"그런데 말이에요, 김 실장."

여전히 우아한 목소리였건만, 듣는 김 실장의 뒷목은 굳어졌다. 백 여사는 그런 김 실장에게 잠시 눈길을 주고는, 커피를 한 모금 머금는 다.

"난, 이 따위 무익한 보고를 받을 만한가?"

쨍그랑, 김 실장의 어깨 너머 벽에 맞은 커피 잔은 이내 초라한 파편이 되었다. 제 어깨 위로 뜨거운 커피를 뒤집어쓴 김 실장은 놀랍게도 담담한 태도를 잃지 않는다.

마치 이게 돌발적인 사태가 아니라는 듯이. 이 우아한 가면을 쓴 여자가 평온한 음색으로 하는 일종의 폭력이 익숙하다는 듯이.

"그럴 리가 있겠습니까. 차선책은 미리 준비해 둔 상태입니다. 가능한 모든 변수를 고려해서 이런 경우를 대비해 녹음기 역시 장착한 상태입니다. 당사자들은 그 존재를 전혀 모르고, 작전에 투입한 직원 역시 신임을 유지하고 있는 만큼 회수할 수 있을 거라 봅니다."

뚝뚝, 옷깃에서 커피가 떨어지는 상태로도 김 실장은 의연했다.

"적절한 시기에 회수가 가능하니, 계획에 차질은 없을 거라, 저 김 실장이 장담하겠습니다."

"역시, 김 실장은 믿음직스럽다니까."

다시 우아함을 되찾은 백 여사의 말에 김 실장이 꾸벅 고개를 조아렸다.

"우리 김 실장 누이가 이번에 교수 임용이 됐다지? 대단해, 정말."

"그럴 리가요, 전부 백 여사님께서 살펴 주신 덕분입니다."

재차 꾸벅, 허리를 숙이는 김 실장을 보며 백 여사가 퍽 흐뭇한 미소를 지었다.

"내 덕이 아니라 오라비 잘 둔 덕이겠지. 왜, 살다 보니까 오누이 간에도 서로 끌어 주고 밀어 주고…… 그런 게 중요하더라고요. 우리 백 상무를 봐, 그게 가족 간의 사랑이잖아요?"

"예, 저도 귀감으로 삼고 있습니다."

고개 숙인 김 실장의 정수리를 보며, 느긋하게 백 여사가 읊는다.

"그 마음, 잊지 말도록 해요."

바닥부터 기어올라 와 살아남은 여자는 확실히 강했다.

"이번 계승 건만 확실히 끝나면, 나도 김 실장의 마음을 잊지 않을 테니."

새로운 전쟁을 준비하는 여자는 그렇게 쐐기를 박았다.

❖

채 해가 지기도 전의 도쿄. 오전부터 숨 가쁘게 변호사들과의 딱딱한 회담을 치러낸 하민이 간신히 넥타이를 풀 수 있는 순간이 왔다.

「간만에 뵙네요.」

아직은, 어머니에게 배운 일어를 잊지 않아 다행이라고 느낀다.

「내 친애하는 외숙부님.」

이른 오후부터 붉은 주렴이 내려진 곳, 원색적인 기모노를 입은 여자들이 눈을 돌리는 곳마다 웃어 주는 곳, 그중에서도 가장 비밀스러운 방 안에서 말 그대로 간만에 친족을 본다.

「여전히 무례하구나.」

이미 취기가 돈 혈색으로 저를 마주하는 외숙은 기억보다 조금 늙어 있었다.

「제가 올 줄 아셨을 텐데.」

「내가 아니라, 아버지를 만나자고 할 줄 알았지.」

그 말도 옳다. 그에게 아버지이고 내게 외조부인 그 사람이 아직 Y 물산의 권좌를 움켜쥐고 있으니까.

「알다시피, 난 내 아버지…… 그러니까 노 회장님만큼 네게 호의적이지 않잖아?」

국경을 넘고, 다른 언어를 써도 결국엔 비슷한 집안이다. 제 아버지를 노 회장님이라 칭하고, 정작 본인은 해가 지기도 전에 주색잡기나 즐기고.

「나가.」

휙, 하민의 고갯짓에 여태 술을 따르던 기모노 차림의 여인들이 일제히 물러갔다.

「지금 행동으로 더 마이너스야.」

껄껄, 자못 호쾌한 웃음과 함께 자작을 하는 남자는 제 일족이라기엔 너무도 낯선 모습이었다.

「더 술맛 떨어지게 하지 말고 꺼져. 어차피 내세울 게 혈연 외엔 없는 널 상대하기엔 내 시간이 아깝잖아?」

「냉정하기도 하셔라.」

전혀 주눅 들지 않고, 오히려 한마디 더 쏘아 주는 게 하민의 장기라 다행이다.

「오해하지 마세요. 난 숙부에게 구걸하러 온 게 아니니까.」

「과연?」

「걱정 말아요. 구걸이라면 댁이 말하는 노 회장님에게 할 거거든.」

피식, 술잔을 기울이던 남자의 얼굴에 조소가 스친다.

「난 교섭을 하러 온 거에요, 간만에 뵙는 내 숙부님이랑.」

「어쩌나, 난 아쉬울 게 없는데. 교섭이라는 건, 대등해야 되는 건데 말이야.」

아무도 따라 주는 이 없는 술잔을 하민이 몸소 채우고 직접 들이켰다.

「맞아요, 그건 나도 인정하죠.」

「주제파악은 되는군.」

「그런데, 숙부님 자식들도 그렇게 생각할까?」

비틀린 하민의 입꼬리를 주시하던 숙부가 픽, 웃는다.

「내게도 자격은 있어요. 숙부님의 자식들, 본처와 첩을 가리지 않고

난 자식들 말이에요. 그들과 다르지 않다고. 곧 시작될 상속 전쟁에 나까지 끼어들면, 참 골치 아프겠죠?」

「시도는 가상하다만…… 넌, 못 해.」

자못 당당하게 말한 하민을 두고 다시 술잔을 비우던 숙부는 또 웃었던 것 같다.

「할 수 있습니다.」

단호한 한 마디 끝에 제 잔을 다시 비웠다.

「난, 다 알아요. 노 회장님이 철딱서니 없는 내 요청에 위임장을 써 준 이유도, 지금 숙부가 저 문 옆에 대기하는 경호원들을 시켜 날 끌어 내지 않는 이유도, 난 다 안단 말입니다.」

쯧, 혀를 차는 낯선 숙부를 두고도 하민은 담담히 말을 이어 나간다.

「그게 바로 내가 가진 유산이죠.」

똑바로 마주친 시선을, 숙부는 피했다. 아마도 내 어머니를 많이 닮았다 들었던 눈으로 보아서였는지도 모른다.

「내 어머니를 향한 죄책감, 다 알고도 억지로 등 떠밀어 보낸 혼사 끝에 죽어 버린 딸에 대한, 누이에 대한 부채감…… 그게 내가 가진 유산이에요. 내 어머니가 내게 남겨 준 유산.」

탁, 소리가 나도록 거칠게 내려놓은 술잔 너머로 숙부와 눈이 마주친다.

「교섭이었군.」

그러고는 하민의 앞에 놓인 빈 잔에 술을 채웠다.

「원하는 걸 말해라. 동정을 구걸하지 말고.」

「왜, 그게 뭐가 나쁘지?」

새카만 눈동자가 그를 주시하는 사이로, 입매가 비틀린다.

「난 동정이라도 기꺼이 받을 각오로 여기에 왔어요. 자존심보다 더 지키고 싶은 게 생겼거든.」

「유감이구나.」

마뜩치 않은 공기 사이로 하민이 승부수를 던진다.

「그래서, 숙부는 내 편인가요? 내 어머니가 마지막까지 유일하게 엽서를 보냈던 그 어린 남동생은 내 편이냐고요.」

긍지도, 자존심도 모두 버린 이 전쟁에 더 이상 체면을 차릴 것도 없었다.

「그래, 내게 주어진 몫이라면…… 그래야겠지.」

실로, 내가 받은 유산은 죄책감이었구나.

「하지만 대가는 잊지 마라.」

그렇게 이 교섭은 마무리됐다.

「이게 마지막이야.」

내 능력이 아닌, 불행한 삶을 살았던 어머니의 유산으로 인해서.

그래도 후회는 않으련다. 내게는 이미 지키고 싶은 것들이, 지켜야만 할 것들이 너무도 많으니까.

❖

그 넓은 스위트룸에서 재이가 쪽잠을 청한 곳은 한구석의 소파였다. 그러면서도 손에는 늘 핸드폰을 쥔 채다. 지잉, 지잉. 그렇게 울리는 진동에, 이렇게 깨서 받을 수 있게.

"……왜요."

일부러 아무렇지도 않게 말해 보았다. 일본이랑 시차도 안 나는데, 공항에 도착한 지가 언젠데, 또 한나절이 지났는데 어쩜 이렇게 연락이 없었느냐는 말 대신에 그냥.

— 안 잤어?

수화기 너머로 들려오는 목소리는 평소와 아주 살짝 달랐다. 어딘가 가슴이 무너지는 그런 저음이었다.

— 나, 이 비서가 매 준 타이 다 헝클어졌다?

조금 취했구나, 그런 생각을 해 본다.

— 근데 생각해 보니까, 내가 또 넥타이 하나 제대로 맬 줄 모르네? 만날 누가 해 줬는데. 나 진짜로는 아무것도 못 하나?

형편없이 가라앉은 그 목소리, 듣기가 싫다.

— 나, 그냥 나로는 아무것도 아닌가?

수화기 너머로 들리는 목소리는 바로 곁에서 들리는 목소리와는 또 달랐다. 원래도 저음인 목소리가 더 낮게 들리고, 작은 잡음이 있어서 더 애틋해지는 그런 느낌.

"됐고, 그런 건 내가 잘 모르겠고…… 나, 사장님 진짜 짜증 났던 거 알아요?"

멀어도, 멀어져도, 지금은 함께라서 말할 수 있다.

"최악이야. 누구는 금수저 물고 태어나서 이십 대에 사장하고, 난 죽도록 노력해서 여기까지 왔는데 막 갈구고, 이리로 가라 저리로 가라, 나도 우리 집에선 귀한 딸인데. 나도 사람이고 그것도 잘 살아온 사람인데, 막 그러더라?"

다다다, 숨도 쉬지 않고 쏘아붙이는데 수화기 너머의 하민은 그저 숨소리만 들려준다.

"근데 또 와서 사장님이 꺼지라고 막 그래. 씨, 내가 주식만 깡통 안 찼어도 그 꼴 안 보는 건데…… 그 생각 진짜 많이 한 거 알아요?"

— 내가 그래서 A코어텍 망한 걸 감사하는 거, 몰랐어?

말이나 못 하면 밉지나 않지, 한 사람의 부재로 텅 비어 버린 스위트룸 한가운데서 재이가 혼자 울상을 짓는다.

"아무튼 내가 하고 싶었던 말은."

— 해 봐.

바다 건너, 연결되는 전파를 향해서 말해 본다.

"사장님 아무것도 아니지 않아. 그럼 나는 뭐가 돼요."

— 그거 말고.

그 목소리는 이 공간을 지배한다. 본래 그의 것이었던 공간과, 어쩌면 내 마음까지도.

"어, 그럼……."

왜 그랬지, 왜 그런 말을 했지. 아무 의미도 없는 말을 한 후에 또 생각했더랬다.

이 스위트룸이 이다지도 넓은 줄은 몰랐고, 늘 당신이 앉아서 짓궂은 말을 건네던 그 마호가니 책상 위의 세계가 이리도 중압감을 줄지도 몰랐고, 또 이렇게 외로울 줄 몰랐다고.

"어…… 그럼, 사장님."

— 사장님 말고.

"아무튼 그래서, 그러니까."

무슨 말을 해야 할지 몰라 괜히 부산하게 움직이던 손가락 사이로, 툭 던지듯 말하는 그다.

— 보고 싶다.

정말로, 왜 이런 거지.

— 보고 싶어.

이런 거 따위 다 바보 같다고 생각했는데, 그랬었는데, 왜 이렇게 가슴이 내려앉을까.

"……나도."

저절로 입술을 벗어나는 한 마디.

"나도 보고 싶어."

먼 바다 너머, 당신을 부르는 한 마디.

이틀째, 그가 없는 호텔에서의 일상이 흘러간다. 한 사람이 없을 뿐인데 지나치게 크게 느껴지는 공간과 산적한 일 더미 안에서, 재이는 멍하니 핸드폰을 바라보는 나쁜 버릇이 생겼다.

— 잘했어.

몇 시간 전, 그를 대신해서 서명한 서류의 사진을 보냈더니 달랑 돌아온 그 한 마디를 자꾸만 꺼내보던 재이가 다시 마음을 가다듬고 그의 책상 앞에 앉는다. 오늘도 그를 대신해서 결정해야 할 일들이 재이를 기다리고 있었다.

따르릉, 시끄럽게 울려 대는 전화벨도 역시 재이가 처리해야 할 업무였다.

"네, 이재이 실장입니다."

사무적인 태도로 전화를 받은 재이는 상대를 확인하자마자 조금 긴장한 채로 미간을 찌푸렸지만, 목소리는 여전히 평정을 유지하고 있었다.

"아시다시피 사장님께선 격무로 정신이 없으셔서요. 제게 말씀해 주시면 대신 전하겠습니다."

지금 하민이 부재중이라는 사실은 아무도 모를뿐더러, 본래도 김 실장 따위의 전화를 일일이 상대해 주던 사람이 아니었으니 들킬 리는 없다.

"……긴급 이사회를요."

하지만 수화기 너머로 들려온 소식까지도 나 혼자서 처리할 수 있을까.

"아뇨, 제가 놀랄 이유가 없잖습니까. 다만 사장님께서 반기실 소식은 아닌 것 같네요."

이 허세가 어디까지 통할지는 모르겠지만, 당장은 버텨 보는 재이다. 그렇게 당장 코앞으로 다가온 긴급 이사회의 날짜를 통보하고 전화가 끊겼다.

❖

고풍스러운 일본식 정원의 연못가, 작은 수석에 걸터앉은 하민은 복잡한 상념에 잠겨 있었다. 외조부라고는 해도 철들고 나서 실제로 만난 적은 두 손에 꼽을 정도니, 편한 자리만은 아닌 탓이다.

"무슨 생각을 그렇게 하십니까. 혹시 너무 긴장되시면……."

"저 화분요."

"예?"

"차라리 저런 진짜 화분을 갖다 주면, 이 비서가 그 요상한 것들을 치워 버릴까요?"

뜬금없이 툭 던지는 하민의 말에 잠시 송 실장은 의미 모를 표정을 짓는다. 이게 애써 긴장을 억누르는 그만의 방식인지, 본심인지를 가늠할 길이 없어서였다.

「들어오시죠, 어르신께서 기다리십니다.」

어느 샌가 기척도 없이 다가온 남자가 꾸벅 고개를 숙이며 하민을 안내했다.

그의 뒤를 따라서 수석들을 밟고, 신을 벗으며 대청마루에 올라, 다시 미닫이 문 너머 다다미를 밟기까지 하민의 머릿속을 스치는 수만 가지의 생각들은 곧 답을 얻을 수 있을 테다. 그것이 좋은 쪽이든, 나쁜 쪽이든.

「요즘 들어 부쩍 이 늙은이를 찾는구면.」

백발에, 유카타 차림을 한 외조부는 초로의 나이에도 불구하고 번뜩이는 눈빛을 갖고 있었다.

「그래, 오늘은 또 무슨 떼를 쓰러 왔누. 우리 귀여운 손주 녀석 얘기나 한 번 들어볼까.」

껄껄 웃는 표정이나 말의 내용과는 달리, 하민을 주시하는 눈빛에 본능적으로 뒷목이 뻣뻣하게 굳어 온다.

「무엇보다도 먼저, 할아버님께서 건강한 모습을 뵈니 기쁩니다.」

「오냐, 그런 말이나 하러 온 건 아니겠지만 듣기엔 나쁘지 않구나.」

피식, 하는 웃음과 함께 곰방대의 재를 털어 내는 노인은 확실히 녹록지 않은 상대다. 하민은 제 각오를 다지듯, 자세를 반듯하게 고쳐 앉으며 노인을 주시했다.

「괜히 긴 얘기만 늘어놔서 시간 낭비하지 않겠습니다. 제가 오늘 어렵사리 찾아뵌 이유는…….」

「이미 들었다.」

애초에 외숙의 주선으로 어렵사리 마련한 자리다. 하민이 포기하고자 하는 것과 원하는 것 모두 전해 들었음이 어찌 보면 당연한 거였다.

「그러고 보면 마지막에 태어난 아이들은 참 사랑스러운 것들이야. 내게 널 만나라고 부추겼던 타카시도 내 막내아들이고, 지금 내 앞에 있는 너도 내 손주들 중에선 가장 늦게 태어났지.」

「무슨 뜻인지…….」

「내게 어줍지도 않은 거래를 시도할 필요가 없다는 뜻이다. 어차피 너희 둘이 손잡든, 전부가 손잡든 나와 대등한 거래는 할 수가 없어.」

그 말이 옳기에 저도 모르게 툭, 고개를 떨어뜨리는 하민에게 전혀 뜻밖의 말이 들려왔다.

「그런 얼굴 할 것 없다. 무엇 하나 포기할 필요도 없어. 너 역시 내 핏줄이기에 상속의 권리는 당연한 게야. 앞으로 두 번 다시는 쉽게 포기하지 말거라.」

무심결에 다시 올려다보는 아직 한참은 새파란 하민을 보던 노인이 껄껄, 예의 호쾌한 웃음을 짓는다.

　「이 할아비의 호의라고 생각하면 될 것 같다만.」

　무어라 답해야 할지 몰라 한참을 바라만 보자, 노인이 퍽 자상한 눈길로 하민을 마주 본다.

　「내 품으로 돌아오는 손주라면 마땅히 품어야지.」

　그 말엔 분명 뼈가 있었다.

　연달아 걸어도 계속되는 신호음에 재이의 가슴이 타들어 간다. 처음에는 제 핸드폰으로, 그다음에는 호텔의 전화로 걸어도 묵묵부답인 하민이 원망스러울 정도로 제 마음이 급했다.

　"하필 이런 때 전화를 안 받아……."

　사인을 베끼는 것과, 그의 빈자리를 지키는 것과는 또 차원이 다른 이야기다.

　"나더러 어떡하라고."

　이제부터 누군가는 판단을 해야 하는 문제. 그리고 그건 확실히 그가 필요한 문제.

　"……받아요, 제발."

　할 수 있는 거라곤, 내내 같은 번호로 전화를 거는 것뿐이라 화가 날 틈도 없었다. 그저, 지금 당장은 그가 내 전화를 받아 줬으면 하는 것이 전부였다.

　시차도 나지 않는다던 일본, 그런데도 연락이 안 되는 하민을 두고서 한숨이 나온다. 나오다 못해, 속이 타들어간다.

　— 이 실장.

무조건 신호가 오면 받아 들었던 전화 끝에선 그의 아버지가 답해 왔다.

"사장님은 현재 격무 중이시라서……."

조건반사처럼 나오던 그 말에 상대방은 조금 웃었던 것도 같다.

— 당장 오게. 더는 지체할 수가 없어.

시간이 없었다. 그의 말처럼, 정말로 시간이…….

— 아니면, 내일 이사회에서 하 사장이 해임되는 꼴을 보고 싶어서 그러나?

아직도 연락이 없는 핸드폰을 보던 재이가, 급기야 결단을 내렸다.

"제가, 가겠습니다."

그가 내게 맡긴 전결권이었으니, 내가 결정하리라고.

❖

하 회장을 만난 건 예상했던 회장실이 아니었다.

"어떻게, 늘 이렇게."

더는 놀라지 않는 재이가 익숙하게 하 회장의 롤스로이스에 탔다.

"우리 긴 말할 때는 지났지?"

새삼, 옆을 돌아보는 하 회장은 그를 닮았다. 그 사람에게 이런 말을 한다면 분명 화를 내겠지.

"받게."

툭, 재이의 무릎 위로 떨어지는 건 반듯한 봉투였다. 그 안에 무엇이 들어 있을지 추측하는 것조차 두려웠다.

"이건……."

선뜻 손을 뻗지 못하고 망설이는 재이를 보며 하 회장이 낮게 웃었다.

"내 마음일세. 또한 내 도리이기도 하지."

"그걸로는 부족합니다."

"뭐?"

재이의 당돌함을 마음에 들어 하던 하 회장이지만, 이번만은 눈꼬리가 홱 치켜 올라간다.

"그 정도의 설명만으로는 받을 수 없습니다."

미칠 듯이 떨리는 가슴을 억지로 누른 후 간신히 침착한 목소리를 내는 재이다. 적어도, 하민의 권한을 대신하고 있는 동안은 무엇에도 결코 흔들려선 안 된다.

"아시다시피, 여기에 온 건 제 독단입니다. 사장님이 동의하신 바 없는 일이기 때문에 훗날 물으신다면 제대로 된 답을 돌려드려야 한다고 생각합니다. 그리고⋯⋯."

"왜, 내가 그 답을 주지 못하면 안 받겠다고 말할 텐가?"

"그렇습니다."

침착하게 뱉었다고 생각했는데, 미세하게 목소리 끝이 떨렸다.

"시도는 훌륭했지만, 날 상대로 허풍을 떨 필요는 없어. 뭣보다, 이걸 받지 않으면 하 사장은 내일 있을 긴급 이사회에서 해임될 텐데 그래도 상관없나."

"그렇다고 해도, 너무 위험한 다리를 건너선 안 된다고 생각합니다."

"역시⋯⋯."

하 회장이 눈을 가늘게 뜨고는 재이를 주시한다. 남의 속을 꿰뚫어 보는 눈빛을 하고선, 정작 본인은 아무런 속내를 읽어 낼 수 없는 표정을 한 채.

"자네는 우수한 사람이야. 내 눈은 틀리는 법이 없지."

찰나의 긴장이 조금 녹는다. 하마터면 후, 하고 한숨을 내쉴 뻔했을 정도다.

"이 안에는 〈I 파트너즈〉란 투자 회사에서 건네는 자금이 들어 있어. 정확히 환산하자면 65억 정도 될 걸세. 나머지는 하 사장의 개인 자산을 처분해서 메우면 계산이 맞아."

언제 들어도 실감나지 않는 다른 세상의 이야기다. 재이는 눈을 깜박이는 것도 잊은 채 하 회장을 보고 있었다.

"그런 표정이야말로 새삼스럽군. 내 일전에 약속했잖나, 아비 된 도리를 하겠다고."

"그럼, 회장님께서 직접 이 투자 회사를 주선해 주신 건가요."

"이 실장이 유능하긴 해도, 아직 순진한 구석이 있군."

지그시, 재이를 보는 눈빛에서 문득 머리를 스치는 생각이 있었다. 분명, 지난번에 만났던 하 회장이 비자금이라는 말을 입에 올렸던 것 같은데.

"설마, 이 회사 자체가 회장님의⋯⋯."

"이제 기억났나 보군. 걱정 말게, 법적으로는 나와 아무런 관계가 없는 깨끗한 회사니까, 하 사장은 절대 모를 거야. 속된 말로 유령회사라는 건, 이런 때 쓰라고 고안해 낸 게 아니겠나."

엄청난 말을 하는 것치고는 꽤 호탕한 웃음이다. 그럴수록 재이는 지금 눈앞에 놓인 상황이 비현실적으로만 느껴졌다.

"답은 충분한 거 같으니 받게."

꼭, 재이의 손을 힘주어 잡은 하 회장이 기어코 봉투를 손에 쥐어 준다. 그 순간 재이는 조금 묘한 기분이 드는 걸 느꼈다. 아버지가 아들을 돕기 위해서 속여야만 하는 일, 문제를 해결하기 위해 비밀에 동조해야 하는 자신, 끝내 아무것도 모를 하민.

"반드시, 하 사장에게 전달해 주게나. 내가 주는 거라면 죽는대도 받지 않겠지만, 하 사장은 자네를 믿으니까."

무엇이 옳은지, 어떤 것이 정상인지 판단하는 건 이미 늦었다. 다만, 이게 우리의 구원이 되어 주길 바랄뿐.

"그리고 나도, 자네를 믿네."

어째서인지, 그 말이 이질적으로 다가와 박혔다. 하민에게 들었던 것과 꼭 같은, 그러나 전혀 다른 느낌의 믿음이라는 단어가 왜 문득 이리도 낯설게 느껴지는지.

"부디 끝까지 자네의 역할을 다해 주게나."

"⋯⋯예, 회장님."

짧은 답을 마지막으로 또 한 번의 독대는 그렇게 끝났다. 재이는 하회장의 롤스로이스가 시야에서 사라지자마자 습관처럼 하민에게 전화를 걸었다. 여전히 건조한 신호음 너머로, 한시라도 빨리 그의 목소리가 들려오기를 바라면서.

텅 빈 호텔방에 돌아오자마자 털썩 주저앉은 하민이 거칠게 타이를 풀어 헤친다. 그런다고 후련해질 속은 아니건만, 답답한 가슴에 뭐라도 해야 할 것 같았다.

[할 말 있으니까 보는 대로 전화 줘요.]

[급한 일이에요.]

연달아 찍힌 부재중 전화의 끝에 재이가 보낸 메시지가 선명하다. 하민은 잠시 숨을 고르고 통화 버튼을 눌렀다. 통화는 재이의 기다림을 증명하듯, 단번에 연결됐다.

— 왜 이렇게 연락이 안 돼요!

받자마자 바락 소리부터 지르는 재이는 여전한 것 같아 오히려 안심이 되는 것 같았다.

— 아무튼 빨리 돌아와요, 가능하면 지금 당장에라도.

"왜, 그렇게 내가 보고 싶어?"

— 지금 농담할 때 아니에요. 내일 당장 긴급 이사회가 소집된단 말이에요.

애써 웃으며 건넨 말에 돌아오는 재이의 답이 사뭇 진지했다.

"그래?"

— 별로…… 안 놀라네요.

"뭐, 그 인간들 수작이야 하루 이틀도 아니고."

— 그럼 이건 어때요.

"뭔데."

— 투자, 받았어요.

재이는 이런 상황에서 농담을 할 사람이 아니다. 하민은 잠시의 정적 끝에, 재차 그 사실을 확인했다.

"……정말?"

— 네, 정말.

"어디서, 어떻게?"

일반적인 투자를 받을 가능성은 제로에 수렴한다고 판단했기에 일본에 온 거다. 저축은행권의 대출까지 전부 거절당한 차에 이제 와서 투자받을 곳이 남아 있었던가.

— 〈I 파트너즈〉라는 투자 회사에서 출자받기로 했어요. 이미 대금도 받은 상태고, 서류 준비도 해 놨고요.

"처음 듣는 거 같은데? 우리가 제안서 넣은 곳 중에 그런 데도 있었나?"

하민은 머리가 복잡한 탓에 수화기 너머 재이의 침묵을 쉬이 읽어 내지 못했다.

"하긴, 좀 많았어야지."

그렇게 스스로 마침표를 찍자 더더욱 말할 수 없는 재이의 심정 역시도.

"새벽이라도 상관없으니까 제일 빠른 시간으로 티케팅 좀 해 줘."

— 네.

"수고했어, 이 비서. 다른 별일은 없지?"

— 사장님은요?

순간 말문이 턱 막힌다. 없지 않았는데, 분명 있었는데, 차마 말이 나오질 않았다.

"괜찮아."

거짓말은 아니라고 이기적인 생각을 떠올렸다.

"이재이 씨가 보고 싶은 것 빼고는."

적어도 이것만큼은 진심이니까.

13

급하게 구한 비행기 티켓은 공항에서 바로 출발했을 때, 가까스로 이사회에 도착할 수 있을 정도의 여유밖에 없었다.

하민은 공항에서 대기하던 차에 오르자마자 저를 반기는 재이를 봤지만, 서로 잠시 눈인사를 나누는 것 외에 다른 접촉은 하지 못한다. 힘든 나날들 사이로 보고 싶던 사람을 간신히 만나도, 그 손을 잡기 전에 쌓여 있는 일거리들이 먼저라서.

"서류는 이게 다야?"

"네, 혹시 몰라서 태블릿 PC에 스캔 뜬 거 복사도 해 놨어요."

"그럼 그걸로 보지."

휙휙, 빠른 속도로 액정을 넘기는 하민의 손길이 다급하다. 말이 긴급 이사회지, 주목적이 저를 까 내리기 위함이라는 걸 알고 있기에 조금이라도 허점을 줄여야 한다.

"이상하다······."

나지막한 혼잣말에 괜히 재이가 긴장한다.

"왜요, 뭐 잘못된 거라도 있어요?"

"아니, 잘못된 게 하나도 없어. 너무 완벽해, 모든 게…… 이상하리만치. 이 상황에서 투자를 받는다면, 어느 정도 리스크가 있어야 하는데 그런 게 전혀 보이질 않아."

"그건, 운 좋게도……."

하민의 판단력은 이런 순간에도 흐려지지 않았다. 뜻밖의 행운이 오면 먼저 의심부터 하는 게 살면서 몸으로 배운 점이니까.

"아니. 이 바닥에 운이라는 건 없어."

느릿하게 입을 떼는 하민의 머릿속에서 수천 가지의 생각들이 오간다.

"운을 가장한 함정이라면 몰라도."

슬프게도, 이런 때 드는 불길한 예감은 왜 이리도 선명한 건지.

"이 비서, 이거 어떻게 투자받은 거야?"

"그게, 회사 대표가 투자하고 싶다고 연락이 와서…… 사장님께 여쭤 보려고 했는데 연락이 안 닿고, 너무 촉박한 나머지 제 독단으로 받은 건데."

"대표가? 어떻게? 이 서류는 다 누가 준비했지?"

의심으로 짙어진 하민의 눈이 재이를 본다. 본래 거짓말에 서투른, 재이의 흔들리는 눈동자를.

"이 비서."

어느새 목적지에 멈춰 선 차 안에서, 하민의 목소리만이 또렷하게 울렸다.

"한 번만 물어볼게, 솔직하게 말해 줘. 이거, 누구한테 받은 거야."

차마 그 눈을 피하지 못한 재이가 저도 모르게 아랫입술을 꾹 깨무는 순간, 하민의 가슴이 내려앉는 것만 같다.

"미안해요, 속이려던 건 아니었는데. 사장님이 알면 절대로 이런 도움은 안 받을 테니, 차라리 모르는 게 낫다고 생각했어요."

"설마."

역시, 불길한 예감은 항상 적중한다.

"알아요, 사장님이 원망을 지울 수 없다는 것도, 절대 그쪽의 도움은 원하지 않는다는 것도. 하지만 그렇게라도 모든 걸 지킬 수 있다면 내가 거짓말을 해서라도, 용서받지 못하더라도……."

필사적으로 한마디 한마디를 건네는 재이를 보는 하민의 마음이 한 없이 무겁게 가라앉았다. 그 마음을 모르지 않아서, 내가 차마 모른다고 할 수가 없어서.

"이 비서."

가만, 저를 부르는 하민의 눈에 서글픈 어둠이 짙게 깔려 있었다. 재이가 본능적으로, 무언가 크게 잘못됐다는 걸 깨달은 건 그 순간이었다. 내가 저지른 일이 끔찍한 실수였음이 틀림없다는 것도.

"저는……."

"날 봐."

훅, 덮쳐 오는 두려움에 시선을 피하려던 재이를 하민이 붙들었다. 믿기지 않지만, 여느 때처럼 차분한 목소리에 분노는 묻어 있지 않았다.

"괜찮아."

그는 체온을 실어 내 손을 꼭 잡으며, 그렇게만 말했다.

그 인간은 절대 믿으면 안 된다고 했잖아. 그 인간이 아니라 나를 믿었어야지. 끝까지, 나를 믿었어야지. 그런 말들은 단 한 마디도 하지 않고서, 그저 괜찮다고만.

"내가…… 잘못한 거죠…… 일을 망쳐 버린 거죠? 나 혼자 멋대로 결정해서……."

그럴수록 더 두려워진다. 내가 지금 이 사람을 상대로 무슨 짓을 저질러 버린 건지, 실감조차 나질 않아서 더욱더.

"아냐. 내가 결정한 거야."

모두 재이에게 전결권을 넘겼을 때, 하민이 이미 각오했던 바다. 재이가 어떤 결정을 내리더라도 그건 제 권한을 내어 준 제 결정과 같기에 책임 또한 오롯이 제 몫이다.

"처음부터 끝까지 내가 결정한 거니까, 잘못한 거 없어."

이렇게 말한다고 해서 자책하지 않을 재이가 아니란 건 안다. 시간이 조금만 더 주어졌더라면 안심시켜 줄 수도 있었을 텐데, 하민은 야속한 시계를 흘깃 보고는 임원들이 속속들이 들어가는 회사 입구를 차창 밖으로 내다봤다.

"아뇨, 그렇게는 못 해요. 뭐가 잘못되더라도⋯⋯."

재이의 목소리 너머로 이질적인 존재가 눈에 들어와, 그 말에 대답을 해 줄 수가 없었다.

"아니, 말하지 마."

회사 입구 앞에 세워진 사설 앰뷸런스와 거기서 내려 보란 듯이 휠체어를 타고 들어가는 하 회장의 뒷모습에 오소소 소름이 돋아난다. 이거야말로, 태풍의 전조라고밖에는 해석할 수 없다.

"이 순간 이후로, 관련된 얘기는 아무것도 하지 마. 아무것도⋯⋯ 모르는 거야."

똑바로 눈을 맞추고 말하는 하민의 손에 힘이 들어간다.

"그게 무슨."

"내 말 들어. 무조건 그런 거야. 알았어?"

다그치듯 말하는 하민의 얼굴이 너무 심각해서 차마 재이의 입이 떨어지질 않는 사이, 하민이 재차 재촉했다.

"대답해."

"⋯⋯네."

저도 모르게 입을 뗀 재이를 두고 찰나, 희미한 미소를 떠올렸던 하민이 그제야 차에서 내리려다 다시 돌아봤다.

"여기서 빠져나가더라도, 나랑 송 실장님 외엔 아무도 믿지 마. 그 것도, 알았지?"

무슨 말인지도 모르는 채로 고개를 끄덕였던 건, 하민의 눈빛이 너무도 절박해서였다. 그리고 그때는 미처 몰랐다. 그게 자유로운 상태의 하민과 나눌 수 있었던 마지막 말이라는 것을. 이렇게 거대한 태풍이 시작되었다는 것을.

❖

긴급 이사회에 마지막으로 입장한 건 하민이었다. 주인공은 늘 마지막에 등장하는 법이라 했으니 썩 어울리는 연출이다.

"내가 좀 늦었나. 그래도 우리 임원 여러분은 다 안녕들 하시죠?"

마음에도 없는 소리를 하는 하민을 보는 좌중의 시선이 따가웠지만 정작 본인은 여유로운 미소를 지은 채였다.

"회장님은 아닌 것 같지만요."

착석하는 하민의 말에 뼈가 있음을 하 회장도 안다. 하긴, 그룹의 총수가 휠체어를 타고 나타날 때는 그만한 저의가 있다는 걸 뉴스를 보는 사람들이라면 모두 알 테니.

"정숙해 주시죠, 여긴 이사회입니다."

하 회장의 측근으로 보이는 임원 하나가 일갈하자 한층 기세가 등등해진 백 상무가 하민을 노골적으로 주시하며 자리에서 일어선다.

"바쁘신 분들을 모셨으니 빨리 진행하겠습니다. 본 긴급 이사회의 안건은 현 본점 사장에 대한 해임 건입니다."

모두 예상했던 바라는 듯, 사방이 고요하다. 당사자인 하민 역시 어떠한 동요조차 보이지 않았다.

"하 사장님은 취임 이후로 본사의 방침과는 전혀 다른 본인의 독단으로 인해 경영에 크나 큰 손해를 입혔음이 자명하다는 게 본 이사회의 공통된 의견입니다. 소명하실 부분이 있습니까?"

"내가 소명하면, 납득해 줄 겁니까."

싸늘한 하민의 한 마디에, 백 상무의 입매가 뒤틀린다.

"지금, 본인의 처지를 망각하고 계신 것 같은데…… 저라면 소명의 기회가 주어진 것만으로도 감사할 것 같습니다만?"

"아, 근데 난 그쪽 같은 사람이 아니잖아요."

허, 임원들 사이에서 실소가 터져 나오는 가운데 하민이 보란 듯이 팔짱을 낀다.

"그럼, 소명은 포기한 걸로 간주하겠습니다. 이의는 없으시겠지요?"

"그러시든지. 어차피 이 이사회가 제대로 끝날 리는 없다는 게 내 판단이거든."

시큰둥한 한마디에 다시 좌중이 조금 술렁였다. 그 중 내내 동요하지 않는 건 하민과 어울리지도 않는 휠체어에 탄 하 회장뿐인 것 같았다.

"안 그래요? 모처럼 휠체어 투혼까지 발휘하시는 우리 회장님. 무슨 말씀이라도 해 보시죠?"

"하 사장, 자중하세요!"

"왜요, 아픈 건 다리지 그 잘난 입이 아니잖아?"

"하 사장!"

"하긴, 애초에 아픈 구석도 없겠지만."

주위의 방해에도 불구하고 꿋꿋이 하 회장을 노려보던 하민이 벌떡, 몸을 일으켜 가로 막힌 테이블을 넘을 듯이 위협적으로 다가선다.

"그러니까 말씀을 해 보세요. 도대체 내게 무슨 짓을 하려고 한 건지 소명할 기회를 드리고 있잖아요, 내가."

그 사태의 한가운데에서 하 회장이 한 행동은 참으로 그다웠다. 경호원을 부르려는 측근을 한 손으로 제지하고 보란 듯이 쿨럭 기침을 내뱉는 가증스러운 모습이 하민의 눈동자에 고스란히 비쳤다.

"하 사장, 자리에 앉으세요! 더 이상 무례한 언행을 한다면 본 이사회는 용납하지 않을 겁니다."

"댁들이 용납 안 하겠다면 또 어쩌려고?"

휙, 돌아선 시선의 살기가 이번엔 이 자리의 모두를 향한다. 방관자였으며 처음부터 저를 경멸의 시선으로 보았던 이들에게.

"변호사의 입회 아래, 적법한 사유로 본 이사회는 당신을 해임합니다."

머리가 희끗희끗한 임원 중 하나가 나무로 만든 의사봉을 든 채 자못 심각하게 말하는 걸 보고만 있었다. 솔직히 웃음이 나오는 걸 참는 게 더 고역이었다.

"그리고 하 사장의 퇴장과 동시에 본 긴급 이사회를 속행하겠습니다."

간신히 웃음을 참는 채로 빤히 보고만 있는 하민을 일깨우려는 듯, 땅땅땅…… 의사봉이 세 번 내리 제 머리를 쫓는다. 그리고 바로 다음 순간 쾅 하는 소음과 함께 회의실의 문이 젖혀졌다.

"당신들 뭐야!"

"당장 보안요원 불러!"

우르르 쏟아지는 검은 옷의 사람들이 순식간에 회의실을 장악했다.

"그거 봐, 어차피 이 이사회는 제대로 끝날 리가 없다니까."

자조적인 하민의 한 마디는 많은 사람들이 듣지 못할 만큼 낮았다.

"그렇죠, 회장님?"

그럼에도 하 회장에겐 전해졌으리라. 그리도 눈을 똑바로 본 채 본심을 담았으니 분명히. 물론, 하 회장은 아무 답도 주지 않았다. 오히려 시선을 피하며 쿨럭, 가증스러운 기침을 뱉을 뿐.

"엿들어서 죄송합니다만, 오늘 이사회는 속행할 수 없을 것 같네요."

검은 옷을 입은 사람들 중 선두에 선 여자는 이제 보니 목에 검찰청의 명찰을 달고 있었다. 그러니 저리도 기세등등한 걸까.

"대한민국 검찰입니다. 횡령 및 배임 혐의로 조사 나왔습니다."

"당신들, 무슨 권리로……."

"국가의 권리입니다. 영장 발부된 상태니 확인해 보시고, 자…… 회장님, 저희랑 같이 가시죠?"

유유히 웃고 있는 여자의 눈짓에 하 회장은 그저 고개만 끄덕인다.

"임원 여러분도 가셔야죠. 김 전무님, 최 상무님, 백 상무님, 갑시다."

여기까지는 모두 예상했던 시나리오였는데.

"참. 거기, 하 사장님이죠?"

화장기 없는 여자의 눈이 하민을 향하기에 어깨를 으쓱하자 아까 문을 박차고 들어온 인원들이 금세 저를 에워쌌다. 이건 또 무슨 재미없는 전개지?

"사장님도 함께 가 주셔야겠어요."

"하."

하민의 황망한 헛웃음에도 검사란 명찰을 단 여자는 마주 웃어 주지도 않았다.

"내키지 않는다면, 미리 말씀해 주세요. 차에 수갑을 놓고 왔거든요."

혹시나가 역시라는 말은 이런 때에 꼭 들어맞는 건가 보다. 이 정도로 깊이 연루된 줄은, 이 정도로 깊이 함정에 빠진 줄은 몰랐는데, 아니 실은 인정하고 싶지 않았는데 그랬었나 보다.

"아니, 그냥 가죠. 안 그래도 이사회가 따분하던 참이라."

선선히 일어나며 우스갯소리를 하는 하민의 입가엔 여느 때와 같은 미소가 걸려 있었다. 하지만 그 눈동자는 오히려 서늘하다는 걸, 그 검사는 알았을지도 모르겠다.

❖

꼬박, 스무 시간 정도가 지난 것 같았다.

"이제 그만 인정하시죠? 소모전으로 갈 거 없잖아요."

이사회에 난입했던 여자가 같은 말을 되풀이하는 가운데 시간은 착실히 흘러갔다.

"몇 번을 말해. 변호사 올 거라고."

사방이 막힌 공간, 차가운 책상 앞에서 하민이 말했다.

"벌써 날이 지났어요. 하 사장님이 말씀하시는 그 변호사가 올 거라면 진작 오지 않았을까요?"

"그러게, 그랬으면 좀 좋아?"

피식, 하민이 웃자 맞은편의 여자가 조소한다.

"이렇게 여유 부리실 상황이 아니실 텐데요?"

"그게, 비행기 표가 없었나 봐. 나도 그것 때문에 중요한 걸 놓쳤거든. 그래도 곧 오긴 할 거야."

중요한 건 다른 게 아니다. 다시 만났을 때에 한 번쯤 안아 주고, 어쩌면 입을 맞춰 줄 수도 있었을 텐데. 더 많이 설명해 줄 수도 있었을 텐데. 이런 상황에서도 무섭지 않게, 너무 자책하지 만은 않게. 그렇게 안아 줬어야 하는데, 시간이 없었다.

"믿는 구석이 있나 본데, 당신 아버지는 이미 검찰청 벗어난 지 오래예요. 실은, 여기 오자마자 지병을 핑계로 변호사 대동해서 앰뷸런스로 귀가하셨죠. 여기까지…… 뭔가 느끼는 거 없으세요?"

"내가 뭘 느껴야 하나?"

원래 그런 인간이었다. 답지도 않게 휠체어를 끌고 왔을 때부터 파란을 읽었을 만큼. 딱 그만큼 그는 내게 그런 인간이었다. 더 실망할 것도 없고, 배반당할 일도 없는 딱 그만큼의 사이.

"제가 보기에 하 사장님은 그룹의 비호를 받지 못하는 걸로 보이네요. 뭐, 저로서는 잘 된 일이지만요. 그런 의미에서, 더 하실 말씀이라도?"

검사의 비수에도 아무렇지 않았던 건, 그 덕이다.

"변호사."

"혹시나 해서 드리는 말씀인데, 이중국적이라도 처벌은 같아요."

"변호사."

빤히 바라보는 상대를 두고도, 하민은 계속해서 같은 말을 한다. 그리고 또 몇 시간이 지났나 보다. 똑똑, 자못 정중한 노크를 하고 들어오는 상대가 제 변호사라는 걸 알기에 살짝 웃음이 났다.

"이 부당한 억류에 대해서, 먼저 말해야겠습니다."

서툴지만 분명한 한국어로 말하는 제 변호사를 보고 하민은 웃기만 했다.

"서류는 이걸로 충분하겠죠."

그는 유능했고, 내밀어진 서류는 꽤 효력이 있는 모양이다. 그러니 조금 전까지 의기양양하던 여자의 표정이 일그러지는 거겠지.

"우리 법무팀은 최선을 다할 생각입니다. 내 의뢰인이 불구속 입건된 거라면 이만 가 봐야 될 것 같은데요."

"네, 그렇죠."

역시 전문가가 오니 정리가 빠르다. 그 사이에 끼인 여자가 퍽 우스운 표정을 짓긴 했지만.

"하지만 주소지를 확보해야겠는데요?"

사뭇 도전적인 눈빛에 하민은 굳이 눈을 돌리지 않았다. 지금은 그럴 여유가 없다. 지나간 일들을 생각하기에도 벅찼다.

"그쪽 사장님의 국적이 이랬다저랬다 하는 건 알지만, 분명한 것 또한 알죠. 지금 우리 검찰이 불구속 기소와 함께 가택 연금을 할 수 있다는 거 정도요."

"JY 호텔 본점. 설마 모르진 않으실 텐데요."

"아뇨, 호텔은 불특정한 주소지죠. 고정적인 주소지가 아니라면 받아들일 수가 없습니다."

잠자코 둘의 대화를 지켜보던 하민이 입을 열려는 찰나 변호사가 저지한다. 내겐 늘 집이었는데, 세상에선 아니구나. 그런 감상을 받아들일 틈도 없었다.

"오해가 있으셨나 본데, 우리 측에서 제공하는 주소지는 분명 적법한 주소지입니다."

또박또박, 제 몫을 다하는 변호사를 하민이 돌아본다. 조금 생경한 마음으로, 또 무슨 말을 할까 기대하는 심정으로.

"받아 적으세요. 서울시 강남구 역삼동 730번지 L오피스텔……."

언젠가, 내가 찾아갔던 그곳.

"……호입니다. 이 정도면 충분히 적법한 주소지가 되겠지요?"

아주, 아주 많이 천장이 낮았던 그곳. 화려한 샹들리에도 고풍스러운 가구도 없던 그런 곳. 그러나 깜박, 아주 깜박 평온한 잠에 들 수 있었던 그곳.

"그건 임기응변에 지나지 않는……!"

"서류는 전부 준비됐고, 적법합니다. 그럼 내 의뢰인을 모셔가기엔 충분하지요?"

다른 말은 아무것도 들리지 않았더랬다. 그저 내가 돌아갈 곳으로 내어 준 그 여자의 아주 작은 집이 고맙고 또 마음이 아려서.

"……기다리세요. 하지만 밤 10시부터 오전 7시까진 그 장소에 머물러야 할 겁니다. 그쪽 의뢰인이 입건됐다는 사실에는 변함이 없으니까."

"아무렴요."

그 후로도 조금 더 신경전을 벌인 후에야 하민은 간신히 건물을 벗어났다. 그리고 햇빛을 보기가 무섭게 차에 탑승해, 또다시 연금될 곳으로 향한다.

❖

딩동. 초인종이 울린다. 딩동, 딩동, 딩동딩동.

"뭐……."

왈칵, 재이가 열어젖힌 현관문 너머에 하민이 혼자서 저를 보고 서 있다.

"나 왔어."

아무렇지도 않게 그런 말을 하고는, 휘적휘적 현관을 넘어서 들어온다. 그의 뒤로 서 있던 사람들만 아니었다면 뭐라고 한 마디 했으련만.

"서명해 주시죠."

"……뭘요."

새벽 여섯 시의 택배보다 뜬금없는 서류철을 보던 재이가 되물어도 소용없다.

"동의하시면, 서명해 주세요."

바보 같은 짓이라는 건 안다. 그런데도 제 손은 이미 서명을 하고 있더라. 그것도 한시가 바쁘다는 듯이, 일초라도 빨리 돌아가고 싶은 사람처럼.

"어떻게······."

등을 돌리자마자 철문이 닫히는 소리가 들렸다. 이젠 정말 우리 둘뿐이다.

"아니, 이게 다 무슨 일인지."

천천히 돌아보는 하민의 입가에 묘한 미소가 걸려 있는 것 같기도 했다.

"그냥."

왜 그럴까. 언제나와 같은 웃음이었는데, 왜 그렇게 마음이 아픈 걸까.

"내가······ 오면 안 되는 거야?"

우리의 사이엔 꼭 두 발짝이 있었다. 언젠가, 우리의 처음처럼. 이미 푸른 수국은 없지만, 그렇지만 그때와 똑같이 애달픈 그 목소리와 눈동자.

"아뇨, 그런 게 아니라······."

망설이는 말과는 달리, 손이 먼저 나간다. 혼자서 서 있는 그를 향해 뻗은 손이 내 진심인 셈이다.

"어서 와요."

무심결에 뻗은 손이 맞닿는 순간, 진심이 입을 통해 나갔다. 늘 같은 체온, 언제나 다정했던 그 손길에 내 숨결도 늘 같았다고.

"나, 사실은······."

서럽고 서러웠던 하루와 당신을 기다리느라 애태웠던 가슴이 또 에이는데, 채 말을 끝낼 틈도 없이 훅, 끌어당기는 손길이 느껴졌다. 마찬가지로 훅, 짙어지는 그의 체취도.

"보고 싶었어."

그의 품에 안긴 채로 전하는 한 마디.

"······나도."

다시 돌아오는, 살갗에 배어드는 그 다정한 한 마디.

"보고 싶었어."

간신히 서로에게 전하는, 우리의 그 한 마디.

안겼던 품의 온기가 여전히 포근해서 더 마음이 아팠다. 고작 하루 사이에 더 여윈 것 같은 뺨도, 단 한 점 나를 탓하지 않는 그 다정한 눈빛도 보고 있으니 마음이 아팠다.

"나, 아무것도 모른다고 했어."

이제야 내려놓는 말들이 참 무겁다.

"실은 다 내가 한 건데, 나는 아무것도 모른다고……."

"그게 사실이잖아."

재이의 말끝이 가느다랗게 떨리는 사이로, 하민이 안은 품을 더 빠듯이 조여 온다.

"잘했어."

귓가에 와 닿는 그의 목소리는 언제나처럼 조금 낮고 따스했다.

"더 솔직히 말해 줘요."

애써 따스한 품을 벗어난 재이가 눈을 맞추고 묻는다. 피하고 싶지 않았다. 내가 도망치면, 이 사람은 여태까지처럼 내내 혼자여야만 할 테니.

"내가 잘못한 거죠, 회장님이 판 함정에 내가 보란 듯이 걸려든 거 죠? 원래 그런 사람이라고 절대로 믿지 말라고 몇 번이나 말했었는데, 나 혼자서 멋대로 판단하고 그래도 아버지니까 맘대로 생각하고, 실수 한 거…… 그런 거 맞죠."

"맞아."

그는 좀처럼 거짓말을 하지 않는 사람이었다.

"하지만 그 또한 내 판단이야. 전결권을 이 비서에게 줬으니, 어떤 결정을 내리든 그건 내가 내리는 결정이야. 설마 그 정도 각오도 없이 맡겼으려고."

"그래도."

"난 괜찮아."

처음 만났던 이 남자는 매사에 가볍고 다소 철이 없는 사람이었다. 그런 줄로만 알았었다. 사실, 내가 더 어렸다는 것을 이제야 깨닫는 게 바보 같을 정도로.

"거짓말."

"그런 거 아냐."

지금 울어야 할 사람은 그인데, 내가 먼저 이러면 안 된다는 걸 잘 아는데, 그런데 울컥 차오르는 감정에 벌써 눈이 그렁그렁해지고 만다.

"괜찮을 리가 없잖아."

왜 이렇게 태연할까. 모든 걸 잃을 위기에서도, 모두에게 배반당하고도 어쩜 이렇게 이 사람은 웃을 수가 있을까. 어떻게.

"어떻게 이런 상황에서 괜찮을 수가 있어? 부모가 배신하고, 파산은 커녕 감옥에 갈지도 모르는데, 어떻게 괜찮아. 도대체 어떻게 하면…… 이런 게 괜찮을 수가 있냐고요."

"그래도 난 괜찮아."

어느새, 또륵 재이의 뺨을 흐르는 눈물을 하민이 손을 뻗어 멈추게 했다.

"아직은 내 편이, 여기에 있잖아."

"그 편이…… 바보 같은 실수를 해서 이렇게 돼 버렸는데도?"

"그래도."

흘러넘치는 눈물을 멈추려 일부러 세게 깨무는 재이의 아랫입술을 하민의 엄지손가락이 덧그렸다.

"그래도 이재이는 내 편이지…… 난 그거면 됐어."

슥, 재이의 젖은 눈가를 문지르는 하민의 손길은 재이가 기억하는 것과 꼭 같은 체온을 머금고 있었다.

"난 정말 괜찮아. 그러니까 그만 울어."

그 말을 하면서 부드럽게 손을 잡아끄는 하민이 먼저 소파에 앉으며 다시 재이를 품에 안는다.

"이젠, 잃어버린대도 다 잃는 건 아니야."

가만가만 속삭이는 그의 목소리.

"더 이상 도망치지도 절망하지도 않기로 했어. 그때, 이재이가 날 위해 돌아와 줬던 밤부터."

돌아보는 눈동자에 찰랑이는 애정을 보았다. 그것이 흔들리지 않는 믿음이라는 것 역시.

"내가…… 전과자가 되거나, 쫄딱 망한 거지가 되더라도 이재이 씨가 받아 준다면."

"바보."

눈물 끝에 웃게 하는 건, 항상 그 사람이다.

"혹시 알아, 이재이 씨가 샀던 주식이 확 오르거나 로또를 맞거나 하면……."

"그래 봐야 사장님한텐 푼돈이면서."

"망하고 나면 또 모르지? 그래서, 그렇게 되면 나 안 먹여 살려 줄 거야?"

"하는 거 봐서요."

현실성이 없는 말이라, 그저 웃고 말았다. 이런 상황에서조차 웃으라고 건넨 말인 줄 너무도 잘 알기에.

"걱정 마. 잘 되면 좋은 일이 있을 거야. 그때 나 모른 체하면 안 돼?"

씩, 웃는 하민의 얼굴이 평소 같아서 정말로 다행이다. 아니라면, 이 눈물을 그칠 수 없었을 것이다.

"알았어."

"약속이야?"

"자. 할게요, 약속."

새끼손가락을 내미는 재이를 보고 하민이 마주 웃어 준다.

"그래, 약속."

다만, 마주 걸어 오는 건 손가락이 아니라 입술이었다. 아까의 눈물로 아직 젖어 있는 입술에 너무도 자연스럽게 겹쳐 오는 하민의 입술에 또 숨이 막히는 것만 같았다.

"정말 싫은 게 아니라면……."

잠시 떨어진 입술 사이로 뜨거운 숨결이 말했다.

"오늘은 밀어내지 말아 줘."

대답 대신, 그의 목을 끌어안는다. 더 이상 간절할 수 없던 오늘 밤, 우리는 그렇게 서로를 안았다.

이른 오전, 어제와 같은 옷을 입고서 현관을 나서는 하민에게 웃어 주던 재이의 마음이 아프다. 여느 때처럼 태연한 얼굴로 웃어 주는 그였기에 더더욱.

"다녀와요."

"어, 근데 기다리진 마."

"왜?"

정말 몰라서 묻는 재이를 보고 하민은 또 한 번 웃었다.

"원래 이런 조사는 이틀 밤도 새워."

그럼 몸 상해서 어떡해, 재이가 그런 말을 하기도 전에 하민이 먼저 손을 뻗어 뺨에 댄다.

"괜찮아."

재이는 제 뺨에 닿은 하민의 손 위로, 다시 제 손을 겹치며 애써 웃어 보였다.

"잘 다녀와."

그렇게 이른 오전이 끝났다. 돌아보니 겨우 일곱 시도 안 됐을 만큼 이른 오전이었다.

"⋯⋯알았지?"

텅 빈 현관에 대고 했던 혼잣말이 공허하게 울렸다.

심란한 마음이 좀처럼 가라앉지를 않았다. 습관이 무서운지, 평소의 출근준비처럼 단장을 마친 후의 재이가 거울 속 저를 노려보다 이내 결심을 굳힌다.

"아무것도⋯⋯ 안 하고 있을 수는 없지."

평소보다 조금 강한 메이크업, 거울 너머로 보이는 자신은 조금 강하게 보인다. 그래야만 하기도 하고.

"그래."

결심을 내리자, 후의 행동은 빨랐다. 택시를 잡아타고 호텔로 가서 다시 우리의 스위트룸에 진입하기까지 그리 오랜 시간이 걸리진 않은 것 같다.

"후⋯⋯."

괜시리 마음이 아파서, 먼저 심호흡을 한 후에 들어갔다. 항상 그 사람이 앉아 있던 곳이 텅 비어 있고 우리의 흔적이 지워진 장소.

"괜찮아."

그가 내게 했던 말을 주문처럼 왼다.

"괜찮아, 다 괜찮을 거야."

그러면서 책상에 앉아 이것저것 뒤지기 시작했다. 무언가 하나라도 도움이 될 게 있을까 해서.

하나 우습게도 쓸 만한 것들은 다 분쇄기에 갈려 나간 후였고, 눈에 보이는 건 하민의 사인을 어설프게 흉내 낸 제 연습 종이뿐이었다. 그때까지만 해도 이런 날이 올 줄은 몰랐는데, 참 바보같이.

"한심해."

다시 한 번, 그의 사인을 덧그리다 괜히 분한 심정에 만년필을 내던졌다. 툭, 본래는 카펫에 떨어졌어야 하는데 각도를 잘못 맞춘 탓에 책상 모서리에 맞고 떨어지는 만년필이 분리되는 광경이 꼭 제 꼴 같아 헛웃음이 나왔다.

"어……?"

분리된 만년필 사이에서 있어서는 안 될 무언가를 발견하기 전까지는 그랬다. 척 보기에도 작은 기계장치가 두 개쯤, 분리된 만년필에서 나온 부속들이라기엔 너무도 불순했다.

다음 순간, 재이는 숨을 죽인 채로 카펫 위에 떨어진 부속들을 관찰했다. 관련 지식이 없어도 충분히 알 수 있을 만큼의 모습을 갖춘 기계장치들에 소름이 돋아 났다.

누가, 어떻게…… 아니, 이미 그를 이용하고 배신하는 사람들이 있으니 놀라울 일도 아니건만. 그래도 어떻게, 이렇게까지 끔찍한 일을 할 수가.

경악과 경멸 다음에 찾아온 감정은 아픔이었다. 가슴이 아프다. 이토록 잔인한 그의 적들이, 그렇게 평생을 살아왔을 그 사람이 내 가슴을 아프게 한다. 내겐 너무도 소중한 사람이라서.

[송 실장님, 스위트룸에 도청기가 있는 것 같아요.

문자를 찍으면서도 내내 눈물이 나려는 걸 애써 참았다.

[아무 말 말고 나오세요. 수색하겠습니다.]

즉답이 돌아온 가운데, 재이는 다시 한 번 넓은 방 안을 돌아보았다. 눈을 한 번 감았다 뜨면 그 사람이 있는 모습이 보일 것도 같은, 그런 풍경을 잃고 싶지 않았다.

다음 순간 해야 할 일은 분명했다. 평창동 저택 앞에서 경호원들과
실랑이 끝에 노골적으로 CCTV를 바라보는 재이의 얼굴은 아마도 퍽
볼만 했을 거다.

"이 실장, 이런 식의 소모전은 서로한테 별 이득 없을 텐데요. 이나
마도 같은 비서실 소속으로 인정을 베풀어 설명해 주는 거니 알아듣길
바라죠."

난동 아닌 난동을 피운 끝에 나타난 박 실장이 말했을 때, 재이는
보란 듯이 홋 하는 웃음을 지어 준다. 무려 다섯 시간을 대문과 차고
앞에서 버틴 결과니 뿌듯할 정도다.

"회장님을 뵈러 왔습니다."

"이 실장이 뭔가 착각하나 본데, 회장님은 그리 쉽게 뵐 수 있는 분
이······."

"아뇨, 전 뵐 수 있어요."

하 회장을 만날 때마다 늘 두려움과 호기심이 교차했었다. 이제는
그 두 감정 모두가 사라진 터다. 더는 두렵지도 않았고, 위축될 일도
없었다. 하민이 늘 말했듯, 그 사람이 어떤 인간인 줄 알았으니까.

"그게 싫으시면 방송국으로 갈까요? 안 그래도 뉴스에 뜨기 시작하
던데, 전직 비서가 인터뷰하면 꽤 흥미롭지 않겠어요?"

"그런 식의 협박이 통할 거라 생각했다면······."

"네, 생각하는데요? 왜냐면 전 증거가 있으니까요."

일종의 허풍이자 허세다. 하지만 지금 상황에선 충분히 먹히리라는
계산 하에서였다.

"잘 생각해 보세요, 이건 제가 기회를 드리는 거나 다름없으니까."

평생 살면서 이런 걸 해 본 적이 없는데, 하민에게서 배운 게 이렇

388

게 배어 나오나 보다. 그리고 그건 꽤, 잘 먹히는 수였다.

그 증거로 다음 장면이 재이에게 펼쳐졌다.

"날 보자고 했다고?"

고풍스러운 서재의 한가운데에 앉은 하 회장이 보란 듯이 묻는다.

"그사이 쾌차하셨나 봅니다."

가시가 있는 재이의 말이 멀쩡한 하 회장의 용태를 짐작케 했다.

"내 안부나 물으려고 온 건 아니잖나."

"네, 아닙니다."

왜 이렇게 화가 날까. 내가 아닌 그의 일인데, 왜 이렇게 마음이 아
플까.

"어떻게…… 이러실 수가 있어요."

상상도 가지 않는다. 그가 이 사람 앞에서 어떤 얼굴을 하고서 어떤
말들을 들었는지. 나는 그걸 이해조차 하려 하지 않았는데.

"저한텐 그러실 수 있습니다. 그래 봐야 일개 사원이고 회장님 당신
에겐 소모품이니까요. 그래도…… 사장님은 다르잖아요. 아들이잖아
요!"

서러운 재이의 목소리가 무색하게도, 하 회장은 별다른 동요를 보이
지 않는 채로 주시할 뿐이다.

"왜…… 그러셨나요. 왜 저를 속이고, 왜 사장님을 함정에 빠트리
고, 또 왜 거짓말을 해서 우리를……."

"난, 거짓말 같은 걸 한 적이 없네만."

마호가니 책상 너머로, 하 회장이 짙은 담배 연기를 내뿜는다.

"내가 말했잖나. 그 아이는 아무도 믿지 않아서, 누군가가 필요했다
고. 내가 뭔가를 하기 위해서 누군가 그 아이가 믿는 사람이 필요했
다…… 그렇게 말했던 걸로 기억하는데?"

분명 기억엔 그런 말이 있었다. 하지만 그건 아버지로서 한 말이라

고 그렇게 들었기에.

"말 그대로야. 그 아이는 아무도 믿지 않아서 이용할 사람이 필요했어. 그게 자네일세."

"하지만 제겐 분명 아버지로서……."

"그래, 난 아비야."

자욱한 연기 너머로 하 회장이 가볍게 뱉는다.

"그저, 내가 자식이라 여기는 아이의 아비일 뿐이지. 아버지 노릇? 그 아이도 날 아비라 여긴 적이 없다고 공언하는 터에 이제 와서 내 무슨?"

신랄한 그 말 너머의 눈동자가 진심을 담고 있어서 더 소름이 끼친다.

"그런 눈으로 볼 거 없어. 자네도 내 입장이었다면 다르지 않았을 테니."

"아뇨, 전 절대로……."

"그 일족들은 날 항상 하찮게 여겼지. 그래, 마치 불가촉천민처럼. 그런 기분을 자네는 아나? 그 여자도, 그 여자의 아들도…… 애초에 그 여자의 아버지부터가! 날 사람 취급도 안 했으면서, 이제 와서 내 핏줄이니 애정을 가지라는 거, 그거 우스운 일 아닌가?"

찰칵, 서랍을 뒤지던 하 회장이 입에 담배를 물고 다시 불을 붙이기까지 재이는 당장에라도 터질 것 같은 속을 다스리느라 단 한 마디조차 뱉지 못했다.

"내게 자식은 하나뿐이야."

뿌연 담배 연기가 자욱하게 실내를 메운다.

"내 아들에게 온전히 상속시켜 주고 싶었고, 그러려면 후환을 제거해야 했지."

비정한 사람. 한 마디가 채 나가지 않는 사이로, 불쑥 화가 난다. 꼭 그렇게 했어야만 했나.

"그게 나쁜가? 사람은 저마다 할 수 있는 일을 실행하며 살아가는 것뿐이야. 그럴 능력이 없는 자의 비난은 무의미해."

"그래서 그렇게 비겁한 방법까지 쓰셨나요? 저 말고도 심어 둔 게 있었잖아요."

내 화를 못 견뎌 던진 만년필은 산산이 부서지며 아주 무서운 저의를 보여 주었다.

"무슨 말인지 모르겠군. 자네가 충분히 잘 해내고 있는데 내가 뭐하러 헛수고를 했겠나. 것도 그렇게 의심이 많은 상대를 두고서."

놀랍게도 하 회장은 전혀 다른 이야기를 하고 있었다. 마치 녹음기의 존재는 전혀 모른다는 듯이.

"게다가 적이 꼭 나 하나라는 법은 없어. 기실 사방이 다 적이겠지. 어쩌겠나, 본인이 그렇게 모나게 적을 지고 산 것을."

스스로 말했듯, 그는 잠시 아비의 탈을 썼을 뿐 그 무엇도 아니었다. 그러나 녹음기가 그의 소행이 아니었음 또한 사실로 보였다. 충분히 비열한 짓을 하고도 남을 인간이었지만 그는 언제나 강박적으로 하민의 의심을 두려워했으니 그런 무모한 짓을 벌일 용기가 없었으리라.

"쓸데없는 얘기는 이쯤 해 두지. 그보단 앞으로가 중요할 테니 말이야. 난 자네의 능력을 아주 높이 사고 있어. 그런 뜻에서 내가 했던 약속은 지킬 용의가 있는데, 원하는 건 생각해 봤나?"

적대감을 숨기지 않는 재이의 눈빛을 보고도 태연히 말을 뱉는 남자의 미소가 역겹게 느껴졌다.

"천천히 생각해도 괜찮네, 시간은 많으니까. 난 무능하고 고분고분한 부하보단, 비범하고 당돌한…… 그래, 꼭 자네 같은 젊은이를 좋아하거든. 해서 말인데, 도대체 비결이 뭐였나. 어떻게 그 의심으로 똘똘 뭉친 하 사장의 눈과 귀를 가리고 내가 보낸 비자금을 쥐어 줬지? 그

시한폭탄의 냄새를 못 맡았을 리가 없는데."

지금 하 회장을 향한 증오보다 더 큰 건, 스스로의 어리석음에 대한 자책이다. 하 회장에게 속은 건 어쩔 수 없는 일이었다고 해도 끝까지 하민만을 믿었어야 했는데. 내가 안다고 생각했던 것과 믿는다 여겼던 건 결국 모두 오만이었나.

"아무래도 자네가, 얻으라고 한 신용 외에 다른 뭔가도 얻어 낸 게 아닌가? 이를 테면, 가당치도 않은 애정 따위라든가."

비릿한 웃음 너머로 번쩍이는 눈동자는 승리에 젖어 있었다. 잠시, 그걸 보던 재이가 눈을 깜박였다.

"맞습니다, 그런 건 가당치도 않죠. ……당신같이 더러운 인간에게 는."

그제야 재이의 입가에 미소가 떠올랐다.

"순간의 치기로 후회할 짓을 하진 말게."

"아뇨, 처음부터 여기 온 목적을 실행하는 것뿐입니다."

가방에서 하얀 봉투를 꺼내 책상 위로 던지는 재이의 손길에 망설임 은 없었다.

"이제 보니, 당돌한 게 아니라 어리석은 젊은이였구먼."

사직서라 적힌 봉투를 내려다보던 하 회장의 중얼거림이 어느새 방 을 나서는 재이의 등에 꽂혔지만, 돌아보진 않았다. 앞으로 두 번 다시 그런 일은 없을 것이다. 아무것도 모르는 채 이용당하는 것도, 나의 무 지로 그를 해치는 것도, 두 번 다시는.

❖

저택을 나서자 송 실장에게서 메시지가 도착해 있었다. 대대적인 수 색을 벌인 끝에 모든 녹음기를 확보했고, 전부 바꿔 놨다는 다행인지 유감인지 모를 소식이었다.

그리고 얼마 후, 스위트룸에서 만난 송 실장도 재이와 같은 기분을 느꼈는지 지치고 비통한 기색이 얼굴에 묻어 있었다.

"안심해도 됩니다. 녹음기는 다 찾아냈고, 이 공간은 본래 도청이 차단되고 있어요. 옛날 사모님이 계실 때 불미스러운 일이 있은 후로는 항상 그래 왔죠."

도대체 어떤 삶을 살아야 이런 일들을 몇 번이나 겪어야 하는 건지 모르겠다. 하민이 가진 많은 것들에 과연 그런 가치가 있는 걸까.

"구석구석 잘도 숨겨 놨더군요. 추적해 본 결과, 전부 이 실장이 본사에서 가져온 개인 물품에서 나왔습니다."

또 한 번 발밑이 무너지는 기분이 든다. 분하지만 하 회장의 말은 전부 옳았다. 하민은 아무도 믿지 않았고 끼어들 틈조차 내주지 않았는데, 내가 그 빈틈이 되어 버렸다.

삑.

송 실장이 버튼을 누르자 가장 먼저 하민의 목소리가 흘러나온다.

― 할 수 있어.

언제나 그와 머물던 이곳에서, 이제는 그만이 없는 이곳에 울리는 다정한 목소리가 자꾸 가슴을 때리는 것만 같았다.

― 말했잖아, 난 이재이 씨를 믿는다고. 그리고 이게 내가 주겠다던 증거야.

금방이라도 그렁그렁해질 것 같은 재이의 눈을 보던 송 실장이 삑, 버튼을 누르자 녹음기가 멈췄다.

"이런 식으로 24시간 기록되고 있었습니다."

"제 귀에 도청장치를 달고 다닌 셈이네요."

재이가 자조적으로 툭 내뱉자 송 실장이 말을 아낀다.

"일거수일투족, 내가 듣고 했던 말이 전부 다 녹음되고 있는 것도 모르고, 난⋯⋯."

"모를 수밖에 없었으니 자책 말아요. 본래 목적이 아무도 모르게 녹음하는 물건입니다. 이 실장 잘못이⋯⋯."

"잠깐, 잠깐만요."

문득, 머릿속을 번뜩이는 생각에 재이의 말이 빨라진다.

"아무도 모르게, 24시간이라는 거죠?"

말보다 급한 손길이 백을 뒤집더니 조각난 만년필을 꺼냈다. 처음엔 제 분에 못 이겨 분리됐던 만년필과 혹시나 해서 전선까지 잘라낸 부속들이 투둑, 열없이 떨어진다.

"이것도 살릴 수 있을까요?"

"부품은 그대로니 가능할 겁니다."

송 실장이 손톱보다 작은 칩을 이리저리 보다가 다른 기계에 끼워 넣기까지의 시간이 너무도 길게 느껴졌다.

― 그런 표정이야말로 새삼스럽군. 내 일전에 약속했잖나, 아비 된 도리를 하겠다고.

― 그럼, 회장님께서 직접 이 투자 회사를 주선해 주신 건가요.

― 이 실장이 유능하긴 해도, 아직 순진한 구석이 있군.

무작위로 돌린 녹음 파일은, 하필 가장 결정적인 순간을 재생해 주었다.

― ⋯⋯속된 말로 유령회사라는 건, 이런 때 쓰라고 고안해 낸 게 아니겠나.

그게 곧 우리에겐 희망이었다. 동시에 마주 본 송 실장과 재이의 눈이 같은 뜻으로 빛났다.

"이거, 어쩌면 무기가 될지도 모르겠군요."

"그 인간, 하 회장은 이 녹음기의 존재를 모르는 것 같았어요."

재이가 자욱한 담배 연기 너머로 뻔뻔하게 빛나던 하 회장의 눈동자를 떠올리며 말하자 송 실장이 고개를 끄덕였다.

"본인도 함께 몰락할 함정을 팔 사람은 아닙니다."

"그럼, 도대체 누가……."

"글쎄요, 용의자가 너무 많아서."

서글픈 사실은 변하지 않는다. 하민의 몰락을 바라는 적들은 언제나 너무 많았다.

"그보단 이걸 어떻게 이용할지가 중요하지 않을까요."

"적어도, 지금 검찰에 기소된 횡령 및 배임 건에 사장님이 관여되지 않았다는 증거로는……."

"아뇨. 검찰에 제시해 봤자 혐의를 보다 강하게 확인시켜 줄 뿐이에요. 이 실장의 마음은 알지만, 나 역시도 같은 마음이지만, 그리 녹록할 것 같지는 않군요."

송 실장의 확인 사살과도 같은 말에 재이가 힘없이 고개를 끄덕인다.

"그래도 이건 우리가 가진 유일한 무기가 될 겁니다. 이 실장이 만들어 준 기회지요."

"전 그런 말을 들을 자격이 없어요. 이젠 이 실장도 아니고요."

재이를 보는 송 실장은 의외로 놀라지 않는다.

"이 실장이 아닌 이재이 씨도 충분히 자격 있는 사람입니다."

송 실장이 처음으로 불러 준 이름은, 늘 그랬듯 다정한 음색이었다. 하민이 문전박대를 했을 때도, 금방이라도 쫓겨날 것 같았던 처지에도 그것은 다르지 않았다.

"아까. 고의는 아니었지만, 엿들은 게 됐지요?"

녹음기에서 흘러나왔던 하민의 목소리에서 재이는 애정을 느꼈고, 송 실장은 자신이 미처 몰랐던 사실을 깨달았다.

"난, 사실 진즉 퇴직했던 노인네라 눈치가 느려요. 게다가 원래 그런 방면으로는 통 무지하기도 하고."

뭐라 답해야 좋을지 몰라 망설이는 재이에게 말하는 송 실장의 목소리는 차분하고도 따스했다.

"그래서 이 실…… 아니, 이재이 씨에게 참 고맙게 생각해요."

"네? 전, 그럴 자격이……."

이 모든 사태의 시작은 아니었지만, 적어도 발단이었던 재이가 죄스러운 마음을 못 떨치는 가운데에서도 송 실장의 연륜은 흔들리지 않았다.

"이 노인네, 재미없는 이야기 하나 해도 될까요?"

재이의 대답이 없어도, 송 실장의 너그러운 미소는 여전하다.

"난 말이죠, 우리 사장님이 평생을 가도록 타인을 믿는 법을 모를 줄 알았어요. 그게 안타까웠죠. 진즉 퇴직해서 이제 여생을 즐겨 볼까 하던 차에 어울리지도 않는 정장을 입고 복귀를 한 것도 사실은 그 때문이었습니다. 이런 늙은이가 아니면 더 믿고 곁에 둘 사람이 없는 사장님을 차마 외면할 수가 없어서였죠."

가만가만 내려놓는 음성 사이로 우리 사장님이란 단어가 콕 박혔다. 마치 자식을 부르듯 자랑스럽고도 또 사랑스러운 그 표정과 목소리에 그 마음 다 알 것만 같았다.

"그런데 왜 절 미워하지 않으세요?"

송 실장이 모를 리 없다.

이 모든 게 내 탓은 아니더라도, 도화선에 불을 붙인 게 재이임을.

"왜, 절 탓하지 않으세요."

두서없이 뱉어지는 재이의 말에도 송 실장은 미소를 잃지 않았다.

"재이 씨가 아니었더라도 일어났을 일입니다. 더 늦고 빠르고의 문제였을 뿐, 다시 타이를 매면서부터 이미 각오했던 일이에요. 오히려 말리던 재이 씨에게 미안한 일이지요."

괜히 울컥, 감정들이 차오르는 건 착각일 테다. 그날 아침, 내 초라한 오피스텔의 비좁은 현관에서 그를 배웅할 적에도 눈물은 나지 않았으니까.

"우리 사장님도 마찬가지의 심정이었을 거라고, 감히 짐작합니다. 어차피 승산이 없는 게임이었어요. 그걸 다 알고도 우린 여기에 있는 거예요. ……하지만 재이 씨는 아니죠."

깜박, 재이가 느릿하게 눈을 감았다 뜬다.

"왜 탓하지 않느냐고 물었죠. 나도 반대로 물을게요, 왜 떠나지 않았죠?"

"그건……."

한 호흡으로 답하기엔 넘치는 마음들에 채 말을 끝낼 수가 없었다.

"그건, 재이 씨가 우리 사장님의 편이기 때문……이죠?"

"……네."

"돌아보니 난, 오롯이 그 편이 아니었어요."

재이도 그런 말을 들은 적이 있었더랬다. 유일한 내 편은 당신이라고, 내게 다른 내 편은 없다고. 송 실장님이 있잖아요, 라고 바보같이 되물었을 때에 그 사람은 내 어머니의 사람이었지, 라고도.

"이유는 단순해요."

이 초로의 남자를 신뢰하는 건, 바로 이런 모습에서였다.

"재이 씨가 아는 그 김 실장도 내 후임이었어요. 그런데 다들 치고 올라가더군요. 난 낙오자였고. 그때에 날 거둬 준 게 사모님이었죠. 그렇게 사장님이 태어나고, 또 자라는 걸 지켜보는 와중에 내 월급을 주는 곳이 Y물산으로 바뀌었어요."

언제나 담담히 제 속을 드러내는 용기와 침착함.

"다시 말해서, 나는 아니라는 겁니다. 나는, 오롯이 사장님의 편이 아니었어요."

그런 말을 하는 송 실장의 눈동자엔 애정만큼이나 간절함이 어려 있었다.

"하지만 재이 씨는 다르지요."

"네."

망설일 틈은 없었다.

"전, 달라요."

나는 유일하게, 그리고 오롯이 그 사람의 편이다.

"아니, 달라야겠죠."

그러니 더더욱 정신을 차려야만 한다. 이제야 그걸 알겠다.

"절 도와주세요. 제가 달라질 수 있도록 송 실장님이 도와주세요."

이제야 겨우 또렷한 눈빛으로 돌아온 재이를 보는 송 실장의 얼굴에 애틋한 미소가 핀다.

"이 실장이 아니라, 이 비서가 아니라, 이재이가. 그냥 하 사장의 편인 이재이가 뭔가 할 수 있도록 도와주세요."

"그건 내 몫이 아닙니다만."

자연스럽게 다가온 송 실장의 손이 저도 모르게 떨리고 있던 재이의 손등을 감쌌다.

"우리 사장님이 일본에서 채 마치고 오지 못한 일이 있어요. 그 일을 했던 나나 사장님 모두 자유의 몸이 아니지만, 재이 씨는 다르겠지요."

"제가 갈게요."

"쉽지 않을 겁니다. 아니, 어려울 거예요. 이 상황에서 내가 공식적으로 만남을 주선할 수는 없으니…… 그냥 바위에 계란을 친다고 보면 차라리 그게 쉬울까."

"갈게요, 제가."

각오는 이미 마친 뒤였다. 이건, 처음부터 내 몫이었다. 당신의 편이 되기로 한 후부터 줄곧.

"미리 말할게요, 난 이재이 씨에게 정말로 감사하고 있다는 걸."

정말이지, 따스한 목소리였다.

❖

마치 직육면체의 공간에 갇힌 것 같았다. 이대로 얼마의 시간이 흘러갔는지 채 가늠할 수 도 없었다.

"아……."

의미도 없는 말을 뱉는 건, 정말로 이 상황이 의미가 없어서다. 푹, 고꾸라졌던 하민의 고개가 들리는 것과 동시에 때마침 현실들이 몰려왔다.

극도로 밀려오는 피로감, 잠시 눈을 감았다 뜨면 또 다른 시간, 아주 짧은 꿈조차 허락하지 않겠다는 듯이 이따금 문을 박차고 들어오는 저 불청객들.

"그러니까 내가 진즉 말씀드렸잖아."

카랑카랑한 여자의 목소리에 하민은 피식 웃고 만다.

"하 사장님, 그만 인정하면 어때요? 나도 편하고, 사장님도 편하고, 우리 판사님들도 편하시고, 응?"

척 봐도 누나뻘로 보이는 검사는 퍽 필사적이었다. 부러 허세를 부리니 더 그리 보이는 것 같았다.

"난 지금도 편한데, 왜."

"취조하는 나도 잠 못 자서 이런데, 벌써 이틀 꼬박 밤새워 벌서는 우리 사장님만 하려고요?"

"그럼 가서 자든가."

"나야 나라 녹 받는 불쌍한 인간이라 그렇다 치고, 우리 사장님은 번쩍번쩍한 스위트룸 아니면 못 주무시는 귀한 분 아니셔요?"

여자의 말은 가히 도발적이었으나, 하민은 조금도 동요하지 않았다.

"잠이 확 깰 만큼 재미난 얘기 해 드릴까요?"

아무런 반응을 보이지 않는 하민을 두고도 여자의 이죽거리는 미소
는 여전했다.

"왜, 기득권층이다 이런 말 많이 하잖아요? 속된 말로는 금수저고.
나 사실 그런 사람 실제로 처음 봐요. 개천에서 용이 못 나는 요즘 세
상에 내가 죽어라 사법고시 치고 이무기까지는 되고 나서 처음 본다고
요. ……그런데, 그거 되게 불쌍한 거네?"

흘깃, 시선을 들어 자신을 보는 하민의 시선에 여자가 피식 웃는다.

"하 사장님 당신, 버림받은 거잖아. 당신 아버지는 진즉에 떠났고,
JY 법무팀은 나타나지도 않고……."

"했던 말 또 하는 게 재밌나?"

"재미는 없지만, 또 새로운 사실이 있어서 말이죠?"

기대도 않았던 것들이라, 아무 감흥도 없었더랬다. 그저 이 좁은 공
간에서 벗어나고 싶다는 생각뿐이다.

"하 사장님, 당신 비서가 방금 출국했어요."

그 말이 오늘 들은 말 중에 유일하게 미소를 짓게 해 주었다.

"웃어요?"

"어. 웃을 건데?"

모처럼 엎드렸던 몸을 일으켜 똑바로 앉는 하민이 여자를 봤다.

"그 정도는 내 맘이잖아."

"하긴, 당신 비서 제법이었어요. 우리 검사보를 눈물로 속여 넘겼다
지. 그러면서 또 해외로 도피를 할 줄은 누가 알았을까요?"

"그러게."

열에 받쳐 말하는 여자를 보는 하민은 어느새 턱을 괸 채다.

"그걸 근거로 구속 영장을 신청할 예정이에요. 당신 비서가 해외로 도주했으니, 증거 인멸의 우려가 있다는 사유는 충분히 입증할 수 있겠죠."

"그래."

"당신은 정말 불쌍한 사람이네요. 아버지도 모자라 측근조차 당신을 배신하고 도망치는 걸 보면."

복잡한 감정이 섞인 여자의 눈을 보며, 하민은 여전히 미소를 지우지 않는다.

"난…… 그럴 줄 알았어."

역시, 그래야 내 여자지. 내가 믿었던, 오롯이 내 편인 이재이지.

14

비행기가 이륙한다. 지금은 손을 잡아 줄 사람도, 야경을 보여 줄 사람도 없기에, 그저 참기로 하고 눈을 꼭 감는 재이의 귀에는 이어폰이 꽂혀 있다.

— 난 이재이 씨의 판단력을 믿어.

정말 싫다고 생각했는데, 이 말들을 다 기록하는 그 저의가 참 더럽다고도 생각했는데, 그런데 지금은 이것이 내 귓가에 위안이 되어 준다.

— 그러니 지금 이 순간부터 이재이 씨의 판단은 곧 내가 내리는 판단이야.

나는 그 말을 지키려고 한다. 그는 나를 믿어 주었다. 이 비서도, 이 실장도 아닌 이재이를 믿어 주었다. 꼭 같은 말을 마음으로만 전한다. 나를 믿어 준 당신의 마음을, 다시 한 번 더 믿겠다고. 우리, 같은 공간에 머무를 수는 없어도 마음은 늘 같으리라고.

일본에 발을 딛자마자, 습한 공기가 훅하고 가슴에 찬다. 금방이라도 비가 떨어질 것 같은 우중충한 하늘을 올려다보던 재이는 덩달아 우울한 표정을 지으려다 말고 입술을 꾹 깨물었다. 어차피 변하는 게 없다면 웃으련다. 여기는 마지막 희망을 찾으러 온 곳이니 할 수 있는 한 가장 밝게 웃으련다.

「더 이상 들어가실 수 없습니다.」

그러나 그 마음은 통하지 않았다. 사방이 고요한 가운데, 높다란 담이 솟아 있고, 퍽 고풍스러운 대문이 불청객을 향한 위압감을 발산하는 이곳에서 재이는 아무것도 아니었다.

「꼭 드려야 할 말씀이 있어 왔습니다.」

대문을 지키고 선 정장 차림의 남자들은 재이의 다소 어색한 발음에도 미동도 하지 않았다.

「저는 한국의 하민 사장을 대신해 온 사람입니다. 반드시 전해야 할 중요한 말이 있어서…….」

「허가받지 못한 방문객은 들일 수 없습니다.」

「아뇨, 그분은 이 가문의 일원이고 지금 곤란한 상황에 처했으니 제가 대신해서…….」

「허가받지 못한 방문객은 들일 수 없습니다.」

그 후로 몇 번을 더 말해도, 애원을 해도, 윽박을 질러 봐도 답은 같았다. 마치 입력된 말 외에는 모르는 로봇 같았다.

「불가합니다.」

준비해 간 어떤 말도 끝내지 못한 채로 그런 말까지 들은 재이가 마지막 수단으로 남자들의 틈을 비집고 달렸지만, 그 또한 아무런 소용이 없었다.

「허가받지 못한 방문객은 들일 수 없습니다.」

회색의 자갈밭에 내동댕이쳐진 재이를 보고도, 남자들은 아무런 표정 없이 그런 말만을 했다.

「이것도 할 수 없다, 저것도 불가하다! 그럼 당신들이 할 수 있는 게 뭐죠?」

자갈에 쓸려 피가 나는 무릎을 안은 재이가 외쳐 보았지만 역시 아무런 답도 돌아오지 않았다.

「말이라도 전해 주면 되잖아요, 당신들이 이 집안을 지키는 사람들이면 나도 똑같은 목적이니까 말이라도 전해 주면!」

그들은 이미 이 집의 일부로 돌아간 지 오래다. 어느새 투둑투둑 비가 떨어지기 시작했다. 재이가 그 문턱을 넘을 수 있던 건 빗속에서 꼬박 다섯 시간을 꿇어앉은 후였다.

❖

과연, 총수의 위엄은 엄청났다. 단 한 마디의 말도 오가기 이전에 재이는 어깨를 무겁게 짓누르는 위압감에 숨을 삼켜야 했다.

「우선, 귀한 시간 내주셔서 감사드립니다. 저는 한국에서 온 하민 사장님의…….」

순간적으로 자신을 뭐라 소개해야 할지 몰라 우물쭈물 말을 하는 사이 노 회장이 마뜩찮은 표정으로 곰방대를 내려놓는다.

「용건이 뭔가.」

쓸데없는 소리는 늘어놓을 생각도 말라는 엄포와도 같은 말에 재이는 다시 한 번 마음을 다잡는다.

「하 사장이 한국 검찰에 입건됐습니다. 혐의는 횡령 및 배임 건인데 이는 JY 본사 측의 함정이고, 하 사장은 무고합니다. 해서, 현재로서는 호텔을 지킬 방법은커녕 본인의 안위조차 장담할 수가 없습니다.」

긍정도 부정도 아닌 침묵이 감돈다.

「……노 회장님과 Y물산의 도움이 없다면 말입니다.」

용기를 내어 본론에 도달한 재이가 마른침을 삼키며 노 회장의 안색을 살핀다. 하지만 온갖 풍파를 겪으며 새겨진 주름으로 가득한 노인의 깊은 눈을 읽어 내는 건 재이에겐 아직 역부족이었다.

「제가 노 회장님께 아무것도 아닌 존재라는 건, 잘 압니다. 하지만 제가 지금 하 사장을 대신하여 이 자리에 있음을 떠올려 주셨으면 합니다.」

침묵을 견디다 못한 재이가 먼저 입을 뗐다.

「하 사장이 여기에 왔던 용건을 대신하기 위해서 말입니다.」

「그건 이미 지난 일이 아닌가.」

노인의 푹 꺼진 눈동자가 재이를 주시하며 냉정한 말을 뱉었다.

「노여움을 거두시고 끝까지 들어 주세요. 하 사장이 마무리를 짓지 못한 건 앞서 말씀드렸듯이 예기치 못한 검찰의 수사 때문이었습니다. 이는 불가항력이었으니 저희 측의 고의가 아닙니다.」

「이건 협상이 아니야.」

「저 역시 회장님과 감히 협상하려 드는 게 아닙니다. 솔직히 말씀드려서 제겐 그럴 역량이 없고, 더 솔직히 말씀드리자면 이 자리에서 제 역할은 한정되어 있습니다.」

침묵 사이로 노인의 눈동자가 여전히 재이를 쳐다봤다.

「저는 하 사장이 이곳에서 무슨 이야기를 하고 돌아갔는지 모릅니다. 정확히 무엇을 요청했는지 바랐는지도 모릅니다. 그저, 그가 필요한 모든 것들을 털어놓고 갔다는 것 외에는요.」

「다 안다며, 내 시간은 왜 뺏는 겐가?」

당장에라도 자리에서 일어설 것 같은 노 회장을 보던 재이가 타는 속을 애써 감추며 반쯤 몸을 일으켰다. 뜻밖의 행동에 잠시 노 회장의 시선이 닿은 것도 잠시, 재이가 무릎을 꿇었다.

「오늘 제 역할은, 제가 여기에 온 이유는…….」

가지런히 제 무릎 앞에 모은 두 손이 파르라니 떨리려는 걸 애써 꾹 눌렀다.

「대신 청하기 위해서입니다.」

찰나, 마주친 시선으로 곧은 뜻을 전한 재이가 느릿하게 고개를 숙인다. 그러고는 가지런히 모은 손이 그러하듯, 꿇어앉은 무릎이 그러하듯, 바닥에 댔다. 모든 것을 내려놓고서 전하는 간청이었다.

「그분을 대신해서, 부탁드립니다.」

자못 담담한 목소리였지만 마음이 떨린다. 가슴이 떨리고, 진정 또한 떨린다.

「부디, 관용을 베풀어 주세요.」

그도 이렇게 고개를 숙였을까. 알 수 없는 일이지만, 아무래도 좋은 기분이 들었다. 적어도 지금 이 순간엔 수치심도 자존심도 떠오르지 않았다. 그저, 간절함밖에는.

「관용은 이미 베풀었네.」

하지만 돌아오는 목소리는 차가웠다.

「내 모처럼 시간을 내줬건만, 그다음 날이 밝기 무섭게 내뺀 놈이야. 아무리 요즘 젊은이들 예절이 없다고는 하나, 도가 지나쳤지. 아니나 다를까, 자네도 무례하구먼.」

예상치 못한 답에 저도 모르게 고개를 든 재이의 시야엔 뿌연 연기를 뱉어 내는 탁한 노인의 표정만이 들어온다. 진정 불쾌하다는 듯한, 제 혈육에 대한 애정은 눈곱만큼도 찾아볼 수가 없는, 그래, 마치 어디선가 본 것 같은 광경이었다.

「관용을 베풀라 했나? 베풀 수 있는 건 이미 다 베풀었다네. 그걸 무시하고 떠난 건 그놈이야. 이 가문에 그런 인간은 필요치 않아.」

「……그렇습니까.」

허망한 재이의 목소리가 실내를 울리는 사이 연기가 한층 더 자욱해진다.

「회장님 뜻은 잘 알았습니다.」

다시 반듯하게 고개를 든 재이는 담담히 말하고 천천히 몸을 일으켰다.

「결국, 회장님도 그분의 아버님과 다를 바 없는 분이었군요. 그럼, 실례했습니다.」

마지막에 혼잣말처럼 덧붙이고 그 숨 막히는 방에서 몸을 돌리려던 찰나.

「뭐라?」

재이의 도박이 통했을지는 아직 모르는 일이었다. 하지만 재이는 일말의 가능성을 위해 최대한 침착하게 돌아봤다.

「다시 말해 봐라.」

「용서하세요, 심기를 거스를 생각은 없었습니다.」

「다시 말해 보래도!」

재차 되묻는 노 회장의 이마엔 보다 깊은 주름이 패어 있었다.

「전, 그저 그분의 아버님인 JY의 회장님이 너무도 차갑게 버리시기에…… 그도 그렇지 않습니까. 첩의 자식에게 모든 걸 상속시키기 위해 본처의 자식을 사지로 몰다니요!」

일부러 더 격정적인 어투로 말한 재이가 아예 다시 노 회장을 향해 몸을 돌렸다.

「이게 불손하고 외람된 말씀인 줄은 알지만, 어차피 절 내치실 거니 상관없겠죠. 평범하게 자란 저로서는 도저히 이해가 안 가는 일입니다. 아무리 부인에게 정이 없고, 그 부인의 가문에 적대심을 품었대도 어떻게 자식에게 그럴 수가 있는지요.」

「뭐라? 제까짓 게 감히 본가에 적대심을 품었다고 말했나?」

획, 치켜 올라간 노기가 다분한 회장의 눈썹에서 재이는 반쯤 이 계획의 성공을 엿봤다.

「그랬지만…… 제가 혹 실언을 한 거라면…….」

이 또한 계산된 도박임을 노 회장이 끝까지 눈치채지 못 한다면 성공할 수 있을 거다.

「자세히 말해 보게.」

「아닙니다, 어차피 저는 이번에 귀국하면 더 이상은 이런 일과…….」

「자세히 말해 보래도!」

노 회장의 호통과 함께 재이가 다시 그 앞에 무릎을 꿇었다. 그 순간은 아주 드라마틱했고, 어찌 보면 처연하기까지 했더랬다.

「저…… 그분의 어머님도, 그 가문도 본인을 사람 취급조차 하지 않았는데 어찌 애정을 가지시느냐며 제게…….」

「허! 사람 같지도 않은 소리를 하며 그런 대접을 바라? 내 막내 여식을 요절하게 만들어 놓고 뭘 잘했다고! 그까짓 게, 제까짓 게! 우리원조 없이 회사를 건사할 수 있었을 것 같아?」

처음으로 노 회장이 감정의 기복을 보이는 걸 증명하듯, 곰방대를 든 손이 부들부들 떨린다. 재이는 그 장면을 놓치지 않고 젖은 눈동자로 읍소하려 한다.

「저야 지난 일은 모르지만, 가장 마음이 아픈 건 하 사장님의 처지입니다. 사실 제가 여기까지 온 것도 그 때문이지요. 언젠가 제게 말하기를, 회사도 유산도 전부 필요 없다고…… 단지 어릴 적에 어머니와 함께 살았던 그 호텔을 지키고 싶었을 뿐이라고 했습니다.」

지금 이 순간, 재이는 일생일대의 도박을 한다. 꾹 입술을 다문 채노려보는 노 회장을 상대로 이 간절함을 배팅해서 다시 모든 것을 거둬들이려고.

「그분에겐 호텔이 아니라 집이었는데, 어머님과의 추억인데, 그뿐이었는데…….」

　의도는 분명했는데, 말하는 사이로 저도 모르게 눈물이 뚝뚝 떨어져 다다미를 적셨다. 긴장감으로 가득했던 이 접견에서 진심이 새어 나올 틈은 없다고 생각했는데도, 퍽 잘 해내고 있다고 생각했는데 그 사이로 뚝, 마음이 떨어졌다.

　「죄송합니다, 저도 모르게…….」

　다급히 눈물을 닦아 내며 하는 말은 재이의 진심에 가까웠다. 그때까지만 해도 재이를 노려보던 노 회장이 탁, 하고 곰방대를 내려놓은 건 순간적인 일이었다.

　「그렇다 한들 본인이 선택한 일. 내 굳이 위험하다 만류한 일에 뛰어든 것이니 본인이 감내할 몫이다.」

　잠시나마 재이가 품었던 희망의 불씨가 훅 꺼지는 것만 같다. 더 이상 가진 패도 없고, 할 수 있는 일도 없는데.

　「허나, 은혜도 모르는 자를 좌시해선 안 되겠지.」

　「회장님…….」

　저도 모르게 고개를 든 재이와 노 회장의 눈이 마주친다.

　「가서 그놈에게 전해라.」

　다 꺼졌던 불씨가 조금씩 살아난다.

　「이는 제 응석을 받아 줘서가 아니라, 내 막내 여식의 때 지난 유산이 아니라, 오롯이 우리 일가에 대한 모욕을 갚아 주기 위한 처사임을 똑똑히 전해야 할 것이야.」

　지엄한 노 회장의 말에 냉정함과 동시에 일말의 체온이 담겨 있는 것 같았다면 제 착각일까.

　「회장님, 정말…….」

　「내게 감사할 것 없다. 네 일은 내게 감사하는 것이 아니니.」

　재이는 더 이상 고개를 조아리지 않는다. 대신해서 끄덕일 뿐.

「가서 똑바로 전하면 된다. 내 뜻을, 이 일가의 뜻을…… 그 모든 인과응보를.」

노 회장의 노기 어린 결심 이후로는 모든 일이 빨랐다. 그는 일필휘지로 써 내려간 서찰을 고운 봉투에 담아 재이의 앞에 던졌고, 이 문을 나서면 재이를 다음 행선지로 데려가줄 사람이 있을 거라 했다.

「이걸 들고 타카시에게 가거라. 애초에 그놈이 일을 전해 왔으니 나머지도 맡을 거다.」

내던져진 봉투를 받아 든 재이가 다시 고개를 끄덕인다. 타카시란, 아마도 출발하기 전 송 실장에게 들었던 그의 막내 외숙이겠지. 아직은 모든 게 끝나지 않았다. 다행히 여기서 끝나지 않은 셈이다.

「저…….」

자리에서 반쯤 일어서려던 노 회장이 재이의 낯선 말문에 미간을 찌푸렸다.

「감사하는 건 제 일이 아니라 하셨지만, 그래도…….」

조금은 서툰 재이의 일어는 딱딱했지만, 의미까지 달라지지는 않을 것이다. 그 말처럼 감사하는 건 제 일이 아니었지만, 이건 일이 아니었다.

「고맙습니다.」

이번엔 진정으로 고개를 숙였다.

「정말로, 고맙습니다.」

왈칵, 아까 흘렸던 눈물이 다시 나려는 걸 애써 누르면서, 그렇게 진심을 다해 고개를 숙였다. 그 사람을 대신해서, 꼭 두 사람의 몫으로.

「다 틀렸군.」

그런 재이를 잠시 주시하던 노 회장이 몸을 일으키더니 쯧, 혀를 차며 혼잣말을 중얼거린다.

「내가 준비한 혼담은 다 틀렸어.」

먼저 자리를 떠나는 건 노 회장이었다. 그런 그의 뒷모습이 사라지기 직전에 노인 특유의 궁시렁대는 작은 목소리가 들린 건 착각이 아니었을 테다.

「주제에 좋은 이를 곁에 뒀구먼.」

고요히, 재이가 미소했다.

❖

조사실은 여전히 백색이다.

"점점 여유가 없어지시죠?"

처음엔 생글생글 잘도 웃던 여검사의 말이 오히려 절박하게 들려서 코웃음이 나왔다.

"그건 그쪽 아닌가."

"지금 입건된 건 사장님이에요, 나라 녹 받는 제가 아니라."

"아니, 근데 나 구속 못 시켰잖아."

이제 생긋, 웃어 주는 건 하민이다.

"거봐, 쉽지가 않다니까. 내가 우리 아버지처럼 휠체어 투혼을 발휘할 수 있는 건 아니지만 그래도 만만하지가 않다고."

"시간문제예요."

기분 탓인지, 어제보다 검사의 화장이 짙어진 것 같다. 그런 말을 하면서 굳이 제 앞에 책상에 걸터앉는 것도 수상했다.

"아, 참. 미인계는 안 통해. 왜냐면 내 비서가 댁보다 훨씬 섹시하거든. 그런 데에 면역이 된 나한테는, 미안하지만 영…… 땡기질 않는 달까."

휙, 인상을 찌푸린 검사가 하민에게서 멀어지더니 독한 말투로 내뱉는다.

"그 섹시한 비서가 댁을 버리고 해외로 도주한 건 왜 빼먹으실까요?"

"뭐, 그럴 수도 있지."

"언제까지 그렇게 태연할 수 있을 것 같은데요? 여기서 나간대도 빈털터리잖아요?"

그 도발에 하민은 어깨만 으쓱해 보인다.

"아님 마늘밭에 현찰이라도 엄청 묻어 놓으셨나요? 참, 인생이 재밌죠? 이렇게 좀 짜증 나는 일이 생겨도 어떻게든 될 거 같고, 그다음엔 또 재밌는 인생일 거 같고…… 그런 거잖아, 당신 같은 인간들은."

"그런 말 한 적 없는데."

흘깃, 손목에 찬 시계의 눈금이 벌써 57분을 가리켰다. 째깍째깍, 시간은 착실히 흐르는데 왜 이리 마음은 더딘지.

"뭐든 맘대로 할 수 있는 사장님 같은 사람들은……."

"아니, 그런 적 없다니까."

대충 때우려 했는데 괜히 화가 난다. 그게 저 여자가 원하는 바겠지만, 이번엔 번지수를 아예 잘못 짚은 것 같다.

"까놓고, 댁도 충분히 맘대로 하고 있는 거 아냐? 보통 이런 말을 막 하고 그래도 되나?"

"이건 충분히 적법한……."

"그딴 건 내 알 바 아니고. 내가 어지간하면 이런 소리 안 하려고 했는데, 나 댁 생각처럼 뭐든 맘대로 살진 못 했어. 실망스럽지?"

픽, 장난스러운 웃음 뒤에 서늘한 하민의 눈동자가 있다.

"앞으로도 맘대로 살 수 있다는 생각은 안 해."

처음부터 그랬고, 여태까지도 그랬고, 언제나 그랬고, 지금까지도 그래 왔다.

"그 와중에 몇 가지 깨달은 게 있는데, 그쪽한테도 알려 줄까? 곧,

내 변호사가 온다는 거 말고."

이제 시계가 가리키는 건 59분, 곧 변호사가 당도할 시간이다. 법으로 보장해 준 시간이니 눈앞의 여자도 어쩔 수가 없는 그런 시간.

"내가 중요하다고 생각했던 그 모든 건, 실은 중요한 게 아니었어. 시간조차도."

"그런 시계를 차고서 잘도 그런 말이 나오네요?"

둘의 시선이 동시에 하민의 왼쪽 손목을 향했다. 섬세한 초침이 소리도 없이 넘어가는 그 손목시계는 구속 시에도 압수당하지 않은 품목 중 하나다.

"어, 그럼 안 되나?"

"사장님이 모르는 세상에선, 그 시계값도 못한 돈에 죽고 살아요. 먼 나라가 아니라 이 나라에서도요."

"이게 얼마로 보이는데?"

"얼마라도, 내 연봉은 훨씬 넘겠죠. 보통 사람들이 대출 끼고 겨우 집 한 칸 마련할 때 드는 돈으로 살 수 있는 그런 물건이잖아요?"

"그래."

사실 잘 모른다. 억지로 사장직을 탈환하고 나서, 전리품으로 따라온 물건이었을 뿐. 억하심정으로 굳이 차고 있었던 일종의 수갑이었다.

"그럼, 당신들 가져."

툭, 시계를 풀어서 빈 테이블에 놓자마자 정각이 됐다.

"……참, 이게 마지막일 거 같아서 하는 말인데."

벌써 문가에 서 있는 하민이 말했다.

"내 섹시한 비서는 도주한 게 아니야."

그 말을 끝으로 하민은 사라졌다.

변호사 접견실엔 반가운 얼굴이 있었다.

"송 실장님."

환하게 웃는 하민과 달리, 송 실장은 반쪽이 된 하민의 얼굴에 차마 웃지 못하고 있었다.

"시간이 없으니 빨리 말씀드리겠습니다."

중간에 선 변호사가 모른 척하는 사이 송 실장이 긴박하게 말을 쏟아 냈다.

"이 실장…… 아니, 이재이 씨가 본가로 갔습니다."

이미 검사를 통해 짐작했던 사실에 하민은 고개를 끄덕였다.

"결과는 장담할 수가 없습니다만."

"아뇨."

한 꺼풀 벗어 낸지라 더 가벼워진 손목으로 송 실장의 손을 맞잡는다.

"꼭 나만큼 해 줄 거예요. 송 실장님이 이 자리를 지켜 주시듯요. 그러니 너무 걱정 마세요. 일이 잘 된다면 소식이 있을 겁니다."

그리고 순간, 송 실장의 귓가에 바싹 다가선 하민이 속삭였다.

"스위트룸, 발코니 가장 하얀 대리석 아래……."

다시 떨어진 하민과 송 실장의 시선이 얽힌다.

"……예?"

"네."

느릿하게 하민이 고개를 끄덕이며 미소했다.

"난, 모든 걸 걸었어요."

❖

송 실장이 걸음을 재촉해 도착한 스위트룸은 예상대로 텅 비어 있었다. 그리고 평소보다 훨씬 더 쓸쓸한 공기가 고여 있었다. 하지만 침울해할 틈은 없었다. 지금은 보다 중요한 일이 있다.

"하얀 대리석……."

내달리듯 발코니로 들어선 송 실장이 다급하게 눈으로 바닥을 훑는다. 달칵, 이미 한 번 누군가 손을 댔었던 듯이 쉽게 들리는 대리석 아래에 있는 건 반듯한 서류 봉투였다. 송 실장은 깊게 심호흡을 하며 꽤 두툼한 봉투를 열었다. \

"도대체, 이게 무슨……."

각오에도 불구하고 파르르 떨리기 시작한 송 실장의 손이 다급하게 페이지를 넘긴다. 그럴수록 믿기지 않는 내용에 좀처럼 떨림이 멎지 않았다.

'M 자선 재단'

낯선 명칭이 적힌 서류에는 감히 상상도 하지 못했던 일들이 적혀 있었다. 이런 게 가능하기나 한 걸까. 보고 있으면서도 채 믿기지 않는 내용에 송 실장이 중얼대듯 글자를 읽어 낸다.

"하민 사장 소유의 지분 전체와 별첨한 목록의 사유 재산 전부를 본 재단에 기탁한다."

같은 구절을 몇 번이고 반복해서 읽던 송 실장이 급기야 그 자리에 주저앉고 만다.

'난, 모든 걸 걸었어요.'

문득, 되살아나는 하민의 한 마디를 이제야 온전히 이해할 수 있었다. 그는 진실로 모든 것을 걸었음을.

❖

내어 준 차를 타고 안내를 받아 당도한 곳은 긴자의 한 고급 술집이었다. 막 해가 저물기 시작하긴 했지만 아직은 이른 시간, 재이가 만나기로 한 사람은 이미 퍽 취한 것 같아 보였다.

「이젠 다 틀린 줄 알았는데.」

흘깃, 무성의한 시선으로 재이를 훑은 남자가 혼잣말처럼 중얼대곤 곁에 앉은 여자들을 손짓으로 물렸다.

「처음 뵙겠습니다, 저는 한국에서 온…….」

여자들이 문을 나서자마자 어색하게 입을 떼는 재이를 보고 남자가 피식 웃었다.

「됐어, 적당히 넘어가자고. 여기까지 왔으면 알 텐데? 우리 일족들은 긴 말을 싫어해.」

그 말은 옳다. 어쩌면 처음 만났던 하민 역시 그랬는지 모르겠다. 내가 누구인지, 어떻게 온 사람인지는 조금도 알려고 하지 않았던 그 사람도 그랬던 것 같다.

「이걸 전하러 왔습니다.」

재이가 노 회장이 써 준 봉투를 조심스레 테이블 위에 내려놓자 타카시가 내용을 확인하고는 피식, 이도저도 아닌 실소를 뱉었다.

「결국 해냈나, 무슨 재주인지 나도 배우고 싶군.」

「하 사장님께서 여러모로 애를 많이 쓰셨습니다.」

「말고, 아가씨 말이야.」

판에 박힌 대답을 하던 재이가 뜻밖의 말에 눈을 동그랗게 떴지만, 타카시는 개의치 않고 핸드폰을 들어 어디론가 전화를 건다. 통화는 짧았다. 준비해 둔 무언가를 가져오라는 지시뿐. 그리고 이어 노크와 함께 들어온 남자가 테이블 위로 검은 가방을 내려놓았다.

척 보기에도 두꺼운 서류철 사이에서 타카시가 골라든 건 가장 단순한 표지를 한 가장 얇은 서류였다.

「자.」

툭, 재이 앞에 서류철을 던진 타카시가 남은 술잔을 비워 낸다.

「여기에 온 목적을 수행해야지?」

「무슨…….」

「서명해. 나머지는 내가 알아서 할 테니.」

「잠시만 살펴봐도 될까요.」

「알아서 한대도 그러네. 아가씨는 그냥 서명이나 하면 돼.」

「아뇨, 그럴 수는 없습니다. 적어도 제가 무슨 일을 하고 있는지는 알아야 하니까요.」

스스로 제 빈 잔을 채우는 타카시의 조소에도 재이는 서류를 넘기고 내용에 집중하려 애쓴다. 더 이상, 내가 무슨 일을 하고 있는 줄도 모른 채 이용당하는 건 질색이다. 이미 그렇게 그르쳐 버린 일이 마음에 깊이 남은 터라 더더욱.

「날 피곤하게 만드는 건 둘 다 똑같군.」

빈정거림은 귀에 들어오지 않는다. 지금 눈앞에 있는 서류의 내용이 더 마음을 흔드는 탓이다.

「갑자기, 자선재단이라니요.」

「내 말이.」

몇 번이고 낯선 한자에 고민하던 재이가 가까스로 입을 떼자 타카시가 피식 웃어 댄다.

「아뇨, 제 말은…….」

「이건 내가 꾸민 일이 아냐. 처음부터 끝까지, 저 서류의 시작부터 마침표까지 다 그놈이 찍어 놓고 간 거야. 난 일종의 중개인에 불과하다고 해야 하나.」

그가 상상도 못할 일들을 만들어 놓은 게 전부 하민이라고 한다. 때론 철없이 웃고 가끔은 속 모를 표정을 짓기도 했던 그 남자가 이런 것들을 만들어 놓았다고 한다.

「서명, 안 할 건가?」

여기에 서명하면 일본에서 시작된 이름도 들어 본 적 없는 자선 재단의 이사장이 된다. 처음부터 그가 만들어 놓은, 본래는 그가 어떤 식으로든 차지하려고 했었을 그 자선 재단의 소유주가 될 수 있다.

「네.」

「그럼 피차 시간낭비할 거 없잖나? 나라면 할 텐데, 모든 걸 가질 수 있는 기회니까.」

「아직은 할 수 없다는 뜻입니다. 저는 이 모든 것들이 무슨 의미가 있는지 알고 싶습니다.」

「그건 나도 모르지. 확실한 건, 여기에 서명하면 아가씨가 이 재단의 이사장이 된다는 것과 우리 Y물산이 보유한 JY 지분에 대한 모든 위임을 받을 수 있다는 것 정도?」

「그 이면엔 뭐가 있나요. 제가 알고자 하는 건 이 서류에 적히지 않은 이야기입니다.」

신중하게 뱉은 재이의 한 마디에 잠시 주시하던 타카시가 파안대소한다.

「하긴, 제 일신의 안위도 생각해야겠지. 불법과 편법 사이를 교묘하게 넘나드는 지극히 우리 조카님다운 계획에 섣불리 발을 들이는 건 신중해야 할 문제니까. 아가씨에겐 일종의 도박이 되는 셈인가?」

도박은 맞지만, 그런 이유는 아니었다.

「여담이지만, 우리 일족들은 원래 도박엔 사족을 못 써. 경마 사업에 손을 댈 정도니 말 다했지. 그중에 내가 제일 심하단 말이야, 한데 배팅을 하지 않어. 왜일까?」

「지나치게 위험하기 때문인가요.」

「보다 정확히는 내막을 전혀 모르기 때문에 위험한 거야. 진정한 도박꾼일수록 정보를 따지는 법이거든. 내가 아는 거라곤 이 재단을 만든 목적이 하 사장 본인이 소유하기 위해서였고, 지금은 그게 불가능하다는 것뿐이야.」

더는 아는 게 없다는 뜻이다. 그만큼 재이가 건너야 할 다리가 위험하다는 뜻이기도 했다.

「우리 조카님은 본래 불구덩이에 뛰어드는 취미가 있었지. 그러니자, 이제 어쩔 텐가. 아직도 망설이고 있나?」

「아뇨. 전 처음부터 망설인 게 아닙니다. 이번엔 제 판단이 맞는지 신중하고 싶었던 것뿐. ……그런데 덕분에 문득 깨달은 게 하나 있어요.」

이건 처음부터 재이를 염두에 두고 만들어진 계획이 아니었다. 아무리 위험한 곳일지라도 제 스스로 걸어 들어가려던 곳이고, 그럼에도 불구하고 제 모든 걸 걸었던 거다. 그저, 자신을 대신할 사람으로 재이를 택했다. 그는 자신의 전부를 걸고도 나를 믿어 주었다.

「그가 절 믿어 준만큼.」

그러니 꼭 같은 믿음을 돌려주려 한다. 우리의 앞에 어떤 것이 기다리고 있을지라도, 그가 전부를 내게 걸고도 두려워하지 않듯, 나 또한 더는 망설이지 않는다.

「저도 그 사람을 믿고 있다는 걸요.」

묘한 웃음을 머금는 타카시의 앞에서 재이가 펜을 들어 서류의 말미에 또박또박 제 이름을 적고 서명을 한다. 언젠가 연습했던 그의 서명을 흉내 내는 게 아니라 이재이의 이름을 적는다.

「이제 아가씨도 한 배를 탔군.」

이미 오래 전부터 그랬다는 말은 하지 않기로 한 재이가 슥, 하고 테이블 너머로 서류를 넘긴다.

「참. 아까, 내가 중개인에 불과하다고 한 말 기억하나?」

「네.」

「말 그대로 난 중개인이야. 단, 수수료를 톡톡히 받는 중개인이지.

내게 약속한 수수료는 잊지 말라고 반드시 전해 주게나.」

모두가 그에게 대가를 요구한다. 피가 섞였다고 말하는 가족일수록 더더욱.

「아무튼, 축하하네.」

재이의 힐난 섞인 시선을 읽지 못한 건지, 타카시가 웃으며 말했다.

「이젠 아가씨가 M 재단의 이사장이야.」

비로소, 우리는 운명을 같이하게 됐다.

이른 오전. 모든 것이 변했다고 느끼는 건, 이런 때다. 언젠가 그와 함께 같이 도착했던 공항에 더 이상은 호텔 소유의 롤스로이스가 대기하지 않을 때, 가장 빠른 길을 찾아서 급행열차를 타고 도심으로 돌아가야 할 때.

[다녀왔어요]

한국 땅을 밟자마자 전해질지 모르는 문자를 찍어서 그에게 보냈다. 그리고 다시 지친 몸을 이끌고 집이라고 부르던 오피스텔로 돌아갔다.

딱히 예상을 벗어난 행보는 없었던 것 같다. 10자리의 번호 키를 채 다 누르기도 전에 갑작스레 문이 열린 것 외에는.

"어……."

너무 놀라면 아무 말이 안 나온다더니, 정말로 그런가 보다.

"왔어?"

이 순간은 아마 평생 잊지 못하리라. 생각지도 못했던 내 집에서 나를 맞아 주는, 믿기지도 않을 만큼 다정한 눈동자로 나를 보던 이 남자의 모습을.

"어서 와."

찰나 훅, 하고 그의 체취가 짙어지는 것과 동시에 따스한 체온이 재이를 감싸 안는다. 어찌 말로 다 할 수 있을까. 이 순간에 머무른 모든 것들이 눈물이 날만큼 그리웠다는 걸, 나도 실은 두려웠다는 걸, 그리고 다만 당신이 보고 싶었다는 걸.

"내 이재이 씨."

끌어안은 품 너머에서 가만가만 낮은 목소리가 울린다. 마지막으로 봤을 때보다 한결 여윈 모습으로, 그럼에도 온기는 조금도 가시지 않은 채로 그가 말했다.

"……응."

똑같이 속삭이듯 전해 본다.

"다녀왔어요."

꼭 끌어안은 채라 보이지 않는대도 알 수 있었다. 그가 지금 미소 짓고 있다는 것을. 굳이 수천 마디 말을 하지 않아도 다 안다는 듯 내 등을 도닥이는 손길이라서.

"나……."

"보고 싶었어."

두 사람의 마음이 또 같은 말을 나눈다.

"정말로."

잠깐, 숨이 쉬어지지 않을 정도로 빠듯이 안아 오며 하민이 말했다.

"보고 싶었어."

절절한 고백에 말로 답하는 대신, 잠시 망설이던 재이가 그 뺨에 가볍게 입술을 맞췄다. 어쩌면 우리는 아직 행복한지도 모르겠다.

15

유리창 너머로 오전의 햇살이 눈부시게 쏟아져 내렸다. 재이가 소파
에 앉아 창 너머를 보는 내내 하민이 재이의 등을 끌어안고 같은 곳을
본다. 두 사람 모두 막연하게 느끼고 있었다. 이제 우리의 여름이 저물
어 가고 있음을.

"조사는 언제 끝난대요?"

잠시 고였던 침묵을 깨는 건 재이의 차분한 목소리였다.

"몰라. 일단은 변호사가 가택연금까지 풀어 주긴 했는데…… 자정부
터 여섯시까진 지정된 주소지에 머무른다는 조건이 있어."

"그럼 이번 달 월세는 나눠서 내야겠네."

"얼만데? 나 지금 무일푼이면 쫓아낼 거야?"

"하는 거 봐서."

다소 무거워졌던 분위기를 일부러 흩어놓는 두 사람의 목소리가 좁
은 오피스텔 안을 울린다. 나직한 서로의 웃음소리 또한.

"이제 어떻게 하려고."

재이가 제 허리를 감싼 하민의 손을 가만 잡으며 묻는다.

"나 월세도 주고 월급도 주려면, 어떻게든 해야 되는 거잖아."

"그래."

꼼지락, 보다 마디가 굵은 하민의 손가락이 다시 재이의 손을 잡아 온다.

"지금부턴 반격을 해야겠지."

다정한 목소리 속에서 일말의 불안이 읽혀서 저도 모르게 뒤돌아 그의 얼굴을 봤다. 그런데 의외로 그 미소에 흔들림이 없어 또 안심이 되었다.

"불안한 건 나뿐인가 봐."

그간 졸였던 마음이 괜한 투정처럼 입 밖을 벗어난다.

"어떻게 그렇게 아무렇지도 않아?"

"……니까."

재이의 어깨에 고개를 파묻는 하민의 목소리가 잘 들리지 않는다.

"안 들려."

"……있으니까."

다소 높은 체온처럼, 맨 어깨에 닿는 그의 입술이 그리는 궤적이 따스하다.

"당신이 있으니까."

그 어떤 사랑 고백보다 더 가슴을 일렁이게 하는 한마디가 여기에 있다. 화려한 크리스털 샹들리에가 반짝이던 아름다운 공간을 벗어나, 이 좁은 오피스텔에서 창가의 햇살 한 자락을 보며 전하는 한마디가 있다.

"이재이가 내 옆에 있으니까. 내가 믿는 이재이가 다시 나를 믿어 주니까. 내 곁을 지켜 주니까."

반쯤 마주친 시선에서 진심이 묻어난다.

"그러니까 난 아무렇지도 않을래. 뭐든, 할 수 있을 거라고 믿기로 했어."

담담한 목소리와는 달리, 그 눈매가 다정하게도 휘어진다. 그래서 먼저 입을 맞췄다. 백만 마디의 말로도 전할 수 없는 이 마음을 전하고 싶어서, 그렇게 입술을 맞췄다.

재회의 달콤한 순간들은 그리 오래가지 않았다. 이제 곧 다가올 가을을 알리듯 유독 해사하게 쏟아져 내리는 햇살 사이로, 두 사람은 송 실장이 운전하는 차에 탑승했다. 수시로 보던 롤스로이스나 벤틀리는 아니었지만, 지금 우리에겐 딱 적당한 그런 차였다.

운전석과 상석 사이에 가림막이 없어 편안히 대화를 나눌 수도 있고, 보다 서로를 가깝게 느낄 수 있는 딱 적당한 거리감이 있었다.

"가는 길이 그리 멀지 않으니 간략히 말씀드리겠습니다. 그 전에 이 실장에게 무사히 돌아와 줘서 고맙단 말을 하고 싶군요."

"저도 송 실장님을 다시 봬서 좋아요."

따스하게 오가는 말들 사이로 하민이 재이의 손을 잡는다. 제 마음도 꼭 같다고 말하는 듯이.

"방금 지배인에게 긴히 연락이 왔는데, 그 모자가 스위트룸에 들이닥쳤다더군요. 심히 불쾌한 일이나, 어쩌면 기회가 될 것 같기도 합니다."

"하긴, 범인은 항상 현장에 다시 나타나는 법이라고 했으니까."

느긋하게 답하는 하민은 실로 태연해 보인다. 도청이나 감청 따위의 일들이 재이의 마음을 엔 것과는 달리 너무도 익숙해 보였다.

"이 실장 말대로, 회장님은 이 건에 대해 관여된 바가 없는 것 같더군요. 아마 저들끼리 독단적으로 벌인 일이 아닐까 싶은데요."

"그렇겠죠. 애초에 도청 방지 장치를 단 계기가 그 인간이었으니, 그런 일을 또 벌인다면 학습 능력이 전혀 없다는 걸 입증하는 꼴이지요."

그 인간이라 칭하는 건 하민의 아버지다. 아마도 그 계기란 과거에 그와 어머니가 살던 스위트룸을 도청하려는 시도였을 거다. 아무리 듣고 또 겪어도, 본인이 태연하다고 해도, 들을 때마다 마음이 아파 왔다.

"조만간…… 호텔을 대대적으로 리모델링할까 봐."

잠시 틈을 두던 하민이 퍽 뜬금없는 말을 던진다.

"그런 것들이 설치고 다녔던 걸, 용서치 않겠다는 의미로라도."

그 말에 재이는 그저 미소했다. 이제야 믿을 수 있다. 이건 마지막이 아니라 새로운 시작이었다.

스위트룸에 당도했을 때, 예상과 그리 차이가 없는 그림이 펼쳐져 있었다. 우선 활짝 열어젖혀진 문부터 시작해서, 온갖 가구들을 두고서 사람을 부리는 백 여사가 보였다.

"아니, 그것도 내가라니까!"

까딱, 손짓을 하며 퍽 히스테릭한 목소리를 뱉는 백 여사와 하민의 눈이 마주치기까지는 그리 오랜 시간이 걸리지 않았다.

"미안하지만."

생각지도 못했던 하민의 등장에 백 여사가 잠시 얼어붙은 사이, 하민이 느긋하게 제 할 말을 한다.

"그건 내 비서 책상인데."

뜻밖의 등장에 놀란 건 백 여사뿐이 아니었다. 백 여사의 뒤에 서 있던 일부 수행원들, 그리고 몸소 책상을 옮기던 호텔의 직원들까지 모두 하민을 알아보고 놀랐다.

"나야말로 미안할 것 같네. 우리 하 사장, 더는 여기 주인이 아니잖아?"

모두가 주춤하고 있는 사이 백 여사가 입을 뗐다. 우아하게 건넨 말이었으나, 가시가 뾰족하게 돋아 있다.

"우선 이 샹들리에부터 갈아치우려고. 지난번에 왔을 때도 생각한 건데, 너무 올드해. 중앙의 테이블도, 화병도 다 치워 버리는 게 좋지 않겠어?"

피식, 웃음 짓는 하민을 보는 백 여사는 여전히 잘난 미소를 지우지 않은 채다.

"말했듯이, 미안하지만 여기는 이제 우리 소유야. 하지만 차 한 잔 정도는 내어 줄 수도 있겠지. 우리는 그 전임자보단 훨씬 관대할 방침이거든."

하민의 눈꼬리가 곱게 휘어진다. 그 심정은 절대 곱지 않았겠지만.

"그거 참 고맙네."

"그래도 옛정이 있는데, 마지막 티타임 정도는 내가 마련해 줘야지. ……뭣들하고 서 있어? 얼른 차 내오고, 나머진 다 나가!"

하민을 향한 가증스러운 `미소보단, 고용인들을 대하는 히스테릭한 태도가 백 여사에게 훨씬 잘 어울린다. 재이는 괜찮다는 하민의 눈치를 보고서야 조금 복잡한 심경으로 방을 나서는 사람들의 무리에 합류했다.

"이게 다 무슨 일이래, 정말……. 재이 씨, 우리 오랜만에 만났는데 반갑단 소리도 못 하겠다. 그지?"

하민에게 온 정신이 쏠려 있어 같이 있는 줄도 몰랐던 지현이 어느새 울상을 하고 재이의 곁에 섰다. 하긴, 이럴 때 곤란한 건 당사자들뿐만 아니라 수행인들도 마찬가지니까.

"그러게."

"우리야 뭘 알겠냐만은…… 재이 씨도 너무 심란해하지 마."

긴 복도 끝에 선 지현의 말에 재이는 애써 웃으며 고개를 끄덕인다.

"응, 그래야지."

"참, 내 정신 좀 봐. 차 내 달라고 해야지. 재이 씨, 사장님은 보통 어떤 차 드셔?"

"딱히 그런 건 없는데…… 아메리카노면 되지 않을까."

하민은 재이에게 한 번도 커피 심부름 따위를 시킨 적이 없었다. 게 다가 재이가 아는 바로는 여유보단 카페인을 들이붓기 위한 게 그의 티타임이었다.

"좋았겠다, 백 여사님은 그런 데 예민하셔서 틀리면 바로 불호령이 거든. 아, 아까 들은 거 잊어버리기 전에 적어 가야겠다. 펜이…… 재 이 씨, 혹시 펜 있어?"

재이 재킷의 앞주머니에 꽂힌 펜을 보고서 한 말이었으니 질문보단 빌려 달란 말이었다. 재이는 선선히 고개를 끄덕이며 펜을 지현에게 건 넸다.

"재이 씨는 입사 때부터 항상 이 펜만 가지고 다니네?"

그 순간, 저도 모르게 슥 지현의 입가를 스치고 지나간 비릿한 미소 를 재이는 놓치지 않았다.

"너였구나."

낮은 목소리와 함께 서늘한 눈동자가 지현을 노려본다. 잃어버린 퍼 즐의 한 조각은 지금 눈앞에 있는 가증스러운 동기였다. 부서가 다름에 도 굳이 전화를 해서 개인적인 물품을 챙겨 주던, 그중에서도 꼭 재이 가 몸에 지니는 물건들을 기억하고 있는 바로 이 여자.

"갑자기 무슨……."

"너였어."

조금 전까지 순진하게 눈을 동그랗게 뜨고 있던 지현이 재이의 확신 에 찬 시선에 후, 밭은 숨을 내뱉는다.

"그래."

그러고는 보란 듯이 펜을 자기 품속에 넣는 것과 동시에 입꼬리를 비틀어 보인다.

"참 빨리도 알았다. 아님, 이제라도 눈치챘으니 똑똑하다고 칭찬이라도 해 줄까? 하긴, 칭찬이라면 너희 사장님한테 실컷 받으면 되지?"

특별한 의리나 믿음이 있는 사이는 아니었다. 그럼에도 저절로 빈주먹이 쥐어지며 온몸에 분노가 소리 없이 차올랐다.

"왜……."

"너, 의외로 순진하더라. 솔직히 그렇게까지 쉬울 줄은 몰랐거든."

"왜 그랬는지, 이유라도 말해 봐. 내가 너한테 뭘 잘못했는지. 내가 너한테 왜 이런 걸 당해야 하는지."

상사의 명령 때문이었다면, 흔한 출세욕 때문이었다면 굳이 지금 이런 조소를 짓고 있진 않을 테니 묻는 거였다. 깊은 우정을 나눈 사이까진 아니었지만, 원한 역시 산 기억이 없었다.

"잘못한 거 없어."

너무도 태연히 답하는 지현의 표정이 마치 처음 보는 사람 같다.

"그냥, 좀 마음에 안 들었을 뿐이야. 이를 테면 항상 자신만만한 거라든가. 뭐든지 쉽게 해내는 걸 당연하게 여기는 태도라든가. 그래, 꼭 혼자만 주인공인 것처럼 구는 네가 말이야."

"뭐?"

헛웃음처럼 뱉은 재이의 반문에 지현이 피식, 비웃음을 돌려준다.

"왜? 그런 행운은 항상 너한테만 따르는 줄 알았니?"

이 비틀린 말을 어떻게 받아들여야 할지 모르겠다. 지현이 질투했던 그 행운이라는 것의 실체를 말해 준들 믿어 주지 않을 테니.

"나라고 너보다 더 나은 기회를 잡지 못하란 법은 없어. 마치 지금처럼."

자못 의기양양하기까지 한 지현을 보며, 분노와 동시에 드는 감정은 서글픔이다.

"그래…… 그랬구나."

한때는 내게 살갑게 굴며 웃어 주던 사람이 실은 가슴에 저런 칼을 품고 있었다는 것도, 호시탐탐 그 칼을 내 등에 꽂기를 벼르고 있었다는 것도 모두 서글펐지만, 그보다 더 재이의 마음을 에는 사실은 따로 있었다.

바로 하민에겐 이 모든 것들이 일상적인 일이었을 거라는 것이다.

"아무튼, 고맙다."

하지만 가슴 아파할 시간은 없다. 순간 또렷해진 재이의 눈빛을 마주한 지현이 본능적인 불안감을 느끼는 것과 동시에 재이가 거칠게 지현의 손목을 움켜잡았다.

"그럼 같이 좀 가 볼까."

"아야! 이거 못 놔?"

"못 놔."

지현의 필사적인 반항은 재이의 분노가 담긴 완력을 이길 수가 없었다. 거의 질질 끌려가다시피 매달려 오는 지현에게 재이가 마지막으로 미소를 지어 줬다.

"기대해. 이번엔 네가 주인공이니까."

그 말을 끝으로 쾅, 스위트룸의 문을 열어젖힌 재이가 지현의 등을 거칠게 떠밀어 억지로 방의 중심에 세웠다. 일순, 모두의 시선이 두 여자에게 집중되고 이어서 백 여사의 신경질적인 외침이 들려왔지만 지금의 재이에겐 중요치 않았다.

그 대신, 재이는 하민의 눈을 보고 웃으며 말했다.

"찾았어요, 범인."

"거봐, 현장에 다시 나타난다니까."

하민도 꼭 같은 모습으로 마주 웃어 준다. 그런 두 사람 사이에 던져진 지현만이 두려움과 혼란이 가득한 시선으로 백 여사를 쳐다보며 도움을 청하고 있었다.

"이게 다 무슨 소란이야, 교양 없이?"

백 여사는 그런 지현을 매섭게 노려보는 것으로 제 뜻을 전달하려 했지만 안타깝게도 지현은 그 정도의 그릇이 못 됐다.

"여, 여사님! 걱정 마세요. 이미 녹음기는 제가 확보했습니다."

제 스스로 자백이나 다름없는 소리를 다급하게 던지는 지현을 보는 백 여사의 미간이 홱 찌푸려졌다. 이래서 아무나 수족으로 부리면 안 된다고 했는데, 저 멍청한 것이 가뜩이나 꼬인 일을 더 꼬아놔 버렸다 는 의미로.

"녹음기? 그런 위험한 물건을 심어 두셨나 봐요?"

"난 무슨 말인지 통…… 아니, 하 사장이야 말로 지금 뭔가 수작을 부리나 본데 내가 이런 데 넘어갈 거라고 생각하면 오산이야!"

"녹음기는 모르는 일이다……?"

"내가 알 리가 있나? 사람을 모함하는 것도 정도가 있어!"

흐음, 하민이 묘한 소리를 흘리는 것과 동시에 테이블 위에 핸드폰 을 내려놓으며 버튼을 꾹 누르자 약간의 잡음과 함께 두런두런 하민의 어느 일상이 재생된다.

"혹시, 이런 것도 모르시려나?"

애써 냉정을 유지하려 했지만, 파르르 경련이 이는 눈꺼풀과 함께 백 여사의 표정이 점차 하얗게 질려 갈 무렵 하민이 녹음 파일을 정지 시킨다.

"자, 이제 협상을 시작해 볼까요."

더 이상, 스위트룸에서 자랐던 서러운 소년은 없었다. 그 대신 더없 이 여유롭게 미소하고 있는 기세등등한 남자가 백 여사를 주시한다.

"네까짓 게…… 그래봐야 아직 피도 안 마른 애송이 주제에……."

수세에 몰리면 오히려 제 분을 가누지 못하는 게, 퍽 익숙한 광경이다.

"여사님, 진정하세요."

그 광경에서 짧은 승리감을 맛보던 하민의 귓가에 재이의 상냥한 목소리가 끼어든다.

"그렇게 찾으시던 홍차라도 한 잔 내어 드릴까요? 오늘이라면 특별히 제가 손수 준비해 드릴 수도 있을 것 같은데요."

오늘따라 미소를 머금은 재이의 입술이 유난히 예뻤다. 역시, 이재이는 이럴 때 가장 매력적이란 말이지.

"감히 비서 주제에 어딜 나서!"

겨우 이 정도의 패악에 눈 하나 깜박하는 사람은 여기에 없다.

"협상? 협상 좋아하네. 그래, 녹음기가 있다고 쳐도 그게 내가 했다는 증거라도 있어?"

"저기, 살아 있는 증거가 있는 거 보셨잖습니까?"

흘깃, 하민이 눈으로 가리키는 곳엔 아까부터 얼음이 된 지현이 보인다.

"저딴 거랑 내가 무슨 관계가 있다고? 난 모르는 일이라고 안 했나?"

"뭐, 없으면 말고."

툭 던지는 하민의 말에 백 여사의 얼굴에 되레 불안이 피어오른다. 옛날부터 이런 점이 가장 싫었다. 속내를 한 치도 읽을 수 없던 그 여자도, 그 여자의 아들인 하민도.

"도청기도 같이 넣어 뒀다던데, 그 주파수를 역으로 추적한다든가 설치한 경로라든가…… 세세히 따지고 들자면 증거가 없진 않겠지만, 지금은 그런 게 중요한 건 아니지. 있으면 좋고, 없어도 그만이랄까."

지금, 장성해 버린 그 여자의 아들은 또 이런 방식으로 자신을 위협

하고 있다.

"전혀 모르겠단 얼굴이네요? 노력한 성의를 봐서 내가 그쪽의 패인 두 가지를 알려 줄까?"

퍽 선심이라도 쓰는 듯이 말하는 하민을 재이가 잠자코 지켜본다.

"하나, 내 스위트룸은 도청할 수 없어. 왜냐면 아주 오래전에 댁 남편이 시도했다가 걸린 적이 있거든. 금슬이 좋은 줄 알았는데 그런 것도 몰랐다니 꽤 의외야."

재이는 서늘한 눈동자로 조소하듯 저런 말들을 뱉는 하민의 마음을 이제는 조금 알 것도 같았다.

"또 하나, 중요한 사실을 간과했지. 해 봐야 내 약점이나 캘 의도였겠지만, 댁들 예상보다 내 비서의 스케일이 컸다는 점."

거기까지 말한 하민과 재이의 시선이 마주친다. 이젠 아무런 말없이도 마음이 놓이는 그 눈동자에서 재이는 지나간 제 실수를 용서한 그를 안다.

"직접 들어 보든가, 본인이 무슨 짓을 저질렀는지."

하민이 핸드폰 속의 파일 하나를 찾아 재생 버튼을 누르자 익숙한 하 회장의 목소리가 들린다.

— 이 안에는 〈I 파트너즈〉란 투자 회사에서 건네는 자금이 들어 있어. 정확히 환산하자면 65억 정도 될 걸세.

백 여사에겐 뜻밖의 내용이었을 거다. 더 하얗게 질릴 수 없을 것 같던 안색이 한층 창백해진 걸 보면 말이다.

— 속된 말로 유령회사라는 건, 이런 때 쓰라고 고안해 낸 게 아니겠나.

결정적 한 마디를 마지막으로 재생을 멈춘 하민이 다시 백 여사를 본다.

"역시, 인생은 모르는 건가 봐. 난 백 여사님이 이런 선물을 주실 줄은 상상도 못 했거든."

느긋한 하민의 말이 지나고도 한참 말이 없던 백 여사의 눈꺼풀에서 드디어 경련이 멈췄다.

"하 사장."

애써 평정을 되찾은 것 같은 백 여사는 어느샌가 다시 평소의 가면을 뒤집어쓴 채다.

"그걸 터트리면 하 사장도 피를 보는 건 마찬가지 아닐까요?"

마치 손바닥 뒤집는 듯한 백 여사의 태세 전환에 놀라는 건 재이뿐인 것 같았다.

"그건 어차피 지금도 마찬가지 아닌가? 나만 피를 보느냐, 다 같이 피를 보느냐…… 선택지는 분명한 것 같은데?"

"어차피 하 사장이 이 호텔을 되찾을 가능성이 없단 것도 분명하죠. 고작 그 정도에 JY가 흔들릴 거란 오판은 하지 말아요. 그래 봐야 얼마 안 되는 시간밖에 못 뺏을 텐데?"

"그렇겠죠."

"하 사장 지금 안 그래도 힘들잖아요? 무의미한 일에 괜한 힘을 쓰느니……."

"반대로 묻죠."

백 여사의 말을 끊는 하민의 목소리는 부드러웠지만, 눈빛은 달랐다.

"얼마 안 되는 시간, 그게 과연 무의미할까요?"

까딱, 하민의 손가락이 테이블 위에 놓인 핸드폰을 가리킨다. 정확히는 그 안에 들은 시한폭탄 같은 무엇을 가리키는 셈이다.

"그 시간 동안 위로는 회장님부터 나, 당신, 하 전무, 뭐 당연히 백 상무도 관련이 있을 테고, 하다못해 김 실장에서 저기 서 있는 저 한심한 여자까지 딸려 들어갈 텐데…… 관련자들이 전부 검찰청 들락거리고 뉴스 타는 동안에도 과연 이 그룹이 남아날까요?"

백 여사의 꾹 다문 입술을 주시하는 하민이 한 마디 한 마디에 묵직한 힘을 실어 내려놓는다.

"백 여사님은 그렇게까지 어리석진 않죠? 이 콩가루 같은 JY가 그 정도로 견고할 거라는 망상을 할 정도는 아니잖아."

계속되는 도발에도 이어지는 침묵은 긍정이었다.

"원하는 걸…… 말해요."

지그시, 눈을 내리감는 백 여사가 어렵사리 패배를 시인하듯 쓰디쓴 말을 뱉자 하민은 조금 웃어 보였다.

"없어."

처음부터 적은 이 여자가 아니었다. 이제는 조금 두려움이 깃든 눈으로 다시 저를 보는 여자라면 더더욱.

"당신한텐 없어."

"그럼, 도대체 왜 이런……."

애초에 매듭을 짓고자 했음이다. 그러려면 이 모든 일들을 시작한 사람을 찾아가야 했다.

"마지막 협상 테이블을 만들어요."

섬뜩하리만치 낮은 목소리가 허공에 떨어진다.

"참석자는 나와 하 회장 단둘, 장소는 이쪽에서 마련할 테니 허튼 수작은 부리지 않는 게 좋을 거라고도 똑똑히 전하고, 기한은 오늘 밤 내로."

다시 한 번 파르르 떨려 오는 눈을 감았다 뜨는 백 여사는 체념한 듯 살짝 고개를 끄덕였다. 그 순순한 가면 아래에 무엇이 있는지 아는 사람들로서는 퍽 경멸스러운 모습이기도 했다.

"하 사장이 내게 요구하는 건…… 그게 단가요?"

"아, 한 가지 더 있었네."

일부러 손가락을 튕겨 딱, 소리를 내는 하민은 소년처럼 천진한 웃음을 머금은 채였다.

"이제 그만 꺼져 줘요."

그러나 그 특유의 저음만은 선명했다. 거기에 담긴 적의와 경멸도 전부.

"우리 소유의 공간에서."

다만, 마지막 한 마디를 할 적에는 재이와 다시 눈을 맞춰 주었다. 우리, 라는 단어가 분명하다는 걸 확인시켜 주듯이 그렇게 내게만은 더없이 다정한 기척으로.

❖

급하게 마련된 협상 테이블은 호텔의 빈 객실에 마련됐다.

"서로 안부 같은 건 묻지 않기로 하죠. 우리가 그런 사이는 아니니까."

먼저 자리에 앉아 있던 하민이 싸늘하게 말하자 하 회장이 맞은편에 놓인 의자에 앉는다.

"미리 말해 두지만, 이건 녹음 방지 장치예요. 물론, 들어 본 적 있으시겠죠. 예전에 톡톡히 당한 아픈 기억이 있을 테니."

하민이 테이블 위에 놓인 검은색의 기계 장치를 턱짓으로 가리키며 자못 빈정대듯 말하자 하 회장이 불쾌한 기색을 숨기지 않는다.

"이게 뭐 그리 대단한 회담이나 된다고…… 착각하지 마라. 이건 협상도 뭣도 아냐."

"협상도 아닌데 여기까지 행차하셨어요?"

피식, 노골적인 하민의 조소가 방 안에 울린다. 그야말로 하 회장의 기억 속에 있는 하민과 손톱만큼도 다르지 않은 모습이었다. 언제나 경멸과 적의를 담아서 자신을 노려보던 그 여자를 닮은, 오만한 소년.

"그래도 내 핏줄인데 마지막 인사 정도는 해 주는 게 도리 아니겠나. 하지만 그뿐이야. 어줍지도 않은 동정이나 감정에 호소할 거라면 단념해라."

깜박, 속내를 읽을 수 없는 하민의 텅 빈 눈동자가 잠시 하 회장을 주시했다. 마치 전혀 모르는 외국어를 접한 사람처럼 백지 같은 표정으로 두어 번 더 눈을 깜박였을까…….

"아…… 하하!"

순간, 제 무릎을 탁 치며 터트린 하민의 폭소에 정적이 깨졌다. 여태까지의 조소와는 전혀 다른, 정말이지 재미있는 이야기를 들었다는 듯이 천진하고도 쾌활하기까지 한 웃음이 한동안 실내를 울렸다.

"……후, 웃겨 죽는 줄 알았네."

간신히 웃음이 잦아들었을 때, 손끝으로 제 눈가를 한 번 찍은 걸 보면 그 말은 진심이었나 보다.

"저기요, 회장님. 난 판사가 아니니까 내 앞에서까지 정신 나간 소리 할 필요는 없어요."

그리고 일순, 다시 얼음장 같은 눈동자가 하 회장을 주시한다. 물론, 상대 역시 한 치도 밀리지 않는 기세다.

"당신이 날 자식으로 생각한 적이 단 한 번도 없다는 걸, 내가 여태 모를 거라 생각한 건 아니겠죠?"

"하긴, 넌 네 어미보단 영민한 아이였지."

일부러 하는 도발임을 아는데도 자칫 말려들 뻔했다. 하민은 울컥 치밀어 오르는 화를 애써 누르며 예의 상냥한 미소를 잃지 않는다.

"적어도 당신보다 낫다는 건 확실하지."

"그만 인정하고 받아들여라."

초로의 하 회장은 섬뜩한 말을 아무렇지도 않게 하는 재주가 있었다. 하민은 군데군데 깊은 주름이 패기 시작한 하 회장의 얼굴을 흘긋 보고는 어쩐지 쓴맛을 느꼈다.

"내가 뭘 인정해야 하죠?"

하민의 안에서 날뛰는 분노와 회한은 조금도 실리지 않은 담담한 목소리였다.

"내 아버지란 인간은 단 한순간도 내 존재를 원한 적이 없었다는 거? 우리 모자를 제물로 삼아 지킨 왕좌를 첩의 자식에게 물려주기 위해 또 한 번 나를 사지로 내몬다는 거?"

"뭐라 말하든 상관없다. 어차피 네게 이해받을 생각도 없고."

"나도 상관없어요. 까짓것 인정도 하죠. 당신이 마지막의 마지막 순간까지 내 등을 떠밀며 동시에 당신이 저지른 죄업까지 실어 줬다는 것도, 까딱하면 당신 뜻대로 낭떠러지에 떨어질 뻔했다는 것도 인정할게요."

"그게 현실이라는 걸 인정하라는 거다."

이번에 조소하는 건 하 회장이었다. 흔히 천륜이라고 하는, 필시 내 자식이 틀림없는데, 단 한 번도 애착을 가져 본 적이 없던 아이를 대상으로 이제와 새삼스러운 감정이 복받칠 리가 없었다.

"넌 끝났어. 이제 그만 받아들여."

선고를 내리듯 묵직한 한 마디에 하 회장을 주시하던 하민이 툭, 시선을 떨어트린다.

"……그래, 받아들여야겠죠."

그러나 짓씹듯이 덧붙이는 말이 하나 더 있었다.

"단, 조건이 있습니다."

"지금 넌 조건을 제시할 입장이 아냐."

하 회장의 가소로운 시선은 상관할 바가 아니라는 듯이.

"맞을 겁니다. 이 이야기를 끝까지 듣는다면."

다시 한 번, 하 회장과 눈을 맞추는 하민에게서 패배자의 기색은 찾을 수가 없었다.

"내가 기소된 모든 혐의를 깨끗하게 없애 주세요. 물론 지금 상황에서 유일한 방법은 당신이 모든 걸 시인하고 직접 법정에 서는 것뿐이겠지만."

"하, 그까짓 도청으로 이런 협박이 가능하다고 생각하는 거라면 그거야 말로 네가 어리다는 증거밖엔 안 돼."

헛소리라도 들었다는 듯이 웃곤 주머니에서 담배를 꺼내 무는 하 회장을 주시하는 하민의 표정엔 동요가 없다.

"협박이 아니라 협상입니다."

"그렇다 쳐도, 내가 얻을 건 뭐지? 넌 이제 가진 패가 없을 텐데."

치익, 담배 끝이 타들어가는 소리와 함께 자욱한 연기가 실내를 메운다.

"패는 몰라도, 지분은 있죠."

"그래 봐야……."

"맞아, 별건 아니야. 하지만 당신이 끔찍하게 위하는 자식의 순탄한 상속을 방해할 잡음을 일으킬 만큼은 된다고 보는데."

순간, 적으나마 동요하는 하 회장의 눈을 본 하민이 확정적으로 재차 말한다.

"그게 회장님이 바라는 유일한 목적 아니었던가?"

확고한 하민의 눈동자를 바라보던 하 회장이 연기를 길게 내뱉으며 피식 웃었다.

"내, 너를 과소평가하긴 했군. 그래 봐야 크게 달라지는 건 없겠지만 말이다."

카펫 위로 망설임 없이 재를 털어 내는 하 회장을 보는 하민이 잠시 미간을 찌푸렸지만, 그의 행동과 말 모두에 대해 별다른 대답은 하지 않았다.

"네가 지분 모두를 내게 넘긴다면 또 모를까……."

떠보는 수에도 싱긋 웃기만 하는 걸 보니 달리 믿는 구석이 있는 건 분명해 보였다.

"물론, 그럴 생각은 없겠지."

"네, 전혀."

슬쩍 발을 빼는 하 회장을 보는 하민의 입가에 아직 미소의 흔적이 남아 있다.

"하지만 제삼자에게라면 넘길 생각도 있습니다. 정확히는 그게 지금 제가 가진 패죠."

확실히 구미가 당기는 제안에 하 회장이 의심 섞인 눈초리로 하민을 본다.

"JY의 모든 지분을 처분할 계획이에요."

"넌 포기할 수 없을 거라 생각했는데."

"회장님 손에 넘기는 것과 그저 내 손에서 떠나보내기만 하는 건 별개의 문제죠. 어쨌든, 나도 살 길을 찾아야 하지 않겠어요? 난 누구처럼 날 끔찍이 위해 주는 부모 같은 건 없으니까."

신랄한 하민의 말에도 하 회장은 눈 하나 깜박이지 않는다. 그 대신 카펫 위에 타다 남은 담배를 던지고 구둣발로 밟아 끌 뿐이었다.

"자세한 조건은?"

하 회장에게 중요한 건 겨우 그 정도다. 눈앞에 앉은 젊은 남자가 과거의 자신을 조금 닮은 핏줄이라는 사실보단 이 협상의 상대자라는 게 중요한 것처럼.

"이 협상이 성사된다면, 내가 소유한 JY지분 10% 전부를 현금화시키고 나는 여기서 발을 빼겠어요. 그렇게 된다면 더 이상 Y물산에서 경영권에 관여할 이유가 없으니 내게 위임됐던 지분 36%에 대한 권리도 가져갈 테고, 그럼 적어도 나 같은 사람이 이사회에 난입해서 사장직을 코앞에서 뺏어갈 확률은 사라지겠지요."

느긋하게 듣는 체하고 있지만, 지금 하 회장의 머릿속은 계산기를 바삐 두드리고 있을 테다. 하민은 그 사실에 더는 환멸조차 느끼지 못한 채, 그의 계산기에 박차를 가하려 한다.

"꽤 잘 흩어놓긴 했지만, 회장님이 보유한 지분이 41% 정도 되죠? 일부 부동세력과 소액 주주들을 감안한대도 그 정도면 앞으로는 흔들림 없는 지배력을 행사할 수 있을 텐데요."

그 말은 모두 옳았다. 하지만 순순히 이런 제안을 내놓을 하민이 아니기에 하 회장의 의심이 한층 짙어진다.

"Y물산에서 확실히 손을 뗀다는 보장은 없지 않나?"

"반대로 생각해서 내가 없을 때 Y물산이 한국 근처에라도 얼씬댄 적이 있던가요."

하 회장은 쉽게 답을 주지 않는다.

"잘 아실 텐데요. 당신을 사람 취급도 하지 않았던 내 외조부께서는 진즉 이 모든 걸 정리하고 싶어 하셨다는 걸, 그러지 못한 이유가 나뿐이었다는 것도……. 하지만 이젠 나도 질렸어. 더는 붙들고 있을 이유가 단 한 가지도 남지 않았단 말입니다."

식은 눈동자에서 묻어나는 경멸과 차가운 분노는 거짓이 아니었다. 망설이던 하 회장이 가까스로 입을 뗀다.

"네 소유의 지분 10%는……."

"이 땅에 풀어 놓진 않을 겁니다. 하지만 회장님께서 친히 주워 드신다고 하면 그것까지 막을 생각은 없어요."

날이 선 목소리와 함께 하민이 테이블 위로 내미는 건 그리 두껍지도 얇지도 않은 서류철이다.

"확인해 보세요. 어차피 내 말만 믿진 못할 테니."

잠시 서류철을 뒤적이던 하 회장은 담담한 표정을 유지했지만, 그 속은 퍽 일렁이고 있었다.

"자선재단?"

"가끔은 좋은 일도 해야죠."

"올해 들은 것 중에 가장 웃기는 소리구나."

"안됐네요, 웃을 일이 그렇게 없다니."

"그래서 네가 멀었다는 거야. 과연 안된 게 나인 것 같으냐?"

사실은 잘 모르겠다. 이렇게까지 바닥을 드러내 보이는 인간이 안된 건지, 그런 인간을 아버지로 둔 내가 안된 건지.

"Y물산은 예전부터 자금 세탁의 창구로 웃기지도 않은 재단을 여러 개 갖고 있었지. 이것도 분명 그중에 하나일 테고, 여길 통해서 네 지분을 매입한다는 건 곧 저들이 보유한 모든 JY의 지분을 갈가리 찢어서 내던지겠다는 뜻이겠지."

묘하게 일그러지는 입매로 미소하는 하 회장에게서 지난날을 봤다.

"널 버린 건, 나만이 아니라는 거다."

아직 한참 더 어렸을 적, 아주 가끔 보았던 아버지가 내 어머니를 대하던 그 역겨운 미소에서 내가 지금 얻는 건 또 무엇일지.

"뭐라도 당신이랑은 상관없잖아."

거의 혼잣말에 가깝게 내뱉은 하민의 목소리에 하 회장은 피식 웃었다.

"그러니 이제 그만 결정하시죠."

부자 사이에 남은 말은 이런 것들밖엔 없다. 시작부터 어긋났던 관계는 끝이라고 해서 달라지지 않는 거였다.

"어려울 건 없잖아요? 회장님이 날 가두려던 감옥에 대신 갇히기만 하면 원하던 모든 걸 얻을 수 있는데."

탁, 테이블 위에 내려놓은 하민의 손이 아까 내밀었던 서류를 하 회장의 명치에 닿도록 밀어붙인다.

"눈에 넣어도 아프지 않을 자식의 탄탄대로…… 그 정도면 잠깐 징역을 살 가치가 있지 않나요."

그 말을 뱉는 하민의 심정이 어떻든 간에, 하 회장의 귓가엔 매혹적인 제안이었다.

"실행 시기는?"

"회장님이 수락한다면, 지금이라도 당장."

미심쩍은 눈초리에도 하민은 여유 있는 미소를 잃지 않은 채다.

"이쪽의 준비는 끝난 지 오래예요. 남은 건 회장님의 결심인데, 어차피 그리 고민이 필요한 문제는 아니지 않습니까?"

"좋아."

하 회장의 고민은 그리 길지 않았다.

"단, 마지막으로 확인할 시간 정도는 주겠지?"

그 제안에 하민이 선선히 고개를 끄덕였다.

"얼마든지요."

하민의 답과 동시에 하 회장이 핸드폰을 꺼내 김 실장에게 전화를 건다.

"참. 아까 말할 타이밍을 놓쳤는데 우리 호텔은 전 객실 금연이에요."

툭, 테이블 위의 담뱃갑을 쳐내고 황망한 얼굴의 하 회장을 보면서 하는 말은 뭐가 됐든 즐겁다.

"아직까진 그래도 내가 여기 사장이잖아?"

담배 연기 대신, 불편한 감정이 실내를 가득 메운 사이로 이 협상테이블의 끝이 보이기 시작한다. 서로 확인해야 할 사실들을 모두 확인한 후로는, 마지막 결단만이 남은 셈이었다.

"받아들이지."

"그러실 줄 알았습니다."

오간 말은 그게 다였다. 그러고는 각자 수화기 너머로 짧은 명령들을 전달했다.

"매각해, 전량."

하민의 말이 떨어지고 채 얼마 되지도 않는 시간 사이 하 회장의 수화기에서 그를 확인했다는 말이 들리고, 또다시 하 회장이 말한다. 이 부자는 마지막의 마지막 순간까지도 서로의 말만을 믿지는 못하는 터다.

"박변한테 실행하라고 해."

그리고 모든 전화가 끊어졌을 때, 비로소 이 협상 테이블이 끝났다. 정작 얼굴을 마주했던 상대에겐 아무런 관심도 없었다는 듯이, 아무렇지도 않게 자리에서 몸을 일으키는 하 회장의 얼굴은 태연하다.

"그래도 배웅은 해 드려야겠지."

혼잣말처럼 뱉은 하민이 따라서 몸을 일으킨 건 계산 밖이었지만.

"이게 마지막, 아니겠어요?"

그렇게 말하곤 성큼성큼 앞으로 나아가 먼저 방의 문고리를 잡는 하민이다.

"좋은 승부였어요."

문을 열기 직전, 눈을 맞대고 말해 본다.

"아버지."

지독하게 무거운 그 단어에, 하 회장이 무슨 생각을 했을지는 모르겠다. 아무 감정도 드러나지 않는 눈동자로 자신을 응시하던 그 남자의 생각은.

"마지막이니까 말할게요."

이제 살면서 서로의 얼굴을 마주할 일은 없다.

"고마워요, 내게 그 여자를 보내 줘서."

그렇기에 한 번쯤은 말하고 싶었다.

"당신이 살면서 유일하게 단 한 번, 내게 아버지 노릇을 했어요. 물론, 당신이 그걸 바라고 한 일은 아니었겠지만."

지금 하민의 입가에 떠오른 미소는 진정이었다. 위선과 가식, 조소를 넘어서 어쩌면 그 남자의 키를 넘어선 이후로는 처음 지어 보는 그대로의 미소.

"난, 네게……."

어렵사리 떨어진 하 회장의 입이었지만, 평소보다는 조금 잠겼고 떨림이 많았다. 어쩌면 제 기억보다는 훨씬 약해진 그런 목소리였다.

"그럼, 교도소에서도 몸조심하시길."

활짝 열어젖힌 문이 지금 하민의 마음과 같다. 적어도 이 순간부터는 스스로를 가두며 살지 않을 테다. 어디든, 어디라도…… 뒤를 돌아보지 않은 채로 나아갈 수 있다. 그렇게 작별을 고했다. 이 지독한 사슬을 간신히 끊어 버렸다.

❖

그날 밤에 두 사람을 감싼 어둠은 유난히 포근했던 것 같다. 스위트룸의 가장 깊은 곳에서, 처음으로 함께 보냈던 밤과 꼭 닮은 체온을 나누며 들었던 단잠엔 악몽의 끝자락조차 보이지 않았다.

그리고 다시 눈을 떴을 때, 조금씩 부서지는 햇살 아래에서 저를 내려다보던 하민의 눈동자가 보였다.

"좋은 아침."

입가에 감도는 미소는 따스했고, 나직한 목소리는 다정했다. 마치 이 완벽한 아침을 위해 준비라도 한 것 같았다.

"좋은…… 아침."

그의 말을 따라하는 재이의 입가에 미소가 옮듯이 번져 간다.

"아쉽지만, 이만 일어나 볼까."

아직 조금 잠긴 목소리와는 달리 하민은 재이를 품에 안은 채 꼼짝할 생각이 없는 것 같다.

"말로만?"

키득대는 재이가 하민의 품을 벗어나려고 하지만 쉽지가 않다.

"아니, 잠깐 오 분만……."

너무도 달콤한 제안이다. 이대로 눈을 감고 딱 오 분만이라도 더 있었으면 좋겠다는 생각에 절로 고른 숨이 뱉어질 만큼. 하지만 그랬다간 이 오전이 통째로 지나갈지도 모르겠다. 여느 날이라면 그래도 좋았으련만, 오늘은 그럴 수가 없다.

"자, 오 분 지났어요."

하민이 잠시 방심한 틈을 타서 품을 벗어난 재이가 훌쩍 멀어진다. 하민은 어느새 텅 비어 버린 제 품과 창가까지 가서 선 재이를 번갈아 보고는 피식 웃었다.

"거짓말."

"뭐 어때."

마주 웃으며 대꾸한 재이가 차르륵, 커튼을 열어젖히자 온 방 안에 빈틈 하나 없이 햇살이 들이친다. 그걸 보는 하민에겐 꼭 재이가 빛의 한가운데에 서 있는 것만 같이 보였다.

"이렇게 좋은 아침에 겨우 그 정도 거짓말쯤이야."

"……그러게."

곳곳에서 햇살의 냄새가 난다. 그런 아침이었다. 우리가 가져 본 아침 중에서 가장 따스하고, 더 이상 완벽할 수가 없었던 그런 아침.

"다시 한 번 말하지만, 정말……."

느릿하게 떨어지는 남자의 입술을 보고 있는 이 순간조차 소중하게 느껴진다.

"좋은 아침이야, 이재이 씨."

하여 본능적으로 느꼈다. 이제 우리의 길었던 악몽은 끝났다는 사실을.

물론, 악몽의 잔재는 남아 있었다.

〈최근에 이목을 끌었던 뉴스죠. 호텔로 유명한 JY그룹의 하성현 회장이 결국 구치소 행을 피할 수 없을 것 같습니다. 김 기자님, 전해 주시죠?〉

〈예, 뉴스 A의 김수철 기자입니다. 요 근래 시끄러웠던 JY의 횡령 건에 대해, 총수인 하 회장도 주 입건 대상이었으나 지병을 핑계로 구속 수사에 불응했었습니다. 이는 재계에선 통상적인 일인데요, 불과 오늘 아침에 입장을 번복해서 자진 출두를 했다고 합니다.〉

샤워를 마치고 나온 재이의 시야엔, 떠드는 TV를 넋 놓고 바라보는 하민이 있었다. 스스로가 어젯밤에 했던 일의 결과를, 오늘 아침에 저 잔혹한 브라운관을 통해 듣는 것이다.

〈또한, 그룹에 드리워진 혐의 대부분에 대해 자신이 자행한 것이라 시인했다고 하여 앞으로의 귀추가 주목됩니다.〉

멋대로 떠들어 대는 기자의 목소리 사이로 하민이 작지만 분명하게 헛웃음을 뱉는다. 재이의 귓가에도, 가슴 한편에도 그 소리는 또렷하게 전해졌더랬다.

"괜……찮아요."

어느샌가, 곁에 와서 앉은 재이가 손을 잡아 온다. 질문과 위로의 경계를 넘나드는 그 목소리에 하민은 그저 웃어 줄 수밖에 없었다.

"안 괜찮아도, 난 괜찮아요."

재이가 또 뜻 모를 소리를 했다.

"그러니까……."

필사적으로 위로의 말을 찾던 재이의 말이 멎는 것과 거의 동시에 하민이 곁에 앉은 재이의 어깨에 제 고개를 기댄다.

"괜찮아."

이제 더 이상의 말은 필요 없을 거다.

"응."

재이도 갸우뚱, 제 어깨 위로 기댄 하민의 고개 위에 머리를 기대 본다. 이 완벽한 아침에만 누릴 수 있는 작은 호사라 생각하면서.

〈이대로라면 징역형을 피할 수 없다는 것이 전문가들의 공통된 의견입니다. 굳이 이런 파격적인 행보를 걷는 이유는 대체 무엇일까요.〉

뉴스를 가장한 현실의 목소리가 둘을 일깨운다.

"괜찮아."

똑같은 말을 반복하는 하민을 두고도, 마음이 아픈 건 어째서일까.

"어차피 저러다 금방 특별 사면이니 뭐니…… 아무튼, 저 인간들 걱정할 거 하나 없어."

"하긴."

너무도 태연히 말하는 하민이라 또 말끝이 씁쓸했다는 건, 평생 말하지 않을 테다. 지금 내 역할은 당신에게 웃어 주는 거니까.

"그런데……."

그래도 마음에 내내 걸렸던 한 가지.

"정말, 괜찮겠어요?"

비스듬히 고개를 기댔던 하민이 흘깃 눈을 들어 재이를 봤다.

"난 항상 괜찮은데."

"그런 거 말고."

장난스레 덧붙인 하민의 말을 끊는 재이의 눈이 어둡다.

"그렇게 한순간에 다 놓고도 괜찮을 수는 없는 거잖아."

재이는 일부러 눈을 지그시 감고 어깨에 기대 오는 하민을 보다가, 손을 뻗어 이마를 가만 짚어 보았다. 나는 이미 그에게 안겨 있으니, 대신해서 뭐라도 해 주고 싶었다.

"불안하지도 않아요?"

"왜 불안해야 되는데. 내가 지금 빈털터리니까?"

어쩌면 그는 지금 태어나 처음으로 제 손에 쥔 것이 아무것도 없는 순간을 맞이하고 있는지도 모른다. 태어날 때부터 많은 걸 가지고 있었던 사람의 상실감과 불안을 감히 짐작조차 할 수 없는데 어떻게 이렇게 웃고만 있을 수가 있는 건지 모르겠다.

"하긴, 나도 이렇게까지 아무렇지도 않을 줄은 몰랐네. 그렇게까지 미련을 못 버리던 호텔 지분에 내 사유 재산까지 한 톨도 이 손에 안 남았는데."

그 말처럼, 제 빈 손바닥을 내려다보는 하민의 목소리는 담담했다.

"그러게 누가 그렇게 황당한 일을 꾸미래요?"

지금 말하는 건 하민의 전 재산을 넘겨준 M 자선 재단을 말하는 거였다.

"솔직히 고백하는데, 이 상황까지 올 줄 모르고 꾸민 거야. 원랜 내가 이사장 먹고 깨끗하게 튀려고 만들어 둔 거거든."

이 와중에 잘도 웃음이 나온다.

"그런데 왜 나한테⋯⋯."

"만약에, 만에 하나 시기가 왔을 때 내게 피치 못할 사정이 생기면, 그때를 위한 안전장치를 걸어 둬야 하는데 떠오르는 사람이 달리 있어야지."

너무 차분히 내려놓는 말들이라 더 마음에 와 닿는다는 걸 이 사람은 알까.

"왜, 좋잖아. 선물이라고 생각해."

괜히 마음이 간지러워 엉뚱한 심술을 부리게 된다는 것도.

"내가 거절하면 공중분해 됐을 텐데?"

"알아."

"지금이라도 내가 다 들고, 해외로 도망이라도 가 버리면?"

"하는 수 없지."

햇살 속에서 하민의 미소가 부서진다.

"어쨌든, 오늘은 도망갈 계획 없는 거지?"

"뭐…… 오늘은요."

결국 한 수 져 주는 재이를 보던 하민이 드디어 몸을 일으켰다.

"그럼, 화려한 피날레를 장식하러 가 볼까."

언제나처럼, 재이는 그가 내민 손을 잡았다.

❖

하민이 도착한 곳은 돌고 돌아 모든 것이 시작됐던 원점이다. JY 긴급 이사회라 적힌 플래카드를 흘깃 본 하민의 얼굴이 잠시 복잡한 빛을 띤다.

처음, 이곳에 돌아와 막 신임 사장이 되려던 재민을 밀어내고 빼앗듯이 사장직을 탈환했고, 그토록 되찾고 싶었던 스위트룸으로 귀환했다. 그리고 지금 모든 것을 내려놓고 다시 이곳에 서 있다.

참, 가장 중요한 사실 하나. 이 결말에선 더 이상 혼자가 아니라 둘이라는 것. 새삼 그 사실을 기억하려는 듯 재이의 손을 꾹 잡았던 하민이 겨우 그 손을 놓고 두꺼운 문을 열어젖혔다.

"또 무슨 난동을 부리려고 이 자리엘 나타나!"

찰나, 재민과 눈이 마주쳤다고 생각한 사이로 백 상무가 끼어들어 언성을 높인다.

"무작정 들이닥치면 될 줄 아나 본데, 이젠 그때랑은 상황이 완전 바뀌었다는 걸 알아야지. 기업이란 게 너같이 머리에 피도 안 마른 애송이 장난이라고 착각하면 곤란해."

귀청이 떨어져 나갈 것 같은 백 상무의 고함에도 하민은 어깨만 한 번 으쓱해 보인다.

"또 무슨 허세를 부리려는지는 몰라도, 단념하고 곱게 꺼지시지. 오늘은 신임 사장님이 정식으로 취임하시는 경사스러운 날이니까."

백 상무가 가장 상석에 앉은 재민을 눈으로 가리키며 말하자, 어쩐지 재민의 시선이 조금 어긋나는 것처럼 느껴진다. 마치 이 모습을 전부 지켜보는 재이와 눈이 마주치는 걸 꺼리기라도 하는 것처럼.

"어떤 애송이랑은 다르게 명실상부한 이 그룹의 후계자가 본점의 사장직에 오르는 게 순리 아니겠나? 아무튼 꼴좋게 됐어. 그렇게 허세를 부리더니 제 몸을 제가 갉아먹은 셈이야. 지분은커녕 가진 재산까지 한 푼도 안 남았다던데, 이제 그만 일본으로 돌아가 동정이라도 사는 게 낫지 않나?"

원색적인 도발에도 하민은 끝까지 인내심을 잃지 않았다.

"맞아, 내가 다 팔았지. 내 손에 남은 게 없다는 것도 사실이야."

뿐만 아니라 적을 향해 싱긋 웃어 줄 여유까지 있었다.

"오늘은 그냥 여러분에게 소개해 줄 사람이 있어서 온 거야."

좌중이 무언가 잘못 돌아가고 있음을 깨달은 것도 그 시점이었다.

"이사회 여러분, 새로운 최대주주를 소개하죠."

실내가 술렁이는 사이, 하민이 재이의 손목을 부드럽게 쥐고 제 옆으로 끌어당긴다. 모두의 시선이 한곳에 집중되는 순간 조금도 떨리지 않았다면 거짓말이겠지만, 불안은 없었다. 적어도 지금은 혼자가 아니기에.

"물론 여러분은 말로만 해서 들어먹을 것들이 아니니까 증거도 준비해 왔어요. 내가 생각해도 난 참 친절하단 말이지."

아직 열려 있던 회장의 문으로 변호인단들이 속속들이 입장해서 자료를 배부한다. 하민이 나타나 사장직을 빼앗아 가던 그날과 똑같은 이 사회의 악몽이 시작되고 있었다.

"보시다시피 내가 갖고 있던 지분은 전량 M 자선 재단으로 이동했어요. 또한 여태 내가 위임받았던 Y물산의 지분도 함께 옮겨 갔죠. 물론, 법적으로 아무런 하자도 없고 여러분이 뒤집을 수 있는 여지도 없습니다."

"이게 무슨 말도 안 되는……."

"그렇게 간단히 날 제칠 수 있다는 댁들의 생각이 더 말이 안 된다고 생각하는데."

"이건 함정이야! 하 전무님, 뭐라 말씀이라도……."

"맞아요, 함정이었지. 하지만 원래 함정은 빠지고 나선 손을 쓸 도리가 없는 거잖아요?"

이름을 불리고도 채 입을 떼지 못하는 재민의 표정이 멍하다. 하민은 그런 재민을 흘깃 보고는 조금 쓴 미소를 지었다.

"우리 하 전무에겐 다시 한 번 유감이군."

헤아릴 수 없이 수많은 감정이 응축된 단 한마디였다. 아마 앞으로는 두 번 다시 입에 담는 일도, 마주치는 일도 없을 두 사람 사이의 마지막 소통.

"그럼, 본론으로 돌아가서 인사나 나누죠. 최대주주인 M 자선 재단의 이사장입니다."

그러나 모두의 예상과는 달리, 앞으로 한 발 내딛는 건 하민이 아니었다.

"정식으로 인사드리겠습니다. M 자선 재단의 이사장 이재이입니다."

더 얼어붙을 수도 없을 것 같던 공기가 경직되었다. 이제는 그 백
상무조차 기가 질려 한 마디도 뱉지 못하는 채다.

"또한, 현재 시점의 최대주주로서 본 이사회에 안건을 제시합니다."

재이의 또렷한 목소리와 함께 모두가 본능적으로 직감한다.

"저는 본점 사장직에 현 사장이었던 하민 씨의 연임을 정식 안건으
로써 발의하는 바입니다."

더 이상의 반전은 없고.

"또한, 제게 주어진 모든 투표권을 행사할 생각입니다."

이미 게임은 끝났다.

❖

그날 밤, 스위트룸엔 오랜만에 활기가 넘쳤다. 긴급 이사회장에 들
어왔던 변호인단과 송 실장까지 가세해서 밤이 늦도록 일감들이 끊이
질 않았지만, 한동안 그를 짓누르던 적막은 완전히 사라지고 없었다.

「조만간 시기를 봐서 재단 명의를 옮기면 이후는 순탄할 겁니다.
JY 본사에서도 더는 손 쓸 도리가 없을 테니 본점에선 손을 떼자는 의
견이 나오겠죠. 아마 조만간 협상을 시도해 올 거라 봅니다.」

차분히 상황을 정리하는 남자를 하민은 퍽 신용하는 것 같았다. 일
본에서 왔다던, 제 어머니의 오랜 친구였다던 그를.

「그리고 당신 부친에 관해서 말입니다만. 생각보다 감옥 생활이 길
어질 것 같더군요. 좀처럼 노 회장님의 분이 삭질 않나 봅니다.」

「그래요.」

「Y물산 법무팀이 한국 검찰에 수사 협조를 하겠다고 자진해서 나섰
어요. 옛 시절의 더러운 거래까지 생각한다면 아마 두 번 다시 재기하
지 못할 겁니다.」

「뭐, 나와는 상관없는 일이죠.」

한결 가벼워진 하민의 마음을 재이는 읽을 수 있었다. 정말로 그 마음에서 놓아 버렸단 것을.

「이건 개인적인 예측인데, JY 자체도 곧 명이 다할 겁니다. 그룹으로서의 명운이 다 했어요. 남는 건…….」

「내 호텔뿐이겠죠. 이것만큼은 온전히 내 소유가 될 테니까.」

결국 진실로 바랐던 것을 얻었다.

「예. 이젠 그룹도 기업도 아닌 개인의 호텔이 되겠군요.」

「내 집이기도 합니다.」

「잘 해내셨습니다. 누구의 예상보다 더요.」

하민은 그 말에 답하는 대신 미소한다.

「하지만 솔직히 놀랐습니다. 그 상황에서 자기 비서 명의로 모든 걸 걸다니. 아마 제가 이 일을 하면서 평생 목격한 중에 가장 대담한 도박일 겁니다.」

「아뇨.」

하민이 따스한 시선으로 돌아보는 곳엔 재이가 있다.

「그건 도박이 아니었어요.」

우리는 단 한 번도 도박 같은 걸 한 적이 없었다. 그저 전부를 다하여 믿기만을 했을 뿐. 단지 그것뿐.

모두가 떠나고 겨우 단둘이 남은 건 자정을 훌쩍 넘긴 시간이었다. 그제야 피로가 밀려오는지 소파에 길게 누운 하민이 남은 서류를 정리하는 재이의 뒷모습을 조금 못마땅한 눈초리로 바라보았다.

"그만하고 이리 오래도?"

"아, 진짜. 이것만 하고 간대도!"

어라, 이 생각지도 못한 반응은 뭐지. 반쯤 감기려던 하민이 눈을 반짝 뜨는 순간 홱 돌아보는 재이와 눈이 마주친다.

"그리고 이제 나한테 오라 가라 하지 마요."

"어?"

"이래라저래라도 하지 말고."

"……왜?"

멍하니 보는 하민의 표정에 웃음이 나오려는 걸 꾹 참는 재이가 평소보다 훨씬 도도한 걸음으로 소파에 다가와 끝자락에 걸터앉았다.

"왜는 왜야. 이제는 내가 갑이니까 그렇지."

싱긋 웃는 재이의 미소에서 처음 우리의 모습이 떠오른다. 정반대였던, 그때의 우리 모습이.

"그새 잊었어요? 내가 이사장인거."

"아니, 잊은 건 아닌데……."

뜻밖의 전세역전에도 습관적으로 뻗는 하민의 팔에 모른 체 안겨 주기로 했다.

"나한테 안 돌려주려고?"

"뭐…… 하 사장, 하는 거 봐서."

천연덕스러운 재이의 말에 허, 하고 헛웃음이 난다.

"지금 나한테 하 사장이라고 부른 거야?"

"뭐 어때요. 하 사장, 내가 고용한 월급 사장이잖아. 참, 월급은 얼마나 주면 돼?"

듣고도 믿기지 않는 말에 재이의 얼굴을 빤히 보던 하민이 문득 깨달음을 얻은 표정을 지었다.

"아. 이런 기분이구나."

"미안하지만 예고편도 안 돼요."

새침하게 덧붙이는 말도 밉지가 않아 허리를 끌어안으니, 말과는 달리 밀쳐내지 않는 재이다.

"그럼 그 예고편은 다음에 마저 보고, 지금은 장르를 바꾸면 안 될까."

"음…… 그것도 하 사장 하는 거 봐서."

"봐."

가볍게 던진 말인데, 문득 등을 더 세게 껴안아 온 하민의 목소리가 귓가에 낮게 울린다. 깜박, 눈을 감았다 뜨는 소리마저 들릴 것 같은 정적 사이로 또다시 심장이 쿵쿵 뛰기 시작했다.

"나 잘할 거야."

이건 고백이다.

"이재이가 날 믿어 줬던 만큼, 날 지켜 줬던 만큼, 아니 그보다 더."

세상 수많은 절절한 말들을 대신해서 가만히 전해 주는 그의 진심.

"내가 더 잘할 거야."

그리고 우리가 어렵사리 되찾은 달콤한 현재와.

"그러니까 꼭 봐. 앞으로 오래오래…… 어쩌면 평생."

나란히 그려 갈 수 있는 미래가 전부 이 완벽한 순간의 체온에 깃들어 있다.

"응."

속삭이듯 답하는 재이의 입술에 그의 달콤한 입술이 닿아 와 눈을 감았다. 가슴에서 찰랑이는 이 행복은 눈을 감을 때 가장 반짝거린다.

"꼭 지켜볼게."

나와 당신, 우리의 현재와 미래, 그리고 어쩌면 평생까지도.

—fin

에필로그 — 이사장의 품격

찬바람이 불어오기 시작한 늦가을, 스위트룸의 일상은 그리 달라지지 않았다. 하민은 여전히 마호가니 책상 앞에 앉아 모니터 속의 서류들이나 전화기 너머의 사람들과 씨름했고, 재이 역시 함께 분투해야 했다. 다만, 한 가지 달라진 게 있다면.

"하 사장!"

스위트룸을 쩌렁쩌렁 울리는 목소리의 주인공이 바뀌었다는 것 정도와.

"내가 분명히 이 양식은 다시 쓰지 말라고 말했던 거 같은데, 왜 이렇게 주의력이 없어요?"

"어? 내가 그랬나. 아니, 내 기억에는……."

"기억이 중요해요? 결과가 중요하지? 안 그래도 바빠 죽겠는데 같은 일에 두 번 손 가게 해야겠어요?"

정확하게 역전된 이 전세다.

"소모적인 게 싫다고 했던 분이 누구시더라."

일시적이긴 하지만 이사장이란 직함을 달게 된 재이는 겸연쩍어 하던 게 무색하게, 완벽한 갑으로 분해서 그간의 앙갚음을 톡톡히 하는 중이다. 덕분에 하민은 일생에 유일무이할 을의 체험을 몸소 하고 있었다.

"아, 맞다."

겨우 서류에서 고개를 든 재이와 눈이 마주쳤다. 단지 갑질이라기엔 오늘따라 유난히 예민하고 한층 더 까칠한 재이의 눈동자가 살벌하게 느껴졌다.

"내 전 상사였지."

웃으며 하는 말에 문득 하민의 간담이 서늘해졌다.

"이재이, 지난 일은 내가 잘못했다고……."

"하 사장! 내가 근무 시간에 이름 부르지 말랬죠?"

"어, 그랬지. 그랬었지."

누가 그랬던가, 인간은 적응의 동물이라고. 바로 꼬리를 내리는 하민은 이제 이런 제 모습이 낯설단 생각조차 하질 못한다.

"이 비서, 아…… 아니 우리 이사장님?"

하지만 고작 몇 달은 그 이상의 발전을 이루기엔 짧은 시간이기도 했다. 지금 하민은 까맣게 모르는 거다. 재이의 히스테리가 단순히 과도한 업무나 지난날에 대한 보복만이 아니라는 걸, 결코.

"왜요."

"내일 재단 명의 이전하는 거 알지?"

어마어마한 서류 작업이 막바지에 이르러, 드디어 내일이면 모든 것이 제자리로 돌아간다. 즉, 재이의 이사장 직함도 내일이면 끝이 난다.

"근데요."

심드렁한 재이의 대답에 왜 괜히 속이 타는지 모르겠다. 어차피 실질적인 소유는 하민이었고, 재이도 제 것이라 생각해 본 적 없는 자리긴 했지만 괜히 싸한 이 기분은 뭔지 모르겠다.

"하루 남은 갑질 제대로 해 보자고 일부러 막 나가고 이러는 거야?"

일부러 분위기를 풀어 보려고 던진 농담인데, 흘깃 자신을 향한 재이의 눈초리가 곱지만은 않다.

"막 나가면요."

목소리는 더더욱.

"아니……."

"막 나가면 뭐가 어때서요. 난 막 나가면 안 되나?"

이런 반응을 의도한 게 아니었는데. 하민은 지난 몇 개월간 갈고 닦은 필살 스마일을 덧칠하며 마음에 없는 소리를 했다.

"당당한 모습이 보기 좋다고."

그러나 재이는 마주 웃어 주지 않았다.

"누가 하 사장 보기 좋으라고 그런 줄 아나."

쌩, 찬바람이 불도록 뒤돌아서기 전에 뻔히 들리도록 혼잣말을 흘리고 사라졌을 뿐이다.

"허. 갑자기 왜 저래?"

황망한 헛웃음을 뱉는 하민은 모른다.

지난 한 달간 제대로 된 데이트는 고사하고 영화 한 편 나가서 본적이 없음을. 매번 잠들기 전 날리던 약속이나 다짐은 다음 날의 급한 업무에 치여서 존재조차 잊히기가 부지기수였음을, 늘 괜찮다 웃어 주던 재이의 마음에는 그 공수표들이 차곡차곡 쌓이고 있었음을.

물론 결정적인 한 방은 어제 새벽이었다는 것도 알 리가 없다.

'가지 마.'

굳이 집에 간다는 재이를 붙든 게 벌써 사흘째였다. 그중 이틀은 똑바로 걷지도 못할 만큼 취해서, 하루는 피곤에 절어서 눈도 제대로 뜨지 못하고 새벽에 돌아왔으니 텅 빈 스위트룸을 지키던 재이는 독수공방을 한 거나 마찬가지다.

'오늘은 정말 일찍 들어올게. 확실히 10시 전에 끝낼 수 있어.'

여태까지의 결과로 볼 때, 하민의 말이 썩 믿음직했던 건 아니었건만.

'심야 영화 보고 한강이라도 갈까? 바람 쐰 지 오래됐잖아.'

한 번만 더 믿어 주자는 바보 같은 마음에 못 이기는 척 넘어간 게 패인이었다.

'쉬고 있어, 나 다녀올게.'

모처럼 다정한 말에 손가락까지 걸던 하민을 배웅하고 다시 홀로 남은 스위트룸은 언제나와 마찬가지로 쓸쓸했지만 그래도 괜찮을 줄 알았다. 이번만큼은 다를 줄 알았는데, 약속이라고 했으니까 지켜 줄 거라 믿었는데.

[미안, 좀 늦을 거 같다.]

메시지가 도착한 건 자정에 가까운 시간이었다. 혼자서 누군가를 기다리기엔 너무도 큰 스위트룸의 한가운데에서, 호텔 특유의 청결한 냄새와 희미하게 남은 그의 체취에 둘러싸였던 밤은 너무도 느리고 지독히도 외로웠다.

카페 테라스에서 맞이하는 가을 햇빛은 완벽했다. 문제는 지금 재이의 기분이 완벽하게 저조하다는 거였다.

"그래서 그대로 나와 버린 거야? 너네 사장 말대로 막 나가는 거 맞네."

"야!"

맞은편에서 아메리카노를 홀짝이는 선영은 이정도 성질엔 눈 하나 깜짝도 않는다.

"나야 외근 찬스로 이러고 있지만, 넌 그냥 말도 안 하고 백 챙겨서 나온 거라며. 그게 막 나가는 거지 뭐야."

"지금은 내가 상사거든?"

"하이고."

탁, 잔을 내려놓은 선영이 가소로운 표정을 지으며 재이의 양심을 자극한다.

"……같은 소리 한다, 정말."

신랄한 한 마디까지.

"까놓고 말해서 잠깐 명의만 빌려준 거지, 상사는 무슨. 네가 사장 상사면 뭐 회장이라도 되게? 이래서 오냐오냐해 주면 안 돼요. 그놈의 비서 잘릴지도 모른다고 나한테 징징댄 건 기억도 안 나지?"

"옛날 일은 왜 꺼내, 쓸데없이!"

"왜 꺼내긴, 네 분수를 알라고 꺼냈지. 너, 그 사장인지 뭔지가 자기 애인이니까 귀엽다고 봐주는 건 아냐?"

"애인은 무슨."

"……뭐?"

툭, 떨어트린 푸념에 선영의 얼굴이 굳었다.

"잠깐. 방금 그거 되게 위험한 발언인 거 알지?"

왜 모르겠는가. 그걸 제일 잘 아는 사람은 재이다. 큰 사건들이 일단 락된 후로도 일에만 빠져 사는 하민이 이 관계에 대해서 정확히 어떤 생각을 가지고 있는지, 언젠가부터 일방적으로 그를 기다리고 바라보는 제 모습이 뭘 의미하는 건지,

또 우리의 관계를 미래엔 뭐라 정의할 수 있을지. 가장 불안한 것도 재이였다.

"물론 요즘 세상에 애들처럼 오늘부터 1일이다, 우리 언제 상견례하고 언제 결혼하자, 뭐 이래야 된다는 건 아닌데."

재이의 무거운 침묵에 선영의 말이 빨라진다.

"뭐 그래도…… 대략적으로라도 아무 얘기 안 해 봤어? 앞으로 어떻게 살자든가. 미래에 대해서라든가."

미래는 고사하고, 서로 눈을 맞춘 대화를 나눈 게 언제였는지조차 기억이 흐릿하다. 단둘이 남는 시간은 이미 그가 지칠 대로 지쳐서 눈을 감자마자 잠이 들기 무서운 때밖에 없는 듯했다.

"미래라."

되풀이하는 재이의 목소리가 씁쓸했다. 그러고 보니 우리는 항상 현재만을 살아왔구나. 늘 벅찬 현실을 살아내느라 그렇게 멀리 내다볼 틈이 없었다. 이제 막상 고개를 들어 내다보려니 괜한 불안함이 차오를 정도로. 우리는 그렇게 지금만을 살았던 것 같다.

"지금부터 생각해 봐. 이젠 그럴 때 됐다고 본다, 나는."

잠자코 고개를 끄덕이고 남은 커피를 비우자, 그제야 가방 안의 핸드폰이 울리기 시작했다. 이래서 자꾸만 자신이 없어지는 거다. 내가 문득 사라져도 그 사실을 한참이나 지난 후에 깨닫는 그의 모습에. 그게 고의가 아닌 어쩔 수 없는 현실 탓이라는 걸 이해해야 하는 내 입장에.

❖

— 지금 거신 전화는…….

"안 받아?"

줄기차게 가던 신호음 끝에 안내 멘트가 나오자 하민이 팍 인상을 쓴다.

"아니, 가면 간다. 오면 왔다. 말이라도 해야 될 거 아냐."

재차 전화를 걸면서도 그새를 못 참아 불만이 튀어나온다.

"……진짜 안 받아?"

몇 번을 걸어도 똑같이 흘러나오는 안내 멘트에 결국 제품에 지친 하민이 침대 위로 핸드폰을 던지고 저도 누워 버렸다. 하루 종일 무슨 정신으로 보냈는지도 모르겠는데, 간신히 짬이 나서 돌아 봤더니 재이가 없더라. 그 순간의 황망함이란.

"설마 시위라도 하는 건가."

저가 이기적이라는 건 안다. 다는 모르고 어느 정도만 안다는 게 문제지만. 솔직히 어떻게든 될 거라 여기는 마음도 있었다.

이재이니까. 그 힘든 시절도 함께 지나온 이재이니까, 누구보다 아니 꼭 나 자신만큼이나 이 상황에 대해서 이해하는 유일한 사람이니까.

[어디야.]

타닥타닥. 급한 성질을 이기지 못하고 바로 핸드폰을 집어 누운 채로 문자를 썼다.

[아무 말도 없이 가면 어떡해?]

답장도 오기 전에 할 말이 넘쳐난다.

[전화는 왜 안 받아?]

늘 시간이 너무 쏜살같아 문제였는데, 이런 땐 일 초도 죽어라 안 간다…… 하민은 미칠 노릇이었다.

— 지금 거신 전화는…….

다시 걸어 봐도 반복되는 멘트에 이젠 짜증마저 치민다. 어떻게 겨우 난 짬인데, 이런 때 서로 얼굴이라도 더 자세히 들여다보면 좀 좋으냐 말이다. 게다가 이제 마무리가 코앞인데, 왜 하필 이런 때 안 하던 짓을 해서 속을 썩이는지.

"미치겠네."

완전한 마무리를 코앞에 둔 지금, 체력과 정신력이 모두 한계치다.

"이재이까지 이럴 건 없잖아."

괜한 원망을 담아 통화 목록을 노려보다 다시 메시지를 보낸다는 게 엉뚱한 곳을 눌러 버렸다. 짜증스러운 목소리가 튀어 나가려던 찰나, 눈에 들어오는 이 낯선 이미지는 뭐지.

"이 마당에 영화는 무슨 영……."

쯧, 마뜩찮게 혀를 차던 하민이 말을 채 잇지 못한 건 문득 머리를 스치는 어떤 기억 탓이리라.

"아."

깨달음의 한 마디가 망연하게 실내를 울린다.

"영화!"

다음 순간, 튕기듯이 몸을 일으켰지만 분명한 건 이미 아주 많이 늦어 버렸다는 것이었다.

◈

뒤집어 놓은 핸드폰이 쉴 새 없이 울린다. 샤워를 마치고 나오자마자 맥주 한 캔을 냅다 딴 재이가 한참 쏘아보다 핸드폰을 집어든 건 그로부터도 한참 후였다.

[전화 받아.]

[일단 전화부터 받고 얘기해.]

나한테 이래라저래라 하지 말라니까.

[화내려는 거 아냐.]

게다가 화낼 사람이 누군데.

[나 진짜 할 말 있어서 그래.]

이대로 놔두면 밤새도록 핸드폰이 울려 댈지도 모른다. 재이는 잠시 심호흡을 한 후에 짤막한 메시지를 보냈다. 물론 그 직후에 득달같이 울려 댈 전화벨을 대비해서 수신을 거부해 두는 것도 잊지 않았다.

같은 시각, 하민은 제 눈을 의심했다.

[피곤해. 내일 얘기해요.]

몇 번을 다시 봐도 간결한 메시지는 거절의 의미를 담고 있었다. 곧장 전화를 걸어 봤지만, 이젠 채 신호가 가기도 전에 안내 멘트가 나온다. 이건 더더욱 분명한 거절이다.

"허. 이렇게 나온다 이거지."

힘들고 지치는 건 둘 다 마찬가지라 생각했다. 요 며칠 유난히 뾰족해진 재이에게 한 발 양보해 온 건 자신이라고도.

"그럼 누가 매달릴 줄 아나."

일부러 마음에도 없는 혼잣말을 크게 뱉고, 거칠게 넥타이를 풀어내도 답답한 속은 풀리질 않는다. 이제 우리한테 문제 같은 건 없다고 생각했는데, 모든 게 끝나면 편안해질 줄 알았는데, 막상 새로운 나날들은 그저 어제와 오늘의 연장이었다.

"일부러 그런 것도 아니고 오죽 일이 바빴으면 머리 좋은 내가 그런 걸 다 잊어버렸겠냐고."

내가 이렇게 쿨하지 못한 사람이었던가는 이미 안중에 없다. 정확히 말하자면 이재이와의 생활이 하민을 이렇게 만들었다. 어지간한 일에는 눈 하나 깜박 않고, 한 번 틀어지면 끝을 보고야 마는 이재이의 극단적인 성격이.

"게다가 문자 보니까 내가 미안하다고도 했더만."

변명인 듯, 화풀이인 듯 혼잣말을 해도 실은 아는 거다. 그런 걸 눈으로 확인하고서야 깨닫는 것부터가 잘못됐다는 걸. 하지만 어쩔 도리도 없었다.

M 자선 재단의 명의로 호텔을 넘기고 난 후, JY그룹은 거대한 지각변동에 휩싸였고 마지막까지 서로의 몫을 챙기려는 자들과 사투를 겨우 끝낸 게 불과 저번 달이다.

그 모든 과정을 겪으며 계절이 변하는 줄도 몰랐는데, 매일 밤 어떻게 침대로 돌아와 뻗었는지도 기억이 나질 않는데, 제 정신이 있을 리가 있나.

"아…… 모르겠다."

어떻게든 되겠지. 스스로에게 하는 주문인 듯, 입버릇인 듯, 익숙한 한 마디를 되뇐 하민이 욕실로 걸음을 옮긴다. 모처럼 난 짬이지만, 이재이가 싫다니 나라도 푹 쉬는 수밖에. 끝까지 조금은 심술 맞은 생각을 떠올리는 하민이었다.

깜박. 어둠속에서 느릿하게 눈을 감았다 뜨던 하민이 몇 가지 새로운 사실을 깨닫는다.

일단 하나, 몸이 피로한 것과 숙면은 별개라는 거. 또, 이 침대와 침실이 생각보다 훨씬 컸다는 것. 문득 얕은 잠에서 깼을 때 혼자라는 감각이 낯설어졌다는 것. 그리고 그 모든 게 한 사람의 빈자리 때문이라는 것.

아, 한 가지가 더 있었다. 여태 어떻게 잠이 들었는지 기억조차 나지 않을 만큼 깊이 잠들 수 있었던 것도 전부 이재이가 이곳에 있어 주어서였다는 것.

"아."

저도 모르는 사이 짧은 탄식이 새 나왔다. 도대체 예전엔 어떻게 이 커다랗고 휑한 방에서 그 많은 밤들을 보냈을까. 내게 그랬던 적이 있는 게 맞기는 한 건가. 떠올리고도 어이가 없어 피식 헛웃음이 난다.

거의 평생을 그렇게 살아왔는데. 호텔에서 나고 자라서, 두 개의 국적을 가진 채 이 나라가 아닌 곳을 떠돌면서도 단 한 번도 집이라는 걸 가져 본 적이 없었는데 이제 와 새삼스럽게 웃기지도 않은 생각을 하다니.

그런데도 좀처럼 떠오르질 않는다. 내가 어떻게 살았었는지. 이렇게 무거운 어둠 속에서, 내내 혼자서 어떻게 무던하게 살아왔던 건지, 기억이 나질 않는다.

"무슨, 바보 같은······."

죄 갈라진 혼잣말이 다시 한 번 이 텅 빈 공간을 일깨워 준다. 그래서 또 한 가지 사실을 깨달았더랬다. 아니, 사실이 아닌 마음이다. 이재이의 마음. 홀로 지키기엔 너무 넓고 텅 빈 이 방에서 까만 밤이 하얗게 바랠 때까지 꼬박 새웠을, 그 여자. 내 여자의 마음.

"이런 기분이었구나."

혼자일 때는 괜찮았다. 애초에 아무도 없던 때에는 달리 무언가를 느껴야 하는 줄도 몰랐으니까.

그런데 한 번, 어느 한 시절 누군가와 계절을 보낸 곳에서 홀로 남는 건 전혀 다른 거였다. 변한 것 하나 없이 꼭 같은 공간에서 그 사람의 자리가 비어 있다는 건, 꼭 그만큼의 상실감을 오롯이 혼자 품어야 한다는 건.

[자?]

짧게 망설였던 것과는 달리, 막상 핸드폰을 손에 잡자마자 멋대로 발신 버튼이 누르고 만다.

그러고 보니 전에도 이런 때가 있었다. 이재이가 아직 완전히 내 사람이 아니던 때에, 제주도의 낯선 호텔에서 벽 하나를 사이에 두고서 작은 액정 속 메시지를 던지던 적이. 우습게도 그때도 이렇게 떨리지는 않았던 것 같은데.

[아까 할 말 있다고 한 거 그냥 지금 할래.]

답장은커녕 수신 확인조차 되지 않는 초조함에 메시지 창을 주르륵 올리자 또 한 번 가슴이 내려앉는다. 거의 항상 같이 있어서란 변명을 한대도, 왜 이렇게 건조한 단어들뿐인지.

어디야. 올라와. 들어와. 어디야. 미안. 조금만 더. 먼저 자. 가지 마. 오늘은 안 그래. 오늘은, 오늘은, 오늘은.

[미안해.]

늘 반복되는 한 마디, 오늘은. 정말은 무슨 말을 하고 싶었던 걸까. 그저 혼자 남는 게 싫었던 건지도 모른다. 그래서 내내 기다려야 할 이 재이는 생각지도 못하고.

[내가 미안해.]

이 작은 액정에 담긴 활자들이 내 진심을 반이나 담을 수 있을까. 그래도 전해 본다. 어쩌면, 혹시 모르니까. 또 뭐라고 적을까. 계속 망설이던 와중에, 마법처럼 메시지의 수신 확인 표시가 사라진다. 이게 또 뭐라고 설레는 걸까.

[뭐가요.]

단 두 글자에 또 가슴이 철렁한다.

[다.]

보내 놓고도 부족해서.

[전부 다.]

그렇게 다급히 덧붙였다. 사라진 수신 확인 표시와 돌아오지 않는 대답에, 자꾸만 가슴이 답답하다.

[하 사장은 잘못한 거 없다고 생각해. 하민 씨는 모르겠지만.]

[그건 이사장님 생각이야, 이재이 씨 생각이야?]

[둘 다.]

확실히, 나는 잘못했다는 소리네.

[아무튼 나중에 다시 얘기해요.]

[나중에?]

[응. 하 사장도 하민 씨도 한가해지고 나면 나중에.]

적당한 답장을 보내면서도 어느새 몸은 먼저 일어나 옷을 주워 입고 있었다. 하루 정도는 우리 이사장님 말을 듣지 않아도 괜찮겠지. 하룻밤 정도는 현실을 잊고 달려가고 싶은 곳을 향해도 좋은 거겠지.

✥

딩동. 초인종을 누르는 손이 가느다랗게 떨리는 것 같았다. 조금은 가슴도 떨린다. 이 새벽, 한 마디 말없이 문득 벨을 눌러도 여전히 그 날처럼 웃으며 맞아 줄지. 세상의 끝에 몰렸던 그 아침, 아무것도 묻지 않고 손을 내밀어 주던 것처럼.

"짜잔."

잠시 후 열린 문 너머로 화장기 없는 재이의 눈초리에서 황당함이 묻어나는 것처럼 느껴지는 건 아무래도 기분 탓일 거다.

"설마, 아까 문자로 말한 나중이라는 게……."

"어, 지금이야. 지금은 하 사장도 하민도 완전 한가하거든."

"그렇겠죠."

씩 웃는 하민을 보는 재이의 표정이 조금 착잡하다.

"새벽 두 시니까."

뒤따르는 혼잣말은 못 들은 셈치고 재이의 어깨를 잡은 채 반쯤 억지로 집 안에 들어서는 하민이다.

"더 늦으면 진짜로 화냈을 거잖아."

때때로 하민은 진지한 얼굴로 잘도 저런 말을 했다.

"그걸 아는 사람이 그래?"

말만 그러지, 이미 흘겨보는 재이의 눈초리가 곱다는 걸 아는 하민이 소파에 앉은 채, 재이를 끌어다 제 무릎 위에 앉힌다.

"이제 안 그럴게."

"말로만?"

반쯤 포개진 체온 위로 오가는 말들은 더 이상 큰 의미가 없을지도 모른다. 지난 몇 개월, 늘

"정말로."

처음, 이렇게 재이의 등을 끌어안은 채 이곳에서 봤던 창 너머로 해가 떠오르던 새벽을 기억한다.

한 치 앞도 보이지 않던 긴 터널을 빠져나올 수 있었던 건 지금 품에 안은 이 체온의 주인이 있어서라는 사실도. 이 세상에서 유일하게 나를 안심하게 하는 사람의 존재도.

"하 사장."

"그렇게 부르지 말라니까. 그리고 하 사장 퇴근한 지가 언젠데."

"그럼, 하민 씨."

상념을 깨는 재이의 목소리가 평소와 다르게 조금 무거운 건, 시간이 너무 늦어서일까.

"우리는 어떤 사이 같아?"

전혀 예상치 못한 질문에 눈만 깜박여진다. 다른 뜻이 있어서가 아니라, 정말이지 아예 예상을 벗어난 질문이라서.

"나, 최근에 미래에 대해서 진지하게 고민 중이거든요."

마치 나 출근했어요, 라고 말하던 것과 똑같이 태연한 목소리와 동시에 품 안의 재이가 뒤를 돌아본다. 마주친 시선도 마찬가지로 차분하기 그지없었다.

"우리는 과연 어떨까?"

흔들리지 않는, 직선적인 시선에 순간적으로 할 말을 잃었다.

"어? 어떻다기보단."

찰나, 하민의 속을 꿰뚫어 보는 듯한 재이의 시선이 잠시 머물었다 이내 거둬진다. 동시에, 품에 머물던 체온도 훌쩍 멀어졌다. 하민이 조

금 망연한 표정으로 고개를 들자, 재이는 어느새 몇 발짝 떨어진 곳에 서 있었다.

"왔으니까, 차라도 마실래요? 그래 봐야 인스턴트커피랑 재스민 티백밖에 없지만."

방금 아무 대화도 오가지 않았다는 듯이 대수롭지 않은 말투와 표정인데, 뭘까. 이 말로 설명할 수 없는 묘한 불안감은.

"일단 물부터 끓여야겠네."

혼잣말과 함께 탈칵, 하는 커피포트 스위치의 소리마저 이질적으로 느껴진다. 방금 뭔가 크게 어긋난 것 같은 기분이 들었는데.

"근데 조금 전에."

붙잡듯이 다급하게 나가는 말이 생각을 앞지른다.

"갑자기 그건 왜?"

거실과 부엌을 구분하는 식탁 하나를 사이에 둔 재이가 똑바로 하민을 본다. 다시 한 번 느끼지만, 오늘따라 유난히 직선적인 시선이다.

"그냥."

대답조차도 간결했다.

"그래? 나도 그냥…… 음, 굳이 따지자면."

괜히 말이 길어지는 건, 마주한 재이의 눈동자가 뭐라도 대답을 요구하는 것 같아서였다.

"난 미래 같은 거에 대해선, 생각할 시간이 필요한 거 같은데."

혼란스러운 머릿속에 던져진 뜻밖의 질문에 택한 건 결국 정직이다. 솔직히, 미래 같은 걸 생각하면서 살 여유가 있었던 적도 없었고, 지금도 크게 다를 바는 없으니까. 언제나 버거운 현재와 현실은 내게 그런 사치를 허락하지 않는다.

"나도 그런 거 같네."

잠시, 틈을 두고 돌아온 재이의 선선한 답이 왜 이렇게 이상하게 느

꺼지는 건지 모를 일이었다. 딱히 화가 난 것 같지도 않고, 잘못된 것도 없는 것 같은데 왜 괜히……. 그사이 다시 탈칵, 하는 커피포트 소리가 난다. 물이 끓는점에 도달했다는 뜻이다.

"인스턴트커피, 블랙이야?"

자연스러운 화제 전환으로 말을 건네는 하민을 빤히 보던 재이가 의미 모를 미소를 지었다.

"근데 생각해 보니까 이 시간에 카페인 섭취하면 안 될 거 같아. 내일 출근해서 마셔요."

"어? 그러지 뭐. 내 면도기 욕실 찬장에 있었나?"

"그건 왜?"

정말 몰라서 묻는다는 눈으로 재이가 하민을 빤히 본다.

"어……?"

왜는 왜야, 당연히 여기서 자고 내일 같이 출근하는 거 아니었나. 설마, 새벽 두 시도 넘은 시간에 다시 날 쫓아내려는 건가.

"세 시 전엔 들어가서 자야죠."

"그러니까 난……."

"내일 재단 명의 이전 건으로 관계자들 미팅 아침 8시부터 줄줄이 잡혔다면서. 변호인단은 7시부터 온다고 정신 나갔다고. 어제도 말 안 했잖아요? 새벽에 퇴근하는 사람은 생각도 안 하고, 저들 출근 시간만 안다고?"

구구절절 옳은 말이라 멍하게 눈을 깜박이는 것 외엔 반박을 할 수가 없는 게 천추의 한이다.

"얼른 가요."

"아니, 나는 꼭 안 가도."

"지금 가도 세 시간밖에 못 자겠다. 그러게 왜 안 하던 짓을 해서는."

버틴다고 버텼는데, 어느샌가 재이의 부드러운 손에 등이 떠밀려 현관에 서 있는 자신을 발견하는 하민이다.

"난 괜찮은데."

"정말?"

"어, 정말. 나 하나도 안 피곤해. 내일 오전에도 통상적인 미팅이고, 어차피 일은 다 끝난 채로 검토만 하는 거라 신경 쓸 거 하나도 없어."

"잘됐다."

부드럽게 웃어 주는 재이를 보고 마주 웃으려는 찰나.

"그럼, 나 내일 오후 출근할게요."

"……어?"

또 생각지도 못한 말이 돌아온다. 오늘은 뭘 예상하려야 할 수가 없는 날인 건가.

"신경 쓸 거 하나도 없다면서. 어차피 내일 다섯 시에 도장 찍고 나면 이사장도 아닌데 마지막으로 갑질 한 번만 할게."

이 비서보다 이재이라는 말을 훨씬 더 많이 하게 된 이후로 변한 사실 한 가지.

"그래도 되지?"

이렇게 웃는 재이를 두고 안 된다는 말이 쉽사리 나오지 않는다는 거.

"어…… 안 될 건 없는데, 그래도."

"그럼, 얼른 가요. 조심해서 가고. 내일 봐요."

쾅. 그 미소에서 간신히 헤어나 정신을 차렸을 땐, 이미 눈앞에서 문이 닫힌 후였다.

"뭐야."

방금 무슨 일이 일어난 건지도 채 파악하지 못한 하민이 멍하니 혼잣말을 중얼대도 때는 늦었다.

"나, 쫓겨난 건가."

말로 뱉고 보니 아까부터 느껴지던 기묘한 불안감이 훅 짙어지는 것 같다.

"에이, 설마."

애써 부정하고서 아쉬운 발걸음을 돌린다. 그럴 리는 없다고 생각하니까. 아니, 애초에 그럴 리는 없으니까. 가장 변할 리 없는, 너무도 당연한 사실들이다.

차라리 이재이의 종잇조각만도 못한 주식이 내일 당장 상한가를 치는 게 현실적이지, 우리의 관계가 흔들릴 일은 없을 테니. 그런 거다. 그럴 것이다. ……아마도.

잠이 안 온다. 현재 시각 새벽 네 시. 난 분명 피곤하고 지쳤는데, 몇 시간 뒤에 해야 할 중요한 일들이 밀려 있고, 딱히 잠을 못 이룰 만한 문제는 아무것도 없는데. 그런데 잠이 안 온다.

"왜……."

어둠 속에서 눈을 몇 번 깜박이던 하민이 이내 참지 못해 몸을 벌컥 일으키기까지 그리 오랜 시간이 걸리지 않았다. 본래 불면이란 자각하는 순간 사람을 미치게 하는 법이니까.

"답장을 안 헤."

핸드폰이란 늘 귀찮은 존재라고만 생각했는데, 이 꼴이 우습단 걸 알면서도 요즘 눈을 뜨기가 무섭게 손을 뻗고 만다. 물론 그 안에서 궁금한 건 딱 한 가지 소식이다.

"자나?"

물론 지금은 자겠지. 하지만 내가 메시지를 보낸 건, 그 집에서 쫓겨난 직후인데 그땐 안 잤을 거 아냐.

"아, 진짜 왜 이러는 거야."

가까스로 통화 버튼을 누르려던 자신을 다독인 하민이 억하심정을 뱉어 낸다. 뭔가 이상했던 오늘 하루, 어쩌면 요 며칠. 그중에서도 특히나 이상한 건 새벽 두 시의 이재였다.

갑자기 난데없는 질문을 하질 않나, 미래라는 단어를 끄집어내질 않나. 아, 그보다 더 이상한 것도 있었다. 돌아보면 오늘은 충분히 화를 낼 타이밍이었는데 성질은커녕 잔소리 한 마디도 하지 않았다.

"……뭔가 잘못된 거 같은데."

불길한 예감은 알겠는데, 정확히 정의내릴 수 없다는 점이 지금 하민을 가장 미치게 한다. 다행히, 이런 때 해야 할 다음 행동은 확실하다.

— 뚜…….

다짜고짜 통화 버튼을 누르자마자 들리는 신호음에 조바심이 나긴 하지만, 쉬이 단념할 생각은 없다.

— 너…… 지금 한국 아니지.

피로와 알코올에 적당히 찌들은 성준의 목소리가 이렇게 반갑게 느껴질 줄이야.

"내가 이 시국에 내 호텔 두고 어딜 가."

— 근데, 이 시간에 전화질이야?

"아, 일 년에 한 두 번은 봐주겠다면서요."

적반하장은 이런 때 쓰라고 있는 말이겠지.

— 야…… 술 먹고 한 소릴 진심으로 듣는 거면, 넌 아직도 멀었어, 인마.

"그런 말 막 하는 형이야 말로 멀었다고 생각하는데, 난."

— 끊는다.

"아니, 아니! 잠깐만요."

— 뭔데. 빨리 쏟아 놓고 꺼져 줘, 제발.

뒤늦게 떠오른 건, 지금 아쉬운 게 나라는 것이다.

"지금 다 좋은데, 잘못된 것도 없는데 내가 좀 불안한 기분이 드는 것 같기도 하고, 약간 뭐가 조금 어긋났나? 싶기도 하고. 또 따지고 들면 그럴 것도 없기는 하지만 뭔가 기분이 쌔…… 하다고 해야 하나?"

— 야.

"근데 딱히 어떤 문제가 확 있는 건 아닌데, 답지 않게 불안한 기분이 드는 것 같기도 하고……."

— 야! 하 사장!

"왜요, 지금 말하는데."

— 장르가 뭔지는 미리 말해 주는 게 새벽 네 시에 전화질 한 사람의 예의가 아닐까?

"아, 장르."

요즘 왜 이렇게 정신이 없지. 일감이 넘쳐 나다 못해 내 목을 조를 것 같던 때도, 실제로 내 아버지가 목을 조르려고 했을 때도 이렇게까지 멍청하진 않았던 것 같은데.

"의도는 로맨스인데 지금은 미스터리?"

— 그 두 개를 합치면 스릴러야.

절로 고개가 끄덕여지는 명언이다.

— 그 비서?

"그냥 비서 아니라니까."

재이는 고작 그런 단어로 정의 내릴 수 있는 여자가 아니다.

— 맞다, 지금은 이사장이랬지. 어차피 일시적인 거지만.

"지금 그런 소리 하자는 게 아닌 거, 다 알고 일부러 이러는 거죠?"

— 그럼 새벽 네 시에, 이 정도 심술도 못 부리냐?

맞는 말이라 잠시 입을 닫은 사이, 성준이 되물어 온다.

— 뭐가 문젠데.

역시, 다정한 형이라고 생각은 했다. 조금 모자라는 구석이 있긴 하지만 그래도 좋은 형이라고.

"문제라기보다는……."

— 뭔가 에피소드가 있었으니까 그 바쁜 하 사장이 이 시간까지 눈 뜨고 난리 피는 거 아냐. 너 내가 일주일에 이런 전화 몇 통씩 받는지는 아냐?

그건 그렇지. 확실히 상담의 기본은 솔직함이다.

"내가 요즘 눈 돌아가게 바쁜 건 알죠."

— 그런 인간이 새벽 네 시에.

"아무튼 바쁜데, 그래서 좀 소홀했던 것도 있어요. 그건 사과했고."

— 근데.

"그 김에 집에도 찾아가고 그랬는데, 의외로 화도 안 내고 잔소리도 안 하고 웃어 주더라고요. 거기까진 나쁘지 않았던 거 같고."

세세히 떠올리려 미간까지 찌푸린 하민은 자못 진지하다.

— 야.

"아, 그리고 뭔가 물어보긴 했는데. 미래에 대해서 어떻게 생각하냐고……?"

— 야, 일단 닥치고 들어.

아직 할 말은 다 하지도 못했는데, 성준의 강경한 답이 돌아왔다.

— 너, 그거 완전 위험해. 나쁘지 않은 게 문제가 아니라 극단적으로 나쁜 거야, 그거. 근데 뭐? 미래에 대해서 물어봐?

"아니, 물어보긴 했는데."

— 뭐라고 했어?

"뭐, 그냥. 생각할 시간이 필요하다고?"

— 야, 너…….

성준의 목소리는 필요 이상으로 심각하게 들렸다.

— 그 생각, 평생 해야 될 수도 있다? 것도 혼자서?

그보다 다음 말이 더 무서웠더랬다.

"아니, 나는…….."

— 네 생각은 중요하지 않아. 내 생각도 중요하지 않을걸? 유일하게
중요한 건 네 비서 생각이지.

"비서 아니라니까."

— 애인이든 뭐든.

"애인이라기보단."

— 설마, 그 정도 관계 정립도 안 했단 개소리는 아니지?

개소리는 아닌데, 왜 말문이 턱 막힐까.

"꼭 그런 걸 말로 해야만…….."

— 해야지.

"아니, 우리가 애도 아니고 나이가 몇인데."

— 그래 봐야 너 스물여덟이고, 네 비서 서른이라며. 여자들은 숫자
에 민감해. 특히 자기 나이 앞에 붙는 3이란 숫자엔.

"아니."

— 거기다 미래를 말한다는 건, 거의 결판을 내지는 기거든? 도박으
로 치면 올인이야.

"그래도 별로 평소랑 다를 건."

— 태연할수록, 각오가 더 무섭단 거지.

"아."

이제 와서 박 터지는 소리를 내 봐야 늦었다.

"나, 큰일 난 건가."

— 모르지.

급격히 뛰기 시작하는 심장 박동이 무색하게, 성준의 답은 차분했다.

— 확실한 건, 결정을 내릴 때라는 거야. 이대로 자연스럽게 보내 줄 건지, 억지로라도 붙들 건지.

"뭘 자연스럽게 보내고, 뭘 억지로 붙들어? 그런 거 아니라니까. 우리는……."

— 그건 네 생각이야. 애초에 그 생각이 맞았으면 이 시간에 나한테 전화질 할 일도 없었을 거잖아.

정곡을 찔렸다.

"솔직히 한 마디만 해 줘요. 이 여자, 나랑 뭐하자는 건데?"

— 그건 모르지. 확실한 건 있지만.

"뭔데요, 그게."

이런 종류의 스릴엔 익숙하지 못한 터라 입이 말라 왔다.

— 결단을 보자는 거야.

"결단?"

— 이 관계를 유지할지, 말지. 아주 끝장을 내 버릴지. 그런 각오 아니겠어? 보통 여자들은 다 그래.

"아."

그런 거였나. 평소처럼 태연하게 웃어 주던 그 얼굴 속에 이런 엄청난 의미를 묻어 뒀던 거라니, 믿기지도 않는 이야기다.

— 놔주든가.

수화기 너머로 툭 던지는 성준의 목소리는 더더욱 말 같지도 않았다.

"내가 왜요?"

— 아니, 이 시점에서 결혼할 생각 없음 놔주는 게 이 나라 일반인들의 상식이거든?

"꼭 그렇게 극단적일 필요는 없는 거잖아."

― 너 하는 말도 충분히 극단적이야. 미래에 대해서 생각해 본 적 없다는 말보다 극단적인 게 뭐 있어?

"그런 뜻으로 말한 거 아니거든요? 애초에, 내가 미래라는 걸 생각할 처지나 됐어요?"

― 그럼 놔주라고. 좋은 여자라며, 그럼 알아서 잘 살겠지.

"……아니, 난."

성준의 부채질 덕인지, 재이가 남긴 묘한 미소의 잔상 덕인지, 머릿속에 제멋대로 끔찍한 상상들이 떠올랐다.

이 스위트룸이 내내 텅 빈 채로 남는 것, 내일 아침이 밝아도 아니 어쩌면 영원히 이재이가 돌아오지 않는 것. 우리가 전혀 상관없는 타인으로 살아가고, 또 다른 누군가의 곁에서 살아가는 것.

"그 꼴은 절대로 못 봐."

― 그게 어느 정도인데?

"어……."

그리고 가장 끔찍한 건, 그 모든 것들을 다른 누군가에게 줄지도 모른다는 거다. 내게 해 주던 걱정스러운 잔소리도, 곱게 흘리던 눈초리도, 햇살을 닮은 미소도, 지칠 대로 지친 내게 고요히 뻗어 주던 체온도 사라진다는 것.

거기까지 생각이 미치자, 더 이상 이 끔찍한 상상을 내버려 두는 것 자체가 고통으로 느껴졌다.

― 막말로, 평생 그 여자가 지금처럼 이사장 노릇하면서 너한테 갑질 해도 그렇게 살 수 있어? 평생 말이야.

쉽지 않은 질문이다.

― 그 여자 없이 사느니, 그냥 평생 그렇게 살 수 있냐고.

"없이 사느니?"

차라리 이렇게 되면 쉽다.

"그야 그렇죠."

— 진짜?

"어, 그 여자 없이는 못 살아요."

말로 뱉고 보니, 더 와 닿는다. 이 말이 내 본심이었음을.

— 그럼 답은 나왔네.

복잡한 문제의 끝은 늘 단순한 결론이라는 걸 잊고 살던 요즘. 롤러
코스터를 타듯 엉켰던 머릿속이 단번에 말끔해진다.

— 말해 두는데, 우리 잡혀 사는 유부남 클럽은 항상 열려 있어.

"뭐, 무슨 클럽?"

— 가입을 미리 축하한다.

"아니, 형. 너무 앞질러서."

— 아니. 넌 그렇게 할 수밖에 없을 거야. 왜냐면, 결혼이라는 건 원
래 결정적인 순간에 저질러야만 할 수 있는 거거든.

거의 선고에 가까운 성준의 말에 반박조차 할 수 없던 건 왜일까.

— 내가 봤을 때, 너한텐 지금이다.

겨우 정리됐던 머릿속이 다시 복잡해진다.

다시 스위트룸이 붐비기 시작한 건 정확히 오전 7시였다. 변호인단
은 시간 엄수를 목숨처럼 여기는 자들이었고, 밤새 한숨도 이루지 못한
하민은 그 사실을 잘 알기에 창백한 안색이나마 그런대로 셔츠에 타이
를 맨 채, 이 지겨운 일감의 한복판에 있다.

"보시다시피, 준비된 사항 그대로이긴 합니다만. 오늘 명의를 이전
하고 나면 언론의 공격이 있을 걸로 예상됩니다. JY에 호의적이던 경

제부 기자들이 그나마 의리를 지키려 들겠지요. 도를 넘어서면, 법적으로 대응할 겁니다."

"그래요."

산더미 같은 서류나 변호인단의 말에 비해, 실제로 결정해야 할 사항은 없었다. 여태 밤잠도 못 이뤄 가며 준비해 온 것들에 마침표를 찍기만 하면 되는 것이다. 그러니 이건 어찌 보면 소모적인 점검에 지나지 않았다.

"사장님께서 염려하실 정도는 아닙니다. 지금 입회하신 Y물산 법무팀에서도 이 모든 과정에 대해 전적으로 동의하셨으니 무탈하게 끝날 거라 생각합니다."

변호인단의 우두머리 격인 변호사가 말하자, 다른 모서리에 앉은 남자가 고개를 끄덕인다. 오랜 세월 전, 내 어머니의 친구였다던 그 남자는 마무리까지 지켜보겠다며 자청해서 Y물산의 대리인으로 남았다.

"이건 당장 직면한 사항은 아니지만, 사장님의 국적도 확실히 정리해 둘 필요가 있을 것 같습니다. 시기적으로 적절한 때에, 적절한 사유를 대는 게 보기에도 좋을 테지요."

"그래요. 결혼이라든가."

무심하되 폭탄 같던 하민의 한 마디에 잠시 침묵이 감돈다. 스스로 무슨 말을 뱉은 건지 깨달은 건, 그 덕이었다.

"당장 그 정도까지 급박한 일은 아닙니다만."

난, 급박한 것 같은데. 속말을 삼킨 하민이 마지막으로 서류를 눈으로 훑는다.

"하긴, 나중에 생길 자녀분의 국적을 한국으로 해 두면 장기적으로 문제는 없겠죠."

분위기를 무마시키려 던진 변호사의 말에 오히려 심란해지는 건 왜일까. 나만 빼고 다들 미래를 생각하며 사나 보다. 이런 세상에서 이재이가 날 내쫓은 걸 서운해하면 안 되는 거였나 보다.

"그런 건 모르겠지만…… 당장 문제는 없는 것 같군요."

유리 테이블 위에 서류를 내려놓은 하민이 최종적인 승인의 말을 뱉자 변호인단의 긴장이 조금 풀어진다.

"예. 남은 건 문자 그대로 서류적인 절차뿐입니다. 현 M 재단 이사장인 이재이 씨의 낙관 절차만 남았지요."

"그건 예정대로 오후 5시에 진행할 겁니다."

"외람된 말씀이지만, 오전 중에 처리하면 오늘 내로 법적인 절차를 다 끝낼 수 있을 것 같습니다만."

그 생각을 안 한 건 아니었지만, 하루 밤을 꼬박 새우고 날이 밝기 무섭게 보낸 문자에 아직도 답이 없는 재이다. 오후에 출근하겠다 선전포고를 했으니, 이 또한 내가 서운할 건 아니었다.

"일정은 변경하지 않을 겁니다."

왜냐면, 이재이가 없으니까.

"이 정도면 된 것 같은데, 서로 시간 낭비할 것도 없으니 다섯 시에 뵙는 걸로 하죠."

소모적인 건 질색이다. 그 방식을 잘 아는 변호인단은 고개를 끄덕이곤 각각 서류를 정리해서 자리를 뜨기 시작했다. 단, 한 사람을 제외하고.

「전 남겠습니다.」

지난 몇 개월의 경험상, Y물산에 적을 둔 이 남자는 한국어에 꽤 능통했음에도 굳이 일어를 고집했다.

「하 사장님과 따로 논의할 바가 있어서 말입니다.」

하민이 허락의 의미로 고개를 끄덕이자, 모두가 떠나고 그만이 남았다. 과거를 청산할 마지막 자리인 셈이기도 했다.

「난, 약속은 지키는 사람입니다.」

몇 달 만에 입 밖으로 밀어내는 일어는 스스로도 퍽 낯설었다.

「알고 있습니다.」

「그럼 내 외숙에게도 그리 전하세요. 때가 되면 약속을 지킬 거라고.」

벼랑 끝에 섰을 때, 외숙인 타카시가 손을 내밀어 준 건 순수한 도움이 아니었다. 오히려 거래라고 할 수 있는 것이었다.

이 호텔을 지킬 수 있는 수단을 마련하기 위해서 외가인 Y물산의 상속권을 포기한 걸 후회하지는 않는다. 달리 방법이 없었고, 얼굴도 모르는 내 사촌들과 상속 전쟁에 뛰어들 전의도 투지도 샘솟지 않았다.

「굳이, 지키실 필요는 없다고 생각합니다만.」

의외의 말이었다.

「당신이 할 말은 아닌 것 같은데.」

「그냥 의견입니다. 나라면 지키지 않을 거라는 거죠. 법적인 구속력이 있는 약속도 아니잖습니까.」

도발에 가까운 말이었으나, 하민은 되레 차분했다.

「그래도 약속은 약속. 난 신의를 저버릴 생각은 없어요. 그렇게까지 해서 얻고 싶은 것도 아니고.」

이미 한 번의 전쟁을 마친 후다. 또다시 이보다 더한 전쟁 통에 뛰어들 자신이 없다. 솔직히, 이젠 너무 지쳤다.

「얻고 싶은 건 뭐였습니까.」

「이미 얻었어요. 한 가지 더 얻어야 할 게 남아 있긴 하지만.」

그럼에도 언제나 원하는 게 있다.

「아직, 결정하지 못했군요.」

「아뇨, 결정은 했어요.」

계속 헤매고 있기는 하지만.

「망설일 뿐이라는 겁니까.」

「그럴 수도 있고.」

무심하게 넘기는 하민을 보는 남자의 눈이 퍽 따스한 것 같다면 착각일까.

「나도 당신 나이엔 망설였습니다. 그리고 평생 후회했죠.」

그건 또 누구의 이야기였을까. 이렇게 오랜 세월이 지나도 절절하게 말할 수 있는 그 마음은 누구를 향한 것일까.

「아직도 뭐가 옳았는지, 정답이 뭐였는지는 알지 못합니다.」

내 어머니의 옛 친구라던 남자는, 아주 서글픈 미소를 지었다.

「다른 선택을 해서 더 불행해졌을지도 몰라요. 하지만, 이런 후회는 없었겠지요.」

「왜. 내게 이런 말을 하는 거죠.」

「전에도 말했듯이, 옛 친구와의 우정을 지키려는 겁니다.」

내게도 가족이나 부모가 있었다면, 조금은 이런 기분이 들었으려나.

「후회할 일을 만들지 말아요. 얻고 싶은 게 아니라, 잃고 싶지 않은 거라면 더더욱.」

그 말이 가슴을 때린다. 아주 분명한 사실 한 가지가 훨씬 더 분명해지는 순간이었다. 이제야 겨우 안개가 걷힌다. 내가 얻으려던 게 아니라 잃고 싶지 않은 거라는 말 한 마디에, 또 그 여자의 얼굴이 떠올라서.

「너무 주제넘은 참견을 했군요. 이따 다섯 시에 뵙겠습니다.」

남자는 복잡한 얼굴을 한 하민을 향해 싱긋 웃고는 문을 나섰다. 하민은 그 후로도 한참 그 자리에 못 박힌 듯 서 있었다.

그 내용이 어마어마한 것에 비해 절차는 비교적 간단했다. 스위트룸에 관계자들이 모두 입회한 가운데 최종적으로 준비된 서류들이 놓였고, 재이가 도장을 찍는다.

"이로서, 이재이 씨는 M 재단의 이사장에서 사임하셨으며, 모든 권리는 하민 씨에게 이관됐습니다. 이의 있는 분은…… 없으시겠죠."

변호사의 말에 재이가 고개를 끄덕이자 어느샌가 모든 게 손에서 빠져나간다. 검은색 표지를 한 서류도, 여태까지 자신을 여기에 묶어 뒀던 강력한 책임감도.

"그동안 이사장으로서 수고 많으셨습니다."

"아닙니다."

형식적인 말이 오가는 사이, 하민의 시선이 느껴진다.

"아니긴. 수고 많았지."

앞으로 우리 관계가 어떻게 되더라도, 그 말이 진심임은 안다.

"그럼 저희는 최종 서류 작업을 마치고 다시 보고 드리겠습니다."

"네, 변호인단 여러분도 수고 많으셨습니다."

사람들이 떠나고 둘이 남기가 무섭게 하민을 붙든 건, 이 결심이 흔들리기 전에 저지르고 보자 싶어서였던 것 같다.

"우리, 얘기 좀 해요."

"지금?"

"응, 지금."

재이의 진지한 눈빛이 뭘 뜻하는 건지 안다.

"지금은 좀 그렇고, 이따 밤에……."

"아니, 지금이어야 돼."

곧 이런 순간이 올 거라는 건 짐작했지만, 이렇게 빠를 줄은 몰랐던 게 오산이었다. 이재이의 급한 성격을 너무 과소평가했다.

"어제 말했듯이, 나 요즘 미래에 대해서 생각해요. 좀처럼 답을 모르겠다고 생각했는데 그게 내 미래인지, 우리의 미래인지 확신이 없어서였어."

어쩌다 보니 여기까지 와 버렸다. 일부러 미루거나 늦춘 것도 아니었는데, 고작 이런 문제가 우리의 관계에 걸림돌이 될 줄은 꿈에도 몰랐다.

"난 확실하지 않은 건 싫어. 그게 내 인생이나 미래에 관련된 거라면 더더욱 못 견뎌. 그러니까 부딪혀서 매듭을 짓고 싶어요."

이재이는 언제나 흔들리지 않는다. 똑바로 정면을 바라보고, 원하는 걸 말한다. 망설이지도 않고, 피하려고 하지도 않는다. 그런 이재이를 좋아했었다. 지금 이 순간만 빼고.

"우리, 확실히 해요. 지금이라도……."

"잠깐."

가까스로 재이의 말을 낚아채자 긴장감이 돈다.

"미안한데, 서류 정리 하나만 더 해 주고 얘기 하면 안 될까?"

예상을 아예 뛰어넘는 하민의 말에 재이의 입에서 기어이 실소가 나오고 말았다.

"지금 그런 말이 나와?"

"아니, 도장 하나만 더 찍어 줘."

"그걸 꼭 이런 때 얘기해야겠어요? 내가 무슨 말 하는 줄 모르는 것도 아니면서?"

이런 사람을 붙들고 미래를 논하려고 했던 스스로가 우스워지려고 했다. 원망보다 서운함보다 큰 건, 황망함인가.

"먼저 사과부터 할게. 내가 이런 식으로 하면 안 된다는 거 아는데, 아무리 해도 난 이 정도 여력밖에 없어."

동그랗게 뜬 재이의 눈동자에 퍽 담담히 말들을 내려놓는 하민이 보인다. 어느새 완벽히 어른스러운 얼굴을 한 남자가, 여태 내가 함께했던 그 남자가 맞는 건지 모르겠다.

"현실적으로…… 이보다 나은 대안이 없었어. 내가 할 수 있는 것

중에."

나직한 목소리는 분명 그가 맞는데, 매듭을 짓겠다고 했을 때 최악의 상황을 각오하지 않은 것도 아니었는데, 가슴이 먼저 철렁 내려앉는다.

"잘한다고 해 놓고, 이렇게밖에 못 해 줘서 미안해."

자신은 비련의 여주인공과는 어울리지 않는다고 생각했다. 이런 순간에 눈물을 비추는 건, 정말이지 바보 같고 한심한 일이라고도. 그런 재이의 눈이 금세 차오르고 있었다. 자각하지도 못할 만큼 순식간에 마음이 울컥 차오른다.

"하지만 내 마음은 한 톨도 덜하지 않다고 맹세할 수 있어."

이 순간, 다른 의미로 마음이 울컥 차오르는 건 하민도 마찬가지다. 솔직히 너무 긴장한 나머지 지금 재이의 표정이 어떤지 쳐다보지도 못하고 간신히 말만 전하는 게 다였다.

"자."

재이에게 달랑 한 장의 종이를 내미는 하민의 손이 떨리고 있는 줄도 몰랐다. 그저, 보고 있으면서도 믿기지 않는 한 글자 한 글자에, 혹시 눈앞이 흐려져 또 내가 뭔가 착각을 하는 건 아닌지 보느라.

"이게 무슨……."

"혼인신고서야."

분명, 그렇게 적혀 있었다. 하민의 이름도 재이의 이름도 그 외의 신상 정보들도 그의 필체로 빼곡하게 적혀 있다는 것도 봤다. 하지만 여전히 믿어지진 않는다.

"이재이."

간신히 고개를 들어서 마주친 하민의 눈동자는 누구보다, 여태까지 살면서 봤던 그 어떤 것보다 깊었다.

"고작 이따위 프러포즈지만…… 나랑 결혼해 줄래?"

한 마디, 한 마디가 고스란히 심장에 닿는 것 같은 목소리도 가만히 손등 위로 겹쳐 오는 체온도.

"아니, 결혼해 줘."

세상에 이런 순간이 존재하는 줄 미처 몰랐었다. 이다지도 경이롭고, 가슴이 벅차고, 백만 가지의 감정이 한 번에 일렁이는, 해서 저도 모르게 참았던 눈물이 툭 떨어지는 것도 모를 그런 순간이.

"아니, 이것도 아니다."

이런 때 다정한 눈빛으로 웃어 주는 건 언젠가부터 그의 역할이 됐다. 자연스레 눈물이 적셨던 뺨에 따스한 손을 뻗어 주는 것도.

"꼭 해 줘야 돼. 약속했잖아, 평생 나 지켜봐 주겠다고."

무슨 말을 해야 좋을까. 이런 순간에는 어떻게 대답을 해야 하는 걸까. 머릿속이 온통 하얀 가운데 하민이 아까부터 내내 잡고 있던 재이의 손을 움직여 아직 인주가 묻어 있는 도장을 잡는다.

"그러니까, 약속 지켜."

꾹, 제 이름 옆에 도장이 찍히는 순간 그 어느 때보다 하민의 체온이 가깝게 느껴졌다.

"이제 확실한 거 맞지? 우리의 미래."

마치 미래라는 단어가 주는 어떤 예감처럼.

"실은 한참 전에 결심했어야 하는 일인데, 늘 느끼고는 있었는데 깨닫질 못했나 봐. 항상 옆에 있어서, 그게 너무 당연해져서 언제까지나 그럴 줄 알았어. 그런데 그게 아닐 수도 있다는 생각을 어제 처음으로 했어."

담담히 내려놓는 말들은 그의 진심을 닮아 있었다.

"이 스위트룸이 그렇게 크고 휑했는지도, 밤이 얼마나 길고 무거운지도 처음 알았어. 한 사람의 빈 자리는 그보다 더 크고 길다는 것도, 난 더 이상 여태까지처럼 혼자는 살 수가 없다는 것도."

이게 고백이라는 걸 마음으로 느낀다. 세상의 흔한 프러포즈 같은 달콤한 말은 한 마디도 없지만, 순 제멋대로에 갑작스럽기 이를 데 없지만, 그래도 이건 일생에 단 한 번, 그가 하는 고백이라는 걸.

"어젯밤은 내가 살면서 가장 긴 밤이었어. 이대로 아침이 되어도 두 번 다시 이재이가 돌아오지 않으면 어쩌하나 두려울 만큼."

꼭 그만큼, 나도 두려웠다는 말은 이제 필요 없을 거다. 나도 이젠 당신이 없는 밤을 보내고 싶지 않다는 말도.

"그러니까 이젠 어쩔 수 없어. 다 이재이 때문에 이렇게 된 거잖아. 책임져 줘야 돼."

눈물이 난 건 재이였는데, 왜 마주친 하민의 눈동자에도 물기가 어렸는지 모르겠다. 이런 때는 왜 꼭 고운 말보다 한 번 더 눈을 흘기게 되는 건지도.

"누구 맘대로."

조금 울음기가 남아 있는 재이의 목소리에 하민이 미소한다. 이 정도는 해 줘야 이재이지, 그런 말을 하는 대신에 가만히 들어주었다.

"누구 맘대로 책임을 지라 마라야."

"내가 잘할게."

"말로만."

"정말로."

와락, 재이가 뭐라 대꾸하기도 전에 품에 가둬 버린 하민이 가만가만, 재이의 등을 도닥여 주었다.

"앞으로 계속 나한테 갑질하게 해 줄게. 매달 비서 월급 대신 내 월급 갖다 주고, 술 먹고 이상한 농담해도 계속 웃어 줄게. 아, 바나나 우유도 사 줄 거야. 나한테 계속 반하라고."

"평생?"

못 이기는 척 또 넘어가고 마는 건, 앞으로도 내내 재이의 역할일 거다. 하민은 품 안에서 울리는 작은 목소리에 미소하며 속삭이듯 답한다.

"평생. 내가 사는 동안, 일평생."

미래도, 확신도, 미사여구로 예쁘게 포장한 사랑 고백이 없어도 이미 충분히 완벽한 약속. 괜히 또 바보같이 눈가가 시큰해지려는 순간, 예고도 없이 하민이 재이의 어깨를 붙들고 눈을 맞춰 온다.

"이제 대답해. 어떡할 거야. 나 평생 책임져 줄 거지?"

"그건…… 앞으로 하 사장 하는 거 봐서."

"앞으로, 평생?"

멋대로 도장까지 찍어 놓고도, 되묻는 말끝이 조금 떨린다. 마찬가지로 하민의 가슴도 뛴다.

"응, 평생."

어느 날의 오후, 우리는 각자의 떨림을 안은 채 평생을 약속했다.

평생. 우리가 사는 한, 일평생.

❖

내가 당신을 믿었던, 그리하여 그 곁을 지키던 비서의 품격. 당신이 나를 믿어 주던, 그리하여 모든 것을 맡겼던 이사장의 품격. 그리고 그 모든 세월 너머에…….

"진짜 이럴래?"

"아니, 진짜가 아니라 정말이라니까! 나 못 믿어?"

"믿고 말고가 중요해? 아니긴 뭐가 아니야! 최 사장님이랑 밤새 뭐했는데!"

우리의 일상이 있다. 눈을 뜨면 옆에 그 여자가 있고, 물론 그 여자가 조금, 아니 그보다 더 많이 변해서 나를 대놓고 닦달을 하지만서도.

"아, 진짜로 이번엔 중요한 거 상의하려고 간 거야."

"그걸 꼭 새벽 두 시에 해야 돼?"

"꼭은 아닌데, 그 인간들이 워낙 야행성이라……."

"당신이 그런 건 아니고?"

새초롬한 그 눈초리에 할 말이 또 없어진다. 나 원래 이런 캐릭터 아니었는데, 살다 보니 왜 이렇게 되는 건지.

"아무튼……."

"나, 할 말 있어."

재이가 이런 말을 할 때마다 가슴이 철렁 내려앉는다.

"나도 있었는데."

고작 덧붙이는 건 이 정도가 한계다.

"동시에 말할래?"

재이가 그런 하민을 잠시 올려다보다가.

"아니다, 하 사장 먼저 말해 봐."

이렇게 말했다. 하 사장이라고 부르지 말라니까. 내 품에 안긴 채, 잘도 저런 말을 한다.

"이사 가자."

그래서 더 툭 던지기가 쉬웠나 보다.

"……어?"

"이사 가자고. 호텔에서 살기 싫댔잖아, 우리 집 갖고 싶다며. 성준이 형한테 알아본 것도 그거야. 청담에 괜찮은 집 있대, 호텔이랑 멀지도 않고."

마주친 시선 너머, 재이의 눈동자에 문득 물기가 고인다. 울리려고 한 말은 아니었는데, 좋아하라고 한 말인데, 왜 울고 그러는지. 요즘 들어 부쩍 답지 않게 눈물을 비추는 재이라 모든 게 낯설기만 하다.

"내가 울지 말랬지."

이젠 함께한 시간이 꽤 길다고 생각했는데, 그래도 이런 일엔 익숙해지질 않는다. 매번 가슴이 내려앉고, 매번 놀랍고, 매번 두근거리고.

"이사 가지 말까?"

"아냐, 그런 거……."

다만, 이런 때 뭘 해야 하는진 이제 안다. 아닌데 왜 울고 그래. 하고픈 말들은 삼킨 채로 우선은 안아 주기.

"당신, 하고 싶은 말은 뭐였는데."

다독이듯이 맨 어깨를 끌어안고 차분히 되묻기.

"두 줄이야."

"어? 뭐가?"

"5주래."

"빠르네. 근데 뭐가?"

스륵, 품에서 벗어난 재이의 표정을 읽을 수가 없다. 역시 다 안다고 생각해도 난 아직 먼 건가.

매일 살을 맞대고 살아도 이런 땐 도저히 알 수가 없다. 깜박, 느릿하게 눈을 감았다 뜨고 대답 대신 제 손을 끌어다 아랫배에 놓는 재이의 표정도 생각도.

"미래."

이번에 느리게 눈을 깜박이는 건 하민이다.

"우리의 미래."

언제나 경이로운 순간은 갑작스레 찾아온다. 아무런 예고도 없이, 그러나 너무도 사랑스럽게. 이렇게 또 하나, 죽는 날까지 잊지 못할 순간이 늘었다.

"……해."

간신히 찾은 한 마디.

"사랑해."

여전히 서툰 고백으로 백만 마디의 말을 대신한다. 이렇게 우리에겐 평생에 더해진 미래가 생겼다. 짧지 않은 시간을 거쳐, 이젠 아내의 품격을 보여주는 내 사람과 함께 살아갈 미래. 그 기적이 지금 눈앞에서 반짝이고 있다. 앞으로 살아갈 평생, 사라지지 않을 빛으로.

작가 후기

〈비서의 품격〉은 한 사람이 다른 한 사람을 만나 온전히 믿음을 나누고, 서로 기대며 함께 미래를 향해 나아가는 과정을 적고 싶어 시작하게 된 이야기입니다. 물론 그 미래에는 사랑도 담겨 있지요.

흔들리지 않는 믿음을 가진 두 사람이기에 책의 마지막 장이 끝나도 그 너머의 사랑은 끝나지 않을 거라 기억해 주시면 좋겠어요.

타인을 온전하게 믿는다는 것은 사랑만큼이나 기적 같은 일이라고 생각합니다. 제가 적었던 이야기가 책이 되어 누군가에게 읽혀진다는 것도 제게는 기적 같은 일이에요.

부족하고 서툰 제가 이 책에 마침표를 찍을 수 있도록 애정을 보내 주신 모든 분께 감사드립니다. 따스한 관심과 도움을 주신 분들 덕분에 〈비서의 품격〉이 세상에 나올 수 있었어요.

끝으로, 처음 세상에 나온 저의 종이책을 통해 지금 이 글을 읽고 계실 분께 감사를 전합니다. 저의 작은 이야기와 함께해 주셔서 정말

고맙습니다. 그럼, 하 사장과 이 비서의 해피 엔딩에 담긴 행복이 전해졌기를 진심으로 바라며…… 이 책을 마치겠습니다.

늘, 행복하세요.

2015년의 끝자락에서
아은 올림.

비서의 품격

초판 1쇄 찍음 2015년 12월 18일
초판 1쇄 펴냄 2015년 12월 24일

지은이 | 아 은
펴낸이 | 정 필
펴낸곳 | **(주)뿔미디어**

기획 · 편집 | 조미연

출판등록 | 2002년 9월 11일 (제1081-1-132호)
주소 | 경기도 부천시 원미구 소향로 17, 303(두성프라자)
전화 | 032)651-6513 / 팩스 | 032)651-6094
E-mail | dahyangs@naver.com
블로그 | http://blog.naver.com/dahyangs
홈페이지 | http://bbulmedia.com

값 9,000원

ISBN 979-11-315-6912-2 03810

www.bbulmedia.com

www.bbulmedia.com